숭실대학교 한국문학과예술연구소 번역총서 01

역주 조천일록

조규익 · 성영애 · 윤세형 · 정영문
양훈식 · 김지현 · 김성훈   공역

學古房

▲ 압록강

▲ 구련성 고성지

▲ 탕산성촌

▼ 봉황산 입구

▲ 통원보(通远堡) 시가지

▼ 천산 입구

▲ 천산의 진의강(振衣岡)

▼ 북진묘(北鎭廟)의 비석들

▲ 의무려산 망해루

▼ 영원성(寧遠城) 시가지

▲ 각산장성(角山長城)

▼ 영해성

▲ 고려포보

▲ 연행도: 만리장성/작자미상/1760/숭실대 한국기독교박물관 소장

광주 이현조 박사의 후의로 인재 최현의 『조천일록』을 손에 넣은 것은 2006년 무렵이었다. 학계에 전혀 알려지지 않은 상태였고, 훑어보니 내용 또한 여러 면에서 매력적이었다. 즉시 숭실의 학인들과 강독을 시작했다. 반쯤 진행되던 중 뜻하지 않게 새로운 프로젝트에 매달리게 되어, 강독은 기약 없이 미뤄졌다. 그간 이 텍스트에 관한 논문은 두세 편 발표했으나, 번역을 마치는 것이 급선무였다. 그러나 미적거리는 사이 세월은 마구 흘렀고, 더 이상 미룰 수 없다는 판단을 내린 것이 겨우 작년(2019) 중반 쯤이었다. 서너 명씩 두 팀으로 나누어 초벌 번역과 주석 작업을 마쳤고, 최종적으로 마무리 강독을 통해 번역작업은 완성되었다.

문헌학도인 나는 늘 번역문제로 시달린다. 논문 한 편을 쓰려 해도 맞닥뜨리는 원전들이 많기 때문이다. 논문 쓸 때는 정확하게 번역했다고 자부하지만, 논문이 나온 후에 오역들이 발견되는 경우도 없지 않다. 그래서 좋은 번역서가 늘 반갑고 고맙다. 좋은 번역서들은 연구에 들어가는 품을 많이 덜어준다. 그러나 아직도 번역을 기다리는 원전들은 수두룩하다.

인재 공의 『조천일록』은 예사로운 사행록이 아니다. 사행을 출발하는 날부터 돌아와 복명한 뒤 우여곡절을 겪다가 하향(下鄕)하는 날까지 단하루 빠뜨리지 않고 기록한 점도 놀랍다. 무엇보다 원리주의자에 가까운 성리학자들로부터 학문을 배웠으면서도 실용주의적 경세가의 면모를 보여주었다는 점에서 인재 공은 특이한 존재다. 임진왜란과 병자호란에 참전했고, 이괄의 난을 평정하는 대열의 선봉에 서기도 한 그였다. 그 뿐 아니다. 분명한 메시지가 담긴 가사와 소설작품을 남겼고, 각종 소차(疏

箚)들을 통해 민생과 안보·경제 등 현실 정치에 관한 건의들을 임금에게 부단히 올리기도 했다. 공리공담 아닌 실용 정신에 입각하여 나라를 바로 세우려는 뜻을 갖고 있었기 때문이다. 한 마디로 역사에 보기 드문 실천 적 애국 지식인이었다. 『조천일록』의 표층은 '중국에서의 문견사건(聞見 事件)들'이나 심층은 '나라걱정'인 것도 그런 점에서 당연하다.

공역자들 각자가 발표한 논문들을 모은 『최현의 조천일록 세밀히 읽 기』를 이 번역서의 자매편으로 함께 세상에 내어 놓는다. 뜻 맞는 학인들 과 함께 공부한 결과를 세상에 내어 놓는 기쁨을 어떻게 표현할 수 있을 까. 그러나 우리의 손길을 기다리는 다음 작업들을 위해 지금 너무 많이 웃지는 말아야 하리라.

맨 처음 텍스트를 제공해주신 이현조 박사와 성균관대 존경각, 텍스트 의 원본 이미지들을 제공해주신 서울대 규장각, 거친 원고들을 보암직한 책으로 엮어주신 학고방의 하운근 사장님과 조연순 팀장을 비롯한 직원 여러분께 고마움을 전하며, 강호 제현의 일독과 질정(叱正)을 고대한다.

경자년 새봄
백규서옥에서
조 규 익

목차

중국에서 확인한 조선의 문제적 현실, 그 미세한 관찰과 메시지

조규익

하나. 중국에서 읽은 조선의 불안한 미래

인재(訒齋) 최현(崔晛, 1563~1640)[이하 최현을 '인재'로 칭함]은 성리학의 학풍에 매몰되지 않고, 민생과 안보를 비롯한 국가의 현실문제들에 대하여 실용적인 가치를 추구한 실천적 지식인이었다. 성리학으로 입문했음에도 성리학에 대한 저술을 남기지 않았고, 현실문제들에 관한 다수의 소차(疏箚)들을 통해 인재등용·민생·국방 등 정치의 요체를 임금에게 간언해왔다. 무엇보다 임진왜란과 병자호란 등 두 전쟁에 참전한 점은 그가 공리공담에 매몰되어 있던 당대 유자들의 통념적 범주로부터 멀리 벗어나 있던 존재였음을 입증한다.

사행기간 동안 매일 기록한 문견사건(聞見事件)들에 사일기(私日記)를 부대하여 자신의 견해와 철학을 담고자 했는데, 그것들 모두는 '중국에 대한 정보'이자 조선의 국내 정책이나 외교 정책의 수립에 큰 도움이 되는 자료들이었다. 제도·정책·사회풍조·민생 등의 문제, 오랑캐와의 갈등을 중심으로 하는 국가안보 문제, 관리들의 탐풍(貪風)이나 예법의 문란을 중심으로 하는 이데올로기적 기강 해이의 문제, 학자나 무장(武將)을 중심으로 하는 인재 등용의 문제, 문화·역사에 대한 평가와 해석의 문제 등 중국에서 만나는 각종 사안들에 대한 기록은 조선의 왕과 지배층이 유념하기를 바라던 인재의 소망을 담은 글들이었다. 그가 주력해오던 경세문(經世文)들의 골자를 이루는 철학이나 시국관으로부터 그의 비평안이 나왔고, 그런 안목으로 중국의 문제적 현실에 대한 관찰을 기록한 결과가 『조천일록』이었는데, 그 점은 그가 글쓰기에서 평생 일관성 있게 견지해온 실용주의의 소산이기도 했다.

예컨대 「신수노하기(新修路河記)」나 「제본(題本)」 등 중국 관리들의 글을 비평 없이 인용한 것은 그런 점을 보여주는 단서라 할 수 있다. 그런 글들에 제시된 정치·사회·안보·문화·인물·역사 등의 실용적이고 합리적인 견해가 조선의 현실에도 매우 긴요했다고 보기 때문이다. 예컨대 고사기(顧士琦)의 「제본」 가운데 한 부분을 인용하면 다음과 같다.

변경에 경계할 일이 많아 시사가 우려스럽습니다. 간절히 비옵건대 성명께서는 빨리 내정을 정비하고 외적을 막으셔서 치안을 보존하소서. 소직이 듣건대 예로부터 '안이 편안하면 밖으로부터 우환이 있다'고 하였으며, 또한 '군자는 환난을 생각하고 예방해야 한다'고 하였습니다. 무릇 안의 편안함이 근심을 부르는 것이니 이는 태만하고 소홀하기 때문 아니겠습니까? 환난을 막는 것은 마땅히 미리 해야 하니, 이는 환난이 이르면 미칠 수 없기 때문 아니겠습니까? 지난 해 유도(留都)에서 하늘이 울고 경성에 물이 넘쳤으며 부세가 많이 나오는 땅이 곳곳마다 크게 잠겼습니다. 하늘을 헤아려 아는 자는 위기를 어지러움의 징조로 여겼으니, 얼마 지나지 않아 계주 지역에서 경계를 고했습니다. 근일 황하 유역의 전투에서 마침 오랑캐들이 침범하여 변란을 일으켰는데, 얼마 지나지 않아 경술년의 변고[庚戌之變]를 당하지 않았습니까? 새해 초두에 잘못 전해져 성문을 모두 잠갔으니, 이것이 태평시절의 조짐일 수 있겠습니까? 외적을 물리치고자 하면 먼저 내정을 정비해야 하는데, 급한 일은 오직 사람을 쓰고 재물을 관리하는 일로서 양자는 마땅히 전전긍긍 힘써야 합니다. 정부의 입장은 실로 천하의 안위와 관련되니, 모두 남음 없이 꾀하여도 마땅히 뒤엉켜 해결되지 않는데, 국가의 중요한 일을 잘못 담당하여 그 정사를 방해함이 어찌 작은 일입니까?(…)장수가 훌륭하고 식량이 풍족하다면 또한 무엇을 근심하겠습니까? 군대가 강하지 못하고 오랑캐를 평정하지 못하는 것 등 두어 가지 일은 모두 절실한 금일의 내정과 외치의 일입니다. 황상께서는 어찌 한 번 거행을 지시하시어 유비무환의 효과 거두심을 꺼려하십니까? 또한 근래의 와전은 다행히 와전일 뿐이지만, 과연 도성에 예기치 못한 일이 일어난다면 놀라고 두려워 속수무책일 것이니 황상께서는 이때에 어떠한 태도를 보이고 어떻게 일처리를 할지를 한 번 생각해 보시기 바랍니다. 천하의 훌륭한 임금은 편안할 때 위험을 생각하여 뒤에 후회를 남기지 않습니다. 일에 임하여 주저하면 앉아서 천리를 잃는다는 말이 있습니다. 이때가 어찌 다시 주저할 때이겠습니까?[『訒齋先生續集』卷之一, 『朝天日錄 一』, 正月 二十日의 "邊疆多警 時事可虞 懇乞聖明 亟圖修攘 以保治安事 職聞自古內寧必有外憂 又曰君子以思患而預防之 夫內寧之召憂 非以怠忽之故乎 防患之當預 非以患至爲無及乎 頃年天鳴留都 水溢京城 至于財賦之地 在在大浸 稽天識者 危之爲亂徵 未幾而薊邊告警矣 近日河流之役 倘虜欲難厭 不幾踵庚戌之故事乎 歲首訛傳 城門盡閉 是可爲太平之先兆乎 欲攘外 先修內 急務惟在用人理財 兩者當爲兢兢 迺政府之地 實關天下安危 而彈射無餘者 當牽纏不決 擔誤機務 其妨政豈細故哉(…)將良食足而 又何慮 兵之不强虜之不靖乎之數者 皆切今日修攘之事 皇上何憚一批 發擧行 而不以收有備無患之效也 且近日訛傳 幸而訛耳 倘果有不虞都 城 震驚倉忙束手 皇上試思 此時成何等景象 作何等計處 天下聖明 居 安思危 無貽後事之悔 語云 臨事躊躇 坐失千里 此時 豈復可以躊躇之 時乎"]

인재가 이 글이 들어 있는 고사기의 「제본」을 『조천일록』에 전재(轉載)하면서 일언반구 자신의 말을 덧붙이지 않은 이유는 무엇이었을까.

사실 인용문에서 언급된 민생과 안보 문제는 그가 생각해오던 정치의 가장 중요한 요체였다. 그러나 두 차례의 전란[임진왜란·병자호란]을 겪는 동안 조선의 취약성을 뼈저리게 확인한 인재로서 공리공담의 함정에 매몰될 수는 없었다. 성리학에 관한 저술 대신 소차들을 수시로 올려 왕에게 현실 문제를 환기시키고자 한 것도 바로 그런 이유 때문이었다.

중국에 들어와 입수한 고사기의 「제본」은 인재 자신이 보기에 민생과 국방의 '바이블'이었다. '여기에 무슨 사족을 덧붙이랴!'는 것이 인재의 생각이었을 것이다. 자신의 생각을 덧붙일 경우 조선의 조야(朝野)에 분란이나 일어날 것이 뻔한 일이었다. 장자[『장자(莊子)』「제물론(齊物論)」 제 4 '대각우화(大覺寓話)']가 설파한 '무위유위(無謂有謂) 유위무위(有謂無謂)'의 지혜를 원용한 것이나 아닐까. 자신이 직접 말하거나 쓰지 않아도 듣거나 읽는 사람들에게 훨씬 강하고 분명하게 전달된다는 것. 그 지혜가 바로 '아무 말도 하지 않은 듯 하면서 자신이 하고자 하는 말을 다 한다는 것'이다. 『조천일록』의 몇 부분에 보이는 '인재 특유의 글쓰기 방식들' 가운데 하나가 '무위유위'라 할 수 있다. 고사기의 글만 싣고 자신의 생각을 끼워 넣지 않음으로써 임금이나 지배층의 독서행위에 개입하지 않으려 조심한 것 아니겠는가.

둘. 중국에서 깨달은 중세 질서의 위기

인재의 『조천일록』과, 같은 시대 이덕형(李德泂, 1566~1645)이 주인공으로 등장하는 『죽천행록』은 기록자들이 중국에서 중세 위기의 실상을 목격하고 기록했다는 점에서 상통한다. 중국과 조선은 '조공-책봉'의 관계로 맺어져 있었고, 공동 문어문자인 한자와 한문을 써서 통치와 문학 창작에 사용했으며, 유교를 보편적 이념으로 수용한 체제를 유지하고 있었다. 외교적 측면에서 조공과 책봉의 관계를 바탕으로 하던 사대주의가 조선으로서는 복잡한 국제 관계 속에서 자기 존립의 생존방법이자 기본

철학이었다. 그러나 임진왜란과 병자호란을 겪으면서 중세의 보편주의
는 위기에 봉착했고, 조선조의 지식인들이나 집권세력은 그 위기의 징후
를 몇 가지 측면에서 확인하게 되었다. 당시 사행에 나선 지식인들이 중
국에서 만난 많은 부조리들은 중세적 질서 혹은 보편주의에 대한 크나큰
위기의 단서들이었다.

중국에 들어서는 시점부터 업무를 마친 뒤 귀로에 압록강을 건너기
전까지 사행을 괴롭힌 중국 관리들의 탐풍이나 중국 체류 중 목격하게
된 비례(非禮)의 모습들은 조선의 경우도 현재 진행 중이거나 미구에 도
래할 문제적 현실로 인식했기 때문에 대부분 상세히 기록해놓은 것이다.
그것들을 시시콜콜 나열한 것은 중세 보편주의의 근원인 명나라가 처참
하게 무너지는 모습을 보여줌으로써 역으로 조선에도 그런 상황이 올
수 있다는 경각심을 불러일으키고자 했기 때문으로 보인다. 현실적이고
실천적인 학문으로서의 유학이나 유교를 가까이 하는 대신 기복(祈福)신
앙으로 빗나간 비례의 현장을 통해 유교의 순정성이 훼손되는 모습은
그보다 더 심각한 문제로 인식한 경우였다. 유자이되 실용주의적 사고를
겸한 합리주의적 경세가로서의 인재가 보기에도 중국인들의 신앙은 궤
도를 상당히 이탈해 있었던 것이다. 다음과 같은 기록은 그 뚜렷한 증좌
라 할 수 있다.

삼차하는 바다에서 150 리 떨어져 있는데, 조수(潮水)가 불어나고 파도
가 넘치면 거주민과 길가는 자들이 많은 피해를 입는다. 옛 풍속에 수신
묘(水神廟)를 세워 기도를 하였는데, 삼차하의 동쪽에 있는 것은 천비묘
(天妃廟) 혹은 낭랑묘(娘娘廟)라고 한다. 전우(殿宇: 신불을 모신 집)를
새로 지었고 천비 두 여인의 소상을 세웠다. 또 좌우로 곁채가 있었으니
오른쪽에 있는 것은 수신(水神)이고 동쪽에 있는 것은 용왕인데, 모두
진흙으로 소상을 만들고 그곳에 제사를 지냈다. 기원을 할 때에는 마음을
가지런히 하고 경건하게 기도를 하는데, 분향하고 천비묘 앞에 목례를

한 후 탁상에 있는 죽첨(竹籤: 얇고 반반하게 깎은 대나무조각)을 뽑아 길흉을 점친다. 삼차하의 서쪽에 있는 것은 삼관묘(三官廟) 혹은 야야묘 (爺爺廟)라 하고 전우(殿宇)와 소상(塑像)은 동쪽 언덕에 있는 사당과 같아 소위 삼관이라 하였는데, 소상의 모양이 남자였다. 삼관이라 부른 이유를 묘지기 중에게 물어보니 삼관은 삼원(三元)으로 천신(天神)·지 신(地神)·수신(水神)이라고 하였다. 아! 옛사람이 산악과 물가에 제사지 내지 않음이 없었으니 강변에 수신묘를 세운 것 또한 옳다고 할 수 있다. 천신(天神)과 지기(地祇)는 크고 넓어 말로써 형언할 수 없으니, 흙덩이 나 목석으로 소상을 만들어 신으로 섬길 수 있는 것도 아니요, 행인과 마을 사람이 고개 숙여 예를 행하고 신격화 할 수 있는 것도 아니다. 하물 며 천비와 낭자의 명칭은 더욱 설만(褻慢)함을 다했으니, 저 벌레같이 우둔한 사람과 허탄(虛誕)하고 망령된 중은 말할 것도 못된다. 비문을 살펴보니 명공(名公)과 석사(碩士)도 모두 이름을 새기고 공덕을 칭송하 였다. 이는 어찌 하늘을 속임이 심한 자들 아니겠는가? 중국 사람은 이러 한 사묘(祀廟)나 관왕묘(關王廟) 등을 만나면 비록 지위가 높은 관리라 하더라도 모두 분향하고 네 번 절을 한 후에 지나간다. 우리나라 사람은 다만 한번 둘러보기만 하고 예를 행하지 않으니 중국 사람은 도리어 무 례하다고 비웃는다. 아! 공자께서 말씀하시기를 "귀신이 아닌데 제사지 내는 것은 아첨이다"라고 하였는데, 지금 그것이 신이 아닌데도 예를 행 하고 있으니, 이것 또한 설만(褻慢)한 것이다. 관왕(關王)은 절의가 높아 사람들로 하여금 공경을 일으키게 하지만, 소상을 만들고 예에 맞지 않는 제사를 지내는 것은 불법(佛法)의 유폐(流弊)일 뿐이다. 그러므로 천신 (天神)에 절하지 않는 것은 상천을 공경하는 것이고, 관왕묘에 예를 행하 지 않는 것 또한 관왕에게 예를 행하는 것이다.[『訥齋先生續集』卷之一, 『朝天日錄 一』, 九月 二十九日의 "三河至此合而爲一 總名遼河 南流 至梁房口 而入于海 三叉去海百有五十里 潮水漲溢 波浪洶湧 居民行 旅 多被其害 舊俗作水神廟以禱之 河東曰天妃廟 或云娘娘廟 殿宇新

構 塑天妃二娘娘 又有左右廂 右曰水神 東曰龍王 皆像泥塑以祀之 凡
有祈請 齊心虔禱 焚香頂禮于天妃廟 抽卓上竹籤以卜吉凶焉 河西曰三
官廟 或云爺爺廟 殿宇塑像 亦如東岸之廟 而所謂三官 塑形則男子也
問其命名之義於守廟僧 則三官三元也 天神地神水神也云 唉 古人於岳
瀆 莫不有祀 水神之廟於河干 亦或宜矣 天神也 地祇也 巍蕩磅礴 不可
以形言 非土塊木石之所可肖像而神之也 非行人邑民之所可頂祝而格
之也 況天妃娘子之名 尤極褻慢 彼蠢愚之人 誕妄之僧 不足道也 觀其
碑文 則名公碩士亦皆記名而頌功 豈非誣天之甚者乎 中原人 凡遇如此
祀廟及關王廟等處 雖位高之官 亦皆焚香四拜而過之 我國之人 但一歷
觀 而不禮焉 中朝人反笑以無禮 噫 孔子曰 非其鬼而祭之諂也 今非其
神而禮之 是亦褻也 若關王者 節義雖高 令人起敬 而至於塑像淫祀 不
過佛法之流耳 故不拜天神 乃所以敬上天也 不禮關廟 亦所以禮關王
也"]

　　인재는 삼차하에서 천비묘[낭랑묘]·삼관묘[야야묘] 등 수신묘를 만났
고, 그 그릇됨을 비판했다. 물론 인재도 옛날 사람들이 산악과 물가에
제사를 지내고 강변에 수신묘를 세운 것이 그 시대 나름의 어쩔 수 없었
던 사실임을 인정한 것은 사실이다. 그러나 공자의 가르침이 엄연히 살아
작동되는 지금에 와서까지 흙덩어리나 목석으로 만들어 세운 소상을 신
으로 섬기는 것은 옳지 않으며, '천비'나 '낭랑' 같은 명칭은 더 말할 나위
없이 설만하다는 것이 그의 주장이었다. 중국의 명공이나 석사들까지 자
신들의 이름을 그러한 비문들에 올린 사실을 크게 비판했을 뿐 아니라,
심지어 실제 인물에 근거를 둔 관왕묘에 경배하는 행위조차 예에 맞지
않는 행위로서 불법(佛法)의 유폐(流弊)라고 지탄해 마지않았다.
　　인재가 중국인들의 이러한 행위를 비판한 근거는 앞서 말한 바와 같이
공자의 언명[귀신이 아닌데 제사 지내는 것은 아첨하는 것: 子曰 非其鬼
而祭之 諂也 見義不爲 無勇也-『論語』「爲政」40]이었다. 말하자면 '마

땅히 제사지내야 할 귀신이 아닌데 제사를 지낸다면 그것은 귀신에게 아첨하는 행위'라는 것이다. 견문을 바탕으로 한 인재의 술회만으로 본다면, 중국은 이미 이념적으로나 문화적으로 중세의 보편적 가치관과 생활양식이 사라진 곳이었다. 인재가 『조천일록』에서 표면적으로 언급한 바는 없으나, 그런 허상의 중국을 중세적 보편성의 본원으로 여기고 높여 온 데 대한 자성과 함께 조선의 미래에 대한 불안감 또한 갖게 되었으리라 추측할 수 있다.

이와 함께 탐풍으로 인한 이도(吏道)의 붕괴, 인간적 도리나 예의를 망각한 백성들, 정책의 실패로 인한 민생의 파탄과 그로 인한 오랑캐의 침탈 등 명말 비정(秕政)의 근저에 '비례'가 있었고, 그것들은 공고하게 구축되어 있던 중세적 질서를 허무는 요인들이었다. 인재는 권력의 힘으로 백성 혹은 타국 빈객들의 재물을 탈취하거나 오랑캐들이 침범하여 안보를 해치는 현실 등을 현장에서 목격하며 그것들이 예를 바탕으로 형성된 중세적 통치 질서를 무너뜨리는 결정적 요인들로서 쉽게 극복할 수 없는 망국의 근원임을 확인하게 된 것이다. 조선 또한 이미 지방관들의 탐학으로 민생이 어려워졌고, 안보를 소홀히 함으로써 임진왜란·병자호란 등의 외침을 겪었으며, 그로 인해 중세질서의 위기에 봉착하게 되었음을 체험적으로 알고 있던 터였으나, 그런 말기적 현상들이 중세질서의 본산인 명나라의 경우가 훨씬 더 심각하다는 점을 목격한 것은 인재 자신에게 큰 충격이었다. 다음은 공직자들에게 만연되어 있던 탐풍의 한 사례다.

진무 다섯 사람이 뇌물로 바친 물건을 점검하여 퇴짜를 놓고 오직 역관을 시켜 날마다 술과 음식을 바치게 하므로, 신 등은 도사에게 정문하여 평안도 호송군마가 방물만 싣고 광녕으로 달려가게 하고자 했습니다. 그런즉 그 무리들은 차량을 출발시키지 않은 죄를 입을 것이므로 출발시키지 않을 수 없을 것이기 때문이었습니다. 글을 갖추어 쓴 다음 길을 떠나려 하였는데, 두량신 등이 또 제지하려는 모습이 있었고 도사 또한 출근하지 않아 정문하지 못하였습니다. 신 등은 표류해온 중국사람 대조용 등이 우리나라의 은혜에 보답하려는 생각을 알고는 그들을 불러 서로 만나 그 이유를 갖추어 설명해주고 도사를 만나 말하게 하였습니다. 두량신이 잔꾀로 그것을 알아내고 또 문을 지키는 관리를 시켜 막아 들어오지 못하게 하였습니다. 대조용 등이 수차례 왕래했으나 도사를 만나지 못하고 불만스럽게 성을 내며 돌아왔습니다. 역관 등이 부득이 공사 간의 노잣돈을 다 기울여 진무 5인 및 그들의 종자들에게 차등 있게 나누어 주니, 소요된 비용은 이루 가늠할 수 없을 정도였습니다.[『訒齋先生續集』卷之一, 『朝天日錄 一』, 九月 二十日의 "二十日 甲辰 大雪 鎭撫五人等 點退所賂之物 唯令譯官 日供酒食 臣等欲呈文都司 以平安道 護送軍馬 只載方物 馳往廣寧 則渠輩恐被不發車輛之罪 不得不打發矣 具草將往 良臣等又有阻却之狀 都司亦不坐堂 故不得呈 臣等知漂流唐人戴朝用等 思報我國之恩 招與相見 其述其由 使見都司言之 良臣譎知之 又使門吏阻遏 令不得入 戴朝用等 往來數次 不見都司 怏怏而還 譯官等 不得已盡傾公私行資 分給鎭撫五人 及其從者有差 所費不可勝計"]

도사(都司) 즉 도지휘사사(都指揮使司)는 한 성(省)의 군무를 총괄하는 군직(軍職)이고, 진무(鎭撫)는 그 밑에서 도사의 지휘를 받던 하위직이다. 이들이 한 나라의 왕명을 대리한 사행을 겁박하여 뇌물을 요구하고, 뇌물이 마음에 차지 않는다는 이유로 날마다 술과 음식을 바치게 하는 횡포가 눈에 보이듯 묘사되어 있다. 인재 사행은 동지 절일(節日)의 하축(賀祝) 외에 조선 땅에 표착(漂着)한 중국인 대조용(戴朝用) 무리들을 호송하는 임무도 띠고 있었다.

그런데 요동성의 하급 군관들이 뇌물 건으로 사행을 타발(打發)시키지 않는 까닭에 동짓날까지 북경에 도착할 수 없을지도 모르는 곤경에 처하게 되었던 것이다. 그래서 조선으로부터 구원의 은혜를 받은 대조용 등에게 도사를 만나 사행의 사정을 호소하게 하였으나, 미리 알아챈 그들의 계략으로 문을 막아 들어가지도 못하고 돌아온 것이다. 부득이 사행의 공금과 수행원들이 갖고 있던 사사로운 노자들을 모두 모아 진무 다섯 사람과 그들의 부하들에게 차등 있게 지급한 다음에야 타발할 수 있었는데, '그 비용은 가히 헤아릴 수 없다'고 말할 정도로 막대했다는 것이다. '소비불가승계(所費不可勝計)'는 당시 명나라 안에서 당하던 징색의 규모나 그로 인한 고통이 얼마나 컸었는지를 보여주는 결정적 문구다.

이처럼 인재를 비롯한 17세기 초반 사행록의 기록자들이 공통적으로 느낀 점은 중국 사회의 혼란상이었다. 그리고 그들은 '유교 이데올로기의 지도력 상실, 공직사회의 부패 풍조, 오랑캐의 침입' 등을 그 주된 원인으로 들었다. 그리고 그것들은 모두 인과관계로 연결되는 요인들이었다. 유교 이데올로기는 중국과 조선을 함께 묶어주는 중세 보편주의의 최상위 이념이었다. 그 유교 이데올로기가 힘을 잃으니, 사람들은 예의와 염치를 상실하고 욕망의 노예로 전락함으로써 공직사회의 부정부패나 개인 생활의 문란이 초래되었고, 결국 나라가 흔들림으로써 강성해진 오랑캐의 침범까지 불러들이게 된 것이다.

이처럼 망국의 근본원인은 유교 이데올로기의 지도력 상실이었다. 그것은 중세 질서 및 보편주의의 붕괴와 인과관계로 연결되었다. 임진왜란과 병자호란의 어름에 조선의 지배계층으로 활약하던 지식인들이 명나라의 이런 현실을 목도하면서, 중세질서의 붕괴와 그 질서를 떠받치던 보편주의 또한 퇴색하고 있음을 깨닫게 된 것이다. 비록 허울뿐인 중화 핵심부로부터 책봉을 받고자 애쓴 것이 국내 정치의 필요 때문이긴 했지만, 조선의 지식인들이 시대적 분위기의 변화를 감지하지 못한 것은 아니었다. 중국 내 곳곳에서 그런 징후들을 목격하면서 개탄하는 그들의 목소리야말로 중세 보편주의를 신봉해오던 조선의 지식인들이 노선을 재정립해야 할 때가 되었음을 알려주는 신호음이었다고 할 수 있다.

인재가 명나라 비정의 원인을 각종 비례들에 초점을 맞추어 기록함으로써 유사한 상황에 빠져 있으면서도 깨닫지 못하는 조선 지배층을 경각시키고자 한 것도 그 때문이었다. 이처럼 인재에게 중국 사행 길은 단순한 여행길이 아니었고, 당연히『조천일록』은 단순한 '사행 보고서'나 '중국 여행기'가 아니었다. 조선에 산적한 문제들을 해결할 현실적 방책이나 처방을 찾아보려던 '모색의 길'이자, 자신이 임금에게 올린 많은 소차들처럼 정치의 방향을 바로 잡도록 진언하던, '경세(經世)[혹은 경세(警世)]의 기록'으로 볼 수 있는 것이다.

셋. 사적인 부분에 구현된 글쓰기 미학

여타 사행록들과 달리 인재의『조천일록』은 사적인 기록과 공적인 기록을 함께 담고 있다. 6권으로 나누어져 있는데, 권 1에 서계(書啓)가 덧붙어 있고["附 聞見事件 逐日附日錄"], 권 6에 각종 정문들과 장계들이 실려 있다. 물상들에 대하여 열린 관점을 갖고 있던 그였기에 사일기(私日記)와 공적인 기록으로 나누고 기록 안에서 목소리를 약간씩 다르게 처리하는 수완을 발휘했던 것 같다. 물론 그렇게 '사'와 '공'을 나누었다 하여 글쓰기의 면에서 양자가 크게 변별되는 것은 아니다. 사적인 글쓰기가 주로 노정을 위주로 약간의 정서적 측면을 고려한 글쓰기였다면, 제도적인 측면을 상세히 탐사하고 기록함으로써 나라의 이익에 기여하고자 한 것이 바로 공적인 글쓰기였다.

인재는 기록의 순간에 임할 때마다 사실 묘사나 기술에 충실해야 하고 고도로 상세해야 한다는 일종의 강박관념을 갖고 있었던 것처럼 보인다. 그러한 결과는 사명에 충실해야 한다는 공인의 자세로부터 나온 것일 수 있으나, 사실은 당대의 지식인 관료로서 인재 스스로 갖고 있던 현실인식이나 견문을 국가 정책에 반영하여 합리성을 추구해야 한다는 생각의 소산이었을 것이다. 인재가『조천일록』에서 보여준 글쓰기의 두드러진 장점은 시각적 이미지를 적절히 사용하여 견문에 대한 설명에서 구체성의 효과를 거둔 점, 상세한 탐문을 통해 스쳐 지나가는 견문으로는 쉽게 얻을 수 없는 정보를 상세하게 기록해 놓은 점 등이다. 양자 모두 사명을 수행하는 공인의 자세로부터 나온 결과였음은 물론이다. 다음의 기록을 보자.

27일 신해(辛亥)일. 맑음.

안산(鞍山)을 출발하였습니다. 길에서 포정사(布政司) 사존인(謝存仁)을 만났는데, 그는 광녕(廣寧)에서부터 요동으로 돌아오는 길이었습니다. 저녁에 해주위(海州衛)에 도착하여 성 서쪽에 있는 유(劉)씨 성을 가진 사람 집에서 잤습니다.【이날 천산에서 잤는데 부사는 안산에서 잤다. 기록에서 천산에서 잤다는 말을 하지 않은 것은 국가에서 유람을 금했기 때문이다.】

○ [부기] 이른 아침 노승 회문이 또 배·밤 등의 과일과 차 주발을 갖추어 가지고 왔다. 차를 마신 후 한 식탁에서 마주하고 밥을 먹어도 싫지 않았음은 이 또한 산 속에서 느끼는 멋으로 물아(物我)를 서로 잊은 경지였다. 또 우리를 이끌고 서쪽 누대에 가니, 바위 위에 있는 관음각의 모습이 뛰어나게 아름다워 이곳에서 자지 못하는 것이 한스러웠다. 전각 앞에는 두어 그루 반송(盤松)이 바위에 뿌리를 박고 늙은 나뭇가지는 굽어져 있어 푸른 그림자가 너울너울하였다. 달밤에 이를 보면 더욱 아름답다고 하였다. 전각 옆에는 바위가 공중에 우뚝 솟아 높이가 수 십 길인데, 정병석(淨瓶石)이라고 하였다. 왜송(矮松: 가지가 많이 퍼져 탐스럽고 소복한 어린 소나무)은 늘어 기울어져 바위를 의지하고 무더기로 자라나 있으니 더욱 기이한 볼거리였다. 관음각을 경유하여 한 층을 더 올라가니 전각이 바위에 솟아있고 석대(石臺)는 깎은 듯이 정연하여 조월사의 옥황전과 더불어 난형난제였으며, '서법화실(西法華室)'이라 이름 하였다.

전에 보았던 정병석이 바로 앞에 있어, 손으로 만질 수 있을 것만 같았다. 이곳에 이르니 산봉우리와 골짜기를 다 셀 수 있을 것 같았다. 남쪽 봉우리 중에 빼어난 것은 필가봉(畢駕峯)과 오향봉(五香峯)이었고, 동쪽으로는 양대(凉臺)가 있으니 용천사의 왼쪽 허벅다리이고, 서쪽으로는 금강봉(金剛峯)이 있으니 용천사의 오른쪽 날개였다. 우리들은 이것을 완상(玩賞)하느라 차마 떠나지 못하다가 석벽 위에 이름을 새긴 후에 내려왔다. 관음각 앞에는 바위를 의지하여 축대를 만들었으니, 중이 말하기를 "설을 쇤 후에 고루(鼓樓: 북을 단 누각)를 이곳에 세우고 양대(凉臺) 위에는 또 석대(石臺)를 쌓고 장차 종각을 세울 것"이라고 하였다. 이 누각이 만일 세워져 동쪽의 종과 서쪽의 북이 한꺼번에 울린다면 조월사의 종각은 이것보다 못할 것이라고 말하였다. 머뭇거리는 사이에 붉은 해가 공중에 솟아올랐다. 중이 말하기를 "산 중의 일출이 가장 늦으니 만약 햇빛을 보게 되면 산 바깥은 이미 사시(巳時: 오전 9~11시)가 지났을 것"이라 하였다. 드디어 노승 회문과 이별을 하였다. 상사와 함께 노새를 타고 고개를 넘어 서북쪽으로 25리를 가서 안산 구양선(緱良善)의 집에 당도하였다. 점심을 먹고 다시 서남쪽으로 60리를 가서 해주위에 닿으니, 밤 10시를 향하고 있었다. 서문 밖에는 유계괴(劉繼魁)의 점포【우리나라의 주막과 같은데, 나그네를 맞이하고 세를 받는 곳】에서 잤다. 이날 서남쪽으로 80리를 갔다. [『訂齋先生續集』, 『朝天日錄一』九月 二十七日의 "早朝 老師會文又具梨栗茶椀 茶罷 具食共卓對喫 畧不爲嫌 此亦山中氣味 物我相忘處也 又引至西臺 巖上觀音閣 所見絶勝 恨不宿于此也 殿前數株盤松托根巖上 鐵幹回屈 翠影婆娑 月夜則尤絶云 殿傍有石 特起空中 高可數十丈 號爲淨瓶石 矮松老倒 緣石叢生 尤一奇玩也 由觀音閣 更上一層有殿 逈出巖頭 石臺整然如削 與祖越之玉皇殿相兄 號爲西法華室 前所見淨瓶石正在前面 似可手撫然 峰巒巖壑 到此可數 南峯之秀出者曰畢駕峯五香峯 東有凉臺乃龍泉之左股也 西有金剛峯龍泉之右翼也 我等愛玩不忍去 乃題名壁上而下 觀音閣前因石

築臺 僧云歲後將構鼓樓于此 凉臺之上亦築石臺 將構鍾閣 此樓若成東
鍾西鼓一時並奏則 祖越鍾閣反在下矣云 躊躇之間 紅日轉空 僧曰 山
中日出最遲 若見日光則 山外已過巳時矣 遂別會 師與上使跨騾踰嶺
西北行二十五里抵鞍山 縱良善家中火後 西南行六十里抵海州衛 夜向
二更 宿西門外劉繼魁店 - 如我國之酒幕接客受價 - 是日 西南行八十
里"]

　인재의 문장이나 묘사에서 발견하는 세밀함은 다른 사행록들보다 뛰
어나다. 이미지는 사물에 관한 의식의 한 형태이다. 따라서 외견상 건조
한 것처럼 보이는 이 기록의 미학적 결손을 보충할 수 있었던 것도 바로
이러한 이미지를 활용한 비유적 표현 덕분이라 할 수 있다. 무엇보다 이
글은 회화적인 수법을 통해 구체성을 확보하고 있다는 점에서 탁월하다.
서대·관음각·정병석·왜송·서법화실·조월사의 옥황전·필가봉·오향
봉·양대·용천사·금강봉 등을 묘사하고 있는 글만 읽어도 그 경치들이
한 눈에 들어오는 듯하다. 예컨대 관음각 주변의 절경을 묘사하면서 '건
물 앞에 두어 그루의 반송이 바위 위에 뿌리를 의탁했고, 쇠 같은 가지가
굽고 구부러져 있었으며 비취색 그림자가 너울거린다'는 표현을 썼는데,
직설적인 묘사이면서 시적 표현의 경지에까지 이른 사례라고 할 수 있다.
말하자면 기록자가 물상들에 대한 묘사와 설명을 위해 표면적으로는 가
장 건조한 표현을 사용하고 있으나, 이면적으로는 읽는 이의 정서에 호소
하는 방식을 사용함으로써 자신의 의도를 충실하게 드러내고 있는 셈이
다. 특히 후자에서 전형적인 사행록들의 노정기 형태인 앞부분['27일 신
해~집에서 잤다']과 뒷부분['서문 밖에는~80리를 갔다']을 제외하고, 나
머지 중간 부분은 기록자 인재가 갖고 있던 정서적 글쓰기의 능력이 유
감없이 발휘된 결과라 할 수 있다.
　이처럼 인재는 단순히 정보의 기록으로 끝나는 것이 아니라 자신과
나라가 바탕으로 삼고 있던 이념적 색채까지 노출시킴으로써 범상치 않

은 글쓰기의 일면을 보여주고 있는 셈이다. 인재의 『조천일록』은 그간 학계의 주된 연구대상으로 꼽혀왔던 김창업·홍대용·서유문·박지원·김경선 등 17~19세기의 두드러진 사행록들 보다 시기상으로 가장 앞자리를 차지하며, 실용주의적 세계관이나 비판적 식견 및 독특한 글쓰기의 양태를 보여준다는 점 등에서도 선구적인 의미를 갖는다.

나가며

1608년(광해군 원년) 8월 3일 출발부터 이듬해 3월 22일 복명하기까지 하루도 빠짐없이 기록한 것이 『조천일록』인데, 명나라 예부의 회자(回咨) 가운데 '조선국권서국사일원(朝鮮權署國事一員)'이란 말로 물의가 생겨 한동안 고초를 겪다가 논란이 가까스로 일단락되면서 4월 19일 하향(下鄕)하는 것으로 전체의 기록은 마무리된다. 1608년 9월 8일자까지는 사일기(私日記)만 제시했고, 9월 9일부터는 문견사건(聞見事件)들을 기록하되 날마다 사일기를 첨부하는 방식으로 이어나갔으며, 이듬해 3월 7일부터 마지막 날인 4월 19일까지는 다시 사일기만으로 채워져 있다.

1609년 3월 22일 중국에서 돌아와 왕 앞에 복명한 뒤 사은숙배하고 승정원에서 나온 인재 일행은 김취영(金就英)을 시켜 문견사건을 베끼게 했고, 23일 다시 김취영을 불러 문견사건과 별단서계를 베끼게 했으며, 24일 김여공(金汝恭)을 시켜 승정원에 올림으로써 『조천일록』의 핵심적인 내용들은 모두 왕에게 보고된 셈이었다. 그러나 그 기록물과 원고 등이 『인재선생속집』에 묶여 간행된 것은 그의 6대 후손 최광벽(1728~1791)에 의해서였으니, 『조천일록』의 성책(成冊) 시기는 인재의 생존시기로부터 무려 150여년이나 지난 뒤의 일이다. 현재까지 두드러지는 조천록이나 연행록들이 사행에서 돌아오자마자 책으로 출간되어 유통된 경우가 드물거나 없었을 것으로 추측되지만, 인재의 『조천일록』처럼 150여년이나 지난 뒤에 간행된 일 또한 마찬가지일 것이다. 인재의『조천일록』이 뛰어난 내용과 필치에도 불구하고 그간 연구자들에 의해 크게 선양(宣揚)되지 못한 이유가 혹시 그 때문이 아닐까 추측해본다.

『인재선생속집(訒齋先生續集)』

『조천일록』 1

무신(戊申)년[광해군 원년, 1608년] 8월.

성균관 전적(典籍)[1]으로 동지사 서장관 겸 사헌부감찰에 임명받아 북경에 갔다.

(8월) 3일 정사(丁巳)일. 맑음.

사경(四更) 초에 대궐에 나아가서 사은숙배했다. 진시(辰時 오전 7~9시)에 배표례의 권정례[2]를 행하였다. 상사 신설(申渫)[3] · 부사 윤양(尹暘)[4]과 함께 명을 받았다. 이를 마치고 모화관에서 나와 표문(表文) · 전문(箋文) · 자문(咨文)을 사대(査對)[5]하고 하직인사를 하였다. 영의정 완평부

---

1) 전적(典籍): 조선시대 성균관에 두었던 정6품직.

2) 권정례(權停例): 중국황제에게 표문(表文)을 보내며 치르는 의례.

3) 신설(申渫, 1561~미상): 본관은 고령(高靈). 아버지는 신중엄(申仲淹), 형은 신식(申湜)이며, 신숙주(申叔舟)의 5대손. 1591년(선조 24) 식년문과에 병과로 급제하여 홍문관 검열이 되었다. 이듬해 임진왜란이 일어나자 의병장이 되어 활약하였다. 1596년 저작 · 수찬을 거쳐 승지 대사간 등을 역임하고 관직이 관찰사에 이르렀음.

4) 윤양(尹暘, 1564~1638): 본관은 해평, 자는 시회(時晦), 호는 도재(陶齋). 윤두수(尹斗壽)의 아들이자 영의정 윤방(尹昉)의 아우로 윤흔(尹昕)으로 개명(改名)하였음.

원군 이원익(李元翼)6) · 형조판서 윤방(尹昉)7) · 충청감사 신식(申湜)8)
· 호조참판 최관(崔瓘)9) · 의정부 사인(舍人) 이지완(李志完)10) · 홍문
관 부제학 정협(鄭恊)11) · 병조참지 홍경신(洪慶臣)12) · 승지 유공량(柳

5) 사대(查對) : 옛날 중국에 보내는 표(表)와 자문(咨文)을 살펴 틀림이 없는가를
   확인하던 일. 서울에서 떠나기 전에 세 번, 途中에 세 번 행하였음(『通文館志』
   권3 事大).

6) 이원익(李元翼, 1547~1634): 조선시대의 문신. 본관은 전주, 자는 공려, 호는
   오리(梧里). 임진왜란 당시(1592) 평안도순찰사로 왕의 피난길을 선도하며 군
   사를 모아 일본군과 싸웠다. 이듬해에 이여송과 합세하여 평양을 탈환했다.
   1604년 호성공신(扈聖功臣)에 책훈되고 완평부원군(完平府院君)에 봉해졌다.
   광해군 즉위 후 영의정이 되어 경기도에 대동법을 실시하였다. 인목대비 폐위
   (廢位)가 제기될 때 반대하다가 홍천, 여주에 유배되었으나 인조반정(1623)으
   로 영의정이 되었다. 저서로 『오리집』, 『속오리집』, 『오리일기』가 있으며, 가
   사 <고공답주인가>를 지었음.

7) 윤방(尹昉, 1563~1640): 본관은 해평(海平). 영의정 윤두수(尹斗壽)의 아들이
   며, 이이(李珥)의 문인. 1601년 부친상을 마친 뒤 동지사(冬至使)로 명나라에
   다녀온 후 해평부원군(海平府院君)에 봉해졌다. 1608년 광해군이 즉위하자
   형조판서가 되고, 이듬해 사은사(謝恩使)로 명나라에 다녀온 뒤 경기도 · 경상
   도의 감사를 지냈음.

8) 신식(申湜, 1551~1623): 본관은 고령(高靈). 자는 숙지(叔止), 호는 용졸재(用
   拙齋). 신숙주(申叔舟)의 5대손이며 이황(李滉)의 문인. 1599년에 사은사(謝恩
   使)로 명나라에 다녀와서 호조참판 · 대사헌이 되었다. 광해군 즉위 후, 충청도
   관찰사 · 동지중추부사 · 강원도관찰사를 역임하다가 사은사로 명에 가서 왜
   의 실정을 알림.

9) 최관(崔瓘, 1563~ ?): 본관은 강화(江華), 최수(崔琇)로 개명하였다. 1590년(선
   조 23) 증광시 문과에 갑과로 급제하고 호조판서까지 지냄.

10) 이지완(李志完, 1575~1617): 본관은 여주(驪州). 자는 양오(養吾), 호는 두봉
    (斗峯). 시문에 능하여 1606년 중국사신 주지번(朱之蕃)이 왔을 때 이호민(李好
    閔) · 허균(許筠) 등과 접반하였고, 광해군 때에는 인정전정시 등에 대독관(對
    讀官)으로 자주 배석하였음.

11) 정협(鄭恊, 1561~1611): 본관은 동래(東萊). 1605년 동지부사(冬至副使)로 명나
    라에 갔다가 이듬해 돌아와 중추부동지사(中樞府同知事) · 대사간 등을 지냈
    다. 문장에 능하여 임진왜란 때 소실된 역대 실록(實錄)을 중간할 때 편수관으

公亮)13) · 예조참의 유인길(柳寅吉)14) · 승문원 저작(著作)15) 조우인(曺友仁)16) · 정자(正字)17) 민호(閔濩) · 유활(柳活)18) · 홍호(洪鎬)19) · 익위사 사어(司禦) 채증광(蔡增光) · 전 서흥부사 유철(柳澈)과 그의 아들 유익화(柳益華)를 만나고 작별하였다. 참판 최영중(崔瑩中) · 참지 홍덕공(洪德公) · 서흥의 유씨 부자(父子) · 조여익[조여익은 조우인(曺友仁)의 자] · 채광선(蔡光先) 등이 전별연을 베풀어 주었다. 백몽린(白夢麟) · 박유(朴瑜) · 박종호(朴宗豪) · 조성(曺誠) · 김덕상(金德祥) · 박은중(朴恩重) · 최인수(崔仁守)가 찾아와 작별하였다. 저녁에 연서역에 묵었는데 촌의 숙소라서 좁고 누추하였으며 모기와 도마뱀이 번갈아 괴롭혀서 앉아서 밤을 새웠다. 벌써부터 사행길의 괴로움을 깨달을 수 있었다. 아들 산휘(崔山輝)20)가 수행하였고 대동한 노비는 둥거리[豆應巨里]였다.

로 참여하였음.

12) 홍경신(洪慶臣, 1557~1623): 본관은 남양(南陽). 1607년(선조 40) 좌부승지를 지내고, 1609년(선조 42) 호조참의를 이어 우승지, 대사성, 승지 등을 지냈다. 1623년(인조 원년) 대제학을 지냄.

13) 유공량(柳公亮, 1560~1624): 이조참의를 지낸 유익(柳益)의 아들. 사헌부 지평, 철산군수, 호조참의, 황해도 관찰사, 형조참판, 황해도 병마절도사 등을 지냄.

14) 유인길(柳寅吉, 1554~1602): 본관은 문화(文化). 1599년 서장관으로 명나라에 다녀왔다. 시에 능했으며, 어사로 서북지방을 순행할 때와 서장관으로 명나라에 갔을 때 여행노정의 감회나 풍물을 노래한 시를 지음.

15) 저작(著作): 교서관(校書館) · 홍문관(弘文館) · 승문원(承文院)에 두었던 정팔품(正八品) 관직.

16) 조우인(曺友仁, 1561~1625): 본관은 창녕(昌寧). 자는 여익(汝益). 그의 가사집 『이재영언(頤齋詠言)』에 4편의 가사가 수록되어 전함.

17) 정자(正字): 홍문관 · 승문원 · 교서관(뒤에 규장각)의 정9품 관직.

18) 유활(柳活, 1576~ ?): 본관은 흥양(興陽). 자는 원숙(源叔), 호는 태우(泰宇). 1605년(선조 38) 생원시에 합격하고, 이듬해 증광문과에 병과로 급제하였다. 『선조수정실록』 편찬에 참여하였음.

19) 홍호(洪鎬, 1586~1646): 본관은 부계(缶溪). 자는 숙경(叔京), 호는 무주(無住) · 동락(東洛). 대제학을 지낸 홍귀달(洪貴達)의 후손.

(8월) 4일 무오(戊午)일. 맑음.

벽제관에서 점심을 먹고 고양의 수령 김흡과 서로 만났다. 벽제 동쪽 5리쯤에 고녕산(古寧山)이라는 작은 산과 서인현(庶仁峴)이라는 작은 고개가 있었다. 이곳은 명나라 장군 이여송[21]이 패군한 곳이다. 도로가 협소하고 막힌 데가 많아 군대를 숨기기에 적당하였으나 말을 타고 활을 쏘기에는 불리했다. 왜군이 교활하여 몰래 복병을 두었는데, 이여송 장군이 승세를 틈타 가볍게 진격하다가 적에게 습격을 당해 위태로움을 피할 수 없었다 한다. 저녁에 파주(坡州)에서 묵었는데 읍이 피폐하고 백성이 곤궁해서 사신접대를 제대로 하지 못했다.

(8월) 5일 기미(己未)일. 흐림.

파주에서 출발하여 임진강을 건넜다. 장단적벽(長湍赤壁)은 관도(官渡)에서 5리 쯤 떨어진 곳에 있는데 그곳에 의정부 사재(四宰·우참찬) 성혼(成渾)[22]이 살던 마을이 있었다. 이곳은 대로로부터 거리가 15리 또는

---

20) 최산휘(崔山輝, 1585~1637): 본관은 전주(全州). 최현(崔晛)의 아들로 청송부사를 지냈다. 재예가 숙성하여 명망이 높았음.

21) 이여송(李如松, 1549~1598): 중국 명(明)의 장수(將帥). 자는 자무(子茂), 호는 앙성(仰城), 철령(鐵嶺, 지금의 遼寧省 鐵嶺) 출신. 조선출신인 이영(李英)의 후손이며 요동총병(遼東總兵)으로 요동 지역의 방위에 큰 공을 세운 이성량(李成梁, 1526~1615)의 장자(長子). 임진왜란이 일어나자 방해어왜총병관(防海禦倭總兵官)에 임명되어 명의 2차 원병을 이끌고 참전하였음.

22) 성혼(成渾, 1535~1598): 조선 중기의 문신. 본관은 창녕(昌寧). 자는 호원(浩源), 호는 우계(牛溪)·묵암(默庵), 시호는 문간(文簡). 좌의정이 추증된 성수침(成守琛)의 아들. 이황과 이이의 학문을 절충했다는 평가를 받고 있으며, 그의 학문이 외손 윤선거, 사위 윤증(尹拯)에게 계승되면서 소론학파의 사상적 원류가 되었다. 기축옥사에 연관되어 삭직되었으나, 인조반정(1623) 이후 복관되었다. 좌의정에 추증되고 1681년(숙종 7) 문묘에 배향되었다. 창녕의 물계서원(勿溪書院), 해주 소현서원(紹賢書院), 파주 파산서원(坡山書院)에 제향 되었다.

20리 떨어져 있다고 하였다. 서쪽으로 개성[松京]을 바라보니 층층 봉우리가 깎아지른 듯 서 있고 첩첩 산봉우리가 날아오르는 듯하니 바로 천마산과 성거산이었다. 상사와 부사 및 그들의 자제군관들과 함께 배를 타고 건너 오후에는 동파역을 지났다. 이곳은 대행대왕(大行大王선조)께서 서쪽으로 몽진할 때에 비를 만나 말을 매어 놓았던 곳이었다. 부사[윤양]는 그곳에 있는 조상 묘를 참배하고 돌보았다. 장단의 오목참에서 점심을 먹었다. 천수원을 지나고 탁타교를 건너 성의 남쪽을 빗겨 나와 태평관(大平館)에서 묵었다. 개성 유수(留守) 한효순 영감[令公]을 숙소에서 만났다.【송경이 비록 큰 고을이지만 한양 각 부서의 예에 따라 관원들은 모두 사가에 살고 있었다.】경력(經歷)23) 기협(奇協)24)이 찾아와 만났다.

(8월) 6일 경신(庚申)일. 흐리고 가랑비가 오다가 저물녘에 비로소 갬.

호조에서 연경(燕京)에 가는 사신 일행에 지급할 별반전(別盤纏별도로 주는 노자) · 별인정(別人情인사치레나 선물로 주는 돈이나 물품)【광녕 사정에 대해 문견한 일이다.】고라가 건(雇騾價노새를 세내어 타기 위해 내는 돈)으로 이문(移文)25)하였다. 이는 개성부의 명령으로 진헌할 인삼(蔘)의 가격을

『우계집』과 『주문지결(朱門旨訣)』,『위학지방(爲學之方)』 등이 있음.

23) 경력(經歷): 고려 말에서 조선시대에 주요부서에 설치되었던 실무담당의 종4품 관직.

24) 기협(奇協, 1572~1627): 조선의 문신. 자는 여인(汝寅), 도사(都事) 성헌(誠獻)의 아들. 1601년(선조34) 식년문과(式年文科)에 을과(乙科)로 급제, 검열(檢閱) · 정언(正言) · 교리(校理)를 지내고, 1613년(광해군 5) 강화 부사(江華府使)로 있을 때 유배되어 온 영창대군(永昌大君)을 예우(禮遇)했다가 삭직(削職)되었다. 1620년(광해군12) 황해도 관찰사가 되고, 1627년 정묘호란(丁卯胡亂)이 일어나자 선천부사(宣川府使)로서 남한산성(南漢山城)을 지키다가 순절했음.

25) 이문(移文): 중국 한대(漢代)의 공문서. 같은 등급의 관아 사이에 주고받음.

덜어내는 것이다. 무명 3동을 후삼(後蔘)【진헌하고 남은 삼을 후삼이라 한다.】30근과 무역하여 방민(坊民)에게 얻는 것이다. 댓가를 지급하니 고을사람들이 뜰에 가득 모여 호소하기를 "무명 3동은 겨우 후삼 5~6근 값에 불과한데, 이것으로 기준을 삼는다면 후삼 30근은 그 값이 품질이 좋은 무명 18동 밑으로 내려가지 않습니다. 만약 무명 3동으로 30근의 삼을 억지로 사들인다면 억울함과 근심이 극심할 것입니다. 또한 묵은 삼은 이미 다 바닥났고 햇 삼은 아직 캐지 않아서 고을사람들이 삼을 캐려고 먼 지방으로 흩어져 나갔습니다. 가렴주구가 비록 급박하다해도 어떻게 만들어 내겠습니까?" 하였다. 경력(經歷) 기협(奇協)도 또한 그 불가함을 힘써 말하며 내어줄 뜻이 없었다.

(8월) 7일 신유(辛酉)일. 맑음.

동년(同年)[26] 김흥경(金興慶)의 아들인 생원 김종효(金宗孝)가 와서 만났다. 저녁에 상사(上舍)[27] 김아무개·산휘와 함께 성 안으로 가서 동년 조신준(曺臣俊)을 방문하고 함께 만월대(滿月臺)로 갔다. 만월대는 전 고려의 궁궐터인데 거칠게 뻗은 잡초에 덮여 있었으나 섬돌은 아직 남아 있었다. 동쪽에는 위봉루(危鳳樓)의 옛 터가 있고 그 아래에는 동지(東池)가 있는데 매몰되어 논이 되었으며 벼이삭이 무성하였다. 만월대 앞으로 수 백 보를 가니 궁문의 옛 터가 있고 문 동쪽 백 보 쯤에 병부교(兵部橋)가 있었다. 북쪽에는 송악산(松岳山)이 가로로 높이 솟아 있고, 북쪽성문 밖으로 광명사(廣明寺)의 옛 터가 있었다. 동쪽으로 2리 쯤에 자하동(紫霞洞)이 있으며 자하동 뒤쪽 산 중턱에는 안화사(安和寺)의 옛

---

26) 동년(同年): 같은 때에 과거에 급제하여 방목(榜目)에 함께 적히던 일. = 동방(同榜)
27) 상사(上舍): 소과(小科)인 생원진사시(生員進士試)에 급제한 사람.

터가 있었다. 남쪽에는 용수산(龍首山)이 있는데 높이가 한양의 모학령 (慕鶴嶺) 만하였고 서남쪽으로 진봉산(進鳳山)이 있는데, 바라보니 경치 가 빼어나서 세속을 벗어난 듯했다. 이른바 진봉산 철쭉이라는 것이 바로 이것이었다. 동남쪽으로 백리 쯤 되는 곳에는 삼각산이 있는데 돌 봉우리 세 개가 뿔처럼 빼어나게 솟아 마치 솥을 엎어놓은 것 같았다. 성의 동쪽 작은 언덕 주변은 송악의 동쪽 지맥인데 그 아래에 숭양서원(崧陽書院)[28]이 있었으니, 곧 문충공 포은 정몽주 선생을 제사 드리는 집이다. 동쪽으로 수 백리를 바라보니 둥글고 푸른 봉우리가 빗겨 누르고 있었는 데, 적성(積城)[29]의 성막산(聖幕山)이었다. 파평(坡平)의 파산(坡山)은 남쪽이니 강으로부터 40리 혹은 50리 쯤 떨어져 있었다. 산천이 두 손을 마주잡고 인사하는 모양이었다. 맑고 빼어남은 비록 한양의 산천에는 못 미치지만 지세(地勢)가 웅장하고 토석(土石)에 광택이 있으며 초목이 무 성한 것은 한양 산천에 비할 바가 아니었다. 관광은 이때에 할 일이 아니 었으므로 잠시 배회하다가, 앉아서 이야기할 겨를도 없이 돌아왔다. 이날 도 인삼이 공급되지 못했으므로 송도에 머물렀다.

---

28) 숭양서원(崧陽書院): 1573년(선조 6) 문충당(文忠堂)으로 창건되고 정몽주(鄭 夢周) · 서경덕(徐敬德)의 위패를 모시다가 1575년 '숭양(崧陽)'이란 사액을 받 아 서원으로 승격했다. 1668년(현종 9) 김상헌(金尙憲), 1681년(숙종 7) 김육(金 堉) · 조익(趙翼), 1784년(정조 8) 우현보(禹玄寶)를 추가 배향했다. 1868년(고 종 5) 흥선대원군의 서원철폐령 이후에도 남아 있던 47개 서원 가운데 하나.
29) 적성(積城): 경기도 파주지역의 옛 지명. 고구려의 칠중성(七重城, 또는 及別) 이었는데, 신라 경덕왕 때 중성(重城)으로 변경하고 내소군(來蘇郡: 지금의 경기도 양주)의 영현이 되었다. 고려 초기에 적성(積城)으로 변경되었다. 1018 년(현종 9)에 장단현 소속이었으나 1062년(문종 16)에 개성부에 예속되었다. 1106년(예종 1)에 감무를 둠.

(8월) 8일 임술(壬戌)일. 맑음.

상사가 인삼을 공급받지 못했기 때문에 하인을 매질하였는데 경력(經歷)도 그를 심히 탓하였다. 삼 30근을 은 210량으로 환산하여 독촉해 징수하였다. 130량은 후삼 18근 7량의 값이었고, 그 나머지 인삼 11근 9량의 값은 은으로 환산해서 80량이었는데 받아가지 못했다. 은은 국가에서 금지한 물건이기 때문에 장계 중에는 모두 인삼으로 표현하였다. 서장관은 일행의 관리들을 규검하는 관리인데 공공연히 은을 사용할 수도 없고 또 노비(路費노자)를 금할 수 없었기 때문에 알고도 모르는 척 하였으니 진실로 귀를 막고 방울을 훔치는 격이었다. 오시(午時오전11시~오후1시)에 반사차사원(頒赦差使員)이 개성부(開城府)에 도착하였다. 역적의 우두머리 진(珒임해군)을 폐하여 서인으로 만들고 그 속적(屬籍왕실의 종적(宗籍)에 소속하는 것)을 끊었으며 역당 하대겸(河大謙)과 김천우(金天祐) 등을 사형에 처하고 종묘에 고했으며, 대사령을 내렸다. 유수(留 守)30) · 양사(兩使) · 여러 관리와 함께 대사령의 공문을 문 밖에서 공경히 받들고 남대문 누각 위에서 예를 행하였다. 예를 마친 후 찾아가서 유수를 만났다. 저녁이 되어 비로소 길을 떠나 청석동을 지나고 금교역(金郊驛)에서 묵었다.

(8월) 9일 계해(癸亥)일. 비.

비를 무릅쓰고 길을 떠나 오조천(五祖川)을 지났는데 이곳은 흥의참(興義站) 옛 터로 산악의 경치가 매우 아름다웠다. 시탄천(豕灘川)을 건너 평산부(平山府)에서 묵었다. 길에서 회사관(回謝官) 심집(沈諿)31)을

---

30) 유수(留守): 조선시대 수도 이외의 옛 도읍지나 국왕의 행궁이 있던 곳 및 군사적인 요지에 두었던 유수부의 관직. 유수제도는 중국 당 · 송의 옛 제도로, 황제 부재 시에 수도를 방어하는 역할과 옛 도읍지의 행정을 담당하는 역할을 함.

만났는데 요양(遼陽)에서 돌아오는 길이었다. 큰 비가 내리는 중에 말을
세워놓고 대화하였다. 심집이 이르기를, "진무양장(鎭撫兩將)【순무사 조
집(趙楫)과 진수총병 이성량(李成樑)32)이다.】이 파직되어간 까닭에 회사
(回謝)하지 못하고 돌아옵니다."라고 하였다.【당시 조집과 이성량이 비
밀로 명 조정에 주문을 올려 조선이 어지러우니 군사를 일으켜 군현(郡
縣)으로 삼기를 청하였는데, 명 조정에서 허락하지 않고 그 주본을 비밀
로 하였다. 그때 마침 고회(高淮)의 죄33)로 인하여 진무양장이 그 일에
연루되어 탄핵을 받았는데 그 화가 마침내 그치게 되었다. 우리나라는
공최(龔崔)의 조제(弔祭)34)를 칭탁하여 회사(回謝)하고 인하여 광녕(廣

---

31) 심집(沈諿, 1569~1644): 조선 중기의 문신. 본관은 청송(靑松), 자는 자순(子順),
호는 남애(南崖). 1596년(선조 29) 정시문과에 병과로 급제, 1614년(광해군 6)
폐모론이 일어나자 관직에서 물러났다가 인조반정 후 등용되어 1636년 형조판
서로 남한산성에서 왕을 호종하기도 함.

32) 이성량(李成樑, 1526~1615): 명나라 말기의 장군. 조선 출신인 이영(李英)의
4대손, 자는 여계(如契), 호는 인성(引城), 요녕성 철령(鐵嶺) 출신. 요동총병(遼
東総兵)이 되어 요동 지역의 군권을 장악하고 몽골과 여진에 대한 방위와
교역을 총괄했다. 군비 유용 등으로 탄핵을 받아 1591년(만력 19) 실직되었다
가 복직하였으나 1608년(만력 36)에 다시 파면되었다. 여진족을 분열시키는
정책을 시행하던 중 그의 후원으로 누르하치가 성장함.

33) 고회(高淮)의 죄: 1603년 환관 고회(高淮)가 부하 수백 명을 이끌고 요양(遼陽),
진강(鎭江), 금주(金州), 복주(復州) 등 요동 일대를 휩쓸며 민간에서 수십만
냥의 은화를 강탈했다. 만력제가 환관들을 시켜 자행했던 이러한 수탈을 '광세
(礦稅)의 화(禍)'라고 한다. 수탈로 인해 전국 각지의 상공업은 위축되고, 국가
의 공적 세입은 급격히 줄어들었다. 민변(民變)이라는 저항운동의 시발점.

34) 공최(龔崔)의 조제(弔祭): 공최(龔崔)는 참장 공념수(龔念遂)와 유격 최길(崔
吉)을 지칭. 선조의 상(喪)에 두 사람이 조문하였다. 광해(光海) 즉위 년(1608
년) 4월 12일 기사에 "요동(遼東)의 무원(撫院)과 총진(摠鎭)에서 참장 공념수
(龔念遂), 유격 최길(崔吉)을 보내어 빈전(殯殿)에 제사를 올렸다.(부의는 비단
10상자였다.) 예가 끝나자 두 관리들이 각기 사사로운 예절을 행하였다.(遼東
撫院及摠鎭遣參將龔念遂遊擊崔吉, 致祭于殯殿(奠儀幣段十卓) 禮畢, 兩官各
行私禮)"의 일이 기록됨.

寧)의 사정을 정탐하였는데, 그가 이미 파직이 되었다는 말을 듣고 광녕에 도착하기 전에 돌아온 것이다. 진무양장이 공최를 보낸 것은 조제를 청탁하였으나 실제로는 우리나라의 허실과 산천·마을도로의 평탄과 험준함 정도를 살펴서 건추(누르하치)와 모의하여 습격하려는 것이었다. 그 당시에 오로지 전 군수 허징(許澂)[35]만이 공최의 조제가 의심할 만하다고 상소하였다.】이날에 장계를 올렸는데 개성부 후삼 30근 중에 1근 9량[36]은 받아가지 못하게 되었으니 평안도에서 진공하는 명주나 의주의 수세은(收稅銀)으로 삼을 교역해서 보내기를 청하는 일이었다.

(8월) 10일 갑자(甲子)일 흐렸다 맑음. 저녁에 가랑비가 옴.

평산을 출발하여 서북쪽으로 30리를 가서 총수산 관소에 들어갔다. 이곳은 조사(詔使·중국에서 온 사신)가 왕래할 때에 말을 매어두고 노닐 던 곳이다. 보산과 안성의 두 역참을 합해서 설치하였는데, 이 관소는 새로이 번듯하게 만들어진 것이었다. 사방의 산은 푸르고, 절벽 앞으로는 푸른 물이 감돌고, 모래톱의 웅덩이는 맑은 못이 되었고, 물결은 격하여 우는 여울이 되었다. 붉은 용마루와 푸른 절벽의 그림자는 물에 잠겨 그윽하고 조용한 것이 보통 경치가 아니었다. 바라보니 바위틈에 샘이 있어 낙숫물처럼 방울져 떨어졌다. 깨끗하고 차가워 옥류천이라고 불렀다.

양사(兩使)및 자제군관 대여섯 사람과 가마를 타고 내를 건너 이곳을 관광하였다. 함께 양치질과 세수를 하고 돌 위에 걸터앉았는데 푸른 절벽

---

35) 허징(許澂, 1549년~ ?): 조선시대 중기의 문신. 본관은 양천, 자는 경우(景虞). 용천부사(龍川府使)를 지낸 허윤(許碖)의 아들이며, 허준의 동생이다. 1549년 경기도 임진현 우근리(현재 경기도 파주시 대강면 우근리)에서 태어나, 1586년 (선조 19년) 문과 알성시 병과에 급제하여 벼슬길에 올랐다. 학관(學官)을 거쳐 목사(牧使)를 역임.
36) 앞의 내용으로 보면 11근 9량이 옳을 듯함.

이 얼룩얼룩 했으며, 사이사이에 소나무와 단풍, 석창포가 섞여있었다. 바위 위에는 '옥류천(玉溜泉)'이란 커다란 세 글자와 '주지번서(朱之蕃書)'라는 네 글자가 새겨져있었다. 또 도서(圖書)가 붉은 전서체로 돌에 새겨져 있으니 이는 오래도록 전하려는 계획이었다. 관소의 서쪽에 비각이 있고 석비(石碑)가 나란히 서 있었는데, 높이가 8~9척이었다. 왼쪽에는 <총수산기(葱秀山記)>가 있는데 천사(天使) 동월(董越)[37]이 지은 것이고[38], 오른쪽에는 <취병산기(翠屏山記)>가 있는데 천사 공용경[39]이 지은 것이다. 그런데 전쟁 때문에 석비가 떨어져 내려 글자와 행이 이어지지 않았다.

저물녘에 출발하여 서흥 하천을 건너 용천관(龍泉館)에서 묵었다. 일찍이 황여헌(黃汝獻)[40]이 이곳에 와서 시를 지었다고 하는데, 그 시의 3~4구는 이와 같다.

---

37) 동월(董越): 명나라의 문신·학자. 시호는 문희(文僖). 1488년 홍치제(弘治帝)의 등극을 알리는 반조정사(頒詔正使)로 조선에 왔다. 조선의 풍토(風土)를 부(賦)의 형식으로 기록한 『조선부(朝鮮賦)』와 『조선잡지(朝鮮雜志)』를 간행했다. 『조선부(朝鮮賦)』는 1697년(조선 숙종 23) 조선에서 간행되었으며, 조선의 자료는 『신증동국여지승람』에 수록되었다. 저서로 『규봉문집(圭峯文集)』, 『사동일록(使東日錄)』, 『문희집(文僖集)』 등이 있음.

38) 연산군 2년(1496) 1월 13일에 중국 사신 동월(董越)이 지은 총수산비(葱秀山碑)를 세우게 했다. 그 비는 황해도(黃海道) 평산(平山) 길가에 있음.

39) 공용경(龔用卿): 명나라 세종(世宗) 때의 문신. 자는 명치(鳴治), 호는 운강(雲岡). 한림원 수찬(翰林院修撰) 등을 지냈다. 『명륜대전(明倫大典)』과 『대명회전(大明會典)』의 편찬에 참여했으며, 1537년 황태자의 탄생 소식을 알리기 위해 부사 오희맹(吳希孟) 등과 함께 조선에 파견되었다. 이 시기에 지은 『사조선록(使朝鮮錄)』에는 사행(使行) 절차 및 거리 풍경, 교류 내용 등이 기록되었다. 저서로 『운강선고(雲岡選稿)』·『시여(詩餘)』 등이 있음.

40) 황여헌(黃汝獻, 1486~ ?): 조선 중종 때의 문관. 본관은 장수(長水), 자는 헌지(獻之), 호는 유촌(柳村). 황희(喜)의 5세손. 정사룡(鄭士龍)·소세양(蘇世讓) 등과 함께 필법과 문장으로 유명하였다. <죽지사 竹枝詞>를 지음.

| 龍泉日暖初楊柳 | 용천에 날이 따뜻해져 비로소 버드나무 싹트고 |
| 劍水春寒未杜鵑 | 검수에 봄이 추우니 두견이 아직 울지 않네. |

(8월) 11일 을축(乙丑)일. 흐렸다가 맑음.

금교찰방(金郊察訪) 김덕겸(金德謙)[41]이 와서 뵈었는데 그는 동년 김덕함(金德諴)의 형이다. 용천(龍泉)을 출발하여 서쪽으로 10리 쯤 가서 남쪽에서 북쪽으로 흐르는 용천 하류를 건넜다. 다시 서쪽으로 10리 쯤 가서 북쪽에서 남쪽으로 흐르는 용천 하류를 건넜는데 전에 비해 강폭이 약간이 컸기에 대교탄(大橋灘)이라 불렀다. 또 서쪽으로 10리쯤 가서 작은 내를 건넜는데 냇물의 동쪽은 서산(瑞山) 지역이고 서쪽은 봉산(鳳山) 지역이었으며 지명은 흥수원(興首院)이었다. 하천은 자비령(慈悲嶺) 아래로 흐르는데 자비령은 서흥과 황주의 경계이다. 고개 아래에 자비사(慈悲寺)가 있는데 옛길은 자비령을 경유하였다. 흥수원으로부터 서쪽으로 10리를 가서 검수관(劍水館)에 들어가 점심을 먹었다. 검수로부터 서쪽으로 30리를 가서 봉산군(鳳山郡)에 들어갔다. 읍은 매우 번성하였고 관사는 크고 호화스러웠다. 대동찰방(大同察訪) 박효성(朴孝誠)과 서로 만났다.

(8월) 12일 병인(丙寅)일. 맑음.

군수 신일(申鎰)과 서로 만났다. 봉산읍에서 북쪽으로 10리를 가니 동

---

41) 김덕겸(金德謙, 1552~1633): 조선 중기 문신. 본관은 상주, 자는 경익(景益), 호는 청륙(靑陸). 어려서부터 동생 김덕함(金德諴)과 함께 유명하였다. 1579년 (선조 12) 사마시, 1583년 별시문과, 1597년 문과중시에 급제하였다. 1612년(광해군 4) 광해군을 비방하는 언서(諺書)가 집에 들어와 추국 당하였다. 시로 유명하였고, 『청륙집』이 있음.

성령(董城嶺)이라는 큰 고개가 있었다. 고개 서북쪽으로 30리를 가서 황주(黃州)에 들어갔다. 황주(黃州)의 남문 밖에는 큰 내에 널다리가 강을 가로질러 놓여있어, 건너면서 보니 매우 장관이었다. 읍은 웅장하고 부유했으며 하얀 집들이 즐비하였다. 저녁에 양사와 함께 태허루(太虛樓)에 올라 옛일을 깊이 생각하며 멀리 바라보았다. 군관 등을 불러들여 활쏘기를 하고 날이 저물어 내려왔다.

(8월) 13일 정묘(丁卯)일. 맑음.

판관(判官) 이안민(李安民)이 와서 만났다. 반자(半刺)[42]의 정사는 상벌을 엄격하고 명백하게 하여 잘 다스리는 것이라며 "새로 수레를 만들어 쇄마(刷馬 지방에 배치해 둔 관청용의 말)의 폐단을 줄였는데, 이번에 시험삼아 시행해보니 백성들이 이를 편안해합니다."라고 하였다. 황강(黃崗)으로부터 북쪽으로 55리를 가서 중화부(中和府)의 생양관(生陽館)에 들어갔다. 우리들은 관아 동헌에 들어갔는데 새로 임명받은 부사는 아직 오지 않았고 상원군수(祥原郡守) 조준남(趙俊男)이 와서 접대하였다. 산의 형세는 상원(祥原)의 수산(壽山)으로부터 서쪽으로 달려 자비령이 되었고, 구불구불 황강의 남쪽으로 뻗어 극성(棘城)[43]이 되었다가 서해에 이르렀다. 서남쪽의 늘어선 여러 봉우리는 화극(畫戟)같이 아름다웠는데, 이것이 해주의 구월산이다. 황강으로부터 북쪽으로 뻗은 땅은 모두 평원과 구릉지였으며 험준한 고개는 없었다.

---

42) 반자(半刺): 주(州)와 군(郡)의 장관(長官)에 속한 관리로 별가(別駕), 통판(通判) 등을 지칭함.
43) 극성(棘城): 적의 침입을 막기 위하여 가시나무로 목책(木柵)을 만든 성.

(8월) 14일 무진(戊辰)일. 맑음.

중화(中和)현 북쪽에서 들판을 지나 50리를 가니 바로 평양(平壤)의 대동강이었다. 화선(畫船그림을 그려 화려하게 꾸민 배)을 타고 건너는데, 배에는 주지번(朱之蕃)[44]과 양유년(梁有年)의 액자 시편들이 있었다. 대동관(大同館)에 들어가 감사 이시발(李時發)[45], 상사·부사와 함께 동상방(東上房대청이 남쪽을 향하여 안방이 왼쪽에 있는 집)에서 대화하였다. 판관 황이중(黃以中)과 서윤 이홍주(李弘胄)가 와서 만났다. 또 양사와 함께 쾌재정(快哉亭)에 올랐다. 늙은 기생 신옥(申玉)은 학봉[김성일(金誠一)] 선생[46]이 서장관으로 북경에 갔을 때 눈길을 주던 여자였다. 그녀를 불러 이야기하고 쌀과 반찬을 주었다.

(8월) 15일 기사(己巳)일. 맑음.

새벽에 최복(衰服)을 입고 상사·부사와 함께 북쪽을 향하여 회곡(會哭)하였다. 아침에 향궐례(向闕禮)[47]를 행하고 감사(監司) 및 양사(兩使)

---

44) 주지번(朱之蕃, 1546~1624): 명나라 산동(山東) 치평(荏平) 사람. 자는 원개(元介), 호는 난우(蘭嵎). 만력(萬曆) 23년(1595) 장원급제하였으며 서화(書畵)에 뛰어났다. 조선(朝鮮)에 사신으로 왔을 때 뇌물이나 증여를 거절했다. 법서(法書)나 명화, 고기(古器) 등의 매매를 배척했으나 소장품은 남도(南都)에서 최고 수준을 자랑했음.

45) 이시발(李時發, 1569~1626): 본관은 경주이며, 호는 벽오(碧梧). 1589년(선조 22) 증광문과에 급제하였고, 임진왜란 때 접반관(接伴官)으로 명나라 장군 낙상지(駱尙志)를 접대하였다. 도체찰사(都體察使) 류성룡(柳成龍)의 종사관으로 활동하였으며, 군사, 행정 실무 등에 밝았음.

46) 김성일(金誠一, 1538~1593): 조선 중기의 정치가·학자. 이황의 주리론을 계승하였다. 1590년 통신부사로 일본에 파견되었다가 귀국 후 일본이 침략하지 않을 것이라고 보고하였다. 임진왜란 때 초유사(招諭使), 경상도 관찰사로 임명되어 의병활동을 지원함.

47) 향궐례(向闕禮): 정월 초하루·동지(冬至)·성절(聖節)·천추절(千秋節) 등의

와 함께 남쪽으로 함구문(含毬門)을 나와서 정전의 남은 터를 보고자 하였다. 성 남쪽 제양문(濟陽門) 밖에는 '기자정(箕子井)'이라는 세 글자를 크게 새긴 돌비석이 있고 그 곁에는 돌기와가 있었다. 민간에 전해지기를 기자 시절의 어정(御井)이라 하는데, 북쪽으로 백보 떨어진 곳에는 기자궁의 남은 터가 있었다. 마을 백성 가운데 을유년[중종 20. 1525]에 진사과에 급제한 황징(黃澄)이라는 사람이 있었는데 나이가 많고 옛 것을 좋아한다고 했다. 그는 손에 종이를 들고 정전모양을 그렸다. 또 정전설에 대해 다음과 같이 말하였다. "한백겸(韓百謙)[48] 명길이 호조참의(戶曹參議)로 천사 영위사(迎慰使중국 사신을 맞아 위로하던 임시 벼슬)가 되어 이곳에 와 머물면서 정전의 구획을 바꿨는데 옛 제도를 거의 잃어버렸습니다." 마침내 황생(黃生)과 함께 그 상황을 두루 살펴보았는데 도랑은 인몰되었으나 도로는 분명하고 구획이 반듯반듯하여 볼만하였다. (정전법은) 혹은 1백보로 1구(區)를 삼고 혹은 60~70보로 1구를 삼았는데 한공(韓公)은 70보로 1구를 삼았으니 이는 한 장정이 받는 밭으로써 '은나라 사람은 70무에 조법을 썼다[49]'는 제도였다. 70보 척으로 정전의 형태를 헤아려 도로를 고쳤는데 1척(尺)의 차이가 누적되어 1심(尋)에 이르고 1심의 차이가 누적되어 백 척에 이르게 되니 옛 정전법의 남아있는 터가 이로 인해 착오가 생긴 것이다. 황생이 이를 한탄하고 이와 같은 말을

날에 임금이 중국의 궁전을 바라보고 하례하는 의식.

48) 한백겸(韓百謙, 1552~1615): 조선 중기의 문신이며 학자. 본관은 청주, 자는 명길(鳴吉), 호는 구암(久菴). '기전유제설(箕田遺制說)'과 '기전도(箕田圖)'를 남겼다. 기전도는 기자(箕子)가 시행하였다는 정전(井田) 제도의 유적이 평양에 남아 있음을 주장한 그림이고, 유제설과 기전도(箕田圖)는 후대의 토지제도 연구에 많은 영향을 줌.

49) 하후씨는 50무(畝)에 공법(貢法)을 썼고, 은나라 사람은 70무(畝)에 조법(助法)을 썼고, 주나라 사람은 100무(畝)에 철법(徹法)을 썼으니, 그 실제는 모두 10분의 1이니, 徹은 통한다는 뜻이요, 助는 빌린다는 뜻이다. (『孟子』「滕文公上」, '夏后氏五十而貢 殷人七十而助 周人百畝而徹 其實皆什一也 徹者 徹也 助者 藉也.')

한 것이었다. 밭의 형태를 자세히 보면 백보로 1구를 삼은 것은 그 모양이 크고 명확하고, 70보로 1구를 삼은 것은 그 모양이 작고 뚜렷하지 않으니, 생각건대 반드시 백보로 1구를 삼은 것이 기자가 구획한 1구로서 이것이 한 장정이 받을 수 있는 땅인 듯하다. 노인들에게 물은즉, 백무(百畝)의 밭은 지금의 5일경(五日耕닷새갈이)50) 면적에 해당하니 풍년도 흉년도 아니라면 50~60섬[石] 정도의 곡식을 거둘 수 있다고 한다. 옛 사람들이 씀씀이를 절약했으니 여덟 가족이 사는 집에 굶는 자가 없을 것이란 말이 헛되지 않다. 백보로 된 하나의 큰 구역 내에 또 4구역이 있어 그 형태가 '田'자 모양과 같은데 형태가 분명한 것도 있고 인몰된 것도 있었다. 하나의 작은 구역의 길이와 넓이는 모두 60보 혹은 70보였는데 이것은 한공(韓公)이 이로써 70무로 삼은 것이요, 은나라 사람 한 장정이 받는 밭이었다. 만약 이것으로 정전의 1구역을 삼는다면 백 척이 1구역이 되는 것이 분명한 것이고 70척이 1구역이 되는 것은 뚜렷하지 않으므로 자세히 알 수 없다. 생각건대 1구역 백무의 땅 안에 혹시나 심는 것이 다름이 있거나 밭 모양이 광대하여 관리하기 어려우므로 별도로 4구역으로 한 것인가? 그렇지 않으면 1구역 안을 4구역으로 나누어 여사(廬舍오두막집)를 짓고 도로를 낸 것인가? 이 또한 알 수 없는 일이다. 한공이 70척이 1구역이 된다고 말한 것은 비록 '은나라 사람이 70무에 조법을 썼다'는 말과 가깝지만 만약 도랑과 도로를 계산한다면 70무가 채 되지 않는다. 『맹자』에 비록 이러한 말이 있으나 은나라 제도는 자세히 알 수 없으니 하물며 지금 수 천 년 뒤에 어떻게 그 크고 작은 복잡한 사항들을 자세히 알겠는가? 그런데도 개인적인 의견으로 전제(田制)를 고쳐 옛 뜻을 잃어버렸는가? 옛 제도를 따라 다스려 옛 성인의 유적이 인몰되지

---

50) 밭의 면적은 주로 파종량 또는 일경(日耕)으로 표시하는데, 전자를 '두락지(斗落只)', 후자를 '~갈이'(五日耕은 닷새갈이)라 한다. '마지기'는 파종량을 기준으로 한 전답면적의 단위로 한 말의 씨앗을 파종할 수 있는 면적.

않게 하는 것만 같지 못하다. 달밤에 감사·양사와 함께 연광정(鍊光亭)에 올랐다. 평사(評事)[51] 조익(趙翼)[52]이 와서 정자에서 함께 이야기하였다. 정자는 성 동쪽 모퉁이의 절벽 위에 있었는데 앞쪽으로 대동강에 임해 있고 동쪽으로는 부벽루가 바라보였다. 평탄하고 탁 트였으며 맑고 아름다웠는데 정자의 승경은 마땅히 우리나라 누각 중 제일이었다. 저물녘에 은산(殷山) 수령 윤이지(尹履之)[53]가 와서 만났다.

(8월) 16일 경오(庚午)일. 맑음.

평사(評事) 조익(趙翼)이 와서 만났다. 양사와 함께 방물(方物)을 열어 검열하였다. 황혼녘에 감사 및 양사를 연광정에 맞이하여 이야기했다. 동년(同年) 용강현령(龍岡縣令) 최동망(崔東望)[54]과 일행의 자제 등이 모두 모여 이야기했다.

---

51) 평사(評事): 조선 초기의 정6품 관직. 병마평사(兵馬評事)의 약칭. 병마절도사의 막하에서 군사조치에 참여하며 문부(文簿)를 관장하고 군자(軍資)·고과(考課)·개시(開市) 등의 사무를 담당함.

52) 조익(趙翼, 1579~1655): 조선 중기의 문신. 본관은 풍양(豊壤), 자는 비경(飛卿), 호는 포저(浦渚)·존재(存齋), 시호는 문효(文孝). 김육의 대동법 시행을 적극 주장하였고, 성리학의 대가로서 예학에도 밝았다. 음률·병법·복서에 능하였다. 예조판서, 대사헌, 좌참찬, 우의정을 거쳐 좌의정에 올랐음.

53) 윤이지(尹履之, 1579~1668): 조선 후기의 문신. 본관은 해평(海平), 자는 중소(仲素), 호는 추봉(秋峯). 영의정 윤두수(尹斗壽)의 손자로 윤방(尹昉)의 아들이다. 1618년(   ) 폐모론에 반대하였으며, 1636년 병자호란 때는 강화부 유수였으나 강화도 수비에 실패하였다. 평안도·함경도 관찰사 등을 역임함.

54) 최동망(崔東望, 1557년~ ?): 조선 중기의 문신. 본관은 통천(通川), 자는 노첨(魯瞻), 호는 재간(在澗). 최자양(崔自陽)의 손자로 형조참판을 지낸 최립(崔岦)의 아들이다. 1589년(선조 22) 증광문과에 을과로 급제한 후 임천군수(林川郡守), 희천군수(熙川郡守), 합천군수(陝川郡守) 등을 역임함.

(8월) 17일 신미(辛未)일. 맑음.

　방백이 아침에 찾아 와서 만났다. 용강현령(龍岡縣令) 최동망(崔東望)
·판관(判官) 황이중(黃以中)·서윤(庶尹) 이홍주(李弘冑)가 찾아와 만
났다. 상사 황징(黃澄)과 봉사(奉事조선시대 동반(東班) 종팔품(從八品) 관직명)
김덕문(金德文)이 찾아와 만났다. 서쪽으로 보통문(普通門)을 나와 방백
및 양사와 함께 기자묘를 알현하였다. 묘는 성 북쪽 칠성문(七星門) 밖에
있는데 말의 갈기 모양으로 봉분을 하였으며 3척의 석비를 세우고 '기자
묘(箕子墓)'라 새겼다. 왜적이 비석의 반쪽을 잘랐기 때문에 그 후에 새
비석으로 바꾸고 옛 것과 함께 보존하였다. 담장을 빙 돌아서 석양(石羊)
과 석인(石人)이 있었는데 모두 옛 제도였으나 이것이 3대(三代하·은·
주)의 것인지는 알 수 없는 일이다. 선우(鮮于)라는 성을 쓰는 자가 대대
로 그 묘를 지키고 있었는데 선우씨는 기자의 후손이다. 『군옥[대동운부
군옥]』55)에 이르되 '무왕이 기자를 조선에 봉하고 그 자손들이 우(于)땅
에서 채읍(采邑)을 받았으므로 선우로 성씨를 삼았다' 하였다. 우(于)는
중원 땅인데 우리나라에 있는 자가 또한 선우를 성씨로 한 것은 알 수
없는 일이다. '기자의 지팡이'[箕子杖]56)와 '기자의 붓'[箕子筆]이 있는데

---

55) 대동운부군옥(大東韻府群玉): 조선 선조 때 권문해(權文海)가 편찬한 일종의
백과전서. 원나라 음시부(陰時夫)는 『운부군옥』을 지어 중국의 역사를 기록하
였지만, 권문해는 『대동운부군옥』을 지어 단군시대부터 편찬 당시까지 우리나
라의 지리·역사·인물·문학·식물·동물 등을 운별(韻別)로 분류해 놓았다.
책이름에서 '대동(大東)'은 '동방대국(東方大國)'이라는 뜻이고, '운부군옥(韻
府群玉)'은 운별로 배열한 사전이라는 뜻임.

56) 기자장(箕子杖): 윤두수(尹斗壽, 1533~1601)는 「平壤志序」(『梧陰遺稿』 권3)에
서 "평양은 기자(箕子)의 옛 도읍이다. 성의 남쪽에 정전(井田)을 시행한 지역
이 있으니, 구획이 분명하고 도랑이 방정하여 천 년이 지났어도 오히려 삼대
(三代) 때의 제도를 볼 수 있다. (중략) 그 나머지 이른바 기자궁(箕子宮), 기자
정(箕子井), 기자장(箕子杖)은 모두 고국(故國)의 구물(舊物) 중에서 숭상할
만한 것이 아닌 것이 없다.(平壤 箕子之舊都 城之南 有井地 區畫分明 溝塍方正

상자에 보관되어 지금까지 전해진다. 방백과 서윤을 기자묘 밑에서 전별하였다. 기성(箕城지금의 평양을 가리킴)으로부터 평원을 건너 북쪽으로 50리를 가서 순안(順安)에 당도하여 점심을 먹었다. 또 순안으로부터 북쪽으로 65리를 가서 한밤중이 되어서야 숙천(肅川)[57]의 숙녕관(肅寧館)에 도착했다.

(8월) 18일 임신(壬申)일. 맑음.

진시(辰時)에 출발하여 40리를 가니 안주(安州)의 경계였다. 또 북쪽으로 40리를 가 안주의 안흥관(安興館)에 도착했는데 관사가 불결하여 백상루(百祥樓)[58]로 옮겨 묵었다. 양사 및 목사 오윤겸과 누각에서 대화하였는데 북쪽으로는 청천강(菁川江)이 내려다보이고 강 밖으로는 넓은 들이 있었다. 동북으로 백 리쯤 되는 곳에 향산(香山)이 있고 정동쪽에는 청암산(靑巖山)이 있는데 아치형으로 높이 솟아 구불구불 얽혀있었다. 푸른빛이 공중을 가로지르는 듯한데, 누각과 정면으로 서로 마주 하고 있었다. 서쪽 봉우리 중에 험준하고 홀로 높이 솟은 것은 오소농산(五所弄山)이었고 서남쪽의 푸르고 아득한 것은 바닷물이었다. 청천강의 물은 두 줄기인데 그중 하나는 희천(凞川)의 향산에서 발원하여 영변(寧邊)의 철옹성(鐵甕城)을 감싸고 돌아 나와 비스듬히 남쪽으로 달려 곧바로 백상루에 닿는다. 다른 하나는 개천(价川)의 청암산(靑巖山)에서 나와 향산의 하류와 합하여서 큰 내가 되었다가 다시 여러 섬들에서 나뉜 뒤

　　千載以下 猶可見其三代之制焉 (중략) 其餘所謂箕子宮箕子井箕子杖 無非故國
　　舊物之可尙者)”고 함.
57) 숙천(肅川): 평안남도 평원 지역의 옛 지명.
58) 상루(百祥樓): 평안남도 안주군 안주읍에 있는 고려시대의 누정. 옛 안주성
　　장대(將臺) 터에 세워 청천강의 자연경치와 잘 어울림. 관서팔경(關西八景)의
　　하나로 ‘관서제일루(關西第一樓)’라고 불림.

백상루 밑에서 또 합쳐져 서해로 흘러간다. 백상루 앞의 조수는 하루에
두 번 밀려오는데 달밤에 조수가 세차게 불어나면 더욱 하나의 장관을
이룬다. 이때는 황혼녘이라 조수가 바야흐로 밀려왔으나 세차게 불어나
는 않았다. 양사는 관사로 돌아가고 나는 최산휘와 함께 백상루 위 삼청
각에서 묵었다. 삼청각 안에 중국그림이 있었는데 도연명(陶淵明)59)의
〈귀거래도(歸去來圖)〉와 소동파(蘇東坡)60)의 〈적벽유도(赤壁遊圖)〉였
으며, 누각에 걸려있는 현판들은 모두 앞뒤로 왕래한 중국 사신들의 작품
이었다. 공민왕이 일찍이 이 누각에 올라 시를 남겼는데, 3~4연은 다음과
같다.

烟橫大野雲橫嶺　　안개는 들판을 가로 지르고 구름은 고개에 걸렸는데
風滿長江月滿舟　　바람은 긴 강에 가득 불고 달빛은 배 안에 가득 찼네.

근래에 이안눌61)이 천사(天使)의 시에 화답하여 읊었다.

崔顥題詩黃鶴樓　　최호62)는 황학루에서 시를 읊고

---

59) 도연명(陶淵明, 365~427): 동진(東晉)과 남조(南朝) 송(宋: 劉宋) 대의 시인.
　　이름은 잠(潛), 호는 오류선생(五柳先生), 자는 연명(淵明)이다. 팽택(彭澤) 현
　　령(縣令)을 역임하였고, 대표작으로 〈오류선생전〉, 〈도화원기〉, 〈귀거래사〉 등
　　이 있음.
60) 소동파(蘇東坡, 1036~1101): 북송의 시인·예술가·정치가. 본명은 소식(苏
　　軾), 자는 자첨(子瞻), 호는 동파(東坡).아버지 소순(蘇洵), 동생 소철(蘇轍)과
　　함께 삼소(三蘇)라고 불리며, 당송8대가(唐宋八大家)에 속함.
61) 이안눌(李安訥, 1571~1637): 조선 중기의 문신·시인. 본관은 덕수(德水), 자는
　　자민(子敏), 호는 동악(東岳). 1601년(선조 34) 진하사 정광적(鄭光積)의 서장
　　관으로 북경을 다녀옴.『동악집(東岳集)』 26권에 4,379수의 시가 전함.
62) 최호(崔顥, 704~754): 당나라 변주(汴州) 사람. 현종(玄宗) 개원(開元) 때 진사
　　가 되고, 천보(天寶) 때 태복시승(太僕寺丞)과 사훈원외랑(司勛員外郎)을 지냈
　　다. 각지를 떠돌아다니면서 넓은 지역에 자취를 남겼다. 악부시를 잘 지었는데,

後人來作淸江遊	뒷사람은 청천강에 와서 노니는데
淸江之上城百雉	청천강 위 성(城) 백 개의 성가퀴요
城頭畫閣臨淸流	성 앞 화각(畫閣)은 맑은 물을 임했네
羣山際海地形盡	여러 산들은 바다에 접해 그 모습 아스라하고
芳草連天春氣浮	방초(芳草)는 하늘로 이어져 봄기운 띄우는데
老儒新詩更奇絶	늙은 유생의 새로운 시 기이하고 뛰어나니
三韓千載名應留	삼한 땅 천년동안 이름 응당 남으리

(8월) 19일 계유(癸酉)일. 맑음.

시회공(時晦公; 윤양)이 정주(定州)를 향해 출발했다. 정주목사(定州牧使) 윤훤(尹暄)은 그의 동생이다. 서둘러서 길을 재촉하여 떠나려는데 그 아침에 목사 오군[63]이 찾아와 정자 위에서 만났다. 날이 저물어 출발하여 청천(菁川)을 건너 서북쪽으로 40리를 가서 대정강(大定江)을 건넜다. 강의 근원은 옛 삭주(朔州)에서 발원하여 귀성(龜城)과 태천(泰川)을 거쳐 이곳에 이르러 조수가 출입하는데 이날 오후 조수가 크게 불었다. 계수공(季收公: 신설)과 함께 화선(畫船)을 타고 강을 건너 잠시 공강정(控江亭)에 올랐다. 공강정의 누각은 새로 지었는데 동쪽으로는 대정강에 임해있었다. 멀리로는 여러 봉우리가 보였는데 그중 향산(香山)의 눈 덮인 바위가 가장 뛰어났다. 공강으로부터 서북쪽으로 20리를 가서 가산(嘉山)의 가평관(嘉平館) 서헌(西軒)에 도착했다. 저녁에 계수공과 함께 제산정(齊山亭)에 올랐는데 공용경(龔用卿)[64]과 주지번(朱之蕃)[65]이 쓴

민간의 가사를 즐겨 채용했다. <장간행(長干行)>, <증왕위고(贈王尉古)>, <증양주장도독(贈梁州張都督)>, <황학루(黃鶴樓)> 등이 유명함.

63) 목사 오군: 양주목사 오윤겸을 가리킴.

64) 공용경(龔用卿, 1500~1563): 명나라 복건(福建) 회안(懷安) 사람. 자는 명치(鳴治), 호는 운강(雲岡). 가정(嘉靖) 5년(1800) 진사(進士)가 되어 한림수찬(翰林修撰)에 올랐다가 좌춘방좌유덕(左春坊左諭德) 겸 한림시독(翰林侍讀)에 발

현판(懸板)이 있었다.

(8월) 20일 갑술(甲戌)일. 흐림.

군수(郡守) 구완(具浣)이 와서 만났다. 오후 늦게 출발해 서쪽으로 30
리를 가니 석교(石橋)가 걸쳐있는데 바로 납청정(納淸亭)이었다. 왼쪽으
로는 푸른 시내가 있는데 물이 깊고 맑았으며 뒤에는 푸른 솔 수십 가지
가 얽혀 그늘을 이루었다. 청풍이 시원하게 부니 차갑고 고요한 운치가
공강정(控江亭)보다 뛰어났다. 어사(御史) 목장흠(睦長欽)66)이 정주로
부터 왔는데 우리들이 왔다는 소식을 듣고 송별하기 위해서 머물렀다.
상사와 함께 셋이 마주앉아 얘기했는데67) 깨닫지 못하는 사이에 날이
저물었다. 목우경(睦禹卿)은 가산(嘉山)으로 향하고 우리들은 정주(定
州)로 향했다. 납청정으로부터 서쪽으로 40리를 가서 달천(獺川)의 석교
를 건너 신안관(新安館)의 영춘당(迎春堂)에 들어갔는데, 시회공이 먼저
와서 기다리고 있었다. 양사, 주인 차야공(次野公; 윤훤)과 함께 동상방
(東上房)에서 이야기했다. 술 몇 순배가 돌았을 때 사은사로 갔다가 돌아
오는 유간(柳澗)68)과 서장관 정호공(丁好恭)69)이 서헌(西軒)에 들어왔

탁되었다. 『명륜대전(明倫大典)』과 『명회전(明會典)』 편찬에도 참여함.
65) 주지번(朱之蕃, 1546~1624): 명나라 산동(山東) 치평(荏平) 사람. 자는 원개(元
   介), 호는 난우(蘭嵎). 만력(萬曆) 23년(1595) 장원급제를 하고 이부시랑(吏部
   侍郎)을 역임하였다. 서화(書畵)에 뛰어났으며, 조선(朝鮮)에 사신을 왔을 때
   일체의 뇌물이나 증여를 거절했다고 함.
66) 목장흠(睦長欽, 1572~1641): 조선 중기의 문신. 본관은 사천(泗川). 자는 우경
   (禹卿), 호는 고석(孤石).
67) 정좌(鼎坐): 세 사람이 솥발 모양으로 마주 벌려 앉음.
68) 유간(柳澗, 1554~1621): 조선 중기의 문신. 본관은 진주(晉州). 자는 노천(老
   泉), 호는 후재(後材). 1620년 진향사(進香使)로 중국에 파견되었는데, 당시
   요양이 함락되어 명나라로 들어가는 육로를 이용할 수가 없어 수로를 개척하
   였다. 귀환 도중에 배가 침몰되어 진위사(陳慰使) 박이서(朴彛敍), 서장관(書

다는 말을 듣고 우리들은 함께 찾아가 만났다. 명나라 조정의 특이한 일을 물으니 책봉을 청한 일은 이미 허락을 받았고 조사(詔使)가 겨울사이에 올 것이라 했다. 이성량(李成樑)은 이미 체직되었으나 새로운 총병(新摠兵) 두송(杜松)이 아직 오지 않은 관계로 이성량이 옛날 방식대로 모든 일을 처리하고 있다고 하였다. 요동도사(遼東都司)가 징색(徵索세금 따위를 내놓으라고 요구함)하는 폐단이 날로 심해져 여기를 거쳐 귀국하는 자들은 모두 그 침탈을 당한다고 하였다. 정희온(丁希溫)과 함께 영춘당에서 묵었는데 정희온이 겨울옷 한 벌을 작별선물로 주었다.

(8월) 21일 을해(乙亥)일. 흐림. 아침에 가랑비가 뿌림.

서쪽으로 30리를 가서 곽산군(郭山郡)에 들어갔다. 군의 동쪽 5리쯤에 능한산성(凌漢山城)이 있는데 지세가 험준하여 가히 수비에 용이한 곳이었다.

(8월) 22일 병자(丙子)일. 새벽에 비가 오다가 늦게 갬.

곽산군에서 출발하여 석교를 건너갔다. 길옆에 배 모양의 바위가 있어 이름을 주암(舟巖)이라 하였는데 50명이 앉을 만하였다. 서북쪽으로 35리를 가서 선천군(宣川郡)에 들어갔다. 군수 이심(李愖)[70]을 동상방(東

狀官) 정응두(鄭應斗) 등과 함께 사망.

69) 정호공(丁好恭, 1565~ ?): 자(字)는 희온(希溫), 호(號)는 북록(北麓). 1605년(선조38) 문과에 급제한 후 교리(校理)를 지내고 서장관(書狀官)으로 명(明) 나라에 다녀옴.

70) 이심(李愖, 1559~ ?): 조선 중기 문신. 1593년(선조 26) 별시에서 병과로 급제한후 수찬·부교리·지평·임천군수(林川郡守)·선천군수(宣川郡守) 등을 역임하였다. 1615년(광해군 7) 여주목사로 있을 때, 사헌부의 탄핵으로 파직되었고, 인조반정후 판결사(判決事)를 지냈으나 이괄의 난 때 삼대(三代)가 함께

上房)에서 보았다. 선천은 바다로부터 20리 떨어져있었는데 서남쪽으로
는 신미산(神尾山)이 있다. 여러 봉우리가 뾰족하게 솟아 바다 속에서
옆으로 뻗어 있는데 바라보면 아득한 것이 마치 신선이 사는 산과 같았
다. 산 위에는 금사사(金沙寺)가 있는데 곡식을 끊고 사는 스님이 살고
있었다. 산꼭대기에 올라 바라본 즉 더러는 중원 땅이 보이기도 하였다.
이 산에는 목장이 있는데 세속에 전하기를 용마(龍馬)가 있다고 하였다.
매년 말을 검열할 때에는 배를 타고 바다를 건너 이 섬[71]에 들어갔다.
고라니와 사슴, 과일과 채소가 산 속에서 많이 나오기 때문에 곽산군의
피물(皮物짐승 가죽)과 반배(盤排제사상에 진열하는 음식)는 모두 이곳에서 구
한다고 한다.

(8월) 23일 정축(丁丑)일. 맑음.

계수공이 주인 이자신(李子信)과 함께 와서 만났다. 함께 팔의정(八宜
亭)에 올랐는데 정자에는 지붕이 없고 흙을 쌓아 대를 만들었다. 배나무
8~9그루와 회나무·잣나무 6~7그루가 있었다. 정자 앞에는 큰 둑이 있는
데 길이가 5리쯤 되었다. 연꽃이 만개하면 경치가 갑절로 아름다웠다.

(8월) 24일 무인(戊寅)일. 흐림.

서북쪽으로 30리를 가 오목원(梧木院)에 들어갔다. 오목참(梧木站)에
서 10리쯤 되는 곳에 청강(淸江)의 기름진 들판이 있는데 물고기도 잡고
경작할 만한 곳으로 '청강평(淸江坪)'이라 하였다. 옛날에는 바다에 임해

달아나 파직됨.

71) 신증동국여지승람』 제53권 선천군조. "신미도(身彌島) 군의 남쪽 30리에 있는
데, 높은 봉우리와 험한 벼랑이 바다 위의 큰 산을 이루고 있으며, 목장(牧場)이
있다." 『조천일록』의 '신미산(神尾山)'과는 표기가 다름.

있는 농경지로 권세 있는 집에 의탁하여 위장해 사는 자들이 매우 많았는데 지금은 모두 흩어졌다고 한다. 청강으로부터 서쪽으로 10리쯤 가니 옛 성터가 있었는데 바로 선천(宣川)의 옛 터였다. 또 서쪽으로 20여리를 가서 거련관(車輦館)에 들어갔는데 철산(鐵山) 땅이었다. 푸른 솔이 좁은 길 양쪽에 그늘을 이루었으며 관각(館閣)이 웅장하고 탁 트여 서로(西路)의 객관(客館) 중에 으뜸이었다.

(8월) 25일 을묘(乙卯)일. 맑음.

거련관으로부터 서북쪽으로 25리를 가 용천(龍川)의 양책관(良策館)에 들어가 짐바리 수레의 수량을 정리하였다. 승려 법륜(法輪)이 와서 뵈었다.

(8월) 26일 경진(庚辰)일. 흐림.

양책관을 출발하여 서북쪽으로 30리를 가 고진강(古鎭江)을 건넜는데 강물은 맑았으며 구비구비 못을 이루고 있었다. 강 서쪽에 옛 산성이 있었는데 이로 인하여 고진강이라 불렀다. 또 북쪽으로 10여리를 가 소곶참(所串站)에 들어갔다. 다시 서북쪽으로 길을 가 대차령(大叉嶺)·소차령(小叉嶺)·전분령(箭分嶺)의 30리 길을 가서 용만(龍灣평안북도 의주)의 의순관(義順館)에 도착했다. 저녁에 부윤(府尹) 한덕원(韓德遠)[72] 및 도사(都事) 박대하(朴大夏)[73]와 대화를 나눴는데 도사는 수은어사(搜銀御

---

72) 한덕원(韓德遠, 1550~?): 조선 중기의 문신. 본관은 청주(淸州). 자는 의백(毅伯), 호는 강암(江岩). 1600년 동지사(冬至使)로 명나라에 다녀와 경기도관찰사가 되었고, 이듬해에 대사헌이 되었다. 황해도와 강원도의 관찰사·의주부윤을 역임하였다. 1609년(광해군 1)에도 왕세자책봉을 위한 사은사(謝恩使)로 명나라를 사행함.

73) 박대하(朴大夏, 1577~1623): 조선 중기의 문신. 자는 무업(茂業), 호는 송곡(松

史)74)를 겸하였다.

(8월) 27일 신사(辛巳)일. 맑음.

상·부사와 부윤공이 와서 만나, 함께 통군정(統軍亭)75)에 올랐다. 정자는 성의 서북쪽 모서리에 있었는데 지세가 높고 확 트여 바라다 보이는 경치가 매우 시원하였다. 압록강(鴨綠江)은 북쪽에서 남쪽으로 흐르는데 굽이굽이 돌아 성 북쪽으로 흘러들어가 구룡연(九龍淵)76)이 되고 빙 돌아 성 서쪽으로 나오는데 정자는 바로 그 위에 있었다. 또 북쪽에 강이 있는데 오랑캐 땅에서 흘러나와 압록강(鴨綠江) 서쪽에서 진강성(鎭江城) 동쪽으로 돌아 나가니 이름하기를 적강(狄江)이라고 하였고 압록강(鴨綠江)과 합해진다. 두 강 사이에 또 중강(中江)이 있는데 압록강(鴨綠江)에서 나뉘어 세 물줄기가 되었다가 다시 합하여 하나가 된다. 세 강 사이에는 크고 작은 섬들이 부평초같이 점점이 흩어져 있는데 마이산(馬耳山)이 홀로 강 중간에 솟았다. 두 개의 돌봉우리가 솟은 것이 마치 말의 귀와 같았으므로 이름지어진 것이다. 그 가운데에는 옛 사찰이 있었는데 소나무와 단풍나무가 우거졌고 종소리가 바람에 실려 멀리서 들려왔다. 명나라 사람이 섬 안에 많이 살고 있는데 울타리를 이어 마을

谷). 1603년(선조 36) 정시 문과에 을과로 급제한 뒤 전적·예조좌랑·병조좌랑 겸 춘추관기사관(春秋館記事官)·평안도도사 등을 지냈고, 1608년 선조가 죽자 사직하였다. 이항복(李恒福)의 추천으로 훈련도감 종사관(從事官)에 복직하였으며, 선천부사로 부임해서는 농지 개간과 군사훈련에 힘씀.

74) 수은어사(搜銀御史): 사신(使臣)의 일행이 불법으로 소지한 은(銀)을 수색하는 직무를 담당한 어사.

75) 통군정(統軍亭): 평안북도 의주(義州)의 서쪽, 압록강 기슭의 삼각산(三角山) 위에 있는 정자. 고려 초기에 건립되어, 1538년(중종 33)에 중창(重創), 1823년(순조(純祖) 23)에 보수함.

76) 구룡연(九龍淵): 금강산(金剛山)의 구룡폭(九龍瀑)이 떨어져 이룬 깊은 못.

을 이루었고 꽃과 과수가 들을 덮었으며 닭 울음과 개 짖는 소리가 정자 위에서도 들렸다. 서쪽으로 6~7리쯤 되는 곳을 바라보니 두 강 사이에 여염집이 즐비하였는데 붉고 푸른 것이 보일듯 말듯 하였으니 이곳이 중강의 '추세관경력아문(抽稅官經歷衙門)'이었다. 서쪽 끝으로 15리쯤 되는 곳에는 분첩(粉堞석회를 바른 성가퀴)이 공중으로 치솟았고 세 강줄기 가 옷깃 모양을 하고 있었으니 이곳이 '진강유격아문(鎭江遊擊衙門)'이 었다. 관서로 가는 길에 누대의 아름다움은 연광정(鍊光亭)77)만한 곳이 없고 쾌활함은 백상루(百祥樓)만한 곳이 없었는데, 통군정(統軍亭)에 오 르고 보니 지난날 본 풍경은 이에 못 미쳤다. 이안눌(李安訥)이 정주사 (丁主司)를 송별하는 시는 다음과 같다.

六月龍灣積雨晴	6월 용만에 장맛비 그쳐
平明獨上統軍亭	아침에 홀로 통군정에 오르네
茫茫大野浮天氣	망망한 너른 들에는 하늘기운이 떠있고
曲曲長江裂地形	굽이굽이 긴 강은 지형을 가르네.
宇宙百年人似蟻	우주에 백년 인생이란 개미와 비슷하고
山河萬里國如萍	산하 만리에 나라는 부평초와 다름없네
忽看白鶴西飛去	홀연히 백학이 서쪽을 향해 날아가니
恐是遼陽舊姓丁	아마도 요동 살던 정령위가 아닐런지?

권필78)이 이정구79)의 시에 차운한 것은 다음과 같다.

---

77) 연광정(鍊光亭): 평양에 있는 조선시대의 정자. 대동강 가에 위치한 연광정은 주변의 아름다운 경치와 어우러져 예로부터 관서팔경의 하나로 알려졌다. 남 쪽 누각 기둥에는 고려 시인 김황원의 시구를 적은 현판이 걸려 있음.

78) 권필(權韠, 1569~1612): 조선 중기의 문인. 본관은 안동. 자는 여장(汝章), 호는 석주(石洲). 과거에 뜻을 두지 않고 술과 시를 즐기며 자유분방한 일생을 살았음.

79) 이정구(李廷龜, 1564~1635): 조선 중기 때의 문신·학자. 한문사대가(漢文四大 家)의 한 사람. 본관은 연안(延安). 자는 성징(聖徵), 호는 월사(月沙). 중국어에 능하여 어전통관(御前通官)으로 명나라 사신이나 지원군을 접대하였다. 1597

城上軒楹敞	성 위에 누각이 후련히 열렸으니
憑高眼界空	덩그러니 높아 시야가 텅비었도다.
經心遼野月	마음을 지나는 것 요동의 달이요
吹面薊門風	얼굴에 부는 것은 계문의 바람이라.
宇宙華夷別	우주에는 화이(華夷)가 나뉘지만
山河表裏同	산하는 표리(表裏)가 하나이로세.
唯應千載勝	오직 천년의 이 명승지가
題品待吾公	시를 받고자 공을 기다렸다네.

　잠시 앉아 술을 마시는데 허준[80]이 와서 만났다. 삭풍이 매서웠는데
술기운으로도 이길 수 없어 각자 관사로 돌아왔다. 유시(酉時오후 5~7시)
에 진강유격(鎭江遊擊) 오종도(吳宗道)[81]가 관가(管家별도로 집안을 관리하
는 종) 오화(吳華)를 파견해 게첩(揭帖공문서의 일종)을 보내 이르기를 어떤
사람이 요양(遼陽)에서 온다 하였다. 책봉사신이 아직까지 지체하고 있
는데, 지금 또 예부급사(禮部給事) 심(沈)씨 성을 한 자가 온다고 하니
사실인지 아닌지 알 수 없었다. 그러나 허무맹랑한 말이 아닌지라 사람을

년 동지사의 서장관으로 명나라에 사행하였고, 1598년에 명나라 병부주사 정
응태(丁應泰)가 조선에서 왜병을 끌어들여 중국을 침범하려고 한다는 무고사
건을 일으키자 진주부사(陳奏副使)로 명나라에 가서 <무술변무주(戊戌辨誣
奏)>를 지어 무고를 밝혔다. 1604년에는 세자책봉주청사로 명나라에 사행하였
다. 대제학을 역임하였고, 100여장(章)의『조천기행록(朝天紀行錄)』을 간행함.
80) 허준(許浚, 1546~1615): 조선 중기의 의관(醫官). 1592년 임진왜란 시 선조가
　의주로 피난 갈 때 어의로서 배종했다. 1596년에는 광해군의 병을 고쳐 종2품
　의 가의대부(嘉義大夫)를 제수 받았고, 선조의 명을 받아 양예수 등과 함께
　『동의보감(東醫寶鑑)』을 편찬을 시작하였다. 1608년 선조가 승하하자 책임 어
　의로서 의주로 유배되었다가 광해군의 어의가 되었다. 1610년에『동의보감』을
　완성함.
81) 오종도(吳宗道): 명나라 장군. 임진왜란(壬辰倭亂) 때 수병을 이끌고 와서 공적
　을 세웠으며, 1593년(선조 26)에 거제(巨濟)를 지키기 위해 진주(晉州)를 지나
　가면서 의병장 김천일(金千鎰)을 위해 쓴 제문(祭文)이 있음.

보내 밤늦도록 탐문하여 사실을 보고하게 하였으나 끝내 알 수 없었다. 부윤(府尹)이 즉시 역학훈도(譯學訓導) 박의남(朴義男)을 진강에 보내 탐문하게 한 즉 말한 바와 같았으므로 부윤이 즉시 조정에 보고했다.

(8월) 28일 임오(壬午)일. 맑음.

아침에 부윤(府尹)을 관아 동헌에서 만났다. 역관 이희천(李希天)과 기익헌(奇益獻) 두 사람이 중국 사신을 맞이하는 배패통사(陪牌通事)[82]로 요동에 가려던 차에 서헌(西軒)에 와서 만났다. 판관 이온(李溫)이 들어와 만났다.

(8월) 29일 계미(癸未)일. 비.

단련사(團練使)[83] 신기성(申起性)이 군마를 거느리고 와서 뵈었다. 자문점마(咨文點馬)[84] 승문원(承文院)[85] 정자(正字) 이수(李邃)가 영춘당(迎春堂)에 들어왔다.

---

82) 배패통사(陪牌通事) : 백패(白牌)를 가지고 가는 통사. 백패(白牌)는 벼슬아치가 출장할 때에 출장의 목적과 그곳에 도착한 날짜 및 사정 등을 적어 올리는 공문으로, 사신의 행차 등에 사용함.
83) 단련사(團練使) : 조선시대 사신(使臣)을 호송하고, 맞이하고, 접대할 때 수행하던 군사책임자.
84) 자문점마(咨文點馬) : 자문(咨文)의 내용을 검사하고 말을 점검하는 일. 또는 그 임무를 맡은 사람. 중국에 가는 사신이 국경을 넘어갈 때 함께 보낼 말을 점고하는 직책인데, 자문(咨文)의 개서(改書)유무와 물품의 검색도 담당함.
85) 승문원(承文院) : 조선(朝鮮) 때, 외교(外交) 문서(文書)를 맡은 관청(官廳).

(8월) 30일 갑신(甲申)일. 맑음.

취승정(聚勝亭)에 올라 방물(方物)을 궤에 넣는 것을 열람하였다.

(9월) 1일 을유(乙酉)일. 맑음.

새벽에 양사와 함께 취승정(聚勝亭)에서 회곡(會哭)하였다. 날이 밝아 중대청(中大廳)에서 망궐례(望闕禮)를 행한 후 양사(兩使)와 함께 취승정에 앉아 방물을 궤에 넣는 것을 열람했다. 유격(遊擊) 오종도(吳宗道)가 또 부윤(府尹)에게 게첩(揭帖공문서의 일종)을 보냈는데 내용에 이르기를, "전에 들으니 과신(科臣)[86]을 보내 다시 검사한다고 하였다. 곧 차역 (差役관아에서 부리던 하인을 일컫는 말)을 요동에 보내 정탐하였는데 다시 검사한다는 정보가 전혀 없으니 생각컨대 앞의 말은 와전된 것입니다. 속히 사람을 보내 알려 귀국 백성의 근심을 위로합니다." 하였다.

(9월) 2일 병술(丙戌)일. 맑음.

저녁에 양사(兩使) 및 부윤(府尹), 도사(都事), 점마관(點馬官마필을 점 고하던 관리)과 함께 통군정(統軍亭)에 올랐다. 바람이 매우 심했는데 술로 도 이를 막을 수 없어 관소에 돌아왔다.

(9월) 3일 정해(丁亥)일. 맑음.

취승정(聚勝亭)에 올라 방물(方物)을 궤에 넣는 것을 보았다. 저녁에 상사·부사와 함께 대궐의 후정(後亭)【임진년 임금이 거처했던 곳을 지

---

86) 과신(科臣) : 중국 명(明)·청(淸)나라 때에 벼슬아치들에 대한 규찰을 맡아 보던 관원.

금도 대궐이라 부른다.]에 가서 부윤(府尹)과 점마관(點馬官)이 활쏘기 시합을 하는 것을 본 후에 크게 취해 돌아왔다.

(9월) 4일 무자(戊子)일. 맑음.

감기에 걸려 어지럼증으로 나가지 못하고 앉아 있었다. 오후에 취승정 (聚勝亭)에 올라 방물(方物)을 궤에 넣는 것을 보았다. 표류해온 중국사 람 대조용(戴朝用) 등에 대한 해송자주문(解送咨奏文)이 도착했다. 자문 점마(咨文點馬) 권진기(權盡己)가 와서 뵈었는데 그는 동년 권극중(權 克中)[87]의 아들이다.

(9월) 5일 기축(己丑)일. 맑음.

감기에 걸려 일찍 밖에 나가지 못했기 때문에 상사와 부사가 와서 문 병하였다. 오후에 병을 무릅쓰고 취승정(聚勝亭)에 올랐는데 양사와 양 점마가 함께 앉아 자주문(咨奏文)을 사대(査對)[88]하고 다시 봉해서 함에 넣었다. 방물 중에 아직 다 봉하지 못한 것은 개성부에서 받지 못한 후삼 이었다. 호조(戶曹)에서 평안감사(平安監司)에게 관문(關文공문서)을 보 내 의주(義州)의 수세은(收稅銀)과 공물로 바치는 명주를 편리함을 따라 보내주었다. 감사가 이에 근거하여 의주부(義州府)에 관문(關文)을 보내 니 부윤(府尹)이 전혀 없다고 강하게 거절하였다. 상사가 그와 다투었으 나 결판내지 못하였다.

---

87) 권극중(權克中, ? ~1614) : 조선 선조 때의 학자. 본관은 안동(安東). 자는 택보 (擇甫), 호는 청하(靑霞)·화산(花山). 1588년(선조 21) 사마시(司馬試)에 급제 한 후, 내시교관(內侍敎官), 세마(洗馬) 등을 역임.

88) 사대(査對) : 중국에 보내는 표(表)와 자문(咨文)의 내용과 그 인(印)이 틀림이 없는 가를 확인하는 일.

(9월) 6일 경인(庚寅)일. 흐림.

부윤과 계수공(신설)이 와서 문병하였다. 고을 사람 주부(主簿) 장지완 (張志完)이 와서 만났다. 표류해온 중국사람 대조용 등 47명이 도착했고, 각 행차에 배첩(拜帖남을 방문할 때에 내는 명찰)을 보내고 곧바로 사첩(謝帖선물에 대한 감사 편지)을 보냈다. 삼행(三行상사, 부사, 서장관을 지칭)이 각기 예물을 보내니, 명나라 사람이 또 향차(香茶)와 부채를 문서와 함께 보내 회례하였다. 자문(咨文)과 주문(奏文)을 공경스럽게 받은 일과 방물 나전함(螺鈿函)이 뒤틀린 일에 대한 장계(狀啓)를 점마의 행차에 부쳐 보냈다.

(9월) 7일 신묘(辛卯)일. 맑음.

고을 사람 전 도사(都事) 이희삼(李希參)이 와서 만났다.

(9월) 8일 임진(壬辰)일. 맑음.

상사가 호조의 관문(關文) 내용에 기록된 반전은(盤纏銀노자로 쓸 은)을 내어주기를 재촉하여 의주 부윤과 크게 다투었다. 부윤이 거절했으나 어쩔 수 없이 병영(兵營) 속목(贖木)[89] 200필로 은 50냥 2전을 바꾸어 주었다. 병영 속목으로 삼(參)을 바꾸어 받아간 일에 대해 장계(狀啓)를 올렸는데, 장계 중에 '은(銀)'이란 말을 숨겼으니 이는 국가에서 금했기 때문이다.

일행이 소지한 반전(盤纏노자)과 별인정(別人情인사치레나 선물로 주는 돈이나 물품)의 수량.

호조(戶曹) 정목(正木) 500필에 대한 무은(貿銀) 1백 20냥【이것은 일행의 노비로 양 주방(廚房)에 나누어주었는데, 노새를 타는 것도 이것으

---

89) 속목(贖木) : 체형을 면하기 위해 벌금으로 내는 면포.

로 할 수 있었다.】 개성부 후삼가(後參價) 은(銀) 1백 30냥, 의주 무은(貿銀) 50냥 2전 2푼, 호조 면주(綿紬)[90] 32필에 대한 무은(貿銀) 19냥 2전【모두 1백 99냥 4전 2푼이다. 이것은 곧 별반전(別盤纏), 방물, 노새를 빌린 값이다. 광녕의 사정에 대한 문견사건이다.】

  이상 사일기(私日記)이다.

서계(書啓)

  동지사(冬至使) 서장관(書狀官) 선교랑(宣敎郎) 성균관전적(成均館典籍) 겸 사헌부감찰(司憲府監察) 최현(崔晛)은 문견한 일에 대해 삼가 장계(狀啓)를 올립니다. 신은 상사 신설·부사 윤양을 수행하여 함께 북경에 가서 일을 마치고 돌아왔습니다. 보고 들은 것을 날마다 자세히 기록하고 또 목격한 폐단 두세 가지에 대해 적이 느낀 바가 있어 아울러 별단(別段)으로 기록하여 삼가 올립니다.【별단서계(別段書啓)는 원집에 실려 있다.】[91] 문견사건이다. 날마다 사일기를 첨부하였다.

(9월) 9일 계사(癸巳)일. 흐림.

  오전 9시경에 출발하여 압록강에 이르렀습니다. 평안도(平安道)의 도사(都事) 박대하(朴大夏)가 일행의 복물(卜物)[92]을 검사하였고 단련사(團練使) 신기성(申起性)이 군마를 거느리고 호위하였습니다. 날씨가 춥고 매서우며 북풍에 비가 날리고 파도가 높게 일어 배가 앞으로 가지

---

90) 면주(綿紬) : 뽕을 재배하여 생산한 원료로 길쌈하여 만든 명주(明紬).
91) 『인재집(訒齋集)』권5에 <朝京時別冊書啓>가 실려 있음.
92) 복물(卜物) : 마소에 실은 짐짝, 짐바리. 특히 중국으로 가는 사신이 지니고 가는 공물(貢物) 등을 일컫는 말.

못하였습니다. 표류해온 명나라 사람 대조용 등 47명도 함께 말을 타고 왔습니다. 시간을 점쳐서 배를 띄웠는데, 한 자 앞으로 나아가면 여덟 자 뒤로 물러나는 바람에 강 중류(中流)까지 갔다가 되돌아왔습니다. 저녁때를 기다려 바람이 안정된 후 건너니 날이 이미 캄캄해졌습니다. 강 북쪽언덕 어적도(於赤島)의 촌막에서 묵었는데, 의주땅이었습니다.

○ [부기] 떠날 때 명나라 사람 대조용 등과 취승정(聚勝亭)에서 서로 만나 차와 술로 대접하였다. 상하 인원은 강가에서 서로 전송하고, 부윤과 판관은 또 배 위에서 전송하였다. 월강장계(越江狀啓)를 점마관의 행차에 부쳐 보냈다.

(9월) 10일 갑오(甲午)일. 아침에 맑다가 저녁에 비가 옴.

이른 아침 중강(中江)을 건너는데, 두 척의 배만으로 다 건넜습니다. 많은 수의 인마(人馬)가 건너고 나니 날은 이미 저물었습니다. 강가의 위관(委官)들이 무릇 사신의 행차를 만나면 예물을 거두는 까닭에 의주에 있을 때 이미 토산물을 보냈으나, 경력(經歷) 설성(薛樫)이 내심 이를 적다고 여겨 받지 않았습니다. 신 등이 재차 더 보낸 후에야 받았습니다. 이날 또 인정(人情)을 요구하였는데 그 재물을 탐하고 염치없음이 이와 같았습니다. 적강(狄江)을 건너 구련성(九連城) 북쪽에서 점심을 먹은 후 비를 무릅쓰고 세천촌(細川村)에 도착하여 삭(索)씨 집에서 묵었습니다.

○ [부기] 이른 새벽 떠나려 할 즈음에 고부사(告訃使)[93]와 진주사(陳奏使)[94]의 선래통사(先來通事) 4명이 어젯밤 11시에 강을 건넜다는 소식

---

93) 고부사(告訃使) : 왕이 죽으면 중국에 가서 이를 알리던 사신. 여기에서는 선조의 승하를 알렸던 사신.

94) 진주사(陳奏使) : 조선시대 중국에 보냈던 사신 가운데 하나. 변무(辨誣) 곧 중국의 책문(責問) 또는 오해에 대한 해명, 특히 중국의 사서(史書)에 잘못 소개된 조선에 관한 기록을 고쳐주도록 청하기 위해 보냈던 사신. 여기서는

을 들었다. 즉시 사람을 보내 의주에 탐문하니 역학훈도(譯學訓導)95) 박의남(朴義男)이 와서 고하되, 책봉의 일이 이미 완성되었으며 3명의 중국 사신이 마땅히 올 것이나 그 시기가 정해지지 않았다고 하였다. 고부사는 이미 지난달 28일에 북경을 떠났으며, 진주사는 임시로 옥하관(玉河館)에 머물러 조사(詔使조서(詔書)를 받들고 가는 사신)가 행차하는 시기를 상세히 탐문한 후에 그들을 따라서 출발할 것이라 하였다. 또 고부사가 예부에 정문(呈文상급 관아에 보내는 공문)하여 책봉(冊封)과 조제(弔祭)의 두 가지 의례를 사신 한 명이 겸하게 하여 작은 나라의 폐단을 줄여줄 것을 청하였다. 예부에서 이를 바탕으로 제본(題本황제에게 올리던 공식요청 문서)하여 사신(詞臣)과 행인사(行人司사신을 담당하는 관청) 두 명의 관원을 보내어 조제와 책봉의 일을 겸하게 하고 태감(太監중국 명·청 시대 환관(宦官)의 장관)을 보내지 말 것을 청했으나, 성지(聖旨)가 그 당시 아직 내려오지 않았다고 하였다. 모두들 말하기를 한 사신이 두 일을 겸하는 것은 폐단을 아주 많이 줄이니 사신의 요청은 매우 좋다고 하였다. 어떤 자는 말하기를 책봉과 조제는 모두 국가의 중요한 예이므로 한 사신이 이를 겸하는 것은 국가를 존중하는 것이 아니라고 하였다. 또 명나라 조정에서 번왕(藩王)을 책봉할 때 태감을 보내는데 지금 보내지 말라고 청하는 것은 내관의 뜻을 심하게 거스르는 것이니 반드시 중간에서 저지당할 것이며, 성지(聖旨)의 하달을 조만간에 기약할 수 없을 것이니, 이는 폐단을 줄이려다가 다른 폐단 하나가 더 생기게 하는 것이라 하였다. 구련성(九連城)은 옛 이름이니 지금은 적강(狄江)의 북쪽 언덕에 옮겨 짓고 진강

광해군의 등극을 알렸던 사신으로 진주사 李德馨, 부사 黃愼, 서장관 姜弘立 일행을 말함.

95) 역학훈도(譯學訓導) : 조선시대 외관직(外官職)의 종9품 벼슬. 또는 그 벼슬아치. 황해도의 황주(黃州)·해주(海州)·옹진(瓮津)과 평안도의 평양(平壤)·의주(義州)·안주(安州)·선천(宣川)·강계(江界) 및 함경도 등에 두었는데, 역학(譯學)의 교육을 담당함.

성(鎭江城)이라 부른다. 유격(遊擊) 1명이 성에 있었는데, 오종도(吳宗道)였다. 구련성에 이르러 앞 길의 멀고 가까움을 물으니, 금석산(金石山)은 가까이 있고 세천촌(細川村)은 아주 멀다고 하였다. 길을 재촉하여 세천(細川)에 닿았는데 송골산(松鶻山)의 남쪽으로부터 구비구비 흘러나왔다. 송골산(松鶻山)은 일명 해청산(海靑山)이다. 북쪽으로 봉황산(鳳凰山)이 보였는데 구름은 먹물을 뿌린 것 같았고 번개가 번쩍였다. 말을 재촉해 빨리 달려 비를 무릅쓰고 세천촌에 들어오니 날이 저물었다. 이날 서북쪽으로 60리를 갔다.

(9월) 11일 을미(乙未)일. 맑음.

세천(細川)을 출발해 이도하촌(二道河村)에서 점심을 먹었습니다. 봉황산(鳳凰山)을 지나니 옛 성의 남은 터가 있었는데 협곡에 의지하여 성을 만들어 사며의 석벽이 비할 데 없이 험준하였습니다. 고구려 연개소문이 당나라 군대에 패퇴하여 이 성을 보유하게 되었는데, 지금 성 안에는 연개소문의 무덤이 있다고 하였습니다. 저녁에 백안동(伯顔洞)에 도착해 조(趙)씨 집에서 묵었습니다.

[부기] 세천으로부터 서쪽으로 15리를 가니 탕참(湯站)이 있었다. 참에는 작은 성이 있고 성 안에는 수보장(守堡將)이 있었다. 양쪽으로 시내가 흘렀는데 서쪽 시내가 탕하(湯河)로서, 여기로부터 서쪽으로 15리를 가면 이도하촌(二道河村)이다. 서쪽으로 고산(孤山)을 지나 또 10리를 간 곳이 봉황성(鳳凰城)이었는데, 이는 옛 개주성(開州城)으로 연개소문이 해주위(海州衛)에서 퇴각하여 수비한 곳이었다. 지금의 봉황성은 산 북쪽 20리쯤 되는 곳에 새로 세웠는데 길에서는 보이지 않았다. 봉황산(鳳凰山)은 가장 아름다웠으니 층층의 봉우리들이 창칼같이 늘어서 있었다. 의주 길에서 북쪽으로 아스라이 바라보이던 것이 바로 이 곳이었다. 이곳으로부터 건하(乾河)를 지나 북쪽으로 40리를 가서 백안동(伯顔洞)의 유

가둔(劉家屯)에 이르렀다. 이곳은 원나라 장군 백안(伯顔)[96]이 병사를 주둔시켰던 곳이어서 마을 이름으로 삼은 것이다. 아! 연개소문은 고구려의 적신(賊臣)이었고, 백안은 원나라의 명장이었다. 이름을 남긴 것은 한 가지이나 마음의 자취는 현격히 다르니 천년 뒤에 좋은 향기와 나쁜 냄새가 저절로 구별되는 것을 거울삼지 않을 수 있겠는가? 이날 북쪽으로 70리를 갔다. 주인의 이름은 조오(趙五)였다.

(9월) 12일 병신(丙申)일. 맑음.

새벽에 백안동(伯顔洞)을 출발하여 서쪽으로 대쌍령(大雙嶺)·소쌍령(大雙嶺)을 넘어 옹북촌(甕北村)에서 점심을 먹은 뒤, 반절대(半截臺)에 이르러 이(李)씨 집에서 묵었습니다.

[부기] 백안동 서쪽에 대쌍령과 소쌍령이 있는데 높지도 험준하지도 않았으나 돌길이 험해 인마(人馬)가 지나기 어려웠다. 북쪽으로 진강보(鎭江堡)를 지나니 일명 송참(松站)이라고도 하고 설리참(薛里站)이라고도 하였다. 북쪽으로는 장령(長嶺)이 있었다. 옹북하(甕北河)를 건너니 팔도하(八渡河)[97]의 하류였는데, 물길은 하나지만 여덟 번 건너므로 그렇게 이름 한 것이었다. 물의 근원은 분수령(分水嶺)에서 나와 강 한복판에 이른다. 반절대 아래는 적강으로, 흰 두건을 쓰고 고기를 잡는 자가 있어 물어보니 중국인은 부모의 상에도 8일이 지나면 고기를 먹고 술을 마신다고 하였다. 이로부터 두 번째로 팔도하를 건넜고 세 번째로 사초하(蛇稍河)를 건너 장항(獐項)을 지났고 네 번째로 장수(長藪)·용봉산(龍鳳山)·연대(烟臺) 앞의 하천을 건넜으며 다섯 번째로 반절대(半截臺)

---

96) 백안(伯顔 : 1236~1295) : 원(元) 세조(世祖) 홀필렬(忽必烈)의 신하. 송나라를 정벌하는 공을 세웠고, 태부(太傅)를 역임함.
97) 팔도하(八渡河) : 옹북하(甕北河)의 상류로 금가하(金家河)라고 함. "하나의 강물인데도 여덟 번 건너므로 팔도(八渡)라 이름 했다."고 함.

앞의 하천을 건넜는데, 모두 한 물줄기이지만 지역으로 인해 이름을 달리했다. 이날 북쪽으로 70리를 갔다. 【주인의 이름은 이경원(李景元)이다.】

(9월) 13일 정유(丁酉)일. 맑음.

새벽에 반절대를 출발하여 분수령(分水嶺)에서 점심을 먹고 저녁에 연산보(連山堡)에 이르렀습니다. 옛날에는 관문(關門)이 있어서 행인을 기찰했으나, 지금은 보루는 있으되 관문은 없었습니다. 정(丁)씨 집에서 묵었습니다.

[부기] 여섯 번째로 반절대(半截臺) 앞의 하천을 건너 서쪽으로 15리를 가니 통원보(通遠堡)가 있는데, 일명 진이보(鎭夷堡)라 했다. 일곱 번째로 답동하(沓洞河)를 건고 조림정(稠林亭)을 지났으나 숲이 있으되 정자는 없었다. 여덟 번째로 초하동(草河洞)을 건넜는데 이는 팔도하의 가장 상류였다. 길옆에 옛 성터가 있어 거사성(居士城)이라 하였고, 성 서쪽에 5층으로 된 작은 석탑이 있어 나장탑(羅將塔)이라 하였다. 이보다 앞선 서장관의 행차에 대동한 헌부(憲府)[98]의 하리 중에 한 나장(羅將)[99]이 있었는데, 길에서 죽어 이곳에 묻고 이로 인해 탑을 세우고 기록하였다고 한다. 분수령 동쪽의 크고 작은 계곡물은 모두 동북쪽으로 흘러 적강(狄江)으로 들어가고 분수령 서쪽의 계곡물은 모두 서북쪽으로 흘러 요하(遼河)로 들어가는데, 분수(分水)라는 명칭은 이로 인해 붙여진 것이다. 이날 서쪽으로 80리를 갔다.

---

98) 헌부(憲府) : 고려와 조선에서 정사(政事)를 논하고, 모든 벼슬아치를 감찰하여 기강을 세우며, 풍속을 바로잡고 억울함을 풀어 주는 일을 맡아보던 관청.
99) 나장(羅將) : 칠반천역(七般賤役)의 하나로 조선시대 의금부(義禁府)의 하례(下隷). 죄인(罪人)을 문초(問招)할 때, 매를 때리던 일을 담당.

(9월) 14일 무술(戊戌)일. 맑음.

새벽에 연산(連山)을 출발하여 고령(高嶺)을 넘었는데, 고개가 매우 험준하였습니다. 옆에는 형제암(兄弟巖)이 있었는데 돌봉우리가 열을 지어 솟아올라 세 봉우리를 이룬 것이 마치 형제와 같았습니다. 비암(鼻巖)에서 점심을 먹고 서쪽으로 청석령을 넘었는데, 바위가 삐죽삐죽 나오고 산세가 험준하여 인마가 전복하였으니 요동길에서 가장 험한 곳이었습니다. 저녁에 낭자산(狼子山)에 도착하여 백(白)씨 집에서 묵었습니다.

○ 요동지역의 풍속은 부모상을 당한 경우 일년을 넘기기도 하고 혹은 수 년이 지나 길일을 택해 장사를 지냈습니다. 부모의 관을 산기슭에 방치하고 가리지도 덮지도 않은 채 여러 해 동안 매장하지 않다가 들불에 불길이 번져 태워지기도 하며, 문 밖에 놓아두고 그 위에서 자고 먹으며 다른 사람과 편안하게 앉아 술을 마시기도 합니다. 부모상을 당한 경우 8일이 지나면 술을 마시고 고기를 먹기도 합니다. 흰옷을 입은 사람들이 고기잡이와 사냥을 평소와 같이 하는데, 우리나라 사람이 이를 물으면 부끄러운 얼굴색을 하면서 말을 하려 하지 않았습니다. 어찌 이곳이 황량하고 외진 곳으로 오랑캐와 가까워 오랑캐의 습속이 옮겨 온 것이겠습니까?

○ [부기] 연산으로부터 동쪽과 서쪽의 두 내를 건넜는데 물길이 매우 험했다. 장군묘와 벽동(甓洞)을 지나 올려다보니 깎아지른 산기슭에 불당(佛堂)이 있는데, 새가 날개를 펼친 듯 계곡에 임해 있었다. 계수공 및 시회공과 함께 올라 관람하려니 한 승려가 길을 앞서 인도하여 따뜻한 차를 대접했다. 고령에서부터 서북쪽으로 길을 잡아 첨수참보(甜水站堡)를 지나니, 앞에는 시내가 있어 깊고 넓었다. 청석령 일대는 모두 푸른 돌이었는데, 이 돌을 가져다가 벼루를 만들면 푸르고 광택이 나서 매우 좋을 듯하여 잠시 말을 매어두고 조각난 돌 두세 개를 주워 정주(定州)에 부쳐 보냈다. 낭자산은 일명 삼차가(三叉街)라 한다. 경인(庚寅 정탁의 사은

사행이 북경에서 돌아오던 1590년) 연간에 서원부원군 정탁(鄭琢)100)이 북경에 갈 때에 갑자기 달자를 만나 산 속으로 피해 숨었는데, 급히 역관을 불러 "나를 묻어라, 나를 묻어라" 하였다. 역관 등이 낙엽으로 그를 묻고 달아났는데, 잠시 후에 원요총병(援遼摠兵)이 군마를 이끌고 와 달자를 쫓아버려 위기를 면했다고 한다. 이날 서북쪽으로 80리를 갔다. 주인의 이름은 충완(忠完)이다.

(9월) 15일 기해(己亥)일. 맑음.

새벽에 낭자산(狼子山)을 출발하여 냉정(冷井)에서 점심을 먹고 고려촌(高麗村)을 지나 요동(遼東) 회원관(懷遠館)에 도착했습니다. 각 아문(衙門)의 동정을 물으니 순무안찰사 웅정필101)이 새로 제수(除授·천거에 의하지 않고 임금이 직접 관리를 임명하는 일) 되었으나 아직 오지 않았다고 합니다. 포정사(布政司)【요동은 산동도(山東道)에 속한다. 여기에도 포정(布政)102)을 배분한다.】 사존인(謝存仁)은 조집(趙楫)을 전송하러 광녕(廣寧)으로 갔고, 부총병(副總兵)【총병은 '병마절도(兵馬節度)'이다. 요(遼)에는 세 총병이 있는데 광녕에 있는 자는 '진수총병(鎭守總兵)'으로 모든

---

100) 정탁(鄭琢, 1526~1605) : 본관은 청주(淸州)이며, 자는 자정(子精), 호는 약포(藥圃), 시호는 정간(貞簡). 퇴계의 문인으로 1582년 진하사(進賀使), 1589년 사은사(謝恩使)로 명나라를 다녀왔다. 예조·형조·이조의 판서·대사헌 등을 역임함. 저서에 《약포집》과 《용만문견록(龍灣聞見錄)》 등이 있음.
101) 웅정필(熊廷弼, 1569~1625) : 명(明) 말기의 장군. 요동경략(遼東經略)으로서 후금(後金)에 맞섰으며, 요동(遼東) 방위(防衛)에 공을 세웠다. 1622년 왕화정(王化貞)이 그의 전략을 무시하고 후금(後金)을 공격하다가 크게 패한 후 광녕(廣寧)을 포기하고 산해관(山海關)으로 퇴각하였다. 그 패전의 책임을 지고 1625년 처형됨.
102) 포정(布政) : 포정사(布政司)의 약칭. 명에 13개의 포정사가 있었으며, 행정과 재정을 관장하는 지방장관.

진을 통솔하고, 요동성에 있는 자는 '원요부총병(援遼副總兵)'이고 전둔위에 있는 자는 '서로부총병(西路副總兵)'으로 각각 병마 5천을 거느린다.】 오희한(吳希漢)·방추개원위(防秋開原衛)[103] 삼도사(三都司) 고관(高寬)은 성절(聖節)에 진표(進表)[104]하는 일로 북경에 가서 모두 돌아오지 않았고, 다만 장인도사(丈印都司) 엄일괴(嚴一魁)와 이도사(二都司) 좌무훈(左懋勳)만이 아문에 있다고 하였습니다.

○ 요동은 성곽이 웅장하고 견고하며 지세는 평탄하여, 민물(民物)은 번성하고 축산(畜産)은 양·나귀·닭·돼지 등을 많이 길러 생산의 밑천으로 삼습니다. 땅은 기장·피·사탕수수·조를 재배하기에 알맞고, 논농사를 짓지 않아 비록 부유한 자라도 모두 수수쌀밥을 먹습니다. 부과하는 조세는 밭의 상중하로 차등을 두는데, 상등전일 경우 1일경(一日耕하루갈이)에 조 두 말을, 중등전일 경우 한 말 두 되를, 하등전일 경우 한 말을 냅니다. 민간에서는 검소함과 절약함을 숭상하며 백성에게서 조세를 취함에 제한이 있어 거처를 잃는 자가 드뭅니다. 군병은 집집마다 한 명의 장정(壯丁)을 뽑는데 한 가정에 남자가 4~5인이 있을 경우 1인이 정(丁)이 되고 3~4인은 솔(率)이 됩니다. 매달 봉급으로 넉넉하게 은 두 냥을 주는데, 군졸들은 처자를 먹여 살릴 수 있으니 병역을 매우 싫어하거나 피하지 않습니다. 모든 공가(公家국가 기관)의 노역에는 다만 소속된 병사들만 노역시키고 촌민에게는 미치지 않으므로 농민들은 농사일에 전념할 수 있습니다. 공적으로 왕래할 때에 지공(支供조선 시대 관비물품(官備物品)의 지급을 뜻하는 말)은 각 참에서 은전으로 계산을 하는데 모두 정해진 격식이 있습니다. 머무는 곳에서 차·술·닭·돼지 등의 물건은 은전

---

103) 방추개원위(防秋開原衛) : 관직명. '防秋'는 오랑캐를 막는 일. 옛날 중국(中國)에서 가을철이 되면 북방(北方)의 오랑캐가 침입(侵入)했던 일에서 나온 말.
104) 진표(進表) : 나라에 경사가 있을 때 국왕이나 중국 황제에게 올리던 표문. 표(表)는 제왕(帝王)에게 소회를 적어 올리는 글의 한 양식.

으로 마련하였습니다. 우리나라에서 등에 지고 수레에 실은 자가 길에 가득하여 공사(公私)간에 해를 끼치는 것과는 같지 않으니, 이는 은전으로 통행되고 물건은 정가가 있기 때문이었습니다.

풍속은 비루하고 문(文)을 소홀히 여겼으며 남녀 간에는 분별이 없었습니다. 사족(士族)이라 불리는 자들이 성 안에 많이 살고 있었으나 문교(文教)를 숭상하지 않아 학교가 황폐하였고, 성 안에 있는 사람들은 이익을 좋아해 부끄러움이 없고 도둑질을 잘하였습니다. 하급관리들은 광포함이 더욱 심하여 우리나라 사신이 관(館)에 들어온다는 소식을 들으면 진기한 재물이나 보배를 얻은 듯이 여겼습니다. 천여 명이 무리 지어 역관에게 몰려와서 반드시 은과 인삼 등의 물건을 징색하였습니다. 비록 조정에 바칠 중요한 물건일지라도 별로 개의치 않았으며 오직 행차를 저지하여 이득을 요구하는 것을 좋은 계책으로 여겼습니다. 우리나라 사람이 국가에 일이 생길 것을 두려워하여 의례히 먼저 비굴해져 뇌물을 주어 아부하는 것이 이미 잘못된 규범이 되었습니다. 다만 하급관리만이 그런 것이 아니었습니다. 아문에서는 징색할 물건을 종이에 가득 써서 내려 보냈는데 만약 그들의 탐욕을 채우지 못하면 사신들을 꼼짝 못하게 옭아매어 오래도록 출발하지 못하게 합니다. 절일(節日 조선의 사신들이 파견되어 가던 명절과 국경일을 통틀어 이르는 말)이 임박하면 짐꾸러미를 모두 보낸 후에야 수레를 떠나게 합니다. 이로 인해 간혹 기한에 맞게 당도하지 못하는 일도 있었습니다.

○ [부기] 낭자산으로부터 서쪽으로 10리를 가서 삼류하(三流河)를 건넜는데, 하나의 물을 세 번 건너므로 이름 한 것이다. 강물은 맑고 깨끗하며 깊고 넓었는데, 분수령 북쪽에서 흘러나와 태자하(太子河)로 들어간다. 강을 따라 마을이 서로 이어지고 나무가 우거져 비로소 번성한 마을의 기상을 볼 수 있었으며, 새로 만든 접관청(接官廳)이 있었다. 두관참(頭關站)을 지나 왕성령(王城嶺) 일명 대석문령(大石門嶺) 길 북쪽에 도독(都督) 왕상(王祥)의 묘가 있었다. 비문을 보니 명나라 초에 왕상의

조부가 태조 고황제에 귀순해 의탁하자, 황제가 그에게 읍을 봉해 주었다. 그의 부친은 태종을 도와 연경(燕京)을 개척할 때에 공을 세웠으며 여러 번 오랑캐를 무찔러 이로 인해 요동도독부(遼東都督府)에 제수되었다. 그가 전쟁에서 죽자 왕상이 도독의 직위를 이어 받았다. 나라에서 국장(國葬)을 내려주도록 하니 그 규모가 매우 웅장하고 사치스러웠다. 지금은 자손이 묘를 대대로 지키고 있어 옛날의 가호(家戶)를 회복했다. 소석문령(小石門嶺)은 일명 거유현(車踰峴)이다. 고려촌은 요동에서 30리 떨어져 있다. 생각건대 반드시 고려인이 살았을 것으로 추정되는데, 이 성안에 또 고려촌이 있으니 곧 동녕위(東寧衛)이다. 이날 서쪽으로 70리를 갔다. 관사를 지키는 주인은 마자강(馬子江)과 황(黃)씨 성을 가진 자인데 우리나라의 경주인(京主人)[105]과 같다.

(9월) 16일 경자(庚子)일. 맑음.

회원관(懷遠館)에 머물렀습니다. 여러 명나라 사람들이 다투어 음식을 마련해 와서 역관에게 주었으니 10배의 값을 요구하려는 것이었습니다. 회원관 수리위관(修理委官)도 또한 양고기·술·여러 과일을 신 등에게 보냈고, 즉시 신 등은 토산물로 회사(回謝)하였습니다. 회원관에 도착한 날에 마땅히 현관례(見官禮)를 해야 하지만, 진무(鎭撫) 두량신(杜良臣) 등이 개자례(開咨禮)에 뇌물을 요구하여 현관례를 할 수 없었습니다. 역관 등이 술과 반찬을 성대히 준비해 두량신 무리를 후하게 주니 내일 개자례를 허락한다고 하였습니다.

○ [부기] 진무 5인은 도사의 하급관리로서, 바치는 물건의 보잘 것

---

105) 경주인(京主人) : 조선시대 중앙과 지방관청의 연락사무를 담당하기 위해 지방 수령이 서울에 파견한 아전 또는 향리. 경저리(京邸吏)·저인(邸人)·경저주인(京邸主人)이라고 하며, 사주인(私主人)에 대칭해서 붙여진 이름.

없음을 싫어하여 개자례를 허락하지 않았다. 이에 면주(綿紬) 10필과 백미 50말을 주었지만 그래도 허락하지 않아서 은자 12냥을 내어주니 그제야 허락하였다.

(9월) 17일 신축(辛丑)일. 맑음.

아침을 먹은 후 신 등은 표류해온 명나라 사람 대조용 등과 함께 도사아문(都司衙門)에 나아가 현관례를 하였는데, 일대인(一大人) 엄일괴(嚴一魁)와 이대인(二大人) 좌무훈(左懋勳)이 좌당하였습니다. 표류해온 명나라 사람 등도 또한 이날에 현관례를 하였는데, 문답한 말들은 모두 전날 장계 중에 실려 있습니다.

○ [부기] 상사·부사와 함께 도사아문 밖으로 가서 도사가 좌당하기를 기다린 연후에야 들어오기를 허락하였다. 두 번 절하고 읍하며 다례(茶禮)를 마친 후에 통사 권득중 등으로 하여금 수레를 빨리 출발시켜야 한다는 뜻을 간절히 두세 번 고하게 하였으나 엄도사는 알았다고만 하였다. 엄도사가 통사를 불러 묻기를 "임해군(臨海君)은 생존해 있는가? 지금 어디에 있는가?" 하였다. 상사가 통사에게 명해 답하기를 "여전히 교동(喬桐)에 있습니다." 하니, 도사가 말하기를 "국왕의 일【책봉을 받는 일이다.】은 조정에서 이미 완료되었다" 하였다. 상사가 다시 통사에게 명해 치사하기를 "대인께서 잠시 소방(小邦)에 임하여서 소방의 여러 상황을 훤히 아시고 명백하게 아뢴 연유로 책봉의 은전이 속히 완료되었습니다. 소방의 신민(臣民)들은 감격해 어쩔 줄 모르겠습니다." 하니, 도사가 답하기를 "이것은 조정에 계신 황제의 뜻이니 본인이 어떻게 관여하였겠는가?" 하고는 이대인과 서로 돌아보고 말하며 자못 자랑스럽고 기뻐하는 기색이 있었다. 우리들은 배사(拜辭)하고 물러나왔다. 도사가 표류해온 명나라 사람을 불러들여 그간의 사정을 물으니, 명나라 사람들이 우리나라가 목숨을 구해준 은혜를 성대히 말하였다. 또 이르기를 "국왕이

긍휼(矜恤)을 극진히 더하여 옷과 식량을 내려주시고 별도로 연도의 각 관리에게 칙서를 내려 부족한 것이 없게 하였습니다. 동지사의 행차를 따라 길을 재촉하여 오게 하였으니 저희들이 죽을 뻔하다가 살아남아 중토를 밟은 것은 모두 조선국왕의 은혜입니다."라 하였는데, 말이 매우 절박하였다. 도사가 말하기를 "너희들은 복이 많아 조선 땅에 닿은 것일 뿐이다." 하였다. 명나라 사람들이 진강(鎭江)에 왔을 때에도 유격(遊擊) 오종도(吳宗道)를 보고 또한 우리나라 은덕의 성대함을 앞에서와 같이 말하였다. 오종도가 말하기를 "너희들이 조선 땅에 닿은 것은 천운이다"라 하였다. 그러나 오종도는 명나라 사람들이 물품과 재화를 지닌 것을 알고 돈을 주고 사겠다고 핑계를 댔으나, 수입한 물건을 절반이 넘게 탈취하고 그 값을 주지 않으니 오종도의 탐욕도 설성(薛楧)과 다름이 없었다. 의주로부터 올 때에 상사가 여러 번 명나라 사람 대조용 · 옹락 · 진이겸 · 임종실 등을 만나보고 예로써 대접하였다. 추위와 굶주림에 대해 묻고 먹을 것을 주었는데 명나라 사람이 이에 감격하여 매번 말하기를 "귀국의 은혜는 죽어서도 잊지 않겠습니다."라 하였다. 우리들은 명나라 사람에게 명하기를 도사를 만나면 "지금 사신들의 행차는 우리들을 호위하다가 지연되어 이 지경에 이른 것입니다. 만약 수레가 빨리 출발하지 못하면 정해진 날짜에 맞추지 못할까 걱정되니, 이렇게 되면 저들이 공헌을 하는 정성을 훼손할 뿐만 아니라 상국의 보내고 맞이하는 의리에도 또한 흠이 되는 일일 것입니다." 라고 말하게 하였다. 이런 뜻으로 도사에게 독촉하여 빨리 출발할 수 있도록 해 달라고 하니 명나라 사람이 허락하였다. 그러나 도사의 뜻은 탐욕스럽게 얻는데 있어 귀 기울여 듣지 않았다. 두량신 등은 옹락이 춘방(春坊)[106] 좌유덕(左諭德춘방에 속한 벼슬 이름) 옹정춘의 사촌동생이며 진이겸은 또 각로(閣老) 이정기의 족속이라는 소문

106) 춘방(春坊) : 세자시강원(世子侍講院)의 별칭으로 왕세자에게 경서(經書)를 시강하고 도의를 가르쳐 주던 기관.

을 듣고 매우 두려운 얼굴색을 하고 모든 일을 꺼렸다. 남문(南門) 안의 길 서쪽에 충렬사(忠烈祠)가 있어, 우리들이 들어가 보기를 청하자 가정(家丁일꾼) 두 사람이 부인 유씨(劉氏)에게 말하니, 문을 열고는 보기를 허락하였다. 이곳은 도독 왕유정(王維貞)의 가묘(家廟)이다. 왕유정은 만력(萬曆) 계사년(癸巳선조 26, 1593년)에 우리나라에 와서 평양의 전투에 참여하여 공을 세웠다. 여러 번 북쪽 오랑캐를 무찔러 죽이거나 사로잡기를 많이 하였는데 마침내 동성(東城)의 전투에서 전사하였다. 부인 유씨는 시어머니 상에 상복을 입고 예로써 상소하여 진정하니 황상(皇上)이 이를 가상히 여겨 유정에게 포증(褒贈공로를 인정하여 관위(官位)를 추증함)하였으며, 관료들에게 명하여 가묘를 세우게 하고 유씨에게 1품을 봉하였다. 유씨는 동국의 사행이 관광한다는 말을 듣고는 매우 감격하고 기뻐하여 비복(婢僕)을 이끌고 문을 나와 엿본 것이다. 사우(祠宇조상의 신주(神主)를 모셔 놓은 집)는 웅장하고 사치스러워 중문(重門)과 첩옥(疊屋)에 금색과 푸른색이 휘황찬란하고 유명한 경대부의 제액(題額)이 좌우로 늘어서 있었다. 또 '충렬(忠烈)'이란 사액(賜額)의 큰 두 글자가 있었다. 비문에 기록된 사적을 보니 여러 번 기이한 공을 세우고 나라를 위해 죽은 것에 불과하였으며 사람들의 이목을 끌만한 빛나는 대절(大節)은 없었다. 그럼에도 실정을 넘어 포상하고 장려하였으니 이는 겉으로 아름답게 보이기 위한 것 같았다. 길 동쪽에는 문묘(文廟)가 있어 문에 제액하기를 '요좌현관(遼左賢關)'이라 하였다. 양사와 함께 들어가 절하였는데 묘정(廟庭)의 회랑은 황량하고 단청은 부식되었으며 먼지가 책상을 덮고 위판(位版)은 기울어 있었다. 당번을 서는 수재(秀才)를 만나기를 청하였는데 없다고 대답하였다. 이는 문답 할 때에 글을 몰라 부끄러울 것이 두려워 의례적으로 없다고 말한 것이었다. 문묘 뒤에는 명륜당(明倫堂)이란 큰 세 글자의 편액이 있어, 주를 달기를 '신안(新安) 주희(朱熹)가 쓰다'라 하였다. 이것은 장주(漳州)[107)에서 모각품을 가져온 것이라 한다. 명륜당 뒤에는 관풍루(觀風樓)가 있어, 편액하기를 '진양풍교(振揚風敎)'라 하였다. 북쪽에는 석가산(石假山)이 있어, 높이와 넓이가 몇 길이나 되었다. 누각에 올라 성 안을 내려다보니 수많은 인가(人家)가 물고기 비늘처럼 즐비하였고, 우뚝하게 높이 솟은 것은 오직 종루(鐘樓)와 구루(毬樓고대에 화문(花紋) 도안으로 장식한 창문), 상제묘(上帝廟)와 백탑사(百塔寺)였다. 또 화표주(華表柱)와 관녕(管寧)[108]의 왕렬사(王烈祠)가 있어 가보고자 하였으나, 날이 저물어 가보지 못하였다.

(9월) 18일 임인(壬寅)일. 비.

회원관(懷遠館)에 머물렀습니다. 진무(鎭撫) 5인에게 주필(紬疋)과 쌀 포대 및 각종 토산물을 주었으나, 진무 등이 받지 않고 은으로 환산하기를 요구하였습니다. 도사(都司) 또한 우리를 보내주려는 뜻이 없어 일행은 근심하였습니다.

○ [부기] 사행단이 관소에 들어온 이후 역관 등이 매일 음식을 제공하였다. 진무가 음식을 갖추어 가지고 와서 또 은과 삼으로 환산하기를 명하였는데, 이러한 일이 하루에 여러 번이어서 행탁(行橐행장(行裝)을 넣는 자루)이 거의 비게 되었다. 이러한 폐단은 모두 두량신(杜良臣)이 나쁜 선례를 만든 것에서 연유하였는데, 규례가 된지 이미 여러 해가 되었다. 다만 금년은 전년보다도 심하고 이번 행차는 지난 번 행차보다 배나 되었다.

---

107) 장주(漳州) : 중국 복건성(福建省) 남부에 자리 잡고 있는 도시.
108) 관녕(管寧 : 162~245) : 삼국 시대의 인물로 위나라 북해(北海) 주허(朱虛) 사람. 자는 유안(幼安). 어려서 고아가 되어 어렵게 공부했고, 여러 번 조정의 부름이 있었지만 나가지 않았다. 화흠(華歆), 병원(邴原)과 가깝게 지냈는데, 고관대작의 수레가 지나가자 화흠이 책을 덮고 바라보는 것을 보고 그가 세상의 부귀영화에 뜻을 두었다고 생각하여 같이 쓰던 방석을 갈라 절교했다는 이야기[管寧割席]가 전함.

(9월) 19일 계묘(癸卯)일. 맑음.

회원관에 머물렀습니다. 도사가 하정(下程)을 보냈는데【하정은 지공을 갖추는 것과 같다.】은 1냥이었습니다. 신 등은 토산물 등을 보내 회례하고 은을 돌려보냈으나, 두량신의 무리가 이를 막아서 그렇게 하지 못하였습니다. 통역관 등이 먼저 그들에게 뇌물을 준 후에 도사에게 납부하였습니다. 이대인(二大人)과 삼대인(三大人)은 요청하는 것을 종이에 가득 써서 내려 보냈습니다. 삼대인은 당시 아문에 있지 않았으나 가렴주구(苛斂誅求)하는 것은 동일하였습니다. 애초에 주점(朱點)【중국인이 주점을 사용하는 것은 우리나라에서 도서(圖書)에 인신(印信)을 사용하는 것과 같다.】이 없어, 이것이 중간에 하인들이 하는 짓일까 하여 물리치고 받지를 않았는데, 진무 등이 즉시 주필로 점을 찍어 갖고 와서 말하기를 "삼대인이 비록 아문에 없지만 이대인이 대신해서 공무를 집행하고 있으며 또 의례적으로 예물을 행하는 것인데 어찌 그가 없다고 그만 둘 수 있는 것이오?" 하였습니다. 일대인은 요청하는 글을 내려 보내지 않고 말하기를 "사신과 역관이 이전의 규정을 알고 있을 것이니 어찌 반드시 써서 보내겠는가?" 하였습니다. 그 뜻은 표류해온 명나라 사람이 이것을 알면 말이 조정에 새어나갈까 염려되었기 때문에 그 형적(形迹)을 숨긴 것일 뿐이었습니다.

○ [부기] 도사가 하정을 보냈는데 회례로 면주(綿紬) 2필, 화문석(花紋席) 2장, 차(茶)와 삼(參) 1근, 화연(花硯) 2면, 유둔(油芚)[109] 1부, 황모필(黃毛筆) 10자루, 유매묵(油煤墨) 10홀, 백지(白紙) 4권, 백미(白米) 2포대, 대구어(大口魚) 20마리, 해삼(海參) 6근을 보냈다. 조식 후에 상·부사와 함께 서상방(西上房)에 모였다. 두량신 무리를 만나 막고 있는 연유를 묻고자 하였으나, 이유를 내세워 나타나지 않고 다만 진무(鎭撫)

---

[109] 유둔(油芚): 질긴 종이를 두껍고 넓게 붙여서 기름을 먹여 물이 배지 않게 한 종이. 비를 피하기 위하여 사용함.

두 명과 김국총(金國寵)이 와서 만났다. 우리들은 반복해서 의견을 개진하여 그 이유를 힐문하자 답하기를, 도사에게 아뢰어 쉽게 출발할 수 있도록 하겠다고 하고는 물러나 두량신 무리와 밀담을 나누었다. 이것은 겉으로는 그렇게 하겠노라 하고 안으로는 지연시키려는 것이었다. 우리들은 정문(呈文)을 초하여서 두량신 무리가 잡아두려는 상황을 진술하고자 하였다.

(9월) 20일 갑진(甲辰)일. 대설.

진무 다섯 사람이 뇌물로 바친 물건을 점검하여 퇴짜를 놓고 오직 역관에게 명하여 날마다 술과 음식을 바치게 하였습니다. 신 등은 도사에게 정문(呈文)하려 하였습니다. 그것은 평안도 호송군마(護送軍馬)가 방물만을 싣고 광녕으로 달려간다면 그들은 수레를 출발시키지 않은 죄를 받을 것이므로 부득불 출발시킬 것이라는 생각 때문에서였습니다. 글을 갖추어 쓴 다음 길을 떠나려 하였는데 두량신 무리가 또 제지하려는 형상이 있었고, 도사 또한 좌당하지 않아 정문하지 못하였습니다. 신 등은 표류해온 명나라 사람 대조용 등이 우리나라의 은혜에 보답하려고 생각함을 알고는 그들을 불러내어 서로 만나 자세한 이유를 말해준 다음 도사를 뵙고 말하게 하였습니다. 두량신이 잔꾀로 그것을 알고 또 문을 지키는 관리를 시켜 막아 들어오지 못하게 하였습니다. 그래서 대조용 등이 수차례 왕래했으나 도사를 만나지 못하고 불만스러워 하며 성을 내며 돌아왔습니다. 역관 등이 부득이하게 공사(公私)간의 노잣돈을 다 기울여 진무 5인 및 그들의 종자들에게 차등 있게 나누어 주니 소요된 비용은 가늠할 수 없을 정도였습니다. 이날 돌아오는 고부사(告訃使) 이호민(李好閔)·부사 오억령(吳億齡)·서장관 이호의(李好義) 등이 한밤중에 관소에 들어왔습니다.

○ [부기] 이날 눈이 많이 왔는데 쌓인 높이가 몇 촌(寸)이나 되었다.

두량신 등이 우리가 정문(呈文)하려는 것을 알고는 자못 두려운 얼굴을 하고 비로소 뇌물을 받으려고 하였다. 이에 은 16냥을 두량신에게 주고, 9냥 반을 김국총에게 주고, 2냥을 문(文)씨 성을 가진 자에게 주고, 1냥을 두량신의 하인들에게 각각 1전씩 나누어 주었다. 고부사(告訃使)는 관소 밖에 거처하였는데 우리들이 가서 뵙고 북경의 특이한 일을 물으니 전에 들은 바와 다름이 없었다. 예부(禮部)에서 복제(覆題)[110]하여 책봉(冊封)과 조제(弔祭)의 조사(詔使)를 청했으나, 성지(聖旨)가 오랫동안 내려오지 않았다. 이는 내관(內官) 등이 옛 규정의 폐지를 원망해서 그들을 보내지 않았기 때문에 중도에서 저지당한 것이었다. 진주사(陳奏使)는 지금 북경에 머물며 예부에 정문하기를 기다리고 있다 하였다.

(9월) 21일 을사(乙巳)일. 맑음.

회원관에 머물렀습니다. 부총병 오희한(吳希漢)이 개원위(開原衛)로부터 돌아왔습니다. 신 등은 역관 조안의(趙安義)를 보내 현관례(見官禮)를 하였습니다.【포정사(布政司)는 관직은 높았으나 도사가 외국인 접대와 수레의 호송을 전적으로 맡았으므로 우리나라에서 포정사를 존중하는 것은 도사보다 한 단계 아랫니다.】예물을 각 아문(衙門)에 나누어 보냈으나 진무 등이 즉시 받지 않아 역관이 개인적으로 뇌물을 주었는데, 그 수를 헤아릴 수 없었습니다.

○ [부기] 장인도사(掌印都司) 엄일괴(嚴一魁) 처소에는 인삼 14근, 백주(白紬) 12필, 궁자(弓子) 6장, 장지(壯紙) 5백장, 강연(江硯) 6면, 유둔(油芚) 4장, 부(付) 5덩이, 백첩선(白貼扇) 15파, 유선(油扇) 50파, 황모필(黃毛筆) 30매, 유매묵(油煤墨) 30홀, 철병도(鐵柄刀) 10자루, 골병도(骨

---

110) 복제(覆題): 우리나라에서 보낸 주문(奏文)에 의거하여 중국 예부(禮部)에서 올리는 제본(題本).

柄刀) 40자루, 화석(花席) 10장, 백미(白米) 60말, 대구어(大口魚) 100마리, 복어(鰒魚) 200개, 해삼(海參) 500개, 해곽(海藿미역) 5묶음, 송백자(松栢子) 3말, 팔대어(八帶魚) 4마리를 보내자 진무(鎭撫) 등이 말하기를 인삼은 반드시 18근 보내야한다며, 그런 연후에야 받겠다고 하였다. 이도사 처소에는 백주 4필, 백미 20말, 화연 2면, 화석 3장, 장지 80장, 황모필 10매, 유매묵 10홀, 궁자 2장, 유둔 1덩이, 각병도(角柄刀) 20자루, 해삼 400개, 대구어 40마리를 보냈고, 삼도사 처소에 보낸 물건도 이와 같은 숫자였다. 오총병 처소에는 백주 2필, 궁자 2장, 백미 20말, 장지 60장, 화연 1면, 붓 10자루, 대구어 30마리, 해채 3동, 화석 2장을 보냈고, 총병아문(總兵衙門) 서판(書辦)【서리(胥吏)】처소에는 백주 2필, 화석 2장, 칼 5자루, 붓 5자루, 먹 5홀, 쌀 10말을 보냈고, 일도사아문(一都司衙門)의 관가(管家)【가정(家丁)】처소에는 백주 5필, 화석 3장, 칼 10자루, 부채 10파, 붓 5자루, 먹 5홀을 보냈다. 진무 5인에게는 백주 10필, 쌀 50말, 화석 10장, 화연 10면, 백지 10권, 활 5장, 붓 50자루, 먹 50홀, 유선 100파, 칼 50자루, 대구어 300마리, 말린 노루 5마리, 말린 꿩 25마리, 팔대어 10마리, 해삼 5근, 해채(海菜) 15동, 홍합 5말, 잣 5말, 화연(火鍊) 50개를 보냈으나 진무 등이 받지를 않고 절은(折銀) 25냥을 요구하였다. 우리들은 역관을 엄히 꾸짖되, 신중히 하여 절은으로 하지 말고 반드시 토산물로 그들에게 주도록 하였다. 그런데 역관 등이 사사로이 뇌물을 주고받는 것을 금지할 수 없었다. 저녁에 고부상사·부사·서장관과 함께 서상방(西上房)에 모여 술을 사서 마시며 밤늦도록 이야기를 나누었다.

(9월) 22일 병오(丙午)일. 맑다가 밤에 큰 비가 옴.

회원관에 머물렀습니다. 각 아문에서 징색을 더욱 심하게 하여 마치 장사꾼이 값을 따지는 것 같았습니다. 오총병과 엄도사 처소에 백주·인삼·유둔 등의 물건을 추가로 보내자 엄도사는 직접 물건을 점검하고 쌀포대 같은 물건 들에 이르기까지 또한 모두 일일이 양을 달아 몸소 품질을 살폈으니, 그 염치없음이 이와 같았습니다.

○ [부기] 오총병 처소에 유둔 2덩이·화연(畵硯) 1면을 더 보내고, 엄 도사 처소에 백주 2필·황모필 20자루·유둔 1덩이·궁자 1장·인삼 2근 을 더 보냈다. 저물녘에 계수공 및 시회공과 함께 고부사를 만났고, 모두 양가장(楊家莊)에 가서 술을 사 마시며 이야기를 나누다가 황혼이 되어 각기 헤어졌다. 양가장의 주인은 양원(楊元)이다. 정유년(1597년)에 양원 은 남원에서 성이 함락된 일로 옥에 갇혔다. 형을 집행하려 할 때 그의 아버지 양사위(楊士偉)가 자식의 죄를 돈으로 해결하려고 이 양가장을 총병 동학년(佟鶴年)에게 팔아 지금은 동씨 집안의 장(庄)[111]이 되었다. 화원(花園)은 넓게 백무(百畝)의 땅을 차지하였고 기이한 꽃과 과일나무 를 심어져 있었다. 그 가운데는 2층으로 된 팔각루(八角樓)가 있어 제액 하기를 '진락원루(眞樂園樓)'라 하였다. 앞에는 한 그루의 푸른 솔이 있 어 크기가 몇 아름이 되었고, 규룡(虯龍)[112]처럼 생긴 나뭇가지가 꼬불꼬 불하였다. 촘촘한 잎이 넓게 퍼져 있었는데 철로 된 새끼줄로 나뭇가지를 얽어매었으니, 이는 풍설(風雪)에 꺾일까 저어해서였다. 이 소나무의 가 치는 은 50냥이라 하였다. 소나무 아래에 석상(石床)이 있어 길이가 한 길 남짓이었고 넓이는 두서너 자였다. 우리들 두 사행단 여섯 명이 네 모퉁이에 벌여 앉아 술을 마셨는데 또 하나의 멋진 일이었다. 소나무 앞 에 또 몇 개의 정자가 있었는데 제액하기를 '송화경(松花境)'이라 하였으 며, 화훼가 매우 무성하였다. 정자의 동쪽 담장 안에 큰 집이 있었으니 이곳은 동씨 집안의 거주지였다. 양원은 수 천 명의 무리로 십 만 명의 적을 맞아 홀로 외딴 성을 지키며 힘써 싸운 8일 동안 죽인 적이 매우

---

111) 장(庄): 봉건시대에 황실·귀족·지주·사원 등에서 점유하고 경영하던 규모 가 큰 땅.
112) 규룡(虯龍): 상상 속의 동물. 용의 새끼로 빛이 붉고 양쪽에 뿔이 있음.

많았다. 적들이 흩어졌다가 다시 에워싸자 양원은 힘이 다하고 판세가 기울어진데다가 외부에서 원군이 오지 않자 포위를 허물고 달아나다가 몸에 몇 십 군데 상처를 입었다. 비록 전쟁에서 죽어 절의를 세우지 못했으나 적을 물리친 공은 족히 용장이라 칭할 수 있다. 우리나라 사람들은 지금까지 그의 죽음을 원통해한다. 이 화원을 보건대 이미 타인의 소유가 되었으니 진실로 탄식하고 애석할 만하다. 대개 중국의 군율은 지극히 엄해서 전쟁에서 진 장군은 사형을 면치 못한다. 이 때문에 양원은 공이 있음에도 불구하고 끝내 그의 죄를 씻지 못한 것이다.

(9월) 23일 정미(丁未)일. 흐림.

진무(鎭撫) 등이 예물 증여가 끝나지 않았다며 보내주지 않아, 도사아문의 아전인 추분관(抽分官), 회원관의 위관 처소에 각각 차등 있게 물건을 나누어 주었으나, 추분관이 만족해하지 않고 징색을 그치지 않아 약간의 물품을 보태 주었습니다. 이날 고부사(告訃使)가 떠났습니다.

○ [부기] 추분관【도사아문의 아전이다.】처소에 백주 2필, 백미 2포대, 화석 2장, 화연 1면, 백지 2권, 칼 10자루, 황필 5자루, 유묵 5홀, 대구어 20마리, 해삼 100개, 부채 10파를 보냈고, 위관 처소에【그때 마침 회원관 서쪽행랑을 짓고 있었다.】회례【전에 찬합을 보냈는데 이를 위한 것이다.】로 백주 1필, 백미 1포대, 화석 2장, 화연 1면, 백지 2권, 칼 10자루, 황필 5자루, 유묵 5홀, 대구어 10마리, 해삼 80개, 부채 10파를 주었다. 추분관은 징색을 그치지 않아 백주 1필, 화연 1면, 백미 1포대, 궁자 1장을 더 보낸 연후에야 받았다.

(9월) 24일 무신(戊申)일. 아침에 맑고 저녁에 흐림.

엄도사(嚴都司장인도사 엄일괴(嚴一魁)를 말함, 장인도사는 종 7품의 관리)가 또 우리가 보낸 종이와 방석 등의 품질이 나쁘다고 역관을 꾸짖고, 인삼 4냥, 백미 2포대를 더 요구하였습니다. 신 등은 더러워 침을 뱉지 않을 수 없었으나 그의 말에 따라 물품을 보냈습니다. 반송(伴送사신의 행차에 딸려 보내는 사람) 두 사람에게 각기 토산물 등을 주었습니다. 팔리참(八里站) 위관(委官)【수레를 주관하는 관리】처소에도 비단과 쌀과 토산물 등을 보냈습니다. 회원관(懷遠館)의 위관이 또 예물로 보낸 것이 부족하다며 강제로 빼앗는 것을 멈추지 않아서 토산물 약간을 더 보냈습니다. 이날 저녁에 비로소 수레의 표첩을 보내 주었으나 날이 저물어 출발하지 못하였습니다.

○ [부기] 반송(伴送) 두 사람 중 한 명의 이름은 동첩무(佟捷武)로 사행을 호송하였고, 다른 한 명은 노세덕(盧世德)으로 수레를 호송하였다. 그들에게 각각 백미 2포대, 화석 1장, 백지 2권, 별도자(別刀子분리되는 칼) 10자루, 대구 15마리, 해삼 150개, 홍합 1말, 부채 5자루를 주었고【전례가 있다.】, 팔리참의 위관 처소에는 백주 2필, 백미 2포대, 화연 1면, 백지 2권, 칼 10자루, 유선 10파, 황필 5자루, 유묵 5홉, 대구어 10마리, 화석 2장, 활 1장을 보냈다. 위관【館을 지키는 자】이 이전에 보낸 예물이 매우 적다며 빼앗기를 멈추지 않아 비단 1필, 쌀 1포대, 벼루 1면을 더 보냈다. 그렇게 한 뒤에 비로소 수레의 표첩을 보내주었으나, 날이 저물어 출발하지 못하여 분함을 이기지 못했으나 회포를 풀 방법이 없었다. 양사와 함께 나귀를 타고 성의 서쪽 문 밖으로 나와 백탑사를 찾아갔다. 두 개의 중문을 들어가니 푸른 소나무 대여섯 그루가 굽어져 그늘을 이루고 있었다. 길 좌우에 5칸의 대문이 있는데 '천왕전(天王殿)'이라 하였다. 천왕전의 문으로 들어가니 또 푸른 소나무 몇 그루가 있고 뜰 가운데 백탑이 서 있었다. 우리들이 올 때에 삼류하(三流河) 아래 고려촌에서 서남쪽으로 보이던 흰 구름같이 하늘에 응결된 것이 이 백탑이었다. 비문에 당태종이 고구려를 정벌할 때 울지경덕 공(恭)[113]에게 이 탑을 세우도록 명령했다고 했는데 이치상 그럴 듯하다. 높이는 백 길이 될 만하고 주위는

백 수십 아름이나 되었다. 8각 면으로 되었는데 각각 방위에 따라 팔괘를 그렸다. 탑 뒤에는 웅장한 건물이 있어, 표제하기를 '진선전(眞善殿)'이라 하였다. 전 뒤에는 또 진선전보다 웅장한 것이 있어 '대웅전(大雄殿)'이라 하였다. 대웅전 뒤에는 또 대웅전보다 더 높은 것이 있어 '장경각(藏經閣)'이라 하였다. 이는 명나라 만력황제가 세운 것으로 매우 장엄하고 화려했다. 대웅전의 불상 뒤쪽을 통해 곧바로 2층에 올라가니 곧 경전을 보관한 곳으로, 사방을 바라보니 공중에 오른 것 같았다. 서쪽과 북쪽의 양 주변은 아득하여 끝이 없었고, 연기[煙]에 싸인 나무만 아물아물하였다. 북쪽은 오랑캐 땅이고 서쪽은 중원 땅이다. 장경각 좌우에 작은 집들이 있어, 서쪽 작은 집에 있는 중의 이름은 인광(印光)이라하고 동쪽 작은 집에 있는 중의 이름은 벽공(碧空)이라 하였다. 이들은 이곳에 상주하고 있으며, 모두 글자를 알아 함께 이야기 할 만하였고, 우리들에게 차를 대접하였다. 대웅전 좌우에는 또한 모두 불전이 있었다. 진선전 좌우에는 긴 복도가 있었는데 동서로 각각 23칸이었고, 긴 복도 밖에는 또 선방(禪房)이 있었다. 관람을 마치고 말을 되돌려 성안으로 들어와 망경루(望京樓)에 올랐다. 망경루는 성 서남쪽 모퉁이에 있는 포루(炮樓대포를 설치한 망루)였다. 동서남북에 모두 여러 층의 포루가 있지만, 이것이 여러 누각 가운데 걸연(傑然)히 특출하였다. 8각의 5층 누각으로, 안에 들어가 3층까지 오르니 구름 위에 있는 것 같아서 두려워 아래를 내려다볼 수 없었다. 남쪽으로 바라보니 60리쯤 되는 곳에 기이한 봉우리들이 늘어서 한쪽으로 뻗어 있었다. 그것을 바라보니 그림과 같은 것이 천산(千山)이었다. 산 속에는 향암사(香巖寺)가 있고, 향암사에는 석상(石床)과 부처의 자취가 있다고 한다. 서남쪽 10리쯤에서 돌연 높게 치솟은 돌봉우리를 대면하니, 이것이 수산령(首山嶺) 곧 팔리참(八里站)이다. 수산보(首山堡)의

---

113) 울지경덕 공(恭, 585~658) : 당(唐)의 무장. 이름은 공(恭)이고 호경덕(胡敬德)이라고도 함.

뒷산은 당나라 문황(文皇당태종)이 말을 매어두었던 곳이라 한다. 문황은 신이한 무공으로 천하를 평정하였는데 이것을 '인의의 태평정치[仁義致治]'라고 하였다. 우리나라 한 구역을 친히 수고롭게 걸어 궁벽한 땅 깊숙이까지 들어왔으니 가히 큰 공 세우기를 좋아한 군주라 할만하다. 서쪽을 바라보니 요하의 바깥에 연무가 공중에 가득하여 임금 계신[114] 장안을 볼 수 있을 것 같았으니, '망경(望京)'이라 이름한 것도 이 때문이다. 다만 이 성에 있던 자가 위루(危樓매우 높아 위험스럽게 보이는 누각)에서 북쪽을 바라보며 충심을 가졌는지는 알 수 없다. 누각 밑에 돌비석이 있는데 비문은 중수(重修)한 뒤에 지었다. 처음 세워진 것은 홍무연간(1368~1398년)이고 중수된 것은 가정연간(1522~1566년)이다. 동남쪽으로는 산릉(山陵)이 뻗어 있는데 가까이로는 10여 리이고 멀리로는 수 십 리이다. 첩첩한 여러 무덤들이 모두 성 아래 마을에 있다. 평평한 밭 가운데 많은 집과 무덤들이 서로 절반 정도였다. 가족의 장례는 소목(昭穆종묘나 사당에 조상의 신주를 모시는 차례)의 차례대로 배열하였는데, 이는 중원의 제도를 따른 것이다. 힘 있는 사람은 담장을 두르고 주위에 소나무와 버드나무를 심었으며 또한 양과 말 모양의 석주(石柱)와 제사지내는 방을 극진히 갖추었으나, 가난한 사람은 밭이랑 사이에 흙으로 덮어 묻고 그 주변을 경작함으로 남아도는 땅이 없었다. 정령위(丁令威)[115]가 "성곽은 옛날 그대로이나 사람은 옛 사람이 아니로다.[城郭依舊人民非] 어찌 선도를 배우지 않아 무덤만 많아졌는가?[何不學仙塚纍纍]"라고 말하였으니, 대개 이것

---

114) 임금 계신 : 원문 '日邊'을 풀이하였다.

115) 정령위(丁令威) : 한(漢)나라 시기의 요동(遼東)사람. 영허산(靈虛山)에서 선도(仙道)를 닦았는데, 나중에 학이 되어 고향으로 돌아가 성문 앞에 있는 화표(華表) 위에서 "새가 있네 새가 있네, 정령위라는 새, 집 떠난 지 천 년 만에 돌아왔다네. 성곽은 옛날과 다름없건만 사람들은 바뀌었네, 어찌 선도를 배우지 않아 무덤만 많아졌는고[有鳥有鳥丁令威, 去家千年今始歸, 城郭如故人民非, 何不學仙塚壘壘]"라는 시를 읊었다는 고사가 전함.

을 가리키는 것이다. 요동의 북성 밖【내성과 외성이 있다.】에는 태자하
(太子河)【배를 수용할 수 있으니 평양의 대동강과 같다. 강의 근원은 어
느 곳에서 나오는지 알 수 없는데 오랑캐 땅을 지나 삼차하(三叉河)로
흘러간다.】가 있고, 상류 30리쯤 물 옆에 석성(石城)이 있는데, 세속에
전하기를 고려 태자가 이 성을 지키다가 성이 함락되자 강에 몸을 던져
빠져 죽었다고 한다. 이는 해평부원군(윤근수(尹根壽))116)의 기록에 상세하
게 적혀있다.117) 북성의 안쪽과 내성의 바깥에는 자재주(自在州)가 있다.
지주(知州)118)는 만애민(萬愛民)으로 올 여름에 우리나라를 조사하러 왔
던 사람이다.119) 주 성의 서쪽은 달자로서 투항하여 귀화한 자가 살고
있다. 성 동쪽은 동녕위(東寧衛)라 하는데 고려인이 살고 있다. 고려촌
(高麗村)의 아이들은 두어 살 전부터 고려어를 사용하는데, 어른이 되어
서는 의상과 관복에 고려의 옛 풍속을 많이 따른다. 발을 싸매는 풍속을
배우지 않으니, 이는 모두 근본을 잊지 않으려는 것이다. 요즘에는 점차
중원의 풍속을 따르는데, 여자는 발을 싸매고 관복 또한 중국의 제도를
사용한다. 우리나라사람이 그곳에 이르면 반가이 맞이하고 서로 선물을

---

116) 해평부원군: 윤근수(尹根壽, 1537~1616). 호는 월정(月汀). 1573년 주청부사
(奏請副使)로 종계변무(宗系辨誣)를 하였고, 이 공으로 해평부원군(海平府院
君)에 봉해짐. 1589년에도 성절사(聖節使)로 명나라를 다녀옴.

117) 『인재속집』<附尹海平記事>에 "요동의 북성 밖에는 태자하(太子河)가 있고,
상류 30리쯤 물 옆에 석성(石城)이 있는데, 세속에 전하기를 당 문황이 고구려
를 정벌할 때 병사가 이 성을 포위하고 양식이 끊어졌는데, 밖으로 구원이
오지 않아 태자가 성위에서 강으로 몸을 던져 죽었다.(遼東北城外有太子河
聞上流三十里許 臨河有石城 相傳唐文皇之征高句麗也 兵圍此城中糧絶 外援
不至 太子自城上投河而死)"라고 기록함.

118) 지주(知州): 종 5품 관리로 60만 명 정도를 지배하는 부(府) 아래 행정단위인
주(州)의 수장.

119) 『연려실기술』 제19권, 폐주 광해군 고사본말(廢主光海君故事本末). "5월에
명나라 조정에서 만애민(萬愛民)·엄일괴(嚴一魁)를 우리나라에 보내와서
임해의 병상(病狀)을 묻고 조사하였다."라고 기록.

주고받는다. 그러나 고려촌은 북성 밖에 있고 회원관(懷遠館)은 남성 밖에 있어 서로 떨어져 있기 때문에 그들을 만날 수 없었다.

(9월) 25일 기유(己酉)일. 맑음.

수레가 모두 도착하였습니다. 신 등은 노새를 세내어 타고 길을 갔는데, 노새주인이 값을 올려 종일 역관과 함께 다투었습니다. 표류한 중국인은 수레가 준비되지 않아 함께 갈 수 없었으므로, 신 등은 역관 김광득(金光得)을 머물게 하여 그들을 뒤에 데려오게 하였습니다. 명나라 사람 대조용(戴朝用) · 옹락(翁樂) · 진이겸(陳以謙) · 임종실(林宗室) 등 네 사람은 신 등이 먼저 떠나기 때문에 술과 안주를 성대히 갖춰가지고 관소에 와서 전별을 하였는데, 하인들에 이르기까지 친히 술을 권하며 은근한 뜻을 극진히 드러내었습니다. 신 등이 성 서쪽으로 나서자마자 해가 떨어졌습니다. 요동에 오래 붙들려 있었기 때문에 두량신(杜良臣)[120] 무리의 행위에 분노가 치밀어 올라 말을 빨리 달리니, 진흙탕에 말이 빠지고 밤이 되어 어두워도 오히려 그 고통을 알지 못하였습니다. 10시 무렵에 사하보(沙河堡)에 도착하여 왕(王)씨 성을 가진 사람 집에서 잤습니다.

○ [부] 수레가 비로소 도착하였다. 양사가 타고 갈 노새 4필과 서장관 및 부사 자제군관(子弟軍官)[121]이 타고 갈 노새 2필을 빌렸는데, 노새 4필은 북경까지 가는데 은 20냥을 주었고, 노새 2필은 산해관(山海關)까

---

120) 두량신(杜良臣): 명나라 문신. 1601년 양응룡(楊應龍)의 난이 진압된 것을 알리기 위하여 조선으로 파견된 사신.『선조실록』(선조 39년 5월 15일)에서 그에 대해 "일개 아문(衙門)의 간사한 관리로 속임수에 익숙하고 그 성품이 쪽제비와 같아 양심이 전혀 없어 행위가 비루하니, 연도(沿途)에서 마음대로 침탈하여 백성들이 받는 피해는 이루 말할 수 없을 것"이라고 기록함.

121) 자제군관(子弟軍官): 자벽군관(自辟軍官). 정사나 부사의 자제나 친지 1명에게 군관의 자격을 주어 수행하게 하였는데, 특별한 임무를 부여받지는 않았다. 견문을 넓히려는 목적이 강했으며, 잘 알려진 인물로 박지원 등이 있음.

지 가는데 은 6냥을 주었다. 김광득을 머물게 하여 중국인과 함께 뒤쫓아 오게 하였다. 대조용 등은 수레가 아직 오지 않아 장차 뒤떨어질 것을 알고는 술과 안주를 성대하게 준비하여 일행을 전송하였다. 그 뜻은 대개 우리나라가 그들을 살려준 은혜에 감사하고, 상사가 여러 번 추위와 배고 픔을 묻고 음식물을 준 것에 사례하려는 것이었다. 그중 한 사람은 올 때에 정주(定州)사람에게 행장을 도둑맞았던 자였는데, 의주에 있을 때 상사에게 울며 머리를 조아리고 말하기를 "노잣돈이 단지 이것뿐이니, 앞으로 만 여 리의 행차에 저는 얼어 죽는 것을 면할 수 없을 것입니다" 라고 했었다. 상사가 그를 가엾게 여겨 요동에 가서 행장을 정리한 후에 노잣돈을 더 주겠다고 약속했었는데, 이때 다시 와서 걱정을 말한 것이 다. 그에게 흰 명주 2필을 주자 더욱 감격해 마지않았다. 요동을 출발하면 서 장계를 단련사(團練使)[122] 신기성(申起性)에게 부쳐 보냈다. 주방용 품과 침구를 이미 사하보(沙河堡)로 부쳐 보냈다. 부사가 탄 노새가 아직 도착하지 않았으나, 날이 저물어 부득이하여 상사와 함께 먼저 출발하였 다. 봉주사(奉奏使) 단련사 김정립(金廷立), 천사 배패통사 기익헌(奇益 獻)·이희천(李希天) 등과 작별하였다. 서남쪽으로 10여리쯤 가서 팔리 참(八里站)을 지나니 성이 있었다. 또 5리쯤에서 수산령(首山嶺)을 지나 니 고개에는 성보(城堡)가 있고 고개 뒤로는 높은 봉우리가 솟아 있었는 데, 온통 청석(靑石)이었다. 이곳이 이른바 당황제가 말을 매어 두었던 곳이다. 봉우리 위에는 연대(煙臺)가 있었다. 이곳에 도착하니 날은 이미 어두워졌다. 밤에 20리를 걸으니, 도로가 진흙길이어서 열 걸음에 아홉 번 넘어졌다. 이경(이경밤 10시) 무렵 사하보(沙河堡)에 도착하여 왕(王) 씨 성을 가진 사람 집에서 잤다. 성이 사하(沙河) 옆에 있기 때문에 사하 보라 이름 하였다. 부사는 오지 않았다. 요동을 떠난 뒤로부터 모두 주인 방값 및 땔나무와 물 값을 지불하였다. 양사의 주방은 하루에 5~6전이었

---

122) 단련사(團練使): 사신의 호송과 영봉을 수행하는 임무를 맡은 관리.

는네, 옥하관에 이르기까지 소비된 은을 합쳐보니 20여 냥이었다.

(9월) 26일 경술(庚戌)일. 맑음.

원임(原任)[123] 비어(備禦) 손도(孫都)는 일찍이 차관으로 우리나라에 왔던 자인데, 신 등이 도착했다는 소식을 듣고 와서 보기를 청하였습니다. 또 닭 2마리·술 1병·배 등의 물건을 신 등에게 보냈는데, 즉시 토산물로 사례하였습니다. 안산(鞍山)에 이르러 구(緱)씨 성을 가진 사람 집에서 잤습니다.

○ [부] 날씨가 매우 추웠다. 천산(千山)까지의 거리를 물으니 이곳으로부터 30리 떨어져 있다고 했다. 산 속에는 중회(中會)·향암(香巖)·대안(大安) 등의 절이 있는데, 경치가 뛰어나지만 산길이 험하고 좁아서 잠시 동안도 유람할 수 없었다. 조월사(祖越寺)·용천사(龍泉寺) 등은 경치가 뛰어날 뿐 아니라 길 또한 평탄하여 오늘 둘러볼 수 있었다. 용천사로부터 안산까지의 거리는 단지 25리라고 하여 마침내 상사와 함께 가 보기로 결의하였다. 상사 또한 가마를 버리고 노새를 타고 갔는데, 따라간 사람은 역관 한훤(韓諼)·김여공(金汝恭)·신은(申溵)이었다. 집 주인 왕조용(王朝容)이 길을 인도해 앞서 갔는데 행리(行李행장. 길 가는데 쓰는 여러 가지 물건이나 차림.)가 단촐하여 문득 속세를 벗어난 생각이 들었다. 조월사에 도착하기 전 5리쯤에 한 촌락이 있었는데 한가장(韓家庄)이라 하였다. 한가장 뒤에는 돌봉우리가 솟아 있는데 여기서부터 봉우리와 계곡이 매우 기이하였으니, 별세계가 멀지 않음을 알 수 있었다. 산 속에 총병 동학년(佟鶴年) 집안의 별장이 있었다. 근처의 산촌은 모두 동씨 집안의 소속이라고 하였다. 두 바위가 서로 마주보고 있어, 마치 용과

---

123) 원임(原任): 관직을 가졌다가 물러난 관원이나 관직을 옮겼을 때의 본래 벼슬을 일컫는 말.

호랑이가 서로 움켜잡고 있는 형상이었다. 점점 안으로 들어갈수록 기이하였는데, 우러러볼 때 주각(珠閣)이 영롱하여 암석 사이로 은연중 보일 듯 말 듯 한 것이 조월사였다. 돌다리가 계곡에 걸쳐있어 문이 되었으니, 제(題)하기를 '인구별경(人區別境)'이라 하였다. 이보다 앞서 요동에 들어온 이후 보았던 명가(名家)와 큰 절들은 모두 벽돌을 쌓아 계단을 만들었으나, 이곳은 연석(鍊石돌을 곱게 다듬질하여 여러 가지 무늬를 아로새긴 돌)으로 계단을 만들었다. 혹은 수십 층, 혹은 수백 층으로 벼랑에 기대 돌계단을 만들었고, 바위에 의지해 건물을 세워, 층층이 겹쳐진 것이 마치 그림과 같았으며 기이한 재주를 다 부렸다. 세 개의 문을 뚫고 지나 높은 대에 오르고 나니 비로소 불전(佛殿)을 볼 수 있었다. 좌우에 있는 승료(僧寮)는 매우 정결하였다. 불전 뒤에는 3층의 푸른 난간이 반쯤 허공에 솟아 있어, 우러러보니 아득하였고, 제(題)하기를 '천봉공취(千峯拱翠)'라 하였다. 불전 뒤를 경유하여 몸을 솟구쳐 빠른 걸음으로 3층각(三層閣) 가장 높은 곳을 올라가니 백불각(百佛閣)이었으니, 그 안에 작은 금부처 백 구(軀)가 있으므로 그렇게 이름 한 것이다. 조월사의 뒷 봉우리는 해라봉(海螺峯)이니, 바위 모양이 소라와 비슷해 이름하였다고 한다. 조월사에서 남쪽을 바라보니, 마주보이는 곳에 여러 봉우리들이 첩첩이 기이한 형상을 하고 있어, 모두 다 궁구할 수 없으되 월악봉(月岳峯)·사자봉(獅子峯)·삼태봉(三台峯)·오향봉(五香峯)은 봉우리들 중 더욱 뛰어나고 수려하였다. 온 산이 돌 봉우리였고, 백불각의 뒷 봉우리는 더욱 기이하였다. 큰 바위가 땅으로부터 우뚝 솟아 봉우리 하나를 이루었으니, 높이가 백 길이나 되었고 바위머리에 패전(貝殿불전)이 반쯤 노출되어, 마치 사람 머리에 옥으로 된 삿갓을 쓴 모양이었다. 바위 복판에는 '독진군악(獨鎭羣嶽)'이라고 크게 네 글자를 새겼고, 옆에는 '융경(隆慶) 3년(1569년) 도찰원[124] 성시선(成時選)이 쓰다[隆慶三年都察院成時選書]'라고 새겨, 몇

---

124) 도찰원(都察院): 명나라 중앙정부의 감찰기관. 관리의 임무수행능력을 평가

리 밖에서도 글자를 볼 수 있었다. 중 신유(信維)가 백불각(百佛閣)의 동쪽으로 인도하여 돌계단을 타고 오르니, 봉우리에는 북 모양의 돌이 있었고, '태극석(太極石)' 세 글자가 새겨져 있었다. 북 모양의 돌 옆으로 다시 몇 걸음을 오르니, 돌 봉우리가 허공으로 솟아있는 곳에 한 칸의 종각(鍾閣)을 세웠다. 신유스님이 당목(撞木)을 당겨 종을 치니 메아리가 여러 산봉우리에 진동하였다. 밑에서 이를 듣는다면 마치 하늘에서 우레가 울리는 것 같을 것이니 이른바 '누각은 구름 위에 있고[樓居雲雨上] 종소리는 북두성 사이에서 울리네[鍾動斗牛間]'[125]라는 것이었다. 종각을 통해 북쪽으로 도는 산등성이의 걸음걸음 높아지는 곳에 바위를 깎아 계단을 만들고 소나무에 의지해 잔교(棧橋계곡을 가로질러 절벽과 절벽 사이에 높이 걸쳐 놓은 다리)가 만들어져 있었다. 계단이 다하고 바위가 끝나는 곳에 작은 전각 하나가 반공(半空)에 의지해 있었으니, 이름하기를 '옥황전(玉皇殿)'이라 하였고, 백불전(百佛殿)은 올려다봄에 뒷 바위가 이고 있던 누각이었다. 이곳에 이르니 천봉만학의 아름다운 자태가 모두 드러났다. 올려다보니 아득하고 굽어보니 흐릿하여 혼이 흩어지고 정신이 두려워 더 머물 수가 없었다. 전각 안에는 옥황천비(玉皇天妃)의 상을 세웠고, 좌우에도 6~7개의 부처상을 세웠고, 모두 정교하고 눈같이 희었으며 실내가 환하여 마치 백옥궁(白玉宮) 같았다. 옥황이란 이름이 비록 허탄함을 알지만 늠름하여 설만(褻慢무례하고 오만함)하지는 않았다. 옥황전 뒤로 다시 한 층을 오르니 소나무 숲이 그늘을 이룬 곳에 전각 하나 있었으니, '관음전(觀音殿)'이라 하였다. 우리들은 좋은 경치를 다 구경하느라 피곤함을 잊을 정도였는데, 날이 이미 저물어, 오늘 반드시 용천사에 당도해야 내일 해주위에 갈 수 있기 때문에 산을 내려오려고 하니 신유스님이 또 우리를 이끌고 한 곳으로 데리고 갔다. 다시 수십 보를 오르니 나한굴(羅

하기도 함.
125) 주세붕(1495~1554)이 지은 <취원루(聚遠樓)>에 나오는 구절.

漢窟)을 볼 수 있었다. 드디어 그의 말을 따라서 암벽을 타고 올라 북쪽으로 가니 돌 하나에 구멍을 뚫고 그 안에 부처를 모셨다. 눈을 부릅뜨고 죄를 꾸짖는 듯 좌우에 열 지어 있었으니, 바로 나한(羅漢)126)이었다. 굴 안 석벽에는 중국조정의 이름난 신하들 이름을 새겼는데, 기억할 만한 자로는 공용경(龔用卿)·화찰(華察)127)·오희맹(吳希孟)128)이었다. 돌 구멍이 다한 곳에서 산등성이 위로 나왔는데 우리들은 감히 더 나아갈 수 없었다. 가장 높은 정상을 바라보니 천 길이나 되는 기이한 바위가 우뚝 솟아 봉우리를 이뤘으며, 봉우리 위에는 다시 푸른 누각이 구름 가장자리에 반쯤 보였다. 바위 복판에는 또 '진의강(振衣崗)'이란 세 글자를 크게 새겼으니, 이는 '천 길 벼랑에서 옷깃을 턴다[振衣千仞]'129)는 뜻을 취한 것으로, 자획은 백불전 뒤에서 보았던 것보다 더욱 선명하였다. 곁에는 '만력(萬曆) 6년(1578년) 절강사람 향(向)이 쓰다(萬曆六年浙人向書)'라는 8글자가 새겨져 있었는데, 향(向) 또한 도찰원(都察院)130)이라고 하였다. 두 바위에 글자를 새긴 곳은 상하의 거리가 백 길[丈]이었으나, 주위를 둘러봐도 잡고 오를 길이 없었으니, 그것을 경영하고 새기던 때에 반드시 많은 공력이 들었을 것이다. 신이한 자취를 후세에 전하려 사람들이 일 벌이기를 좋아하는 것이 이러한 지경에 이르렀던 것인가? 우리들은 바위를 타고 날듯이 조월사를 내려와 스님과 작별하고 용천사로 가려고 하니 스님들이 와서 배와 밤과 전과 떡 등의 음식을 대접하고, 신유스님은 우리를 수행하였다. 조월사에서 바라보니 남산 한 줄기가 뻗어 내려오

---

126) 나한(羅漢): 불제자 중에서 번뇌를 끊어서 인간과 하늘 중생들로부터 공양을 받을 만한 덕을 갖춘 사람을 이르는 말. 아라한(阿羅漢)의 약칭.

127) 화찰(華察): 조선 중종 때 조선으로 파견되었던 명나라 사신.

128) 오희맹(吳希孟): 중종 때 공용경과 함께 파견되었던 명나라 사신.

129) 진(晉)나라 문장가 좌사(左思)의 〈영사시(詠史詩)〉 8수 가운데 제5수, '천 길 벼랑에서 옷깃을 털고, 만 리 뻗은 강물에 발을 씻노라(振衣千仞岡 濯足萬里流)'.

130) 도찰원(都察院): 명 홍무연간에 설치된 관서명. 관리의 감찰 탄핵 심리를 맡음.

나가 시내를 만나 그치고 머리를 들어 봉우리가 되니, 바로 백불전을 상대하는 듯 했다. 봉우리에는 붉은 기둥과 푸른 난간이 소나무 사이에 보일듯 말듯 하였고, 병풍을 앞에 걸어놓은 것 같아 매우 기이하였다. 신유스님이 말하기를 "저곳에서 이곳을 보면 더욱 기이합니다."라 하였다. 마침내 신유스님과 함께 남쪽 정자에 올라 북쪽을 바라보니, 층층의 바위와 첩첩한 산봉우리 사이에 금색과 푸른색이 은근히 보이기도 하고 혹은 산꼭대기에 혹은 바위틈에 있기도 하고 혹은 숲 밖으로 나와 있기도 하며 혹은 반공에 걸려있기도 했다. 서북쪽의 여러 봉우리와 골짜기는 더욱 아름다워 대개 모두 조월사에서 보지 못한 것들이었다. 산 속에 물이 적었기 때문에 골짜기와 산수의 아름다움은 우리나라의 명산에 미치지 못하였다. 암석의 기괴함과 제작의 정교함은 우리나라 사찰이 그것과 필적할 수가 없었다. 완연히 조물주가 기교를 다하여, 사람의 힘으로 할 수 있는 것이 아닌 것 같았다.

남쪽 정자에서부터 배회하고 머뭇거리며, 차마 버리고 떠나지 못하는 뜻이 있었으나 내일 아침 행차에 어려움이 있어 마음을 먹고 결연히 내려왔다. 신유 스님이 인도하여 용천사에 이르니, 두 사찰의 거리는 겨우 4리에 불과하였다. 신은(申濦)과 한훤(韓諼)에게 명하여 먼저 가서 밥을 짓게 하였으나, 길을 잃어 스님의 지시로 돌아갔다 한다. 용천사의 봉우리, 전각의 청신(淸新)함과 교묘함은 조월사에 미치지 못하였지만 암석의 기이함과 웅장함은 서로 우열을 가릴 수 없었다. 뜰 가운데 돌구멍이 있어 샘이 솟아나오므로 용천(龍泉)이라 하였으나 지금은 물이 말랐고 다만 수 척(尺)의 돌우물만 남아 있었다. 비문의 기록을 보니 이는 당나라 대종(代宗)[131]때 세운 것이라 하였다. 노승 회문(會文)이 우리를 인도하여 방장(方丈)에게 데려가, 배·밤·소래금(小來禽작은 사과)을 대접하였다. 선과(仙果)를 먹고 차를 마시니 마음이 상쾌해져, 부사와 함께 이

---

131) 대종(代宗) : 당 8대 황제. 재위기간 762~779년.

기이한 광경을 함께하지 못하는 것이 한스러웠다. 아! 지난날 요양성에 있을 때에는 피곤하고 희롱을 당하여 마치 조롱 속의 새와 같았으나, 오늘 천산의 절 속에서 상쾌하고 자유롭게 노닐어 문득 물외인(物外人)이 된 듯하니, 이것은 무엇 때문인가? 수일 사이에 지위의 높고 낮음과 심신의 맑고 탁함이 이같이 현저히 다르단 말인가? 사람이 사는 곳을 선택하지 않을 수 없는 것이 이와 같도다!

(9월) 27일 신해(辛亥)일. 맑음.

안산(鞍山)을 출발하였습니다. 길에서 포정사(布政司)¹³²⁾ 사존인(謝存仁)을 만났는데, 그는 광녕(廣寧)에서부터 요동으로 돌아오는 길이었습니다. 저녁에 해주위(海州衛)에 도착하여 성 서쪽에 있는 유(劉)씨 성을 가진 사람 집에서 잤습니다.【이날 천산에서 잤는데 부사는 안산에서 잤다. 기록에서 천산에서 잤다는 말을 하지 않은 것은 국가에서 유람을 금했기 때문이다.】

○ [부기] 이른 아침 노승 회문이 또 배·밤 등의 과일과 차 주발을 갖추어 가지고 왔다. 차를 마신 후 한 식탁에서 마주하고 밥을 먹어도 싫지 않았음은 이 또한 산 속에서 느끼는 멋으로 물아(物我)를 서로 잊은 경지였다. 또 우리를 이끌고 서쪽 누대에 가니, 바위 위에 있는 관음각의 모습이 뛰어나게 아름다워 이곳에서 자지 못하는 것이 한스러웠다. 전각 앞에는 두어 그루 반송(盤松)이 바위에 뿌리를 박고 늙은 나뭇가지는 굽어져 있어 푸른 그림자가 너울너울하였다. 달밤에 이를 보면 더욱 아름답다고 하였다. 전각 옆에는 바위가 공중에 우뚝 솟아 높이가 수 십 길인데, 정병석(淨瓶石)¹³³⁾이라고 하였다. 왜송(矮松)가지가 많이 퍼져 탐스럽고 소복한

---

132) 포정사(布政司): 여기에서는 '포정사(布政司) 장관'의 의미로 조선의 절도사(節度使)에 해당함.

어린 소나무)은 늙어 기울어져 바위를 의지하고 무더기로 자라나 있으니 더욱 기이한 볼거리였다. 관음각을 경유하여 한 층을 더 올라가니 전각이 바위에 솟아있고 석대(石臺)는 깎은 듯이 정연하여, 조월사의 옥황전과 더불어 난형난제였으며, '서법화실(西法華室)'이라 이름 하였다. 전에 보았던 정병석이 바로 앞에 있어, 손으로 만질 수 있을 것만 같았다. 이곳에 이르니 산봉우리와 골짜기를 다 셀 수 있을 것 같았다. 남쪽 봉우리 중에 빼어난 것은 필가봉(筆駕峯)과 오향봉(五香峯)이었고, 동쪽으로는 양대(凉臺)가 있으니 용천사의 왼쪽 허벅다리이고, 서쪽으로는 금강봉(金剛峯)이 있으니 용천사의 오른쪽 날개였다. 우리들은 이것을 완상(玩賞)하느라 차마 떠나지 못하다가 석벽 위에 이름을 새긴 후에 내려왔다. 관음각 앞에는 바위를 의지하여 축대를 만들었으니, 중이 말하기를 "설을 쇤 후에 고루(鼓樓북을 단 누각)를 이곳에 세우고 양대(凉臺) 위에는 또 석대(石臺)를 쌓고 장차 종각을 세울 것"이라고 하였다. 이 누각이 만일 세워져 동쪽의 종과 서쪽의 북이 한꺼번에 울린다면 조월사의 종각은 이것보다 못할 것이라고 말하였다. 머뭇거리는 사이에 붉은 해가 공중에 솟아올랐다. 중이 말하기를 "산 중의 일출이 가장 늦으니 만약 햇빛을 보게 되면 산 바깥은 이미 사시(巳時오전 9~11시)가 지났을 것"이라 하였다. 드디어 노승 회문과 이별을 하였다. 상사와 함께 노새를 타고 고개를 넘어 서북쪽으로 25리를 가서 안산 구양선(緱良善)의 집에 당도하였다. 점심을 먹고 다시 서남쪽으로 60리를 가서 해주위에 닿으니, 밤 10시를 향하고 있었다. 서문 밖에는 유계괴(劉繼魁)의 점포【우리나라의 주막과 같은데 나그네를 맞이하고 세를 받는 곳】에서 잤다. 이날 서남쪽으로 80리를 갔다.

---

133) 정병석(淨瓶石): 정병은 관세음보살 등의 보살이 손에 들고 있는 것으로 중생을 구제하는데 사용되는 깨끗한 물을 담는 용구.

(9월) 28일 임자(壬子)일. 맑음.

　해주위(海州衛)를 출발했습니다. 해주위는 큰 진(鎭)[134]으로 성곽과 망루의 장관은 요동에 버금갔습니다.【참장 동학년(佟鶴年)이 병마 3천을 거느렸으나 실제로는 1천이었다. 병비부사는 염명태(閻鳴泰)였다.】이곳의 풍속은 몹시 드세고 도둑질을 잘 하였습니다. 오랑캐 땅과 가까워지면서 5리마다 두 개의 연대(煙臺)가 설치되어 있었습니다. 비록 길옆이 아니더라도 촌락이 있으면 모두 연대가 세워져 있었습니다. 혹시라도 오랑캐가 온다는 경보가 있으면 촌민이 모두 이곳에 들어와 지켰으며, 길 가는 사람도 도망해 피할 수 있었으니, 매우 좋은 계책이었습니다. 연로 곳곳에 날마다 쌀을 찧고 곡식을 땅에 묻는 것을 일삼았으며, 민가의 잡동사니 물건들은 연대에 들여놓아 오랑캐의 환난에 대비하고 있었습니다. 또 북방을 바라보니 연기와 화염이 공중에 가득하여 그 이유를 물어보니 초목이 빽빽해지면 적이 출몰하므로 가을과 겨울 사이에 들풀을 태워 적으로 하여금 말을 먹이기 불편하게하고 아군이 관찰하기 쉽게 한다고 하였습니다. 저녁에 동창보(東昌堡)【일명 우가장(牛家莊)이다. 비어 이유덕(李維德)은 군사 5백을 거느렸으나 실은 3백이라고 하였다.】에 도착했습니다. 성절사와 천추사 일행보다 먼저 돌아오는 이마(理馬)[135] 김도립(金道立)과 홍응룡(洪應龍)이 지나갔습니다. 신 등은 성안에 있는 번(樊)씨 성을 가진 사람 집에서 잤습니다.

　○ [부기] 요동 서쪽으로는 오직 동남쪽에만 산이 있고, 해주위 서쪽으로는 동남쪽에 산이 없으며 평원과 광야가 끝이 보이지 않았다. 세속에

---

134) 해주위는 큰 진(鎭): 명나라는 요동을 통치하기 위하여 요양(遼陽)에 요동도사(遼東都司)를 설치하고 25위(衛)를 세웠다. 그 중 해주위(海州衛)는 전략적으로 중요한 곳으로 요양(遼陽) 버금가는 큰 진(鎭)이었음.

135) 이마(理馬): 사복시에 속하여 임금의 말에 관한 일을 맡아보던 정6품의 잡직 관리.

전하기를 고구려 때 연개소문이 이 성에 웅거하고 있었는데, 당태종이 공격하여 이를 빼앗자 후퇴하여 개주성(開州城)을 지켰다고 한다. 산천은 수려하고 민가는 빽빽하였으며 교목(喬木줄기가 곧고 굵으며 높이 자란 나무)은 무성하여 수 십리나 이어졌다. 성 남쪽에 사하(沙河)가 있는데, 사하는 금주위(金州衛)에서 발원하여 동창보(東昌堡)의 남쪽을 돌아 나와 서쪽의 삼차하(三叉河)로 들어갔다.

(9월) 29일 계축(癸丑)일. 흐리고 오후에 비가 옴.

동창보(東昌堡)를 출발했습니다. 상사의 군관 이달문(李達文)이 산증(疝症허리 또는 아랫배가 아픈 병)을 얻어 위중하였으므로 주인집에 남겨두고 떠났습니다. 삼차하(三叉河)에 이르니 비바람이 몰아쳤습니다. 인마는 부교(浮橋)를 이용하여 건넜고 수레는 작은 배 한 척으로 종일토록 실어 건넜으나 끝마치지 못하였습니다. 삼차하 서쪽으로는 흙을 쌓아 긴 담장을 만들었고, 담장 바깥에는 도랑을 파 '노하(路河)' 라 이름하였으며, 요하(遼河)에서 광녕(廣寧)까지 2백리나 이어졌습니다. 인마와 차량들은 모두 담장 위를 통행했습니다. 담장의 높이는 몇 길이나 되었고, 넓이는 두 길 이었으며, 수로의 깊이는 두 길이고, 넓이는 너댓 길 이었습니다. 성보(城堡)와 연대(煙臺)는 모두 담장의 남쪽에 설치되었는데, 가정(嘉靖)연간에 처음 축조되었고 을사년에 중수되었습니다. 이성량(李成樑)과 조집(趙楫)이 그 일을 주관했는데 보병 1만 7천여 명을 동원하였으며, 그들을 먹이고 상을 주는 비용으로 은 1만 1천여 냥이 들었다고 합니다. 긴 담장을 설치한 것은 오랑캐와의 충돌을 막기 위한 것이었지만, 요동벌판이 습지이므로 길 가는 자들 또한 이를 이용했습니다. 그러나 큰 비로 넘친 물이 오랑캐 땅에서 범람하여 남쪽이 터져 평원은 온통 바다가 되고 담장은 갑자기 무너져 거마(車馬)가 통행하기 어려워졌습니다. 다만 작은 상선으로 복물(卜物)을 실어 노하에 끌어다 놓았습니다. 여러 날 지체되었으니 요동지역 행로의 어려움은 말하기 어렵습니다. 이날 비를 무릅쓰고 사령(沙嶺)【일명 '서평보(西平堡)'로 비어 소민목(蘇民牧)이 군사 7백을 거느리고 있다고 하였다.】에 도착하여 우(于)씨 성을 가진 집에서 묵었는데, 비어가 음식물을 보내왔습니다. 밤에 큰 비가 내려 새벽까지 이어졌다. 수레가 아직 도착하지 않아 길에서 밤을 묵었습니다.

○ [부기] 징주(澄州)의 서쪽 75 리에는 예로부터 요하(遼河)와 고도삼하[136])가 있어왔다. 구불구불 동북쪽에서 흘러오는데 그 중에서 큰 것을 요하라 한다. 요하는 개원위(開元衛) 동북쪽 경계 밖 장령산에서 발원하는 데, 서쪽으로 개원을 돌아 철령 남쪽 2백리를 지난다. 그 서쪽 편으로 나오는 한 지류를 주자하(珠子河)라고 하는데, 남쪽으로 흘러 징주(澄州) 경계에 이른다. 또 요하의 동쪽에 있는 한 물줄기를 대자하(袋子下)【아마도 태자하일 것이다.】라 하는데, 알라산(斡羅山)에서 발원하여 북쪽으로 흘러 무량(武良)에 이르렀다가 양가만(楊家灣)을 지난다. 세 강줄기가 이곳에 이르러 합해져 하나가 되는데 이를 총칭해 요하라 하고, 남쪽으로 흘러 양방구(梁房口)에 이르렀다가 바다로 들어간다. 삼차하는 바다에서 150 리 떨어져 있는데, 조수(潮水)가 불어나고 파도가 넘치면 거주민과 길가는 자들이 많은 피해를 입는다. 옛 풍속에 수신묘(水神廟)를 세워 기도를 하였는데, 삼차하의 동쪽에 있는 것은 천비묘(天妃廟) 혹은 낭낭묘(娘娘廟)라고 한다. 전우(殿宇신불을 모신 집)를 새로 지었고 천비 두 여인의 소상을 세웠다. 또 좌우로 곁채가 있었으니 오른쪽[137])에 있는 것은 수신(水神)이고 동쪽에 있는 것은 용왕인데, 모두 진흙으로 소상을 만들고 그곳에 제사를 지냈다. 기원을 할 때에는 마음을 가지런히 하고 경건하게 기도를 하는데, 분향하고 천비묘 앞에 목례를 한 후 탁상

---

136) 고도삼하(古渡三河) : 요하, 노하, 삼차하가 만나는 장소.
137) 오른쪽: 남면(南面)을 했을 때, 오른쪽은 서쪽이 된다. 방위도에서 앞은 남쪽, 뒤는 북쪽, 왼쪽은 동쪽, 오른쪽은 서쪽.

에 있는 죽첨(竹籤얇고 반반하게 깎은 대나무조각)을 뽑아 길흉을 점친다. 삼차하의 서쪽에 있는 것은 삼관묘(三官廟) 혹은 야야묘(爺爺廟)라고 하는데, 전우(殿宇)와 소상(塑像)은 동쪽 언덕에 있는 사당과 같아 소위 삼관이라 하였는데, 소상의 모양이 남자였다. 삼관이라 부른 이유를 묘지기 중에게 물어보니 삼관은 삼원(三元)으로 천신(天神)·지신(地神)·수신(水神)이라고 하였다. 아! 옛사람이 산악과 물가에 제사지내지 않음이 없었으니 강변에 수신묘를 세운 것 또한 옳다고 할 수 있다. 천신(天神)과 지기(地祇)는 크고 넓어 말로써 형언할 수 없으니, 흙덩이나 목석으로 소상을 만들어 신으로 섬길 수 있는 것도 아니요, 행인과 마을 사람이 고개 숙여 예를 행하고 신격화 할 수 있는 것도 아니다. 하물며 천비와 낭자의 명칭은 더욱 설만(褻慢)함을 다했으니, 저 벌레같이 우둔한 사람과 허탄(虛誕)하고 망령된 중은 말할 것도 못된다. 비문을 살펴보니 명공(名公)과 석사(碩士)도 모두 이름을 새기고 공덕을 칭송하였다. 이는 어찌 하늘을 속임이 심한 자들 아니겠는가? 중국 사람은 이러한 사묘(祀廟)나 관왕묘(關王廟) 등을 만나면 비록 지위가 높은 관리라 하더라도 모두 분향하고 네 번 절을 한 후에 지나간다. 우리나라 사람은 다만 한번 둘러보기만 하고 예를 행하지 않으니 중국 사람은 도리어 무례하다고 비웃는다. 아! 공자께서 말씀하시기를 "귀신이 아닌데 제사지내는 것은 아첨이다"[138]라 하였는데, 지금 그것이 신이 아닌데도 예를 행하고 있으니, 이 것 또한 설만(褻慢)한 것이다. 관왕(關王)은 절의가 높아 사람들로 하여금 공경을 일으키게 하지만, 소상을 만들고 예에 맞지 않는 제사를 지내는 것은 불법(佛法)의 유폐(流弊)일 뿐이다. 그러므로 천신(天神)에 절하지 않는 것은 상천을 공경하는 것이고, 관왕묘에 예를 행하지 않는 것 또한 관왕에게 예를 행하는 것이다. 삼차하의 동쪽에 마권자포(馬圈子

---

138) 『論語』 위정편에 나오는 말. '귀신이 아닌데 제사지내는 것은 아첨이다(非其 鬼而祭之 諂也)'.

舖)가 있는데 천비묘의 옆에 있다. 또 복양점(福陽店)이 있는데 고태감
(高太監태감 고회)이 새로 만들어 세금을 징수하는 곳이다. 삼차하의 서쪽
에는 서녕포(西寧舖)가 있는데, 수보관(守堡官)이 수백 명의 군사를 거
느리고 있었다. 삼관묘에서 점심을 먹고 비를 무릅쓰고 북쪽으로 35리를
가서 사령역(沙嶺驛)에 도착했다.【일명 서평보(西平堡)이다. 비어 소민
목(蘇民牧)이 군사 7백을 거느리고 있다고 하지만 실제로는 기병 3백과
보졸 2백이라 하였다.】 남문 바깥에는 삼관묘(三官廟)·마신묘(馬神廟)
·화신묘(火神廟)가 있으니, 이성량이 세운 것이다. 비어도 또한 성량의
외손이었으며, 관문 바깥의 장관(將官)들은 모두 성량의 족속이라고 하
였다. 비어가 음식물을 보냈다. 성안에 있는 우(于)씨 성을 가진 집에서
묵었다. 이날 60리 갔다. 수레가 아직 도착하지 않았으며 밤에 큰 비가
내려 새벽까지 이어졌다.

(9월) 30일 갑인(甲寅)일. 비가 그치고 이어서 눈이 내림.

수레가 태반이나 오지 않았습니다. 비와 눈이 그치지 않아 앞길을 통
과하기 어려워 그대로 사령(沙嶺)에 머물렀습니다. 토산물로 비어가 음
식물을 보낸 예절에 회사(回謝)하였습니다. 거부(車夫)가 수레에 실은 물
건을 훔쳤습니다. 그를 체포하여 비어에게 보내니 곤장 20대를 쳤습니다.
뒤떨어져 있던 수레가 한밤중에 도착하기 시작했습니다.

권2
『인재선생속집(訒齋先生續集)』
『조천일록』 2

(10월) 1일 을묘(乙卯)일. 흐리고 바람이 크게 붊.

사령을 출발했습니다. 상선 4척을 빌려 방물과 짐을 싣고 신 등은 축도(築道)를 따라 갔는데 담장이 많이 파괴되어 있었습니다. 걸어가기도 하고 말을 타고 가기도 했으며, 담장 밑을 따라 가기도 했는데 흙탕물에 나귀가 빠지기도 하였으니 길이 험악한 상태를 말로 형용할 수 없었습니다. 북쪽으로 30리 가니 담장 남쪽에는 평양보(平陽堡)가 있고 담장 북쪽에는 부가장보(富家庄堡)가 있어, 7리나 떨어져 있었습니다. 모두 성(城)은 있으되 병사는 없어, 오랑캐의 변란이 있으면 주민들을 이곳으로 대피시켜 지키게 한다고 했습니다. 요동의 서쪽에는 산이 없었습니다. 사령의 북쪽에 이르러 저 멀리 서쪽을 바라보았는데, 은은한 운무 중에 눈썹같이 검푸른 것이 백여 리에 걸쳐 뻗어 있었으니 의무려산(醫巫閭山)이었습니다. 고평(高平)에 이르러 산의 색깔이 비로소 분명해졌습니다. 저녁에 고평보에 도착했습니다.【일명 진무보(鎭武堡)라 하는데 유격 이여오(李如梧)가 군사 천명을 거느렸다.】이여오는 바로 성량의 조카로 친히 군사를 거느리고 파괴된 담장을 고쳐 쌓았습니다. 양사의 행렬은 뒤쳐졌다가 황혼이 되어 몇몇 파괴된 긴 담장에 도착했습니다. 유격이 역소(役所토목이나 공사 따위의 일을 하는 곳)를 침범해 지나갔다는 이유로 노새 주인을 붙잡아 곤장 10대를 쳤습니다. 이날 북쪽으로 60 리를 가서 서(徐)씨 성을 가진 집에서 묵었습니다.

(10월) 2일 병진(丙辰)일. 흐리고 흙비가 내림.

복물을 실은 배가 늦은 아침에 비로소 도착해 이로 인해 늦게 출발했습니다. 저녁에 반산역(盤山驛)에 도착했는데 역에는 수보관(守堡官)이 있었으나 군병(軍兵)은 없었습니다.【모든 역이 그러하다.】 반산에서 북쪽으로 35리 되는 곳에 산 하나가 있는데 대흑산(大黑山)이라 하였고, 보가 있는데 진이보(鎭夷堡)라 하였습니다. 수보관이 군사 5백을 거느리고 지키고 있었습니다. 대흑산 북쪽 2리는 달자의 땅이라 하였습니다. 신 등은 모(毛)씨 집에서 묵었습니다.

○ [부기] 고평으로부터 서북쪽으로 40리를 가 반산역에 도착했다. 북쪽으로 20리 되는 곳에 작은 산이 우뚝 솟았는데 소흑산이라 하였으며, 35리 되는 곳에 또 작은 산이 있는데 대흑산이라 하였다. 의무려산의 북쪽 지맥은 끊어질 듯 이어져 있었으며, 작은 산들이 점점이 있는 것이 마치 소라비녀[螺髻] 같았는데, 이 두 산에 이르러 끝이 났다. 이곳에서부터 북쪽으로는 산이 보이지 않았다. 이날 서북쪽으로 40리를 가서 모(毛)씨 성을 가진 집에서 묵었다.

(10월) 3일 정사(丁巳)일. 맑음.

아침에 방물을 열람하는 일로 인해 늦게 출발했습니다. 서북쪽으로 30리를 가 제승보(制勝堡)에 이르니 연대(烟臺)만 있었습니다. 돌비석이 있었는데, 글자를 새겼으나 세우지는 않았습니다. 저녁에 광녕(廣寧)에 도착하니 조선관은 달자들이 가득하여 들어갈 수 없었으므로 조선관 서쪽에 있는 왕(王)씨 성을 가진 집에서 묵었습니다.

○ 봉주사(奉奏使) 이필영(李必榮)이 이미 왕씨 집에 묵고 있어 서로 만나보았다. 조서가 준허(準許)되어 내려오지 않아 진주사(陳奏使)가 아직 북경을 출발하지 못했다고 하였다.

○ 새로 수리한 노하 기문[新修路河記]의 대략이다. "광녕에 노하(路

河)가 있는데 그 근원(根源)이 멀다. 처음에는 제승보로부터 2백리를 돌아서 흘렀다. 해운(海運) 할 때 남쪽 포화보(布花堡)로부터 노하를 배를 타고 지나 제승보에 이르렀다. 그런데 노하를 수리하니 광녕의 군민들이 편하게 여겼다. 강물이 불어 넘쳐 군마의 통행이 막히자 정통연간(1436~1449년)에 도독 무개(巫凱)[1])가 폭이 넓은 강에 제방을 쌓으면 강과 도로의 두 가지 이익을 얻을 수 있다고 상주(上奏)하였다. 해운 공사를 마친 후에 물길이 자주 막히자 가정연간(1522~1566년)에 순무 장연갈(張連葛), 사마 소진(邵縉), 순무 왕지고(王之誥)가 앞뒤로 상주하여 강의 준설에 대해 준허(準許)를 받았다. 가장 깊게 준설한 것은 깊이가 한 길[丈]이며 넓이는 그 두 배였는데, 통하기도 하고 막히기도 하였다. 말하는 자들이 사령(沙嶺)이 지대가 높아 강물이 많았기 때문이라고 하였는데, 형세가 그럴듯하였다. 또 무공(巫公)의 제방을 수리해 두 가지 이익을 얻으려 하였으니, 그 논의는 진실로 옳았으나 실행되지 못하였다. 지금 순무 장연갈과 사마 소진과 조집이 때에 맞게 소축(疏築물길을 트고 제방을 쌓는 일)하고자 하여 총제(摠制총독(總督)을 말함) 건달(謇達), 영원백 이성량, 사향(司餉) 사존인(謝存仁) 등과 도모하여 마침내 을사년(1605) 맹동(孟冬)에 공사를 시작하여 다음해 중하(仲夏)에 공사를 완성하였다. 공사는 10개월이 넘게 걸렸는데 노역한 보군(步軍)은 1만 7천 4백 명 남짓이었고, 변경의 장정을 먹이고 상을 주는데 들어간 비용은 1만 1천 2백 냥 남짓이었다. 하천은 제승보(制勝堡)로부터 삼분하(三坌河)의 2백 리 길을 통하였는데, 그 깊이와 넓이는 가정연간에 비하여 두 배가 되었다. 제방의 아래쪽은 두께가 세 길[丈]이고 꼭대기는 그 절반이며 높이는 한 길[丈]이 넘었다. 소축의 모든 방략(方略방법)과 조격(條格조례, 법규)을 만들어 고무한 것은 모두 조집이 시킨 일이었다. 대개 소축에는 여섯 가지 이로

---

1) 무개(巫凱): 명나라 사람. 선종(宣宗)때 요동총병관(遼東總兵官)을 지냄. 30여 년 재임기간 동안 변경을 잘 통치함.

움이 있다. 하천이 깊고 넓어 해자와 같고 제방이 높고 두터워 성과 같아서 오랑캐가 제멋대로 하고자 하여도 금성탕지(金城湯池)를 두려워하지 않을 수 없어 미리 퇴각시킴이 첫 번째 이로움이다. 북쪽으로부터 흘러오는 물이 넘치더라도 하천이 물을 모아둘 만하고 제방이 물을 막을 만해서 남쪽 땅을 경작할 수 있으며 갑자기 물에 잠기는 근심 없음이 두 번째 이로움이다. 두 하천[兩河노하와 삼분하]이 만나 책응(策應우군사이에 계책을 통하여 서로 돕는 일)하여 관군이 왕래한다면, 가까운 곳에 있는 오랑캐를 막아서 중간에 끊김을 걱정하지 않음이 세 번째 이로움이다. 농부와 나그네가 식량을 싸서 짊어지고 마음대로 길을 가도 도적질을 당할 걱정이 없음이 네 번째 이로움이다. 배로 가고 수레로 가는데 막히지 않으며, 짐을 싣고 갈 때 번거롭지 않고 힘이 덜 들어 멀리까지 갈 수 있음이 다섯 번째 이로움이다. 매년 한번만 준설하더라도 높이와 깊이가 여전하니 만년(萬年)의 이로움이 한 번의 노력으로 이루어짐이 여섯 번째 이로움이다. 이 여섯 가지 이로움은 지나가는 자라면 모두가 볼 수 있는 것이요, 식견이 있는 자를 기다린 이후에야 알게 되는 것이 아니다. 위대하도다. 공사여! 이는 어찌 요좌(遼左) 지역의 한 가지 큰 보장(保障)이 아니겠는가? 병오년 가을 7월에 형과도급사중(刑科都給事中)[2] 봉사조선(奉使朝鮮) 전한림(前翰林) 서길사(庶吉士관직명) 남해 양유년(梁有年)이 쓴다."

○ 광녕성은 의무려산 동쪽으로 10리 되는 곳에 있는데 산천이 웅장하고 지세가 평탄하다. 성 서쪽 5리쯤의 높은 언덕위에 북진묘가 있으니, 곧 북악의 신을 제사지내는 곳이다. 성 동쪽 2리쯤에는 망성강(望城崗)이 있으며 언덕 위에는 동악묘가 있는데 오랑캐가 불태웠다. 의무려산에는 여공암(呂公巖)이 있는데 여동빈(呂洞賓)[3]이 지났던 곳이다. 도화

---

2) 도급사중(都給事中): 과(科)의 수장으로 정7품 벼슬. 과(科)는 6부의 감찰을 맡은 하급 감찰기관.
3) 여동빈(呂洞賓): 중국 당(唐)대의 도사로 8신선 중 한 명. 이름은 엄(嚴, 또는

동과 성수분도 있다. 세속에 전하기를 정령위가 이 산에 들어와 신선을 배워 학이 되었다 한다. 또 야율초재[4]의 묘가 있다고 한다.

○ 성곽의 웅장함과 민물(民物)의 번성함은 요동보다 더 나았다. 병비 안찰사【부임하지 않았다.】와 순무도어사【조집이 참소를 당한 후에 그대로 남아있다. 장제는 직임(職任)을 내놓고 물러났으며 이병이 새로 제수받았는데 아직 오지 않았다.】와 관량호부낭중【하여신(河如申)이다. ○ 요동의 전량(錢糧)은 모두 70만 2천 7백석이다.】과 관량통판【사계과이다.】과 마정통판【장시현이다.】과 이형추관【왕갑인이다.】과 진수총병【두송이 병마 3천을 거느리고 부임한지 겨우 10일이 되었고, 이성량은 체직되어 물러났으나 그 집안에 그대로 머물고 있다.】과 무하중군【조신이 병마 1천을 거느렸다.】과 총병표하중군【최길이 병마 1천을 거느렸다.】이 있었다. 성 안에는 항상 병마 5천이 있고, 원요부총병은 병마 5천을 거느리고 요동에 주둔해 있으며, 서로부총병은 병마 5천을 거느리고 전둔위에 주둔해 있다. 영원위참장은 병마 3천을 거느렸고, 해주위참장은 병마 3천을 거느렸고, 의주위참장은 병마 3천을 거느렸고【광녕 서북쪽에 있다.】, 금주위유격은 병마 3천을 거느렸고【소릉하 북쪽 20리 되는 곳에 있는데 의주위로부터 거리가 백리이다.】, 우둔위유격은 병마 3천을 거느렸는데【십삼산 남쪽 30리 되는 곳에 있다.】, 이것들은 다만 도로에서 본 것을 기록한 것이다. 요동 각 진(鎭)은 25위(衛)가 있는데 병마는 통틀어 10만 명이라 하였으나 사실은 4~5만 명이었고, 통보에서 아뢴 바에 의하면 8만 명이라 하였으나 사실은 8천 명이라고 하였다.

○ 태감 고회(高淮)가 악행을 쌓고 원망이 들어차 요동 주민이 그의

嵒), 자는 동빈(洞賓), 호는 순양자(純陽子).

4) 야율초재(耶律楚材, 1190~1244): 몽골 제국 초기의 공신. 오고타이의 즉위를 도와 중서령(中書令)이 되었고, 금나라가 멸망하자 화북(華北) 지역의 실정에 적합한 정치를 행함. 세제(稅制)를 정비하여 몽골제국의 경제적 기초를 확립한 인물.

살을 씹어 먹고자 하였다. 그의 집안을 관리하는 종 송삼(宋三)이란 자는 고회가 신임하는 부하로서 방자함이 더욱 심하였다. 6월 달에 전둔위 군사 중 마병 3천 5백 명과 보군 1천 5백 명이 민정(民丁)[5] 1만 7천여 명을 합해서 삽혈동맹(歃血同盟)하고 송삼을 격살한 후 그의 살을 찢었으며, 또 고태감의 족속들과 가정(家丁)[6] 3백여 명을 죽였다. 군민들은 태감이 황제에게 아뢰어서 자기들을 반민(叛民)으로 죄줄 것이 두려워 일시에 함께 도찰원에 상소하기를 "만약 도찰원이 직접 고회의 죄를 아뢰어 우리들의 무죄를 밝혀준다면 괜찮지만, 반대로 우리들을 반민으로 만든다면, 우리들은 죄가 없이 죽음에 나아갈 바에는 차라리 북쪽 오랑캐 땅으로 도망갈 것이며 이곳 백성이 되지 않을 것입니다."이라 하였다. 도찰원이 사건의 내막을 갖추어 조정에 아뢰고 고회를 나포하여 수감하자 군민들은 비로소 안정을 찾았다. 또 장태감이란 자가 있었으니, 장차 고회를 대신하여 산해관 밖으로 나와 세금을 걷으려 하자 전둔위 군병이 또 장태감을 공격하려고 도모하니, 총병 이방춘이 군사들을 깨우쳐 달래고 산해관 주사가 또 장태감을 달래어 도피하게 하여 화가 그치게 되었다.

○ 오랑캐 우두머리 재새(宰賽)가 개원(開原)[7] 지방에서 제멋대로 날뛰자 금년 2월 이성량이 재새를 꾀어서 사로잡기를 모의하였으나 실행에 옮기지 못하였다. 금년 8월에 재새가 여러 무리를 이끌고 경운(慶雲) 등 13개의 둔보(屯堡)에 쳐들어와 거의 모두를 죽이거나 약탈하였고 사람과 가축을 사로잡아간 것이 천에서 백을 헤아렸으나 이성량이 대적하지 못하였다.【통보에 상세히 실려있다.】

○ 이성량이 달자들의 강성함을 두려워하여 오로지 뇌물을 주는 것으로 그들의 노함을 그치게 하고자 하였다. 또 강제로 군사들에게 주는 월

---

5) 민정(民丁): 부역(賦役) 또는 군역(軍役)에 소집된 남자. 장정(壯丁).
6) 가정(家丁): 정식 군대가 아니고 사인(私人)이 거느리고 있던 부대.
7) 개원(開原): 현재의 요녕성 동북부 개원시(開原市) 지역.

급에서 은 5전을 줄여 오랑캐에게 뇌물을 주는 비용으로 충당하였다. 신총병 두송은 정치를 하는 것이 깨끗하고 엄하였으며 위협으로 달자를 제압하여 조금도 뇌물을 주지 않았는데 군민이 좋아하고 옹호했으나 여러 장수들은 복종하지 않았다. 대개 달자 오랑캐의 횡포와 방자함이 이미 오래되었다. 노장 이성량은 헤아리는 것이 이미 숙달되어 황금·비단·피혁·예물을 아낌없이 주었는데, 그 뜻은 하루아침에 있었던 것이었으나, 두송은 뇌물을 주어서 얻는 이익을 끊고 으르렁거리고 물어뜯는 분노를 돋구었으니 계책의 득실은 알 수 없다.

(10월) 4일 무오(戊午)일. 맑음.

광녕에 머물렀습니다. 봉주사(奉奏使)가 요동을 떠나면서 회자 및 장계를 그 행차에 부쳐 보냈습니다. 상통사[8] 권득중을 총병 및 어사아문에 보내 현관례 행하는 것을 모두 면제받았으며, 야불수(夜不收정찰병)를 내어줄 것을 청하고, 수레를 재촉하였습니다. 황혼에 고취와 온갖 풍악소리가 들려 물어보니 중군(中軍) 최길(崔吉)이 처의 상을 당해 장사를 지냈는데, 여러 불사(佛寺)와 도관(道觀)에서 분향하고 독경한 뒤 돌아오는 길이라 하였습니다. 성 가까이 10리 안에는 시신을 넣은 관을 길옆에 쌓아놓고 묻지 않았거나 시냇가에 아무렇게나 장사지내고 모래로 덮어놓아, 모래가 붕괴되어 관이 노출되기도 하고 물이 시내로 유입되기도 하였습니다. 그 이유를 물으니, 가난해서 땅을 사 장사지낼 수 없기 때문이라고 하였습니다. 만약 우리나라라면 비록 고을 사람이라도 함께 도울 것이니 어찌 길옆이나 모래언덕에 버려 둘 이치가 있겠습니까?

---

8) 상통사(上通事): 상급의 통사. 통역관은 관품에 따라 명칭이 달랐다. 품계가 정3품인 통역관은 역관, 그 아래인 통역관은 통사라 하였다. 그 중 통사는 부경사행(赴京使行)에 수행하는 통역관으로 상통사·당상통사 등이 있음.

(10월) 5일 기미(己未)일. 맑음.

광녕에 머물렀습니다. 군관 이달문이 뒤따라 도착했습니다. 별통사(別通事특별히 임명된 통역관) 이민성을 보내 이성량 집에 황화집(皇華集조선시대 명의 사신과 조선의 원접사가 서로 주고받은 시를 모은 책)을 보냈는데 성량은 보이지 않고 가정(家丁)을 시켜 말을 전하기를 "나는 체직된 관리이니 어찌 감히 임금께서 보낸 것을 받겠는가?" 하였습니다. 민성이 대답하기를 "어르신께서 비록 체직되었으나 우리 사군(嗣君선왕(先王)의 대를 물려받은 임금으로, 여기서는 광해군을 말함.)께서 이미 보내 이곳에 이르렀습니다. 이 것은 재물이 아니니 주고받는 것이 예에 있어 어떤 방해가 되겠습니까? 어르신께서 받기를 바랍니다."라고 하였으나, 성량이 고사하고 받지 않았다 합니다. 민성이 이를 도로 가지고 와서 주인집에 봉해 두었습니다.

○ [부기] 방물에 습기가 찼을까 염려되어 열어보고 말렸다. 이로 인해 떠나지 못하고 머물렀다.

(10월) 6일 경신(庚申)일. 흐리다가 밤에 비가 옴.

광녕에 머물렀습니다. 진공(進貢)하는 달자 천여 명이 관 안팎에 가득 찼습니다. 수레를 아직 조발(調發조달(調達)하기 위하여 징발(徵發)하는 일)하지 못하였습니다.

(10월) 7일 신유(辛酉)일. 맑음.

광녕에 머물렀습니다. 총병이 비로소 호송패문을 내주고 야불수를 파견했습니다. 수레를 재촉했으나 아직 모두 도착하지 않았습니다.

○ [부기] 야간에 명나라 사람이 남응규(南應奎)의 대련복을 훔쳐가 겨울옷과 은냥(銀兩)을 모두 잃었다. 노새를 세내어 방물 13바리, 주방물품 4 바리, 양사의 침구와 장롱 4바리, 서장관의 침구와 장롱 1바리 도합

22바리를 실었는데 지급한 은량은 39냥 6전이었다.

(10월) 8일 임술(壬戌)일. 바람이 크게 붊.

절일(節日)이 점차 다가왔으나 전진하지 못해 부득이 노새를 세내어 13바리로 방물을 실었습니다. 신 등이 또한 반전으로 노새를 세내어 침구와 주방물품을 싣고 수레를 버려두고 먼저 출발하려고하자 노새주인이 비용을 올려 종일토록 실랑이하다가 출발하지 못했습니다. 애초에 광녕에서 이와 같이 오래 지체될 줄 미처 생각지 못하였으므로 분노를 참을 수 없어 상통사 권득중에게 곤장 20대 쳤습니다.

(10월) 9일 계해(癸亥)일. 맑음.

광녕을 출발해 여양역에서 점심을 먹고 한밤중에 십삼산(十三山)에 도착해서 장(張)씨 집에서 묵었습니다. 의무려의 산들은 여양에서 다하였으며, 평원은 아득하였습니다. 십삼산은 공중에 높이 솟아 화극(畵戟옛날 병기의 이름. 그림을 그려 넣어 의장용으로 사용함)을 나열한 것 같았고, 봉우리가 13개라 그렇게 이름 한 것입니다.

○ [부기] 양사의 행차를 기다리지 않고 새벽에 출발해서 남쪽으로 20리를 가 장진보(壯鎭堡)에 도착했는데, 성은 있으되 군사는 없었다. 의무려의 산들은 여양에서 다하였으며, 만 겹으로 된 기이한 봉우리들이 길에서 역력히 보였다. 이날 남쪽으로 90리를 갔다.

(10월) 10일 갑자(甲子)일. 바람이 크게 붊.

새벽에 출발해 대릉하(大凌河)에 도착했습니다.【강의 근원은 오랑캐 땅에서 나오는데 가장 깊고 험하다.】한 척의 배로 강을 건너니, 날이 이미 저물었습니다. 강 서쪽으로 5리 되는 곳은 대릉하소【비어 마시남(馬

時枏)이 병마 5백을 거느리고 있다.]이니, 이곳으로부터 점차 오랑캐 땅이 가까워져 길을 가는 자는 경계심을 가졌습니다. 저녁에 소릉하역에 도착해서 주(主)씨 집에서 묵었습니다. 소릉하에서 북쪽 20리는 금주위(錦州衛)로서, 길에서 보였습니다.

○ [부기] 십삼산을 출발해 서쪽으로 신평둔(新平屯)을 지나 30리를 가 대릉하에 도착했다. 강물은 북쪽 오랑캐 땅에서 나와 남쪽으로 흘러 바다로 들어가는데, 깊이는 한 길[丈]이고 넓이는 수십 길[丈]이었다. 여름에는 배를 타고 건너고 겨울에는 다리를 만드는데, 당시 다리가 완성되지 않아 한 척의 배로 강을 건너자 해가 저물기 시작했다. 대릉하소에서 점심을 먹고 서쪽으로 자형산포(紫荊山舖)를 지났는데【북산이 자형산이다.】, 세속에 전하기를, 당나라 황제가 군사를 주둔한 곳이라 하였다. 30리를 가 소릉하역에 도착하니, 강물은 대릉하보다 규모가 작았다. 강은 북쪽 오랑캐 땅에서 나와 금주위를 지나 남으로 흘러 바다로 들어갔다. 금주위는 소릉하 상류 20리쯤에 있는데, 유격【우수충(于守忠)이다.】한 사람이 군사 1천을 거느리고 오랑캐가 출입하는 요충지를 방어하고 있었다. 길에서 바라볼 때 백탑이 돌출한 곳이 이곳이었다. 소릉하 서쪽 변두리 몇 리 되는 곳이 소릉하역이다. 이날 서쪽으로 60리를 갔는데, 행산(杏山)까지 이르고자 하였으나 날이 어두워져서 미치지 못했다.

(10월) 11일 을축(乙丑)일. 맑음.

소릉하를 출발하여 행산보에 도착해서 원(元)씨 집에서 묵었습니다.【비어 유사요(劉嗣堯)가 군사 5백을 거느렸으나 실제는 3백이라 했다.】비어는 군대와 백성의 마음을 가장 많이 얻었으니, 모두 말하기를, "군대의 돈이건 백성의 돈이건 하나도 취하지 않는다." 하였습니다. 광녕총병 두송(杜松)의 가속(家屬)들이 길을 지났습니다.

○ [부기] 윤해평[尹海平, 해평부원군 윤근수(尹根壽)]의 기록에 '소릉

하의 북쪽에 목엽산(木葉山)9)이 있고 산에는 요조묘(遼祖廟)가 있다.[小
凌河之北有木葉山]'10)고 하였다. 또 유정수(劉靜修元의 학자 유인(劉서)으
로, 정수(靜修)는 호)의 시구 '목엽산 머리에 비바람 스친 지 몇 해 이더냐[葉
山頭幾風雨]'를 인용하였다.11) 역관에게 묻자 목엽산의 이름을 몰라 주
인에게 가서 물으니 '남쪽으로 30리쯤 떨어진 구릉이 연이어진 곳을 가리
키며 저곳이 바로 목엽산이고 또 거기 요조묘가 있다'고 하였다. 그렇다
면 해평의 기록이 잘못된 것인가? 아니면 거주민이 무식하여 산과 묘를
알지 못하는 것인가?

성 서문 밖에는 봉우리가 우뚝 솟았고 산 중턱에는 누각이 있었는데
바로 망해사(望海寺)였다. 여양으로부터 북반부는 산이고 남반부는 광야
였다. 광야 밖으로 바다가 멀지 않다는 것을 알았으나 바람과 먼지가 자

---

9) 목엽산(木葉山): 중국 내몽고(內蒙古) 자치구 동부에 있는 산. 요하(遼河)의
   상류를 이루는 황수(潢水)과 노합하(老哈河)의 합류점 부근에 있는 거란족의
   성산(聖山)이다. 흰말을 타고 요하를 내려온 남자[神人]와, 푸른 소가 끄는
   수레를 타고 황수이강을 내려온 여자[天女]가 이 산에서 부부가 되어 여덟
   자녀를 낳아 거란족의 시조가 되었다는 전설이 있다. 이로 인해 목엽산은 예로
   부터 거란족이 천신지기(天神地祇)와 산신을 제사지내는 성산이 되었음.
10) 『인재선생속집(訒齋先生續集)』<부윤해평기사(附尹海平記事)>에 "소릉하의
   북쪽에 산이 있어 바로 목엽산이다. 산 위에 요나라의 시조 묘가 있는데, 서루
   (西樓)에서 200리 가로지르고 있는 것이 곧 이 산이고, 유정수(劉靜修)의 시에
   '목엽산 산머리 스친 지 몇 해 더냐'(小凌河之北有山卽木葉山也 山上有遼祖廟
   西樓橫亘二百里者卽此山而劉靜修詩木葉山頭幾風雨者也)"가 있음.
11) 『월정집(月汀集)』별집 권4 만록(漫錄)에는 중국과 우리나라의 전고(典故)와
   개인(個人)들의 일화(逸話), 시화(詩話) 등이 수록되어있다. "소릉하보(小凌河
   堡)의 서북쪽 20리쯤에 산이 있는데 바로 목엽산이다. 산의 서쪽에 요(遼)나라
   의 시조 아보기(阿保機)의 사당이 있는데 길에서 멀리 바라다 보인다. 산 북쪽
   에는 그의 무덤이 있다고 한다. 유정수(劉靜修)의 시에, '목엽산 산머리 비바람
   스친 지 몇 해더냐.[木葉山頭幾風雨]'라고 한 것이 곧 이 산이다.(小凌河堡西
   北二三里許有山卽木葉山 山之西有遼祖阿保機廟 在路上望見 山北有阿保機墓
   云 劉靜修詩 木葉山頭幾風雨 卽此山).

욱해 볼 수 없었는데, 이곳에 이르러 비로소 바다가 보였다. 이날 서쪽으로 40리를 갔다.

(10월) 12일 병인(丙寅)일. 맑음.

새벽에 행산(杏山)을 출발하자 진공달자들이 길을 막고 물건을 빼앗았습니다. 요동도사 고관(高寬)이 북경에서 돌아오는 중이어서 신 등은 길 왼쪽으로 말에서 내린 후, 통사 이민성과 권득중에게 명하여 엎드려 고하게 하기를 "배신(陪臣:제후국의 신하)이 복건성(福建省) 표류인 47인을 호송하여 요동에 도착했는데, 동지 축하일이 임박하므로 노새를 세내어 타고 먼저 왔으며 표류인 등은 뒤따라오게 했습니다. 그러나 지금까지 오지 않으니 필시 수레를 쉽게 출발시키지 않았기 때문입니다. 엎드려 바라옵건대 대인께서 돌아가시는 날에 재촉해 출발할 수 있도록 해 주십시오." 하니, 도사가 말하기를 "마땅히 말씀한 바대로 하겠소" 하였습니다. 탑산소(塔山所)【유격 고정(高貞)이 병마 3천을 거느리고 있다.】를 지나 연산역 오리보(五里堡)에서 점심을 먹었습니다. 이곳에서 산해관까지는 도적과의 거리가 더욱 가까워 때때로 오랑캐가 갑자기 나온다면 사람들은 달아나 피하지 못하고 군사들이 와서 구원할 수 없었으므로 길 북쪽에 거마책(拒馬柵)을 세웠습니다. 나무로 위아래를 가로대어 마치 우마의 우리와 같았으며 거마책의 바깥에는 도랑을 파서 적이 갑자기 닥치는 것을 막았습니다. 그러나 말을 막는 제도가 매우 허술하여 도적이 만약 충돌해 온다면 날뛰는 고래가 그물에 걸리는 것과 다를 바가 없었습니다. 거주민은 극히 적었고 전야도 매우 거칠어, 행인은 두려워서 뒤돌아보며 채찍을 재촉해 지났습니다. 저녁에 영원위에 이르자 어둠과 안개로 사방이 막혀 지척을 분간할 수 없었습니다. 뒤에 들으니 도적 같은 오랑캐 수십 만 명이 산해관 외곽에 주둔해 있다고 하였습니다. 얼마 지나지 않아 계진(薊鎭)이 전쟁에서 졌으니, 아마 이것이 그 징험일 것입니다.【신병참장 양휘(楊暉)가 병마 3천을 거느렸는데 1천은 오랑캐와 접한 경계를 방어하러 갔고 2천은 성에 머물러있다고 하는데, 실제는 1천이라 하였다.】성 안에는 총병 조승훈가(祖承訓家)가 있었습니다. 승훈은 일찍이 우리나라에 와 평양전투에서 공을 세웠던 자로 오랑캐가 가장 꺼렸는데, 지금은 한가하게 그 집에 거주하고 있다고 하였습니다. 신 등은 조총병점(祖總兵店)에서 묵었습니다.

○ [부기] 홍라산(弘螺山)을 지났다. 산은 행산 서북쪽으로 수 십 리 되는 곳에 있었는데, 원주(元主)가 병사를 도피시켰던 곳이다. 이곳에서부터 바다가 보였는데, 가까운 곳은 혹 10여리였다. 고교포(高橋舖)·탑산소(塔山所)·연산역(連山驛)·쌍수포(雙樹舖)를 지나 영원위에 이르자 성가퀴가 장고(壯固)하고 마을이 번성하였다. 비어첨사 마기(馬基)와 참장 양휘(楊暉)가 있었다. 이날 서쪽으로 80리를 갔다.

(10월) 13일 정묘(丁卯)일. 바람이 크게 불다가 밤에 큰 비가 옴.

영원위를 출발하자 안개가 땅에 깔려 한 치 앞도 볼 수 없었습니다. 사하소【유격 동명봉(佟鳴鳳)이 병마 1천 5백을 거느리고 있다.】에서 점심을 먹었습니다. 길에서 순무어사 웅정필(熊廷弼)을 만났는데, 그는 새로 제수 받아 요동으로 가는 길이었습니다. 연로에는 군마와 장관(將官), 기사(騎士)들이 갑옷을 갖춰 입고 그를 맞이하느라 도로에 가득하였습니다. 저녁에 동관역(東關驛)에 도착하여 양(梁)씨 집에서 묵었습니다.

○ [부기] 새벽에 영원위를 출발하였다. 성 서쪽에 사천(沙川)【양공(楊公)의 생사(生祠)가 있다.】이 있었고, 서쪽으로 12리를 가니 조장역(曹藏驛)이 있어 천총(千‧摠조선후기 각 군영에 소속되었던 정3품 관직. 임진왜란 후 오군영이 생기면서 설치되었음)이 1백의 잔병들을 거느리고 있다고 하였다. 25리를 가 사하소(沙河所)에 이르러 점심을 먹었는데, 성 서쪽 5리쯤에 사하가 있어 그렇게 이름 한 것이다. 이곳에서 바다와 가장 가까운 곳은 겨우

4, 5리에 불과하였다. 30리를 가 동관역에 이르니, 성은 있으되 군사는 없었다. 성 북쪽에는 탑이 있으니, 당태종이 요동을 정벌할 때 세운 것이라 하였다. 이날 서쪽으로 70리를 갔다.

(10월) 14일 무진(戊辰)일. 밤까지 큰 비가 내리다가 이어 눈이 옴.

날씨가 매우 추워 날이 개기를 기다려 늦게 출발했습니다. 육주하(六州河)를 건너고 중후소【유격랑 충(忠)이 병마 1천을 거느리고 있다.】를 지나 사하역에서 점심을 먹었습니다. 또 구아하(狗兒河)를 건너니, 서쪽은 구아보(狗兒堡)이고 동쪽은 섭가분(葉家墳)이었습니다. 이곳은 오랑캐 땅과의 거리가 겨우 15리로 가장 두려워할만한 곳이니, 날이 저물면 나그네가 단절되었습니다. 이곳에 이르자 해는 이미 서쪽으로 기울어져서 노새주인과 함께 서로 경계해가며 길을 지나 한밤중 전둔위에 도착해 양(梁)씨 집에서 묵었습니다.【서로부총병 이방춘(李芳春)이 마병 3천과 보군 2천을 거느리고 있다.】성 안에는 양씨세수방(楊氏世帥坊)이 있으니, 충장공 양조(楊照)[12]의 세가(世家)였습니다. 양조는 진사출신으로 광녕총병이 되어 위세가 동쪽변방에 떨쳤고, 오랑캐 땅에 들어가 많은 적을 죽였으나 몰래 쏜 화살에 맞아 죽었습니다. 조정에서는 특별히 우대하여 포상하였고, 그 집안에 사당세우기를 명하였습니다. 묘는 성 서문 밖에 있습니다.

○ [부기] 서쪽으로 20리를 가서 육주하를 건너니, 소릉하보다 규모가 컸다. 중후소에 들어가 술을 사 마시고 추위를 다스렸다. 성 밑 거주민이 매우 많았다. 북쪽으로 수 십리 떨어진 곳에 산이 높이 솟았으니, 사이산

---

12) 양조(楊照, 1524~1563): 중국 명(明) 나라 세종(世宗) 때의 무신. 자는 명원(明遠). 가정(嘉靖) 연간에 여러 번 무공을 세워서 요동총병관(遼東總兵官)이 되었는데, 충성스럽고 용감하였으며 호적(胡賊)과 싸우다가 죽었음.《明史 卷60 楊照列傳》.

(四耳山)이라 하였다. 유격랑(遊擊郎) 충(忠)은 북쪽 달자인으로서 귀화하여 공을 세워 이 직책에 임명되었다 한다. 중후소로부터 20리를 가 사하역에 도착하니 사하에서 15리 떨어져 있었다. 구아하가 있었으니, 구아보로부터 15리를 가서 전둔위에 이르렀다. 양씨세수방(楊氏世帥坊)은 두 개의 사당이 나란히 서 있었는데, 서쪽은 양조의 사당이고 동쪽은 양조의 숙부 유번(維藩)의 사당이었다. 성 북쪽에는 세 봉우리가 우뚝 솟아 있고 여러 봉우리들이 이어졌으니, 삼산(三山)이라 불렀다. 성 서쪽에는 석자하(石子河)가 있어, 구아하보다 규모가 작았다. 서쪽을 바라보니 70리쯤 되는 곳에 산 하나가 있어 둥그렇게 남북으로 걸쳐있었으니, 바로 이곳이 진나라 장성을 쌓았던 곳이었다. 이날 서쪽으로 68리를 갔다.

(10월) 15일 기사(己巳)일. 맑음.

전둔위를 출발해 중전소【비어 양소미(楊紹美)가 군사 1천을 거느렸으나 실제는 6백이라 하였다.】에서 점심을 먹고 저녁에 나성(灤城)에 도착하여 여(呂)씨 집에서 묵었습니다.

○ [부기] 전둔위를 출발해 양조의 묘를 지났다. 묘는 서문 밖에 있었는데 황조(皇朝)에서 포상으로 장례와 제례 때 내려준 비문이 있었다. 묘의 동쪽에는 또 유격 양유대(楊維大)의 묘가 있는데 그는 양조의 부친이자 유번(維藩)의 형이었다. 유대는 문무의 재능을 겸하였고, 박학하고 글을 잘 지어 비록 노사(老師)와 숙유(宿儒경험이 많고 박학한 대학자. 노유(老儒)라고도 함)라도 그보다 뛰어나지 못하였다. 호는 인산(印山)이다. 유대의 조부는 진(鎭)으로 일찍이 요계대총병(遼薊大總兵)이 되어 공훈이 뛰어났다. 양조의 아들 협(協)은 보정총병(保定總兵)이 되었으며 협의 아들 소조(紹祖)는 일찍이 광녕총병이 되었고 소미(紹美)는 중전소비어가 되었으며 소선(紹先)·소방(紹芳)·소훈(紹勳)도 모두 장수가 되었다. 소훈의 아들 송음(松蔭)은 곧 전둔위중군이다. 그러니 '양씨세수(楊氏世

帥양씨집안에 대대로 장수가 나왔다는 말)'라는 말이 정말 잘못된 것이 아니다. 또 서쪽으로 8리쯤 되는 길 옆에 쌍석비가 나란히 서 있었는데, 서쪽에 있는 것은 '황명칙사광록대부도독양공신도비(皇明勅賜光祿大夫都督楊公神道碑)'라 했고, 동쪽에 있는 것은 '황조영록대부도독동지삼산양공신도비(皇祖榮祿大夫都督同知三山楊公神道碑)'라 하였다. 비문에 이름과 사적을 기록하지 않아 자세한 것은 알 수가 없었다. 서남쪽으로 18리를 가 고령역을 지났고 고령에서 서남쪽으로 18리를 가 중전소에 이르니, 이곳에서부터 서쪽으로는 거마책(拒馬柵)이 세워져 있지 않았다. 서쪽으로 20여리를 가니 곧 팔리포(八里舖)였고 팔리포의 동남쪽 3리쯤 되는 곳 높은 언덕에는 정녀사(貞女祠)가 있었으니, 곧 망부대(望夫臺)였다. 병신년에 세웠으며 장시현(張時顯)이 쓴 비문이 있었다.13) 정녀 맹강은 섬서인으로 성은 허씨인데 장안에서 살았으므로 맹강이라 하였다. 그녀의 남편 범랑(范郞)이 진나라 만리장성의 역사(役事)에서 오랫동안 돌아오지 않자 맹강이 남편을 찾아 만 리길 요동에 오니 남편은 이미 죽고 없었다. 맹강이 곡을 하다가 죽으니, 토착민이 높은 언덕을 택해 묻어주고 제사를 지냈다. 일설에 이르기를, 맹강의 남편은 곧 기량(杞梁)이라고도 하는데, 기량의 사적에 대해서는 <단궁(檀弓『예기(禮記)』의 편명)>에 실려 있으니 그가 진나라 때 사람 아님이 명백하다. 남편을 기다리다 화석(化石)이 된 이야기는 비문(碑文)에 기록되어 있지 않으나, 지금까지 바닷가에 망부석이 있으니 이것은 진짜 화석(化石)이 아니다. 이 돌을 가리켜 맹강이 남편 기다린 마음이 굳세고 정고하여 움직이지 않음을 드러낸 것이다. 정녀사는 바로 높은 언덕 위 울퉁불퉁한 돌 더미에 자리 잡고

---

13) 강녀묘(姜女廟): 송나라 때 세워진 이후 여러 차례 맹강묘(孟姜廟)를 중수하고, 비문을 남겼다. 최현의 사행 시기에는 만력(萬曆) 22년(1594)에 산해관부사(山海關副使) 장동(張棟)이 세운 정녀사비기(貞女祠碑記), 만력(萬曆) 24년(1596)에 장시현(張時顯)이 중수하고 만든 비문, 숭정(崇禎) 13년(1643) 산해관부사(山海關副使) 범지완(範志完)이 중수한 후에 지은 비문이 등이 있었음.

있는데 석공이 이를 조탁하였다. 튀어나온 부분은 평평하게 하고 파인 부분은 채워 넣었으며, 높은 부분은 깎아 벽을 만들고 비스듬한 부분은 깎아 돌계단을 만들었으니, 가지런하여 마치 자연적으로 이루어진 백옥대(白玉臺) 같았다. 북쪽으로는 만리장성이 보이고 남쪽으로는 넓은 바다를 조망할 수 있으니 유람하기 좋은 장소였다. 정녀사 뒤에는 관음각이 있고 좌우에는 승료(僧寮중이 거처하는 작은집)가 있었다. 노승 주즉공(朱卽空)이 길을 안내하고 차를 대접하여, 칼 한 자루를 선물로 주었다. 강녀사(姜女祠)에서 서쪽으로 10리를 가 나성(邏城)에 도착하니 곧 산해관의 외성이었다. 이날 서남쪽으로 70리를 갔다.

(10월) 16일 경오(庚午)일. 맑음.

신 등은 조패(早牌아침에 관문을 통과하도록 내어주는 패)를 따라 산해관(山海關)에 들어가니 병부주사 이여회(李如檜)는 송사(訟辭)가 고회(高淮)와 연루되어 집에 있으면서 나오지 않았고, 경력 왕문교(王文敎)가 사장(司將)을 대신하고 있었습니다. 신 등은 현관례를 면제받고 관문을 지났습니다. 역관 이하는 명단에 따라 점호를 받고 들어가 산해관 안에 있는 조(趙)씨 집에서 묵었습니다. 돌아오던 성절사 윤휘(尹暉)[14]와 서장관 이욱(李稶)[15], 천추사(千秋使) 김상준(金尙雋)[16]과 서장관 소광진(蘇光

---

14) 윤휘(尹暉, 1571~1644): 조선 전기의 문신. 본관은 해평(海平), 자는 정춘(靜春), 호는 장주(長州), 시호는 장익(章翼). 아버지는 영의정 윤두수(尹斗壽)이며, 문익공(文翼公) 윤방(尹昉)과 정민공(靖敏公) 윤흔(尹昕)이 그의 형이다. 1589(선조 22)에 진사가 되고, 1594년 별시문과에 급제하였다. 사관(史官), 병조정랑, 사서, 장령, 필선, 사간 등을 거쳐, 전라도와 경상도 관찰사로 부임하였다. 1618년 동지 겸 진주사(冬至兼陳奏使)로 명나라를 다녀옴.

15) 이욱(李稶, 1562~?): 조선 중기의 문신. 본관은 성주(星州), 자는 중당(仲棠), 호는 지강(芝江)·취옹(醉翁). 선전관 이의로(李義老)의 아들. 1585년(선조18)에 진사시에 합격하고, 1599년에 별시 문과에 급제하였다. 필선, 장령, 동부승

震)[17] 등이 이미 산해관에서 머물면서 수레를 기다리고 있었습니다. 김상준은 병이 나서 매우 위중하였습니다.

○ 산해관(山海關)은 각산(角山)을 등지고 있고 앞에는 큰 바다가 펼쳐져 있는데, 여러 겹의 관문이 있어 매우 견고하였다.【참장 이무봉(李茂奉)이 병마 2천을 거느렸으나 실제로는 1천 5백이라고 하였다.】산해관으로부터 서쪽으로는 군병이 모두 만리장성 일대에 있으며, 변경에는 좌우로 둔(屯)·위(衛)·영(營)·진(鎭)이 있어, 병사가 3천에서 5천이었다. 연로일대에는 연대(烟臺)와 군영(軍營)이 없고 각 주와 현의 역에는 호송군만 있었다. 통주에 이르자 비로소 6천의 병마가 있었는데, 항상 조련하며 경사(京師)를 지킨다고 하였다.

○ [부기] 아침을 일찍 먹고 관문에 들어가니, 문 위에 '천하제일웅관(天下第一雄關)'이란 여섯 글자가 돌에 새겨져 있었다. 성문은 일곱 겹으로 인마(人馬)가 길게 늘어서고 사람들의 어깨가 서로 닿았으며 수레바퀴가 서로 부딪쳤다. 일일이 기찰하여 계보(系譜)와 본관, 나이와 용모, 얼굴흉터와 이빨수를 조사한 뒤에 내보냈다. 만패(晚牌저녁에 관문을 통과하

지를 거쳐 1615년에 병조 참지가 되었으며, 1618년에 강원 감사로 재직할 때 술에 취하여 탄핵을 받기도 함.

16) 김상준(金尙寯, 1561~1635): 조선 중기의 문신. 본관은 안동(安東), 자는 여수(汝秀), 호는 휴암(休菴). 김번(金璠)의 증손으로, 할아버지는 군수 김생해(金生海)이고, 아버지는 군기시정 김원효(金元孝)이다. 1582년(선조 15) 진사가 되고 1590년 증광 문과에 급제하였다. 1608년(광해군 즉위년) 천추사로 명나라에 다녀와서 우승지·좌승지를 거쳐 도승지에 올랐다. 『강감요략(綱鑑要略)』을 편찬하였음.

17) 소광진(蘇光震, 1566~1611): 조선 중기의 문신. 본관은 진주(晉州), 자는 자실(子實), 호는 후천(后泉). 대제학 소세양(蘇世讓)의 증손이며, 아버지는 찬성 소성선(蘇誠善)의 아들이다. 1589년(선조 22년) 진사시에 합격하고, 1597년 정시문과에 급제하였다. 세자시강원문학, 장령, 필선, 홍문관교리, 헌납 등을 역임하였다. 서장관으로 중국에 다녀왔으며,《선조실록(宣祖實錄)》의 편찬에 참여함.

도록 내어주는 패) 또한 이와 같았는데, 하루에 두 차례를 넘지 않았다. 중국이 이와 같은 일을 상세히 심사하고 캐묻는 것은 우리나라가 필기구만 잡고 아전과 서리들에게 위임하는 것과는 같지 않았다. 산해관 안에 있는 조복천(趙福泉)의 집에서 묵었고, 성절사 윤정춘 영공[18], 서장관 이이실(李而實)[19], 천추사 김중수(金仲秀) 영공, 서장관 소자실[蘇光震]을 만났다. 시회영공(時晦令公시회는 윤흔(尹昕)의 자) 형제가 만 리 밖에서 서로 만났으니, 그 기쁨을 가히 알 수 있겠다. 천추사는 병이 나 자못 위중하므로, 천천히 오겠다고 하였다. 오후에는 상사·서장관 소광진·윤취지(尹就之부사 윤양(尹暘)의 아들)와 함께 산해정을 관람했다. 마침 날씨가 청명하고 저녁바람이 불지 않았으며 구름사이의 분첩(粉堞성 위에 낮게 쌓아 석회를 바른 담)이 하늘 끝 아득하고 시원하게 드러나 눈길 닿는 곳마다 기이한 형상 아닌 게 없었다. 높은 고개를 바라보매 둥그렇고 높이 솟은 것은 각산이었으며, 분첩이 산꼭대기를 넘어 골짜기를 지나 산과 함께 구불구불 달리는 것이 백룡과 같이 하늘로부터 내려왔으니, 이것이 만리장성이었다. 산이 끝나는 곳에는 관문이 그 목줄기 한 가닥을 조르고 있었으며, 높은 언덕이 해안에서 그쳤는데 그 언덕을 의지하여 성을 쌓았다. 관문에서 10리 떨어진 곳에 정자가 있으니, 바로 성이 끝나는 곳에 의지한 이것이 곧 산해정(山海亭)이었다. 북쪽벽에 '해천일벽(海天一碧)'이라 편액 하였는데, 필획이 기이하고 웅장하였다. 이는 오 아무개의 글씨였다. 남쪽 문미(門楣)에는 '천풍해도(天風海濤)'라 편액 하였으니, 이는 주지번

---

18) 윤정춘 영공: 윤휘(尹暉). 광해 즉위년 4월에 윤휘(尹暉)가 중국에 성절사로 떠났음.

19) 이이실(李而實): 이지화(李之華, 1588~1666). 본관은 전의(全義), 자는 이실, 호는 다포(茶圃)·부강거사(浮江居士). 이필(李佖)의 증손으로, 할아버지는 이경두(李慶斗)이고, 아버지는 현감 이종문(李宗文)이다. 1610년(광해군 2) 사마시에 합격하고, 1613년(광해군 5) 알성문과에 급제하였다. 1621년에 정언으로 있을 때 이이첨(李爾瞻)을 탄핵하다가 파직됨.

(朱之蕃)의 글씨였다. 정자로부터 벽을 쌓아 성을 만들었으니, 바다를 갈라 수십 길이나 되었다. 또 누각 하나를 만들고 쌍석비를 나란히 세웠으니, 하나는 '천개해악(天開海岳)'이라 편액 하였고 다른 하나는 산해정에 대한 기문(記文)이었다. 이곳에 이르니 땅이 없어, 황홀하기가 마치 뗏목을 탄 것 같았다. 벽 사이에 제영(題詠)이 매우 많았으나, 두루 둘러볼 겨를이 없었다.

황홍헌(黃洪憲)[20]의 시는 다음과 같았다.

長城古堞瞰滄瀛	옛 성첩은 푸른 바다를 내려다보고
百二河山擁上京	험하고 깊은 산하는 서울을 옹위하였네.
銀海仙槎來漢使	은빛바다 신선의 뗏목은 한(漢)나라 사신의 행차요
玉關衰草戍秦兵	옥문관의 시든 풀은 진나라 병사의 수(戍)자리로다.
星臨尾部雙龍合	별이 미성(尾星)[21]에 임하니 쌍룡(雙龍)이 합치하고
月照關河萬馬明	달이 관하(關河)에 비추니 만마(萬馬)가 분명구나.
聞道遼陽飛羽急	요양에서 급한 소식 들려오니
書生直欲請長纓	서생은 직접 장영(長纓고관(高官))을 청하고 싶구나.

【산해관을 읊은 시이다. 이날 요양에 경계할 일이 있다는 소식이 들려왔다.】

關城風急颭征袍	관성(關城)에 풍파가 급하니 정포(征袍도포) 휘날리고
潮落天門萬籟號	조수가 천문(天門황궁)에 지니 만 가지 소리 들려오네.

---

20) 황홍헌(黃洪憲, 1541~1600): 선조(宣祖) 15년(1582) 황사(皇嗣) 탄생의 조서(詔書)를 반포하기 위해 조선에 온 명나라 한림원 편수관(翰林院編修官). 황홍헌이 율곡(栗谷) 이이(李珥)의 학문에 반해 화석정(花石亭)에서 시를 읊고 자연을 즐겼다는 설이 전하며, 그의 <克己復禮說>이 『율곡전서(栗谷全書)』에 전함.
21) 미성(尾星): 이십팔수(二十八宿) 중 여섯째 별자리의 별들. 동쪽에 자리함.

槎泛銀河浮蜃氣	뗏목으로 은하를 건너니 신기루가 뜨고
山啣紫塞捲秋濤	산은 자색을 머금고 가을파도 말아 올리네.
月明午夜鮫珠泣	달 밝은 한밤중에 구슬 머금은 교룡(蛟龍)이 울고
沙白晴空鴈影高	모래사장 맑은 하늘 기러기 그림자 높구나.
司馬風流偏愛客	사마상여(司馬相如)의 풍류는 나그네를 편애하고
梅花羌笛醉葡萄	매화곡 연주하는 오랑캐의 피리 포도주에 취하도다.

【관해정을 읊은 시이다.】

茫茫沙磧古幽州	망망한 자갈밭은 그 옛날 유주(幽州)[22]인데
日落烏啼滿戍樓	해 지자 까마귀 울음 수루(戍樓)에 가득하네.
萬雉倒垂靑海月	만개의 치문(雉門)[23] 거꾸로 박히니 푸른 바다의 달이요
雙龍高映白楡秋	쌍용(雙龍)의 높은 그림자 느릅나무 하얀 가을이로다.
虎符千里無傳箭	호부(虎符)[24] 천리 길에 급보 전하는 화살 없는데
魚鑰重關有抒振	물고기 자물쇠 단 중관(重關)에는 야경꾼이 있다네.
自古外寧多內治	예로부터 밖이 편안하면 내치(內治)가 다사(多事)하니
衣袽應軫廟堂憂	미리 준비하여[25] 조정의 근심을 진휼코자 하노라.

【만리장성에서 저녁에 내려다 본 것을 읊은 시이다. 만력 임오년(1582)
9월에 조선에 정사로 파견되었던 한림원 편수관 황홍헌(黃洪憲)이 지었다.】
또 중국인의 시는 다음과 같다.

---

22) 유주(幽州): 지금 하북성 및 요녕성 일대.
23) 치문(雉門): 고대에 천자의 거소로 들어가기 위해 통과해야 했던 오문(午門)
　　중의 하나. 보통 황궁(皇宮)을 가리키는 말《周禮 天官 閽人》.
24) 호부(虎符): 호부는 동호부(銅虎符)의 준말로, 한대(漢代)에 구리로 범 모양처
　　럼 만든 군대 출동용 부절(符節)인데, 보통 지방 장관의 관인(官印)을 뜻함.
25) 미리 준비하여: 의여(衣袽)는 《주역》<기제(旣濟)> 육사(六四)의 "배에 물이
　　스며들어 올 때 옷과 헌 옷을 장만하여 두고 종일토록 경계한다.(繻有衣袽
　　終日戒)"에서 온 말.

倚劒長歌海上秋	검잡고 긴 노래 부르니 바다는 가을인데,
啣盃懷古一登樓	술잔 머금고 옛날을 회고하며 누각에 오르네.
野雲出沒秦皇島	들 구름이 출몰하는 곳은 진황도(秦皇島)요
孤塚嶙峋姜女洲	외로운 무덤 드러난 곳은 강녀주(姜女洲)로다.
塞馬似嘶當日恨	변방의 말은 당시의 한(恨)을 울부짖는 듯 하고
風濤猶捲舊時愁	바람과 파도는 오히려 옛 수심을 말아 올리는 듯
更憐羌笛關山月	다시 관산(關山)의 달밤 오랑캐 피리[羌笛] 그리워하며
共入烟波萬頃流	함께 안개 속 만(萬) 이랑의 파도 속으로 들어간다네.

○ 관해정(觀海亭)에서 동쪽을 바라보매 5리쯤 되는 곳에 돌 하나가 있어 바다 속에 우뚝 솟았으니, 이를 '망부석(望夫石)'이라 부르는데, 이른바 강녀(姜女)가 돌로 변한 것이다. 서쪽 수 십리쯤 되는 곳에 모래언덕이 바다 속으로 들어간 곳이 보이니, '진황도(秦皇島)'라는 곳으로 진시황이 동쪽을 순행할 때에 유람했던 곳이다. 관해정의 두 번째 누각으로부터 다시 바다를 질러 수 십 길의 성을 쌓고 또 누각 하나를 세웠는데, 성 위의 축도(築道)를 통해 이를 수 있었다. 축도에서 구멍 하나를 통과해 내려와 평보로 걸으니 성의 복판은 복도(複道)의 제도와 같아 위아래는 모두 벽이었으나, 옆으로 성벽 복판을 뚫어 창문을 내되 몇 걸음마다 창 하나씩 두었다. 구멍 안이 밝아 창을 열고 멀리 바라보니 바다와 하늘은 끝이 없고 또 성 밑의 적선(賊船)을 내려다보며 살필 수 있었다. 삼사십 보를 가서 다시 한 구멍을 통과해 축도 위에 있는 세 번째 누각으로 올라갔다. 이곳에 이르니 파도소리가 우렁차고 성 위에서 몸이 흔들려 두려움에 아래를 내려다볼 수 없었다. 세 번째 누각으로부터 다시 무쇠를 녹여 물속에 부어 바다를 가로질러 성을 쌓았다. 바다 속으로 수십 길을 들어가니 성은 이곳에서 그쳤다. 사방을 돌아보니 아득하게 절벽이 보이지 않아 목숨을 버리기로 한 자가 아니라면 들어올 수 없는 곳이었다. 상사는 서장관 소광진과 함께 여장(女墻성 위에 이빨 모양으로 배열한 성가퀴)을 더위잡고 몸을 웅크리고 엉금엉금 가면서 내가 겁이 많아 오지 않는

다며 놀렸다. 관해정의 서쪽 모서리에 다시 누대 하나를 세웠는데 관해정보다 몇 길 높았다. 누대 위에 작은 누각 하나를 세우고 '관해루(觀海樓)'라 편액 하였으니, 마치 백척간두에 올라선 듯하여 오래 앉아 있을 수 없었다. 김여공(金汝恭)이 가지고 온 술을 데워 함께 두 잔씩 마시고 되돌아왔다. 이날 산해관에 머물렀다. 반송사(伴送使중국의 사신을 호송하던 임시 벼슬) 동첩무(董捷武)는 임의로 뒤쳐졌다가 이곳에 이르자 뒤따라왔다. 관내에 중산왕(中山王)의 사당이 있는데, 중산왕은 곧 위국공(魏國公) 서달(徐達)[26]이다. 서달은 고황(高皇)을 보좌해 사해를 평정하고 변경을 개척한 뒤 오랫동안 북평(北平북경(北京))에 주둔하며, 만리장성을 증축하고 산해관을 쌓은 후 경사(京師)에서 죽었다. 세간에서 그의 분묘가 이곳에 있다고 하는 것은 잘못된 말이다. 요동에서 통주에 이르기까지의 해변에는 한 척의 배도 없었다. 소금장사는 모두 등에 지고 다니며 팔고 어부는 물고기를 낚아 파는데 조그마한 배나 뗏목도 없었으니, 이는 배를 만드는 자를 사형으로 논죄하였기 때문이었다. 요동과 계주지역은 도적과 가까웠으니 적이 해로를 따라 배를 타고 와 도적질할까 두려워 배를 금지함이 지극히 엄하다고 하였다.【산해정에서 회포를 읊은 율시 2수가 원집(原集)에 실려 있다.】

(10월) 17일 신미(신미(辛未))일. 맑음.

산해관에 머물렀습니다. 입관장계(入關狀啓)를 성절사의 행차에 부쳐 보냈습니다. 신 등이 묵었던 집주인은 조복천(趙福泉)이었는데 일가붙이가 매우 많았습니다. 그들은 모두 수재(秀才)[27]로서 그의 부친이 사망한

---

26) 서달(徐達, 1332~1385): 중국 명나라의 건국 공신. 주원장(朱元璋)의 부하로 통군원수, 강남행추밀원사, 좌상국 등을 지냈다. 원을 토벌할 때 25만의 군세를 지휘했으며, 위국공(魏國公)은 서달의 봉작(封爵).

27) 수재(秀才): 과거(科擧) 과목의 이름. 송대(宋代)에는 과거 응시자를 수재라

지 1년이 지났으나 시신을 넣은 관이 아직까지 문 옆에 있었으며, 흰옷 차림에 잔치하고 술 마시기를 평상시와 같이 하였습니다. 일찍이 보았으되 요동의 풍속이 이와 같으니, 아마도 오랑캐 습속이 옮겨와 관내에도 이렇게 된 것 같았습니다. 중원의 상례 기강이 문란하고 어그러짐을 알 수 있었습니다.

○ [부기] 천추사(千秋使) 김상준(金尙寯)이 뱃병을 얻은 지 40여 일이 되었는데, 이날 더욱 심해졌다. 병기(病氣)가 가슴까지 솟구쳐 내려가지 않아 소함흉탕(小陷胸湯)28)을 쓰니 약간의 효과가 있었다. 성절사와 천추사의 두 행차가 이로 인해 관문을 나서지 못하여 매우 걱정하였다.

(10월) 18일 임신(壬申)일. 아침에 맑고 저녁에 흐림.

노새주인 등이 노새를 빌린 값이 적정하지 않다며 누차 재촉하여 출발하지 못했습니다. 날이 어두워지면서 신 등은 말을 달려 먼저 출발하여 봉황점(鳳凰店)의 조(趙)씨 집에서 묵었고, 노새주인과 하인 등은 밤 10시에야 도착했습니다.

○ [부기] 윤정춘(尹靜春) 영공이 술을 사 전별하니 석 잔에 크게 취했다. 이날 아침 일찍 출발하여 심하역(沈河驛)에 묵을 수 있을 듯했으나 노새주인 등이 노새를 빌린 값이 적정하지 않다는 것을 핑계로 누차 재촉하여도 일어서지 않아, 저녁에서야 출발하였다. 그러나 주방의 의롱(衣籠)과 방물 등은 미처 실어 보내지 못했다. 정춘공[尹暉]·소자실[蘇光

하였으며, 명·청(明淸) 시대에는 부(府)·주(州)·현(縣)의 학교에 입학한 자를 말함.

28) 소함흉탕(小陷胸湯): 소결흉(小結胸), 음식을 너무 급하게 먹거나 음수(飮水)가 폐로 들어갈 때, 과다하게 웃어 생긴 애역(呃逆)을 치료하는 처방. 반하(半夏) 20g, 황련(黃連) 10g, 괄루(栝樓) 1/4을 썰어서 물에 끓여 먹음.《동의보감(東醫寶鑑)》.

震]·이욱(李稶)을 용왕묘(龍王廟)까지 따라가서 전별하였다. 홀로 상사와 함께 먼저 출발하여 서쪽으로 20리를 가니 폐허가 된 연대(烟臺)가 있었다. 남쪽으로 15리 되는 곳을 바라보니 한 줄기의 구릉이 있어 바다 속으로 달려 들어가 작은 섬이 되었다. 섬에 있는 숲에 작은 집들이 있었는데, 이른바 진황도(秦皇島)였다. 25리를 가니 범가점(范家店)이었다. 이곳에서 묵으려 하였으나, 듣자하니 앞쪽으로 약 15리쯤 가면 봉황점이 있다고 하여 말을 달려 도착했다. 탕하(湯河)를 지났는데, 탕하는 전각산(前角山)과 후각산(後角山) 사이에서 흘러나왔다. 상류에 온탕이 있으므로 탕하라 이름 하였다. 후각산은 큰 길 북쪽 10리쯤 되는 곳에 있는데, 옆으로 뻗어 서쪽으로 달려 산봉우리가 기이하고 아름다웠다. 해양성(海洋城)은 전각산의 남쪽에 있었으나, 지금은 없어져 보이지 않았다. 이날 서쪽으로 45리를 가서 봉황점에 도착하여 밥을 사 먹었다. 주방물품과 침구는 이경(二更)에야 비로소 도착했다. 부사는 아직 오지 않고 홍화점(紅花店)에서 묵었는데, 홍화점은 산해관에서 10리 떨어져 있었다.

(10월) 19일 계유(癸酉)일. 맑음.

새벽에 봉황점을 출발했고, 심하역(深河驛)에 도착하여 말을 바꿔 탔습니다. 길에서 순무어사 이병(李炳)을 만났는데, 새로 제수되어 광녕으로 가는 중이었다. 저녁에 무녕현(撫寧縣)에 도착해 노(盧)씨 집에서 묵었습니다.

○ [부기] 새벽에 출발해 서쪽으로 15리를 가서 심하역에 도착했다. 아침밥을 먹고 말을 바꿔 타려던 참에 부사가 당도하였다. 심하의 옛 이름은 유관(楡關)인데 지금의 이름으로 바뀐 것은 겨우 10여 년 밖에 안된다. 심하로부터 서쪽으로 20리를 가서 유관을 지나 사천(沙川)을 건넜다. 동서의 두 촌락은 하천을 끼고 있었는데, 매우 번성하였으며 산천이 아름다웠다. 마을에는 향약소(鄕約所)가 있어 이곳이 사부(士夫)들의 거

소(居所)임을 알 수 있었다. 하천은 두 물줄기인데 하나는 동촌(東村)의 동쪽에 있고 하나는 두 마을 사이에 있었다. 서쪽을 바라보니 푸른 봉우리들이 높이 솟아올라 그림처럼 아름다운 것은 무녕의 토이산(兎耳山)과 오봉산(五峯山)이었다. 유관(楡關)은 한나라 때 변방의 요새이니, '유관의 길에 깃발이 휘날리네[旌旗獵獵楡關道])'²⁹)라 했던 곳이 바로 여기다. 서쪽으로 20리를 가 동녕교(東寧橋)를 지나 무녕현에 도착했다. 달자들을 피해 성 동쪽 노삼고(盧三顧)의 집에 묵었다. 이날 서쪽으로 40리를 갔다.

　성과 해자는 견고하고 마을의 집들은 번성하여 해주위와 서로 우열을 다툴 만 하였으며, 둘러싼 주위의 산천은 기이하고 빼어났다. 산해관 안쪽의 각산(角山)은 웅맹(雄猛)하고 빼어났는데 서쪽으로 달려 무녕현이 되었다. 각산의 서북쪽에 산이 있으니, 오랑캐 땅에서 뻗어 나와 성 서쪽 노봉(蘆峯)에 이르렀다. 역 뒤쪽의 여러 봉우리들 가운데 우뚝하고 빼어나게 솟아 창을 세워놓은 것과 같은 것은 토이산(兎耳山)의 두 봉우리이니, 토끼의 귀와 닮았으므로 이름 하였다 한다. 토이봉으로부터 뻗어 올라 남쪽으로 20여리를 달려 날아갈 듯이 뾰족하게 솟은 것은 선인정(仙人頂)이었다. 일명 오봉산(五峯山)이라 하는데 선인정(仙人頂)·황애정(黃崖頂)·흑우정(黑羽頂)·백우정(白羽頂)·낭랑정(娘娘頂)의 다섯 봉우리들이다. 남쪽에는 창려현(昌黎縣)이 있는데, 집주인 노씨는 자못 글자를 알아 선인정 위에 한상(韓湘)³⁰)의 사당이 있고 동쪽으로 25리 되는 곳에는 한문공[한유(韓愈)]³¹)의 유택(遺宅)이 있다고 하였다. 또 유선탑

---

29) 유관의 길에 깃발이 휘날리네(旌旗獵獵楡關道): 출처는 당나라 시인 유장경(劉長卿)의 《병부편(疲兵篇)》.

30) 한상(韓湘): 한상자(韓湘子). 중국 도가의 신화에 나오는 8선(八仙) 가운데 한 사람.

31) 한유(韓愈, 768~824): 당나라 때의 문인. 창려(昌黎) 사람으로 자(字)는 퇴지(退之)이다. 당송팔대가(唐宋八大家)의 한 사람으로, 변려문을 배격하고 자유롭

(遺仙塔)이 있었는데 높이가 70길 이었고 탑 밑에는 용천(龍泉)의 두 물
줄기가 성 동쪽을 감싸 돌고 있었다. 세속에 전하기를 이는 연달아 갑과
(甲科)에 오를 징조라고 하였다. 가정 연간에 대사마 적붕(翟鵬)[32]이 오
봉산을 비선도인(飛仙道人)으로 제(題)하여 봉할 것을 아뢰었다. 산의
양 협곡에 모두 다섯 봉우리가 서로 연결되어 동쪽에는 석동(石洞)이 있
고 서쪽에는 이름난 암자가 있었다. 퇴지(退之: 한유(韓愈)의 자)의 시에
이르기를 "다섯 봉우리가 손가락처럼 푸르게 서로 이어졌네[五峯如指翠
相連]"[33]라 하였다. 이 산에서 황금이 나온다. 성 서쪽에 양하(楊河)가
있으니, 하수는 오랑캐 땅 후각산(後角山)의 서쪽에서 흘러나와 현의 성
(城)을 끼고 돌아 서남쪽 바다로 들어간다. 성 남쪽 5리 되는 곳에는 자형
산(紫荊山)이 있는데, 작은 봉우리 위에는 문봉탑(文峯塔)이 있다. 현에
는 지현(知縣)[34] 이상항(李尙恒)과 주부(主簿) 동상혜(仝尙惠)가 있었
다. 당나라 때 읍의 명칭은 여성(驪城)이었는데, 원나라 때 적성(赤城)이
라고 개명했다가 고황제(高皇帝)때 무녕위(撫寧衛)를 설치하였다. 남쪽
으로 창려현에 이르고 40리 동남쪽으로는 바다에 접했으며 북쪽으로는
대두영(台頭營)에 이르렀다. 또 계령구(界嶺口)의 관문에 이르는 70리를
오랑캐 땅과 긴밀히 접하였다. 지금은 모두 현(縣)과 위(衛)를 두었으니,
동쪽으로는 유관(榆關)에 이르기까지가 현이고, 서쪽으로는 쌍망보(雙望
堡)에 이르기까지가 위로서, 장인도사가 지휘한다고 하였다. 『당서(唐
書)』에 이르기를 "한유는 남양(南陽) 등현 사람이다."라 하나, 혹자는 창

고 간결한 문체의 사용을 주장했다. 『昌黎先生集』 등이 전함.
32) 적붕(翟鵬, 1481~1545): 명나라의 관리. 성품이 온화하고 재물을 좋아하지 않았
다는 평을 받음.
33) 다섯 봉우리가 손가락처럼 푸르게 서로 이어졌네: 출처는 명(明)나라 태학사
(大学士) 구준(丘濬)의 <영오지산(咏五指山)>.
34) 지현(知縣): '知某縣事'의 준말. 송(宋)대에는 중앙 기관의 관리가 현관(縣官)에
임명되는 것을 가리켰으며, 명ㆍ청(明淸)시대에서는 현(縣)의 지사를 말함.

려 사람이라고 한다. 대개 등현에서 창려현으로 이주하였기 때문인가? 그의 글에 이르되, "이수(伊水)와 영수(穎水) 가에서 자유롭게 즐겨볼까 생각하네[思自放於伊穎之上]"[35]라 하였는데, 이수와 영수는 남양에 있으니 한유의 집은 반드시 남양에 있었을 것이나 그 선후관계는 자세히 알 수 없다.

(10월) 20일 갑술(甲戌)일. 맑음.

역마(驛馬)를 바꿔 타고 출발하는 것이 쉽지 않아, 이로 인해 약간 늦었습니다. 노룡(盧龍)의 경계에서 점심을 먹고 저녁에 영평부(永平府)에 도착하여, 달자를 피해 성 남쪽 송(宋)씨 점포에서 묵었습니다.

영평은 한나라 때 우북평(右北平)으로 일명 노룡부(盧龍府)라 하며, 집들이 즐비하고 시장의 재화는 구릉같이 쌓여 있었습니다. 산이 수려하고 물이 맑으며 문사(文士)가 배출되어 집집마다 패루(牌樓)와 금방(金榜과거에 급제한 사람의 이름을 기록하여 내거는 패(牌))이 있었습니다. 성 서쪽에는 소난하(小灤河)와 대난하(大灤河)가 있어, 두 물줄기가 합쳐져서 흐릅니다. 성으로부터 20리 떨어진 난하 곁에는 고죽성(孤竹城)과 이제묘(夷齊廟)와 수양산(首陽山)이 있었습니다.【『사기(史記)』에 '수양산은 곧 하중부(河中府)의 뇌수산(雷首山)이다.'라 하였다. 후에 고죽성으로 인하여 이곳을 가리켜 수양산이라 하는데, 이곳이 백이와 숙제가 고사리를 캐던 서산(西山)인지 확실하지 않다.】

○ [부기] 무녕을 출발해 동악묘(東岳廟)를 보았다. 태산의 신에 제사지내는데, 이 지역이 산동(山東)에 속하므로 이곳에 제사하는 것이다. 성 서문을 나와 양하(楊河)를 건너 노봉역(蘆峯驛) · 배음포(背陰舖)를 지나

---

35) 이수(伊水)와 영수(穎水) 위에서 자유롭게 즐겨볼까 생각하네: 출처는 한유(韓愈)의 <여최군서(與崔群書)>.

서 쌍망보(雙望堡)에서 점심을 먹었으니, 이곳이 노룡(盧龍)의 경계이다. 노룡은 영평의 별호(別號)이다. 요참(腰站)·십팔리포(十八里舖)·고하옥(高河玉)·사호석(射虎石)을 지났다. 바위가 길가에 있었는데, 이르기를 '이광(李廣)36)이 우북평에 군대를 출정시킬 때 쏘았던 것'이라고 한다. 고을사람 또한 이것이 사실이 아님을 알고 있는데, 후대 사람이 호랑이 모양을 조각했으니 더욱 가소로웠다. 또 돌로 된 구유가 있었는데 세속에 전하기를 신선 장과(張果)37)가 나귀를 먹이던 곳이라 하였다. 또 만류장(萬柳庄)이 있는데, 고(故) 광록대부 이완(李浣)의 별장이었다. 봄과 여름에는 만 그루의 버드나무가 열 지어 있어 푸른 그늘이 우거지고 새들이 화답해 지저귀고, 노니는 말들이 끊이지 않는다 하였다. 지금은 낙엽이 쓸쓸이 뒹굴고 백설이 동산에 가득하였으며 광록 또한 세상을 떠난 지 오래되었다. 영평부에 이르러 성의 남문 밖에 있는 송(宋)씨 점포에서 묵었다. 이날 서쪽으로 70리를 갔다.

산해관 내의 웅진(雄鎭)으로 영평이 최고다. 성의 높이는 대여섯 길이고 해자의 넓이는 10여 길이며 드문드문 연꽃이 심어져 있었다. 집집마다 패루가 있는데, 중국의 풍속은 급제를 하면 패루를 만들었다. 북쪽을 바라보매 장성(長城)은 30여리에 걸쳐 있고 장성 밖으로는 호산(胡山)이 만 겹으로 늘어서 있어 볼 만하였다. 동쪽을 바라보니 창려산(昌黎山)이 육칠십 리 되는 곳에 있는데, 은은한 것이 푸른 구름 같고 늘어선 것이 소라비녀 같았다. 작은 산 하나가 있는데 굽이져 동남쪽으로 돌다가 북쪽

---

36) 이광(李廣): 한 문제(漢文帝) 때 명장. 북평태수(北平太守). 흉노(匈奴)들이 '비장군(飛將軍)'이라 불렀음. 팔이 원숭이 팔 같아서 활을 잘 쏘았는데, 일찍이 북평에서 바위를 호랑이로 잘못 보고 활을 쏘았는데, 화살촉이 바위에 박혔다는 일화가 전한다. 흉노를 토벌할 때 많은 공을 세웠으나 제후로 봉(封)해지지 못하고, 대장군 위청(衛青)의 문책을 받아 자결함.《사기史記》<이장군(李將軍)열전(列傳)>.
37) 장과(張果): 중국 8선(八仙)중의 하나. 장과노(張果老)라고도 함.

으로 달려 평원이 되었다. 읍성은 언덕위에 터를 잡고 강에 임해 있는데 사방을 둘러보니 넓고 아득하였다. 소난하는 북쪽 호산으로부터 흘러와 성 서쪽으로 돌고, 대난하도 호산으로부터 남쪽으로 흘러와 고죽성 북동쪽을 감싸 돌며, 남쪽으로 꺾여 소난하와 합쳐진다. 강물은 맑고 얕으며 천천히 흐르는데 가뭄이 들면 걸어서 건널 수 있었다. 장마가 되면 들판에 물이 넘쳐 흰모래가 숲을 비추며 도서(島嶼)사이로 물이 나뉘어 흐른다. 사람들은 영평의 형세가 평양과 비슷하다고 한다. 영평부에는 병비참정(兵備參政) 왕편(王編)·지부(知府) 고방좌(高邦佐)·동지(同知) 양병택(楊秉澤)·관마통판(管馬通判)·관량통판(管粮通判)·곡계추관(曲階推官) 비규(費逵)·수비(守備) 조종덕(趙宗德)·노룡지현(盧龍知縣) 조완(趙緩)이 있었다. 성 안에는 노룡현(盧龍縣)이 있었다. 산해관 서쪽으로는 연대(烟臺)가 모두 북반부의 장성 근처에 있으며 큰길 옆에는 설치하지 않았다. 다만 폐허가 된 연대와 돈대(墩臺)만 있는데, 10리마다 돈대 하나씩 있었다. 돈대의 생김새는 연대와 같지만 외성(外城)이 없고 그 안을 비웠으며 사면(四面)에 문이 있는데, 그 안에서 불을 피우면 연기가 꼭대기까지 올라가 10리 떨어진 곳에서도 볼 수 있었다. 세속에 전하길, '당태종이 요동을 정벌할 때 설치한 것'이라 한다.

(10월) 21일 을해(乙亥)일. 맑음.

영평을 출발해 난하(灤河)를 건너고, 사하역(沙河驛)에 도착해 류(劉)씨 집에서 묵었습니다. 무녕(撫寧) 서쪽으로는 들에 대추나무와 밤나무를 많이 심었고, 나무 밑에는 조를 심어 두 가지 이익을 거두었으니, 소진(蘇秦중국 전국시대 종횡가)이 연왕에게 유세할 때에 "북에는 대추나무와 밤나무의 이익이 있다"고 이것을 말한 것이었습니다.

○ [부기] 아침 일찍 영평을 출발해 서쪽으로 소난하와 대난하의 두 흙다리를 건넜다. 강물은 나뉘어 두 물줄기가 되었다. 성 서쪽으로 20리

떨어진 곳에 작은 봉우리 하나가 홀로 들판에 빼어났다. 봉우리 아래에 묘당(廟堂)을 세웠으니 이른바 수양산(首陽山)이었다. 『사기(史記)』에 "수양은 곧 뇌수산(雷首山)이니 하중부(河中府)에 있다."고 하였다. 백이와 숙제가 나라를 사양하고 도망가 황하(黃河)와 제수(濟水) 사이에 살았다. 서백(西伯)이 발흥한다는 소식을 듣고 장차 기주(岐周기산 밑에 있던 주나라 도읍)로 돌아가려 하다가 상교(商郊)에서 무왕을 만났다. 말고삐를 두들긴 뒤에 '어찌 반드시 고국으로 돌아갔겠는가?' 수양산은 바로 상(商)나라 도읍의 서쪽에 있으니 이른바 "저 서산에 올라 고사리를 캐노라[登彼西山兮 采其薇矣]『사기』「백이열전」〈채미가(采薇歌)〉의 한 구절"라는 것이니 어찌 하중부의 수양산이 아니겠는가? 이제묘(夷齊廟)는 작은 산 북쪽으로 2리쯤 되는 곳에 있는데, 평원이 솟아오르고 석벽이 물에 잠겨 저절로 성의 모양을 이루고 있었다. 이를 의지하여 성을 쌓으니 이것이 고죽고성(孤竹古城)이라 한다. 성문 위에는 누각이 있고 성문 안에는 사당의 문이 있는데, 문 서쪽에 돌비석을 세우고 '지금까지 성인이라 칭하네[到今稱聖]'란 글자를 새겼다. 묘문 위에는 누각이 있고 누각 안에는 비석이 있는데, 탕임금 18년에 우임금의 후손과 공덕이 있는 자를 제사하여 봉한 내용, 고죽 등의 나라에 관한 말이 있었다. 이곳에서부터 모두 돌벽돌로 포장을 하였는데 반듯반듯하여 기울어지지 않았다. 사당의 문 안쪽 뜰은 더욱 정결했다. 패루를 세우고 금방(金榜)에 편액하기를 '칙사청절사(勅賜淸節祠)'라 하였으며, 누각 북쪽에 또 문루를 세워 편액하기를 '청성사(淸聖祠)'라 하였다. 문 북쪽에는 뜰이 있고, 뜰 좌우에 삼나무와 잣나무가 그늘을 이뤘으며 동쪽과 서쪽에는 모두 비석을 세워 사적을 기록하였다. 뜰 북쪽에는 큰 누각을 하나 세웠는데, 누각 안에는 푸른 비석이 열 지어 있었다. 북쪽 비석에는 공자가 백이·숙제를 칭송한 말을 새겼고, 동쪽과 서쪽 비석에는 맹자와 증자의 말을 새겼다. 누각 안에 정문(正門)이 있어 안으로 들어가니 이는 백이·숙제의 정전이었다. 우리들은 신문(神門)[38]밖 계단 위에서 재배(再拜)의 예를 행하였다. 처음에는 백의(白衣)로 예를 표하는 것이 꺼려졌으나, 내가 말하기를 "나그네는 길 가는 복장으로 절해도 무방하오. 하물며 두 분은 은나라 사람이 아니오? 은나라 사람은 흰색을 숭상했으니 백의를 입고 절하는 것이 또한 옳지 않겠소?"라고 하였다. 전각 안에는 두 분의 소상을 세웠는데, 면류의 복을 갖추었으니 공후(公侯)의 복장이었다. 동쪽에 있는 것은 '소의청혜공(昭義淸惠公)'이고 서쪽에 있는 것은 '숭양인혜공(崇讓仁惠公)'이었는데 이는 동쪽을 윗자리로 한 것이다. 두 소상의 용모는 비슷했는데 이는 반드시 후세 사람이 상상해서 만들었을 것이다. 비록 이것이 진짜는 아니었지만 엄연히 공경심이 일어나 나도 모르게 모골이 송연해졌다. 동쪽과 서쪽에는 전랑(殿廊)이 있으니 각각 7칸이었으며, 동서쪽 전랑 사이에는 각기 벽돌문이 있었다. 벽돌문 안에는 또 문이 있고, 문 북쪽에는 또 재각(齋閣제사를 지내는 건물)이 있었으며, 동방(東房)과 서실(西室)은 밝고 깨끗하였다. 재각 앞에는 동서로 문이 있는데 문을 통해 들어가니 각각 제사음식을 만드는 방이 있고 담장과 정원의 섬돌이 매우 정교하였다. 재각의 북쪽으로 작은 문이 있었고, 문 안에는 작은 비각(碑閣)이 있는데 8각의 제도였다. 비각의 북쪽에는 누대를 세워 우뚝했고, 대 위에 누각이 있어 날아갈 듯하였으니 편액하기를 '청풍대(淸風臺)'라 하였다. 대의 동서 양쪽 계단은 벽돌을 쌓아 층계를 만들었다. 담장을 따라 층계를 밟고 한 걸음 한 걸음 더 높이 오르니 담장 안은 바로 계단이었다. 계단 안에 다시 작은 담장을 쌓았으므로 비록 높이가 백 길이나 사람에게 위태롭지 않았으니 그 만든 제도가 매우 정교하였다. 대에 올라 사면을 둘러보니 아득한 백리 밖에 천개의 산들이 둘러있었다. 북으로는 강이 있었으니, 강물이 굽이져 흘러 대 밑에까지 이르렀다. 고인 물이

---

38) 신문(神門): 종묘·문묘·향교·서원 등의 출입문. 중앙은 신이 드나드는 문이며 양쪽 문은 사람이 출입하는 문으로 제향을 올릴 때만 문을 열었다고 한다. 이 문으로는 헌관(獻官)만 출입할 수 있다고 함.

검푸르고 백 길의 푸른 암벽은 물결 속에 잠겨 있었다. 돌섬[石島]은 울퉁불퉁 물 위로 돌출하여 넓이는 100여보나 되고 정면으로 고죽성과 마주하고 있었다. 섬의 평평하고 넓은 곳에 고죽군(孤竹君) 사당을 새로 건립했는데, 붉은 기와와 푸른 난간이 교룡의 굴에 잠긴 듯 바라보매 마치 신기루 같았다. 누대를 따라 북문을 열고 돌계단을 따라 내려오니 강물이 발밑에 있었다. 바위를 깎아 만든 계단이 못가에 이어져 굽어봄에 무서웠으나, 걸음걸이에 걱정이 없는 것은 벽돌담장으로 보호하기 때문이었다. 못 가에는 여울돌[磯石]이 있어 손 씻고 양치질하거나 갓끈을 빨 수 있었다. 배회하며 감개무량하여 차마 떠나지 못하는 마음이 있었으나, 사신의 임무를 소홀히 할 수 없고(王事靡鹽 不能藝稷黍『시경』〈보우〉의 한 구절) 해가 서쪽으로 이미 기울어 마침내 양사와 더불어 돌아왔다. 성 위에 오르니 성벽이 삼면을 빙 둘러 있었고, 면면마다 푸른 성벽이 강물에 임하여 볼수록 더욱 기이하였다. 북쪽 모서리 누대 가까이에는 돌로 된 바둑판이 있고 곁에는 세 개의 석상(石床)이 있었으니, 호사가(好事家)가 만든 것이었다. 난간에 이르니 제액한 글이 있고 벽에는 영시가 있고, 비석에는 기문(記文)이 있으며, 문장과 누대에는 모두 편액이 있었다. 상세한 것은 연릉(延陵이호민(李好閔, 1553~1634))의 기록에 있으니 이것들을 모두 기록할 겨를이 없었다. 고죽성(孤竹城)을 떠나 야계둔(野鷄屯)·안하포(安河舖)·사와포(沙窩舖)를 지나 큰길로 나오니, 이곳은 이제묘와 갈래길로 나뉘는 곳이었다. 사하(沙河)를 건너 역에서 묵었는데 사하역의 성(城)은 물에 깎여나갔으나 아직 무너지지 않은 곳이 수척(尺)이나 되었다. 이날 서쪽으로 60리를 가 성 안에 있는 유구사(劉九思)의 집에서 묵었는데, 매우 사치하고 부유하였다. 지난해 서장관 송인급(宋仁及)[39]이 기생과 즐긴 곳인데 하루라도 경계하지 않으면 만 가지

---

39) 송인급(宋仁及, 1576~1608): 조선 중기 문신. 본관은 여산(礪山), 자(字)는 택지(擇之). 1605년(선조 38)에 증광문과(增廣文科) 급제하였고, 1606년 서장관(書

일이 기와처럼 산산조각이 나니 송은 어찌 경계하지 않았는가? 역은 옛날에는 칠가령(七家嶺)에 있었는데 지금 이곳으로 옮겨왔다. 그래서 어떤 이는 칠가령이라 부르기도 한다.

○ 세속에 전하기를 옛날에 북평태수 장공(張公)이 있었으니, 관리생활이 청렴결백하였다. 하루는 꿈속에 노인이 있어 먹 두 개를 주면서 말하기를, "공은 맑고 은혜로운 덕이 있으니 감히 이것을 선물로 드립니다."라 하였다. 장공이 놀라 깨어나 며칠 동안 깊이 생각했으나, 그 연유를 알아내지 못하였다. 마을사람에게 묻기를 "이 지역에 일을 잘 판별할 수 있는 노인이 있는가?" 하니, 모두 말하기를 "이곳에서 얼마 떨어진 어떤 절에 노승이 있는데 도를 알고 신과 통합니다. 일에 의심되는 어려움이 있으면, 밝게 비춰보고 거북점을 칩니다."라 하였다. 장공이 친히 가서 함께 가자고 청하자, 스님이 기꺼워하지 않고 말하기를 "사물은 각각 있어야 할 곳이 있습니다. 성시(城市)는 산사람이 갈 곳이 못 됩니다."라 하였다. 장공이 두세 번 강력히 청하여 말하기를 "한 가지 가르침을 청할 일이 있으니, 원컨대 잠시 선종(仙蹤)을 굽혀주소서."라 하였다. 마침내 함께 와 군정(郡亭)에서 이틀 밤을 묵었다. 꿈속의 일을 말하자 스님이 오랫동안 생각하다가 "운명이군요, 운수이군요. 이곳에서 좀 떨어진 곳 난하 가에 고죽군의 유허(遺墟)가 있습니다. 고죽군의 성은 묵(墨)이고 두 아들을 낳았으니 곧 백이와 숙제입니다. 세상이 덕을 숭상하지 않아 거친 잡초 속에 매몰되었으니 참말로 개탄스럽습니다. 지금 신인(神人)이 먹 두 개를 당신에게 준 것은 어찌 고죽군의 정령이 두 아들을 그대에게 맡겨 빛을 내게 하려는 것이 아니겠습니까? 당신의 맑은 덕이 신명에 이르러 꿈속에 나타난 것이니, 그대는 사당을 수리하여 어두워진 빛을 밝게 드러내어 세교(世敎)를 부양시킨다면 또한 좋지 않겠습니까?"라 하였다. 장공은 놀라 탄식을 멈추지 않고 취한 듯이 있다가 깨어나

狀官)에 제수되어 중국을 다녀옴.

그날로 난하로 달려가 그 유허를 찾아 배회하며 감개무량해 하였다. 가시를 자르고 소제한 다음 제사를 드리고, 조정에 사당을 건립할 것을 주청하였다. 그 후로 여러 세대에 걸쳐 광채가 증가되었고 제사 또한 더욱 경건해졌다 한다.

○ <수양산을 지나며 감회가 일어[過首陽山有感]>[40]【율시 1수가 원집에 있다.】<이제묘에 절하며[拜夷齊廟]>[41]【율시 1수가 연보에 있다.】

(10월) 22일 병자(丙子)일. 맑음.

사하를 출발하여 진자진(榛子鎭)에서 점심을 먹고 풍윤현(豊潤縣)에 이르렀습니다. 달자를 피해 성 서쪽 방(方)씨 점포에서 묵었습니다.

○ [부기] 아침 일찍 사하를 출발하여 칠가령(七家嶺)·신점포(新店舖)·왕가점(汪家店)을 지나니, 동쪽에는 돌다리 망룡교(蝄龍橋)가 있었다. 진자진(榛子鎭)에서 점심을 먹었는데 여염이 매우 성대하였고, 어사 한응규(韓應奎)의 집이 있었는데 매우 부유했으며, 그의 동생 억기(億箕) 또한 부자였다. 성 서쪽에 남현지관(南玄池館)이 있으니, 이곳이 한 어사의 별장으로 연못과 정원의 화훼가 아름다웠다. 낭와포(狼窩舖)·철성(鐵城)·감교(坎橋)는 곧 영평부 서쪽의 경계로 그 서쪽은 순천부(順天府)에 속한다. 저녁에 풍윤현에 도착하여 달자들을 피해 성 서쪽 방씨 집에서 묵었고, 상사는 사홍(史洪)의 집에 묵었다. 마을과 시장은 무녕현보다 더 번화했고, 지현(知縣) 류성충(劉性忠)과 주부(主簿) 주광휘(朱光輝)가 있었다. 진자진에서부터 서쪽(풍윤현)에 이르기까지 남쪽으로는 산이 없었고, 북쪽은 모두 높은 산이었다. 장성은 수 십 리 먼 곳에 있었

---

40) 최현, 『인재집』 권1, 〈過首陽山有感〉. "西指灤河岸 孤峯號首陽 山因高義重 水
　　共大名長 萬古扶天地 千秋振紀綱 行人皆仰止 拳石亦流芳"

41) 최현 『인재집』 별집 「연보」, 〈拜夷齊廟〉. "孤竹千年廟 荒城古渡濱 天長名不朽
　　地老像猶新 大曜輝黃道 淸霜映碧旻 誰能繪日月 鐫刻莫頻頻"

다. 이날 서쪽으로 백 리를 갔다.

(10월) 23일 정축(丁丑)일. 맑음.

말을 재촉해 떠나려 할 즈음에 역인(驛人)과 하인배가 서로 다투었습니다. 상통사 이하 모두 구타를 당하여 지현(知縣)에게 하소연하고자 했으나, 날이 저물고 행차가 급했으므로 이를 그대로 두고 길을 떠났습니다. 사류하포(沙流河舖)에서 점심을 먹고 옥전현(玉田縣)에 이르러 염(廉)씨 집에서 묵었습니다.

○ [부기] 말을 재촉해 떠나려 할 즈음에 하인배와 역인이 서로 다투었다. 상통사 이하 모두 맞아서 상처를 입었다. 중국이 우리나라 사람 대하기를 매우 후하게 하여, 만일 박대하는 자가 구타죄를 범하면 중죄로 논하였다. 그러나 옛 규정이 점차 해이해지고 고을사람들이 흉악해져서 무리를 지어 마구 때리며, 달자를 사주하여 분란을 만들려고 하였다. 이로 인해 늦게 출발하였다. 환향하(還鄉河)를 지났는데, 성 서쪽 몇 리쯤 되는 곳에 있었다. 북쪽으로는 호산(胡山)에서 근원하여 아래로는 바다입구에 연결되어 있었다. 옛날에는 하천을 파서 조운로(漕運路)에 통했는데 모래 섞인 물 때문에 쉬이 막혀 조운로를 폐하였다. 고려포(高麗舖) · 염가포(閻家舖)를 지나 사류하포(沙流河舖)에서 점심을 먹고, 양가포(梁家舖)와 팔리포(八里舖)를 지나면서 병비어사를 길에서 만났다. 옥전현에 이르러 성안에 있는 염정(廉靜)의 집에서 묵었다. 이날은 서쪽으로 80리를 갔다. 현은 곧 흥주(興州) 좌둔위로서, 장인지휘사(掌印指揮司) 황장(黃章), 지현 양여고(楊如皐), 현승(縣丞) 류천(劉荐)이 있었다. 성북쪽 수 십리에 대천산(大泉山)과 소천산(小泉山)이 있는데, 모두 신령스러운 샘과 큰 사찰이 있었다. 동북으로 13리 되는 곳에는 마산(麻山)이 있고 산 아래에는 종옥전(種玉田)이 있었다. 세속에 다음과 같이 전한다. 한나라 때 양옹백(陽雍伯)이 의장(義漿사람에게 베풀어 주는 음료)을 만들어

행인들에게 마시게 하기를 3년간 하였다. 어떤 사람이 돌 1되[升]를 내어 그에게 주면서 말하기를 "이것을 심으면 좋은 옥을 자라고 겸하여 좋은 신부를 얻을 것이네."라 하였다. 뒤에 북평 서씨에게 아름다운 딸이 있었는데, 옹백이 그녀에게 구혼하자, 서씨가 말하기를 "흰 구슬 한 쌍을 얻어야 가능하다."고 하였다. 옹백이 돌을 심은 밭을 살피다가 흰 구슬 다섯 쌍을 얻어서 드디어 그녀를 아내로 맞이하였다. 그 후 양천보(陽千寶)가 옥을 심었던 곳에 돌기둥을 세워 표지로 삼았다. 옥전(玉田)의 서북쪽에 옹백이 거주했던 터가 있다. 현(縣)이 옥전이란 이름을 얻은 것은 이 때문이다.

(10월) 24일 무인(戊寅)일. 맑음.

옥전을 출발해 별산점(別山店)에서 점심을 먹고 계주(薊州)에 이르러, 성 서쪽 사(師)씨 집에서 묵었습니다.

○ 계주(薊州)는 산천이 웅장하고 성곽이 장고하였으며, 연수(烟樹)가 아른거려 백 리나 서로 이어졌으니, 곧 안녹산이 군사를 일으켰던 곳이다. 공동산(崆峒山)【세속에 전하기를 황제가 도를 물었던 곳이라 한다.】 · 헌원릉(軒轅陵)【『사기』에 의하면 '황제가 서쪽으로 공동산에 이르렀다' 했으며 또 '황제가 죽어 교산에 장사지냈다' 하였다. 공동산은 농우(隴右농산 서쪽)에 있고 교산은 상군(上郡)에 있으니 모두 이 땅이 아니다.】 · 어양교(漁陽橋)【성 남쪽으로 10리 되는 곳에 있는데 물을 가로질러 돌다리를 놓았다.】 · 간화대(看花臺) · 사방대(四方臺)가 있었다.【모두 금나라 장종(章宗재위 1190~1208)이 노닐던 곳이다.】

○ [부기] 새벽에 옥전현을 출발하여 채정교(采亭橋)를 지났다. 이곳은 학사(學士) 김양회(金楊繪)의 옛 거주지로 채정(采亭)은 그의 별호이다. 남수(藍水)는 옥전 서북쪽 서무산(徐撫山)에서 발원하여 채정교 밑으로 흐르는데, 물의 색깔이 쪽빛 같고 사시사철 변하지 않는다. 고수포

(枯樹舖)·진무묘(眞武廟북방 현무를 모신 사당)·악산점(樂山店)을 지나 별
산점(別山店)에서 점심을 먹고 풍가교(豊家橋)와 운선사(雲禪寺)를 지
났다. 길옆에 요야산(姚爺山)이 있다. 세속에 다음과 같이 전한다. 옛날
요(姚)씨 성을 가진 사람이 있었는데, 그 아들이 불효하여 아버지의 말을
듣지 않았다. 그 아버지가 임종 시에 자기를 들판에 묻어주길 원했으나
아들이 따르지 않을까 염려하여 거짓으로 말하기를 "마땅히 산에 장사
지내야 하느니라."라고 하였다. 아들은 또 아버지의 뜻을 역으로 알아
결국 산에 장사를 지냈다고 한다. 황량돈(謊粮墩)이 있어 전하기를, 옛날
에 장군이 이곳에 군대를 주둔시켰는데 양식이 떨어지자 흙을 쌓아 돈대
를 만들었으니, 이는 거적으로 양식을 쌓아놓은 형상을 하여 적을 속인
것이다. 신선령(神仙嶺)은 성 남쪽 10리쯤에 있고, 길옆에는 쌍석불이 있
다. 북쪽에는 작은 봉우리가 우뚝 솟아 있고, 봉우리 위에는 천제묘(天帝
廟)가 있다. 어양교(漁陽橋)는 어양하(漁陽河)를 걸터앉아 있는데, 돌을
쌓아 세 개의 무지개다리를 만들었다. 높이는 세 길, 넓이는 다섯 길, 길
이는 오십여 길이며 밑으로는 배가 지났다. 서쪽 강변에는 촌락이 있어
매우 번성하였다. 오리교(五里橋)는 성 동쪽 5리쯤에 있어, 양하(粮河)에
걸터앉아 있었다. 당나라 때 이 물을 따라 식량을 운반했으므로 양하라
이름 하였다. 저녁에 계주(薊州)에 도착하여 성 서쪽문 밖에 있는 사천상
(師天相)의 집에 묵었다. 그는 일찍이 우리나라에 왔던 자이다. 이날 서
쪽으로 80리를 갔다.

　○ 간화대(看花臺)는 성 남쪽 5리 되는 곳에 있는데 단하(壇河)의 서
쪽을 거슬러 있었다. 금나라 장종이 이곳에서 꽃을 보았는데 그 옛터가
아직까지 남아 있었다. 헌원릉(軒轅陵)은 세속에 전하기를 동북쪽으로
10리 되는 곳의 어자산(魚子山) 아래에 있다고 한다. 한나라 장군 마성
(馬成)의 묘는 현의 동쪽으로 5리 되는 곳에 있는데 비석이 있었다. 공동
산(崆峒山) 북쪽 5리쯤 되는 곳에 작은 산이 우뚝 솟아있고 봉우리 위에
절이 있는데, 이곳은 황제가 도를 물었던 곳이라 한다.

○ 사방대(四方臺)는 성 서쪽으로 8리 되는 곳에 있는데, 높이가 여섯 길이고 주위가 2리(里)이다. 아모대(鵝毛臺)는 성 서쪽으로 5리 되는 곳에 있는데, 금나라 장종이 이곳에서 거위를 보았기 때문에 그렇게 이름하였다. 북평성(北平城)은 『괄지지(括地志)당나라 지리서』에 "어양군(漁陽郡) 동남쪽으로 70리 되는 곳에 북평성이 있는데, 곧 한나라의 우북평이다" 하였다. 용지하교(龍池河橋)는 성 남문 바깥 백여 보 되는 곳에 있는데, 용지하를 가로질러 다리를 만들었다. 이는 요나라 통화(統和)42) 연간에 세운 것이다. 영제교(永濟橋)는 금나라 태정(太定) 연간에 세운 것으로 성 남쪽 5리쯤 되는 곳에 저하(渚河)를 걸터앉아 있었다. 물길이 터지는 것이 일정하지 않아 여러 번 막혀 증축하였다는 기록이 있었다. 계구(薊丘)는 옛날 연성(燕城)의 서북쪽 모퉁이에 있는데, 곧 옛날의 계주이다. 계문관(薊門關)은 동남쪽으로 60리 되는 곳에 있는데, 당(唐)나라 때 계주를 설치했다. 연나라 소왕(昭王)의 묘는 『구주기(九州記)』에 이르기를 "옛날 어양(漁陽) 북쪽에 무종산이 있고 산 위에 소왕(昭王)의 무덤이 있다."라 하였다. 계문석고(薊門石鼓)는 연산(燕山)의 깎아지른 듯 한 벼랑 측면에 있는데, 땅에서 백여 길 떨어져 있다. 크기는 곡식 수백 석(石)을 담을 곳집만하고 곁에는 돌다리[石梁]가 관통하고 있으며 석인(石人)이 있어 북채를 안고 북을 치는 형상을 하고 있다. 세속에 전하길 석고가 울면 전쟁이 일어난다고 한다. 소왕총(昭王塚)의 석고는 지금은 북경의 창평현에 있는데, 이곳에서 백 팔십 리 떨어져 있다고 하니 계주에서 약간 먼 곳이다. 살피건대 홍무(洪武명나라 태조) 원년(1368)에 원을 멸망시키고 연경(燕京)을 바꿔 북평부(北平府)로 만들고 연산(燕山) 등 여섯 위(衛)를 두었으니, 이른바 옛날의 연성(燕城)과 북평(北平)의 연산(燕山)이라 불리는 곳은 지금의 북경으로 계주가 아니다. 두씨장(竇氏庄)은

---

42) 통화(統和): 요나라 성종(聖宗) 때의 연호. 고려 성종(成宗) 2년(983)~현종(顯宗) 2년(1011) 시기.

성 동쪽으로 5리 되는 곳에 있는데, 5대 왕조시대[43]에 주(周)의 간의대부(諫議大夫) 두우균(竇禹鈞)의 옛집이다. 주(州)에는 병비첨사·관량호부낭중·지부【양충유(楊忠裕)이다.】·동지【주피(周被)이다.】·판관【범상지(范尙志)이다.】이 지키고 있었다.

(10월) 25일 기묘(己卯)일. 맑음.

계주를 출발해 방균점(邦均店)에서 점심을 먹었습니다. 삼하현(三河縣)에 도착해 성 남쪽에 있는 곽(郭)씨 점포에서 묵었습니다.

○ [부기] 아침에 계주성 서문으로 들어가 독락사(獨樂寺)를 보니, 큰 절이었다. 관음입상(觀音立像)이 있어 높이는 포척(布尺베로 만든 자) 30자로 2층 누각을 꿰뚫었다. 1층은 15계단이고 2층은 11계단이며 제2층 누각 위에 또 와불상이 있었다. 누각에 올라 성 안에 있는 수많은 집들을 내려다보았다. 누각의 서쪽에 정료(淨寮)가 있어, 학장 한 사람이 아동 70여 명을 가르치고 있었다.

늦게 계주를 출발해 반산(盤山)을 지났는데, 반산은 계주 서쪽으로 십리 되는 곳에 있었고, 산에는 172개의 암자가 있었다. 사람들이 노새를 타고 열 명 다섯 명씩 무리를 이뤄 끊임없이 길 가는 것을 보았다. 정수리에는 모두 금색의 작은 쪽지를 두건 위에 붙였고, '진향정마(進香頂馬)'란 네 글자가 쓰여 있었다. 이들은 경충산(景忠山) 불사(佛寺)에 향을 태우러 가는 자들이었다. 경충산은 계주 동북쪽 60리 거리의 준화현(遵化縣)에 있는데 우매한 백성들이 모두 이 산을 영산(靈山)으로 칭한다. 산 밑에는 또 탕천이 있어 열을 내뿜었으니, 병을 치료한다고 하였다. 방균점에 도착하니 마을과 여염이 매우 성하였다. 백간점(白澗店)·공락

---

43) 5대 왕조시대: 907~960년. 당(唐)대 말기에서 송(宋)대 초기에 이르는 기간으로, 후량(後梁)·후당(後唐)·후진(後晉)·후한(後漢)·후주(後周)가 건립됨.

점(公樂店)·단가령(段家嶺)·초하교(草河橋)를 지났다. 초하의 근원은 북에서 나와 남으로 흐르는데, 난하보다는 작았다. 여름에는 배를 타고 건넌다. 강의 서쪽으로 5리를 가 삼하현에 이르러 성 남쪽 곽씨 점포에서 묵었다. 이날 서쪽으로 70리를 갔다.

○ 지현【유석현(劉錫玄)이다.】주부【양시절(楊時節)이다.】

(10월) 26일 경진일. 맑음.

삼하(三河)를 출발해 마미파(馬尾坡)에서 점심을 먹고 노하(潞河)를 건너니, 이곳이 바로 남경(南京)과 산동(山東) 등 여러 고을의 조운선(漕運船)이 모이는 곳이었습니다. 또 용주(龍舟)와 각사(各司) 누선이 있어 고물과 이물이 서로 접하였고 돛대가 빽빽이 모여 탑처럼 솟아있었습니다. 부교(浮橋)는 평지를 밟는 것과 같았습니다. 강의 서쪽 언덕은 곧 통주(通州)였습니다. 성 남쪽 대(戴)씨 점포에서 묵었습니다.

○ [부기] 새벽에 삼하현을 출발하여 신점(新店)을 지났는데, 삼하에서 2리 떨어져 있었다. 백부도(白浮圖)와 니와포(泥窩舖)는 30리 떨어져 있었고, 하점(夏店)은 삼하에서 38리 떨어져 있었으며, 마미파는 삼하에서 10리 떨어져 있었다. 안교포(雁郊舖)·유하둔(柳河屯)·등가장(鄧家庄)은 노하 건너에 있었다. 강물은 북쪽에서 밀운진(密雲鎭)을 경유하여 남쪽으로 통주성 동쪽으로 흘러 바다로 들어가는데, 깊이는 삼차하(三汊河)에 미치지 못하였지만 넓이는 난하보다 넓었다. 명(明)이 연경에 도읍을 정한 후 노하(潞河) 45리를 파서 황성(皇城)의 옥하(玉河)에 연결시키고 용주를 두었다. 크고 작은 각 아문도 모두 그들의 배를 가지고 있는데, 배의 숫자는 9,999척이었으니 이는 태양(太陽)의 수[44]라고 하였다. 성 남

---

44) 태양(太陽)의 수: 숫자 9를 지칭. 『주역』에서 6은 태음수, 7은 소양수, 8은 소음수, 9는 태양수를 가리킴. 배의 숫자가 9,999척이었으므로 태양의 수라 지칭함.

쪽 대씨 집 점포에서 묵었는데 이날은 서쪽으로 80리를 갔다. 통주의 성과 해자의 웅장함과 민물(民物)의 성대함은 광녕보다 나았다. 망헌 이주(李胄)[45]는 일찍이 이곳 통주를 지나며 시를 남겼다.

通州天下勝	통주는 천하의 경관
樓觀出雲霄	누각의 형세는 하늘에 빼어났네.
市積金陵貨	저자에는 금릉(金陵남경의 옛 이름)의 재물이 쌓이고
江通楊子潮	강물은 양자의 조수와 통하네.
寒雲秋落渚	찬 구름은 가을 물가에 떨어지고
獨鳥暮歸遼	외로운 새는 저물녘 요동으로 돌아가네.
鞍馬身千里	말에 안장 얹은 몸은 천리 밖
登臨故國遙	누대에 오르니 고국이 멀구나.

○ 兵備僉事 戶部郞中三員【主事武文達 張宗元】分管粮儲河道 子粒商稅 空運大運三倉 參將 知州【陳隨】同知【馬可敎】判官【李方隆】後聞 薊州馳報 是日 獌子三十餘萬 聚于關外 還爲散去 云

○ 병비첨사와 호부낭중 3인【주사는 무문달(武文達)과 장종원(張宗元)이다.】이 양곡을 나르는 물길, 곡식에 대한 곡물거래세, 곡물수송하는 대운하, 삼창(三倉세금으로 걷은 곡식을 저장하던 창고)을 나누어 관할한다. 참장, 지주【진수(陳隨)이다】, 동지【마가교(馬可敎)이다】, 판관【이방륭(李方隆)이다】에게 뒤에 들으니 계주에서 급보를 올렸는데, 이날 달자 30여만 명이 관 바깥에 모였다가 다시 흩어져 돌아갔다고 한다.

---

45) 이주(李胄, 1468~1504): 조선전기 문신. 자는 주지(胄之), 호는 망헌(忘軒). 1488년(성종 19) 문과에 급제, 검열(檢閱)을 거쳐 정언(正言)을 지냄. 1495년 (연산1) 8월 명나라를 사행하였으며, 통주(通州)를 읊었던 시(詩)가 중국에 회자됨.

(10월) 27일 신사일. 맑음.

　통주에 머물렀습니다.

　○ [부기] 양사와 더불어 걸어서 밖으로 나가 배를 보았다. 각사(各司)의 관선(官船)과 황룡주(黃龍舟)는 급작스런 사태를 대비하다가 세월이 오래되면 개조한다. 그 밖의 상선은 그 수를 기록할 수 없을 정도였다.

(10월) 28일 임오일. 맑고 바람이 붊.

　통주에 머물렀습니다.

(10월) 29일 계미일. 맑음.

　통주를 출발하여 대통교(大通橋)를 건너 동악묘(東岳廟)에 도착했습니다. 신 등은 관대를 갖추고 조양문(朝陽門)으로 들어가 옥하관(玉河館)에 이르렀습니다. 문이 이미 닫혀 문밖에 오랫동안 머물렀다가 한밤중에 회동관 부사 시승의(施承義)가 제독주사에게 아뢰고 열쇠를 가져와 문을 열어주어 안으로 들어갔습니다. 진주사 일행이 이미 동조(東照)에 머물고 있어 신 등은 서조(西照)에 머물렀습니다. 달자 900여명이 북조(北照)에 머물고 있었는데 아직 오지 않은 자 또한 많다고 하였습니다.

　○ [부기] 통주를 출발하여 성 남문을 통해 나와 서문 5리쯤에서 대통교(大通橋)를 건넜다. 다리는 강에 오·육십 길 정도에 걸쳐 있는데 넓이는 열 길이다. 돌다리의 웅장함은 이것이 제일이었다. 강물은 곧 옥하(玉河)의 하류로서 노하로 흘러 들어갔다. 다리 밑으로는 배가 다니고, 통주에서 황성(皇城)에 이르기까지는 마을이 연결되어 있었다. 다닥다닥 많은 무덤들이 모두 길 북쪽에 있었다. 담장을 쌓고 문을 만들었으며 소나무와 버드나무를 심어 놓은 곳은 대개 공경대부의 묘소였다. 담장 안에는 건물이 줄지어 있고 문미(門楣문이나 창문 위를 가로 지른 나무)에 '모 관직을

지낸 아무 성씨의 선영' 혹은 '모 시호를 받은 아무개의 무덤'이라 편액하였다. 구마포(九馬舖)와 관음사(觀音寺)를 지났다. 동악묘는 곧 태산의 신을 제사 드리는 곳으로 조양문 동쪽으로 2리쯤에 있었다. 높은 대문이 십여 겹이었고 돌비석이 칠·팔십 개로서 전각은 삼엄하고 정무(庭廡)는 웅장하고 넓었다. 태악신(泰嶽神)의 소상을 만들고 또 도사관(道士館)을 세웠으며 양어분(養魚盆)이 있었다. 푸른색의 삼나무와 비취색의 회나무가 정연하게 줄지어 있어, 조정과 시장의 경계를 알 수 없었다. 금색으로 문에 편액하기를 '태산지신(泰山之神)' 또는 '칙건동악묘(勅建東嶽廟)' 또는 '태허동천(泰虛洞天)'이라 하였다. 해회사(海會寺)는 동악묘 앞에 있어, 양사와 더불어 절에 들어가 옷을 바꿔 입고 관대를 갖추었다. 조양문에 들어가 큰 시가지와 옥하교를 지나 옥하관에 이르니, 한밤중이 되었다. 남관부사(南館副使) 시승의(施承義)는 옥하관을 주관하는 관원으로, 제독주사【즉 예부의 분사낭중(分司郎中)으로 관소의 모든 일을 전담하여 주장한다.】에게 아뢰고 열쇠를 가지고 와 문을 열었다. 그런 연후에 관소에 들어가 서조(西照)에 머물렀다. 진주사 일행은 동조(東照)에 있었으나, 밤이 깊고 문이 닫혀 만날 수 없었다. 이날 서쪽으로 40리를 갔다.

권3
『인재선생속집(訒齋先生續集)』
『조천일록』 3

(11월) 1일 갑신일. 맑음.

옥하관에 머물렀습니다. 진주사 이덕형(李德馨)[1] · 부사 황신(黃愼) ·
서장관 강홍립(姜弘立) 등을 만났습니다. 책봉하는 일과 두 조사를 파견
하는 일에 대해 예부에 다섯 번이나 재촉하는 정문을 올렸으나 성지(聖
旨)가 아직 내려오지 않았다 하였습니다. 처음에 고부사를 통해 예부에
정문하여 책봉과 조제의 두 가지 예를 한 관원을 파견하여 겸하게 하고
태감을 보내지 말 것을 청했으나, 내관에게 미움을 받아 중도에 각하되었
습니다. 부득이 다시 예부에 정문하여 내관과 사신(詞臣문사(文詞)를 담당한
신하) 두 사람을 보내 성지를 받들기를 청했으나, 아직 내려오지 않았습니
다. 이런 연유로 오래도록 비준을 받지 못하였다고 합니다. 이날 유구국
사신 또한 서조(西照)에 머물렀습니다. 신 등은 상당(上堂)에 머물렀고
유구인은 중당(中堂)에 머물렀습니다. 상통사 권득중을 보내 현조보단
(見朝報單) 및 해송표류인 주본을 홍려시(鴻臚寺제사와 의전을 담당하던 관
청)에 올렸으나, 정경(正卿정2품 관직명)이 이를 받지 않았습니다. 그 저지
한 이유는 모두 앞에 보낸 장계 중에 진술되어 있습니다.

---

1) 이덕형(李德馨, 1561~1613): 조선 중기 문신. 본관은 광주(廣州). 자는 명보(明
甫), 호는 한음(漢陰) · 쌍송(雙松) · 포옹산인(抱雍散人). 1608년 광해군이 즉
위하자 진주사(陳奏使)로 명나라를 다녀옴. 1608년 동지사 일행과 북경 옥하관
에서 만남.

○ [부기] 진주부사 동지(同知) 황신(黃愼)과 서장관 호군(護軍) 강홍립(姜弘立)이 와서 만났다. 식후에 양사와 더불어 동관(東館)에 가서 진주사 한음[이덕형] 상공을 만났다. 상통사를 보내 현조보단 및 해송자문(解送咨文)을 홍려시에 올렸으나, 정경(正卿)이 이를 받지 않고 말하기를 "표류인물은 흉사에 관계되는 것이니 길조(吉朝;월초(月初)를 말함)에 문서와 보단을 함께 받을 수 없소. 초3일에 와서 올리시오"라 하였다. 통사가 무릎을 꿇고 청하기를, "이는 천조(天朝)의 인물로서 소방(小邦)이 상국을 공경히 섬겨서 해송(解送)을 하였으니 소방에 있어서는 충순(忠順)이 되고 천조에 있어서는 경사(慶事)가 되는 것으로 만에 하나도 흉사에 관계되지 않습니다. 원컨대 속히 받아 주십시오." 하였다. 다시 좌경(左卿)이 "당신의 말이 정말 옳소" 하고는 받으려 하였으나, 정경이 저지하였다. 통사가 문을 나온 뒤 불러들여 묻기를 "표류해 온 사람 중에 다친 자가 있는가?" 하였다. 통사가 대답하기를 "한 사람도 다친 사람이 없습니다. 배에 탔던 자 모두 살았습니다." 하니 좌경이 마침내 받아들이고자 하였으나, 정경이 강하게 거절하며 이를 따르지 않았다. 그 이유를 알아보니 고부사와 진주사 등의 행차에 많은 인정(人情)을 소비하여 주본을 올릴 때에 든 비용이 인삼 오·육근이었다. 정경 이하의 관원이 이를 몸소 받아, 뇌물을 받는 것이 규례가 됨에 이와 같이 저지하는 것이라 하였다. 진주사 일행이 일을 도모하는 데 급박해 은을 소비함이 매우 많았으니, 앞으로 반드시 무궁한 폐단이 될 것이다.

(11월) 2일 을유일. 맑음.

옥하관에 머물렀습니다. 신 등이 유구사자(琉球使者)와 상견하였는데, 제1인자는 정자효(鄭子孝)였고 부사는 오의자(吳儀子)였으며 토관(土官)²⁾통사는 정새(鄭璽)였다. 토관통사를 명하여 말을 전하기를 "우리 중산왕이 귀국에 보내는 문서와 예물이 있으니 마땅히 보내 올립니다." 하였습니다. 신 등이 답하기를 "상국(上國)이 지극히 엄중하니 하방(下邦)의 사신이 사사롭게 문서와 예물을 받을 수 없습니다. 족하(足下)께서 먼저 제독주사에게 아뢴 연후에 예로써 주고받는 것이 또한 옳지 않겠습니까?" 하였습니다. 유구사자가 말하기를 "그 말이 매우 옳습니다. 삼가 가르침대로 하겠습니다"라 하였습니다. 이날 진시(辰時)에 책봉 성지가 준허되어 내려왔습니다.

○ [부기] 진주사가 행장을 차려 떠나려 할 즈음 양사와 더불어 동관(東舘)에 가서 뵙고 이야기를 나누었다.【전날 진주사가 요동에 들어올 때에 함경도에서 노비(路費)를 보냈으나, 그 행차에 미치지 못하였다. 평안감사가 가벼운 물건으로 바꾸어 은 39냥, 면주 12필 및 편지를 북경에 뒤쫓아 보내려 하다가 마침 이 행차를 만난 것이다. 상사가 이를 받아서 갔는데, 그 뜻은 대개 진주사 일행이 일을 마치고 돌아올 때에 이 행차의 인정 비용으로 쓰고자 하려는 것이었다. 옥하관에 당도해 통사 최흘(崔屹)이 먼저 진주사에게 고하고 이를 추진하였으나, 상사는 수레가 아직 도착하지 않았다는 이유로 보내지 않았다.】

책봉성지가 내렸는데, 받든 성지는 이것이다. "해국(該國)이 장자(長子)를 버리고 차자(次子)를 세운 것은 원래 강상(綱常)의 바른 이치가 아니므로 준용해 따르기 어렵다. 다만 임해군이 폐해진지 이미 오래되었고, 광해군은 신민이 함께 추대하여 온 나라가 합동으로 상소하니 그 정성이 갸륵하다. 또 변방국에 관계된 일이니 우선 편의를 따른다. 이미 조사가 명백해졌으니 책봉을 준허한다. 차관(差官중국에서 조선으로 보내는 관리)은 돌아가서 사조(査照사실을 조사하고 대조)하라. 융경(隆慶명나라 목종의 연호) 원년(1567)의 예대로 행하라."

2) 토관(土官): 옛날 묘족(苗族)이나 요족(瑤族) 등 소수 민족이 모여 사는 지구(地區)에 임명되었던 관리. 그 민족 출신에서 뽑았기 때문에 토관이라 일컬음.

(11월) 3일 병술일. 맑음.

옥하관에 머물렀습니다. 상통사를 보내 현조보단과 주본을 홍려시에 올렸습니다.

○ [부기] 동관으로 가서 진주사를 만나 대화하려 했으나, 제독 홍세준(洪世俊)과 서반(序班)3) 고후(高詡)및 여러 관리들이 진주사 일행을 전별하는 일로 모여 거마가 북적대고 관내가 소란스럽다는 소문을 들었다. 감히 갈 수가 없어 상통사 권득중을 보내 현조보단과 표해인해송주본을 홍려시에 올렸다. 은자 팔 전과 화연(花硯) 하나를 주니 적다고 불만하며 여러 번 물리쳐 겨우 올릴 수 있었다고 하였다.

(11월) 4일 정해일. 맑음.

사경(四更)에 신 등은 예궐하여 오문(午門자금성의 정문) 밖으로 나아가 현조례(見朝禮)를 행하였습니다. 진주사도 이날 사조(辭朝)를 하였고 유구사신도 일시에 현조례를 하였습니다. 예를 마친 뒤 서반이 대궐 좌문 안으로 인도하여 이르니, 광록시(光祿寺제사와 조회를 담당한 관청)에서 임금이 하사한 술과 음식이 진설되어 있었습니다. 어사(御史) 두 명이 잡인이 음식을 움켜가는 것을 금하고 친히 음식물과 찬탁(饌卓)을 검열하였습니다. 그러나 신 등이 의자에 앉기도 전에 무뢰배들이 다투어 음식을 움켜 갔으나, 어사가 이를 금하지 못하였습니다. 신 등은 다시 오문 밖으로 나아가 머리를 조아려 사은(謝恩)하고 물러나왔습니다. 또 예부에 나아

---

3) 서반(序班): 중국 명(明)·청(淸) 때 홍려시(鴻臚寺)의 한 벼슬. 또는 그 벼슬을 맡은 사람. 백관(百官)의 반차(班次)를 담당했으며 황제의 칙명을 전하는 일을 맡아보았는데 무역에도 관여하였다. 우리나라의 통사(通事)와 같이 통역일도 맡아보았으며, 우리나라 사람이 중국에 들어가 임용되어 우리나라 사신을 접대하는 경우도 있었다. 조선 사신들은 중국에 관한 물정을 이들을 통해 탐문했음.

가 현당례(見堂禮장관을 뵙는 예)를 행하였습니다. 진주사도 사당례(辭堂禮)를 행하였습니다. 신 등은 상통사(上通事)를 시켜 면연문(免宴文)[4]을 올리고 관소에 돌아와 제독주사 홍세준(洪世俊)을 만났습니다. 진주사가 행장을 정리하여 떠나려 할 즈음에 알고 지내던 내시와 종자(從者) 및 각 부서의 하리(下吏)·관부(舘夫)·패자(牌子)의 무리가 모여들어 시끄럽게 떠들며 책봉하는 일에 첫 번째로 힘을 썼다고 다투어 말하였습니다. 말을 전하는 자들도 자신들의 공을 진술하였습니다. 진주사가 이들의 말에 모두 호의로 대답을 하니 오는 자가 더욱 많아졌고 뇌물을 요구하고 징색함이 끝이 없어 떠날 때 뿌린 비용이 인삼 오십 근과 은 오·육백 냥이나 되었고, 통주에까지 따라간 자도 많다고 하였습니다.

○ [부기] 사경에 대궐 뜰에 나아가 현조례를 행하였다. 대명문(大明門)은 항상 닫혀 열리지 않았다. 그래서 동장안문(東長安門)을 통해 들어가 금천교(禁川橋)를 건너 승천문(承天門)으로 들어갔으니, 이는 대명문 안의 둘째 문이다. 문 밖에는 경천백옥주(擎天白玉柱) 한 쌍이 있어, 옥이 아니고 돌로 만든 것이니 높이는 육·칠 길 정도였으며 문 안에도 한 쌍이 있었다. 승천문 안에는 단문(端門궁전의 정 남문)이 있고 단문 안쪽은 곧 오문(午門)이었다. 문 위에는 오봉루(五鳳樓)가 있는데 다섯 개의 누각이 나란히 솟아있었으며 누각위로 통행하였다. 대개 현조례는 모두 오문 밖에서 행해진다. 동쪽 곁채에서 잠시 기다리니, 밝을 녘에 코끼리를 풀어놓고 천문(天門황궁의 문)이 비로소 열리며 무리 지은 거위들이 하늘 가득 후원으로부터 흩어져 날았다. 오봉루 바깥은 매일매일 이와 같았다. 코끼리 여섯 마리가 좌우로 나뉘어 나오는데 유순하고 말을 알아들었으며 높이는 두 길이고 붉은 담요를 덮고 있었다. 날마다 삼경에 들

---

4) 면연문(免宴文): 사신들이 북경에 도착하면 행하던 상마연, 하마연을 면하게 해달라고 요청한 글. 1608년은 선조의 국상(國喪)이 있어 중국에 이러한 요청을 함.

어갔다가 날이 밝으면 나온다. 대궐을 지키는 용사(勇士)가 서반을 부르니 서반이 사신 이하를 이끌고 어로(御路)의 왼쪽에 섰다. 자리가 정돈되자 어로에 올라 열 지어 서서 오배삼고두례(五拜三叩頭禮다섯 번 절하고 머리를 세 번 조아리는 예)를 행하였다. 진주사 및 유구사신과 더불어 일시에 예를 행한 뒤 왼쪽 대궐문 안으로 들어가 술과 음식을 먹었다. 이를 마치고 다시 어로에 나아가 사은숙배하고 나왔다. 단문의 바깥뜰은 동쪽과 서쪽에 담장이 있는데, 수목이 우거져 있었다. 서쪽담장 안쪽은 사직단이고 동쪽담장 안쪽은 종묘였다. 관소에 돌아와 조반을 먹은 후 예부에 가서 현당례를 하였는데, 예부는 승천문의 동쪽에 있었다. 진주사 일행도 함께 갔는데 문 안에서 오랫동안 기다리니 진주사가 알고 지내던 내관이 술과 음식을 보냈다. 대개 진주사가 오랫동안 내지(內旨임금의 명령)를 기다렸으니, 이는 황제가 총애하는 환관과 결탁하려는 것이었다. 이때에 이르러 그들이 떠난다는 소식을 듣고 사자를 끊임없이 보내거나 혹은 몸소 전송하기도 하였다. 사신 등은 먼저 주객사(主客司외국 사신 접대하던 예부 소속 관청) 낭중 풍정(馮珽)을 뵈었다. 계단 아래에 열 지어 서 있다가 차례로 계단에 올라 재배하고 읍례를 하니 낭중이 답읍을 하였다. 잠시 뒤 좌시랑 양도빈(楊道貧)이 좌당하여 현관례를 면제받고 방물자문만 받들어 올렸다. 상통사를 명하여 면연문(免宴文)을 올렸으니, 이는 하마연(下馬宴)[5]이다. 또 의제사(儀制司예부에 소속된 4부(四部) 중 의부(儀部))에 가서도 현관례를 면제받아 마침내 관소에 돌아왔다. 제독아문에 나아가 현당의식을 행했으니, 제독주사는 관소 안에 있었고 예는 앞의 의식과 같았다. 모든 관청에서의 예가 끝나고 간단히 술과 안주를 준비하여 진주사의 행차를 전별하였다. 진주사의 선래장계(先來狀啓)를 보면 각 사람

---

5) 하마연(下馬宴): 중국 사신이 입경(入京)하였을 때 환영하는 뜻으로 베푸는 연회(宴會). 일반적으로 하마연은 사신이 도착한 당일, 조칙(詔勅)을 받든 후에 태평관(太平館)에서 행함.

마다 처음부터 끝까지 힘쓴 일들이 자세히 기록되어있다. 아, 우리 사군(嗣君)이 선왕(先王)의 부탁을 이어받아 나라를 안정시키라고 추대되었으니, 세자시절부터의 계통이 청천백일처럼 밝게 빛나셨도다! 비록 중국의 예부관원이 동궁의 입장을 위하여 황상(皇上)이 장자를 세워야 한다는 의지(당시 명 왕위 장자계승의 문제와 맞물림)를 굳히고자 했다. 그리하여 수경유난(守經留難)6)의 뜻을 잠시 보였으나 우리나라의 의혹이 크게 지나쳐서, 한 국가의 힘을 탕진하고 생민의 고혈을 짜내 환관의 손에 들여보냄으로써 열 달 뒤에 겨우 두어 줄의 어지를 얻을 수 있었다. 그러니, 만약 넘어지려는 것을 붙잡아 주고, 위기에서 지탱해주는 것을 하려는 자가 있다면 어찌 뜻있는 선비의 부끄러움이 되지 않겠는가. 내시와 종자 및 각 부서의 하졸, 관부, 패자의 무리가 모여들어 부르짖기를 책봉하는 일에 힘을 썼다며 다투어 말하였다. 오·육백 인이 도로를 꽉 메우자 진주사가 모두 좋다는 뜻으로 대답을 하자 오는 자가 더욱 많아 그 번잡함을 이길 수 없었다. 떠날 때에 비용을 뿌린 것이 인삼 오십 근과 은 오백냥이었다. 오종도(吳宗道)의 동생 오귀도(吳貴道)에게는 말을 전한 공으로 은 삼백 냥을 주었고, 패자와 왕팔(王八) 등에게는 궁궐을 출입한 능력이 있어 은 수천 냥을 주었다. 진주사가 또한 말하기를 "전에 일을 도모할 때마다 모두 뇌물을 썼으니, 이는 큰일을 이루기 어렵고 실정을 듣기 어렵기 때문이었소. 당초에는 알지 못했는데 요체는 몸과 마음을 지치게 하는 것이었소. 나인(內人)의 힘을 얻은 연후에야 궁궐의 일을 훤히 알게 되었소. 거듭된 뇌물의 하사로 어려운 일이 없었던 것이오."라고 하였다. 이 또한 '아랫목 귀신에게 잘 보이려 하기 보다는 차라리 부엌 귀신에게 잘 보여라'7)는 뜻이었다.

---

6) 수경유난(守經留難): 근본을 지켜서 난점을 강조하려는 것. 장자 세우는 것이 근본임을 강조함으로써 차자로 세운 현실의 문제점을 강조하는 데서 나오는 어려움.

(11월) 5일 무자일. 맑음.

사경 초에 신 등은 조천궁(朝天宮)에 나아가 첫 번째로 베푸는 연의(演儀)에 참가하였습니다. 이날 진주사 이덕형·부사 황신·서장관 강홍립 등이 떠나가고, 역관 신계수(申繼壽)와 장세굉(張世宏)을 머물게 하여 천사(天使)의 소식을 탐문한 연후에 돌아오게 하였습니다. 신 등은 경사(京師)에 도착하여 장계를 진주사의 행차에 부쳐 보냈습니다.

○ [부기] 조천궁은 궁궐의 서북쪽에 있어, 옥하관으로부터 15리 떨어져 있었다. 사경에 일행은 옥하관을 출발해 대명문을 지나 말에서 내려 다시 서장안문을 지났다. 바깥 도로변에는 연석(鍊石)이 깔려 있었으니, 이것은 황극전(皇極殿)의 초석이었다. 황극전은 천화로 소실되었고, 이제 막 신축되었다고 한다. 이날 진주사 일행이 떠나 상공 풍중영(豊仲榮)과 심 아무개 등이 모두 조양문 밖에서 전별하였다. 우리들은 서조(西照)로부터 동조(東照)로 옮겨와 묵었다.

○ 진주사 일행이 떠날 즈음에 함경도에서 받아온 노비(路費)를 급히 추심하였다. 상사가 이르기를 "이미 수레에 있어 형세 상 갈 수가 없소." 하였다. 이에 진주사 일행의 상하 인이 모두 불평하면서 떠나자 상사가 은냥과 면주 등의 물건을 뒤쫓아 보냈다.

(11월) 6일 기축(己丑)일. 맑음.

사경 초에 또 조천궁에 나아가 두 번째로 베푸는 연의(演儀)에 참가했

---

7) 아랫목 귀신에게 ~ 부엌 귀신에게 잘 보여라: 『논어』 「팔일(八佾)」편에 나오는 말. 위(衛)나라의 실권자인 왕손가(王孫賈)가 "아랫목 귀신과 같은 왕에게 잘 보이려 하기보다는, 차라리 부엌 귀신처럼 실력이 있는 자기에게 잘 보이라[與其媚於奧 寧媚於竈]"는 뜻으로 공자에게 말하자, 공자가 "하늘에 죄를 지으면 빌 곳이 없다[獲罪於天 無所禱也]"라고 대답함.

으나, 부사 윤양은 병으로 인해 참가하지 못했습니다. 주객사 낭중이 표첩(票帖)을 내어주어 다음날 방물(方物)을 검사하여 납부[驗納]할 수 있도록 하였습니다. 이날 <발환표해인주본(發還漂海人奏本)표해인을 돌려 보내주는 주본>이 예부에 내려왔습니다.

○ [부기] 사경 초에 일행은 조천궁에 나아가 두 번째의 연의(演儀예행연습)에 참가했다. 모든 관원이 손을 모으고 서 있는데 여러 음악이 교대로 연주되자 홍려시(鴻臚寺) 관원이 표전과 축문을 읽고 뜰에 있는 여러 신하와 사이(四夷)[8])들이 모두 만세[嵩呼][9])를 외치고 여덟 번 절하였다. 도류와 승도들도 축하하는 반열에 참가했다. 예가 끝난 뒤에 잠깐 전각 안을 빙 둘러보니, 편액에 '삼청보전(三淸寶殿)'이라 쓰여 있고, 그 안에 성청(聖淸)·상청(上淸)·옥청(玉淸) 등의 구좌(九座)를 안치하였다. 모두 옥황천제(玉皇天帝)의 소상(塑像흙으로 빚어 만든 형상)으로 안치했고, 앞에는 황제를 배위(配位)하였으며 전좌(殿座임금의 옥좌)를 중앙에 설치하였다. 아! 하늘은 하나일 뿐이니 어찌 제천(諸天)[10])이 어두컴컴하고 말이 없고 형체가 없어 소상을 안치하고 땅을 쓸어 제단을 만들고 명수(明水정화수)로 교제(郊祭)에서 잔질해야 귀신이 사당에 이르러 흠향(歆饗)하겠는가? 그러니 제왕이 있는 곳에서 하늘을 섬기고 귀신을 섬기는 것은 아마도 이와 같이 함부로 해서는 안 될 것이다. 전각의 문 밖으로

---

8) 사이(四夷): 중국(中國)에서 한족(漢族) 이외의 변방(邊方)의 이민족(異民族)을 오랑캐로 일컫던 말. 동이(東夷), 서융(西戎), 남만(南蠻), 북적(北狄)을 통틀어 이르는 말.

9) 만세[嵩呼]:『漢書』「무제기(武帝紀)」에, "한나라 원봉(元封) 원년 봄에, 한무제가 숭산을 오를 때 사당으로부터 이졸(吏卒)들이 모두 만세 삼창을 소리 높여 지는 소리를 들었다.[漢元封元年春, 武帝登嵩山, 從祀吏卒皆聞三次高呼萬歲之聲]."라고 하였다. 뒤에 신하가 제왕을 축송할 때 '만세'라고 높이 지르면서 '숭호'라고 말함.[後臣下祝頌帝王, 高呼萬歲, 亦謂之"嵩呼"].

10) 제천(諸天): 모든 천상계(天上界). 불교에서는 마음을 수양한 경계에 따라 여러 가지의 하늘이 나누어진다고 하는데, 그 모든 하늘을 말함.

수백 보를 가니 묘응사(妙應寺)에 백탑(白塔)이 있었다. 원나라 때는 경수사(慶壽寺)였는데 지금은 묘응사로 통용해서 부른다. 조천궁 동쪽 가장자리 1리쯤 떨어진 길 옆에 또한 역대제왕의 사당이 있어, 관부(舘夫)에게 요청해 들어가 관람하였다. 문은 '경덕문(景德門)'이라 하였고, 전각은 '경덕숭성지전(景德崇聖之殿)'이라 하였다. 우리들이 문밖 계단에서 사배(四拜)를 하니, 문지기가 문을 열고는 들어와 안을 보게 하였다. 안에는 성제(聖帝)와 명왕(明王) 15위를 안치하였으니, 팔제삼왕(八帝三王)[11] 및 한고조(漢高祖)·광무제(光武帝)·당태종(唐太宗)·송태조(宋太祖)였다. 판자로 감실을 만들고 감실 안에 위판을 설치하였으며 붉은색 바탕에 금색글씨를 새기고 황색 비단으로 가려놓았다. 복희씨(伏羲氏)가 정중앙이고, 왼쪽은 신농씨(神農氏)이고 오른쪽은 헌원씨(軒轅氏)이다. 신농씨의 동쪽은 금천씨(金天氏)가 중앙에 자리하고, 고양씨가 왼쪽에 있으며 고신씨가 오른쪽에 있다. 도당씨(陶唐氏요임금)는 또 고양씨의 왼쪽에 있고, 유우씨(有虞氏순임금)는 고신씨(高辛氏)의 오른쪽에 있었다. 헌원씨의 서쪽은 하우씨(夏禹氏우임금)가 중앙에 자리하고 상나라 탕왕은 왼쪽에 있으며, 주나라 무왕은 오른쪽에 있다. 도당씨의 동쪽은 한고조가 왼쪽에 자리하고, 광무제가 오른쪽에 자리한다. 주나라 무왕의 서쪽은 당태종이 왼쪽에 자리하고, 송태조가 오른쪽에 자리한다. 대개 가운데를 존위(尊位)로 하고 왼쪽은 그 다음 존위로 한다. 전각의 계단 아래에는 동서 양무가 있고, 각각 역대의 장군 및 재상 16인의 위패가 있다. 동무에는 풍후(風后황제의 신하)가 첫째자리로 북쪽에 있고, 그 다음에 고요(皐陶)·용백(龍伯)[12]·익(益)·부열(傅說)·소공 석(召公奭)[13]

---

11) 팔제삼왕(八帝三王): 팔제는 복희(伏羲)·신농(神農)·황제(黃帝)·소호(少昊)·전욱(顓頊)·제곡(帝嚳)·요(堯)·순(舜)이고, 삼왕은 하(夏)의 우(禹)왕, 상(商)의 탕(湯)왕, 주(周)의 문왕(文王).

12) 용백(龍伯): 중국 신화에 등장하는 거인. 북쪽에 있는 용백국(龍伯國)에 산다고 함.

· 소목공 호(召穆公 虎주나라의 어진 신하) · 장량(張良한고조 유방의 충신) · 조참(曹參한고조를 보좌했던 장군)이 있다. 두 길[丈]을 띄워 자리를 비운 다음 또 주발(周勃한고조 유방의 공신)을 첫째로 하고, 이어서 풍이(馮異후한 광무제 때의 장수) · 방현령(房玄齡) · 이정(李靖) · 이성(李晟) · 반미(潘美 송나라 개국공신) · 악비(岳飛남송 초기의 무장)가 있었다. 서무에는 역목(力牧 황제의 신하)이 첫 번째로 북쪽에 있고, 그 다음에 기(夔) · 백이(伯夷) · 이윤(伊尹) · 주공단(周公旦) · 태공망(太公望) · 방숙(方叔서주(西周) 때의 장군) · 소하(蕭何한나라 3대 개국공신 중의 한사람) · 진평(陳平한나라의 정치가)이 있었다. 또 두 길을 뛰어 넘어 자리를 비운 다음 등우(鄧禹광무제의 신하)를 첫째로 하고, 이어서 제갈량(諸葛亮) · 두여회(杜如晦당나라 초기 명신) · 곽자의(郭子儀당현종 때 명장) · 조빈(曹彬송나라 명장) · 한세충(韓世忠남송의 명장) · 장준(張浚남송의 명장)이 있었다. 각각의 신위는 감실 내에 위판을 설치하였고, 붉은색 바탕에 검은 글씨를 새겨 황색비단으로 가려놓았다. 중원(中原)은 소상 만들기를 좋아하고 불교의 법식을 뒤섞어 오직 이것만이 바름에 가까웠으니 볼 만 하였다. 제왕의 사당 뒤에 또 '삼충묘(三忠廟)'가 있으니, 곧 제갈량(諸葛亮) · 악비(岳飛) · 문천상(文天祥)의 사당이다. 그런데 관인(館人)이 날이 저물었다고 싫어했으나 이를 숨기고 말하지 않은 것을 뒤에 듣게 되었다. 이 세 명의 충신을 경건히 조문할 방법이 없었으니, 개탄스러울 뿐이다.

(11월) 7일 경인(庚寅)일. 맑음.

옥하관에 머물렀습니다. 통사 권득중 등을 예부로 보내어 방물(方物)과 공마(貢馬)를 바치고, 표전(表箋)과 방물장(方物狀)을 올리게 하였습

---

13) 소공석(召公奭): 주무왕(周武王)을 도와 주왕조(周王朝)를 창건한 세 명의 창업공신 중의 한 사람.

니다. 공마는 검사한 후에 다시 관소로 되돌려 보냈습니다. 이날 광록시에서 하정(下程)14)을 보냈습니다. 제독이 표문을 보내지 않았으며, 보내준 하정도 중간에 도둑맞아 줄어든 것이 많았으니, 훗날에도 모두 이와 같았습니다.

○ [부기] 관부 왕팔(王八) 등이 진주사를 좇아 통주로 갔다. 그래서 아무도 나타나는 자가 없었으니 뇌물이 사람을 분주하게 만드는 것이 이와 같았다. 이전에는 사행단이 관소에 든 이후에 회동관(會同館) 부사(副使)15)와 관부 등에게 소고기와 술을 다투어 가지고 가서는 관부에게 날마다 대접해 주면, 관부들이 무릇 사행단의 요구를 들어주지 않는 것이 없었다. 이번 행차에서는 고부사와 진주사의 행차로 이미 배들이 불러서는 사소한 뇌물 보기를 하찮은 티끌처럼 여겼다. 또 그들은 우리 일행이 가진 것이 얼마 없다는 것을 멋대로 헤아려서는 우리 일행을 조금도 살피지 않았다. 이른바 '계자(季子)가 재물이 많아지자 형수의 기세가 내려간 격'16)이라 할 것이다.

이날 상통사 권득중 등을 보내 방물과 공마를 바치고, 표전과 방물장을 예부에 올렸다. 주객사(主客司) 낭중 풍정(馮烶)이 방물을 검사해 수

---

14) 하정(下程): 외국 사신단이 머무르는 동안 숙식에 필요한 물품을 지급하는 일. 처음에는 5일에 한 번씩 지급하다가 나중에는 날마다 지급하기도 하였다. 특별히 지급하는 별하정(別下程)과 정례(定例)에 따라 지급하는 예하정(例下程)이 있음.

15) 회동관 부사: 명·청대 중국 북경에 있던 외국 사신의 숙소를 '회동관'이라고 한다. 회동관에는 정9품인 대사(大使) 1인과 종9품인 부사(副使) 2인이 배정되어 있었음.

16) 계자(季子)가 재물이 많아지자 형수의 기세가 내려간 격: 『사기(史記)』「소진열전(蘇秦列傳)」에 나오는 고사. 계자(季子)는 전국 시대의 유세가(遊說家)인 소진(蘇秦)의 자(字)이다. 그가 육국(六國) 정승의 인(印)을 차고 고향에 돌아오자, 예전에 멸시하고 박대했던 형수가 땅에 엎드려 감히 쳐다보지도 못했다. 이에 소진이 웃으면서 그 이유를 묻자 형수가 "계자의 지위가 높고 돈이 많은 것을 보았기 때문[見季子位高金多也]"이라고 대답한 말에서 유래함.

납했고, 의제사 낭중이 표전을 받았다. 이때 사용한 은냥(銀兩)은 공적인 예를 행하는데 8냥(兩), 방물을 검사하는데 2냥, 방물을 올리는데 2냥, 상(賞)을 재촉하는데 2냥, 잔치를 재촉하는데 2냥, 인삼을 검사하는데 2냥으로 모두 18냥이 들었다. 의제사에 표전을 올릴 때에는 5전(錢)이 들었다.

(11월) 8일 신묘(辛卯)일. 맑음.

옥하관에 머물렀습니다. 별통사 이민성과 상통사 권득중 등을 보내 표해인을 돌려보내는 자문을 병부에 올렸습니다. 전례로는 사신이 직접 자문을 올려야하나 병부상서(兵部尙書) 소대형(蕭大亨)이 참소를 당해 병부 관청에 나오지 않았으므로 본부에서 통사로 하여금 와서 올리게 하였다고 합니다.

(11월) 9일 임진(壬辰)일. 새벽에 눈이 조금 오고 흐림.

옥하관에 머물렀습니다.

○ [부기] 중원 사람은 모두 수숫대를 땔감으로 쓴다. 관소에 도착한 이후로 땔감의 가격이 매우 높아 한 달 간 땔감으로 든 비용만 은 20냥이었다.

(11월) 10일 계사(癸巳)일. 맑음.

옥하관에 머물렀습니다. 신 등은 연일 통보(通報공문서)를 구해 보았고, 또 뭇사람의 평판을 들었습니다. 여러 과신(科臣관리를 감찰하던 관원)들이 각로(閣老) 주갱(朱賡)[17]·이정기(李廷機)[18]·왕석작(王錫爵)[19] 등을

---

17) 주갱(朱賡, 1535~1608): 명나라 말기 문신. 자는 소흠(少欽), 호는 금정(金庭),

공격하면서 수차례에 걸쳐 편지를 쓰고 연달아 상소를 올리는 등 매우 격하게 비방하였습니다. 중국조정에서도 남당과 북당으로 나뉘어져서는 북인이 남인을 공격함이 매우 심하였습니다. 그러나 이들 세 사람은 모두 덕망이 높은 원로임에도 조정에서 용납되지 못하고 계속해서 배척을 받았습니다.

(11월) 11일 갑오(甲午)일. 눈.

옥하관에 머물렀습니다.

(11월) 12일 을미(乙未)일. 맑음.

신 등은 예부에 나아가 정문(呈文)을 올려 하절(賀節명절과 국경일을 축하하는 것)에 대한 『대명집례(大明集禮)』[20]의 조문을 근거로 모두 조복을

시호는 문의(文懿). 관직이 내각수보(內閣首輔)에 이르렀다. 1608년(만력 36)에 조정의 기강이 날로 해이해져 서정(庶政)을 쇄신해야 한다고 여러 번 주청했지만, 신종(神宗)이 끝내 수용하지 않았다. 이 일로 어사 송희(宋熹) 등에게 여러 차례 탄핵을 받았다. 죽은 뒤에 태자의 스승인 태보(太保)로 추증되었다. 저서로 『문의공집(文懿公集)』이 있음.

18) 이정기(李廷机, 1542~1616): 명나라 말기 문신. 복건성 사람으로 자는 이장(爾張), 호는 구아(九我), 시호는 문절(文節). 만력제 때 대학사를 지냈는데, 성품이 청렴하고 엄격했다. 1606년(만력 34)에 조정대신들이 주갱을 탄핵하면서 이정기도 함께 탄핵하자 두문불출하였다. 이후 섭향(葉向) 고처리(高處理) 등과 내각에 들어 120차례 사직상소를 올렸으나 1612년(만력 44)에 사직이 허락됨.

19) 왕석작(王錫爵, 1534~1614): 명나라 말기 문신. 태창(太倉) 사람으로 자는 원어(元馭), 호는 형석(荊石), 시호는 문숙(文肅). 1562년(가정 41) 진사(進士)에 합격했으며, 편수(編修), 국자감좨주(國子監祭酒), 첨사부첨사(詹事府詹事), 관한림원(管翰林院), 장원학사(掌院學士), 예부상서(禮部尚書), 문연각대학사(文淵閣大學士), 무영전대학사(武英殿), 건극전대학사(建極殿大學士), 수보(首輔: 재상) 등을 역임했다. 사후에 태보(太保)로 추증됨.

입고 반열에 따라 예를 행할 것, 안남국과 유구국 사신 행차의 전례를 따라 정사 두 명은 가마를 타고 출입할 것, 지난해의 은혜로운 황명에 의거하여 문금(門禁)21)을 설치하지 않고 마음대로 관람할 수 있도록 할 것을 청했습니다. 세 가지 요구사항은 진주사 이덕형(李德馨)이 북경을 떠날 즈음에 갖추어 작성한 것이었습니다만 신 등으로 하여금 올리도록 하였습니다. 그래서 처음 작성한 글에 의거해 정문 하였습니다. 예부 시랑(禮部侍郎)이 아직 관청에 나오지 않았기에 통사 이민성 등을 시켜 예부 낭중에게 올렸습니다. 낭중이 이를 본 후 말하였습니다. "이것은 의제사 소관이니 즉시 거기로 보내겠소. 당신네 배신들은 즉시 관소로 돌아가도 좋소." 이날 광록시에서 하정을 보냈는데, 관례상 5일에 한 번씩 보내므로 이후에는 모두 기록하지 않겠습니다.

(11월) 13일 병신(丙申)일. 맑음.

옥하관에 머물렀는데, 어마감(御馬監)이 공마(貢馬)를 회수해 갔습니다.

○ [부기] 공마를 끌고 왔을 때에는 특별히 관리하며 길렀기에 비쩍 마르지 않았었다. 예부에서 검사를 한 후 다시 사신 관소에 두니, 공마를 보살피고 먹이는 사람이 없었다. 패자(牌子-군령의 문서 등을 전달하는 자) 등이 며칠에 한 번씩 일여덟 묶음의 꼴을 말떼에게 던져주는 것으로 책무를 다했다고 여기며 떠날 뿐이었다. 말들이 굶주린 지 10여일이 넘자 서

---

20) 대명집례(大明集禮):『명집례(明集禮)』53권. 명(明)나라 서일기(徐一夔) 등이 고황제(高皇帝)의 명을 받아 저술했으며, 1370년(홍무 3)에 완성했다. 길례(吉禮), 흉례(凶禮), 군례(軍禮), 빈례(賓禮), 가례(嘉禮) 등 오례를 강(綱)으로 하고 그 아래에 26조목으로 나누어 기술함.

21) 문금(門禁): 명나라에서 우리나라 사신이 옥하관 밖에 나가거나 상인들과 거래하는 것을 금지한 조치. 시행과 해제를 반복했는데, 사신일행의 상행위, 금지한 물건의 무역 등이 문금의 주된 이유였음.

로 물어뜯어서 갈기가 거의 없어질 지경이었다. 이런 말을 끌고 가서는 양리마(養理馬사복시의 관원)에게 갈기에 대한 값으로 은전을 징수하였다고 한다. 종전에 진헌했던 말도 이처럼 굶어 죽어, 더러는 달자(獺子오랑캐)에게 보내는 고기로 충당되었다고 하였다.

(11월) 14일 정유(丁酉)일. 맑음.

옥하관에 머물렀습니다. 이날 예부에서 방물을 대내(大內황궁)에 올렸습니다. 근일에 각도의 과신(科臣)들이 상신(相臣)을 공격함이 매우 심하여 탄핵하는 글을 올리지 않는 날이 없었으니, 이정기를 '조조(晁錯)22)가 7국과 전쟁을 일으킨 죄'에 비하기까지 하였습니다. 대개 예전에 오랑캐가 공물을 납입할 때에 연로의 각 역에서 수레를 내어 교체해 보낼 때에 역졸과 거주민이 절반씩 수레를 내었습니다. 그런데 건주위 여진족이23) 교만하고 횡포를 부려 수레 한 대를 내는 곳에서는 은 예닐곱 냥을 강제로 거두니 이에 역졸과 거주민이 그 핍박을 견디지 못해 잇따라 여기저기로 흩어졌습니다. 정기가 관원을 보내 그들을 달래고 약속을 정하여 수레 값을 줄이자 건주위 여진족이 분노해서는 고집스럽게 거절하여 조공을 딱 끊은 것이 여러 해였습니다. 올 겨울에 비로소 조공하러 왔으니, 그 인원이 1,500명에 이르고 수레 값을 강제로 징수함이 배가 되어 20여 냥에 이르렀습니다. 거주민과 역졸들이 집을 팔아도 이를 댈 수 없자 연

---

22) 조조(晁錯, B.C.200~B.C.154): 서한 문제(文帝) 때의 인물. 영천(潁川) 사람으로 문재가 출중하여 태상(太常)의 장고(掌故)가 되었다. 언변이 비범하여 훗날 경제(景帝)가 된 태자 유계(劉啓)에게 지낭(智囊)이라 불렸다. 백성들을 변방으로 이주시키고 제후의 봉지를 점차적으로 빼앗아 강력한 중앙 집권제도를 구축하라는 상소를 올렸는데, 이 일은 오·초 등 일곱 나라가 반란을 일으키는 원인이 되었음.
23) 건이(建夷): 남만주(南滿洲) 지역의 건주(建州)에 살던 여진족(女眞族).

달아 도망쳐 몸을 숨겼습니다. 또한 요동 개원위 북쪽은 토지가 비옥하고 거주민이 부유하였습니다. 건주위 여진족이 말하기를 "개원위 북쪽은 모두 자기네 땅이니 만약 거주민을 철수시키지 않으면 마땅히 지세(地稅)를 자기네에게 보내야 한다. 그렇지 않으면 남김없이 다 죽이겠다."라고 하였습니다. 이성량이 여러 차례 해마다 지세 8천 냥을 지급해달라고 상소하였습니다. 광녕의 돈과 곡식이 부족하게 되자 성량은 항상 집안재산을 건주위 여진족에게 후하게 주어 그들의 분노를 진정시키는 데 힘썼습니다. 또 군졸의 월급을 깎아 그 부족함을 채웠으므로 군졸들이 그를 원망하였습니다. 과신(科臣)들이 논의에 참여하여 수레 값을 삭감한 일과 지세를 지급하여 모욕을 당한 일로 정기와 성량의 죄를 적은 문서를 만들었으나, 중국이 이미 이러한 흉악한 오랑캐가 제멋대로 날뛰는 위세를 제어하지 못하였습니다. 그들이 눈을 부릅뜨고 한 번 성내면 조정은 두려움에 떨었으며 땅을 빼앗고 세금을 걷어도 감히 토벌하지 못하고, 일대에 해를 끼쳐도 감히 따지지 못하였습니다. 성량이 땅을 포기하고 지세를 준 것은 진실로 죄가 되지만, 정기가 수레 값을 삭감한 것에 이르러서는 어쩔 수 없는 데에서 나온 것인데, 전쟁이 일어나게 한 단서를 제공했다는 죄로 동등하게 논하였으니, 또한 원통하지 않았겠습니까?

○ [부기] 복건도어사(福建道御史) 등징(鄧澄)[24]이 전 각로(閣老) 왕석작을 탄핵하였으니, 비밀로 간관(諫官)에게 글을 보내 이정기와 편당을 한 죄였다. 산서성 도어사 팽단오(彭端吾)가 이정기가 수레 값을 삭감하여 건주위 여진족과 전쟁이 일어난 단서를 제공한 죄에 대해 탄핵하였고, 호부상서 조세경(趙世卿)과 병부상서 소대형(蕭大亨)이 군대의 보급

---

24) 등징(鄧澄, 생몰년미상): 명대(明代)의 문학가. 서법가, 시인이다. 강서 감천(監川) 사람으로, 자는 우덕(于德), 호는 내사(來沙). 1604년 진사(進士)에 올라 감찰어사, 호광금사(湖廣金事) 등을 역임하였다. 정직하고 권세를 두려워하지 않았음.

물자를 잘 다스리지 못한 죄로 공격하였으니, 소대형과 조세경 두 사람은 모두 이정기와 한 편의 인물이므로 함께 공격한 것이었다.

(11월) 15일 무술(戊戌)일. 맑음.

옥하관에 머물렀습니다. 이날은 동지(冬至)로 교천대례(郊天大禮임금이 천신에게 제사(祭祀)를 지냄)를 행하였습니다. 이 때문에 동지 하례(賀禮)는 다음날로 미뤄졌습니다.【황제가 교례에 참석하지 않은 것이 20년이 되었다고 한다.】대개 제천을 반드시 동지에 하는 것은 하늘이 자시(子時)에 열린다는 의미일까요? 신이 통보를 구해 보니 형과급사중(刑科給事中) 두사전(杜士全)이 주본하였습니다. "천심(天心)은 올바로 회복되어야 하고, 천자의 자리는 오랫동안 비워둘 수 없습니다. 간절히 바라옵건대 조정의 상도(常道)를 회복하여 여러 공적을 빛나게 하고 간신배[(羣陰)]을 억누르십시오. 그 가로되, 몸을 공손히 하고 남면(南面, 임금이 앉던 자리의 방향)하여 현사와 대부를 접견하는 것은 양의 속성이며, 깊은 궁궐의 잔치 자리에서 환관과 궁첩을 친하게 하는 것은 음의 속성입니다. 현명하신 임금께서는 마땅히 양을 세우고 음을 억누르며 날이 저물면 숙소에 들고 날이 밝으면 침소에서 나와, 모든 정사를 반드시 친히 하시고 경연 공부를 반드시 친히 하셔야 하옵니다." 등의 말이었습니다. 그러나 이는 두사전의 말이 아니라 옛 사람의 말이었습니다. 또한 임금이 여러 정사를 친히 하고 어진 선비를 만나는 것은 반드시 동지라서 그러는 것이 아닙니다. 진실로 음흉하고 사악한 것을 몰아내고 번창하고 밝은 곳으로 나아간다면 양을 회복하는 날 아님이 없을 것입니다. 대개 황제가 조용히 조섭하는 다년간에 신료들을 드물게 만납니다. 내시가 이로 인해 하늘을 가리고 태양을 더럽히는 먹구름이 되므로25) 두사전의 상소가 이

---

25) 음예(陰翳): 하늘에 구름이 끼어 어두움. 음매(陰霾), 음운(陰雲).

에 미친 것입니다. 신하로서 임금의 질병을 걱정하여 임금이 한가한 곳에서 조섭해야 한다는 것을 모르지 않습니다. 때를 걱정하고 나라를 걱정하는 정성이 질병을 걱정하는 것보다 심하므로 그 말이 보통의 인정에 가깝지 않은 것 같으니 이것을 살피지 않으면 안 됩니다. 위의 글은 모두 통보에 실려 있는데 신이 특별히 때에 맞춰 충성을 바친 것을 아름답게 여겨 아울러 이곳에 기록합니다.

(11월) 16일 기해(己亥)일. 맑음.

사경 초에 신 등이 대궐로 나아가 하례(賀禮)에 참여했습니다. 황제가 하례에 참석하지 않았으므로 많은 관리들이 오문(午門) 밖에 차례대로 서 있다가 다섯 번 절하고 세 번 머리를 조아리는 예[五拜三叩頭禮]만을 행하였습니다. 승려와 도가의 무리들 또한 동반대부의 열에 서 있었다. 주변국가[外夷]로서 참여한 자는 다만 유구 사신과 건주위 여진족 · 해서위(海西衛) 여진족[26] 및 삼위달자(三衛㺚子)[27] 뿐이었습니다.【타안(朶顏)과 부곡(富谷)과 대녕(大寧)이 삼위(三衛)이다.】예를 마치자 서반(序班)이 대궐 왼편 문으로 인도하여 들어갔습니다. 문 안 음식과 술이 차려져 있는 곳에서 잡인이 전처럼 음식물을 움켜갔습니다. 신 등은 다시 오문 밖으로 나아가 사은숙배(謝恩肅拜)하고 나왔습니다.

○ [부기] 대궐에서 관소로 돌아왔다. 회동관(會同館) 부사(副使) 시승의(施承義)가 음식과 술병을 보내주었다. 무릇 서로 선물을 주고받을 때에는 토산물로 답례하는 것이 관례였다. 그런데 물건을 실은 수레가 아직

---

26) 해서위(海西衛) 여진족: 명나라가 만주의 안정과 여진족의 회유를 위하여 전략적 요충지에 설치한 지방 군사 체제.

27) 삼위달자(三衛㺚子): 타안(朶顏) · 부곡(富谷) · 대녕(大寧)은 모두 중국 동북변에 위치한 곳으로 이곳에 살던 여진족을 각각 타안 여진족[타안위], 부곡 여진족[부곡위], 대녕 여진족[대녕위]이라 일컬음.

도착하지 않아 답례를 행할 방법이 없어서 우리들은 다만 감사편지[謝帖]만 보냈다. 물건을 실은 수레가 도착하거든 대접하겠다고 답하고, 거듭 사례하였다.

(11월) 17일 경자(庚子)일. 흐림.

옥하관에 머물렀습니다.

○ [부기] 이날 광록시에서 하정(下程)을 보냈다.

(11월) 18일 신축(辛丑)일. 맑음.

옥하관에 머물렀습니다. 별통사 이민성과 상통사 권득중 등에게 명령하여 궁각(弓角)과 염초(熖硝)를 연례대로 무역하게 하고, 개시(開市)[28]에 대한 일로 통정사에 통장을 올리게 했습니다. 또 예부에 가서 왕[광해군]을 책봉하는 일로 천자의 사신을 보내 달라는 상본(上本:신하가 황제에게 주본(奏本)을 올리는 일)의 일을 묻게 하니, 낭중(郞中) 유한룡(游漢龍)이 "조만간 마땅히 상본하겠다."고 하였습니다. 또 전날 정문(呈文)한 일에 대해 묻자 낭중이 말하기를 "정문한 바가 무엇이냐."라고 하였습니다. 통사 등이 "조복을 입고 차례대로 예에 참여하는 일과 사신이 가마를 타고 출입하는 일과 문금을 하지 않는 세 가지의 일입니다." 라고 대답하였습니다. 낭중이 말하기를 "이는 우리 소관이 아니니 즉시 의제사(儀制司중

---

28) 개시(開市): 조선후기 청나라를 상대로 열었던 대외 교역 시장. 압록강 하류에서 열리는 중강 개시와 함경도의 회령 개시 및 경원 개시 등이 있다. 경원개시는 병자호란 이후 청의 요청으로 1645년(인조 23년) 개설되어 격년제로 소·보습·솥과 모피 등을 교환하였다. 회령 개시는 1637년(인조 15년)에 시작하여 양국 관리의 감시 하에 행해졌다. 청에서는 영고탑(寧古塔)·오라(烏喇) 지방의 상인, 조선에서는 함경도 지방 상인들이 모여 거래함.

국 명·청대 예의(禮儀), 종봉(宗封), 학교, 과공(科貢) 등을 주관하던 예부의 부서)에 보내겠소."라고 하였습니다.

○ [부기] 동지하례의 일이 이미 완료되었다. 해송표류인 회답문서에 대하여 칙서를 내리는 일은 명나라 사람들이 모두 도착하기를 기다려 진술을 받고 공문을 검토하여 황제에게 아뢴다. 그런 뒤에 표류한 명나라 사람들의 본적을 조사한다면 몇 개월 안에 일을 마치기가 어렵다. 그러나 통사 등이 예부 하급관리에게 범죄 사실을 말할 때 백 냥의 은자를 쓰면 죄인을 심문하여 구두로 진술 받고 현장 조사하여 한 달 안에 칙서를 받을 수 있다고 하였다. 이것은 비록 부정한 방법으로 일을 해결하는 것이지만 중국조정의 관습은 뇌물이 아니면 일이 이루어지지 않으므로, 역관·군관·의관(醫官)·사자관(寫字官)·양리마(養理馬)·주자(廚子)·노자(奴子) 등 일행 30인으로부터 각각 은 3냥씩 거두어 모아서 90냥을 만든 후 통사 등이 이를 가지고 일을 도모하였다.

(11월) 19일 임인(壬寅)일. 맑음.

옥하관에 머물렀습니다. 이날은 바로 황태후의 탄신일로 조정의 모든 관료들이 대궐에 나아가 하례를 드렸습니다.[29]

(11월) 20일 계묘(癸卯)일. 흐림.

옥하관에 머물렀습니다. 통사 이민성 등에게 명하여 통정사(通政司)[30]

---

29) 효정황태후 왕씨(孝靖皇太后 王氏, 1565~1611): 명나라의 13대 황제 신종[만력제] 주익균(朱翊鈞, 1563~1620)의 후비이자 태창제의 생모. 아버지는 영녕백(永寧伯) 왕천서(王天瑞)이고, 어머니는 갈씨(葛氏)부인.

30) 통정사(通政司): 중국 명대(明代) 내외(內外)의 장주(章奏)를 관장하던 관서(官署) 이름.

에 가서 사완통장(事完通狀)을 올리게 하였습니다. 이어 예부에 가 천사
(天使)에 관한 상본의 일을 물으니, 유낭중이 오늘 상본한다고 하였습니
다. 또 의제사에 가서 전날 정문(呈文)한 일에 대해 물으니, 낭중이 "시랑
(侍郎)이 동국의 대사(大事)를 겨우 완결하였으므로, 누차 글을 올려 번
거롭게 하면 미안한듯하다고 하여 보류시키고 올리지 않았소."라고 하였
습니다.

○ [부기] 사완통장(事完通狀)은 회환시 사행길에 수레로 타발시키는
일에 대한 내용을 적은 문서이다.

(11월) 21일 갑진(甲辰)일. 바람이 크게 붊.

옥하관에 머물렀습니다.

(11월) 22일 을사(乙巳)일. 맑음.

옥하관에 머물렀습니다. 삼가 매일의 통보를 보건대, 모두 국경 수비에
필요한 양식이 고갈되어 사태가 위태롭고 급박하니 빨리 내탕금(內帑金
임금의 개인재물)을 풀어 민심을 안심시키기를 청한다는 말이었습니다. 대
개 국경을 수비하는 곳 중에서 계주(薊州)가 가장 시급하니, 뢰(頼)와 망
(莽)의 두 추장은 (계주) 서쪽을 침범할 것이라 공언하였고, 홍태(洪太)
등은 (계주) 동쪽을 침범할 것이라 공언하였기에, 군사들이 갑옷을 입은
채 지키며 가을로부터 겨울에 이르렀습니다. 식량이 바닥난 4개월 동안
에는 병사들이 길 가에서 백성들의 식량을 빼앗아도 이러한 행위를 금할
수가 없는 데에 이르게 되어 민심이 흉흉해졌습니다. 경창(京倉서울에 있
는 곡식창고) 또한 저장했던 곡식이 다 떨어졌기에 호부도 속수무책입니다.
오직 내탕금과 각 성(省)에서 걷어 들이는 광세(礦稅)[31] 이 외에는 더

---

31) 광세(礦稅): 명나라 신종(神宗, 1573~1620)은 임진왜란 참전 등으로 국가재정

나올 곳이 없습니다. 또 하남(河南)·남경(南京)·강서(江西) 등에서는 수재(水災)가 예년보다 심해서 백성이 모두 떠돌고 있음에도 유사(有司)가 이를 진휼하여 구하지 못한다고 들었습니다. 조정에서는 붕당(朋黨)의 분식(分植)만을 일삼아 서로 원수처럼 공격하여 원로대신들이 물러나 숨었습니다. 간사한 환관이 정권을 잡아 세감(稅監세금징수 감독관)으로 나가는 것이 그치지 않고 있으며, 내탕금을 풀지 않아 길과 시장마다 백성들이 원망하고 분노하는 말들이 많습니다.

[부기] ○ 이날 광록시에서 하정(下程)을 보냈다.

○ 19일자 통보를 보았는데, 병과도급사(兵科都給事) 송일한(宋一翰)이 올린 문서 한 본이 실려 있었다. "교활한 오랑캐가 침범할 수 있었던 것은 장령(將領)의 처분이 미진했기 때문입니다. 삼가 살펴보건대, 실로 규명하고 논박함으로써 그들의 잘못을 잘 헤아려 벌을 주어야 합니다.

재새(宰賽)[32]와 석백난(席伯煖)이 억지 횡포를 부리며 개원(開原요동) 사이에서 마음대로 날뛴 지가 오래되었습니다. 근래에는 또 누르하치와 혼인을 맺어 명성과 세력이 함께 따르니 요좌(遼左요동)지역이 그를 받들기를 예쁜 여자처럼 대하고, 두려워하기를 표범과 범 보듯 합니다. 스스로 상을 강요하였으나 이루어지지 않자 비어(備禦) 웅약(熊爚)을 잡아 죽였습니다. 그리고 얼마 후에 추장이 웅약의 시신을 돌려준다면서 관문을 두드려 죄 줄 것을 청하면서 무진(撫鎭)이 도리어 상을 주자는 논의를

이 극도로 궁핍해져서 궁정의 경상비 조달에도 큰 어려움을 겪었다. 이에 신종은 통상적인 행정기관을 통하지 않고 궁정의 경상비를 조달하고자 1596년 환관(宦官)을 광감(礦監)·세감(稅監)으로 임명하고 이들을 전국에 파견하여 상세(商稅)를 특별 징수하게 하였다. 광산개발과 채굴도 허가한 후 개발한 광산에서 강제로 세금을 거둠.

32) 재새(宰賽): 몽골어 자이사이(Jayisai)를 음차한 표기. 자이사이는 17세기 초 몽골 남할하의 홍기라드([弘吉剌], qonggirad) 부 수령으로 다얀 칸의 5세손.

하였습니다. 상을 준 후에 재새는 마침내 강요함을 그치지 않고 흉포함이
더욱 심해졌습니다. 36년(萬曆36;1608년)에 이성량(李成樑)33)은 스스로
생각하되 83세 노부로서 아들 이여장(李如樟이성량의 넷째 아들)에게 대장
군의 인신(印信) 주기를 원하니, 조집도 이성량과 뜻을 같이하였습니다.
학대유(郝大猷)는 국경 수비 총책의 직임으로서 재새를 꾀어내어 죽이
고 두 사람[이성량과 이여장]으로 하여금 공로 있음을 자처하게 하였습
니다. 두 달 사이에 무진이 군마 5천여 기를 독발하고 우길(尤吉)【관명이
다.】임국충(任國忠)·이극태(李克太)·여관(余寬)·공념수(龔念遂) 등
에게 명하여 군대를 나누어 거느리게 하였으며, 이여장 스스로 기병 1천
여 명과 여러 장속들을 함께 대동하고, 학대유로 하여금 이를 감독하게
하였습니다. 지난해 영(郢)과 영(迎) 두 오랑캐를 토벌할 때도 말시장[馬
市]으로 유인하여 죽인 적이 있었는데, 지금의 계책도 전일에 쓰던 고지
(故智)와 같았습니다. 이때에 경운보 비어(慶雲堡備禦) 우수지(于守志)
가 재새를 유인하여 대궐로 나아가 상을 받도록 하겠다고 하자, 재새는
3천여 오랑캐 기병을 이끌고 와서 성 바깥에 포진시켜 두었습니다. 수지
는 상을 주기로 한 논의가 이미 정해졌다며, 술상을 차려주고 재새로 하
여금 밤새도록 술을 마시게 한다면, 스스로 마치 도마 위의 고기형국일
것이라고 생각하고 여장의 도착을 기다려 그와 함께 불의에 재새를 사로
잡으려 했습니다. 여장이 이고(二鼓二更)에 철령(鐵嶺)을 출발하여 도착
하니 날이 밝았습니다. 재새는 먼지가 일어나는 것을 보고 깜짝 놀라 오

---

33) 이성량(李成樑, 1526~1615): 명나라 말기 장군. 이영(李英)의 4대손으로 중국
명(明)나라에서 장수를 지냈다. 요녕성 철령(鐵嶺) 출신으로 자는 여계(如契),
호는 인성(引城). 요동총병(遼東総兵)이 되어 요동 지역의 군권을 장악하고
몽골과 여진에 대한 방위와 교역을 총괄했다. 군비의 유용 등으로 탄핵받아
1591년(만력 19) 실직되었다가 복직했지만, 1608년(만력 36)에 다시 파면되었
다. 여진족과 명과의 교역권에 개입하여 여진족 내부 분열을 도모하였는데,
이때 후원을 받은 인물이 청 태조 누르하치였음.

랑캐 병사들의 호위를 받으며 말을 타고 도망쳤습니다. 수지는 계획이 실패한 것을 알면서도 길을 막고 만류할 수 없었습니다. 학대유는 우장(牛庄)에 도착했고, 이성량은 사령(沙嶺)에 이르기 전에 병마를 출발시키고 심양에 이르렀다가 오랑캐가 도망했음을 듣고 모두 되돌아왔습니다. 이 당시 얼었던 물이 녹았고 또 봄비가 내려서 땅이 늪처럼 변하여 수많은 인마(人馬)가 빠져 죽었습니다. 이때부터 재새의 원한이 더욱 심해져서 이를 풀 수가 없었습니다. 올해 8월 28일 이여매(李如梅·이성량의 다섯째 아들)가 가기도 전에 재새가 벌써 쳐들어왔습니다. 한 번 병사를 일으킴에 내능둔(來能屯)·평양둔(平壤屯)·대랑가둔(大郎家屯)·소랑가둔(小郎家屯)을 함락시켰고, 재차 병사를 일으킴에 화중새둔(火中塞屯)·체운소둔(遞運所屯)을 함락시켜 살아있는 사람이나 동물이 없었습니다. 경운보(慶雲堡)·고성보(古城堡)·영하보(寧河堡)·진뇌둔(陳牢屯)·웅위둔(熊威屯)·장곡보둔(張谷堡屯) 등의 인명과 가축을 노략질한 것은 헤아릴 수 없을 정도로 많았습니다. 죽은 자와 부상당한 자를 살펴볼 것 같으면 여러 기별들을 취합해 보아도 참혹하였습니다. 또 오랑캐가 창으로 무장을 한 채 깊이 들어온 것을 숨기고, 5일 동안 세 차례나 버려진 옛 둔만을 침입했다고 속여 말하였습니다. 그리하여 일을 그르친 중대한 죄를 숨겼으며, 두려워 싸우지 않았던 것을 감추고는 적들의 숫자가 많으나 무기가 적어 형세 상 대적할 수 없었다고 거짓으로 말하였습니다. 이렇게 수수방관한 죄를 덮고 적들이 마음대로 침범한 사실을 숨겼습니다. 그러고는 유인하는 계책에 걸려들 것이 두려워 감히 추격하지 않았다고 거짓을 고하여 화살 한 대도 쏘지 못한 수치를 가렸습니다. 군사를 일으켜 원한 갚으려 했던 것을 숨기고 재새가 가을에 상을 받기를 요구하면서 요동지방에 해를 끼쳤다고 거짓으로 고하여 공을 탐하며 전쟁을 일으킨 실정을 은폐하였습니다. 아! 이는 누구를 기만하려 하는 것입니까? 금년 봄 재새가 오랑캐들을 이끌고 상을 요구한 것은 그 이면에 우리들을 죽이고자 한 뜻이 있었다고 오랑캐들이 분명히 말했습니다. 그런데 생각지 않게 비가 내려 재새가 모두 달아나라고 명한 것입니다. 석 부사 【이름은 석구주(石九奏)이다.】 또한 "재새가 상을 요구했던 것처럼 꾸며대 고하였으나 실상은 원한을 갚으려던 것으로, 남김없이 다 죽인 후에 그만두려고 한 것이다"라고 말하였습니다. 또 대영(大營)의 병마(兵馬)와 이름난 날랜 장수를 청하여 추격하여 토벌할 것을 돕게 하였으니 이것으로 그 실정을 알 수 있습니다. 이여남(李如楠이성량의 아홉번째 아들)이 실기한 죄가 드러났으니 요동의 일은 진실로 말하기 어렵습니다. 장거정 (張居正)[34]이 변방에서의 공로를 가지고 태사(大師)로 승진한 이후 요동 사람들은 전공(戰功)을 앞 다투어 먼저 세우기를 탐하였습니다. 얼마 지나지 않아 왕고(王杲건주여진 족장)를 무찌르고, 왕올당(王兀堂건주 대추장) 을 무찌르고, 속파해(速把亥태녕부(泰寧部)의 우두머리)를 무찌르고, 영(逞) 과 영(迎) 두 오랑캐를 무찔렀습니다. 양부(兩府)에서 번갈아 높은 상과 보수를 받은 것은 종종 마땅함을 지나친 것입니다. 그런데도 조정은 헛된 명예를 받고 변경은 그 실화(實禍)를 당하였으므로, 나머지 무리들이 모두 건주의 부락으로 들어갔고, 토지는 건주의 강역[版籍]에 편입되어 노추가 강대해지기 시작했으니, 이는 실로 누가 그렇게 만든 것입니까? 재새 같이 보잘 것 없는 오랑캐가 우리의 대오를 거슬렀는데 마침내 웅약이 창자를 뽑힌 수치를 갚을 수 없게 되었습니다. 신이 보건대, 오늘날 조집과 이성량을 한스럽게 여기지 않을 수 없습니다. 엎드려 바라옵건대, 예부에 칙서를 내리시어 순안어사(巡按御史)에게 조사하여 밝히도록 의논하게 하시고, 만약 8월에 일을 그르친 것이 원래 2월에 적과의 흔단(釁端)을 연 것에 관계가 된다면, 장차 조집·이성량·학대유·이여장의 통

---

34) 장거정(張居正, 1525~1582): 중국 명나라 때의 정치가. 대외적으로는 몽골인의 남침을 막고, 이성량에게 동북지방의 건주위를 토벌하게 했으며, 서남지방 광시[廣西]의 야오족[遙族]·장족[壯族]을 평정하였다. 대내적으로는 행정을 정비하고, 궁정의 낭비를 억제하였다. 황하강의 대대적인 치수공사를 완성시킨 인물임.

행에 대해서 심리하여 처분하게 하시고[通行勘處], 이여남·우수지를 엄히 추궁케 하소서. 손실된 말의 수량 천 필과 소모된 말 값 수만 냥의 여부를 명백히 밝혀 보고하게 하시고, 만일 사사로이 움직여 말 값을 분명치 못하게 하여 사서 채웠다면, 장차 취급하여 관리하는 각 관원을 적과 공모하고 기망한 죄로 다스리게 하소서. 그러면 장래에 요행을 바라고 일을 만드는 자가 징계될 수 있고, 사실을 숨기고 농간을 부리는 자가 숨길 바가 없게 될 것이니, 그렇게 하셔야 요동의 일이 진작될 수 있을 것입니다."라하고, 성지를 받들었다.

　○ 예부하리가 표해인 제본(題本공용 상주문)의 일로 대가를 요구하여 통사 등이 은 30냥을 미리 주었다.

(11월) 23일 병오(丙午)일. 맑음.

　옥하관에 머물렀습니다.

(11월) 24일 정미(丁未)일. 맑음.

　옥하관에 머물렀습니다. 통사(通事) 이민성(李民省)·신계도(申繼燾) 등이 예부에 가서 중국사신에 대한 상본의 일을 물으니, 유낭중(游郞中)이 "20일에 일이 있어서 22일에 이미 상본하였다."고 하였습니다.

　○ [부기] 상사와 함께 중당(中堂정 중앙의 청강)에서 대화를 나누었다.

(11월) 25일 무신(戊申)일. 아침에 흐리다가 늦게 갬.

　옥하관에 머물렀습니다. 수레가 비로소 도착했다. 표류했던 명나라 사람 대조용(戴朝用) 등은 통주에 머물렀으며 압송역관 김광득(金光得)은 요동에 있을 때 표류당인에 앞서 들어오겠다고 하였으나 간 곳을 알 수 없으니 매우 괴이하였습니다.

○ [부기] 역관 윤수관(尹秀寬)·남응규(南應奎)·조안의(趙安義), 군관 신부(申桴), 부사의 노비 범이(范伊) 등이 와서 뵈었다. 진주사가 은 10냥 5전과 비단 5필을 조안의에게 부송(付送)하였다. 또 상사에게 글을 보내 "전체 수냥을 보내려고 하였으나 일행의 경비가 떨어져 다만 제가 가지고 있는 것으로 보냅니다."라고 하였다. 그러나 그가 말한 은자와 비단은 오지 않았다.

(11월) 26일 기유(己酉)일. 맑음.

옥하관에 머물렀습니다. 이날 예부에서 발환표해인에 대한 일로 제본을 올리면서, 전례를 살펴 칙서를 내리고 상 주기를 청하였습니다.
○ [부기] 연수(延綏)[35]의 순무어사(巡撫御史)가 황하가 얼어붙은 일로 제본하였다.

(11월) 27일 경술(庚戌)일. 맑음.

옥하관에 머물렀습니다.
○ [부기] 광록시(光祿寺)에서 하정(下程)을 보냈다.

(11월) 28일 신해(辛亥)일. 바람이 크게 붊.

옥하관에 머물렀습니다. 제독에게 예물을 보냈습니다. 관소에 도착한 후에 관례상 바로 예물을 보내야했으나, 수레가 도착하지 않아 여러 날 동안 지연하다가 이날에야 비로소 보냈습니다.
○ [부기] 제독의 처소에 관례상 차와 인삼 두 근을 보내야했으나, 오

---

35) 연수(延綏): 군진(軍鎭)의 이름.

는 길에 써버려 인삼이 없어 어쩔 수 없이 동궁(東宮)의 보삼(補蔘) 두
근을 보냈다. 또 4장을 붙인 유둔(油芚)1개, 백선(白扇) 5자루, 유선(油扇)
10자루, 백지 4묶음, 화문석 2장, 화연(花硯) 1개, 황필(黃筆황모필(黃毛筆)
의 준말로, 족제비의 꼬리털로 맨 붓임) 10자루, 유매묵(油煤墨)[36] 10자
루를 보냈다.

(11월) 29일 임자(壬子)일. 맑음.

옥하관에 머물렀습니다. 책봉천사(冊封天使)에 대하여 올린 주본이
이날 내려왔습니다. 통사 현사백(玄嗣白)에게 명령하여 표첩(票帖통행허
가증)을 발급받고 패자(牌子위임장)를 가지고 통주에 가서 김광득(金光得)
이 간 곳을 찾아보게 하였습니다. 전하는 소문에 달자 6만 명이 희봉구
(喜逢口)[37]를 침범하였고 마침내 준화현(遵化縣)[38] 등지에 진을 쳤다고
하였습니다. 준화현은 만리장성 안쪽에 있는데, 영평부에서 북쪽으로 70
리이고 도성과의 거리는 200 리입니다. 또 병부(兵部) 문서의 한 본으로
오랑캐 정세의 상세한 것이 통보에 기록되어 있습니다. 이날 수각노(首
閣老) 주갱(朱賡)이 졸하였습니다.

○ [부기] 예부가 올린 한 본의 글에 조선국왕 승습(承襲봉작을 이어받음)
의 일이 기록되어 있다. "조선 국왕을 책봉하기 위해 내관(內官환관) 1원
과 행인(行人)[39] 1원을 선발하여 먼저 보내어 승습의 예를 하라는 성지

---

36) 유매묵(油煤墨): 법유(法油)를 태운 그을음으로 만든 참먹. 유묵(油墨).
37) 희봉구(喜逢口): 한나라 때 설치한 관문. 관북(關北)에서 지금의 관성(關城)으
로 옮겼다. 원래의 관문을 당나라 전에는 노용새(盧龍塞)라고 불렀는데, 부자
(父子)가 헤어진 지 오래되었다가 마침내 이곳에서 만나게 되었다는 이야기가
있어 이곳을 "희봉구(喜逢口)"라고 함.
38) 준화현(遵化縣): 북경 근처 화북성에 있는 지명. 현재 청나라 왕릉이 조성되어
있음.
39) 행인(行人): 명나라 관직명. 명대에 임금의 명령을 전하거나, 책봉, 무유(撫諭)

를 받듭니다."라고 적혀 있었다. 병부에서 올린 문서 한 본에는 "오랑캐의 정세에 관한 왕상건(王象乾)[40]의 주본에 대하여 성지를 받듭니다."라고 하고, "오랑캐의 정세가 중대하고 긴급하니 각 관원을 독려하고 위로하여 엄히 방비하게 하라. 인근 각 진에 모두 군대를 이동시켜 가까이 나아가 기물을 살피고 책응하여 일이 잘못됨이 없게 하라. 없거나 모자라는 군량은 호부에서 속히 계산하고 처리하여 주도록 하라."라고 적혀있었다.

(11월) 30일 계축(계축)일. 맑음.

옥하관에 머물렀습니다. 통사 현사백이 통주로부터 돌아와서는 '표류당인이 이미 성 안으로 들어왔기에 김광득의 일은 물어볼 곳이 없었다.'고 하였습니다.

등의 일을 맡아보던 관청으로 행인사(行人司)를 설치하였다. 행인은 행인사에 소속된 관원.

40) 왕상건(王象乾, 1546~1630): 명나라 산동(山東) 신성(新城) 사람으로 자는 자확(子廓) 또는 제우(霽宇). 융경(隆慶) 5년(1571) 진사(進士)가 되고, 첨도어사(僉都御使)를 역임했다. 이화룡(李化龍)을 대신해 파주(播州)를 다스렸다. 선부순무(宣府巡撫)로 7년 동안 재직했으며, 병부상서(兵部尚書)를 거쳐 숭정(崇禎) 초에 선·대·산서(宣大山西)의 군무를 총지휘하였다. 이때 호돈(虎墩)을 격퇴함.

(12월) 1일 갑인(甲寅)일. 맑음.

옥하관에 머물렀습니다. 광록시에서 흠사하정(欽賜下程황제가 내려주는 하정)에 대한 표문을 보냈습니다.

○ [부기] 광록시에서 다만 표문만 보냈으며 하정 및 절은(折銀)은 오지 않았다. 표문에 이르기를, "조선국 배신 신 모 등 28인에게 매 5인마다 양 1 마리, 거위 1 마리, 닭 1 마리, 백미 5 말, 술 10 병, 호두 1 쟁반, 과일 3 종류, 산초 1 량, 다식¹⁾ 두어 쟁반, 채소 두어 근, 소금 두어 근, 장(醬) 두어 근을 지급하노라." 하였다. 또 한 표문에 이르기를, "조선국 배신 정사 3인에게 매 5일마다 한차례씩 거위 1 마리, 닭 2 마리, 쌀 3 말, 향유(香油) 3 근, 찻잎 1 포를 지급하노라" 하였다.

(12월) 2일 을묘(乙卯)일. 맑음.

옥하관에 머물렀습니다.

(12월) 3일 병진(丙辰)일. 맑다가 밤에 바람이 크게 붊.

옥하관에 머물렀습니다.

---

1) 다식(茶食): 유밀과(油蜜果)의 한 가지. 녹말(綠末)·송화·승검초·황밤·검은깨 등의 가루를 꿀에 반죽하여 다식판에 박아낸 과자.

(12월) 4일 정사(丁巳)일. 맑다가 저녁에 바람이 크게 붊.

　옥하관에 머물렀습니다.

(12월) 5일 무오(戊午)일. 맑다가 밤에 바람이 크게 붊.

　옥하관에 머물렀습니다. 병부에서 표문을 보내, 즉시 표해인 대조용 등 47명은 초 6일 관청에 나아가 조사 받으라 명령하였습니다. 예부에서 또 배신들은 관청에 나아가 직명을 전하고 기다리다가 달력을 수령하라 명령하였습니다. 예부의 하급관리가 또 인정을 징색하였습니다.

　○ [부기] 병부의 표문이 관소에 도착했는데, "직방사(職方司)2)에 이번 일로 문서에 표하여 보낸다. 곧 조선국에서 풀려나 중국에 도착한 표해인 대조용(戴朝用) 등 47명은 초 6일에 관청에 나아가 조사받고 사실을 밝혀 경유지마다 번갈아 이들을 원적(原籍고향)으로 압송할 것을 전하니, 아문에서는 지체하지 말라."고 하였다.

(12월) 6일 기미(己未)일. 바람이 크게 붊.

　옥하관에 머물렀습니다.

　○ [부기] 상통사 권득중과 첨지 이민성 등을 예부와 병부 등의 아문에 보내 달력을 받고 회답하는 자문(咨文중국과의 외교문서) 등의 일을 문견하게 하였으나, 명나라 조정이 업무를 쉬기 때문에 모두 좌당하지 않았다. 병부는 반드시 표류인에게서 공술한 말을 취하고 복제[覆題]하여 성지(聖旨황제의 명령)를 받든 연후에 회자(回咨)한다고 하였다. 황제가 구중궁궐에 깊숙이 거처하여 정사를 돌보는 날이 적으니 봉인(封印섣달그믐 쉬는

---

2) 직방사(職方司): 직방청리사(職方淸吏司)의 준말. 명대에 천하의 지도와 경계를 담당하던 관청.

기간에 봉인하는 일) 전에는 형세상 회답하는 자문을 받지 못할 것이라고 하였다.【관례적으로 새해가 되기 삼일 전부터 관청이 봉인하므로 각 관아가 모두 좌당하지 않는다.】 태학사 섭상고(葉向高)의 문서 1본이다. "수보(首輔주갱)가 세상을 떠나 내각(內閣)의 사무가 번거롭고 지리하니, 간절히 바라옵건대 성명(聖明황제)께서는 그가 임종하기 전에 남긴 상소를 굽어 따르시어 세상의 인재들을 널리 초빙하여 정치의 근본을 깨끗이 하소서. 지금 수신(首臣주갱)이 죽고, 정기(廷機)는 한결같이 벼슬을 버리고 고향에 돌아가기만 바라며 조정의 정사를 묻지 않고 있습니다. 신 석작(錫爵) 또한 시골에 완강하게 누워 돌아올 기약이 없습니다. 신의 한 몸은 날개가 꺾인 새와 같아 날아도 전진하지 못하고, 바퀴가 하나인 수레와 같아서 길을 가다가 엎어질까 두려워, 진실로 이미 그 낭패함을 이길 수 없습니다. 겸하여 나라 안팎으로 일들이 많으니, 궁궐은 오랫동안 신하들의 의견이 어긋나 소란하고 창고는 모두 비었으며 변경에서는 여러 번 위급한 소식을 알리니, 옛사람의 이른바 '삼공사허(三空四虛)'[3]의 병폐가 마침내 지금에서야 나타난 것입니다. 주갱이 임종 시에 간절하게 다시 각신(閣臣태학사)을 보충하기를 청했으니, 이는 노성한 신하의 나라를 걱정하는 고심입니다. 신은 황상께서 이를 굽어 생각하여 주시기를 깊이 바라옵니다. 지금 1년 사이에 연달아 두 명의 재상을 잃었으니 용사(龍蛇뛰어난 인재)가 바야흐로 곤액을 당하고 유악(帷幄조정)에 빛이 없는 형국입니다. 지금처럼 훌륭한 인재를 널리 구하여, 국가의 중요한 업무를 함께 처리하지 못하고, 다시 신과 같이 보잘것없는 신하로 자릿수를 채우려고만 하고 있사오니, 감히 사직을 청할 수는 없으나 나아가지도 물러서지도 못하는 상황일 따름입니다. 나라에 위급함이 곧 닥칠 것이니, 신의 한 몸은 아깝지 않으나 천하와 국가가 무너지는 일에 대해서는 어찌하겠습니까? 엎드려 바라옵건대, 성명께서는 천하의 큰 계책을 깊이 생각하

---

3) 삼공사허(三空四虛): 조정, 창고, 재야가 모두 비어서 사방이 텅 빈 것을 말함.

시고 주갱의 유언을 굽어 살피시어 구경(九卿)[4]에게 칙서(勅書)[5]를 내려 공도(公道)에 따라 인재를 천거하게 하여 조속히 선발·임용하소서. 옛 신하들 중 충정(忠貞)이 일찍 드러나고 몸소 나라의 안위를 염려하던 자를 특별히 불러 등용하소서. 또 따스하신 윤음(綸音임금의 말씀)을 내리시어 왕석작이 조정에 돌아오기를 독촉하시고 이정기의 떠나려는 마음을 달래주신다면, 올바른 여러 신하들이 반드시 등용되어 태평성세의 업적을 결국 바랄 수 있게 될 것입니다.

○ 초 1일 통보 안에, 이정기가 '태학사(太學士) 주갱이 11월 29일에 병으로 죽었음을 아뢴 주본'에 대하여 성지를 받들었다는 문서 1본이 있었다. "경이 올린 글을 보니 수보(首輔) 주갱은 학문과 행실이 겸하여 뛰어나고, 정치를 보필하고 나누어 관장함이 남보다 두드러졌으며, 강악(講幄)[6]에서 성심으로 계도함이 매우 많아 시국의 어려움이 많은 지금 바로 믿고 의지할 만하다. 여러 번 병으로 사직코자하였으나 떠나려는 뜻을 이루지 못하고는 끝내 죽었으니 깊이 애도하노라. 마땅히 휼전(恤典)[7]을 받을 만하니 해당부서는 우대의 사례를 살펴 남긴 상소(上疏)를 유념하여 돌려보게 하라. 해당 부서는 이를 알라."

---

4) 구경(九卿): 중국의 왕조에서 실권을 장악한 9명의 대신(大臣). 명나라에서는 이부상서(吏部尙書)·호부상서(戶部尙書)·예부상서(禮部尙書)·병부상서(兵部尙書)·형부상서(刑部尙書)·공부상서(工部尙書) 6인과 도찰원도어사(都察院都御史)·통정사사(通政司使)·대리시경(大理寺卿) 3인을 합쳐 구경이라고 함.

5) 칙서(勅書): 중국의 임금이 특정인에게 권계(勸戒)의 뜻이나 알릴 일을 적어서 내리는 글. 제후국의 경우는 교서(敎書)라 함.

6) 강악(講幄): 임금 앞에서 경서를 강론하는 자리. 조선시대의 경연(經筵).

7) 휼전(恤典): 나라에서 관리들이 죽었을 때에 조정의 업무를 쉬거나, 장례비용의 일부를 대주는 일. 그 밖의 제사 및 봉작과 비석 등을 세우는 사제(賜祭)·배향(配享)·추봉(追封)·수비(樹碑)·입방(立坊)·건사(建祠) 따위를 해주는 것을 말하기도 함.

○ 초 2일 통보. 호부(戶部) 복건사(福建司) 주사(主事)가 민첩하게 응답하여 이정기에게 글을 올려 다음과 같이 말하였다. "지금 사해(四海)가 곤궁하고 백성이 삶을 즐거하지 못하는데도 주상께서 백성을 불쌍하게 여기지 않으시어 백성들을 끝까지 착취하심은 재상 때문입니다. 황상께서는 각하(閣下, 고급 관료에 대한 경칭)를 대우함에 있어서 은혜와 예절이 매우 융성하시고 정리(情理)가 지극하고 도타우십니다. 각하는 높은 뜻으로 이미 은퇴하여 돌아가기를 결단하고 어찌 세금걷기를 멈추지 않으시며 내탕 풀기를 행하지 않으십니까? 황상에게 글을 올리고 대궐에 나아가 떠남으로써 간쟁하고 죽음으로써 간쟁하여 황상의 뜻을 판단하되, 만일 황상께서 그 청을 윤허하신다면 이는 황상의 은혜로운 뜻이 참으로 융성하고 돈독하여 황상이 탐하지 않는다는 명예를 이루는 것이고, 마침내 각하가 청직(淸直)하다는 명예를 이루는 것입니다. 만약 황상이 윤허하지 않으신다면 이는 황상이 각하를 물리치심이 오래된 일이고, 각하를 죽이시려는 것이 오래된 일이니, 벼슬을 버리고 떠남이 조금이나마 면목 있는 일입니다." 이 글을 보건대, 정기가 벼슬에서 물러날 것을 요청하였으나 허락받지 못해 진퇴양난의 낭패스러운 상황이었음을 알 수 있다. 만약 그가 백성들에게 세금을 그만 걷고 내탕을 백성들에게 푸는 두 가지의 일에 대해 강직하게 변론하였다면, 황상이 필시 그가 물러나겠다는 말을 들었을 것이고, 정기는 바른말을 했다는 명예를 얻었을 것이다. 이것이 비록 정기의 좋은 계책이었겠지만, 신하가 임금을 섬기는 의리(義理)를 알지는 못한 것이다. 대신(大臣)이 나라를 맡아 할 말을 다해야 할 때에 국정을 바로잡아 구하지 못하고, 도리어 비방을 듣고서 벼슬에서 물러나기를 청할 때에야 임금에게 글을 올려 위로는 임금에게 요구하고 아래로는 정직하다는 이름을 구함이니 어찌 이러한 이치가 있겠는가? 슬며시 듣건대, 주갱도 근심과 분노로 죽었다고 한다. 대저 신하가 임금을 섬기는 것과 자식이 부모를 섬기는 것은 명분은 비록 동일하지만 그 의리는 다르다. 자식으로서 부모에겐 끝내 떠날 수 없는 이치가 있으나,

신하로서 임금에겐 맞지 않으면 떠나삼이 그 도리이다. 어찌 내신이 있어 조정의 많은 신하들로부터 비난을 받아 온몸이 성한 곳이 없는 데도 임금의 은혜에 연연해하고, 떠나가지 못하는 것이 의리이겠는가? 지금 일시에 대과(臺科·대각과 각 부서)에서 주갱과 정기를 큰 소리로 비난하며 여력을 남기지 아니하니, 그 말을 들은 즉, 공론(公論)이나 본심을 추구하여 밝힌 즉, 시기와 질투이다. 황상이 이미 시비를 가려 편당하는 무리를 쫓아내지도 못하고, 일의 실정을 살펴 사직하겠다는 요청도 허락하지 못하면서, 한편으로는 대간의 말을 용납한다 하고 한편으로는 오래된 신하를 사랑으로 대우한다고 한다. 이는 허례로 속박하여 양자를 머물러 두고자 함이니, 바로 아홉 여자를 한 집에 거느리고 있으면서 여러 첩이 정처를 질투하고 모해하며 음으로 양으로 배척하여 불측의 죄에 빠트리고 추하고 더러운 악을 뒤집어씌워도 남편 된 자가 그 진위를 분별하지 못하며 그 곡직을 묻지 않고, 대개 좋은 말로 머물러둔 즉, 그 처가 하소연하려고 해도 듣지 않고 떠나고자 해도 떠날 수 없는 것과 같으니, 그 처는 어찌하겠는가? 울분으로 죽음에 이르지 않겠는가? 주갱의 죽음에 대하여 온 조정은 다행이라 여기지만 백성들은 애도하지 않는 자가 없었다. 이것은 상국과 관련된 일이라 감히 논할 바가 아니나 소문이 이와 같아, 문득 그가 관련된 것을 슬퍼하고 원로들이 벼슬에 물러나고 나아감에 있어서 한을 품고 죽는 데에 이르지 않기를 바라므로 함께 기록한다.

(12월) 7일 경신(庚申)일. 맑다가 밤에 눈이 옴.

옥하관에 머물렀습니다. 광록시에서 황제가 하사한 하정을 보내 왔고, 사신과 서장관에게도 별하정(別下程)[8]을 보내 왔으며, 관례에 따른 하정

---

8) 별하정(別下程): 외국의 사신(使臣)이 머무르는 곳에 지공(支供)하기로 정(定)한 물품 이외에 따로 날마다 보내 주던 음식물.

도 보내왔습니다. 신들은 옥하관부사(玉河舘副使) 처소에 공적인 예물을 보냈습니다.

(12월) 8일 신유(辛酉)일. 눈이 오다가 밤에 바람이 크게 붊.

옥하관에 머물렀습니다. 책봉천사는 비록 이미 정해졌으나, 복색의 일은 아직 성지를 받지 못하였고, 내관 또한 아직 정해지지 않아 설 전에는 완결될 것 같지 않았습니다. 신들은 답답한 마음을 이길 수 없어 정문(呈文)의 초안을 작성하여 예부에 올리고자 통사 등에게 사정을 알아보게 한 즉 제본이 이미 갖추어졌다고 하였습니다.

○ [부기] 통사를 시켜 제독에게 고하여 표류당인의 거처를 찾을 것을 청하니, 제독이 표첩을 내어 통사(通事) 1명, 사인(舍人) 1명, 패자(牌子) 1명으로 하여금 함께 찾아보게 하였다. 패자와 사인이 몰래 갔다가 돌아와 사방으로 찾았으나 찾지 못했다고 핑계를 댔다.

(12월) 9일 임술(壬戌)일. 맑음.

옥하관에 머물렀으나, 연일 몹시 추워 일행 중에 병든 자가 많았습니다. 전날에 옥하관부사가 신 등에게 떡 한 합을 보냈으나, 오랫동안 회례하지 못하다가 이날에 이르러 비로소 토산물로 회사하였습니다. 칙서(勅書)를 제정할 때에 내각·한림원·중서과(中書科)[9] 등의 처소에 이미 예물을 보내는 규정이 있었습니다. 만일 주지 않으면 끝내 칙서를 받지 못하는 때가 있었습니다. 보내는 물건 또한 정해진 방식이 있는데 이번에는 두 배로 거두어 행탁(行橐 행장을 넣는 자루)이 거의 비게 되었습니다. 인삼 등의 물건은 달리 나올 곳이 없어 부득이 세 곳의 보삼(補參) 5근과

---

9) 중서과(中書科): 궁중의 문서·조칙(詔勅) 등을 관장했던 관서.

토산물 등을 한림원과 중서과의 두 관원에게 나누어 보냈습니다. 또 토산
물 등을 고칙방(誥勅房황제의 명령을 포고하는 곳)·제칙방(制勅房황제에게 올
라오는 문서를 관리하는 곳)·전적청(典籍廳)·하인장방(下人掌房)·서파장
반(書帕長班)·관가첩방(管家貼房)의 서의(書義서장의 일정한 형식)를 맡
은 사람들과 한림원·중서과·하인장반과 내각문(內閣門) 상판관(上辦
官) 등에게 나누어 보냈는데, 함께 소비된 대가는 갖추어 기록할 수 없을
정도입니다.

(12월) 10일 계해(癸亥)일. 맑음.

옥하관에 머물렀습니다.

(12월) 11일 갑자(甲子)일. 맑음.

옥하관에 머물렀습니다. 표류남인(漂流南人) 옹락(翁樂)이 부채·붓
·향과(香果천궁(川芎))·신발 등의 물건과 첩(貼)을 갖추어 가지고 와서
뵈었습니다. 신들은 이를 거절할 수 없어 토산물로 회사하려 하였으나,
황급히 작별을 하고 떠나갔습니다.

(12월) 12일 을축(乙丑)일. 흐림.

옥하관에 머물렀습니다. 옹락이 또 왔으나, 신들이 그를 만나 이야기하
기도 전에 병부에 가야 한다며 황급히 나갔습니다. 상통사에게 명하여
그와 함께 병부에 가서 조사받게 하니, 표류인 중에 한 사람도 온 자가
없다고 하였습니다. 대개 표류인 중에 통주(通州)로부터 흩어져 도망간
자가 많았으니, 이는 병부에서 그들이 일찍이 조사받지 않은 것에 대해
따져 물을 것이 두려워 먼저 도망가 흩어진 것입니다. 이 때문에 그들이

서로 아는 곳을 두루 찾느라 이와 같이 지체되었다 합니다.

(12월) 13일 병인(丙寅)일. 맑음.

옥하관에 머물렀습니다. 예부의 하인(下人)이 와서 제고(題稿)를 보여 주었는데, 조제천사(弔祭天使) 행인 웅화(熊化)에게 1품 복색을 내려줄 것을 요청하는 일이었습니다. 유구국(琉球國오키나와)의 토통사 정새(鄭璽)가 중산왕이 보낸 예물을 가지고 와서 서로 주고받기를 청하였습니다. 신 등은 전당(前堂)으로 나아가 수량을 확인하여 전해 받으니, 잡색 견포 100필 · 부채 200자루 · 자문(咨文) 1봉으로 양국의 통사를 시켜 먼저 제독에게 아뢰었고, 제독이 허락한 다음에 이를 받았습니다. 병부에서 주본하였으니 오랑캐가 국경을 침범한 일이었다. 왕상건(王象乾)의 복본(複本)과 성지는 모두 통보에 갖춰져 있습니다.

○ [부기] 예부 제고는 이러이러하다.

"행인 웅화가 조선국에 파견되어 가는데, 조제(弔祭)에 관례대로 복색을 내려줄 것을 요청하는 일입니다. 융경(隆慶중국 명나라 목종 때의 연호, 1567~1572) 원년의 예를 참조하면, 본사(本司예부) 행인 구희직(歐希稷)이 조선에 파견되어 갈 때는 1품 복색이었으니, 인신(人臣)이 명령을 받들고 다른 나라에 사신으로 갈 때에는 품계가 비록 낮더라도 이는 칙명과 관계되므로, 옛날 조선국에 사신으로 가는 자에게 관례상 장복(章服옛날 벼슬아치의 공복)을 내려준 것은 조정의 명령을 높이고 중시하는 뜻 아닌 적이 없었습니다. 그런데 지금 웅화의 일로 이전의 일을 갖추어 올리니, 이에 전례대로 상응하여 제청합니다. 다만 은전(恩典)은 조정에서 나오므로 신 등은 감히 복색을 주도록 요청하는 문제와 연계시킬 수 없어 삼가 제본으로 요청합니다."

○ 유구국 중산왕이 우리나라에서 예물을 보낸 것에 대해 답례하였다. 전해 받고 수량을 확인하니 청견(靑絹) 20필 · 옥람견(玉藍絹) 20필 · 자색

사포(紫色絲布) 4필 · 황색사포(黃色絲布) 4필 · 남색사포(藍色絲布) 4필 · 홍색사포(紅色絲布) 4필 · 녹색사포(綠色絲布) 4필 · 하포(夏布)【갈사(葛絲)로 파초엽(芭蕉葉)과 사엽(絲葉)을 섞어 짠 것이다.】 40필 · 부채 200자루 · 자문 1봉이었다.

(12월) 14일 정묘(丁卯)일. 흐림.

옥하관에 머물렀습니다. 옹락(翁樂)이 찬합과 술병을 갖추어 가지고 와서 신들을 만났습니다. 신들도 토산물로 답례하고 전날에 예물을 보냈습니다.

○ [부기] 통사 권득중과 조안의 등에게 명하여 예부와 병부에 고충을 고하고 표류인 회자 등의 일을 빨리 조사해 줄 것을 청하였다. 예부에서는 풍낭중이 말하기를, "내가 너희들의 실정을 이미 알고 있으니 마땅히 각사(各司)에 재촉하겠다."고 하였다. 병부에서 좌당하지 않아 하인들이 말하기를 "(12월) 16일에 낭중 서란(徐鸞)이 승진을 하여 표류인의 적부를 조사하고, 복제하여 성지를 받든 다음에 회자할 것이다."고 하였다.

(12월) 15일 무진(戊辰)일. 흐림.

옥하관에 머물렀습니다. 병부에서 주본한 오랑캐 정세와 유사과(劉四科) 당보(塘報)[10]에 대한 복본과 성지는 모두 통보에 갖춰져 있습니다.

○ [부기] 초 8일 통보는 병부 제본에 극악한 도적이 재물을 빼앗고 살인한 일과 황극찬이 범인 유정찬 등에게 과실을 물은 데 대한 복본과 성지를 받든 것이 이것이다. 각각의 범인을 곧 회심(會審법관들이 모여 사건

---

10) 당보(塘報): 척후병이 기(旗)를 가지고 높은 곳에 올라 적의 정세를 살펴 알리는 일.

심리)에 붙여 처결하되 효시의 사례를 참조하여 효시하였다.

○ 초 7일 통보에서 죽은 태학사 주갱의 유소(遺疏)는 이러이러하다. "신은 노쇠한 잔생(殘生)이자 산림 속에 버려진 자로 황상의 부르심을 입어 가까이 모시고 정기(政機정사와 기무)에 참여하면서 그릇됨은 없었으나 지난 7년간 조그마한 도움도 없었습니다. 장차 세상에 버려져 곧 아득한 곳으로 돌아가면 은혜에 보답할 길이 없으니, 죄와 허물을 어찌 말로 할 수 있겠습니까? 회상하건대, 도성에 들어온 이래 황상을 한 번도 뵙지 못하여 매번 짤막한 편지로 대신 진술하였으니, 이는 고루한 말로서 마땅함이 없고 일념으로 도움을 드리려는 정성이 도리어 황상의 귀를 번거롭게 하였습니다. 다만 황상께서는 받아들였으나 아직 실행하지 못한 일은 원컨대 미루어 넓혀서 그 나머지를 극진히 하여 불길이 타오르고 샘물이 솟아나는 기틀로 채우시어 사해를 보호하소서. 아직 받아들이지 않았으나 오히려 기다려서는 안 되는 일은 원컨대 성실함으로 힘써 행하여 땔나무 위에 섶을 쌓아 놓은 것을 근심하듯이 다스려 그 결렬됨을 방지하소서. 대개 지혜 있는 자의 급선무는 대료(大僚대신)를 보충하고 언로를 열고 흉년을 구제하고 죄지은 신하를 석방하고 버려진 자를 일으키며 막힌 부분을 소통시키는 것입니다. 거룩한 정치는 이것을 시행할 수 없는 것이 아니라 충만하게 얻어 날마다 새로이 하고【오자가 있다.】 정치를 함에 있어서는 너무 심한 폐단을 제거해야 합니다. 그런즉 장주(章奏신하가 임금께 올리는 문서)가 통하지 않고 의혹이 타파되지 않고, 쌓아둔 것이 베풀어지지 않고, 세금독촉이 철폐되지 않고, 변경의 정세가 아직 다스려지지 않아 국가의 계책이 완성되지 않았음을 성상께서는 환하게 깨닫지 못함이 없어 개혁의 방도를 얻을 것이니, 어찌 쉽게 남의 말을 듣고 본래의 생각을 바꾸겠습니까? 한나라 신하(동중서(董仲舒))가 말하기를, '힘써 배우고 물으면 덕이 날마다 일어나고 큰 공을 세우게 된다.' 하였으니 이는 처음부터 끝까지 배움에 힘쓰는 것입니다. 일은 힘써 노력하며 그 존재한 것을 수리하고 보존함에 달려 있으니, 이는 비 오기 전에 경계[11]

하고 서리를 밟을 때에 예방12)하는 것으로 환난에 대한 근심을 멀리하지 않을 수 없습니다. 희로애락에 임금의 원기(元氣)를 잘 기르는 것은 궁중에서 섭생하는 방법이니 조섭(調攝)하지 않을 수 없습니다. 동궁(東宮세자)은 배움에 나아가 더욱 총명한 재질에 힘쓰니 의로써 바르게 하는13) 세자의 교육을 미리 시키지 않을 수 없습니다. 그렇지만 긴급하고 중요한 일은 정치가 근본 요해처(要害處)이니 현명한 자를 쓰는 것이 급선무입니다. 조정에는 동관(同官)과 현재(賢才)들이 충성스러워 보좌에 어려움이 없으나 재상을 일찍 선발하고 여러 바른 신하들을 널리 초빙하지 않을 수 없습니다. 이렇게 한다면 조정에는 성심으로 보좌하는 훌륭한 신하가 있고, 재야에는 노숙하고 학문이 완성된 선비가 있어 처음부터 인재가 부족하지 않으므로 이들을 모두 들어 세울 수 있습니다. 황상께서 여론에 묻고 신충(宸衷)으로 결단하여 오직 현인을 등용하고 백성과 함께 하신다면 천하의 모든 일들을 이룰 수 있을 것입니다. 이상 몇 가지 진언(陳言)은 그다지 뛰어난 고견(高見)은 아니지만 애오라지 목숨이 다해가는 신하가 황상의 은혜를 잊지 못해서일 뿐입니다. 신의 말씀은 끝났습니다. 엎드려 바라옵건대 황상께서 신의 말씀대로 행하신다면 저는 비록 죽더라도 살아있는 것과 같을 것입니다. 변변치 못한 신의 정성이오나 길이 힘쓰시고 대대손손 마음속에 간직하소서. 성지를 받드옵니다."

---

11) 비오기 전에 경계: 『詩經』, <豳風・鴟鴞>. 비가 오기 전(前)에 올빼미가 둥지의 문을 닫아 얽어맨다(迨天之未陰雨, 徹彼桑土, 綢繆牖戶)". 화가 싹트기 전(前)에 미리 방지(防止)함을 이르는 말.

12) 서리를 밟을 때에 방지: 『周易』, 「坤卦」. "서리를 밟을 때에 추위가 올 것을 미리 알고 대비함(初六, 履霜堅冰至)".

13) 의로써 바르게 하는: 『周易』, 「文言傳」. "군자는 경으로써 안을 곧게 하고, 의로써 바깥을 바르게 한다.(君子 敬以直內 義以方外)".

(12월) 16일 기사(己巳)일. 눈.

옥하관에 머물렀습니다. 한림원의 하인이 황제의 칙서 초고를 가지고
와서 보여주었습니다.

○ [부기] 칙서(勅書임금이 어떤 사람에게 알리는 문서)는 다음과 같다.

"황제는 조선국 권서국사(權署國事왕호를 인정받지 못한 왕의 임시 칭호) 광
해군 성휘(姓諱왕의 이름이라 쓰지 않는 것)에게 칙유(勅諭임금이 직접 한 말)하
노라. 해국(海國조선)의 주본에 의거하여 해 예부(해예부명나라 예부)가 올린 제
본에 의하면, 경상도관찰사 이상신(李尙信)[14] 등이 풍랑을 만나 파선된
천조(天朝)의 인민의 배를 보초를 서다가 나포(拿捕)했으니, 이들은 모두
절강성과 복건성 등에서 온 원임(原任) 파총(把摠)[15] 대조용(戴朝用) 등
47명이었다. 배신(陪臣제후국의 신하) 예조참판 신설 등을 파견하여 그들을
순편(順便)하게 전해(轉解)하여 북경으로 데려오니 너희 나라가 충근공
신(忠謹恭愼)을 갖추어 보였으니 짐은 이를 매우 가상히 여겨 특별히
장려하는 상을 내리고 이에 백금(白金)으로 무늬를 넣은 비단과 채단(綵
段비단의 한 종류)을 상으로 내려 후하게 칭찬하는 뜻을 보이노라. 나아가
배신 신설 등에게 영을 내리노니 돌아가거든 수령하게 하라. 서장관 및
통사 등의 관원 최현과 종인(從人) 최융동(崔隆仝), 순해감역관(巡海監
役官바다를 순찰하며 감독하던 관원) 조흡(趙潝) 등도 각각 드러나게 힘써 차
등 있게 상을 내려 줄 것을 함께 해당 관청에 유시(諭示관청에서 내리는
문서)하니 그것을 알라. 너희들은 짐의 지극한 뜻을 체득했으므로 유시하
며 조선국 권서국사 광해군 성휘(姓諱)에게 은 1백 냥·비단 4단·저사
(紵絲) 안감·겉감 각각 12벌을 내리노라."

○ 당초에 양사가 상의하기를 서반(庶伴)[16]으로 하여금 인삼과 은냥

---

14) 이상신(李尙信, 1564~1610): 조선 중기 문신. 본관은 여주(驪州), 자는 이립(而
   立), 호는 청은(淸隱).
15) 원임(原任) 파총(把摠): 원임은 전임, 파총은 무관 벼슬.

을 한림원과 내각에 써서 칙서의 글로 우리나라를 포장(襃獎)케 하고자 했으나, 지금 초고를 보니 별도로 장려하고 포상한다는 말이 없다. 그리고 '권서국사'란 말 뒤에 '광해군(光海君)'이란 3글자는 내리기에 부당한 듯하다. '돌아가거든 수령하라[至可收領]'란 글 뒤에 데려온 배신에 대해 상을 주겠다는 말을 뺐으니 매우 실망스러웠다. 통사로 하여금 서반을 청하여 오게 하여 양사와 함께 중당(中堂)에 마주 앉아 중간에 속인 연유를 따져 물으니 서반이 자못 노기를 띠었다. 상사가 질문하고 답하는 중에 말이 자주 반복되자 서반이 잔을 상 위에 두고는 옷을 털고 일어나 처마 밑에서 말을 타고 가버렸다.

(12월) 17일 경오(庚午)일. 흐림.

옥하관에 머물렀습니다. 이날 황제의 칙서가 내각에 내려왔습니다. 통사 권득중과 조안의(趙安義) 등이 표류인들과 함께 모두 병부로 나가 조사를 받았습니다. 새로 임명된 낭중 서란(徐鸞)은 옹락의 지인이었습니다. 이 때문에 표류인 중 태반이 흩어져 도망가 버렸는데도 크게 문제를 제기하지 않았습니다. 옹락이 여러 날 지체한 것은 이 때문이었습니다.

○ [부기] 옹락이 관소에 와서 양사와 이야기했다. 나는 병이 있어 나가보지 않았다.

(12월) 18일 신미(辛未)일. 흐림.

옥하관에 머물렀습니다. 옹락이 또 와서 신 등과 서로 만났습니다. 술

---

16) 서반(庶伴): 서반(序班). 명나라 예부(禮部)의 제독회동사역관(提督會同四譯官)에 속한 종 9품의 관원. 이들의 주된 업무는 외국 사신들을 전문적으로 맡아 사신들의 의례(儀禮) · 사연(賜宴) · 조공(朝貢) · 출국(出國) 등의 일처리였다. 조선 사신들은 서반을 통해 필요한 물품과 서적 등을 구매했음.

을 사다 마시며 김광득(金光得)의 행방[17]을 자세히 물으니, 옹락이 "요동에서 사신이 떠난 뒤로는 김광득의 얼굴을 볼 수 없어 반드시 사신과 함께 먼저 떠났다고 생각했었는데, 지금까지 돌아오지 않으니 이상하고 이상합니다."라 말하였습니다.

○ 순천순무 유사과(劉四科)의 주본(奏本임금에게 올리는 글)은 변경의 식량사정에 대한 긴급보고와 계주진(薊州鎭)에 생긴 위험하고 급박한 일에 대한 것이었다. 병부의 복본(覆本회답하는 문서)과 성지(聖旨중국 황제의 말)는 모두 통보에 실려 있다.

(12월) 19일 임신(壬申)일. 맑음.

날이 밝자 일행은 대궐로 나아가 동지상사(冬至賞賜동지사신이 받는 상)를 수령하였습니다.

○ [부기] 우리들은 대궐로 나아가 동지반상[冬至頒賞][18]을 받았다. 옷 1벌의 겉감과 안감·청견(靑絹) 2단·홍견(紅絹) 2단·황사(黃紗) 2단·훈사(纁紗) 2단으로 통사와 군관 등에게는 동등하게 주었고, 양사에게는 더 주었으며 종인에게는 덜 주었다. 왼쪽 궁궐문 안에 있는 환관 시(柴)씨의 집에 들어가 쉬고 있으니, 환관이 나와 술을 대접하며 자못 은근한 뜻을 보였다. 상사가 "황제의 칙서 안에 우리나라를 포장(襃獎)하는 말이 적었고 사신에게 상을 준다는 말도 빠져있다. 전 사신들이 받은 칙서와 비교한다면 완비되지 않은 듯 하니 신자의 마음이 매우 부족한 듯하오. 칙서를 받은 다음에 마땅히 예부에 글을 올리겠소."라고 하였다. 내가 말하기를, "신자가 칙서를 받들고 복명하는 의리에 있어서 이것은

---

17) 김광득의 행방: 김광득은 9월 25일 산해관 쪽에서 표류했던 중국인들을 압송하는 일을 담당한 역관이다. 그의 행방이 묘연해져서 지속적으로 행적을 탐문하였다. 11월 25일에도 그의 행적을 찾아보았으나 확인하지 못하였다.
18) 동지반상(冬至頒賞): 동지사신이 중국에서 상으로 받는 물품.

매우 잘못된 일입니다. 단지 중국 조정은 인접국가의 부류가 아니고 황제의 칙서 또한 서계나 자문의 종류가 아니므로, 문자 사이에 탈락되거나 잘못된 일을 가지고 이미 칙서를 받은 다음에 고치기를 청한다면, 이는 예부에서 들어주지 않을 뿐만 아니라 우리들은 감히 발언할 수 없는 것입니다."라고 하였다. 상사가 "황제의 말씀이 한번 공표되면 모든 나라가 그것을 바라보게 될 것이니 조금이라도 구간(苟簡대충대충 소홀히 함)함이 있다면 중국 조정에게도 국가의 체통을 잃는 일이 될 것이니 비록 열 번을 바꾸더라도 무방하오. 만약 이러한 뜻으로 정문(呈文)한다면 만에 하나라도 일이 생길 염려가 없을 것이고 비록 혹시 들어주지 않더라도 완전하지 않은 칙서를 가지고 돌아가는 것보다 오히려 나을 것이오."라고 하였다. 내가 말하기를, "중국 조정의 각로와 여러 관리들이 만약 이러한 뜻으로 고치기를 청한다면 괜찮겠지만 다른 나라의 배신이 이미 은혜로운 칙서를 받았다면 사소한 문자의 잘못을 가지고 미진한 곳을 지적하여 감히 지엄한 자리에 계시는 분에게 고치기를 청하는 말을 꺼내는 것은 불가합니다."라고 하였다. 상사가 이미 정문의 초안을 마련하였으나, 우리들이 반복하여 서로 논란하였으므로 끝내 정문하지 못하였다. 황혼 무렵에 관소로 돌아오니 양사가 와서 이야기했다.

(12월) 20일 계유(癸酉)일. 맑음.

사경에 일행은 대궐로 나아가 어제의 상사(賞賜) 및 전날 흠사하정(欽賜下程)의 은혜에 대해 사례하였습니다. 관소로 돌아오니 광록시에서 상마연의 연회를 면하는 것을 이유로 절은(折銀)을 보내왔습니다. 이날 개시(開市)를 열었습니다.

○ [부기] 사경 초에 대궐로 나아가 사은숙배하고 오배삼고두례(五拜三叩頭禮다섯 번 절하고 세 번 머리를 조아리는 예)를 행하였다. 통사로 하여금 토산물들을 가지고 어제 환관 시(柴)씨가 술을 대접한 예에 답례하게 하

였다. 관소로 돌아오니 전날 면연은(免宴銀) 1냥 4전 5푼이 왔는데, 양사에게는 많이 주었고 통사와 군관에게는 적게 주었으며 종인에게는 더욱 적게 주었다. 이날 관소에서 개시를 열었다. 저녁에 상사의 방에 가서 칙서를 고쳐달라고 글을 올리는 일의 부당함을 논변하였으나, 상사가 듣지 않았다.

(12월) 21일 갑술(甲戌)일. 맑음.

옥하관에 머물렀습니다.

○ [부기] 이날도 개시를 열었다.

(12월) 22일 을해(乙亥)일. 맑음.

옥하관에 머물렀습니다. 신 등은 토산물로 유구국 사자(使者)에게 예물을 보냈습니다. 병부에서 회답하는 자문이 왔고 예부의 제본이 내려왔습니다. 표해인들을 돌려보내 준 데에 대한 흠사를 청하니, 조선국왕과 순해원역(巡海員役감역관 군졸)에게 은 480냥을 내렸고, 성지를 내려 "지금 내탕고가 비어 은냥은 태복시(太僕寺)[19]가 급여하게 하니, 해당부서는 이를 알라"고 하였다.

○ [부기] 우리들이 토산물로 유구국의 사신에게 예물을 보내니, 유구국의 사신 정자효(鄭子孝)·오의자(吳儀子)·정새 등은 즉시 회사첩(回謝帖)을 보내왔다. 병부에서 회답하는 자문이 왔다. 이날도 개시를 열었다가 닫았다.

---

19) 태복시(太僕寺): 중국조정의 중앙기구. 황제의 거마(車馬)와 목축에 관한 일을 관장함.

(12월) 23일 병자(丙子)일. 맑음.

옥하관에 머물렀습니다. 예부의 제본이 내려왔습니다. 승습(承襲아버지 사후에 그 작위를 이어받음)의 일로 내관을 보냈습니다. 전에 조선국왕 책봉의 내용으로 성지를 받들고 온 사람이었습니다. 내관감(內官監)[20]우소감(右少監) 유용(劉用)을 만나 칙서를 베꼈습니다. 아울러 예부에서 상주하여 종사명신(從祀名臣) 진헌장(陳獻章)[21]·호거인(胡居仁)[22]·왕수인(王守仁)[23] 등에게 시호를 줄 것을 청하고 성지를 받들었습니다. 진헌장 등은 이미 배향되어 있어, 보시(補諡) 내려주는 것을 윤허[준허(準許) 청원에 의해 허가]하였습니다.

○ [부기] 상사가 초안을 작성하고 나서 회의할 한 장소를 말해 마침내 부사 방에 모였다. 내가 "정문의 초안을 이미 보았습니다. 다만 제 생각으

---

20) 내관감(內官監): 환관 조직의 단위 명칭. 명대의 환관조직은 십이감(十二監), 사사(四司), 팔국(八局)으로 나뉘며, '이십사위문(二十四衙門)'이라고 함. 내관감은 12감 중의 하나.

21) 진헌장(陳獻章, 1428~1500) : 명대 이학가(理學家)·시인·시론가. 자는 공포(公浦), 호는 석재(石齋), 시호는 문공(文恭). 명나라 하직인사의 선구적 역할을 수행한 인물.

22) 호거인(胡居仁, 1434~1484): 명나라 강서(江西) 여간(餘幹) 사람. 자는 숙심(叔心)이고, 호는 경재(敬齋). 오여필(吳與弼) 문하에 들어가 정주학(程朱學)의 정통을 이어받았다. 백록서원(白鹿書院)과 동원서원(洞源書院)에서 강의했고, 회왕(淮王)의 초청으로『역(易)』을 강의하였다. 저서에『거업록(居業錄)』8권과『경재집』3권,『역상초(易象鈔)』,『호문경공집(胡文敬公集)』등이 있음.

23) 왕수인(王守仁, 1472~1529): 중국 명대 중기의 학자이자 양명학의 시조. 절강(浙江)사람으로 자는 백안(伯安), 호는 양명(陽明), 시호는 문성. 관직은 남경병부상서(南京兵部尙書)에 이르렀고 신건백(新建伯)에 봉해졌다. 육구연(陸九淵)으로부터 시작된 지행합일(知行合一)과 치양지(致良知) 설을 세워 심즉리(心卽理)의 양명학을 이루었다. 그의 학파를 요강학파(姚江學派)라고도 한다. 왕희지 행서를 잘 썼고 초탈한 기품이 있었다. 문집에『왕문성공전집(王文成公全集)』이 있음.

로는 사소한 문자가 비록 누락됨이 있더라도 국가의 긴급하고 중요한 일이 아니라면, 이러한 이유로 황상께서 이미 내리신 칙서에 대해 고치기를 요청하는 것은 불가합니다. 두세 번 이미 말했으나 말이 신임을 받지 못하니 어찌하겠습니까?"라고 말하자, 상사가 발끈 성내어 말하기를 "만약 이로 인해 우리나라에서 일이 생긴다면 내가 이를 감당하고 타인에게 누가 미치지 않게 하겠소. 서장관은 이미 사헌부의 직함을 겸했으니 바로 대간(臺諫)24)이오. 사유를 갖추어 탄핵할 수도 있고 혹은 문견사건에 죄목을 나열할 수도 있으니 임의대로 하시오. 나는 죄를 받으면 될 뿐이오. 의사가 이미 다르니 어찌 동일하게 할 수 있겠소."라고 대답하자, 내가 말하기를 "앞에서 말씀을 다하셨으니 강변하지 않겠습니다."라하고 얼마 후 부사에게 정문의 초안을 보게 하니, 부사도 나와 같은 관점으로 보았다. 상사가 노기를 띠고 "의사가 이미 다르니 볼 필요가 없소."라고 말하자, 내가 "상사께서 홀로 글을 올리는 것이 좋겠소." 라하고는 마침내 일어나 밖으로 나왔다. 제독과 서반이 재촉해 명령하기를 25일에 칙서를 받고 인하여 사조(辭朝임금에게 하직인사)하라고 하였다. 이날을 넘기면 정월 20일 이후에나 사조할 수 있다는 것이었다. 상사는 칙서가 아직 완결되지 않았다는 이유로 권득중으로 하여금 다만 수칙보단(受勅報單조직을 받은 단자)만 올리고하고 사조보단을 올리지 못하게 하였다. 권득중이 홍려시에 가려고 하자 서반이 "너희들은 이미 국사(國事)를 마쳤는데 무슨 이유로 사조하지 않고 오랫동안 관에 머물고 있는가?" 하고는 제독에게 끌고 가 알렸다. 제독이 상통사를 불러내어 책망하되, "일이 이미 완결되었는데 무엇 때문에 지체하는가? 칙서를 받은 날에 사조 하는 것이 전례이거늘 어찌 너희들은 전례를 깨트리려고 하는가?" 하고 준엄하게 꾸짖었다.

---

24) 대간(臺諫): 조선(朝鮮) 시대(時代) 때 간언(諫言)을 맡아보던 관리(官吏). 사헌부(司憲府)·사간원(司諫院)의 벼슬을 통틀어 이르던 말.

12월 24일 정축(丁丑)일. 맑음.

옥하관에 머물렀습니다. 통사 이민성·신계도 등으로 하여금 제독에게 표문을 제출하고 중국사신 웅화(熊化)를 만나게 하니 성지가 내려오지 않았다는 이유로【복색을 내려주기를 청하는 제본이 아직 내려오지 않았다.】만나주지 않았습니다. 또 궐내에 들어가 책봉을 알리러 가는 중국사신 유용(劉用)을 만나기를 요청하니, 표첩이 없으므로 입궐하여 서로 만나는 것이 불가하다며 다음날 표문을 고쳐 제출하고 들어오면 서로 만날 수 있다고 하였습니다.【내준 표문이 다만 행인사(行人司사신을 담당하는 관청)만 볼 수 있는 표문이기 때문이었다.】제독과 서반 등이 다음날 사조하고 칙서 받기를 재촉하였습니다. 신등은 사조는 마땅히 일찍 해야 하겠지만 칙서를 받는 일이 늦어졌으니 청컨대 다음날 칙서를 받고 뒷날 사조하겠다고 하였습니다. 제독이 말하길, 이때를 넘기면 세시(歲時설 연휴)라서 각 관서가 쉬므로 사조와 사당(辭堂귀국인사)이 쉽지 않으니 반드시 다음날 사조 하라고 하였습니다.

○ [부기] 상통사 권득중이 홍려시에 가서 수칙보단과 사조보단을 올렸독.

(12월) 25일 무인(戊寅)일. 맑음.

사경에 신 등은 대궐로 나아가 사조하고 칙서받는 일로 오문 밖에 머물렀습니다. 진시(辰時) 말에 한림(翰林) 조용광(趙用光)이 궐 안으로 들어갔습니다. 잠시 후 서반(序班)이 신 등을 이끌고 오문(午門)의 오른쪽을 경유하여 회극문(會極門)으로 돌아 들어갔습니다. 내관의 빈 집에서 기다리다가 붉은색 비단과 옥띠를 한 황제의 총환(寵宦)이 왔기에 마주 서서 이야기를 나누었습니다. 그는 우리나라 도리(道里)의 멀고 가까움, 흰 옷[素服]을 입는 이유 등을 물었습니다.【중국은 무늬가 없는 흑단령(黑團領)으로 일상복을 한다.】또 함께 서 있던 환관들에게 '동국(東國조선)인의 예의와 법식, 의관은 중국과 다를 것이 없다'라고 말하며 여러 번 손가락으로 가리키고 돌아보며 서로 말하더니, 신 등에게 뜨거운 차를 대접하였습니다. 신 등도 통사를 시켜 중국사신 유소감(劉少監)의 나이가 얼마이며, 언제 조선으로 출발하는지에 대해서 물어 보니, '나이는 50여 세이고 떠나는 시기는 정해지지 않았지만 아마도 2월 쯤 될 것 같다'고 대답하였습니다. 잠시 후 서반이 다시 신들을 문화전(文華殿) 계단 아래로 인도하여 어로(御路임금이 다니는 길)의 동쪽과 서쪽에서 마주 섰고, 내관은 칙서를 받들고 동쪽계단 위에 섰으며, 한림은 서쪽계단 위에 섰습니다. 신 등 3인으로 하여금 어로 위에 올라와 북쪽을 향하여 절하게 하였습니다. 내관이 칙서를 한림에게 주니 한림은 칙서를 받아 종종걸음으로 계단을 내려와 상사에게 주었습니다. 상사가 앞으로 나아가 무릎을 꿇고 받았습니다. 세 번 머리를 조아린 후 칙서를 받들고 나왔습니다. 광록시에서 차린 주반(酒飯)을 마치고, 신 등은 오문 앞으로 나아가 사은 숙배하고 나왔습니다.

○ 중국 조정의 대소관원은 모두 동·서 장안문 안에서 가마를 내려 승천문과 오문을 걸어 들어간다. 그러나 환관만은 서화문·동화문 등에서도 말을 타고 회극문·귀극문 등을 들어간다. 관직이 높은 자는 앞에서 인도하는 자와 뒤에서 호위하는 군사가 수십 명이나 되었다. 궐내에서 비단도포를 입고 옥대를 하여 눈이 아찔할 정도로 화려하게 입은 자들은 모두 환관이었다. 고황제(高皇帝명 태조 주원장)와 성조(成祖: 명 3대 황제) 때에는 환관을 대우하는 것이 매우 엄격하여 단지 물 뿌리고 청소하며 어지(御旨)를 전하는 일만을 맡겼을 뿐이다. 지금은 이렇게 법처럼 되어서 다시 바꿀 수 없었다. 신 등은 다시 통사에게 궐내의 여러 기이한 일들을 탐문하게 하니, 황상이 10월 10일 쯤 갑자기 담색증(痰塞症)의 낌새가 발발하여 궁궐 안이 허둥지둥하다가 다음날 회복되었다고 하였습니다. 태감 고회(高淮)[25]가 수 만의 자금을 궁 안으로 거둬들였는데 명목상으로는 궁궐의 죄수를 감독하기 위해서라고 하였으나 실제로는 죄인을 잡

아 가두지 않고서 대궐에서 마음대로 횡행한다고 하였습니다.

○ [부기] 사경에 대궐에 나아가 사조했고 유구사신과 달자(獐子)등도 같은 날 사조했다. 달자는 이보다 먼저 와서 아직까지 돌아가지 않고 관소에 머물러 있던 자로 오늘 사조했다. 우리들은 칙서를 받는 일로 오문 밖에 머물렀으나, 칙서를 받을 때에 궐내의 관원이 전례에 따라 인정(人情뇌물)을 요구하였다. 인정을 주지 않으면 심하게 모욕을 당하기 때문에 은 3냥과 부채 등의 물건을 그들에게 주었다. 진시 말에 한림 조용광이 안으로 들어갔고 잠시 후에 서반이 우리들을 이끌고 오문의 동쪽으로 들어갔다. 오문 안에는 금천(禁川)이 횡으로 흐르고 하얀 돌기와로 축대를 쌓고 돌난간을 둘렀다. 동쪽에는 회극문이 있고 서쪽에는 귀극문이 있으며, 귀극문의 서쪽에는 서화문이 있고 회극문의 동쪽에는 동화문이 있었다. 금천 안에는 성이 있고 성 안에는 또 시내가 있었으며 만세산 및 황궁[鳳闕]은 멀지 않은 곳에 있었다. 여러 겹의 누각들이 함께 높이 솟아 모두 황색기와로 덮여 있었다. 마치 천 개의 봉우리가 우뚝 솟아 붉은 해가 빛을 반사하는 것 같았다. 이곳에 이르자 비로소 궁궐의 장관을 다 보게 되었다.

(12월) 26일 기묘(己卯)일. 눈.

옥하관에 머물렀습니다. 옥하관 부사가 와서 상견을 청하여 신 등은 당 앞에 나아가 만났습니다. 옥하관 부사가 "염초(焰焇화약의 재료) 값이 헐값이라 파는 자들 대부분이 원망하며 하소연하므로 와서 상의할 따름입니다."라고 말하였습니다. 신 등이 "마땅히 전례를 살펴서 값을 정해 피차간에 모두 편안하도록 합시다."라고 답하니, 옥하관 부사가 당(堂)으

---

25) 고회(高淮): 명나라 만력제 시기의 환관으로 요동의 광산 개발과 세금 징수를 위하여 파견됨.

로 돌아갔습니다. 신 등이 곧장 가서 답례하였습니다. 옥하관 부사가 당 안에 들어오길 청하여서 뜨거운 차를 매우 공손하게 대접하였습니다. 예부에서 행인사(行人司사신을 담당하는 관청)의 복색에 대해 요청했던 제본(題本황제에게 올리던 공식요청문서)이 내려왔는데, 성지(聖旨)로 줄 것을 윤허한다고 하였습니다.

○ [부기] 예부(禮部)의 사람이 와서 사당(辭堂)할 것을 재촉하였다. 또 관청에 딸린 말까지 보내어 재촉이 심히 급했다. 이는 정월 초하루가 이미 임박했으니 이 날이 지나면 오랫동안 좌당하지 않기 때문이었다. 상사는 정문에 대한 논의를 따르지 않는 것에 화를 내며, 다음날이 대기일(大忌日)이라 갈 수 없다고 핑계하면서 여러 차례 미안하다는 말[未安之語]을 보내왔다. 우리들도 독단으로 행하기가 곤란하여 반복해서 서로 따져 물었다. 날이 저물어 관청이 문을 닫자 패자(牌子관청의 허가서를 가진 자) 등이 말을 끌고 되돌아갔다.

(12월) 27일 경진(庚辰)일. 맑음.

옥하관에 머물렀습니다. 별통사(別通事) 이민성(李民宬)에게 명령하여 진주사(陳奏使)[26]가 머물러 둔 역관 신계도(申繼燾) 등으로 하여금 웅천사(熊天使중국 사신 웅화)의 집에 가서 정문하고 겸하여 출발하는 날짜를 탐문토록 하였습니다. 웅천사가 친견하고 차를 대접하는데 행동거지가 단아하고 언사가 온화하며 점잖았습니다. 웅천사는 병자(丙子)년 생으로 신축(辛丑)년 진사시에 합격한 강서(江西) 청강(淸江) 사람입니다. 문답한 말은 모두 지난번의 장계에 갖춰져 있습니다. 오종도(吳宗道)의 아우 귀도(貴道)가 마침 웅천사의 집에 왔다가 민성 등을 보고는 스스로

---

26) 진주사(陳奏使): 조선시대 외교적으로 중국에 통고해야 할 일이 생긴 경우 임시로 파견한 사신.

내가 유(劉) 태감을 따라 나간다고 말하었고, 또 유 태감이 요구하는 물품 목록을 민성 등에게 보였습니다. 또 말하기를 "너희 나라가 엄(嚴엄일괴(嚴一魁))과 만(萬만애민(萬愛民)27))을 대접한 전례가 있으니 이번 행차는 예전에 비해서 더 대접하라고 조선에 통보하라"라고 하었습니다. 장세작(張世爵)이라는 사람이 있었는데 일찍이 우리나라에 왔었는데 역관과 서로 아는 사이였습니다. 역관이 전하기를 "내가 태감을 수행해 가려고 하는데 태감이 거느린 사람 2백 명은 각각 은 200냥을 바친 다음에 데려 갈 수 있다. 알지 못하겠구나! 너희 나라가 2백 명의 요구에 부응할 수 있겠는가?"라고 하었습니다. 또 역관 등이 대답하기를 "우리나라는 국고가 바닥난 상태이고 또 임금의 상(喪)을 당하여 공사 간에 재물이 다 없어졌으니 비록 조사(詔使)28)가 오더라도 또한 뜻에 걸맞게 하지 못할까 두려운 데 하물며 2백 명의 하인들이겠습니까?"라고 하었습니다. 세작이 "나 또한 너희 나라가 잔파(殘破)되었음을 안다. 얻는 돈이 쓴 돈을 보충하지 못할까 두려움으로 가지 않을 뿐이다."고 말하었습니다.

○ [부기] 진주사가 돌아갈 때에 천사(天使)에게 주는 정문을 초하여 신계도에게 부쳤다. 이에 이르러 계도와 민성이 웅천사의 집에 가서 출발하는 날짜를 탐문하었다. 웅화가 친견하여 말을 건네되 계도 등이 정문하여 두목(頭目)29)과 가마꾼과 나팔수는 간단하게 데려 오고 요양(遼陽)의 광곤(光棍호위무사, 도적)은 데리고 오지 말아서 작은 나라의 폐를 없애 달라 청하었다. 이에 천사가 "너희나라에 나팔수와 가마꾼이 있는가?"라고 물으니, "미리 준비하여 강가에서 기다리겠소."라고 대답하었다. "그렇다

---

27) 엄일괴(嚴一魁)와 만애민(萬愛民): 명나라의 환관. 선조의 장남인 임해군을 버려두고 차남인 광해군을 왕위에 세운 이유를 조사하기 위해서 명나라 조정에서 파견한 인물이다. 『광해군일기』 권5, 광해 즉위년 6월 15일(庚午)에 등장함.
28) 조사(詔使): 천자(天子)의 조칙(詔勅)을 가지고 오는 중국 사신.
29) 두목(頭目): 중국 국사(國使) 일행 중 무역을 목적으로 하여 따라온 북경 상인(商人).

면 어찌 반드시 데려갈 필요가 있겠는가? 나의 뜻으로는 모든 일에 있어서 너희 나라를 소란 시키지 않는 것을 위주로 하고 있으니, 데리고 가는 가정(家丁:집에서 부리는 남자 일꾼)의 수가 20명을 넘지 않도록 하고, 이 외에는 일절 데려가지 않겠다.”고 말하였다. 민성 등이 일어나 절하고 칭사한 다음 또 언제 출발할 것인지 묻자, “정월 그믐에서 2월초 사이에 떠날 것이다. 다만 나와 태감이 비록 행차를 같이 하지만 출발할 때에는 반드시 앞뒤가 있을 것이니 이 뜻을 너희나라에 통보하라.”고 하였으니, 대개 내관과 동행하고 싶지 않다는 의미였다. 통사 등이 밖으로 나오면서 중국 사신이 지은 시문(詩文)을 관가(管家)에게 요구하자, ‘어르신의 뜻을 모르는데 어찌 감히 사사로이 내어줄 수 있겠느냐’고 대답하였다.

(12월) 28일 신사(辛巳)일. 맑음.

진주사의 역관 신계도와 장세굉 등이 첫새벽에 출거장계(出去狀啓) 및 등서(謄書)한 예부의 제본과 유천사(劉天使유용(劉用))가 청구한 작은 책자를 부쳐왔습니다. 이른 아침 신 등이 예부에 가서 사당하니, 대당(大堂)[30] 및 의제사(儀制司)[31]가 현관례를 면제하도록 했습니다. 상통사 권득중에게 명하여 연로의 각 아문이 김광득의 행방을 조사하고 패(牌)를 지급하는 일을 요청하는 문서를 올렸고, 또 권득중에게 명하여 흠천감에 가서 황력(皇曆) 1백본을 받아오게 하였습니다. 이날 부마(駙馬)로 뽑힌 염흥양(冉興讓)[32]이 당에 올라 예를 행하였습니다. 흥양은 보정부(保定

---

30) 대당(大堂) : 명·청나라 시대 중앙 각 아문의 장관 및 부·주·현의 정인관(正印官).

31) 의제사(儀制司) : 정식명칭은 의제청리사(儀制淸吏司). 각종 의식과 의절을 담당하고, 봉작을 주관하던 예부소속 관청. 명나라에 의제사(儀制司), 사제사(祠祭司), 주객사(主客司), 정선사(精膳司) 등 4개의 청리사(淸吏司)가 있었음.

32) 염흥양(冉興讓) : 만력제(재위 1572~1620)의 차녀 수녕공주의 남편. 명에서는

府)³³) 어현(魚縣)사람으로 농부의 자제이며 나이는 15세인데 4월로 혼인 날짜를 잡았다고 합니다. 중국조정에서 부마에 올라 뽑힌 사람은 예부에 도착하여 머물다가 공무가 시작되는 날에 담당관을 만나 예를 행하고 예의범절을 익히다가 혼례를 마친 다음 집으로 돌아갑니다. 또 대명(大明)의 법에 제왕의 혼인은 반드시 가난하고 신분이 낮고 관직이 없는 사람의 자녀를 택하니, 이 뜻이 매우 좋습니다. 대개 교만하고 사치하고 음탕함은 부귀에서 나오고 겸공(謙恭)하고 효순(孝順)함은 빈천에서 나오는 것으로 처음에는 비록 빈천하더라도 제왕의 며느리나 사위가 되면 부귀는 저절로 소유하게 될 것이니, 이를 법으로 정한 뜻은 장차 외척이 연합하여 국정에 참여하는 폐단을 막으려는 것입니다. 지금 동궁의 곽비 (郭妃태창제(재위 1620)의 황후)도 기름 파는 평민집안의 딸인데 비가 된 다음에 자기 부친에게 금의위(錦衣衛)³⁴)의 지휘권을 주었다고 합니다.

(12월) 29일 임오(壬午)일. 맑음.

옥하관에 머물렀습니다. 유구사신이 교부했던 문서 받기를 청했는데, 이는 돌아가서 보고할 근거자료로 삼기 위한 것이었습니다. 신 등은 그 말에 의거하여 서명한 문서를 보내주었습니다. 제독 홍세준(洪世俊)이 부채 3자루를 보내 고시(古詩)를 써 줄 것을 요청하여, 신 등이 사자관(寫字官) 김취영(金就英)³⁵)을 시켜 이백(李白)과 두보(杜甫)의 고시를 써서

외척의 발호를 막는다는 명분으로 부마를 한미한 가문에서 뽑았음.

33) 보정부(保定府) : 중국 하북성 중부에 위치. 북경에서 남쪽으로 15㎞에 위치한 지역으로 정치의 중심지였음.

34) 금의위(錦衣衛) : 황궁을 호위 관리하는 친위군으로 금위군(禁衛軍)의 하나. 명나라의 특무기관으로 홍무 15년(1382)에 설치되어 황제가 행차할 때에 측근 (側近)에서 비밀을 조사하고, 체포 심문하는 일을 맡았다. 황실과 혈연관계가 있으면서 훈공(勳功)이 있는 도독(都督)을 수장으로 임명함.

35) 김취영(金就英, 1572~1639) : 조선의 문신. 안동출신으로 호는 구재(懼齋). 형

보내니 제독이 글씨를 잘 썼다고 칭찬하였습니다.

(12월) 30일 계미(癸未)일. 맑음.

옥하관에 머물렀습니다.

기유(己酉1609)년 정월 1일 갑신(甲申)일. 맑았다가 첫새벽에 바람이 붊.

옥하관에 머물렀습니다.

(1월) 2일 을유(乙酉)일. 맑음.

옥하관에 머물렀습니다.

(1월) 3일 병술(丙戌)일. 맑음.

옥하관에 머물렀습니다.

(1월) 4일 정해(丁亥)일. 맑음.

옥하관에 머물렀습니다.

(1월) 5일 무자(戊子)일. 맑음.

옥하관에 머물렀습니다.

김취성(金就成)과 함께 글씨를 잘 써서 조정에까지 알려졌다. 만년에는 사마시에 합격하여 흥해현(興海縣) 훈도(訓導)로 발탁됨.

(1월) 6일 기축(己丑)일. 맑음.

옥하관에 머물렀습니다. 부사와 서반이 비로소 와서 등청하였습니다. 요동 이후로 수토(水土)가 우리나라와는 달라서 옥하관의 수질이 매우 더럽고 맛이 짰습니다. 시일이 경과될수록 병들지 않는 자가 없어서 토사 곽란과 기침·두통을 동반하는 증세가 이와 같았으나 산해관을 벗어나면 병이 낫는다고 하였습니다.

(1월) 7일 경인(庚寅)일. 맑음.

옥하관에 머물렀습니다. 수레가 먼저 통주(通州)에 도착했으나 신 등은 다만 상을 아직 받지 못해서 관소에 머물렀습니다.

(1월) 8일 신묘(辛卯)일. 맑음.

옥하관에 머물렀습니다.

(1월) 9일 임진(壬辰)일. 맑음.

옥하관에 머물렀습니다. 삼위달자(三衛㺚子)가 고북문(古北門)을 넘어 창평부(昌平府)【도성과의 거리가 2백 리이다.】를 침범하였다는 소식을 전해 들었습니다. 경성(京城)은 경계가 삼엄하여 북문(北門)인 덕승(德勝)과 안정(安定) 등의 문을 폐쇄하였습니다.

(1월) 10일 계사(癸巳)일. 맑음.

옥하관에 머물렀습니다. 통사 등으로 하여금 적의 동태를 자세히 물어보니 어제 전해들은 것은 진짜 오랑캐가 아니었습니다. 서도(西道요동(遼

東)과 요서(遼西)지방) 총병(總兵사령관)이 적이 나타났다는 보고를 듣고 군마(軍馬)를 이끌고 밤을 무릅쓰고 달려 지나가니 거주민들이 놀라고 당황하여 허둥지둥 달아났습니다. 헛소문이 전파되어 도성 문을 닫고 경계가 엄한상황에 이르렀으나, 오늘에야 허위보고임을 알고 바로 도성 문을 열었다고 합니다.

○ 제독이 또 전날 시를 베껴서 보내고, 부채 겉면에 정자(正字)체의 글을 써 보낼 것을 요청하였습니다.【제독의 하인이 '제독이 그 서법(書法)을 매우 좋아해서 다시 구하는 것'이라고 말하였다.】 신 등은 다시 김취영을 시켜 우리나라 사람 이주(李冑)의 '통주관에서 짓다(題通州館)', 노수신(盧守愼)의 '연경으로 가는 사람을 보내다(送人赴京)', 고경명(高敬命)의 '요양관에서 짓다(題遼陽關)' 시 3편을 써서 보냈습니다. 이주[36]의 시는 다음과 같습니다.

通州天下勝	통주(通州)는 천하의 명승지
樓觀出雲霄	누대가 하늘 밖으로 솟았네
市積金陵貨	저자에는 금릉의 재화가 쌓이고
江通楊子湖	강은 양자강 호수와 통했네.
寒雲秋落渚	찬 구름은 가을 물가에 떨어지고
獨鳥暮歸遼	외로운 새 저물녘 요동으로 돌아가네
鞍馬身千里	말 탄 이 몸 천리 밖인데
登臨故國遙	통주관 올라 가 보니 고향땅은 아득하구나.

노수신[37]의 시는 다음과 같습니다.

---

36) 이주(李冑, 1468~1504) : 조선의 문신. 본관은 고성(固城)이고, 자는 주지(冑之), 호는 망헌(忘軒). 1488년(성종 19) 문과에 급제, 검열(檢閱)을 거쳐 정언(正言)을 지냈다. 1498년(연산군 4) 무오사화(戊午士禍) 때 김종직(金宗直)의 문인으로 몰려 진도(珍島)로 귀양 갔다. 1504년(연산군 10) 갑자사화(甲子士禍) 때 대궐 안에 대간청(臺諫廳)을 설치할 것을 청한 일이 있었다는 이유로 처형당함.

朱陸曾聞異	주희(朱熹)와 육구연(陸九淵)38) 진작부터 학설이 달랐고
羅王更見差	나종언(羅從彦)39)과 왕수인(王守仁) 다시 견해 차이가 있었네
論心皆衛道	마음을 논함은 모두 도(道)를 지키려 함이었으나
爲學各殊科	학문을 함은 각자 전공이 달랐네.
宇宙公言在	우주 속엔 공변된 말이 남아 있고
遼燕隱士多	요동과 연나라엔 숨어 사는 선비 많으니
銘心力搜覓	명심하여 힘써 찾아 보게나
吾道竟如何	우리 도(道)는 어떠한지.

고경명40)의 시는 다음과 같습니다.

---

37) 노수신(盧守愼, 1515~1590) : 조선전기의 문신. 본관은 광주(光州)이며, 자는 과회(寡悔), 호는 소재(穌齋)·이재(伊齋)·암실(暗室)·여봉노인(茹峰老人). 1541년(중종 36) 이언적(李彦迪)에게 배웠다. 1543년 과거시험에 장원한 후 전적(典籍)·수찬(修撰)·시강원사서(侍講院司書)·이조좌랑 등을 거쳤다. 1547년(명종 2) 윤원형(尹元衡)이 일으킨 을사사화 때 순천으로 유배되었다가 양재역벽서사건(良才驛壁書事件)에 연루되어 19년간 귀양살이를 하였다. 1567년 선조 즉위 후 풀려나 이조판서·우의정·좌의정 등을 거쳐 1585년 영의정이 되었다. 1589년 정여립(鄭汝立) 모반사건으로 기축옥사가 일어나자 정여립을 천거했다는 이유로 파직됨.

38) 주희는 성리학(性理學)을 일으켰고, 육구연은 양명학(陽明學)을 일으킴.

39) 나종언(羅從彦) : 송나라 학자. 정자(程子)의 뒤를 이은 양시(楊時)에게 배웠으며, 이를 이통(李侗)에게 전하였고, 이통은 주희에게 전함.

40) 고경명(高敬命, 1533~1592) : 조선 중기의 문신·의병장. 본관은 장흥(長興)이며, 자는 이순(而順), 호는 제봉(霽峰)·태헌(苔軒)·태사(苔槎), 시호는 충렬(忠烈). 백인걸의 문인으로 1558년(명종 13) 과거에 급제하였고, 1581년(선조 14)에는 종계변무주청사의 서장관으로 명나라를 다녀왔다. 1591년(선조 24) 동래부사를 사직하고 귀향하였다. 이듬해 임진왜란이 일어나자 전라좌도 의병대장으로 활약하다 금산 전투에서 전사함.

行到遼陽舘	일행이 요양관(遼陽舘)에 도착하니
偏多異味嘗	아주 이채로워 맛 볼 것이 많구나.
酒傾秋露白	술을 기울이니 가을 이슬처럼 맑고
柑劈洞庭黃	귤을 쪼개니 동정호처럼 노랗구나
荔子紅紗嫩	여지(荔枝)는 붉은 비단처럼 아름답고
氷丁白雪香	빙정(氷丁)은 백설처럼 향기롭네.
他年評食品	뒷날에 식품을 품평한다면
持此詫吾鄕	이를 가지고 고향에 가서 자랑하리.

(1월) 11일 갑오(甲午)일. 맑음.

옥하관에 머물렀습니다.

○ [부기] 상사와 부사가 함께 병으로 몸 저 누운 것은 모두 물이 나빴기 때문입니다.

(1월) 12일 을미(乙未)일. 맑음.

옥하관에 머물렀습니다. 통사 이민성과 권득중에게 예부로 가서 겉감과 안감 비단을 받아오라고 명하였으며, 또 예부의 회자와 김광득을 조사하라는 패문(牌文)을 받아오게 하였습니다.

○ [부기] 김광득의 사방(査訪물어보고 다니면서 하는 조사)에 대하여 연로의 각 역참이 알아야할 패문이다. 예부의 주객청리사(主客淸吏司)[41]가 사람을 찾기 위해 본부의 명을 받들어 보낸다. 조선국 통사 권득중의 고칭(古稱)에 의하면 진하동지배신(進賀冬至陪臣)을 수행하여 북경에 왔고, 아울러 표류인 대조용 등 47명을 압해(押解)하여 요동의 인수인계처

---

41) 주객청리사(主客淸吏司) : 명·청 시대에 예부에 설치되었던 외국사신 접대하던 일을 관장했던 기관.

에 도착하였다. 그 후 진하절(進賀節)이 얼마 안 남아서 배신일행은 노새를 세내어 타고 먼저 떠나면서 통사 김광득만 남겨 표류인을 데리고 뒤따라오게 하였다. 11월 28일 표류인이 이미 모두 도성으로 들어왔으나 광득만은 오지 않았다. 1개월을 기다렸으나 아직까지 흔적조차 없으니 홑몸으로 천리 길을 헤매다가 병이 들어 살았는지 죽었는지 확실히 알 수가 없고, 도중에 생각하지 못한 환란이 없었다고도 장담할 수 없으니 살펴주기를 부탁했다. 귀국할 때가 되었으니, 비록 찾고자 하나 예부의 문서가 없으면 찾을 길이 없기에 먼 나라 인명의 소중함을 비통한 마음으로 걱정하여 관문에 선포하여 주기 바란다고 간절히 청했다. 광녕과 요동 및 연로의 각 역참 등에 공문서를 보내주어 사방팔방으로 조사하여 그 사람을 찾을 수 있도록 해 준다면 은덕에 감격하여 우러러 떠 받들 것이라 하였다. 예부에 내린 문서를 주객청리사에 보내니 일이 합당한지 미리 헤아려 즉시 시행하라. 이와 같이 패문을 발급하여 통사 권득중 등이 이를 가지고 먼저 가면서 관(關)・진(津)・역(驛)・체(遞) 등을 만나면 즉시 패문을 대조하고 사리를 갖추어 조선 통사 김광득이 과연 관을 지났는지, 역에 도착해 편안히 쉬고 있는지 아니면 병고가 있는지 등의 사정을 조사하고 명백히 밝혀 먼 곳에서 온 사람의 근심을 위로하고 불편함을 감추지 않도록 하라. 반드시 패문을 지닌 자는 오른쪽에 패문을 차고, 역(驛)・체(遞) 등의 아문을 지나게 하니, 이에 준하여 통사 등도 또한 돌아갈 때 중강(中江압록강의 한 지류) 수세위관 등이 함부로 상자를 열어서 공물 수송의 일을 어지럽히는 일을 저지하라. 요양 분수도(分守道)[42]의 완료된 차부(箚付공문서)를 받아서 가지고 오라.”

---

42) 분수도(分守道) : 비상시에 임시로 지방을 지키는 직책. 명대에 일방(一方)을 총진(總鎭)하는 것을 진수(鎭守), 일로(一路)를 독진(獨鎭)하는 것을 분수, 일성(一城)이나 일보(一堡)를 각기 지키는 것은 수비(守備), 주장(主將)과 함께 일성(一城)을 지키는 것을 협수(協守)라고 함《明史 卷76 職官志》.

(1월) 13일 병신(丙申)일. 맑음.

옥하관에 머물렀습니다. 사조 후에 이미 하정(下程)을 받았으나, 상하 모두 양식이 떨어졌고, 관부(館夫)가 문을 잠가 들어가 볼 수 없었으며 땔감과 물을 구할 길이 끊어져 군관과 종인(從人) 등이 굶주렸습니다.

(1월) 14일 정유(丁酉)일. 아침에 맑다가 저녁에 흐림.

옥하관에 머물렀습니다. 중국의 풍속은 1월 15일로 상원절(上元節정월 대보름)을 삼아 관등놀이를 행합니다. 14일부터 16일까지 집집마다 등불을 켜놓으니 마치 별이 늘어선 것 같았습니다. 또 사방으로 통하는 큰 길과 시장 가운데에 특별히 큰 등을 매달아 남녀들이 분주히 뛰어 다녔습니다. 대소 관원들에게는 모두 3일간의 휴가가 주어집니다. 패자가 와서 말하기를 상은(賞銀)의 일은 병부에 이미 괘호(掛號번호를 매겨 등록함)되었으니, 18일에는 마땅히 발급될 것이라 하였습니다.

(1월) 15일 무술(戊戌)일. 맑음.

옥하관에 머물렀습니다. 걸어서 북관 후원으로 나오니 하루살이가 어지러이 날아다니고 물가 모래톱[莎觜]은 녹색을 띠었습니다. 이는 도성에 따스한 풍경이 먼저 들어왔기 때문입니다.

○ [부기] 양사와 더불어 제독청(提督廳)에 출유(出遊)하였다. 제독청은 동조(東照)의 북쪽에 있는데 무신(戊申)년 맹추(孟秋음력 7월)에 중수하였으며, 이름을 새긴 돌비석이 있는데 이 또한 무신년 가을에 새긴 것이다. 앞문의 편액은 '춘관행성(春官行省)'이었고 당 뒤의 편액은 '순치위엄(順治威嚴)'이었다. 후침(後寢)의 뒤에 또 당이 있는데 편액은 '무실헌(茂實軒)'이었고 무실헌 북쪽에 화체(花砌꽃무늬 계단)가 있으며, 그 곁으로 잣나무, 느릅나무, 버드나무 등이 줄지어 있었다. 또 북원(北園)에

출유하니, 모래톱이 이미 녹색이었다. 황혼에 또한 양사와 전당(前堂)으로 나오니 역관 등이 뜰에서 모란꽃 불을 쏘아 올렸다.

(1월) 16일 기해(己亥)일. 맑음.

옥하관에 머물렀습니다. 관인(館人)이 와서 말하기를 18일에 상을 받을 것이 틀림없다고 하였습니다.

(1월) 17일 경자(庚子)일. 맑음.

옥하관에 머물렀습니다.

(1월) 18일 신축(辛丑)일. 맑음.

상통사 권득중을 예부에 보내 상을 받도록 하였고, 이민성을 응천사의 집에 보내 하직인사를 하도록 하였습니다. 권득중이 예부에 나아갔으나 감찰어사인 대(戴)씨 장보(章甫 유생이나 선비를 지칭하는 말)가 병을 핑계로 나오지 않아 태복시(太僕寺)에서 상을 발급하지 못하였습니다. 이민성이 응천사의 집에 가니 그가 칙서에 대한 회의의 일로 외출하여 만나볼 수 없다고 하였습니다.

○ [부기] 신 등은 표문을 제출하고 국자감에 갔다. 관소로부터 옥하교를 건너 동쪽 장안문 밖을 지나고 궁성의 동쪽으로 돌아 나왔다. 또 동화문(東華門)을 지나니 바깥은 문화전(文華殿)의 동북쪽이었고 10리쯤 되는 곳이 태학관(太學舘)이었다. 문을 지키는 자가 돈을 요구하고 막으며 곧바로 문을 열지 않아 우리들은 서문 안에서 오랫동안 기다렸다. 비각 안에는 네 개의 석비가 있었으니, 하나는 문묘의 그림이었고 다른 세 개는 홍무(洪武 명 주원장 때의 연호(1368~1398년)) · 영락(永樂 명 3대 황제 영락제(永

樂帝) 때의 연호(1403~1424)) 연간 및 역대(歷代)의 학규(學規)와 칙유(勅諭)
였다. 학록은 바빠서 모두 기록하지 못하였으나, 다만 홍무16년 및 30년
의 학규와 영락 연간의 공표한 학규 중 가장 중요한 것을 기록하였다.
잠시 후에 문이 열렸고, 두세 서생들이 앞에서 인도하여 뜰 안으로 들어
갔다. 사배례(四拜禮)를 행하고 성전(聖殿)에 들어가 위차(位次자리순서)
를 삼가 열람하니, 오성십철(五聖十哲)43)의 위차는 우리나라와 같았다.
동쪽과 서쪽의 곁채에는 또 칠십자(七十子)44) 선유(先儒)의 위판이 있어
우리나라와 같았다. 계성묘(啓聖廟)45)는 성전의 동쪽에 있고 명륜당은
성전의 뒤쪽에 있었으며, 여러 학당과 강당 및 감생전(監生殿)이 좌우에
열 지어 늘어서 그 수를 기록할 수 없을 정도였으나 날이 저물어 두루
살펴볼 겨를이 없었다. 성전의 동쪽과 서쪽 곁채의 여러 방들은 모두 푸
른 기와로 덮여 있었고 성전의 앞에는 3중문이 있었으며, 제2문 안 좌우
에는 주선왕(周宣王)46) 때의 석고(石鼓) 8개가 있었다. 크기는 하나의
큰 돌 항아리만 하였고 글자는 거의 떨어져나가 8~9개중 1~2개만이 남아
있었는데, 모두 전서(篆書)47)와 주서(籀書)48)였다. 곁에는 석비 하나를

---

43) 오성십철(五聖十哲) : 문묘(文廟)에 봉안(奉安)하여 합사(合祀)하는 지성선사
    공자(至聖先師孔子), 복성공 안자(復聖公顔子), 종성공 증자(宗聖公曾子), 술
    성공 자사(述聖公子思), 아성공 맹자(亞聖公孟子) 등 다섯 분의 성인(聖人)과
    공자 문하에서 학행이 뛰어난 제자로 손꼽히는 안회(顔回)·민자건(閔子騫)·
    염백우(冉伯牛)·중궁(仲弓)·재아(宰我)·자공(子貢)·염유(冉有)·자로(子
    路)·자유(子游)·자하(子夏) 등 열 사람을 아울러 일컫는 말.
44) 칠십자(七十子) : 공자의 제자 가운데 뛰어난 70인. 기록에 따라서는 61자(子)
    또는 72현(賢)이라고 하며, 공자와 함께 국자감 문묘(文廟)에서 제사지냄.
45) 계성묘(啓聖廟) : 공자(孔子)·안자(顔子)·증자(曾子)·자사(子思)·맹자(孟
    子)의 아버지 신주를 모셔 놓고 제사 지내는 사당(祠堂). 조선 시대에는 문묘
    (文廟) 안에 있었으며 계성사(啓聖祠)라고도 함.
46) 주선왕(周宣王) : 주나라 제11대 왕. 성은 희, 이름은 정.
47) 전서(篆書) : 한자 서체. 대전(大篆)이라고도 하며 주(周)의 태사 주(籀)가 만들
    었는데 번잡하고 수식을 주로 한 것이 특징.

세워 거공시(車攻詩)[49]를 새로 새기고, 그중 이해하지 못할 곳을 풀이하였다. 중국 조정의 풍속은 도관과 절은 아름답게 꾸몄으나 국학과 문묘는 먼지로 매몰되어 인적이 드물었다. 우리나라에 있을 때 듣기를, 국자감으로부터 오다 보면 문승상(文丞相)[50]의 사당이 있다고 하여 관소의 여러 사람들에게 물었으나, 모두 문승상이 있었는지를 알지 못하였다. 나는 이러한 시시한 사람들은 알지 못하지만 태학 서생에게 물어보면 알 수 있을 것이라고 생각했다. 두세 서생들에게 물었으나, 모두 문산(文山)의 사당이 이곳에 있다는 것을 알지 못하고 다만 이르기를 이곳에서 약간 떨어진 길가에 문창묘(文昌廟)[51]라는 것이 있으니 반드시 그것일 것이라 하였다. 또 황금대(黃金臺)와 소왕총(昭王塚)의 옛 자취 및 사방득(謝枋得)[52]의 사당이 세워졌는지의 여부를 물었으나 또한 알지 못하였다.

---

48) 주서(籒書) : 한자 서체. 소전(小篆)으로 진(秦)의 이사(李斯)가 만들었다고 함.
49) 거공시(車攻詩) : ≪시경(詩經)≫ 소아(小雅) 남유가어지십(南有嘉魚之什)의 편명(篇名). 주(周)나라 선왕(宣王)이 옛날의 제도를 회복하여 안으로는 정사(政事)를 닦고 밖으로는 이적(夷狄)을 물리쳐 문왕·무왕의 영토를 회복하고 거가(車駕)와 기기(器機)를 수비(修備)하여 제후를 모아 사냥한 일을 노래한 시.
50) 문승상(文丞相) : 남송의 정치가. 여릉(廬陵) 사람으로, 이름은 문천상(文天祥, 1236~1282), 자는 이선(履善), 호는 문산(文山). 1255년에 진사에 합격했으며, 1259년 남송이 몽고군의 침입을 받으면서 수도를 옮기려할 때 반대하다 면직되었다. 1275년에 의용군을 조직하여 원에 대항하다 1276년에 바얀의 진중에서 포로가 되었다. 북송도중에 탈출하여 전투를 지속했으나 1278년 오파령 전투에서 패하여 포로가 되었다. 대도로 이송되어 3년간 옥에 갇혀 있는 동안 <정기가>를 지었다고 한다. 1283년, 46세의 나이에 사형 당함.
51) 문창묘(文昌廟) : 문창(文昌)은 문장(文章)을 관장하는 별의 이름, 선비들이 출세를 위해 이 별을 숭상하였다. 문창묘는 문창성의 신령을 기리기 위해 세운 사당.
52) 사방득(謝枋得, 1226~1289) : 장시성[江西省] 사람으로 자는 군직(君直). 호는 첩산(疊山)·문절(文節)선생. 보유(寶裕) 연간(1253~1258)에 진사(進士)로 추대되었으나 사퇴하였다. 당시 송나라는 국운이 기울어 원군(元軍)의 침공을 자주 받았으므로, 송조(宋朝)의 회복을 위해 노력하였으나 성공하지 못하여

태학생의 어리석음이 이와 같았다.

홍무 때 제정된 태학의 규칙

○ 정관(正官)은 학규를 엄격하게 제정하여 육당(六堂)[53]에서 과업을 강송한다. 생원의 순위를 세 등급의 고하로 정하고 육당 사범의 순위의 고하를 정한다.

○ 사업(司業국자감 내에 둔 학관(學官)의 이름)은 좌와 우로 나누어 각기 삼당(三堂)을 관리한다.

○ 박사 5명은 비록 5경을 분담하나 이륜(彝倫)은 함께 맡는다. 서쪽에 자리를 만들어 가르치고 육당(六堂)은 본경(本經)에 의거해 고과한다.

○ 각 당의 강관(講官)은 모든 학생의 모범이 되니 반드시 몸소 예절을 익히고 의관을 바르게 하며 솔선권면하고 삼가서 본받는 바가 있도록 하며 후학의 모범이 되어야 한다. 앞으로 감히 고의로 천하게 몸치장하고 게을러 위의를 잃는 자는 감승(監丞국자감에서 업무를 보좌하던 관원)으로 하여금 규찰하게 하고, 그것을 근거로 구분하여 처리한다. 만약 감승이 고의로 바로잡아 깨우치지 않거나 사사로운 마음을 품고 규찰을 부당하게 하면 감관(監官)의 주문(奏聞임금에게 아룀)에 따라 구분하여 처리한다.

○ 초하루와 보름에 석채례(釋菜禮)[54]를 행하는데, 각 반 생원이 한 사람씩 사당에 나아가 반열에 따라 예를 행하는 것이 가장 중요한 일이다. 감히 게으르고 예의를 잃거나 인원을 점검할 때 오지 않은 자는 호된

복건성(福建省) 건양(建陽)으로 망명하였다. 뒷날 원조(元朝)의 부름을 받아 북경(北京)으로 갔으나, 두 조정을 섬길 수 없다며 단식(斷食)하여 죽었다. 저서로 《첩산집(疊山集)》 16권, 《문장궤범(文章軌範)》 7권 등이 있음.
53) 육당(六堂) : 명나라와 청나라 시대 국자감에 설치한 솔성당(率性堂), 수도당(修道堂), 성심당(誠心堂), 정의당(正義堂), 숭지당(崇志堂), 광업당(廣業堂).
54) 석채례(釋菜禮) : 문묘(文廟)에서 공자를 비롯하여 신위(神位)를 모시고 있는 4성(四聖) 10철(十哲) 18현(十八賢)을 제사지내는 의식.

장형에 처한다.

○ 출석한 생원 모두는 예모를 단정하고 엄하게 하며, 공근하게 책을 외우고, 스승을 섬기고 벗과 친하며, 도의를 강론해 밝히며, 서로 간에 선(善)으로 권면하는 것이 가장 중요하다. 편안하고 게으르거나 두건을 벗고 옷을 벗거나, 시끄럽게 떠들고 실없이 웃거나, 왕래하면서 별다르게 시비를 담론하는 것을 허락하지 않는다.

○ 생원은 매일 밤 방에서 지내며 자거나 휴식을 취해야 한다. 술과 노래에 빠져 밤에 술 마시고 취하여 고성으로 싸우는 것을 금한다. 이를 위반한 자와 점호(點呼한 사람씩 이름을 불러 인원이 맞는가를 알아봄)시 자리에 없는 자는 모두 결책(決責장형에 처하여 나무람)을 가한다.

○ 생원은 스승이 출입할 때에 반드시 단정히 손을 모으고 기립하여 그가 지나길 기다린다. 묻는 것이 있으면 즉시 대답하고, 거만하여 예모를 그르쳐서는 안 된다. 이를 어긴 자는 호된 장형에 처한다.

○ 각 반마다 '출공입정패(出恭入靜牌)' 1개씩 주어서 각 반의 생원들로 하여금 (글자 빠짐) 생원을 내려보내 관장하게 한다. 무릇 출입할 때에 패를 지녀야 하고, 만일 패가 없이 마음대로 본반(本班)을 떠나거나 (글자 빠짐) 교야(郊野)의 집에 패를 감추는 자는 호된 장형에 처한다.

○ 모든 생원은 날마다 강습할 때에 강송부(講誦簿)를 비치하여야 한다. 매일 본명(本名) 밑에 강습 받은 것을 기록하여 검사할 근거로 삼아야 한다.

○ 모든 생원(生員)은 사서(四書)를 통달해야하고, 경서에 통달하지 못하는 자는 정의당(正義堂)·숭지당(崇志堂)·광업당(廣業堂)에 머문다. 1년 반이 지나 문리(文理)가 트인 자는 수도당(修道堂)과 성심당(誠心堂)에 올라가도록 허용된다. 1년 반이 지나 경서(經書)와 역사서에 통하고 문리가 모두 우수한 자는 솔성당(率性堂)에 올라간다.

○ 여러 유생의 의복과 두건은 조정의 제도에 따라 준수할 것을 힘써

야 하고, 일반인의 의복을 입고 머리에 쓰는 것은 대중과 혼동되므로 불허한다. 이를 어긴 자는 호된 장형에 처한다.

○ 매달 여섯 과목 시험을 보는데, 본래 경의(經義) 두 과목, 사서(四書) 두 과목이고, 조고(詔誥)·장표(章表)·책론(策論)·판어(判語)[55]·내과(內科) 중에 두 과목이다. 이 여섯 과목 수에 미치지 못했는데 날마다 완성했다고 고쳐 보내 무리와 함께 진급하는 것을 허락하지 않는다. 이를 어긴 자는 호된 장형에 처한다.

○ 매일 한 폭의 글씨를 필사하는데, 매 폭은 16행(行)이며 각 행은 16자(字)로 쓰되 집안의 격식이나 혹은 왕희지(王羲之서성(書聖)인 동진의 서예가)·왕헌지(王獻之)·안진경(顏眞卿중국 당나라 때의 대신이자 명필가)·유공권(柳公權중국 당대의 서예가)의 글씨에 구애받지 않는다. 점획은 반드시 단정한 해서(楷書)로 그날 다 써서 본 반(班)의 선생에게 나아가 올린다. 고칠 때 동그라미를 치는데, 고친 글자의 수가 적은 자를 최고의 등급으로 한다.

○ 생원 중에 진짜 병이 있고 가정이 없는 나이어린 자는 양병방(養病房)에서 요양하는 것을 허락하되, 번호를 매긴 방[號房] 안에서 이리저리 흩어져 쉬는 것을 허락하지 않는다. 가정이 있는 어린 자만 본가(本家)로 가게 한다. 만약 병이 없는데도 병을 핑계로 밖으로 나가 방탕히 노는 자는 점호할 때 그 사실을 밝혀 호된 장형에 처하고 즉시 반으로 돌아가게 한다.

○ 여럿이 모여서 식사할 때에는 예의 바르고 정숙해야 하고 공손히 마시고 먹을 것이며, 시끄럽고 떠들썩하게 앉고 일어섬을 불허한다. 이어서 사사로이 선부(膳夫궁중의 음식을 맡은 벼슬아치)를 핍박하여 외부로 밥을 보내 먹임으로써 늠선(廩饍태학의 생원에게 국가에서 지급하는 식사 보조금)을 낭비하는 것을 불허한다. 이를 어긴 자는 호된 장형에 처한다.

---

55) 판어(判語) : 과거고시 중 내용의 하나. '疑事'에 대하여 판단하는 것을 시험함.

○ 초하루와 보름의 휴가일에 밖에서 술에 취하여 길거리와 마을에 눕거나 이로 인해 일을 일으키고 서로 싸우고 구타하여 풍속과 교화를 해치는데 이르러서는 안 된다. 이를 어긴 자는 호된 장형에 처한다.

○ 안팎의 호방을 항상 청결하게 하는데 힘써야 한다. 이처럼 각 생원의 방 앞을 점검하여 만약 더럽게 한 자가 있다면 호된 장형에 처한다.

○ 모든 인원의 선발은 제수(除授임명)・차사(差使파견)・판사(辦事공무처리) 등으로 하되, 감히 두려워 피하고 몸을 숨기며 당(堂)에 나아가지 않는 임용대기자가 있다면, 주문(奏聞)하고 구분해서 처리한다.

○ 내외호방의 각 생원은 집안사람을 데리고 와서 방안에서 재우고 쉼으로써 사단을 만들고, 시비(是非)를 야기 시켜서는 안 된다.

○ 생원은 다만 앞항의 규정을 어긴 것이 있으면 학기가 끝나는 즉시 승건청(繩愆廳)[56]으로 보내어 과실을 기록하되, 자주 어겼음에도 뉘우쳐 고치지 않는 자는 주문(奏聞)하고 구분해서 처리한다.

○ 학교라는 곳은 예절과 의식을 우선으로 하는 곳이다. 각 당의 생원은 매일 해당하는 사서와 역사 수업을 갖추어 받아야 한다. 스승과 함께 있을 때는 앞에 서서 듣고, 의문이 있는 것을 강론하고 해석할 때에는 반드시 무릎을 꿇고 들어야 한다. 오만하고 불공하여 예법에 어긋나는 행동을 해서는 안 된다.

○ 재학 생원은 마땅히 효제충신(孝悌忠信)과 예의염치(禮義廉恥)를 우선으로 하고 스승을 높이고 벗과 친하게 지내며 충후(忠厚)한 마음을 양성(養成)하는 것으로써 뒷날의 쓰임으로 삼아야 한다. 감히 사장(師長 스승과 나이 많은 어른)을 헐뜯고 욕하거나, 일을 일으켜 남을 고자질하는 자는 곧 명성을 구하고 의리를 범하는 일에 관계되어 풍속과 교화를 해

---

56) 승건청(繩愆廳) : 고대(古代) 중국(中國)에 천자(天子)의 나라에 설치(設置)한 대학(大學)인 벽옹(辟雍)에 있는 청당(廳堂).

치게 되니 죄인으로 확정하여 곤장 1백 대를 치고 운남(雲南) 지방에 보내 군사로 충원한다.

○ 태학(太學)을 개설하여 여러 생원을 교육하는 것은 성리(性理)를 강학(講學)하고자 하는 것이니 사물의 본체를 밝히고 적용에 힘써야 한다. 앞으로 모든 생원들은 본당(本堂)에서 강명하고 학업을 익히는 것만 허락하니, 오로지 수양에 일취월장(日就月將)할 것을 오로지 하여, 별당(別堂)에 왕래하거나 서로 끌어당겨 타인의 장단점을 따지는 일로 인해 서로 얽혀서 나쁜 짓을 해서는 안 된다. 이를 어기는 자는 승건청에서 규찰(糾察)하여 엄히 취재한다.

○ 사생(師生교사와 학생)의 늠선(廩膳)은 이미 세운 장찬(掌饌먹거리를 담당한 자)으로 그 직무를 전담하게 하며, 주역인(廚役人부엌에서 일하는 자) 등으로 그 업무를 맡게 한다. 당에 올라 회찬(會饌)할 때에는 이미 정해진 규칙이 있으니 차후엔 다시 감병(監餠)생원을 세우지 않도록 한다. 매일 모든 생원들이 모여서 식사할 때에 식당에 가서 공동으로 먹고 마셔야 하며 마음대로 주방에 들어가 음식의 맛이 좋고 나쁨에 대해 논하거나 선부(膳夫)를 때려서는 안 된다. 이를 어긴 자는 곤장 50대를 치고 원적(原籍)에서 내쳐서 신분에 맞추어 그 일을 맡게 한다.

○ 각 당의 교관은 반마다 후중(厚重)하고 부지런한 생원 1인을 뽑아 재장(齋長)으로 충원하고 여러 생원들을 감독하고 통솔하게 한다. 매일 각 재에서는 재장 4인을 이륜당(彝倫堂)에 교대로 보내 당직하는 날 생원들의 예의를 정리하고 점검하여 등급에 따라 차례로 서게 한다.

○ 당우(堂宇)와 숙사(宿舍)는 모두 정리정돈이 되어있고 필요에 따라 사용하는 물건들은 모두 구비되어 있으니 항상 깨끗이 하는 데에 힘쓴다. 직접적인 관계가 없는 사람 등이 함부로 들어오는 것을 금한다. 재학인원(在學人員) 중에 감히 물건을 훼손시켜 못쓰게 만드는 자는 승건청에서 철저히 조사하고 징계하여 다스린다.

○ 본 태학감의 관원 및 관생(官生귀족신분의 학생)과 민생(民生평민신분

의 학생) 모두 집안사람이나 집안의 종을 데리고 학교에 함부로 들어와 소란스럽게 하거나 더럽히는 것을 금한다. 이를 어기는 자는 승건청에서 철저히 조사하고 징계하여 다스린다.

○ 장찬(掌饌)의 직무는 음식을 공급하는 일을 전담하니 각별히 공경함에 힘쓰며 모든 일에 태만하거나 소홀히 해서는 안 된다. 사생 중에 병에 걸려서 걷지 못하는 자는 선부(膳夫)로 하여금 음식을 보내는 것을 허락한다. 만약 병이 없는데도 동료들과 함께 와서 음식을 먹지 않는 자는 당일의 음식을 주지 않는다.

○ 사생이 먹는 음식재료는 일일이 구비하여 학기 중에 부족함이 없게 한다. 담당하는 관리는 전임자의 장부를 따르되 예를 과장하는 폐단이 있는 담당관을 보내지 말고, 음식재료를 밖으로 가지고 간 것을 보면 시부(市夫)와 주역인(廚役人)등에게 가서 기름·소금·장·식초 등의 물건으로 매일 보상하게 한다. 차후에 신임관리의 장부에 만약 이러한 폐단이 있으면 생원이 대면하여 아뢰도록 한다.

○ 재학생원은 많게는 천 여 인이 있으나 약 7, 800인을 중등으로 삼고, 약 백여 인은 하등으로 삼아 체득하여 아는 것에 등급을 매긴다. 생각 없는 무리가 종종 스승을 찾아 도(道)를 묻지 않고, 당(黨)을 만들기에 힘쓰고 제멋대로 행동하고 말을 함부로 하며 음식이 나쁘다고 말한다. 가만히 생각하건대 이런 무리는 과연 누구의 자식인가? 만든 음식은 천백 인이 먹는 것으로 모두 좋다고 하는데 혼자 좋지 않다고 하니 과연 군자인가? 소인인가? 앞으로 이와 같이 일을 일으키는 자가 있으면 실정을 갖추어 주문(奏聞)하여 법을 집행하는 자로 하여금 중죄로 다스려 족쇄를 채우게 하고, 학기 중에는 노역을 시켜 생도들에게 이바지하게 한다.

○ 홍무 15년(1382) 태학의 규정(학과 규정)
○ 쌀. 관리(官吏)사생(師生)은 11월 1일부터 2월 말일까지 매일일마다 쌀 8홉 5작을 준다.

○ 밥을 분배하는 예. 관리사생은 11월 1일부터 2월말까지 매번 식사 때마다 1통(桶)은 9명분에 해당한다. 3월 1일 반나절부터 10월 말일까지 아침과 점심밥의 매 통은 11명분의 반에 해당하고, 저녁밥은 13명분에 해당한다.

○ 밤에 글을 읽을 때 사용되는 등불 기름. 정월부터 4월까지와 9월부터 12월까지는 사람마다 하루에 5전(錢)을 지급하고, 5월과 8월에는 사람마다 2전 5푼을 지급하며, 6월과 7월에는 날씨가 매우 더우므로 지급하지 않는다.

우리들은 뒤돌아서 문승상묘(文丞相廟)로 향했다. 길 왼편에 방(坊) 하나가 있는데 그 문에 육현방(育賢坊)'이라 적혀 있었다. 육현방에는 태학(太學)과 문묘(文廟)가 있었으며 문묘 동쪽이 바로 문승상의 사당이었다. 사당의 문에는 편액하기를 '성인취의(成仁就義인을 이루고 의에 나아간다)'라 하였고 문천상57)의 소상이 있었다. 우리들은 사당 문 앞에서 두 번 절하였다. 소상 앞 탁자에는 위판이 있었고, '송승상신국문공(宋丞相信國文公)'이라고 씌여 있었다. 좌탁 동쪽에는 석비가 있는데, 그림과 죽은 이의 초상이 새겨져 있었다. 동쪽에는 '의롭고 충성스런 마음으로 송나라를 보존했으니 삼백년 선비를 기른 보답이로다[義膽忠肝收有宋 三百年養士之報]'라고 적혀있었고, 서쪽에는 '혈성과 정기가 우리 명을 도우니 억만년 인재를 키운 공이로다[血誠正氣佑我明 億萬載作人之功]'라고 적혀 있었다. 아, 아득한 동쪽나라의 한 서생이 매번 <정기가(正氣歌)>58)와 <목격시(目擊詩)>'를 읽을 때마다 책을 덮고 길게 탄식하면서 계속 울지 않은 적이 없었다. 생각지도 않게 오늘 내 발자취가 연산(燕山

---

57) 문천상(文天祥, 1236~1283) : 문승상(文丞相).
58) 정기가(正氣歌) : 송(宋)나라 말기(1281년)에 문천상(文天祥)이 지은 오언고시(五言古詩). 문천상이 원나라와의 싸움에서 포로가 되어 옥중에서 읊은 것으로, 충신의 기개를 노래한 작품.

북경)에 이르러 그의 사당과 소상을 직접 보게 되었다. 그의 형형한 눈빛과 늠름한 기운이 뚜렷하여 그 당시 '의(義)'에 나아갔던 기상과 같기에, 사당주변을 배회하면서 비탄에 잠겨 눈물이 눈에 가득함을 깨닫지 못하였다. 사람이 슬퍼하고 부끄러워하는 본성을 잃어버려서『시경(詩經)』의 <판편(板篇)>과 <탕편(蕩篇)>에서 말한바 어지러운 세상에서 여전히 부서진 기와와 벽돌조각으로 남아 구차하게 보존하고자 하는 자는 선생의 사당에 절하며 어떤 마음가짐을 가져야 하는가? 시에 이르기를

千載長吟衣帶贊	천년동안 <의대찬(衣帶贊)>59)을 읊었기에
拜瞻今日感慨多	절하고 우러러보는 오늘 감개무량하구나.
英雄淚盡零丁歎	영웅은 눈물 흘리며 외로움과 고독함의 탄식을 다하고
志士腸摧正氣歌	지사는 애간장 끊어지듯 정기가만 부르네.
名分重時夷夏截	명분 중할 때 오랑캐와 중화가 단절되니
綱倫扶處■■■	강상윤리 부양하는 곳에 -결락-
若能培得堂堂氣	만일 당당한 그 기운 얻어 기를 수 있었다면
萬里金湯未足誇	만리장성 금성탕지라 족히 자랑할 것 못되리.

우리들은 이곳에서 다시 원구(圜丘)로 향하여 정양문을 나왔다. 남쪽으로 7~8리 쯤 떨어진 곳에 서쪽으로 지단(地壇)이 있고 동쪽으로 천단(天壇)이 있었다. 둥근 담장이 둘러 있어 지름이 5리였고, 둥근 담장 안에는 또 네모난 담장이 둘러 있었다. 문을 지키는 관리가 있어 돈을 받아낸 후에야 문을 열어 주었다. 우리들이 문 밖에서 잠시 쉬고 있는데 관부(舘夫)가 술병을 가지고 먼저 와있었다. 술을 마신 후에 들어가 보니 네모난 담장 안의 평평한 교사(郊社) 터가 마치 손바닥 같고, 측백나무를 심어 행렬이 정연하며 사방이 푸르렀다. 측백나무 숲속으로 걸어 들어가니 축대가 점차 높아지고 층층이 쌓은 계단은 깎아지른 듯 했다. 서문으로 들

---

59) 의대찬(衣帶贊) : 문천상이 죽음을 앞두고 지은 시.

어가니 오직 잔디[莎草]만이 편평하게 펼쳐져 있을 뿐 한 그루의 잡목도 없었다. 뜰 가운데에는 9층으로 된 원대(圓臺)가 있었다. 사면에는 흰 돌로 9층의 이계(螭階이무기 모양을 조각한 계단)를 만들어 놓았고 정남쪽은 황제가 다니는 어로(御路)였다. 우리들은 계단 아래에서 네 번 절하고 계단을 올라갔다. 대 위에는 모두 연석을 깔고 돌난간을 둘렀으며, 대 중간에 다시 9층 원대를 세우고 그 위에 옥황전을 지었는데, 그 제도가 모두 다 둥근 모양이었다. 3층의 전우(殿宇) 중 제 1층은 푸른색 기와를 덮었고, 제 2층은 황색 기와를 덮었으며, 제3층은 검은색 기와【색깔은 암청색과 같다.】를 덮었다. 가장 꼭대기는 황금으로 덮었는데 모양이 마치 금으로 된 북[金鼓] 같았다. 전우의 4면은 푸른 유리의 얇은 조각으로 둘렀으며 전우 안은 푸른 유리벽돌을 깔았다. 전우 기둥의 수는 열여섯으로 그 크기는 두 아름 반이었으며 높이는 수 십 길이나 되었다. 전우 안에는 9층의 탑(榻)이 있고, 이 또한 모두 유리로 되어 있었으며, 꼭대기에는 허위(虛位)를 만들고 병의(屛扆천자의 거처에 치는, 도끼모양을 수놓은 병풍)로 가려 두었으니, 대개 상제(上帝)의 자리인 듯했다. 탑 아래 동쪽 벽에도 5층의 탑(榻)을 세우고 병의로 가렸으며 상제의 자리보다는 약간 낮았으니, 대개 고황제(高皇帝)와 배위(配位)인 듯했다. 전우의 북쪽 9층 계단 아래에서 수 십 보쯤 떨어진 곳에 또 하나의 전우가 있었으니, 그 제도는 예사로운 정방형이었다. 전우 안에는 또 두 개의 탑위(榻位)를 설치했는데, 한결같이 앞에 보았던 모양이었으며, 방을 붙이기를 '황건전(皇乾殿)'이라 하였다. 전우의 앞문 밖 동서 양쪽에 각각 익실(翼室)을 만들어, 이것을 일월성신의 자리라 하였다. 사당의 문을 열어주지 않았고, 날 또한 저물어 두루 보지 못하였다. 동서 양쪽 방의 남쪽 담장 바깥에 또 재실(齊室)이 두어 줄 있었는데 이는 황제가 교제사(郊祭祀)를 지낼 때 재숙(齋宿)하는 전우였다. 돌기와로 된 욕정(浴井)이 있었으나 들어가 볼 수 없었다. 전우에서 남쪽을 바라보아 2리쯤 되는 곳에 또 옥황전과 같은 것이 있으니, 그 제도가 2층이었다. 제 1층은 황색 기와로 덮혀 있었고 제 2층은 검은 기와로 덮혀 있었으며, 꼭대기는 황금으로 덮혀 있었다. 우리들은 날도 저물고 피곤하여 돌아가려 하니, 상사가 억지로 남단(南壇)까지 모두 본 후에 돌아가고자 하였다. 대개 우리가 좀 전에 보았던 것은 천단(天壇)이 었기에, 이밖에는 특별히 중요한 곳이 아니라 여겼고, 남단이 바로 황제가 친히 제사하는 곳으로 제일 볼만한 곳임을 알지 못했던 것이었다. 이에 담장 밖에서 말을 타고 남쪽으로 가 남단이라 말한 곳에 이르렀다. 서문 으로 걸어 들어가니 푸른 측백나무가 열을 지어있고 평교의 창활함이 전에 보던 것보다 나았다. 측백나무 숲을 뚫고 석문으로 들어가니 둥근 담장이 둘러 있었다. 4면에 모두 3개의 석문들이 있는데, 오르락 내리락하 는 용이 조각되어 있었고, 12개의 석문이 엄숙하게 우뚝 서 있었다. 석문 의 안쪽에도 잔디를 깔았으며 가운데에는 네모난 누대가 있어 네모난 담장이 두르고 있었는데, 또한 9층이었다. 네모난 누대 안에는 또 9층의 둥근 누대를 세우고 흰 벽돌을 깔았으며, 흰 돌로 된 난간을 둘러놓아 옥과 같은 광채가 났다. 대에 올라가 중앙을 마주하니 또 9층의 둥근 누대 를 세우고 푸른 유리벽돌을 깔고 푸른 유리난간이 둘러 있었다. 광채가 형형하여 눈으로 볼 수 없고 발로 밟을 수 없었다. 상사가 "그대들이 내 말을 듣지 않고 돌아갔다면 어찌할 뻔 하였소?"라고 웃으며 말하였다. 우리들은 항복하는 시늉을 하고는 "만약 이를 보지 못하고 돌아가 천단을 유람했다고 자랑했다면 재포백정(滓泡白丁)과 다를 바 없었을 것이오." 라 말하였다. 옛날에 한 백정이 있었다. 절에서 두부를 만들려고 하자 중들은 백정이 두부를 훔칠 것이 걱정되어 종시 그 곁을 떠나지 못하였다. 바야흐로 보자기에다 콩물을 거르고 나서 콩물을 가마솥에 붓자 비지만 이 보자기에 남게 되었다. 그 백정은 콩물을 물로 보고 비지를 진짜라고 생각하고는 중이 밖으로 나가는 것을 엿보아 보자기를 안고 집으로 가 아내에게 자랑하기를 "내가 오늘 중을 속였소 중은 내 두부를 한 방울도 취하지 못하였소."라고 하였다. 아내가 보자기를 열고 그 안을 보니 두부 가 아니고 비지였으니, 이것이 바로 조악한 것을 보고 참된 것을 버린다는 것이다. 우리들이 오늘 거의 이와 같음을 면하지 못할 뻔하였다고, 서로 크게 웃고, 단 위가 엄숙하여 감히 오래 머무를 수 없어 바로 계단을 내려와서는 잠시 쉬었다. 단 북동쪽 모서리에 2층의 전우가 있었으니, 이는 조금 전에 바라보았던 전우로 고황제(高皇帝주원장)를 배천(配天)하는 제단이었다. 제단의 동쪽에는 또 재궁(齋宮)이 있었다. 단 앞에서 남쪽을 바라보니 넓고 멀어 끝이 보이지 않으니 이곳이 바로 노(魯)와 연(兗)의 경계였다. 서쪽을 바라보니 큰 산이 가로지르고 높이 솟아, 멀지 않은 곳 겨우 수십 리 거리에서 이 산과 서로 이어져 있었다. 이 산은 6~70리 되는 먼 곳에 있어 보일락 말락 푸르러 구름 같기도 하고 안개 같기도 하였다. 산 이름을 묻고자 했으나 아는 사람이 없었고 다만 서산(西山)의 북산이라고도 하고 어떤 사람은 매산(煤山)이라고도 하니, 곧 석탄이 나오는 곳이었다. 천수산(天壽山)은 이곳에서 100리 쯤 되는 곳에 있는데 여기서는 볼 수가 없다고 한다. 날이 저물어 관소로 돌아왔다.

(1월) 19일 임인(壬寅)일. 맑음.

옥하관에 머물렀습니다. 상통사 권득중에게 명하여 예부에 가서 제독에게 품첩(稟帖위에 아뢰거나 청원하는 글)을 올리도록 하였습니다. 이때 주객사 낭중 풍정(馮珽)이 의제사(儀制司) 제독으로 승진했고, 홍세준(洪世俊)은 분사낭중(分司郎中)으로 찰주객사(察主客司)의 임무를 겸하고 있었는데, 문서를 본 다음 크게 노하여 통사를 꾸짖어 말하기를, "나는 너희들이 속히 귀국하기를 바라고 사조하도록 하였는데 지금 와서 도리어 나를 탓하는가?"라고 하였습니다. 통사가 "노야 탓으로 돌리는 것이 아닙니다. 사조한 날이 오래되었음에도 상을 받지 못해 상하의 식량이 끊겨 정황이 절박함에서 나왔으니 노야께 고하지 않으면 누구에게 고하겠습니까?"라고 말하니, 제독이 "내가 어제 이미 상은(賞銀)을 재촉하는 일로 대급사(戴給事戴는 성이고 給事는 관직명)에게 문서를 올렸으나 병이 있다며 나오지 않았으니 이는 내가 힘을 다하지 않은 깃이 아니다. 너는 나더러 태복시의 문을 열고 은을 내어주라는 말인가? 너희들이 내가 문을 폐쇄했다고 탓하는데, 그렇다면 문을 열고 길거리를 거리낌 없이 돌아다니게 하라는 것인가?"라고 말하였습니다. 통사가 "법금(法禁)이 지엄하니 비록 문을 열더라도 어떻게 거리로 나갈 수 있겠습니까? 다만 관소 안의 우물물이 좋지 않아 사람들이 모두 병이 났으니, 열고 닫는 것을 때에 맞게 하여 땔나무와 물을 통할 수 있게 되기만을 원할 뿐입니다."라고 말하니, 제독이 해당 서리를 불러 나직한 목소리로 말하기를 "관문을 반드시 때에 맞게 열고 닫아서 땔나무와 물을 통할 수 있게 하라"라고 하였습니다. 통사가 또 표문을 내어줄 것을 청하고 내일 대당(大堂)[60]에 걱정거리를 고하겠다고 하니 제독이 이를 못들은척 하고 표문을 내어주지 않았습니다. 제독의 하인이 와서 "제독께서 너희 일행의 식량이 떨어졌다는 소식을 듣고 쌀 1 섬을 오늘 저녁 관소에 보내라고 하였소"라고 하였습니다.

(1월) 20일 계묘(癸卯)일. 맑음.

예부에서 상 받기를 재촉했으나, 신 등은 이미 사당을 하였기에 예부에 갈 수 없었으므로 상통사 권득중을 보내어 받아오게 했습니다.

[부기] 건주위 달자 삼백 육십여 명이 옥하관에 들어와 북조(北照)에 머물렀다. 이보다 앞서 달자들은 모두 떠나갔어도 오지 않은 자들이 여전히 많았다. 이 삼백여 명 중에는 해서달자들이 많았는데, 누르하치가 매우 강하여 해서달자를 남김없이 약탈하고 휘하로 만든 것이다. 또 그들의 칙서를 탈취해 왔다고 하였다.【달자로서 공물을 바치러 오는 자는 모두

---

60) 대당(大堂): 명·청 때에 중앙 각 아문(衙門)의 장관(長官) 및 부(府), 주(州), 현(縣)의 정인관(正印官).

칙서를 받았는데 칙서가 없는 자는 들어올 수 없었다. 그래서 건이(建夷)가 해서위 달자의 칙서를 탈취하여 들어온 것이다.】 어제 정문한 다음에 제독과 병부원외(兵部員外) 기술(冀述)이 북관에서 만났는데, 제독이 "조선국에서 상은(賞銀)을 오랫동안 발급받지 못해 상하에 양식이 떨어져 내게 탓을 돌리는 것이 심하니 이것이 불편하오."라고 말하였다. 원외가 또 말하되 "나 또한 마땅히 태복은(太僕銀)을 받아 이를 가지고 변방(邊防변경의 적을 방어하는 땅)에 가야하나 지연시키면서 공급하지 않으니 대급사가 어찌 감히 이와 같이 하는가?"라고 하였다. 그때 마침 변경에 식량을 공급하는 일로 출은(出銀)했고, 아울러 우리나라에 상은하는 일을 곧바로 예부에 송부하여 통사가 은을 받을 때에 제독 또한 기쁜 기색이 넘쳤다. 별반전(別般纏) 은자(銀子)로 진상할『대학연의(大學衍義)』·『소대전칙(昭代典則)』[61]을 샀는데,『연의(衍義))』는 책 안쪽에 '흠문광운지보(欽文廣運之寶)'라 찍혀 있으니 이는 황상이 보는 책이었다.

○ 1월 4일 통보. 태학사 이정기가 문서 1본을 올려 '가엾게 여겨 빨리 놓아주기를 청하는 일'로 성지를 받들었다. "원보(元輔)가 이미 죽었는데 경 또한 병을 핑계로 짐을 괴롭히니 어찌 근심하지 않을 수 있겠는가? 다만 정사가 본래부터 인재의 부족함이 이미 극에 달했으니 갑자기 누가 함께 협조하여 어려움을 맡겠는가? 바로 윤허하니 성지를 따라 곧바로 나가 짐의 뜻을 외롭게 하지 말라. 이부(吏部)는 이를 알라."

○ 1월 5일 통보. 형과급사중 두사전이 문서 1본을 올려 '빨리 황태자에게 칙명을 내리시고 때에 맞게 강학(講學)하며 이로써 저부(儲副태자)임을 밝혀 국본(國本)을 중히 할 것'을 청했다.

○ 1월 6일 (통보). 맹춘에 태묘(太廟)에 제향하였다. 장유현(張惟賢) 공을 보내 삼가 대행케 하였고, 또 주응괴(朱應槐)·후전(候絰)·문위

---

61) 소대전칙(昭代典則): 명나라 역대 제왕의 공적과 문무대신 및 사회 유명인의 사적과 명나라의 행정조직 인구변동 등을 기록한 책.

(文緯) 공을 보내 각각 분헌(分獻)하였나. 초4일부터 삼일 간 치재(致齋)하였다.

○ 1월 10일 통보. 호과급사중(戶科給事中) 고사기(顧士琦)가 '변경에 경계할 일이 많아 시사(時事)가 우려스럽다'는 글을 올렸다. "간절히 빌건대 성명(聖明)께서는 빨리 내정을 정비하고 외적을 막으시어 치안을 보존하소서. 소직(小職)이 듣건대 예로부터 '안이 편안하면 반드시 밖으로부터 우환이 있다.'고 하였으며, 또한 '군자는 환난을 생각하고 예방해야 한다.'고 하였습니다. 무릇 안의 편안함이 근심을 부르는 것이니 이는 태만하고 소홀하기 때문이 아니겠습니까? 환난을 막는 것은 마땅히 미리 해야 하니, 이는 환난이 이르면 미칠 수 없기 때문 아니겠습니까? 지난해 유도(留都)⁶²)에서 하늘이 울고 경성(京城)에 물이 넘쳤으며 부세(賦稅)가 많이 나오는 땅이 곳곳마다 크게 침수되었습니다. 하늘을 헤아려 아는 자는 위기를 어지러움의 징조로 여겼으니, 얼마 지나지 않아 계주 지역에서 경계를 고했습니다. 요사이 황하(黃河) 유역의 전투에서 마침 오랑캐들이 침범하여 변란을 일으켰는데, 얼마 지나지 않아 경술년의 변고[庚戌之變]⁶³)를 당하지 않았습니까? 새해 초두에 잘못 전해져 성문을 모두 잠갔으니, 이것이 태평시절의 조짐일 수 있겠습니까? 외적을 물리치고자 하면 먼저 내정을 정비해야 하는데, 급한 일은 오직 사람을 쓰고 재물을 관리하는 일로서 양자는 마땅히 전전긍긍(戰戰兢兢) 힘써야 합니다. 정부의 입장은 실로 천하의 안위와 관계되니, 모두 남음이 없이 꾀하여도

---

62) 유도(留都): 수도를 옮기면 구도에 유수를 두고 그 정사를 행하는데 옮기기 전의 도시를 말함. 명 태조(太祖)가 남경에서 도읍을 세웠고 명 성조(成祖)가 북경으로 옮겼으므로 남경이 유도가 됨.

63) 경술년의 변고[庚戌之變]: 몽골에서 오르도스 지배하에 분봉된 다얀 칸의 손자 아르탄 칸이 1550년 경술년(庚戌年)에 북경을 포위한 사건. 16세기 명(明)나라는 남쪽의 왜구, 북쪽의 몽골의 공격을 자주 받았으며, 이로 인해 북로남왜(北虜南倭)라는 말이 생김.

마땅히 뒤엉켜 해결되지 않는데, 국가의 중요한 일을 잘못 담당하여 그 정사를 방해함이 어찌 작은 일이라 하겠습니까? 엎드려 바라옵건대 성상 께서는 크게 분발하시고 결단하시어 마땅히 제거해야 할 자는 속히 국문 (國門) 밖으로 나가게 하시고, 와서는 안 되는 자에게는 속히 내리신 명 령을 거두십시오. 내각이 한번 깨끗해지면 관원을 임명하는 일이 더욱 편해질 것입니다. 관원의 임명은 중요한 일이고, 사람을 판단함에 오직 현부(賢否)를 논하고 등용에는 남인과 북인을 겸해야 함은 말할 필요가 없습니다. 한림원(翰林院)의 인재들 중에 진실로 국가를 잘 다스릴 큰 재능과 원대한 계획을 가진 자가 많지만 한림원 밖에서 공부한 자들 중 에서도 어찌 세상을 바로잡을 큰 뜻을 가진 자가 없겠습니까? 그러니 관례는 마땅히 깨트려야 하는 것입니다. 오래전부터 큰 뜻과 충성심을 품은 자들은 원래부터 나이로 구애받아서는 안 되고, 몰래 뇌물로 입신하 기를 도모하는 자들은 반드시 그 구멍을 엄히 막아야 하니, 그렇게 한다 면 공론은 마땅히 지탱될 것입니다. 이에 쓸 만한 사람을 세워 화목하고 마음을 하나로 하여 협력하고 돕게 한다면 조정의 정사가 더욱 새로워질 것입니다. 훌륭한 신하를 마땅히 국정에 보충하고 폐기된 사람을 마땅히 일으킴은 이미 자세히 말씀 드렸습니다. 대개 평소의 포부로 병기(兵機) 를 감당할 만한 자는 마땅히 추부(樞府)의 중요한 업무를 전담하게 하시 고, 명망이 높아 헌법을 감당하고 유지할 만 한 자는 마땅히 빠른 시일 내에 조정의 기강을 맡기며, 부득이 오랫동안 깊은 원망을 품었으나 백관 들이 원한을 풀어준 자는 (글자빠짐) 어찌 대신 될 사람이 없음을 걱정하 십니까? 새롭게 간교한 모함을 만나 아무 죄 없이 귀양 간 자는 모두 사면할 것을 간청하오니, 그렇게 하신다면 장차 직사(直士)들이 광채를 내게 될 것입니다. 형명(形名)[64]과 전곡(錢穀) 같은 것들에 이르기까지

---

64) 형명(形名): 군대 지휘방식. 기정(旗旌)을 형(形)이라 하고, 쟁고(錚鼓)를 명(名) 이라 하였으므로 형명이란 기정(旗旌)과 금고(金鼓)를 뜻함.

하나하나 올바른 사람을 얻고 일체 (글자빠짐) 기이한 재주를 지닌 선비들을 모두 단계를 뛰어넘어 승진시키면 공경(公卿)이 본받고 장수들이 힘을 발휘할 것이며, 훌륭한 인재가 무리지어 나올 것입니다. 이로 인해 승진시키고 인사등용을 모두 제때에 맞게 하신다면 어진 현사(賢士)들이 무성하게 바른 길로 따라 나아가 이로부터 관직의 승진과 이동이 이루어질 것이며, 행취(行取)65)가 때를 놓치지 않으면, 어질고 현명한 자들이 포열하여 나라가 비게 되지 않을 것입니다. 국가의 간성(干城)이 되는 공후백작(公侯伯爵)이 은연중 사나운 짐승들처럼 된다면 내탕고가 비고 군대가 약해질 것임은 이미 믿을 만합니다. 오늘날 재물을 잘 다스리고자 한다면 빠른 시일에 농업을 담당하는 재상을 바꾸는 것만이 첫째 일입니다. 전곡의 출입을 맑게 하려 하신다면 마땅히 해당부서의 전량(錢糧)을 상세히 살피고 순시자가 조사한다면 좀먹듯 곡식이 새어나가는 일이 깨끗이 정리되고 제거될 것입니다. 비록 액수 이외에 공물을 바치려 하더라도 황상께 상주하는 것이 두려워 (글자빠짐) 불편한데, 하물며 기타 폐단은 어찌 근절되지 않겠습니까? 만약 구변(九邊)의 각 지역에 칙서를 내리시어 각처의 독무(督撫)와 안찰사가 백성을 어루만져주시고, 속임수로 남의 눈을 현혹시키는 허병(虛兵속임수를 위해 움직이는 군대)을 골라내시며, 아직 정해지지 않은 객병(客兵다른 나라에서 온 병졸)을 조사하여 실제의 수로써 보고하게 하신다면 해마다 절약되는 금전이 얼마나 될지 알 수 없을 것입니다. 지출을 관리하는 것이 수입을 관리하는 것보다 나으니, 절약이 곧 생겨나게 하는 원인이 아니겠습니까? 가령 각 성(省)이 질질 끌면서 빚을 갚지 않는다면 풍년·흉년을 따져 독촉의 완급을 조절하는 것 또한 불가할 것이 없습니다. 만약 내탕고에 저장된 것이 씻은 듯이 새나간다면 특별히 빨리 운송할만한 방법이 없으니, 오직 백성을 모집해 황무지를 개간하는 정책과 땅을 이용하여 고리대금업을 하는 방법만 있

---

65) 행취(行取): 지방의 벼슬아치가 추천을 받아 경관직으로 전임되는 일.

으니, 마땅히 그것을 강구해야 합니다. 또 그 요점은 백성의 고혈을 빨아먹는 세당(稅璫)[66]을 제거하여 부세를 내는 백성의 힘을 여유롭게 하는 것이 급선무입니다. 눈앞에서 오랑캐가 변경을 도모함이 줄지 않아 변신(邊臣변경을 지키는 대신이나 벼슬아치)은 전쟁으로 징치(懲治)할까 생각합니다. 무릇 전쟁을 잘한 이후에야 방어를 잘 할 수 있는 것이니, 헤아림[67]이 어찌 어리석다 할 수 있습니까? 배를 굶주리게 한다면 어찌 오랑캐에 대한 적개심을 바랄 수 있겠습니까? 소직은 빌건대 황상께서 즉시 내탕을 풀어 수십만 명을 먹이십시오. 아울러 백성을 구휼하고 여러 변방을 응원한다면 삼군(三軍)은 용기가 저절로 배가 되어 먼저 소리를 내어 오랑캐의 도모를 칠 것이니 오랑캐는 아마도 서로 경계하여 감히 변경을 넘보지 못할 것입니다. 경술년에 오랑캐가 성 아래에까지 공격한 것을 보고 돈을 주고 우두머리의 마음을 사고자 한 것은 오히려 좋은 계책이 아니었습니다. 하물며 차추(扯酋)가 죽은 후에 오랑캐의 부인이 스스로 헤아려 노쇠해 갔음에랴. 소문을 듣건대 중국을 배반할까 두려워한다는 소문이 있으니 그렇다면 선부(宣府)와 대동(大同))[68] 두 변경이 더욱 위태롭습니다. 먼저 그곳의 떨어진 식량을 보충하고 정예병을 미리 기르지 않는다면 어떻게 이 강한 오랑캐를 막을 수 있겠습니까? 군사를 다스리고 공격과 수비를 강습함에 이르러서는 그 중추가 사마부(司馬部)에 있습니다. 그런데 협리(協理관직명)가 겸하여 처리해서 단솔하고 무너진 것이 극에 달했으니 어찌 빨리 상서(尚書)와 좌우시랑(左右侍郎)을 점고(點考)하지 않는 것입니까? 미리 장수의 자질을 가진 자를 찾아 완급에 대비하는 일 또한 천천히 도모할 수 있겠습니까? 만약 변방에 나아가

---

66) 稅璫(세당): 조세 징수를 관장하는 환관. 명나라 때 각 성의 세수(稅收)는 환관이 장악함.
67) 원문에 弄【從竹下】라 표시되었는데, 농(弄)자 위에 죽(竹)를 붙이라는 것으로 산(算)자가 되니 헤아림으로 해석함.
68) 선부(宣府)와 대동(大同): 명대에는 일찍이 이 두 지역에 총독을 설치함.

동쪽을 옮겨 서쪽을 채우려 한다면 이는 좋은 계책이 될 수 없습니다. 변방의 장수를 제어하는 방법은 작은 허물은 관대히 용서하되 그르친 일에 대하여는 반드시 가볍게 함부로 처벌해서는 안 되며, 채수(債帥)[69] 에겐 결코 일시적인 용서라도 베풀어서는 안 됩니다. 장수가 훌륭하고 식량이 풍족하다면 또한 무엇을 근심하겠습니까? 군대가 강하지 못하고 오랑캐를 평정하지 못하는 것 등 두어 가지 일은 모두 절실한 오늘의 내정과 외치의 일입니다. 황상께서는 어찌 한 번 거행을 지시하시어 유비 무환의 효과 거두심을 꺼려하십니까? 또한 근래의 와전은 다행히 와전일 뿐이지만, 과연 도성에 예기치 못한 일이 일어난다면 놀라고 두려워 속수 무책일 것이니 황상께서는 이때에 어떠한 태도를 보이고 어떻게 일처리를 할지를 한번 생각해보시기 바랍니다. 천하의 훌륭한 임금은 편안할 때 위험을 생각하여 뒤에 후회를 남기지 않습니다. 일에 임하여 주저하면 앉아서 천리를 잃는다는 말이 있습니다. 이때가 어찌 다시 주저할 때이겠습니까?"

(1월) 21일 갑진(甲辰)일. 맑다가 저녁에 흙비가 내려 어두컴컴함.

신 등은 옥하관 제독에게 하직 인사를 했습니다. 배사한 뒤 감사하며 말하기를 "지난날 걱정스럽고 급박한 사정을 이기지 못하여 외람되게 문서를 올렸는데, 어르신께서 책망을 당하셨다는 말을 듣고 황공함을 이기지 못하였습니다. 이제 이미 상을 받았으니 어르신의 은혜 아님이 없습니다."라 하였습니다. 제독이 말하기를 "내가 전날에 강제로 사신들에게 사조를 명한 것은 당신들을 빨리 돌아갈 수 있게 하려했던 것이오. 당신 일행의 양식이 떨어지고 땔나무와 물을 구하지 못한다는 말을 듣고는

---

69) 채수(債帥): 채권자(債權者)의 총수(總帥)라는 의미로 뇌물을 바치고 장수가 된 사람을 기롱하여 이르는 말.

나 또한 미안했소. 미곡을 보내 핍절함을 구해주려 했는데 이제 상을 받았으니 내 마음 또한 기쁘오. 부디 잘가시오 잘가시오"라 하였습니다. 다시 역관 이민성을 웅천사에게 보내 하직인사를 하였는데, 문답의 말이 전에 보낸 장계에 자세히 갖추어져 있습니다. 저녁에 통주에 도착해 대(戴)씨의 점포에서 묵었습니다.

(1월) 22일 을사(乙巳)일. 바람이 크게 붊.

통주에 머물렀습니다. 황성의 동쪽에 끊임없이 길에 가득찬 자들은 모두 경충산[70]【계주와 준화현 사이에 있다.】에서 분향과 예불을 행하려는 사람들이었습니다. 이마에 '동정진향(東頂進香동쪽으로 머리숙여 절하고 향을 바침)'이라 적힌 금색 쪽지를 붙이고 있었고, 열 명씩 또는 백 명씩 무리를 지어 말 위에서 북을 두드리고 기를 흔들면서 가는 모습이 마치 행군하는 것 같았습니다.

[부기] 선래장계는 양사가 서로 핑계를 대며 사양하여 완성하지 못하였다. 별장계는 북경의 여러 기이한 일들을 기록했는데, 상사가 초고를 작성하였다.

(1월) 23일 병오(丙午)일. 맑음.

군관(軍官) 신부(申浮)와 양마(養馬) 정춘경(鄭春京)이 장계를 가지고 먼저 갔습니다. 신 등은 오후에 통주를 떠나 이경에 삼하현에 도착해서 루(樓)씨 집에서 묵었습니다. 중국의 제도는 관대하여 귀천을 제한하지

---

70) 경충산(景忠山): 하북성(河北省) 당산(唐山)에 위치한 산. 산에는 예로부터 불교의 불조전(佛祖殿)·보살전(菩薩殿)·사수전(四帅殿)과 도교의 벽하원군전(碧霞元君殿)·옥황전(玉皇殿)·진무대제전(眞武大帝殿)이 있고 유가에서 추앙하는 제갈량·악비·문천상의 제사를 올리는 삼충사(三忠祠)가 있음.

않으니, 진실로 그가 재능만 있으면 비록 역졸과 노복이라도 청반(淸班)에 오르지 않는 경우가 없습니다. 옥하관의 패자(牌子심부름꾼) 류(劉)씨에게는 두 아들이 있는데 모두 서생이었습니다. 제독이 패자를 노예처럼 대했으나, 이 두 서생이 오면 몸소 뜰에 내려가 공손히 인사하고 마루에 오르게 하여 빈주의 예로 대했으니, 그 유사를 중히 대하고 출신성분에 매이지 않음이 이와 같았습니다. 그러므로 사람들이 모두 자중하여 어린 아이와 천한 노예라도 예의바른 몸가짐을 잘 익혀 통달할 줄 알았습니다. 걸음걸이, 손님을 맞고 보내는 절차, 절하고 읍하는 절차, 주객이 술을 마시는 절차가 반드시 법도에 맞았으며 의관과 복식이 정연하여 볼 만하였습니다. 창녀(娼女)를 제외하고는 여자는 상업을 경영할 수 없어 길거리에서 여자의 얼굴을 보는 일이 드물었습니다. 무릇 불 때고 물 긷고 음식 익히는 일은 모두 남자가 주관하며 여자는 마루 아래로 내려오는 때가 없습니다. 만약 중국인들이 우리나라 시골사람들이 절하고 읍하는 데에 절도가 없고 의관이 정돈되지 않았으며 여자가 시장에 앉아 물건을 팔고 들에서 일을 하는 것을 본다면 반드시 놀라서 비웃을 것입니다. 집들의 제도는 반드시 동서(東西)를 바르게 하였고, 도성과 군읍(郡邑)의 사이는 비늘과 빗살처럼 빼곡하게 차례로 늘어서 한결같이 정연하여 도로와 문항이 평평하고 곧기가 화살 같았습니다. 비록 궁벽한 촌마을이라도 모두 그러하였으니, 우리나라의 거리와 골목이 바르기도 하고 굽기도 하여 들쭉날쭉한 것과 같지 않았습니다. 그러나 내외간이 엄격하지 않으므로 더럽고 난잡함이 풍속을 이루어 행상과 노복이 곧바로 침실까지 들어가 부인과 섞여 있어도 조금도 이상하게 여기지 않았습니다. 사대부 집안은 비록 약간 출입의 제한은 있었으나 우리나라의 정연하고 엄숙함만 같지 않았습니다. 예악의 법도가 폐지되거나 해이해져 이단의 술법을 몹시 숭상하고 도관과 승당이 여염과 조시(朝市)의 가운데로 섞여 들었습니다. 사대부 모두 신불(神佛)을 몹시 숭상하여 분향하며 제사를 지냈습니다. 옛날의 예법이 점차 없어지면서 상기(喪紀)가 문란해져 벼슬아치와 선비의 무리는 부모 돌아가신지 오래되지 않아 상중에 벼슬살이를 하였습니다. 시신을 넣은 관이 출입할 때에 여러 악기들과 잡희를 많이 늘어놓고 신을 즐겁게 하는 형상을 지었습니다. 부자는 겉모습의 아름다움을 지극히 하는 데만 힘쓰고 슬퍼하는 모양은 적었으며, 가난한 자는 해가 바뀌도록 장례를 지내지 못하고 산야와 도로 사이에 시신을 방치하기도 하였습니다. 조정에서는 염치가 쓸어낸 듯 사라져 뇌물의 이로움만 강구했습니다. 벼슬아치들은 몸소 장사를 하여 십분지일의 이익을 다투었고, 각 부의 아문에서는 한 가지 호령을 발하고 한 가지 명령을 베풀때마다 반드시 뇌물을 앞세웠습니다. 부상대고(富商大賈)인 경우 수 만 냥의 은을 갖고 있은 즉, 그 세력으로 환관과 교통하며 조정의 권력을 잡아 생사여탈이 공도(公道)에서 나오지 않으니 한심하다고 할 수 있었습니다.

○ [부기] 장계를 아직 쓰지 못하여 저물녘에 비로소 보냈다. 선래 최흘(崔屹)과 대군관 신부(申浮)와 양마 정춘경(鄭春京)이 출발하였다.

○ 어떤 계주의 관원이 북경으로 향하면서 역마 60여필을 징발했다. 이런 까닭으로 말을 출발시킬 수 없었다. 역인(驛人)이 장사꾼의 땔감 싣는 나귀를 억매(부당한 값으로 물건을 사게 함)하여 왔다.

오후에 통주를 출발해 안교포(鴈郊舖)와 하점(夏店)을 지나며 잠시 점사에 들어가 요기하였다. 이경 초에 삼하현(三河縣)에 도착해 밥을 사먹고 루(樓)씨 점포에서 묵었다.

(1월) 24일 정미(丁未)일. 흙비가 내려 날이 어두컴컴함.

삼하를 출발하여 계주(薊州)에 도착했고, 사(師)씨 집에서 묵었습니다.

(1월) 25일 무신(戊申)일. 맑음.

계주를 출발하여 길에서 진주사(陳奏使)를 만났습니다. 서반이 요동으로부터 북경으로 돌아가면서 통사에게 "당신들의 수레가 사하역(沙河驛)에서 7~8일을 지체했소. 나에게 고민을 말하기에 내가 두어 차 수역관(守譯官)과 무녕의 지현(知縣)에게 배첩(拜帖:남을 방문할 때에 내는 명함)을 올려 빨리 보내주도록 하였으니 오늘은 마땅히 출발해야 할 것이오" 라 말하였습니다. 저녁에 옥전현(玉田縣)에 도착하여 진(陳)씨 집에서 묵었습니다.

(1월) 26일 기유(己酉)일. 바람이 크게 붊.

옥전현에 머물렀습니다. 남은 별반전(別盤纏)으로 궁각(弓角)[71] 6백 편을 구매하였습니다.

(1월) 27일 경술(庚戌)일. 맑음.

서반 고후(高詡)가 뒤쫓아 와 동행하였습니다. 옥전을 출발하여 풍윤현(豐潤縣)에 도착해 곽(郭)씨 점포에서 묵었습니다.

(1월) 28일 신해(辛亥)일. 맑음.

풍윤(豐潤)을 출발하여 진자점(榛子店)에서 잠시 쉬었고, 사하역(沙河驛)에 도착하여 유(劉)씨 집에서 묵었습니다.

[부기] 진자점에 이르러 밥을 사서 요기(療飢)를 하였다. 출발할 때에 혼자 상사와 함께 성(城)의 남쪽으로 돌아 나와 한응원(韓應元)의 뜰에 있는 정자에 들어갔다. 정자 앞에 연못이 있었는데, 물이 마르고 풍경이 쓸쓸했다. 주인의 아들 한원성(韓原性)·원덕(原德) 형제가 우리를 이끌

---

71) 궁각(弓角): 활을 만드는 데 쓰이는 황소의 뿔.

고 중당으로 들어가니, 극진히 관대하며 차와 술을 대접했다. 또 장차 밥을 지으려 하여 우리들이 바쁘고 급하다는 이유로 굳이 사양하니 이내 그만두었다. 한수재(秀才) 형제는 용모가 단아하고 미목(眉目)이 수려하여, 모두 녹녹한 사람들은 아니었다. 원성은 바로 둘째아들로 무인생(戊寅生)이며 호가 소남(召南)이고, 원덕은 넷째아들로 병술생(丙戌生)이며 호가 진남(振南)이다. 셋째아들 원선(原善)은 연이어 진사과에 급제하여 송강부(松江府) 청포지현(靑浦知縣)에 임명되었고 호는 붕남(鵬南)이다. 이들의 아비는 지금 정자 안에 있다고 하였다. 응원의 형제 응경(應庚)은 과거에 급제하여 어사가 되었고 응규(應奎)는 천거로 수령이 되었는데 모두 영평부(永平府) 성 안에 살고 있었다. 만류장(萬柳庄) 주인 이완(李浣)은 응경의 자부(姉夫)로 모두 명문가의 우족(右族·지위가 높은 집안)이다. 동쪽과 서쪽 방에는 서책이 벽에 가득하였으며 서경(西坰) 유근(柳根)72)과 오봉(五峯) 이호민(李好閔)73)의 제영(題詠)이 있었다. 우리나라 사신 중에 종전에 이곳을 방문하여 유숙한 자가 많았는데, 정승 정철(鄭澈)도 이 정자에 와서 묵었다고 한다. 이들의 본가(本家)는 진자점 성 안에 있었다. 이별할 때 그는 『고문대전(古文大全)』·『황명전고(皇明典故)』, 소동파(蘇東坡)의 서화(書畵)와 병첩(屛帖), 묵홀(墨笏)·동경(銅鏡) 등의 물건을 선물로 주었다. 초경(初更)에 사하역에 도착하여 유구사(劉九思)의 집에 묵었다.

---

72) 유근(柳根, 1549~1627): 자는 회부(晦夫). 호는 서경(西坰). 1578년 문장으로 겐소(玄蘇)라는 일본 승려를 놀라게 했고, 임진왜란과 정유재란 때 임금을 모신 공으로 부원군이 되었으며, 대제학과 좌찬성을 역임함.

73) 이호민(李好閔, 1553~1634): 본관은 연안(延安)이며, 자는 효언(孝彦), 호는 오봉(五峰). 광해군이 즉위하자 고부청시승습사(告訃請諡承襲使)로 명나라에 건너가 예부(禮部)에서 입장론(立長論)을 주장하였음.

(1월) 29일 임자(壬子)일. 맑고 바람이 붊.

사하를 출발하여 영평부에 도착해서 맹(孟)씨 집에서 묵었습니다.

○ [부기] 오후에 바람이 일었다. 아침에 상사가 어제 한수재로부터 받은 『고문대전』·먹 2홀·동경 1편을 보내왔다. 내가 주인이 선물을 준 뜻이 매우 은근하여 훗날 답례하지 않을 수 없었고, 나는 다른 나라 사람으로서 서신을 보내 답례하지 못 할 것 같으니, 다른 사람의 은혜로운 마음을 헛되이 하는 것이 미안하므로 감히 받을 수 없다고 사양하였다. 상사가 다시 보낸 것을 고사하자, 상사는 바로 먹 1홀을 보내왔다. 사하를 출발하여 고죽묘(孤竹廟)74)를 지나고 남쪽으로 난하(灤河)를 건너 영평성(永平城) 남쪽에 있는 맹씨 집에 도착했다.

○ 영평성 서쪽 소난하(小灤河)라 부른 것은 난하가 아니고 바로 첨하(添河)이다. 하수의 근원은 추림구(椶林口)와 하류구(河流口)에서 나오는데, 두 물이 합하여 흘러서 첨하가 된다. 난하의 근원은 반가구(潘家口)에서 나오는데, 곧 오랑캐의 벌목수구(伐木水口)로서 첨하와 함께 성 서쪽에서 합하여 바다로 들어가니, 해변사람은 이를 강하(强河)라고도 부른다. 성 서쪽 강다리 밖에 교장(敎場)이 있는데, 그 원문(轅門군영(軍營)·진영(陣營)의 문)에 편액하기를 '비장군영(飛將軍營)'이라 하였다. 남쪽에는 주왕성(周王城)과 조어대(釣魚臺)가 있는데, 곧 한어사(韓御史)가 창건한 것으로 옛 자취[古跡]가 아니라고 하였다. 남대사(南臺寺)는 성 남쪽 5리 되는 곳에 있고, 공동산(崆峒山)과 편량정(偏凉汀)은 모두 난주(灤州)지방이라 하였다. 난주는 영평의 남쪽에 있다. 영평의 산수는 북관(北關)의 이름난 곳이라 부르나 창려현(昌黎縣)의 오묘하고 뛰어난 경치만 못하다고 한다.

---

74) 고죽묘(孤竹廟): 은(殷)나라 때 고죽군(孤竹君)의 두 아들인 백이(伯夷)와 숙제(叔齊)의 사당.

(2월) 1일 계축(癸丑)일. 흐림.

오늘은 바로 대행대왕(大行大王)의 첫 기일인데, 신 등은 나라 밖으로 천리를 떠나와 제례를 모시는 대열을 따를 수 없으므로, 주인의 소당(小堂)을 빌려 위판을 설치하고 분향한 다음 남쪽을 바라보고 곡하였습니다. 영평을 출발하여 무녕현(撫寧縣)에 도착하여 왕(王)씨 집에서 묵었다.

○ [부기] 영평(永平)을 출발하여 잠시 만류장(萬柳庄)에서 쉬었다. 장주 이완(李浣)은 이미 죽었고 절부(節婦) 한씨(韓氏)는 아직 생존해 있다고 하였다.

(2월) 2일 갑인(甲寅)일. 바람이 붊.

무녕을 출발해 심하역(深河驛)에 도착해서 최(崔)씨 집에 묵었습니다. 한밤중에 어떤 관원이 나팔을 불며 관소에 들어오건대, 물어보니 순천부 관량통판(管粮通判관직명) 첨정(詹廷)으로 은 5만 냥을 수령하여 요동에 가서 변경의 군량으로 반급하려 하는데, 집이 산해관에 있으므로 가속을 데리고 가는 중이었습니다.

○ [부기] 중원의 상기(喪紀상례의 기강)가 문란하였다. 주인 최징준(崔徵俊)은 모친의 상중에 소상(小祥사망한 날로부터 1년이 지난 뒤에 지내는 상례의 한 절차.)이 이미 지났으나, 오히려 고기를 먹지 않고 술을 마시지 않았으

며 그 문호에 쓴 글들 모두 부모를 생각하며 슬퍼하고 사모하는 말들이
었다. 심지어 '상을 치를 때에는 예를 다하고 제사를 지낼 때에는 정성을
다 한다'는 등의 말까지 있어, 나도 모르게 감탄하여 차고 있던 칼을 풀어
서 그에게 주었다.

(2월) 3일 을묘(乙卯)일. 바람이 크게 불고 날씨가 엄동처럼 추웠음.

심하(深河)를 출발하여 산해관(山海關)에 도착해서 김(金)씨 집에서
묵었습니다. 수레가 먼저 도착한 지 며칠이나 되었습니다.

○ [부기] 심하를 출발하여 해양성(海洋城)을 지나니 이곳이 곧 폐성
(廢城)으로 산해관에서 37리 떨어진 길옆에 있었다. 약간 북쪽으로는 촌락
이 성대했고, 촌락 뒤로는 높은 산이 있어 '황우정(黃牛頂)'과 '백우정(白
牛頂)'이라 불렸다. 층층이 겹치고 구불거리며 동북을 가로 눌러 각산(角
山)까지 이어졌다. 앞에 있는 탕하(湯河)는 두 산 사이에서 나와 촌락의
동쪽을 돌아 바나로 흘러 들어갔다. 남쪽에 있는 진황도(秦皇島)는 해양
으로부터 8리 떨어져 있으니, 진해구(鎮海口)는 참으로 살 만한 곳이었다.
잠깐 쉰 범가점(范家店)은 산해관으로부터 30리 거리였다. 저녁에 산해관
에 도착하여 김씨 집에서 묵었고 수레도 이곳에 머물러 두었다. 병부주사
(兵部主司) 이여회(李如檜)가 소가립(邵可立)으로 대체(代遞)되었고 참
장(參將) 이무춘(李茂春)이 군사 천 오륙백을 거느렸다고 하였다.

(2월) 4일 병진(丙辰)일. 맑음.

상사 신설이 곽란(霍亂,갑자기 복통이 나면서 심한 구토와 설사가 동시에 나타나
는 위중한 병증)이 나 산해관에 머물렀습니다.

○ [부기] 이날 일행이 복물(卜物)¹⁾을 남용한 것이 있는지 수검하고자
하였다. 상사는 국사가 이미 완료되었으니 일행으로 하여금 수레를 지체

하지 말고 노정을 따져 전진하는 것만이 최선이라 하였다.

(2월) 5일 정사(丁巳)일. 바람이 크게 붊.

오늘 조패(早牌)²⁾를 따라 출발해야 했으나 수레가 관외로 나갔다가 아직 돌아오지 않아 늦어진 관계로 만패(晚牌)³⁾를 따라 산해관을 나왔습니다. 주사 소가립(邵可立)이 좌당 하였으나 현관례를 면제받았습니다. 상통사 권득중이 예부 패문을 올려 김광득을 찾았으나, 주사가 손수 입관(入關) 장부를 검열하고는 김광득이 원래 산해관에 들어오지 않았다고 하였습니다. 산해관 밖 여(呂)씨 집에서 묵었습니다.

(2월) 6일 무오(戊午)일. 바람이 크게 불고 매우 추웠음.

나성(邏城)을 출발하여 고령역(高嶺驛)에 도착하여 궁(宮)씨 집에서 묵었습니다. 산해관에서 조정에 아뢰기를 '지난 12월 24일 광녕총병 두송(杜松)⁴⁾이 1만 군마를 거느리고 사냥을 핑계대며 탑산소(塔山所)에서 나와 장령산(長嶺山)으로 가서 오랑캐 땅으로 수 백 리 들어가니 오랑캐가 모두 도망하여 다만 노약자 146명의 수급과 우마(牛馬) 20 마리만 잡아 돌아왔습니다. 이로 인해 달자들이 분하고 원통해서 복수할 것을 생각해서 곳곳마다 진을 치고 경계를 침범하겠다고 대놓고 말하므로 산해관

---

1) 복물(卜物): 마소에 실은 짐짝·짐바리 등을 일컫는 말. 중국으로 가는 사신이 지니고 가는 공물(貢物) 등을 일컫는 말.
2) 조패(早牌): 아침에 관문을 통과하는 패문.
3) 만패(晚牌): 저녁에 관문을 통과하는 패문.
4) 두송(杜松, 미상~1619): 명나라 말기의 장수. 담력과 지혜가 뛰어나 주요 군직(軍職)을 역임하면서 많은 전공(戰功)을 세웠다. 1619년에 양호(楊鎬)가 후금(後金)을 공격할 때 주력(主力)이 되어 출전하였으나, 경솔하게 진격하다 후금의 군대에 크게 패하고 전사함.

밖으로부터 광녕에 이르기까지 군대를 엄격히 하어 대비하고 있다.'고 하였습니다. 두송이 섬서(陝西)에 있을 때 위세가 강호(羌胡강족과 흉노족)의 땅에 떨쳤습니다. 광녕에 도착하여 군중에 명령하기를 "달자들은 이성량 때로부터 무거운 이익으로 씹어 먹게 하여 구차하게 무사하기를 바람으로써 사납고 드센 습성을 양성한 것이니, 만약 한차례 시살(弑殺)하여 우리의 위풍을 떨치지 않는다면 그 화가 무궁할 것이다. 지금 너희 사졸들이여! 나를 따라 힘써 싸운다면 마땅히 오랑캐에게 줄 물건을 너희 사졸들에게 주겠다."라고 하였습니다. 이에 군사들이 모두 "오직 장군의 명을 따르겠습니다."라고 하였습니다. 죽기를 각오한 사졸을 모으니 6천여 명이었습니다. 이 전투에서 순무 이병(李炳)은 '노약자만 잡아와 분노를 일으키고 흔단(釁端)을 만들었으니 어떤 기특한 공이 있겠는가?'라 생각하여 기꺼이 사졸들의 공을 조사하려고도 하지 않고 상을 주려고도 하지 않았습니다. 두송은 마음속으로 매우 불평하며 말하기를 "처음에 이미 군중에 명하여 상을 주겠다 하였는데 지금 만약 이들을 기만한다면 사졸들이 힘써 싸우지 않을 것이다." 하고 사사로이 군대의 월향은(月餉銀)5)을 전사들에게 상으로 주었습니다. 두송의 첩 또한 용력이 출중하여 말 위에서 3백 근의 강철 칼을 마음대로 부릴 수 있었습니다. 일찍이 가마 위에서 진공하러 가던 달자를 보고 발을 걷고는 이들을 보며 "이 별 볼일 없는 놈들을 내 어찌 두려워하랴?" 하였다고 합니다.

(2월) 7일 기미(己未)일. 맑음.

상사 신설이 병이 나 차도가 없어 고령(高嶺)에 그대로 머물렀습니다. 이번 달 초4일 오랑캐의 우두머리 편자수(扁子首)가 금주위(錦州衛)에 쳐들어와 7백여 명을 죽이거나 노략질해갔습니다. 유격 우수지(于守志)

---

5) 월향은(月餉銀): 매달 군대에 지급하는 보수형식의 양식과 급료.

가 맞아 싸우다가 부상을 입었고, 중군(中軍) 노씨와 천총(千摠)⁶⁾ 손씨는 모두 화살에 맞아 거의 죽기 직전이었습니다. 파총(把摠)⁷⁾ 일인은 전사하고 유격(遊擊)과 가정(家丁) 오륙 인과 광녕 대영(大營)의 군사 열 명은 모두 피살되었으며, 관군으로서 포로가 된 자 또한 30여 명이라고 하였습니다.

(2월) 8일 경신(庚申)일. 맑음.

고령의 거부(車夫)는 넉 대의 수레만 갖고 있어, 통사를 전둔위에 보내 부총병에게 고하여 야불수(夜不收; 정찰병)를 내어 줄 것을 청하고 수레를 독촉하니 본아(本衙)의 수레 넉 대를 추가로 보냈습니다. 날이 저물어도 도착하지 않아 고령(高嶺)에 머물렀습니다. 서반(序班)이 상한(傷寒추위로 인하여 생기는 각종 병)을 얻어 병세가 심해지자 사람을 보내 약을 구했습니다. 신 등은 의관 김생려(金生麗)에게 명하여 청심원(淸心元) 한 알을 보내고 진료하게 하였습니다. 서반이 사람을 보내 사례하고 또 명향(名香) 삼백 가지를 신 등에게 보냈습니다.

(2월) 9일 신유(辛酉)일. 바람이 크게 붊.

고령을 출발하여 전둔위에서 잠깐 쉬고 사하역(沙河驛)에 도착하여 주(周)씨 집에서 묵었습니다. 수레는 뒤쳐졌습니다.

(2월) 10일 임술(壬戌)일. 바람이 크게 불고 매우 추웠음.

사하를 출발하여 동관역(東關驛)에 도착해서 양(梁)씨 집에서 묵었습

---

6) 천총(千摠): 각 군영에 소속된 무관직.
7) 파총(把摠): 각 군영에 소속된 무관직.

니다. 길에서 보니 관전보(寬奠堡)[8]의 군마 일백 오십 명이 전둔위에 가서 수비하고 있었습니다. 물어보니 관전보는 압록강 가에 있는데, 당시 급보(急報)가 없고 이곳에 마침 경계할 급한 일이 있으므로 군대를 나누어 이곳에 주둔시켰다 하였습니다. 황혼 무렵 또 한 무리의 군마가 동쪽을 향해 달려가기에 물어보니 두총병이 전둔위에서 군사를 징집했으므로 부총병 이방춘(李芳春)[9]이 1천 군마를 거느리고 밤을 새워 달려간다고 하였습니다. 대개 두총병이 금주(錦州)의 급보를 듣고 군마를 이끌어 초6일 금주에 도착하니 적은 이미 철수하였으나 총병은 그대로 금주에 주둔하고 있다고 하였습니다. 산해관 밖에서는 우서(羽書)[10]가 분주히 왕래하였고 군마가 계속 이어져 각처의 거주민들은 밤에도 편안히 자지 못하였습니다.

○ [부기] 사하역을 출발하여 중후소(中後所)를 지나 육주하(六州河)를 건너 동관역에 도착했다. 비록 성보는 있었으나 군병은 한 명도 없었다. 우리는 오랑캐가 바야흐로 활동하는 시기였기 때문에 이 빈 성에 묵을 수 없었다. 이곳에서 사하소(沙河所)까지 30리 떨어져 있어 오늘 마땅히 더 가서 사하소에 묵어야 했으나 상사가 듣지 않고 또한 역마가 전복되어 가지 못하므로 성 밖에 있는 양씨 집에서 묵었다.

(2월) 11일 계해(癸亥)일. 맑음.

동관을 출발하여 사하소에서 점심을 먹고 조장역(曹莊驛)에 도착하여

---

8) 관전보(寬奠堡): 압록강 위의 지명. 임진왜란 때 선조가 의주로 몽진하여 명에 내부(內附)하려고 하였는데 명이 관전보(寬奠堡)의 빈 관아에 거처시키려고 한다는 소식을 듣고는 그만둔 일이 있음.
9) 이방춘(李芳春): 임진년에 마병 2천기를 이끌고 참전함. 요위(遼衛) 사람으로서 이성량(李成樑)의 가인(家人).
10) 우서(羽書): 깃털을 꽂아서 보낸 편지로 군사상(軍事上) 급하게 전(傳)하는 격문(檄文).

원(袁)씨 집에서 묵었습니다.

○ [부기] 조장역에 도착하였다. 말을 바꿔 타고 영원위(寧遠衛)에서 묵으려 하였으나, 군병들의 처소가 있었고 역인(驛人)이 말을 바꿔주려고 하지 않아 오랫동안 서로 실랑이 하다가 부득이 성 안 원종선(袁終善)의 집에서 묵었다. 양사(兩使)는 탕삼고(湯三顧)의 집에서 묵었다.

(2월) 12일 갑자(甲子)일. 맑음.

조장을 출발하여 영원위를 지나니, 중군(中軍)이 군마를 모아 교장에서 조련(組練)하고 있었다. 연산역(連山驛)에 도착하여 유(劉)씨 집에서 묵었습니다.

○ [부기] 들건대 광녕총병 두송이 초6일 금주위에 와서 변란을 대비하고 있는데 오늘로 이미 이레째라고 하였다.

(2월) 13일 을축(乙丑)일. 맑음.

연산을 출발하여 행산(杏山)에 도착해 서(徐)씨 집에서 묵었습니다.

(2월) 14일 병인(丙寅)일. 맑음.

행산을 출발하여 소릉하(小凌河)에 도착해 왕(姓)씨 집에서 묵었습니다. 이달 11일에 두총병이 병마 6천을 거느리고 금주위로부터 오랑캐 땅 2백리까지 들어갔으나, 적들이 모두 철가(撤家)하고 멀리 옮겨가 적 5명의 수급과 우마 7마리를 잡아가지고 돌아왔습니다. 군대가 대릉하(大凌河) 상류에 이르러 많은 병사가 물에 빠져 죽었습니다. 금주에 진을 쳤다가 내일 광녕으로 돌아간다고 하였다.

(2월) 15일 정묘(丁卯)일. 맑음.

소릉하를 출발하여 십삼산역(十三山驛)에 도착하여 왕씨 집에서 묵었습니다. 두총병이 행군시에 유격 이유교(李惟喬)를 시켜 군마 2천을 거느리고 이곳에 머물며 변란에 대비하게 하였습니다. 이날 총병이 유격에게 전령하기를 먼저 광녕으로 돌아가라고 하였습니다. 길에서 부총병 이방춘(李芳春)을 만났는데 금주에서 회군하는 중이었습니다. 그 후에 들으니 이방춘이 금주에 있을 때 오랑캐가 빈틈을 타 전둔위에 갑자기 나타나자 성을 지키던 군사들이 추격하여 13명을 생포하자 얼마 안 되어 적들이 다시 17명을 잡아 돌아갔다고 합니다. 적들이 전둔위에 출현한 것은 신 등이 그곳을 지난 겨우 며칠 후였습니다.

○ [부기] 소릉하를 출발하였다. 강을 건너 대릉하(大凌河)에서 쉬려고 하는데 총병의 대군이 장차 회군하게 되어 배가 통할 수 없을까 걱정된다는 소문이 돌았다. 이에 먼저 강을 건너 잠시 동안 강 동쪽 소촌(小村)에 머물렀다. 저녁에 십삼산역(十三山驛)에 도착하여 왕자고(王子高)의 집에 묵었다.

(2월) 16일 무진(戊辰)일. 맑음.

십삼산을 출발하여 여양역(閭陽驛)에 도착해 완(完)씨 집에서 묵었습니다.

○ [부기] 상사와 더불어 십삼산에 올랐다. 산중에 망해사(望海寺)·중산사(中山寺)·자유사(茨楡寺)·조양사(朝陽寺)·삼관묘(三官廟)가 있었다. 망해사 등 여러 절들을 둘러보려 하였으나 노새주인이 기꺼이 나귀에게 멍에를 채우려고 하지 않고 뒷 절로 향하였다. 나는 홀로 이민성(李民省)·진대득(陳大得) 등과 함께 앞 절로 향했다.

바위 봉우리가 우뚝 솟아 하늘을 떠받치듯이 하였으니, 큰 것은 8~9봉, 작은 것은 5~6봉이었다. 상사는 뒷 절로부터 뒤쪽 봉우리 정상에 올랐고,

나는 종을 시켜 옷을 끌게 하고 중봉에 올랐다. 동북쪽은 요동과 광녕 땅으로 넓고 멀어 끝이 없었으나 안개와 티끌에 가려 100여리만 볼 수 있었다. 서남쪽은 바다에 접해있고, 안개와 구름 사이에 한 줄기의 흰모래사장 같은 것이 바다였다. 서로 100리 떨어져 있었는데 날씨가 청명하면 분명하게 보인다고 하였다.【단률(短律)이 원집에 실려 있다.】

(2월)17일 기사(己巳)일. 맑음.

여양역을 출발했다. 광녕역(廣寧驛)에 도착해 철(鐵)씨 집에서 묵었다.

○ [부기] 여양역을 출발했다. 침구와 복마(卜馬)가 이유도 없이 줄어드는 까닭에 말을 매어두고 길 옆 민가에 두루 물어보았다. 역관들이 알리지 않은 죄가 컸다. 이에 상통사와 주방통사를 치죄하였는데 꾸짖기만 하고 곤장을 치지는 않았다. 장진보(壯鎭堡)에서 점심을 먹고 상사와 함께 의무려산(醫巫閭山)의 청안사(淸安寺)에 들어갔다. 절은 광녕에서 서쪽으로 10리 되는 곳에 있었다. 한원(韓瑗)이 길을 안내하였으나 길을 헷갈려기에 우리들은 밭두둑과 산골짜기를 헤매었다. 골짜기 입구로 들어가다보니 점차 기이한 형승임을 깨닫게 되었다. 산봉우리는 빼어남을 다투고 암석은 교묘했는데 마치 깎아놓은 홀 같기도 하였고 나는 새 같기도 하였으며 사람이 서 있는 것 같기도 하고 말이 달리는 것 같기도 하였다. 돌로 된 오솔길은 백 번이나 굽었는데 모두 연석이 깔렸다. 천 길이나 되는 기암을 올려다보니 머리에 구슬로 된 궁전[珠宮]을 떠받치고 있는 듯하였다. 사람의 형상이 어렴풋하여 마치 하늘에서 여러 신선이 오색구름 사이를 산보하는 것 같았다. 우리들은 골짜기 입구에 말을 매어놓고 걸어서 바위 밑으로 들어갔는데 돌로 된 고랑이 아연히 계곡을 이루었고 폭포수가 쏟아져 나왔다. 돌로 된 고랑 안은 바위를 파고 바위에다 '수석기관(水石奇觀)'이라 새겼으며 또 '의려가승(醫閭佳勝)'이라 새겼는데 자획이 허벅지만큼 컸다. 고랑 속에는 돌비석이 있었다. 돌고랑으

로부터 옆으로 돌아나와 남쪽 섬돌을 한 층 더 오르니 몇 칸의 당우(堂宇)가 있었는데 극히 정결하였다. '선범분경(仙凡分境)'이라 적혀있었다. 또 바위에 큰 글자로 '유목천표(遊目天表)'라 새겨져 있었는데 필력이 노련하고 힘이 있었다. 이는 포판(蒲坂)11)에 사는 장방토(張邦土)의 글씨였다. 당 뒤로부터 북쪽으로 돌아 수 십 층을 더 오르니 바위에 글씨를 새기고 부처를 새긴 것이 매우 많았고 두 개의 봉우리가 나란히 솟았다. 또 사람의 힘으로 돌을 깎아 석문을 만들었는데 사람들은 모두 이를 통해 출입할 수 있을 뿐 다른 곳에서 통하는 길은 없었다. 공용경의 이름과 글씨가 있었다. 석문(石門)으로부터 돌아 북쪽으로 가서 몇 층을 내려오니 이곳은 바로 불전(佛殿) 앞이고 돌 고랑의 뒤였다. 바위가 섬돌같이 가파랐는데 더위잡고 곧바로 오를 수 없었다. 때문에 옆으로 돌아 오솔길이 나 있었다. 뜰에는 네모난 돌로 된 벽돌이 있었는데 이른바 신선 여동빈의 성수분(盛水盆)이었다. 북쪽을 바라보니 양 협곡이 깎인 듯이 골짜기를 이루었는데 의심컨대 도화동(桃花洞)인 듯하였다. 뜰 서쪽에서 바위를 부여잡고 30여보를 곧장 오르니 삼관묘(三官廟)였다. 뜰 북쪽에서 한 층을 오르니 청안사(淸安寺)였다. 절에서 또 두 층을 오르니 불전(佛殿)이었다. 뜰 동쪽에서 곧바로 한 층을 오르니 바위에 연석으로 문을 내고는 '백운관문(白雲關門)'이라 적혀 있었고 곁에 있는 바위에는 '벽립만인(壁立萬仞)'이라고 새겨져 있었다. 문을 통해 들어가 또 한 층의 누각을 오르니 전에 올려다보았던 중층전(中層殿)으로 소위 관음각(觀音閣)이었다. 누각에서 곧바로 북쪽으로 한 층을 더 오르니 또 불전이 있었는데 '천하기관(天下奇觀)'이라는 편액이 있었다. 바위에는 '대병암(代屏巖)'이라 새겨져 있었는데 이것은 지난번에 올려다 보았던 2층 전각이었다. 골짜기를 내려다보니 아득하여 마치 혼돈 상태의 하계와 같았다. 바위를 부여잡고 돌아 다시 한 층을 오르니 작은 누각이 영롱하게 암석위

---

11) 포판(蒲坂): 산서성 영제현(永濟縣)에 있음. 순임금의 도읍지.

에 자리잡았는데 마치 선인장이 이슬을 받는 모양이었다. '상방중각(上方重閣)'이라 적혀 있었다. 이곳은 앞서 올려다보았을 때 가장 높은 꼭대기였다. 이곳에 이르니 마치 '세상을 떠나 홀로 서고, 날개가 달려 신선이 되어 날아 올라가는[遺世獨立 羽化而登仙]'[12] 것 같았다. 바위에는 신식(申湜)[13]의 이름이 있었는데 우리들도 그 뒤에다 이름을 적었다. 중 두세 명이 있어 길을 안내하고 차를 대접하였다. 해가 이미 서쪽으로 기울어 더 유람할 시간이 없었으므로 총총히 되돌아 내려왔다. 아쉬움에 한 걸음마다 세 번 뒤돌아 보았다. 말을 재촉하여 북진묘의 북쪽을 지났다. 황혼에 서문으로 들어와 전에 거쳐했던 왕씨의 집에 도착했는데 방은 다만 상사와 부사만이 숙박할 정도였다. 나는 길 남쪽에 문을 마주보고 있는 철종의(鐵宗義)의 점포로 옮겨 묵었다.

○ 청안사 남쪽에는 옥천사(玉泉寺)와 조양사(朝陽寺) 등이 있고 북쪽에는 소관음각이 있는데 서로간의 거리는 6~7리이다. 광녕 남십리포(南十里舖) 밖으로는 사천(沙川)이 있는데 협곡으로부터 물이 흘러 나와 물길을 따라 서쪽으로 들어간다. 두 협곡 사이에는 동천(洞天)이 넓게 열려 있고 봉우리들이 둘러싸고 있는데 이는 바로 의무려산의 큰 골짜기였다. 이곳에는 많은 사찰이 있다고 하여 이를 찾고자 하였으나 갈 길이 바빠 그러하지 못하였다.

(2월) 18일 경오(庚午)일. 바람이 크게 붊.

광녕에 머물렀습니다.

---

12) 소동파《전적벽부》.
13) 신식(申湜, 1551~1623) : 본관은 고령(高靈)이며, 자는 숙지(叔止), 호는 용졸재(用拙齋). 신숙주(申叔舟)의 5대손으로 이황(李滉)의 문인.

○ [부기] 노새주인 왕(王)씨 성을 가진 자가 이달문과 서로 다퉈 상사의 가마를 끌어당겨 부숴버렸다. 황혼에 상사가 노하여 그를 불러 꾸짖고, 군관과 주방 등을 시켜 머리채를 끌고 주먹으로 때리게 하였다. 이로 인해 노새주인이 명령을 따르지 않아 북진묘를 보고자 하였으나 갈 수가 없었다. 부사와 함께 주인집 뒷문을 통하여 성문을 걸어 올라가 공극루(拱極樓)에서 광녕성을 내려다보았다. 성의 둘레는 십 여리였고 매우 많은 집들이 즐비하였으며, 우뚝하게 홀로 높은 것은 동남쪽의 앞 절과 동북쪽에 있는 뒷 절이었다. 일명 쌍탑사(雙塔寺)라 하였는데 두 개의 탑이 우뚝 솟았기 때문이었다. 앞 절의 동쪽에는 문묘가 있다고 하였다. 황혼에 양사가 와서 만났다.

(2월) 19일 신미(辛未)일. 맑음.

광녕의 사람들이 말하기를, "두총병이 도적이 홍라산(紅羅山)[14] 등지에 집결해 있다는 말을 듣고 금주위로부터 또 다시 판성(板城)을 나와 추격하였으나 도적들이 모두 도망가 4명의 수급만 베어 왔으며 오늘 본진으로 회군한다"고 하였습니다. 광녕을 출발하여 반산역에 도착해서 등(鄧)씨 집에서 묵었습니다.

○ [부기] 늦게 광녕을 출발하여 성 밖 이여송의 사묘(祠廟)를 보니 웅장하고 화려하기가 비할 곳이 없었다. 소상은 진짜와 같았으며 여러 유명 인사들의 편액이 그 수를 헤아릴 수 없을 정도로 많았다. 사묘의 뒤쪽에는 또 이여송 처의 소상이 있어 여송과 배위해 놓았다. 사묘의 동쪽에는 또 별묘가 있었으니 바로 이성량의 생사(生祠)였다. 대개 성량이

---

14) 홍라산(紅羅山): 요동 도지휘사사(遼東都指揮使司) 광녕 중둔위(廣寧中屯衛)의 서쪽 70리 지점에 있는 산 이름. 이곳에 장성(長城)을 쌓아 요새로 삼고 있는데, 홍라산(虹螺山)으로 쓰기도 함.《大明一統志 卷25》.

광녕을 진무할 때 자신의 아들을 위하여 사당을 세웠으므로 그 묘우(廟宇)의 웅장하고 화려함이 이와 같았으나 성량의 사묘는 그 스스로 세운 것이 아니어서 제도가 이여송의 사묘보다 약간 덜했다. 성 동쪽으로 2리 되는 곳에 망성강이 있었는데 이는 대로를 넘어가는 곳의 작은 언덕으로, 양사와 함께 수레를 멈추고는 잠시 쉬었다. 망성강 뒤에는 동악묘가 있었고 망성강 남쪽에는 옥황묘(玉皇廟옥황상제를 모시는 사당)가 있었다. 동악묘는 전날에 달자들이 광녕을 포위했을 때 십여 일 동안 그 사당을 태웠으나 아직 중건되지 않았고, 옥황묘는 불에 타 훼손된 뒤 전각만을 세웠으며 이때 바야흐로 전랑(殿廊)을 중수하고 있었다. 중이 두루마리 책을 들고 길에 서서 시주받기를 원하였다. 제승보를 지나 반산역에 도착해 등운홍(鄧雲鴻)의 집에서 묵었다.

(2월) 20일 임신(壬申)일. 바람이 크게 붊.

반산을 출발하여 요참(腰站중간에서 쉬는 곳)에서 점심을 먹었습니다. 성 동쪽에 쌍석비(雙石碑)가 있었는데, 전총병(前總兵) 동일원(董一元)[15] 이 전쟁에서 크게 승리한 공을 극력 칭찬하고 있었습니다. 사람들에게

---

15) 동일원(董一元): 명나라의 장수. 하북(河北) 선부전위(宣府前衛) 사람으로 용맹하고 지략이 출중하였다. 가정 연간 계진(薊鎭)의 유격(遊擊)으로 토만(土蠻)과 흑석탄(黑石炭)을 토벌한 공으로 참장(參將)이 되었다. 이후 청해(靑海), 연수(延綏) 일대 변경에서 이민족을 제압하는 데 큰 공을 세워 총병관(總兵官)으로 승진했다. 1594년 토아부(兎兒部)를 격파하여 좌도독(左都督)이 되었고 태자태보(太子太保)의 직위가 더해졌다. 1597년 정유재란 당시 어왜총병관(禦倭總兵官)이 되어 총독 형개(邢玠)의 지휘 아래 조선으로 왔다. 1598년 10월 진주에 진입하였으나 도진의홍(島津義弘)이 건설한 사천의 신채(新寨) 진지를 공격하다가 패배했다. 이 일로 태자태보의 직위를 삭탈 당하였고 관품은 3등이 강등되었다. 얼마 지나지 않아 다시 전공을 세워 예전의 관품을 회복하고 은폐를 하사받았다. 동일원의 둘째 아들 동대순(董大順)은 조선으로 귀화하여 광천 동씨(廣川董氏)의 일파를 이루었음.

묻자 말하기를 "깁오년(만력 22, 1594) 겨울 오랑캐가 크게 일어나 고평(高平) 등의 땅에 쳐들어오자 유격 조부(曹駙)가 외딴 성을 홀로 지키며 여러 날 동안 항전했습니다. 마침내 적이 퇴각하자 유격이 몸소 사졸보다 앞장서서 강성한 오랑캐를 섬멸하고 월아천(月牙川)까지 추격해 4백여 명의 목을 베었습니다. 일원은 당시 총병으로서 스스로 그 공을 진술하고 관찰사 또한 조정에 거짓 보고하여 포상과 승진을 과도하게 입고 비를 세워 공을 새겼으나 그의 공적이 유격에 미치지 못했으니 사람들 모두 그를 손가락질하며 욕하였다고 합니다."라고 하였습니다. 대개 도적과 교전할 때에 삼군의 승패는 장수 한 사람이 용감하고 비겁함에 달려 있으므로, 용감함은 내세워 말하지 않을 수 없고 상벌은 공평히 하지 않을 수 없는 것입니다. 장수된 자가 적을 제압하고 이기기 위한 기발한 꾀를 쓰지 않고 군대를 거느리고 수수방관하면서 다른 사람을 통해서 일을 이룬 다음, 공적을 심사하여 모두 자신의 것으로 하고 죄를 논하여 사졸들에게 돌렸으며, 심지어 포상을 불공평하게 행사하여 장군과 사졸이 흩어지기에 이르렀으니, 이는 어찌 유독 일원뿐이겠습니까? 저녁에 고평에 도착해서 계(桂)씨 집에서 묵었습니다. 해주위 참장 동학년이 두총병의 분부로 군마 일 천을 거느리고 이곳에 와서 주둔하고 있었습니다.

○ [부기] 석비의 기록은 다음과 같다. "갑오년 겨울 오랑캐가 크게 일어나서 고평 등의 땅을 노략질하여 총병 동일원이 군마를 정비하고 그 귀로를 차단했다. 며칠 뒤에 오랑캐들이 밤에 도망가려 하자 일원이 명령을 전하여 철군하는 것처럼 하다가 진격하게 하니 오랑캐들이 과연 크게 달아났다. 이에 병사들을 풀어 무찔러서 4백 5십여 명의 목을 베고 월아천까지 추격하니 오랑캐와 말들 대부분이 익사하여 물이 흐르지 않았다. 오랑캐 두목[虜酋]은 부상당하여 그 소굴로 돌아가 죽었다 한다. 얼마 안 가 오랑캐가 우둔위를 포위하였는데 여러 날이 지나 성이 거의 함락되려고 하자, 일원이 죽기를 각오하고 싸우는 기병 백여 명을 모집하였다. 항복해 온 왜인 사, 오인이 조총을 쏴 명왕(名王)[16]의 아들을 죽이

니, 오랑캐가 포위를 풀고 도망가 성이 이로 인해 보전하게 되었다. 일원이 또 군대를 이끌고 심양위(瀋陽衛)[17]를 떠나 4백여 리를 가서 1백 6십여 명을 사로잡거나 베어 죽이니 조정에서는 일원을 승진시켜 좌도독(左都督)으로 삼았다." 동쪽 비석에는 큰 글씨로 '크게 오랑캐를 무찔렀다 [大虜就殲]'고 쓰여 있었으나, 비석에는 동(董)이 이로 인해 포상되고 승진했다는 기록이 없었다. 정유년(선조 30, 1597) 조선에서 왜를 정벌할 때 사천에서 크게 패했다.

(2월) 21일 계유(癸酉)일. 맑음.

고평을 출발하여 평양보에서 점심을 먹고 사령에 도착하여 왕삼중(王三重)의 집에서 묵었습니다. 삼중이 말하기를, "누루하치가 중군 장해(張海)를 시켜 두총병에게 달려가 고하여 말하기를, '홀라온(忽刺溫)이 장차 조선을 침범하려 하여, 내가 조선은 천조(天朝)의 속국이니 침범할 수 없다고 두세 번을 타일러 말했으나 끝내 명을 듣지 않았소. 중국이 내가 그들과 같은 마음을 품었다고 의심할까 두려워 먼저 어르신께 고할 뿐이오.'라고 하였습니다. 총병이 '조선은 천조(天朝)를 공경하여 섬기니 의리상 일가와 같음을 너는 알 것이다. 홀적(忽賊)은 너와 혼인한 집안이니 너의 말을 복종하지 않을 수 없을 것이다. 너는 반드시 잘 말해서 깨우쳐라. 만약 끝까지 듣지 않으면 먼저 홀적을 공격하여 참수하고 와라. 내가 마땅히 조정에 대신 아뢰어 큰 상을 내려줄 것이다.'라고 답하니, 중군이 명을 듣고 돌아갔다 합니다."라 하였습니다.

---

16) 명왕(名王): 흉노의 제왕(諸王) 중에서 소왕(小王)보다 신분이 높은 귀족들을 말함.
17) 심양위(瀋陽衛): 명대(明代)의 요동도사(遼東都司) 소속 25위(衛) 중의 하나.

(2월) 22일 갑술(甲戌)일. 맑다가 바람이 크게 불고 먼지가 하늘을 덮음.

사령을 출발하여 요하 언덕에서 점심을 먹고 우가장에 도착해서 번(樊)씨 집에 묵었습니다.

(2월) 23일 을해(乙亥)일.

우가장을 출발하여 길 가의 마을에서 점심을 먹고 해주위에 도착해서 류(劉)씨 집에 묵었습니다. ○ [부기] 저녁에 해주위에 도착하여 상사와 함께 걸어서 성으로 들어가 서루(西樓)에 오르니 '영은루(迎恩樓)'라 편액(扁額)되어 있었다. 서북쪽은 광활하고 멀었으며 동남쪽은 여러 봉우리들이 선명하고 아름다웠다. 사천(沙川)은 성을 두르고 있었고 인가는 광녕(廣寧)에 미치지 못하여 많이 쇠잔해 있었다. 성 위를 걸어서 남문 곡성(曲城)[18]에 이르러 사천(沙川)을 굽어보니 자못 상쾌하였다.

(2월) 24일 병자(丙子)일. 맑음.

해주위를 떠나 감천보(甘泉堡)에서 점심을 먹고 안산역(鞍山驛)에 도착하여 구(緱)씨 집에서 묵었습니다.

○ [부기] 해주위를 떠나 토하보(土河堡)를 지나고 감천보(甘泉堡)에서 점심을 먹었다. 양사는 먼저 가고 나는 홀로 뒤떨어져 이민성과 함께 안산(鞍山)의 안복사(安福寺)에 올랐다. 산은 역의 서북쪽 3~4리 되는 곳에 있었고, 돌봉우리가 나란히 솟아올라 그 모양이 마치 안장과 같았다. 작은 암자가 두 봉우리 사이에 걸쳐 있어 마치 안장에 탄 것 같았다. 이름하여 '천비성모사(天妃聖母祠)'라 하였고, 동쪽으로 수 십 걸음을 내

---

18) 곡성(曲城): 성곽(城郭)을 쌓을 때 성문 밖으로 둘러 가려서 곡선으로 쌓은 성벽.

려가니 곧 안복사였다. 소나무 숲이 울창하고 시야가 매우 넓어 남쪽으로
는 천산이 보이고 서쪽으로는 해주위가 보였다. 뜰에 있는 두 층 반송(盤
松)의 청개(青盖)가 하늘을 가려 매우 완상할 만 하였다. 불각(佛閣)의
소상은 상제(上帝)라 하고, 묘각(廟閣)의 동쪽에 있는 고루(高樓)를 백불
루(百佛樓)라 하였다. 벽 사이에는 금릉 주지번이 쓴 절구가 있었다. 상
사는 대로에서 노새를 타고 곧바로 올라와 함께 백불루에 올랐다. 절의
중 서혜(西慧)와 벽담(碧潭) 및 79세 된 노승이 인도하여 들어갔다. 방장
(주지스님)이 차와 엿을 대접하였으나 줄만한 물건이 없어 송응선(宋應瑄)
이 차고 있던 은 1전을 풀어서 그에게 주었다. 의주(義州)의 군마 15필이
안산역에 도착하였다. 소통사(小通事잡다한 통역 등을 맡는 직책)와 기마색
(騎馬色) 구종(丘從관원을 모시고 다니는 하인) 등 오륙 인이 안복사에 도착
했고 의주와 정주 두 영공(令公)의 서찰 또한 도착하였다. 조보(朝報)를
얻어 보니 유영경(柳永慶)·김대래(金大來)·이홍로(李弘老) 등이 배소
에서 사사(賜死)되었다. 12월 17일 문무별시에서 정호서(丁好恕)[19]가 장
원을 하였고, 또 문·무과 중시(重試)를 거행하여 7명을 뽑았으며, 이이첨
(李爾瞻)[20]이 장원을 하였다 한다. 저녁에 안산역에 도착하여 구량선(緱
良善)의 집에서 묵었다.

---

19) 정호서(丁好恕, 1572~1647): 조선 후기의 문신. 본관은 압해(押海). 자는 사추
    (士推). 1608년(광해군 즉위년) 별시문과에 갑과로 급제하였다. 1624년(인조
    2)에 정주목사(定州牧使)로 재직하고 있을 때에 이괄(李适)의 난에 공이 있어
    통정대부(通政大夫)로 승진하였다. 1627년 정묘호란이 발발했을 때는 오랑캐
    의 침입에 대처하지 못하여 유배됨.
20) 이이첨(李爾瞻, 1560~1623): 조선 중기의 문신. 선조 때 대북의 영수로서 광해
    군이 적합함을 주장했다. 광해군 즉위 후 소북파를 숙청하고, 영창대군과 김제
    남의 죽음에 관여하였다. 폐모론을 주장하여 인목대비를 유폐시켰지만, 인조
    반정 후 처형당함.

(2월) 25일 정축(丁丑)일. 맑다가 저녁에 바람이 크게 붊.

안산을 출발하여 사하보에서 점심을 먹었습니다. 단련사 김응수가 군마를 이끌고 와 수산령(首山嶺)에서 맞이하였습니다. 회원관에 도착했습니다.

○ [부기] 안산을 출발하여 장점보(長店堡)를 지나 사하보에서 점심을 먹고 수산령에 도착하니 군마가 와서 맞아 주었다. 단련사 김응수(金應壽)가 나타나면서 비로소 우리나라 사람을 보고 또 우리나라 음식을 맛보게 되었다. 이곳에 이르러 문득 인정의 기쁨을 깨달았다. 회원관에 도착하니 천사배패통사(天使陪牌通事) 이희천(李希天)과 기익헌(奇益獻) 등은 아직까지 있었으며, 탐청통사(探聽通事) 문응추(文應樞)와 현득례(玄得禮)는 정월에 들어왔고 별정탐청통사 남윤함(南允諴)은 오늘 들어왔다. 과관(課官) 김광득은 요동에서 고하지 않고 그의 집으로 도망가 버렸다.

(2월) 26일 무인(戊寅)일. 맑다가 밤에 바람이 크게 붊.

수레가 도착하지 않아 회원관에 머물렀습니다.

(2월) 27일 기묘(己卯)일. 아침에 맑다가 저녁에는 흐림.

회원관에 머물렀습니다. 순안 웅정필(熊廷弼)이 개원(開原)지방을 순시하고 땅을 버린 죄를 추론하였습니다. 이성량의 사위 한(韓) 모는 그 당시에 참장이었고 부총병은 오희한(吳希漢)이었습니다. 모두 당시의 장관으로서 탄핵을 당하여 한은 옥에 갇히고 오총병은 파직되어 집으로 돌아갔습니다.

(2월) 28일 경진(庚辰)일. 맑음.

　　회원관에 머물렀습니다. 상통사 권득중을 도사아문(都司衙門)에 보내 현관례를 행했습니다. 뒤쳐졌던 수레들이 밤새 모두 도착했습니다. 역관 등이 말하기를 "소릉하로부터 십삼산(十三山)에 이르렀는데 역인(驛人) 이 말하기를 '어제 광녕에서 염초를 실은 수레 여섯 대가 도적에게 약탈 당하였소. 당신들이 만약 하루 빨리 왔다면 그 화를 입었을 것이오.' 라고 하였다."라고 하였습니다.

(2월) 29일 신사(辛巳)일. 맑음.

　　요동을 출발하여 냉정(冷井)에서 점심을 먹고 삼류하(三流河)[21]에 도 착해서 왕(王)씨 집에서 묵었습니다. 우리나라 사람 한은옥(韓銀玉)은 나 이가 11세로 임진왜란을 만나 중국 군대를 따라 요동에 들어와 민가에서 품팔이를 하던 자였습니다. 이날 신 등을 따라 함께 왔습니다. ○ [부기] 상사와 함께 성에 들어가 화표주(華表柱)를 보니 서쪽 성 안쪽에 있었다. 후창 관중이 제액하기를 '화학선종(化鶴仙踪)'이라 하였고, 탁자 위의 위 판에는 '정선지위(丁仙之位)'[22]라 쓰여 있었다. 뜰에 있는 8척의 돌기둥

---

21) 삼류하(三流河): 중국 요녕성(遼寧省)의 낭자산(狼子山) 30리 지점에 있는 강. 동북(東北)으로 흘러 태자하(太子河)로 흘러 들어감.

22) 화학선종(化鶴仙踪)이라 하였고, 탁자 위의 위판에는 정선지위(丁仙之位): 화 학선종(化鶴仙踪)은 학으로 화한 신선 자취이며 정선(丁仙)은 정영위(丁令威) 를 말한다. 진(晉)나라 도잠(陶潛)의 《수신후기(搜神後記)》권1에 "정영위는 본 래 요동 사람이다. 영허산에서 도를 배운 후에 학이 되어 요동으로 돌아와 성문 화표주(華表柱)에 머물렀다. 그때 한 소년이 활을 들고 쏘려하자 학이 공중을 배회하며 말하길, '새여! 새여! 정영위가 집을 떠나 천년 만에 돌아왔는 데, 성곽은 그대로건만 사람들은 다르네. 어찌 선(仙)을 배우지 않고 무덤만 늘어섰는가?' 하더니 마침내 높이 하늘로 사라졌다.(丁令威 本遼東人 學道于 靈虛山 後化鶴歸遼 集城門華表柱 時有少年 擧弓欲射之 鶴乃飛 徘徊空中而言

이 곧 화표주였다. 이는 옛 자취가 아닌 것 같았으니 중건한 지 오래되지 않은 것으로 생각되었다. 다시 상사와 함께 내북성(內北城)을 나와 자재주(自在州)[23]와 동령위를 지나 동북성(東北城) 위에 올랐다. 태자하(太子河중국 요양시(遼陽市)에 있는 요하(遼河)의 지류)를 내려다보니 강은 우리나라의 달천(㺚川)[24]보다 작았으나 여름에는 배를 타고 건넌다. 동문을 나와 부사를 만나고 삼하(三河)를 건너 삼류하 위쪽의 작은 마을 왕득사(王得師)의 집에서 묵었다.【시가 원집에 있다.[25]】

(3월) 1일 임오(壬午)일. 맑음.

삼류하를 출발해 청석동(靑石洞)에서 점심을 먹고 비암(鼻巖)에 도착하여 양(楊)씨 집에서 묵었습니다. ○ [부기] 청석동에 이르러 군마를 점검하고 사열하였다. 청석령(靑石嶺)을 넘어 비암 양융공(楊戎功)의 집에서 묵었다. 집 한 채 뿐이라서 세 사신이 함께 묵었다.

曰 有鳥有鳥丁令威 去家千年今始歸 城郭如故人民非 何不學仙冢壘壘 遂高上衝"라는 기록이 있음.

23) 자재주(自在州): 명 영락(永樂) 초에 이민족을 다스리기 위해 설치된 주의 하나.

24) 달천(㺚川): 충청도 보은(報恩) 속리산(俗離山)에서 발원, 북류(北流)하여 남한강(南漢江)으로 흘러드는 하천 이름.

25) 시가 원집에 있다: 『인재선생문집(訒齋先生文集)』 권지일(卷之一) 시(詩) <삼류하에 도착하여 화표주를 보고 태자하를 내려다 보다(到三流河 見華表柱臨太子河)>. "채찍을 잡고 말을 타며 스스로 하늘을 에돌아 지난 일 아득하여 모두 정성을 다하네. 백답에 속절없이 당제(唐帝, 요임금)의 절을 남겼고 황금대 어디에 곽외(郭隗, 연(燕)나라 현인)가 있는가? 청풍(淸風)은 고죽성(孤竹城) 곁을 지나고 떨어지는 해는 문산사(文山祠, 문천상(文天祥)의 사당) 아래로 내려오네. 만일 그해 바다에 뜬 나그네 일어난다면 안개 낀 수면에 짧은 노를 주며 그대와 함께 재촉하네.(着鞭跨馬自天廻 往事悠悠儘可款 白塔謾留唐帝寺 黃金何處郭隗臺 淸風孤竹城邊過 落日文山祠下來 若起當年浮海客 煙波短棹與君催)"

(3월) 2일 계미(癸未)일. 맑음.

비암을 출발하여 연산(連山)에서 점심을 먹고 조림자(稠林子)에 있는 동(董)씨 집에서 묵었습니다. ○ [부기] 비암을 출발해서 고령(高嶺)을 넘고 벽동(甓洞)을 지나 연산관(連山關)에서 점심을 먹었으며 분수령(分水嶺)을 넘어 나장으로 있는 조림자의 동씨 집에서 묵었다. 관내는 북경보다 두 배로 추웠으나 요동에 이르니 어느덧 늦봄이었다. 바람이 매섭게 차고 얼음과 눈이 아직 녹지 않았으니 요동의 추위는 타지의 두 배였다.

(3월) 3일 갑신(甲申)일. 흐림.

저녁에 옹북하(甕北河)에 도착하여 고(高)씨 집에서 묵었습니다.

(3월) 4일 을유(乙酉)일. 구름같이 안개가 낌.

오늘은 청명일로서 중국의 풍속은 관례상 이날 묘에 제사하고 흙을 더합니다. 무릇 한해에 묘에 제사를 올리는 것이 세 번으로, 청명일·7월 15일·10월 초하루입니다. 옹북하를 출발하여 백안동(伯顔洞)에서 점심을 먹는데 역관 권집중(權執中)과 박귀경(朴龜慶) 등이 자문을 가지고 지나갔습니다. 저녁에 고산(孤山)에 도착해 피(皮)씨 집에서 묵었습니다.

(3월) 5일 병술(丙戌)일. 비가 조금 내리다 곧 그침.

고산을 출발해 세천촌(細川村)에서 점심을 먹고 마석촌(磨石村)에 도착하여 최(崔)씨 집에서 묵었습니다. 칙서를 맞이하는 길일이 3월 16일로 채택되었다는 유지가 있었습니다. ○ [부기] 의주에 사는 사람이 와서 집에서 온 편지를 전해주었다. 저녁에 복물을 점검하고 호패를 발급받았다.

(3월) 6일 정해(丁亥)일. 바람이 크게 붊.

군마가 정돈되지 않아 일찍 출발하지 못했기에 단련사 김응수에게 곤장을 쳤습니다. 행렬이 중강(中江)에 이르니 추세위관 진숙해(陳叔諧)가 지나가는 것을 허락하지 않고 전례에 따라 납세의 의무를 다하도록 요구했습니다. 마침 진강유격 장창인(張昌印)이 장전보에서 돌아와 중강에 주둔하고 있었으므로 통사 등이 예부의 차부(劄付)와 요동포정사(遼東布政司)26)의 행문(行文공문)을 올려 세금을 면해줄 것을 청하였습니다. 유격이 전례의 반으로 감해줄 것을 명령했습니다. 압록강에 이르니 바람이 사나워 건널 수 없었기에 신 등이 칙서표리만 받들고 먼저 건넜습니다. 본도(本道)의 도사 신의립(辛義立)이 복물을 검사하였고 일행은 무사히 강을 건넜습니다. ○ [부기] 늦게 마석촌(磨石村)을 출발하여 진강성(鎭江城)을 지났다. 성은 매우 낮고 작았으며 군마가 일천 사백이 있다고 하였으나 실제로는 오륙백이었다. 적강(狄江)을 건너고 중강에 이르러 추세위관 진숙해가 절은(折銀) 90냥으로 통과하는 것을 허락하지 않자 통사 등은 모단(帽段) 60필을 납부했다. 상사와 부사가 관대를 갖추고 유격을 만나려고 하였으나 유격이 만나는 것을 면제했다. 세금을 납부한 후에 또 수입하는 염초에 세금을 징수하려고 하자 통사 등이 간절히 고하여 이를 면제 받았다. 오후에 바람이 사나워 배가 통할 수 없었으므로 2척의 작은 배로 어렵게 중강을 건넜다. 압록강에 이르렀는데도 풍랑이 그치지 않고 날도 이미 저물어 부득이 칙서표리만 받들고 먼저 건넜으며 짐바리[卜馱]는 뒤따라 건너게 하였다. 천사원접사 유근(柳根), 종사관 김상헌(金尙憲)·조희일(趙希逸), 병사 유형(柳珩), 의주부윤 한덕원(韓德遠), 판관 남이흥(南以興), 제술관 차천로(車天輅)·양경우(梁慶遇), 수세관 정협(鄭浹) 등이 칙서를 맞이하는 일로 강가에서 기다리고 있었

---

26) 요동포정사(遼東布政司): 명의 관직명. 13개의 포정사가 있었으며 행정과 재정을 관장하는 지방장관.

다. 상사는 취승정에서 묵고 부사는 청심당(淸心堂)에 묵었으며 나는 영춘당(迎春堂)에 묵었다. 종사관 김상헌과 조희일, 부윤영공, 도사 신자방(辛子方)이 와서 만났다. 마을사람 이희참(李希參)과 장지완(張志完)이 와서 만났다. 저녁에 이아(二衙감영에 있던 관아)의 동헌(東軒)으로 가서 원접사를 만났다.

　이하 사일기

(3월) 7일 무자(戊子)일. 맑음.

　압록강을 건넜다는 월강선래장계(越江先來狀啓)를 발송하고 통보와 장황표리서책(粧䌙表裏書冊)[27]을 궤에 넣었다.

(3월) 8일 기축(己丑)일. 맑음.

　의주 부윤이 와서 전별하였다. 늦게 의주를 출발하여 저녁 초경에 양책(良策)에 도착하였다.

(3월) 9일 경인(庚寅)일. 맑음.

　양책을 떠나 거련관(車輦舘)에서 점심을 먹고 저녁에 임반관(林畔舘)에 도착하였다. 경보(京報)[28]를 얻어 보니 곽재우가 상소하되 임해군을

---

27) 장황표리서책(粧䌙表裏書冊): '장황(粧䌙)'은 서책이나 서화첩(書畵帖)을 꾸미어 만드는 것.
28) 경보(京報) : 조선 시대의 관보(官報). 조보(朝報)·조지(朝紙)·저보(邸報)·한경보(漢京報)·기별지(寄別紙) 등으로도 불렸다. 승정원이 발행했으며, 서울과 지방의 관리들에게 배포되었다. 내용은 임금의 명령과 지시, 정부의 중요

숙여 대의를 바로잡기를 청하었고 또 전은지설(全恩之說)29)과 고부사
신(告訃使臣)이 실대(失對황제에게 대답을 잘못함)하는 죄30)를 힘써 공격하
였다.

(3월) 10일 신묘(辛卯)일. 맑음.

임반을 떠나 운흥(雲興)에서 점심을 먹었으니, 곧 곽산(郭山) 땅이었
다. 저녁에 정주(定州) 신안관(新安館)에 도착하니 원접사 이상의(李尙
毅), 종사관 허균(許筠)·유숙(柳潚), 목사 윤훤(尹暄)이 칙서를 맞이했
다. 양사 및 원접사가 대청에서 이야기를 나누었다. 허종사(許從事)와 유
종사(柳從事)가 와서 만났다. 상사는 황제의 칙서를 받들고 있었으므로
동상방에서 머물러야 한다 하고, 원접사는 제칙방(制勅房)이 있으니 칙
서를 방안에 안치해야 한다며, 동서의 상방(上房)은 마땅히 관질의 고하
로 차례를 정해야 한다고 하였으나, 상사가 그 말을 듣지 않고 칙서를
동상방에 안치하자 원접사가 불평하며 상아(上衙)로 옮겨갔다. 상사도
마음이 편치 않아하며 가산으로 향하려 하자 원접사가 상사를 달래고
풀었다.

결정 사항, 관리 임명 외에 기상 이변, 자연 재해 및 사회·군사 문제 등을
다루었다. 선조 10년(1577) 민간인이 의정부와 사헌부의 허가를 얻어 매일
인쇄·발간하기도 하였으나 곧 중단되었고 계속 관에서 발행하였다. 고종 31
년(1894) 갑오개혁으로 근대적 인쇄술을 이용한 ≪관보(官報)≫가 발행되면서
사라짐.
29) 전은지설(全恩之說) : 임해군 역모사건에 대하여 "부자나 동기간 등 가까운
사이에는 설령 죄가 있다고 할지라도 생명을 해치지 않음으로써 은혜를 온전
히 해야 한다"는 주장.
30) 고부사신(告訃使臣)이 실대(失對)하는 죄: 이호민(李好閔)이 고부사(告訃使)
로 중국에 갔을 때, 중국 측에서 광해군이 왕위를 물려받게 된 것에 대해 의심
을 품자, 그것을 변명하는 과정에서 황제에게 대답을 잘못 말한 것을 가리킴.

(3월) 11일 임진(壬辰)일. 비가 조금 오고 바람이 크게 붊.

목사[윤훤(尹暄)]는 부사[윤양(尹暘)]의 아우였다. 부사는 더 머물고자 하였으나 상사가 칙서를 받들고 먼저 가게 되면 자기 혼자만 뒤떨어져 난처하게 되었다. 때마침 비가 내려 주인 영공이 간청하자 상사가 하루를 더 머물러 형을 안심케 하고 형제간에 오랫동안 헤어져 있었던 회포를 풀게 하였다. 이에 정주에 머물게 된 것이다.

(3월) 12일 계사(癸巳)일. 맑음.

날이 샐 무렵 가산을 향해 출발하여 납청정에서 점심을 먹고, 오시에 가평관(嘉平舘)에 도착했다. 부사는 정주에 머물렀다.

(3월) 13일 갑오(甲午)일. 맑음.

가산을 출발해 공강정(控江亭)이 있는 청천강(菁川江)을 건너 안주(安州)로 들어갔다. 어사 윤수겸(尹守謙)과 목사 김덕함(金德諴)이 칙서를 맞이하였다. 어사는 백상루(百祥樓)에 묵고 나는 안흥관(安興舘)의 동헌에 머물렀다. 윤어사, 동년(同年 과거합격을 같은 해에 한 사람) 김목사와 함께 이야기를 나누었다. 부사가 따라 도착하였다.

(3월) 14일 을미(乙未)일. 맑음.

부사가 몸이 아파서 안주에 머물렀다. 오후에 숙천(肅川)의 숙녕관(肅寧舘)에 도착했다.

(3월) 15일 병신(丙申)일. 맑고 바람이 크게 붊.

숙천을 떠나 순안(順安)의 안정관(安定舘)에 도착했는데 현령 유영(柳

暎)이 들어와 만났다. 저녁에 평양의 대동관(大同館)에 도착하여 대동찰방, 동년 김문오(金文吾)와 함께 묵었다. 유지(有旨)가 내려와 20일이 칙서를 맞이하는 길일이라 하므로 반드시 밤낮으로 말을 달려야만 거의 기일에 맞출 수 있을 것이나, 부사가 뒤처져 형세가 매우 낭패스러웠다. 공경히 유지를 받들었다는 장계를 발송하였다.

(3월) 16일 정유(丁酉)일. 맑고 바람이 크게 붊.

평양을 출발했다. 서윤 이홍주(李弘胄)가 어제 단군묘의 재숙(齋宿)에 들어가 칙서를 맞이하는데 불참했고 오늘 아침에 와서 만났다. 감사 이시발(李時發)이 배 안으로 와서 전송하였다. 오시에 중화(中和)의 생양관(生陽館)에 도착하니 부사 유덕신(柳德新)이 칙서를 맞이하였다. 저녁에 황주(黃州)의 경천관(擎天館)에 도착하니, 감사 이경함(李慶涵)·목사 신보(申葆)·판관 이안민(李安民)·기린찰방 민제(閔霽)가 칙서를 맞이하였다.

(3월) 17일 무술(戊戌)일. 맑고 바람이 크게 붊.

늦게 황주를 출발해 봉산(鳳山)의 봉선관(鳳仙館)에서 점심을 먹고, 저녁에 용천관(龍泉館)에 도착하니 날이 이미 어두웠다. 서흥부사 황치성(黃致誠)이 와서 만났다. 초경에 총수산(蔥秀山)을 향해 출발했다. 이 날 1백 7십리를 갔다.

(3월) 18일 기해(己亥)일. 맑음.

아침에 역관 진지남(秦智男)과 이언화(李彦華)가 노추[누루하치]에게 선유(宣諭)를 청하는 일로 광녕에 갔다. 총수산을 출발해 평산에서 점심을 먹고, 흥의참에서 잠시 쉬었다. 앞에 청강(淸江)이 있어 절벽이 우뚝 솟았고 못 가에 '회란석(廻瀾石)'이라 부르는 큰 석비가 있었으니, 천사 허국(許國)이 세운 것이었다. '회란석'이라 새긴 세 큰 글자 또한 허천사가 쓴 것으로, 이는 '이미 거꾸러진 상황에서 사나운 물결을 되돌렸다'[31]는 뜻을 취한 것이다. 비석 앞면에 또 허천사가 지은 칠언시구가 있었다. 저녁에 금교참(金郊站)에 도착하니 배천군수 이척(李惕)과 강음현감 변충원(卞忠元)이 역참에 나와 칙서를 맞이했다. 초경에 개성부에 도착하니 유수 한효순(韓孝純)과 경력 기협(奇恊)과 도사 이유간(李惟侃)이 칙서를 맞이했다. 경력은 그의 가노(家奴)가 와서 사간원의 논박을 받게 되었다는 말을 전하자마자 우리를 보지도 않고 돌아갔다. 산휘가 와서 기다리고 있었다.

(3월) 19일 경자(庚子)일. 맑음.

새벽에 유지가 도착하여 칙서를 맞이하는 날이 22일로 연기되었다고 했다. 유지는 어제 저녁 이미 도착했으나 하인들이 우리들을 빨리 떠나게 하려고 막아서 들이지 않았다가 새벽에야 비로소 들인 것이었다. 오목참에서 점심을 먹었다. 풍덕군수 허민(許旻)과 장단부사 권성기(權成己)가 칙서를 맞이하여, 출발이 임박해서 만나보고 임진나루를 건넜다.

(3월) 20일 신축(辛丑)일. 맑음.

칙서를 맞이하기 며칠 전에 가면 묵을 곳이 없어 파주에 그대로 머물렀고, 역관과 군관 등을 먼저 서울로 보냈다.

---

31) 이미 거꾸러진 상황에서 사나운 물결을 되돌렸다: 한유(韓愈)의 〈진학해(進學解)〉. "온갖 냇물을 막아 동쪽으로 흐르게 하고, 이미 엎어진 상황에서 미친 듯 흘러가는 물결을 되돌렸다.(障百川而東之 廻狂瀾於旣倒)".

(3월) 21일 임인(壬寅)일. 흐리고 가랑비가 부슬부슬 내림.

예조의 관문(關文공문서)이 도착하여 명일 묘시에 영칙례(迎勅禮중국 황제의 칙서를 갖고 오는 사신을 영접하는 예의)를 행한다고 하였다. 파주를 출발해서 벽제역에 도착하니 고양군수 안복선(安復善)이 칙서를 맞이했다. 이날 벽제에 머물렀다.

(3월) 22일 계묘(癸卯)일. 흐렸다가 밤에 번개가 치고 비가 크게 내림.

닭이 울 때 출발하여 영조문(迎詔門)[32] 밖에 도착했다. 묘시를 기다려 대가(大駕임금의 수레)가 친림하여 칙서를 맞이하였다. 사신 등은 먼저 말을 몰아 대궐 뜰의 막차로 들어갔다. 부사가 아직 오지 않았으므로 우리 두 사람이 칙서를 받들고 수행하였다. 예를 마친 다음, 날이 저물자 복명하고 사은숙배한 뒤 승정원을 나왔다. 김취영(金就英)을 시켜 문견사건을 베끼게 하였다.

(3월) 23일 갑진(甲辰)일. 흐림.

김취영을 불러 문견사건과 별단서계를 베끼게 하였다.

(3월) 24일 을사(乙巳)일. 맑음.

문견사건을 베끼는 일을 마친 다음 김여공(金汝恭)을 시켜 승정원에 올리니, 하리(下吏)가 일기만 들이고 별단은 받들지 않으면서 관례상 직접 올려야 한다고 하였다. 내가 직접 승정원에 들어가 김여공을 시켜 말

---

32) 영조문(迎詔門): 조선 시대 1536(중종 31)년에 모화관(慕華館) 남쪽에 세워 중국의 사신을 맞아들이던 문. 뒤에 영은문(迎恩門)으로 고침.

을 전하기를, "계사(啓辭)는 마땅히 친히 바쳐야 하나 겸감찰(兼監察조선시대 타관이 겸임하던 사헌부 감찰)이 감하(減下관원의 수를 줄이는 것)된 뒤 그때 사은숙배하지 못하여 감히 승정원에 들어올 수 없으므로 친히 바치지 못하오."라고 하니, 예방서리(禮房書吏)가 이에 받들어 올렸다. 책자와 궁각을 사서 바친 일로 양사와 서장관에게 숙마(熟馬길이 잘든 말) 각 한 필씩을 주라고 명하였다.

(3월) 25일 병오(丙午)일 맑음.

○ 2월 사이에 효릉(孝陵인종(仁宗)과 인성왕후(仁聖王后) 박씨의 능)에서 곡소리가 날마다 끊이지 않았으나 이를 믿지 않는 사람들이 많자, 직장(直長)[33] 이탁남(李擢男)[34]이 제관(祭官)으로 능소(陵所)에 가 직접 들어보니 과연 거짓이 아니라고 하였다.

(3월) 26일 정미(丁未)일. 맑다가 밤에 광풍이 크게 잃.

(3월) 27일 무신(戊申)일. 붉은 요기(妖氣)[35]가 나타났고, 어두컴컴하기

---

33) 직장(直長): 조선시대 여러 관청에 두었던 종7품직. 대체로 각 관청의 실무를 담당함.

34) 이탁남(李擢男, 1572~1645): 조선 중기의 문신. 본관은 경주(慶州)이고, 자는 근숙(根叔). 할아버지는 좌참찬 이몽량(李夢亮)이다. 1600년(선조 33) 문음으로 등용되어 청단도찰방(靑丹道察訪)을 거쳐 전설사별제(典設司別提)·사복시주부(司僕寺主簿)를 역임함.

35) 붉은 요기(妖氣): 오행가(五行家)는 적색은 요사스러운 기운을 말한다. "내가 적색과 흑색의 요사스러운 기운을 보았으니 이는 제사에 대한 상서는 아니고 상사가 있을 나쁜 기운이다.(吾見赤黑之祲 非祭祥也 喪氛也)"《左傳昭公十五年》. 두예(杜預)의 주(注)에 "침(祲)은 나쁜 기운(妖氛)이다."라고 말함.

가 먼지 낀 듯하였으며 풀씨가 비처럼 섞여 내리고 큰 바람이 붊. 첫새벽
에 대궐로 나아가 겸대(兼臺)36)를 줄여준 일에 사은숙배하였다.

(3월) 28일 기유(己酉)일. 붉은 요기가 나타났다가 늦은 아침에 비로소
맑아졌고 바람이 크게 불었으며, 신시(申時)에 태백성(太白星)이 미지(未
地정남으로부터 서쪽으로 30도 치우친 방위)에 나타남. 사헌부에서 아뢰기를, "동
지사신 등은 중국조정에서 상은(賞銀)을 받기 전에 서둘러 먼저 사조하여
이미 사체(事體일의 이치와 정황)를 잃고도, 도리어 관소에 머무는 것이 싫증
나고 괴롭다는 글을 제독에게 정문하기까지 하였는데 말의 뜻이 거칠고
무례하며 격한 노여움에 미안한 말이 많아 제독의 질책을 불러들이게
되었습니다. 일개 작은 나라의 배신이 성상(聖上)의 사대(事大)의 지극한
정성을 살피지 않아 처사의 전도(轉倒)와 유려(謬戾어긋남)가 이 지경에
이르렀으니, 사물의 이치와 인정에 비추어 해괴하지 않을 수 없사옵니다.
상사 신설, 부사 윤양, 서장관 최현 등을 모두 파직하도록 명하옵소서."
하니, 동지사신 등을 추고하라고 답하였다.

(3월) 29일 경술(庚戌)일. 맑음.
사헌부에서 동지사신과 서장관의 파직을 청하는 일로 다시 계문하였
다. 답하기를 "사신에게 비록 잘못이 있으나 만 리 길에서 겨우 돌아왔으
니 파직은 과중하다. 추고(벼슬아치의 허물을 추문(推問)하여 고찰하던 일)함이

36) 겸대(兼臺): 조선 시대 사헌부(司憲府) 대관(臺官). 즉 대간(臺諫)의 직책을
겸임하는 것으로, 특히 중국에 사행(使行)하는 서장관(書狀官)이 대관의 직무
를 겸임하는 것을 말함. 서장관에 임명된 관원의 품계에 해당하는 사헌부의
관직을 겸하도록 하였는데, 이들 사헌부 직함을 겸한 서장관의 임무는 본래
임무인 기록 보존 업무와 함께 사신 일행의 비리를 규찰하고 불법 행위를
단속하는 임무를 띠었음.

가하다."라고 하였다.

(3월) 30일 신해(辛亥)일. 맑음.

　미시에 햇무리가 있었고 신시에 태백성이 미지에 나타났다. 사경에 유성(流星)이 출현하여 실성(室星28수 중 북방에 있는 별) 위에서 손방(巽方동남방)으로 들어갔다. 하늘 가장자리의 모양이 주발(周鉢) 같아 길이가 네댓 자이고 적색이었다.

(4월) 1일 임자(壬子)일. 맑고 바람이 크게 붊.

　사헌부에서 동지사신과 서장관의 파직을 청하는 일로 세 번째 계문하였다. 답하기를, "이미 유시하였으니 윤허하지 않는다."라고 하였다. 태백성이 미지에 나타나고 묘시에 햇무리가 있어, 양쪽 고리가 좌측 고리로부터 생겼다. 흰 기운이 빙 둘러 북쪽을 가리켰는데 길이가 두 길쯤이고 넓이가 한 자 남짓이었으며 한참 뒤에 사라졌다. 진시에 햇무리가 있었고 신시에 태백성이 미지에 나타났다.

(4월) 2일 계축(癸丑)일. 맑음.

　사헌부의 계문에 답하기를 "신설 등은 이미 추고하였는데 어찌 반드시 파직해야 하겠는가. 윤허하지 않는다."라고 하였다.

(4월) 3일 갑인(甲寅)일. 맑음.

　사헌부의 계문에 답하기를 "추고함이 마땅하니 번거로이 고집하지 말라."라고 하였다.

(4월) 4일 을묘(乙卯)일. 맑음.

사헌부의 여섯 번째 계문에 답하기를 "계문대로 하라."고 하였다.

(4월) 5일 병진(丙辰)일. 맑음.

바야흐로 행장을 꾸려 고향에 내려가려고 하다가, "형조참의 최유원(崔有源)이 동지사가 예부의 자문을 열어보지 않아 '권서국사일원(權署國事一員)'이란 말이 있는 데까지 이르렀다. 또 유구국의 자문 내에 기록된 부채 400 자루 중 200 자루만 받아 왔으므로 사신의 죄가 큰데도 대간이 파직만을 청하였으니 장차 소를 올려 논하려 한다."는 말을 들었다. 양사에서 다시 계문을 올리려는 논의가 있었으므로, 머물러 물론(物論세상에 서로 옳으니 그르니 하는 짓)을 기다렸다.

(4월) 6일 정사(丁巳)일. 흐리고 안개같은 비가 내림.

양사에서 함께 계문하기를, "동지사신이 받아 온 예부의 회자 중에 '조선국권서국사일원(朝鮮國權署國事一員)'이란 말이 있습니다. '일원(一員)'이란 말은 지극히 이치가 없음에도 고치기를 청하지 않고 아무 생각 없이 받아왔으니, 사명을 받듦에 공적이 없어 조정을 모욕한 죄를 징계하지 않을 수 없습니다. 청하옵건대 신설 등을 모두 나국(拿鞫)하라 명하소서." 하니, 답하기를 "동지사신을 이미 파직했으니 어찌 반드시 나국해야 하겠는가."라 하였다. 일행이 함께 의금부(義禁府)에 나가 죄를 기다리기 위하여 나장(羅將하급군졸) 백순(白順)의 집에서 묵었다.

(4월) 7일 무오(戊午)일. 맑음.

이 날은 국기일(國忌日)로 계문(啓聞)이 없었다.

(4월) 8일 기미(己未)일. 맑음.

　의금부의 문 밖에서 죄를 기다렸다.

(4월) 9일 경신(庚申)일. 맑음.

　의금부에서 죄를 기다렸다. 주상께서 하향대제(夏享大祭4월 종묘에 지내던 대제)로 종묘에 행차하셨다.

(4월) 10일 신유(辛酉)일. 맑음.

　의금부에서 죄를 기다려야 했기에 백순(白順)의 집에서 묵었다. 대사간 박이서(朴彛叙), 정언 이명(李溟), 한찬남(韓纘男) 등이 계문하기를 "돌아온 동지사신 등을 전일에 파직한 것은 제독에게 정문한 죄이고, 신 등이 금일 나국하기를 청하는 것은 예부 자문을 아무 생각 없이 받아온 죄입니다. 전후의 죄목은 이미 서로 덮을 수 없으니, '일원(一員)'이라는 호칭은 신하된 자가 차마 볼 수 없는 것이거늘 이것이 무슨 죄상인가 하며 한번 파직하는 것으로 막으려 하십니까? 사건의 본질이 놀랍고 분하여 공론이 더욱 격해지니 보류하지 마시고 빨리 허락하는 유음(兪音)을 내리시어 상사 신설·부사 윤양·서장관 최현 등을 모두 나국하소서."라 하였다.

　장령 윤신(尹伩), 지평 박여량(朴汝樑) 등이 계문하기를 "돌아온 동지사신 등이 가져온 예부 자문 내에 흠상(欽賞내려 받은 상)한 것을 열어 살펴보면 '조선국권서국사일원(朝鮮國權署國事一員)'이라 하였으나, '일원(一員)'이라는 호칭은 매우 이치에 맞지 않습니다. 예전의 흠상 이자(欽賞移咨)에도 이런 호칭은 없었습니다. 사신 된 자는 마땅히 반복 신청하여 반드시 고치기를 기약해야 하거늘 묵묵히 한 마디의 말도 못하고 아무 생각 없이 받아왔으니 사건의 본질이 놀랍고 분하지 않을 수 없습니다. 사신의 직무를 받들어 아무런 공적이 없고 조정에 욕을 끼친 죄는 이미 지나갔다하여 그만둘 수 없는 것이니 상사 신설·부사 윤양·서장관 최현 등을 모두 나국하도록 명하소서."라 하였다. 의금부와 사간원의 계문에 답하기를 "신설 등은 이미 파직을 했으니 어찌 반드시 나국해야 하겠는가? 윤허하지 않는다."라 하였다.

(4월) 11일 임술(壬戌)일. 비.

의금부에서 죄를 기다려야 했기에 백순의 집에서 묵었다. 사간원에서 계문하기를 "신 등이 돌아온 동지사신 등의 죄로 나국하기를 청하였고, 주상으로부터 이미 파직했다는 교지가 있었습니다. 전일에 파직한 것은 제독에게 정문한 죄이고, 금일에 나국을 청하는 것은 예부의 자문을 아무 생각 없이 받아온 죄입니다. '일원(一員)'이라는 호칭은 매우 편치 않아 신하된 자가 차마 볼 수 없는 말이니 마땅히 예부에 진정하고 반복 논변하여 고치기를 기약해야 했거늘 끝내 한 마디의 말도 없이 받아왔으니 중국 조정에 있는 자들이 또한 어떻게 생각했겠습니까? 이를 다스리지 않는다면 장차 사신 직무를 잘못하는 것에 대한 경계로 삼을 수 없을 것이니, 청컨대 보류하지 마시고 빨리 허락하는 유음을 내려 상사 신설·부사 윤양·서장관 최현 등을 모두 나국하소서."라 하였다. 답하기를 "'권서국사일원(權署國事一員)'이란 호칭은 예부에서 이미 써 주었은즉 사신 등이 고치기를 청하지 않은 것은 실로 고의가 없는 일이다. 나국은 과중하니 번거롭게 고집하지 말라."라 하였다. 의금부의 계문도 전과 같았고 대답도 전과 같았으며, 사간원의 계문에 대한 답변 또한 전과 같았다.

(4월)12일 계해(癸亥)일. 흐림.

의금부에서 죄를 기다려야 했기에 백순의 집에서 묵었다. 사간원에서 계문하기를, "신 등이 신설 등을 나국하는 일로 여러 날 논열(論列간관이 상주하여 고발하거나 탄핵함)하였고, 주상께서 고의가 없는 일로 나국하는 것은 과중하다는 교지를 내리셨으나 신 등은 약간 혼란스럽사옵니다. 무릇 '일원(一員)'이라는 호칭은 군부(君父)를 칭하는 말이 아니므로 매우 편치 않은 바가 있습니다. 비록 어린아이에게 보여 주어도 반드시 그것을 받아와서는 안 된다는 것을 알 것입니다. 그런데 사신 된 자가 유독 고치기를 청하지 않은 것은 무엇 때문입니까? 예부에서 비록 이미 글로 써 주었다 하더라도 불가하다는 뜻을 진술하고 반복 논변하여 반드시 고치기를 기약해야 하는 것이 그들의 직무이거늘, 끝내 한 마디의 말도 없이 아무 생각 없이 받아왔습니다. 일국 신민을 놀랍고 분하게 하였으니 사신의 죄는 이에 이르러 큰 것입니다. 이를 고의가 없는 일이라 하여 다스리지 않는다면 사신 직무에 공적이 없는 죄를 장차 어떻게 징계하며 후일의 경계로 삼겠습니까? 신 등이 나국하기를 청하는 것은 실로 과중한 것이 아니며, 법에 있어서 용서하지 못할 일입니다. 청컨대 보류하지 마시고 빨리 유음을 내리소서."라 하였다. 답하기를, "이미 유시하였으니 번거롭게 하지 말라."고 하였다. 의금부의 계문도 전과 같았다. 의금부와 사간원의 계문에 대한 답변도 전과 같았다.

(4월) 13일 갑자(甲子)일. 맑음.

의금부에서 죄를 기다렸다. 의금부의 계문에 답하기를, "고의가 없는 실수[無情之失]를 어찌 심하게 다스리겠는가? 번거롭게 하지 말고 그만둠이 마땅하다."라 하였고, 사간원의 계문에 답하기를, "이미 유시하였으니 윤허하지 않는다."라 하였다.

(4월) 14일 을축(乙丑)일. 맑음.

의금부에서 죄를 기다렸다. 사간원과 의금부에서 동지사신 등을 나국하는 일로 계문하자 답하기를, "계문대로 하라."고 하였다. 이 날 상사 신설, 부사 윤양과 함께 옥에 갇혔다. 이날은 국기(國忌)로 인한 재계일(齋戒日)로 의금부가 좌당하지 않아 억울한 사정을 하소연할 수가 없었다.

(4월) 15일 병인(丙寅)일. 맑음.

의금부의 옥에 있었다. 이 날은 국기일로 당상관이 좌당하지 않았다.

(4월) 16일 정묘(丁卯)일. 비.

의금부의 옥에 있었다. 이날은 기우제의 재계로 당상관이 좌당하지 않았다.

(4월) 17일 무진(戊辰)일. 맑음.

이날 저녁에 당상관이 비로소 좌당하였다. 판부사 윤형(尹泂), 지의금부사 황신(黃愼)이 공초(供招)를 받고 억울한 사정을 하소연하고자 하였으나, 밤이 깊어서 계문(啓聞)할 수 없었다. 이날 밤 토사곽란이 났다.

(4월) 18일 기사(己巳)일. 맑음.

늦은 아침에 의금부공사가 비로소 들어가 계문하니, 저녁 무렵 주상의 판부(判付:정무 상 각종 상주안에 대한 국왕의 재가)가 내려와 형추(刑推:형장을 맞고 심문받는 것)를 면제받고 석방되었다. ○ [부기] 의금부에 올린 억울한 사정을 호소한 문서. "예부의 회자문서를 상통사가 받아 가지고 온 일에 대해 고합니다. 저희들은 모두 북경 사신이 초행길이었던 사람들로서 옛 규정의 문서 개견(開見) 여부를 일찍이 들어본 적이 없었고, 역관 또한 이에 대해 말해주지 않았습니다. 또한 자문의 봉함이 매우 견고하였고 봉투 겉면에는 '조선국권서국사개탁(朝鮮國權署國事開坼)'이라는 아홉 글자가 있었습니다. 보통 사람들의 서찰을 윗사람에게 전할 때에도 망령되이 헤아려 감히 열어보지 않는데, 하물며 이것이 국서이니 오죽하겠습니까? 이미 임금께서 열어 보아야 한다고 되어 있으니 신하된 자가 사사로이 열어서 보는 것이 미안(未安)한 바가 있었습니다. 만약 별도항목의 주청으로 중요한 계책을 써야 하는 일에 관계 되었다면 비록 옛 규정이 없더라도 권도로 열어보거나 혹은 초본을 구매하여 살펴볼 수도 있었을 것입니다. 그러나 이번 자문은 법이나 관례에 따른 회답문서에 불과하여 거의 의심할 만한 정황이 없었습니다. 그리고 또한 그 안에 흠상의 일이 일일이 열기되어 있으리라고는 헤아리지 못했습니다. 그래서 병부회자와 함께 모두 열어보지 않고 왔습니다. 승정원에 올려 뜯어 본 연후에야 비로소 '일원(一員)'이란 글자가 있음이 알려졌고 듣게 되어 놀라움을 이길 수 없었사옵니다. '일원(一員)'이라는 호칭은 매우 부당하니 당초 받아올 때에 만약 열어 보았다면 절대로 범연하게 간과할 이치가 전혀 없었을 것입니다. 만일 예부에 이를 말하였다면 논변할 것을 기다릴 필요도 없이 즉시 고쳤을 것이니 어찌 반복해서 신청하기만을 일삼았겠습니까? 저희들은 자릿수만 채우는 낮은 관리로 매번 임금의 명을 욕되게 할까 두려워하고 있지만 만약 우리 군부와 관계되어 한 터럭이라도 편안치 못한 말이 있다면 어찌 사신과 상의하여 고칠 것을 예부에 고쳐달라는 문서를 올리지 않고 아무 생각 없이 받아와 죄를 자초하였겠습니까? 만약에 양국 사이에 왕래하는 문서를 사신이 반드시 열어보아야 하는데도 열어보지 않았다고 한다면 비록 병부의 자문을 열어보지 않은 죄와 아울러 중죄에 처하더라도 달게 죗값을 받겠습니다. 그러나 지금 대간에서 올린 계문의 말을 보면 단지 자문을 열어보지 않았다는 한 구절일 뿐입니다. 곧바로 고칠 것을 청하지 아니한 죄를 앞서 논하고, 심지어는 '비록 어린아이에게 보여주었다 하더라도 반드시 그것을 받아와서는 안 된다는 것을 알았을 터인데 하물며 사신 된 자가 고치기를 청하지 않은 것은 어째서인가?'라고 하는 것은 마치 저희 사신들이 예부의 자문을 읽어 보고도 고칠 것을 논변하지 않고 아무 생각 없이 받아온 것처럼 말하는 것이니, 이 어찌 사신의 실제 사정이겠습니까? 대개 의심할 만한 바가 있은 연후에 자문을 열어 볼 것을 알며, 바야흐로 자문을 열어 본 연후에 잘못을 논변해 고치기를 청할 수 있는 것입니다. 이번 것은 법과 관례에 따른 회답문서로 일행의 상하 인원이 조금도 의심하지 않았습니다. 이미 의심하지 않기에 문서를 열어보지 않고 가져왔으니, 그 안에 어찌 편치 않은 말이 있다는 것을 알아서 예부에 고칠 것을 청하겠습니까? 저희들의 죄는 봉한 자문을 열어보지 않은 데에 있는 것이지, 곧바로 고치기를 청하지 않은 데에 있는 것이 아닙니다. 고의가 있건 고의가 없건 간에 죄의 경중이 스스로 구별되거늘 필경 조정을 욕보였다는 죄를 가하니 원통함이 지극하여 죽으려 해도 죽을 수가 없으므로 상고하시고 분간하시어 시행하옵소서."

(4월) 19일 경오(庚午)일. 맑음.

행장을 꾸려 고향으로 돌아왔다.

권5
『인재선생속집(訒齋先生續集)』
인재선생 속집 서문

　　인재 최선생의 유집(遺集)이 이미 간행되었다. 선생의 6세손인 광벽
(光璧)[1]씨가 선생의 조천록(朝天錄)과 잃어버린 시문 약간 편을 모아서
속집(續集)을 만들고 헌경에게 서문 쓰기를 부탁하였다. 헌경이 응해 말
하기를, "조천록이 이 세상에 어찌 없을 수 있겠는가? 우리나라 사대부들
이 연경에 갔다가 돌아오며 이런 기록을 남기지 않은 이가 없었으나 선
생처럼 상세하지 않았다. 이를 갖고 연경에 가서 살펴 따라가면 비록 처
음 가는 나그네라도 익숙한 길처럼 생각될 것이다. 군대를 이끄는 자가
이를 얻으면 견고함과 빈틈, 험지와 평지의 소재를 알 수 있고, 풍속을
살피는 자가 이를 보면 풍속의 교화와 다스림이 어디에서부터 시작되는
지를 알 수 있다. 하물며 때는 황조의 말엽을 당해 좌당(左璫환관)의 폐단
이 이미 자심해졌고, 외국 손님들의 원망이 이미 일어났으며, 오랑캐들과
의 다툼이 점점 커져 요동(遼東)과 계주(薊州)의 통로가 장차 막히게 되
었음에랴? 아아, 근심하고 탄식하며 주나라 성시(盛時)를 생각하니 조나
라와 회나라의 시와 똑같구나! 애석하도다! 당시에는 경계할 줄 몰랐고,
오히려 뒷사람에게 밝은 본보기를 남겨주었으니 조천록이 세상에 어찌
없을 수 있겠는가? 정동계[桐溪][2]와 교유한 전말은 또한 사람들을 놀라

---

1) 최광벽(崔光璧, 1728~1791): 본관은 전주. 자는 공헌(公獻), 호는 이우정(二友
　亭) 또는 운엄(雲嚴). 부제학·강원감사를 역임한 인재 최현(崔晛)의 6대 후손.
2) 정온(鄭蘊, 1569~1641) : 호는 동계(桐溪). 임해군옥사에 대해서 전은설(全恩

게 함이 있다. 『역(易)』에 말하기를 "기미를 알면 거의 신(神)에 가까울 것이다."[3]고 하였는데, 기미라는 것은 마음을 말하는 것이다. 인홍(仁弘)[4]이 성대한 명성으로 한 시대를 속일 때를 당하여 선생이 아니었다면 누가 그의 마음을 살펴 일찍부터 관계를 끊었을 것인가? 선생이 없었더라면 누가 동계와 함께 험한 길에서 서로 도와 마침내 탁월한 공을 이룰 수 있었겠는가? 『시경(詩經)』[5] 에 말하기를,

> 손짓하여 부르는 뱃사공이여
> 남은 건너도 나는 건너지 않노라
> 남은 건너도 나는 건너지 않음은
> 내 짝을 기다려서이니라.

라 하였으니, 사람에게 좋은 벗이 있음을 말하는 것이리라. 마침내 감탄하여 그를 위해 서문을 쓴다.

금상 9년(정조 9년, 1785년) 을사(乙巳)년 음력 12월.

가선대부예조참판겸오위도총부부총관 완산 이헌경(李獻慶)[6] 삼가 쓴다.

說)을 주장. 1607년 정인홍이 왕위계승을 둘러싸고 의혹을 일으키는 유영경(柳永慶) 등 소북파를 탄핵하다가 처벌을 받자 정인홍을 위하여 변호 상소를 올림. 광해군 때는 임해군과 영창대군의 옥사를 두고 비록 의견이 달랐지만 정인홍에 대한 의리는 변하지 않아 인조반정 후 정인홍의 처벌을 반대하였음.
3) 기미를 알면 거의 신(神)에 가까울 것이다: 출처는 『주역』 「계사전 상」.
4) 정인홍(鄭仁弘, 1535~1623): 남명 조식(曺植)의 문인. 정치적으로는 동인(東人)에 속하여 서인(西人) 심의겸(沈義謙)·정철(鄭澈)·윤두수(尹斗壽)를 탄핵하다가 파직되었다. 임진왜란 때 합천(陜川)에서 의병을 모아, 성주(星州)에서 왜병을 격퇴하였다. 남명 조식의 학문을 기반으로 경상우도 사림세력을 형성함.
5) 『시경』 「패풍(邶風)」 '포유고엽(匏有苦葉)' 4장.
6) 이헌경(李獻慶, 1719~1791): 본관은 전주(全州)이며, 초명은 성경(星慶). 자는 몽서(夢瑞), 호는 간옹(艮翁). 저서로는 『간옹집(艮翁集)』 24권이 있음.

卷之一
訒齋先生續集
朝天日錄一

戊申八月

以成均館典籍 拜冬至使書狀官兼司憲府監察 赴京

初三日 丁巳 晴

四更頭詣闕 肅拜 辰時拜表權停例爲之 與上使申湜 副使尹晛受命 訖 出慕華館 查對表箋咨文 拜辭 領議政完平府院君 李公元翼 又與刑曹判書尹昉 忠淸監司申湜 戶曹參判崔瓘 議政府舍人李志完 弘文館副提學鄭恊 兵曹參知洪慶臣 承旨柳公亮 禮曹參議柳寅吉 承文著作曹友仁 正字閔頀柳活洪鎬 翊衛司司禦蔡增光 前瑞興府使柳澈 瑞興子柳益華 相見叙別 崔參判瑩中 洪參知德公 柳瑞興父子 曹汝益 蔡光先餞送 白夢麟 朴瑜 朴宗豪 曹誠 金德祥 朴恩重 崔仁守來別 夕宿延曙驛 村舍阨陋 蚊蝎交侵 坐而達夜 已覺行路之苦矣 兒山輝隨行 帶奴則豆應巨里也

初四日 戊午 晴

中火碧蹄館 高陽守金洽相見 碧蹄東五里許 有小山曰古寧山 有小峴曰庶仁峴 乃唐將李如松敗軍之處 道狹多阻 宜於設伏 而不利於騎射 倭奴巧黠 暗設伏兵 而李將軍乘銳輕進 爲賊所襲 幾不得免云 夕宿坡州 邑弊民殘 無以供使命

初五日 己未 陰

自坡州渡臨津 長湍赤壁 距官渡五里許 其上有成四宰渾所居村 距大路十五里 或云二十里 西望松京 層峯削立 疊嶂飛騰 乃天磨聖居之山 上副使及兩行子弟 同舟而渡 午過東坡驛 乃大行大王西遷時 逢雨駐蹕之所 副使爲其拜掃先壟 往長湍 中火梧木站 過天壽院 過槖駝橋 迤出城南 宿大平館 見留守韓孝純令公

于舍處【松京雖巨府 而依京各司例 官員皆在私舍】經歷奇協來見

初六日 庚申 天陰細雨 晚來始晴

戶曹以赴京 一行別盤纏別人情【廣寧事情聞見事也】雇驛價 移文此府 令除
出進獻 參價木三同 貿得後參【進獻餘參謂之後參】三十斤于坊民 給付是行 而
坊民滿庭 呼訴以爲 三同之木 僅直後參五六斤 以此爲準 則後參三十斤 其直不
下正木十八同 若以三同之木 抑買三十斤之參 則冤悶莫甚 且舊參已絶 新參未
採 坊民以採參之 故 散出遠道 誅求雖急 何從辦出 經歷奇協 亦力言其不可 無
意出給

初七日 辛酉 晴

同年金興慶子 生員金宗孝來見 夕與金上舍及山輝 往城內 訪同年曺臣俊 俱
往滿月臺 臺乃前朝宮殿之基 沒於荒蔓宿草中 臺砌猶存 東有危鳳樓遺基 基下
有東池 埋爲水田 稻穎離離 臺前數百步 有宮門古址 門東百步許 有兵部橋 北
有松岳 橫鎭隆然 北城外有廣明寺遺基 東二里許 有紫霞洞 洞後山腹有安和寺
遺基 南有龍首山 高如漢陽之慕鶴嶺 西南有進鳳山 對面秀出俗 所謂進鳳山躑
躅是也 東南百里許 有三角山 石峯秀出 三角如覆鼎然 城東小阜周遭 乃松嶽之
東支 下有崧陽書院 乃鄭文忠圃隱先生享祀之宇 東望數百里 穹然翠岊之橫鎭
者 爲積城之聖幕山 坡平之坡山 南距江水 或五十里 或四十里 山川之拱揖 明
秀不及於漢都 而雄盤厚重 土石光潤 草木茂盛 則非漢陽山川之比 遊觀非此時
所爲 故徘徊暫刻 不暇坐語而還 是日 又以人參不給之故 留松都

初八日 壬戌 晴

上使以人參不給之故 杖下人 經歷甚咎之 三十斤之參 折銀二百十兩 督徵
一百三十兩乃後參十八斤七兩價也 其餘人參十一斤九兩價 折銀八十兩 未得
受去 銀乃國家禁物 故凡狀啓中 皆以人參爲言 書狀乃糾檢一行之官 旣不可公
然用銀 又不可禁其路費 故似若不知者然 眞所謂掩耳偸鈴也 午時 頒赦差使員
到府 逆魁珒廢爲庶人 絶其屬籍 逆黨河大謙 金天祐等 正刑 告宗廟 大赦 與留
守兩使諸官 祗迎赦文于門外 行禮于南大門樓上 禮畢 往見留守 乘夕始發 過靑
石洞 宿金郊驛

初九日 癸亥 雨

冒雨發行 過五祖川 乃興義站古基 有溪山巖壑之勝 渡豕灘川 宿平山府 路上逢回謝官沈諿 自遼陽還 大雨中駐馬相語 沈云 鎮撫兩將【巡撫趙楫 鎮守摠兵李成樑】罷去 故不爲回謝而還矣【時趙楫李成樑 密奏天朝 因朝鮮之亂 請夷滅郡縣之 天朝不許 且秘其奏本 適因高淮之罪 撫鎮兩將 辭連被參 其禍遂止 我國托以龔崔弔祭回謝 因偵探廣寧事情 而聞其已罷 未到廣寧而回 撫鎮之差 送龔崔也 托以弔祭 而其實來察我國之虛實 山川道里夷險 與建酋合謀來襲也 其時 唯前郡守許澂上疏 龔崔弔祭可疑云】是日狀啓 以開城府後參三十斤內 一斤九兩未得受去 請以平安道貢紬 或義州收稅銀 貿參給送事也

初十日 甲子 或陰或晴 夕微雨

發平山 西北行三十里 入葱秀山館 乃詔使往來時 駐驆遊賞之所 合寶山安城兩站而設 此館 儼然新構 四山葱翠 峭壁前擁碧流 中注瀦爲淸潭 激爲鳴灘 朱甍蒼壁 影蘸波底 窈窕幽靜 殆非凡境 對面巖鏁有泉 滴瀝如承霤而下 淸潔冰冷 名曰玉溜泉 與兩使及子弟五六人 乘轎涉川而觀焉 相與漱盥 據于石上 蒼崖斑斑 間以松楓石菖蒲 巖上有玉溜泉三大字 朱之蕃書四字 又有圖書朱篆 刻之入石 蓋爲不朽計也 館西有碑閣 石碑並立 高可八九尺 左則葱秀山記 天使董越所製 右則翠屛山記 天使龔用卿所製 而因兵火 石碑剝落 字行間斷 向晚發行 涉瑞興下川 入宿龍泉館 嘗聞 黃獻之到此 有詩其三四句云 龍泉日暖初楊柳 劍水春寒未杜鵑

十一日 乙丑 或陰或晴

金郊察訪金德謙來見 乃同年金德諴兄也 發龍泉西行十里許 涉龍泉下流之自南而北流者 又西行十里許 再涉龍泉下流之自北而南流者 比前稍大 名曰大橋灘 又西行十里許 涉一小川 川之東瑞山地 川之西鳳山地 地名興首院 川卽慈悲嶺下流 嶺是瑞興黃州之界 嶺下有慈悲寺 古道由嶺以行 自興首院西行十里 入劍水館 中火 自劍水西行三十里 入鳳山郡 邑居殷盛 館舍宏侈 大同察訪朴孝誠相見

十二日 丙寅 晴

郡守申鎰相見 自鳳山北行十里 有大嶺名曰董城嶺 自嶺西北行三十里 而入黃州 州南門外有大川 板橋截流而渡甚壯 邑居雄富 白屋櫛比 夕與兩使 同登太

虛樓 究故望遠 招入軍官等射帿 黃昏下來

十三日 丁卯 晴

判官李安民來見 半刺之政 嚴明善治云 新造車輛 以減刷馬之弊 今行試之
民以爲便 自黃崗北行五十五里 入中和府生陽館 我則入衛東軒 新府使未來 祥
原郡守趙俊男來供 山勢自祥原之壽山 西走爲慈悲嶺 邐迤黃崗之南爲棘城 止
于西海 西南列峯如畫戟 乃海州之九月山 自黃崗迤北 皆平原丘陵 無峻險之嶺

十四日 戊辰 晴

自中和北度平原五十里 乃平壤之大同江 乘畫船以渡 船有朱之蕃梁有年額
字詩篇 入大同館 與監司李時發 上副使對話于東上房 判官黃以中 庶尹李弘冑
來見 又與兩使登快哉亭 老妓申玉 乃鶴峯先生以書狀赴京時所眄 招語給以米
饌

十五日 己巳 晴

晨服衰服 與上副使北向會哭 平明行向闕禮 與監司及兩使 南出含毬門 要見
井田餘址 城南濟陽門外有石碑 刻箕子井三大字 傍有石甃 俗傳 箕子時御井 北
距百餘步有箕子宮遺基 邑民有乙酉榜進士黃澄者 年高好古 手持私槀 畫爲井
田形 又作井田說言 韓百謙鳴吉 以戶曹參議 爲天使迎慰使 來住于此 改畫井田
殊失古制云

遂與黃生周覽形止 溝澮湮沒而道路分明 區畫井井可見 或以百步爲一區 或
以六七十步爲一區 韓公以七十步爲一區 乃一夫所受之田 殷人七十而助之制
也 因以七十步尺量田形 改其道路 則一尺之差 積至一尋 一尋之差 積至百尺
古井遺址 仍以差謬 此黃生之歎恨 而作是說也

細看田形 則以百步爲一區者 其形大而明 以七十步爲一區者 其形小而微 意
必百步之區 是箕子所畫之一區 而似是一夫所受之地也 問于耆老 則百畝之田
今之五日耕 不豐不歉 則可收五六十石之穀 古人節用 則八口之家 可以無飢者
非虛語也

百步一大區之內 又有四區 形如田字 或有分明者 或有湮沒者 一小區之長廣

皆六十步 或七十步 此韓公之以此爲七十畝 而殷人一夫所受之田也 若以此爲
井之一區 則百尺一區之分明 而七十尺一區之微細 不可詳也 意者 一區百畝之
內 或因所種有異 而田形廣大難治 故別爲四區耶 不然則一區之內 分爲四區以
作廬舍 而因出道路耶 是亦未可知也

韓公之所謂 七十尺爲一區者 雖或近於七十而助之說 而若計其溝遂道路 則不
滿七十畝 孟子雖有此說 殷制未詳 況今數千載之下 安得詳知其大小曲折 而必以
意見 改量田制 以失古意耶 不若仍舊而修治之 使先聖遺跡 不至湮沒而已也

月夜與監司兩使 登鍊光亭 評事趙翼來 亭上同話 亭在城東角絶壁上 前臨大同
江 東望浮碧樓 夷敞明麗 亭之勝槩 宜甲于吾東之樓觀也 昏殷山倅尹履之來見

十六日 庚午 晴

評事趙翼來見 與兩使披閱方物 黃昏 監司與兩使 邀話于鍊光亭 同年龍岡縣
令 崔東望及一行子弟等 皆會話

十七日 辛未 晴

方伯朝來見 崔龍岡 黃判官 李庶尹來見 黃上舍澄 金奉事德文來見 西出普
通門 與方伯兩使 謁箕子墓 墓在城北七星門外 封以馬鬣 立三尺石碑 刻箕子墓
倭賊斫斷其半體 其後易以新碑 而並存其舊 繚以垣墻 有石羊石人 皆古制 而其
爲三代時所爲 則未可知也 有鮮于姓者 世守其墓 鮮于姓者 箕子之後 羣玉云
武王封箕子于朝鮮 其子孫食采於于 因以鮮于爲氏 于中原地也 而在東國者 亦
氏以鮮于 未可知也 有箕子杖箕子筆 藏之几匣 相傳至今 方伯庶尹 餞別于墓下
自箕城度平原 北行五十里 入順安 中火 又自順安 北行六十五里 冒夜到肅川之
肅寧館

十八日 壬申 晴

辰時發行 四十里乃安州地界 又北行四十里 到安州之安興館 館舍不潔 移寓
百祥樓 與兩使及牧使吳允謙 共話樓上 北臨菁川江 江外有曠野 東北百里許有
香山 正東有青巖山 穹窿盤屈 蒼翠橫空 正與樓相望 西峯之崒然孤峙者 五所弄
山也 西南之蒼然浩渺者海水也 菁川之水有二派 一則發源於熙川之香山 繞出
寧邊之鐵甕城 透迤南走 直到亭下 一則發源於价川之青巖山 與香山下流 合爲

大川 又分爲島嶼 再合于亭下 入于西海 亭前潮水日再至焉 月夜潮漲 則尤爲一
壯觀 此時黃昏 潮水方至而未漲焉 兩使歸館 獨與山輝 宿于樓上三淸閣 閣中有
唐畫 陶彭澤歸去來圖 蘇仙赤壁遊圖 樓上懸板 皆前後華使所作 恭愍王嘗登此
樓 有詩三四聯云 烟橫大野雲橫嶺 風滿長江月滿舟 近日 李安訥次天使詩云 崔
顥題詩黃鶴樓 後人來作淸江遊 淸江之上城百雉 城頭畫閣臨淸流 羣山際海地
形盡 芳草連天春氣浮 老儒新詩更奇絶 三韓千載名應留

十九日 癸酉 晴

時晦令公發向定州 定牧尹暄其弟也 倍道先行 朝 牧使吳君來見于亭上 日晚
發行 渡菁川 西北行四十里 渡大定江 沿源發於古朔州 歷龜城泰川 到此 潮水
出入 是日午潮方漲 與季收令公 乘畫船以渡 暫登控江亭 亭閣新構 東臨大定
遠望諸峯 而香山之雪嶽 最爲傑然 自控江西北行二十里 到嘉山之嘉平館西軒
夕與季收令公 共登齊山亭 有龔用卿所書額字 又有朱之蕃所書額

二十日 甲戌 陰

郡守具浣入見 晚發 西行三十里 有石橋跨川 乃納淸亭 左臨淸溪 泓渟瑩澈
後有蒼髥數十條 偃盖成陰 淸風颯然 寒靜之趣 勝於控江矣 御史睦長欽 自定州
至 聞吾等來爲留送別 與上使鼎坐相語 不覺日暮 睦禹卿向嘉山 我等向定州 自
納淸而西行四十里 渡獺川之石橋 入新安館迎春堂 時晦令公已先待 與兩使及
主人次野令公 共話于東上房 酒數行 聞回還謝使柳澗 書狀官丁好恭入西軒 我
等俱往相見 問天朝之奇 則請封事 已蒙準許 詔使冬間當來 李成樑已遞 而新摠
兵杜松未來 故成樑照舊勾管諸事 遼東都司徵索之弊 日以益甚 自此入歸者 皆
被其擾云 丁希溫 共宿于迎春堂 希溫以寒衣一領贈行

二十一日 乙亥 陰 朝細雨微灑

西行三十里 入郭山郡 郡東五里許 有淩漢山城 險峻可守之地也

二十二日 丙子 曉雨 晚晴

自郡渡石橋以行 路傍有石如舟 名曰舟巖 可坐五十人 西北行三十五里 入宣
川郡 見主倅李惺于東上房 宣川距海二十里 西南有神尾山 列峯尖秀 橫峙海中
望之縹渺如神山 山上有金沙寺 絶粒僧居焉 登絶頂而望之 則中原之地 若或可
見 此山有牧場 俗傳 有龍馬云 每年閱馬時 乘舟渡海而入 麋鹿菜果 多産山中

故是郡之皮物盤排 皆取於是焉

二十三日 丁丑 晴

　季收令公 與主人李子信 共來見 因同上八宜亭 亭無屋宇 築土爲臺 有梨花
八九條 檜栢六七條 亭前有大堤 長可五里 荷花盛開 則景致倍增

二十四日 戊寅 陰

　西北行三十里 入梧木院 梧木站十里許 有淸江沃野 可釣可耕之處 名曰淸江
坪 曩時 爲臨海農所 投托者甚衆 今皆散去云 自淸江西行十里許 有古城基址
乃宣川舊基 又西行二十餘里 入車輦館 鐵山地也 蒼松夾道成陰 館閣宏敞 爲西
路客館之最

二十五日 乙卯 晴

　自車輦西北行二十五里 入龍川之良策館 整理馱數 僧法輪來謁

二十六日 庚辰 陰

　發良策 西北行三十里 渡古鎭江 江水淸澈 曲曲成淵 江西有古山城 因此名
以古鎭江也 又北行十餘里 入所串站 又西北行 過大叉嶺小叉嶺箭分嶺三十里
而到龍灣之義順館 昏與府尹韓德遠 都事朴大夏相話 都事兼搜銀御史矣

二十七日 辛巳 晴

　上副使 府尹令公來見 因共登統軍亭 亭在城之西北角 地勢高敞 眺望甚快
鴨江自北南注 縈紆屈曲 流入城北爲九龍淵 繞出城西 亭正臨其上 又有北江 自
胡地出 鴨江之西 繞出鎭江城東 號爲狄江 而合于鴨江 二水之間 又有中江 自
鴨江分爲三派 又合爲一 三江之中島嶼 點點如浮萍 有馬耳山 獨峙江心 石峯雙
聳 形如馬耳故名 中有古寺 松楓晻映 鍾響隨風遠聞 中原人盛居島中 籬落成村
華實蔽野 雞鳴拘吠 聞于亭上 西望六七里 兩江之間 閭閻櫛比 丹碧隱見者 乃
中江抽稅官 經歷衙門也 最西十五里許 粉堞凌空 襟以三江者 乃鎭江遊擊衙門
也 關西一路 樓臺之勝 媚麗無如鍊光亭 快活無如百祥樓 及登統軍亭 則向日所
見風斯下矣 李安訥送丁主司詩曰 六月龍灣積雨晴 平明獨上統軍亭 茫茫大野
浮天氣 曲曲長江裂地形 宙百年人似蟻 山河萬里國如萍 看白鶴西飛去 恐是遼
陽舊姓丁 權韠次李廷龜詩曰 城上軒楹敞 憑高眼界空 經心遼野月 吹面薊門風

宇宙華夷別 山河表裏同 唯應千載勝 題品待吾公

少坐飮酒 許浚來見 朔風凜然 酒力不能勝矣 各回館舍 酉時 鎮江遊擊吳宗
道 另差管家吳華封送揭帖云 有人自遼陽來云 冊封之使 尙爾濡滯 今又差禮部
給事 沈姓者來 未知的否 且莫浪傳 已差人 星夜飛探之矣 偵的卽報 知不盡 府
尹卽遣譯學訓導朴義男 往探于鎮江 則其所云亦如右 府尹卽飛報朝廷

二十八日 壬午 晴

朝見府尹于衛東軒 譯官李希天 奇益獻二人 以天使迎候陪牌 將往遼東 來謁
于西軒 判官李溫入見

二十九日 癸未 雨

團練使申起性 領軍馬來謁 谷文點馬 承文正字李瀅入迎春堂

三十日 甲申 晴

上聚勝亭 閱方物入櫃

九月<small>初一日 乙酉 晴</small>

晨與兩使會哭聚勝亭 平明行望闕禮于中大廳 與兩使共坐聚勝亭 閱方物入
櫃 吳遊擊又送揭帖于府尹 帖中言 前聞差科臣再勘 卽差役往遼東偵之 則並無
再勘之信 想前傳之訛也 速遣人報知 以慰貴國萬姓懸望

初二日 丙戌 晴

晚共兩使府尹都事點馬 登統軍亭 風勢甚嚴 酒不能饗還館

初三日 丁亥 晴

上聚勝亭 看方物入櫃 夕與上副使 往大闕後亭【壬辰 御幸之所 今稱大闕】觀
府尹點馬爭射 大醉而還

初四日 戊子 晴

感冒頭眩不得出坐 午後上聚勝亭 看方物入櫃 漂海唐人戴朝用等 解送咨奏
文至 咨文點馬權盡己來見 乃同年權克中之子也

初五日 己丑 晴

感冒不得早出 上副使來問疾 午後强疾 上聚勝亭 兩使兩點馬共坐 查對咨奏
文 還封入函 方物封裹未畢 開城府未受後參 戶曹移關平安監司 以義州收稅銀
及貢紬 隨便給送 監司據此 移關于義州府 府尹以絕無牢拒 上使爭之 不決

初六日 庚寅 陰

府尹及季收令公來問疾 邑人主簿張志完來見 漂海唐人戴朝用等四十七人趕
到 送拜帖于各行 卽送謝帖 三行各送禮物 唐人又以香茶扇帕送帖回禮 以祗受
咨奏文 及方物螺鈿函歪斜事狀啓 付送點馬之行

初七日 申卯 晴

邑人前都事李希參來見

初八日 壬辰 晴

上使催出戶曹關內盤纏銀 與府尹大相詰 府尹拒不得 以兵營贖木二百疋 貿
銀五十兩二錢以給之 以兵營贖木貿參受去事狀啓 啓中諱言銀者國禁也

一行所持盤纏 別人情數

　戸曹正木五百疋 貿銀一百二十兩【此乃一行路費 分給兩廚房 騎騾亦以此貿得】

　開城府後參價 銀一百三十兩 義州貿銀五十兩二錢二分 戸曹綿紬三十二疋貿銀十九兩二錢【共一百九十九兩四錢二分 此乃別盤纏方物雇騾價 廣寧事情聞見事也】

　以上私日記

書啓

　冬至使書狀官宣教郎成均館典籍兼司憲府監察 臣崔晛 謹啓爲聞見事 臣跟同上使臣申湜 副使臣尹暘 前赴京師 竣事廻還 凡所見聞 逐日開坐 且因目覩弊端二三事 竊有所懷 並錄別段 謹具啓聞【別段書啓 載原集】

　聞見事件 逐日附私日記

初九日 癸巳 陰

　巳時發行 抵鴨綠江 本道都事朴大夏 搜檢一行卜物 團練使申起性 率軍馬護行 日氣寒洌 朔風飛雨 波浪飜空 舟不得進 漂流唐人戴朝用等四十七人並騎 卜一時放船 尺進尋退 中流而返 待夕風定 乃得渡 日已曛黑 宿于江北岸於赤島村幕 義州地也 ○ [附] 臨發 與唐人戴朝用等 相見于聚勝亭 饋以茶酒 上下人員相送于江上 府尹判官 則又送錢于舟中 越江狀啓 付送點馬之行

初十日 甲午 朝晴夕雨

　早朝渡中江 只有二隻船 濟了 許多人馬旣渡 日已向晚 江上委官等 凡遇使臣之行 徵索禮物 故在義州時 已送土産 經歷薛樨心少之不受 臣等再次加送 然後乃受 是日 又索人情 其貪饕無恥如是 又渡狄江 中火于九連城北 冒雨抵細川村 宿索姓人家

　○ [附] 曉頭將發 聞告訃使陳奏使先來通事四人 昨夜三更過江 卽馳人探問于義州 則譯學訓導朴義男來告 封事已完 三天使當出來 而未定其期 告訃使已於前月二十八日 離北京 陳奏使姑留玉河館 詳探詔使行期後 隨發矣 且告訃使呈文禮部 冊封弔祭二禮 請以一使兼差 以除小邦之弊 禮部因此題本 請遣詞臣

行人司二員 兼行弔祭冊封 而勿遣太監 聖旨 時未準許云

皆以爲一使兼差 除弊甚多 使臣之請甚善 或以爲封祭 皆國之重禮 一使兼差
非所以尊重國家也 且中朝冊封藩王 則遣太監 今請勿遣 重忤內官之意 則必從
中沮之 聖旨之下 未可以日月期 此欲以除弊 而生一弊也云 九連城 舊號也 今
移設于狄江北岸 號鎭江城 有遊擊一員 乃吳宗道也 至九連城 問前頭遠近 則金
石山稍近 細川村太遠 遂催行期 抵細川 繞出松鶻山之南 松鶻一名海靑山 北望
鳳凰山 雲似潑墨 雷電閃爍 促鞭疾行 冒雨入細川村 日已沒矣 是日 西北行六
十里

十一日 乙未 晴

發細川 中火于二道河村 過鳳凰山 有古城遺址 因峽爲城 四面石壁 險阻無
比 高麗蓋蘇文爲唐兵所敗退 保此城 卽今城中有蘇文之墳云 夕抵伯顔洞 宿趙
姓人家

○ [附] 自細川 西行十五里 有湯站 站有小城 城有守堡將 兩溪挾流 西溪則
湯河也 自此西行十五里 乃二道河村 西過孤山 又行十里卽鳳凰城 乃古開州城
蘇文自海州衛退守于此 今之鳳凰城 新設于山北二十里許 在道不見矣 鳳凰山
最爲秀麗 層峯疊嶂 列如劍戟 在義州路上 北望蒼然者是也 自此歷乾河 北行四
十里 抵伯顔洞之劉家屯 乃元將伯顔 駐兵之處 故仍以名洞 噫 蘇文高麗之賊臣
伯顔元朝之名將 流名一也 而心跡懸殊 故天載之下 芳臭自別 可不鑑哉 是日
北行七十里 主人名趙五

十二日 丙申 晴

晨發伯顔洞 西踰大小雙嶺 中火于甕北村 抵半截臺 宿李姓人家 ○ [附] 伯顔
洞西有大雙嶺小雙嶺 不甚高峻 而石路崎嶇 人馬艱行 北過鎭江堡 一名松站 一
名薛里站 北有長嶺 渡甕北河 乃八渡河之下流 一水而八渡 故名焉 河源出分水
嶺 達江淵 臺下爲狄江 有白巾打魚者 問之則中原人父母之喪 八日後食肉飮酒
云 自此 再涉八渡河 三涉蛇稗河 過獐項 四涉長藪龍鳳山烟臺前河 五涉半截臺
前河 皆一水而因地異名 是日 北行七十里【主人名 李景元】

十三日 丁酉 晴

晨發半截臺 中火于分水嶺 夕抵連山堡 古有關門 譏察行人 今有堡無關 宿
丁姓人家 ○ [附] 六涉半截臺前河 西行十五里 有通遠堡 一名鎭夷堡 七涉杳洞
河 歷稠林亭 有林無亭 八涉草河洞 乃八渡河之最上流 道傍有古城基 號居士城
城西有五層小石塔 號曰羅將塔 前此書狀之行 帶憲府下吏有一羅將 道死瘞于
此 因設塔誌之云 分水嶺以東 大小溪澗盡流東北 入狄江 嶺以西盡流西北 入于
遼河 分水之名以此也 是日 西行八十里

十四日 戊戌 晴

晨發連山 踰高嶺 嶺頗險峻 傍有兄弟巖 石峯列峙成三 若兄弟然 中火于鼻
巖 西踰青石嶺 石齒嵯峨 人馬顚仆 遼路之最險處也 夕抵狼子山 宿白姓人家
○ 遼地風俗 若遇親喪 則或經年或數年 擇吉乃葬 或以親柩置之山麓 不障不覆
累年不葬 爲野火延燒 或置門外 寢食其上 與人踞坐 飮酒晏如也 父母之喪過八
日 飮酒食肉 蒙白之人 漁獵如常 我國人問之 則有愧色不肯言 豈荒僻之地 近
於胡羯 爲習俗之所移歟

○ [附] 自連山涉東西二川 川水甚險 歷將軍墓甓洞 仰見斷麓有佛堂 翼然臨
溪 與季收時晦令公登覽 一緇前導 饋以茶湯 自高嶺西北行 歷甛水站堡 前有川
深廣 青石嶺一洞皆青石 取以作硯 則靑潤甚佳 駐馬少頃 手拾二三片石 付送定
州 狼子山一名三叉街 庚寅間 鄭西原琢赴京 猝遇㺚子 避匿山中 急呼驛官曰
埋我埋我 譯官等以落葉埋之而走 須臾援遼摠兵 領軍馬追逐 乃免云 是日西北
行八十里 主人名忠完

十五日 己亥 晴

晨發狼子山 中火于冷井 過高麗村 抵遼東懷遠館 問各衙門動靜 則巡按熊廷
弼 新除授未來 布政司【遼東屬山東道 此乃分布政也】謝存仁往錢趙楫于廣寧
副總兵【總兵乃兵馬節度也 遼有三總兵 在廣寧者 爲鎭守總兵 統領諸鎭 在遼
城者 爲援遼副總兵 在前屯衛者 爲西路副總兵 各領五千兵馬】吳希漢 防秋開
原衛三都司高寬 以聖節進表往北京 俱未回 只有丈印都司嚴一魁 二都司左懋
勳在衛云

○ 遼東城郭壯固 地勢平夷 民物殷盛 畜産則多畜羊驢鷄豚以資生産 土宜黍

稷糖粟 不治水田 雖富人皆食糖米飯 賦稅則以田之上中下爲差 上田則一日耕
納粟二斗 中則一斗二升 下則一斗 俗尚儉嗇 而取民有制 故失所者鮮 軍兵則家
抽一丁 一家有男四五人 則一人爲丁 而三四人爲率 優給月餉銀兩 軍卒得以周
其妻子 而不甚厭避 凡有公家興作之事 只役所屬之軍 不及村民 故農民得以專
治穡事 往來公行 支供則各站計以銀錢 皆有定式 所駐之處 茶酒鷄豚等品以銀
錢立辦 非如我國負載滿路 貽弊公私 蓋銀錢通行 而物有定價故也

　　風俗則菲薄小文 男女無別 號爲士族者 多在城中 而不尙文敎 學校荒廢 城
中之人 嗜利無恥 善爲偸竊 吏胥之輩 獷猂尤甚 聞我國使臣入館 則若得奇貨
什百爲羣 來侵譯官 必索銀蔘等物 雖貢獻之重 畧不以爲意 唯以阻當要利爲得
計 我國之人恐生事國家 例先卑屈 咍以賄贈 已成謬規 非但下吏爲然 衙門徵索
之物 滿紙書下 若不滿其慾 則牢縶使臣 久不打發 至於節日迫頭 盡輪行橐 然
後乃發車輛 因此 或有未及期限者

　　○ [附] 自狼子山 西行十里 渡三流河 一水三渡 故名 河水淸潔沈廣 蓋出分
水嶺以北 而入于太子河 沿河籬落相連 樹林陰映 始見盛村氣象 有新設接官廳
歷頭關站 王城嶺 一名大石門嶺 路北 有都督王祥墓 見碑文 則明初 祥之祖父
歸附于太祖高皇帝 封以邑 其父佐太宗 開燕京有功 屢摧戎虜 因授遼東都督府
歿于戰陣 祥襲授都督之職 命賜國葬 極其宏侈 至今子孫世守之 復其戶 小石門
嶺 一名車踰峴 高麗村踞遼東三十里 意必高麗人居之 而此城內亦有高麗村 卽
東寧衛也 是日西行七十里 守館主人馬子江 及黃姓人 如我國之京主人

十六日 庚子 晴

　　留懷遠館 諸唐人爭備饌榼 來饋譯官爲要償十倍也 懷遠館修理委官 亦以羊
酒諸果 送于臣等 卽以土産回謝 到館之日 卽當見官 而鎭撫杜良臣等 責出開衙
禮 使不得見官 譯官等盛備酒饌 厚饋良臣輩 乃許明日開衙云 ○ [附] 鎭撫五人
乃都司下吏也 嫌其贈物之小 不許開衙 乃贈綿紬十疋 白米五十斗猶不許開 必
要銀子十二兩 然後乃許

十七日 辛丑 晴

　　早食後 臣等與漂流唐人戴朝用等 詣都司衙門 行見官禮 一大人嚴一魁 二大
人左懋勳坐堂 漂流唐人等 亦於是日見官 聞答之辭 具在前日狀啓中

○ [附] 與上副使 進都司門外 待都司坐堂 然後許入 再拜作揖 行茶禮畢 令
通事權得中等 告以速發車輛之意 懇懇再三 嚴都司但云知道 嚴都司叫通事曰
臨海君生存否 今在那裏 上使令通事答曰 尙在喬桐 都司曰 國王事【冊封事也】
朝廷今已完了 上使又令通事致謝曰 大人纔臨小邦 洞見小邦羣情 明白奏知 緣
此封典速完 小邦臣民不勝感激 都司答曰 此在朝廷主意 俺何與焉 與二大人相
顧語 頗有自負喜悅之色 我等拜辭而退

都司招見漂流唐人 問其曲折 唐人等盛稱我國活命之恩 且云 國王極加矜恤
賜之衣食口糧 另勅沿道各官 不乏供頓 順付節使之行 倍道馳來 俺等萬死一生
得履中土者 皆朝鮮國王之恩也 言㐫悽切 都司曰 你等福厚 得泊朝鮮地方耳 唐
人等來鎭江時 見吳遊擊 亦盛道我國恩德如右 吳宗道曰 你等得泊朝鮮地 此天
也 然宗道知唐人有物貨 託以給價買之 輸入箱包 過半奪取 而不給其價 宗道之
貪 亦與薛穡無異
自義州來時 上使屢見唐人戴朝用 翁樂 陳以謙 林宗室等 禮遇之 問飢寒 致
食物 唐人感之 每曰 貴國之恩 死亦不忘云 我等令唐人見都司言 今來使臣之行
爲護行俺等 遲延至此 若不速發車輛 恐誤日期 不但虧彼貢獻之誠 於上國送往
迎來之義 亦爲欠事 須將此意 敦勸都司 使得速發 唐人諾之 然都意在貪得
不肯傾聽 杜良臣等聞翁樂爲春坊左諭德翁正春之從弟 而陳以謙又爲李閣老之
族屬 甚有憚色 凡事諱之
南門內路西 有忠烈祠 我等請入見 家丁二人 言于夫人劉氏 開門許見 乃都
督王維貞家廟 萬曆癸巳 維貞來我國 與平壤戰有功 屢摧北虜 斬獲甚多 竟殞東
城之戰 夫人劉氏 服姑喪以禮 上疏陳情 皇上嘉之 褒贈維貞 命官立廟 封劉氏
一品 劉氏聞東國使行觀光 心甚感喜 擁婢僕出門窺見 祠宇宏侈 重門疊屋 金碧
輝映 名卿題額 布列左右 又有賜額忠烈二大字 觀其碑文事蹟 不過爲屢立奇功
死於國事者 非有炳炳大節 可以照人耳目 而褒獎過實 若爲觀美者然

然路東有文廟 題其門曰 遼左賢關 與兩使入拜廟庭 庭廡荒涼 丹青晦蝕 塵
埃沒榻 位版欹傾 請見立番秀才 則對以無有 盖恐其答問 耻不知書 例稱以無云
文廟後有明倫堂 扁三大字 註曰新安朱熹書 乃摸於漳州而來云 明倫堂後有觀
風樓 扁曰振揚風教 樓北有石假山 高廣可數丈 登樓俯瞰城中 百萬人家 魚鱗櫛
比 巍然高聳者 惟鐘樓毬樓上帝廟百塔寺也 又有華表柱管寧王烈祠 欲往見而
日暮未果

十八日 壬寅 雨

留懷遠館 給鎭撫五人 紬疋米帒 及各樣土産 鎭撫等不受 責以折銀 都司亦無打發之意 一行憂惱 ○ [附] 使行入館之後 譯官等日饋 鎭撫旣具食 又令折以銀參 如是者 一日數次 行橐將盡 此弊皆由於杜良臣之作俑 而規例之成 已數年矣 但今年甚於前年 今行倍於前行矣

十九日 癸卯 晴

留懷遠館 都司送下程【下程 猶支供具也】銀一兩 臣等送土産等物回禮 還其銀 杜良臣輩阻之 使不得 通譯官等先賂渠輩 然後納于都司 二大人 三大人求請滿紙書下 三大人則時不在衙 而一樣誅求 初無朱點【中原之用朱點 如我國之用印信圖書】恐是中間下人所爲 却而不受 鎭撫等卽以朱筆點批來言 三大人雖不在衙 二大人代司行公 且例行禮物 豈以不在而廢之耶 一大人則不下求請曰 使臣譯官自知前規 何必錄送 其意盖憚漂流唐人知之 則恐語泄朝廷 故匿其形迹耳

○ [附] 都司送下程 回禮送以綿紬二疋 花席二張 茶參一斤 花硯二面 油芚一部 黃毛筆十柄 油煤墨十笏 白紙四卷 白米二帒 大口魚二十尾 海參六斤 朝食後 與上副使 會于西上房 請見杜良臣輩 欲問阻當之故 而託故不見 只有二鎭撫金國寵來見 我等反復開陳 詰問其由 答以將白都司 使得易發 退與良臣輩密語 盖外施唯唯 而內實遲延耳 我等草呈文 欲陳杜良臣作挐之狀

二十日 甲辰 大雪

鎭撫五人等 點退所賂之物 唯令譯官 日供酒食 臣等欲呈文都司 以平安道護送軍馬 只載方物 馳往廣寧 則渠輩恐被不發車輛之罪 不得不打發矣 具草將往 良臣等又有阻却之狀 都司亦不坐堂 故不得呈 臣等知漂流唐人戴朝用等 思報我國之恩 招與相見 具述其由 使見都司言之 良臣諞知之 又使門吏阻遏 令不得入 戴朝用等 往來數次 不見都司 怏怏而還 譯官等 不得已盡傾公私行資 分給鎭撫五人 及其從者有差 所費不可勝計 是日回來告訃使李好閔 副使吳億齡 書狀官李好義等 冒夜入館

○ [附] 是日大雪 厚數寸 良臣等知我欲呈文 頗有憚色 始欲受賂物 乃以銀十六兩給良臣 九兩半給金國寵 二兩給文姓人 一兩給良臣下人各給一錢 告訃使舍于館外 我等就見 問北京之奇 一如前所聞 禮部覆題 請出冊封弔祭詔使 聖旨

久不下 盖內官等怨其廢舊規 不遣渠輩 故從中沮之 陳奏使時方留待 呈文禮部
云云

二十一日 乙巳 晴

留懷遠館 副總兵吳希漢 還自開原衛 臣等遣譯官趙安義 行見官禮【布政司官
尊 而都司專管接待夷人 護送車兩等事 故我國之尊布政 亞於都司】分送禮物于
各衙門 鎭撫等不卽受去 譯官私相贈賂者 不記其數

○ [附] 掌印都司嚴一魁處 送人參十四斤 白紬十二疋 弓子六張 壯紙五百長
江硯六面 油芚四張 付五塊 白貼扇十五把 油扇五十把 黃毛筆三十枚 油煤墨三
十笏 鐵柄刀十柄 骨柄刀四十柄 花席十張 白米六十斗 大口魚百尾 鰒魚二百介
海參五百介 海藿五同 松栢子三斗 八帶魚四尾 鎭撫等言人參必送十八斤 然後
可納云

二都司處送白紬四疋 白米二十斗 花硯二面 花席三張 壯紙八十張 黃毛筆十
枚 油煤墨十笏 弓子二張 油芚一塊 角柄刀二十柄 海參四百介 大口魚四十尾
三都司處 所送亦如此數 吳總兵處 送白紬二疋 弓子二張 白米二十斗 壯紙六十
張 花硯一面 筆十柄 大口魚三十尾 海菜三同 花席二張 總兵衙門書辦【胥吏】處
贈白紬二疋 花席二張 刀五柄 筆五枚 墨五笏 米十斗 一都司衙門管家【家丁】處
贈白紬五疋 花席三張 刀十柄 扇十把 筆五枝 墨五笏 鎭撫五人 贈白紬十疋 米
五十斗 花席十張 花硯十面 白紙十卷 弓五張 筆五十柄 墨五十笏 油扇百把 刀
五十柄 大口魚三百尾 乾獐五口 乾雉二十五首 八帶魚十尾 海參五斤 海菜十五
同 紅蛤五斗 栢子五斗 火鍊五十介 鎭撫等不受 要以折銀二十五兩 我等嚴責譯
官 愼勿折銀 必以土產贈之 而譯官等私相贈賂 不能禁 夕告計上使副使書狀 共
會于西上房 沽酒夜話

二十二日 丙午 晴 夜大雨

留懷遠館 各衙門愈加徵索 如商賈之論價 吳總兵 嚴都司處 皆加送白紬人參
油芚等物 嚴都司親自點捧 至如米帒等物 亦皆逐一斗量 手自看品 其無恥如是

○ [附] 吳總兵處 加送油芚二塊 畫硯一面 嚴都司處 加送白紬二疋 黃毛筆二
十柄 油芚一塊 弓子一張 人參二斤 向晚與季收時晦令公 見告計使 偕往楊家莊

沽酒共話 黃昏各散 莊主楊元也 丁酉元以南原陷城 被囚將刑 其父楊士偉 欲貰
子罪 賣此庄于佟總兵鶴年 今爲佟家庄矣

花園廣占百畝 樹以奇花異果 中有二層八角樓 題曰眞樂園樓 前有一株蒼松
大可數圍 虬枝盤屈 密葉廣張 以鐵索交挈枝幹 恐爲風雪所折也 此松之價 銀五十
兩云 松下有石床 長丈餘 廣數尺 吾等兩行六人 列坐四隅 因床對酌 亦一勝事也
松前又有數架亭 題曰松花境 花卉尤盛 亭之東墻內有大屋 乃佟家所住室也

元以數千之衆 當十萬之賊 獨守孤城 力戰八日 殺賊甚多 賊散而復圍 元力
屈勢窮 外援不至 潰圍而出 身被數十創 雖未能損軀立節 其所以摧敗之功 足稱
勇將 東國之人至今寃其死 看此花園 已爲他人所有 良可嘆惜 盖中國軍律至嚴
敗軍之將不免刑誅 故以元之功 竟不得貰其罪也

二十三日 丁未 陰

鎭撫等以贈禮未畢 亦不打發 都司門吏 抽分官 懷遠館委官處 各各分給有差
抽分官不厭于心 侵索不已 加給若干等物 是日告訃使出去 〇 [附] 抽分官【都
司門吏也】處 送白紬二匹 白米二俗 花席二張 花硯一面 白紙二卷 刀子十柄 黃
筆五枝 油墨五笏 大口魚二十尾 海參百箇 扇子十把 委官處【方造懷遠館西行
廊】回禮【前送饌盒意 盖爲此】白紬一疋 白米一俗 花席二張 花硯一面 白紙二
卷 刀子十柄 黃筆五枝 油墨五笏 大口魚十尾 海參八十箇 扇子十把 抽分官侵
責不已 加送白紬一疋 花硯一面 白米一俗 弓子一張 然後乃受

二十四日 戊申 朝晴暮陰

嚴都司 又以所送紙席等物品薄 詰責譯官 加索人參四兩 白米二俗 臣等不勝
唾鄙 依其言給送 伴送二人 各贈土産等物 八里站委官【主車輛之官】處 送紬米
土産等物 懷遠館委官 又以送禮不足 强索不已 加給土産若干 是夕始送車輛票
帖 而日暮未及發 〇 [附] 伴送二人 一名佟捷武 護使行 一名盧世德 護車輛 各
贈【有前例】白米二俗 花席一張 白紙二卷 別刀子十柄 大口魚十五尾 海參一百
五十箇 紅蛤一斗 扇子五把 八里站委官處 送白紬二疋 白米二俗 花硯一面 白
紙二卷 刀子十柄 油扇十把 黃筆五枝 油墨五笏 大口魚十尾 花席二張 弓子一
張 委官【造館者】又以前贈禮物甚少 求索不置 加給紬一疋 米一俗 硯一面 然後
始送車輛票帖 而日暮不及發 不勝忿懣 無以紓懷 與兩使 騎驢出城西門外 往見
白塔寺 入兩重門 蒼松五六株 盤屈成蔭 夾道左右 有五間大門 曰天王殿 入殿

門 又有蒼松數株 庭中建白塔 來時 自三流河下高麗村 望見西南 如白雲凝空者 是白塔也

　碑文云 唐太宗征高麗 命尉遲恭建此塔 理或然也云云 高可百丈 周圍百有數十把 面有八角 各以方位畫八卦 塔後巍然傑構 題曰眞善殿 殿後又有壯於眞善者 曰大雄殿 殿後又有高於大雄者 曰藏經閣 大明萬曆皇帝所建 極其壯麗 由殿中佛像之後 直上二層 乃藏經處 四望若騰空然 西北兩邊曠漠無垠 但見烟樹微茫 北則胡羯地也 西則中原地也 閣左右有寮 西寮之僧曰印光 東寮之僧曰碧空 常住皆識字可與語 待以茶禮 大雄左右 亦皆有佛殿 眞善左右 又有長廊 東西各二十三間 長廊之外 又有禪房 覽畢 還馳入城 登望京樓 樓在城西南隅 乃炮樓也 東西南北 皆有數層炮樓 而此則傑然特出於諸樓之上 八角五層 由中穿入 登至三層 如在雲霄之上 凜不可俯視 南望六十里許 奇峯列岫 橫亙一面 望之如畫者 千山也

　山中有香巖寺 寺有石床佛跡云 西南十里許 對面突然石峯高峙者 曰首山嶺 卽八里站 首山堡之後山 唐文皇駐蹕處云 文皇以神武定天下 號爲仁義致治 而爲東韓一區土 親勞玉趾 深入絶域 可謂好大喜功之主矣 西望遼河之外 烟霧漫空 日邊長安 若或可覩 名以望京者以此也 但未知在此城者 其有危樓望北之衷否 樓下有石碑 碑文乃撰於重修之後 而始建則洪武時也 重修則嘉靖間也 東南則山陵彌迤 近者十餘里 遠或數十里 纍纍羣塚 皆在城底籬落之間 平田之中 千家萬塚 多寡相半 族葬則列以昭穆之序 遵中原制也 有力者環以墻垣 匝以松楊 亦有極備羊馬石柱 祭祀之室者 貧寒者覆土田畝間 耕其四邊 無餘地焉 令威所云 城郭依舊人民非 何不學仙塚纍纍者 盖指此也

　遼東北城外【有內城外城】有太子河【可以容船 如平壤之大同 河源未知出於何地 而經胡地入于三叉河】上流三十里許 臨河有石城 世傳 高麗太子守此城 城陷投河而死云 詳在海平府院君記事中 北城內 內城外有自在州 知州乃萬愛民 今夏出查東國者也 州城之西 則猠子投化者居焉 城東曰東寧衛 高麗人居焉 高麗村兒童 數歲前 作高麗語 及壯 衣裳冠服 多用高麗舊俗 不學裏足之習 盖不忘本也 近歲漸遵中原之俗 女子裏足 冠服亦用華制 我國人至其處 則欣喜相迎 相贈以物 而高麗村在北城外 懷遠館在南城外 相距隔絶 故不得見矣

二十五日 己酉 晴

車輛俱到 臣等雇騎騾以行 騾主刀蹬其價 終日與譯官相詰 漂流唐人 以車輛
未備 不得偕行 臣等留譯官金光得 使隨後押來 唐人戴朝用 翁樂 陳以謙 林宗
室四人 以臣等先行 盛備酒饌 來餞于館中 及於下人 親自勸酌 極致慇懃之意
臣等纔出城西 日已垂沉 久縶遼東 憤杜良臣等所爲 乘怒疾馳 泥水沒馬 夜且昏
黑 猶不知其苦矣 二更 到沙河堡 宿王姓家 ○ [附] 車輛始至 雇得兩使駕騾四
匹 書狀及副使子弟騎騾二匹 駕騾四匹 限北京 給銀二十兩 騎騾二匹 限山海關
給銀六兩 留金光得 使與唐人隨後趕來 戴朝用等 以車輛未及 勢將落後 故盛備
酒饌 來餞一行 其意盖感我國活命之恩 而謝上使屢間寒飢 贈以食物之意也 其
中一人 來時爲定州人竊其行橐 在義州時 涕泣叩頭曰 盤纏只有此數 前程萬有
餘里 俺將不免凍死云 上使憐之 約以往遼治行後 當給以餘資 及是又來告惘 以
白紬二疋給之 尤感不已 遼東發行狀啓 付送團練使申起性 廚房寢具 已送于沙
河堡 而副使駕騾未及齊到 日已向夕 不得已與上使先發 奉奏使團練使金廷立
天使陪牌通事奇益獻 李希天等辭別 西南行十里許 過八里站 有城 又五里許 過
首山嶺 嶺有城堡 嶺後 高峯突出 渾是靑石 乃所謂唐皇駐蹕山也 峯上有烟臺
到此 日已黑矣 夜行二十里 道路泥濘 十步九躓 二更到沙河堡 宿王姓人家 城
臨沙河故名 副使不來 自發遼東之後 宿處皆給主人房價 及薪水之費 兩使廚房
一日五六錢 通計至玉河館 所費銀二十餘兩

二十六日 庚戌 晴

有原任備禦孫都者 曾以差官 往我國 聞臣等之至 來請相見 且以二首鷄 一
壺酒 梨果等物 送于臣等 卽以土産回謝 抵鞍山 宿緱姓人家 ○ [附] 天氣甚寒
問千山遠近 則云去此三十里 山中有中會香巖大安等寺 景致殊絶 而山路險阨
不可造次遊賞 至如祖越 龍泉等刹 亦爲絶勝 而路亦平坦 今日可以歷覽 自龍泉
寺 去鞍山 只二十五里云 遂與上使 決意往觀 上使亦捨轎騎騾 從行者譯官韓謤
金汝恭 申濍也 家主王朝容 引路先行 行李蕭然 便有出塵之想 未到祖越寺 五
里許有一村曰韓家庄 庄後有石峯屹立 自此峯巒洞壑殊奇 知有異境 不遠矣 山
中有佟總兵家庄 近地山村 皆爲佟家所屬云 兩巖對峙 如龍挐虎攫 漸入而漸奇
仰見 珠閣玲瓏 隱見於巖石間 乃祖越寺也 石橋跨澗爲門 題曰人區別境 前此入
遼之後 名家巨刹 皆以磚築階 此則練石爲階 或數十層 或數百層 緣崖成磴 倚
巖架屋 層疊如畫 逞盡奇巧 穿過三門 陟盡高臺 始見佛殿 左右僧寮 亦極淨潔
佛殿之後 三層碧檻 突出半空 仰之縹緲然 題曰千峯拱翠 由佛殿之後 聳身飛步

登所謂三層閣上最高處 乃百佛閣 內藏金小佛百軀 故名云 祖越後峯曰海螺峯
有石形似 故名云 自祖越南望 則對面羣峯 矗矗奇形異狀 不可殫究 而月岳峯
獅子峯 三台峯 五香峯 峯之尤傑然秀麗者也 渾山都是石峯 而百佛閣後峯尤奇
有大巖 據地特起爲一峯 高可百丈 巖頭 貝殿半露 如人頭戴玉笠然 巖腹 刻獨
鎮羣嶽四大字 傍刻隆慶三年都察院成時選書 數里可以望見字畫 寺僧信維 引
百佛之東 緣磴而上 峯頭有石如鼓 刻以太極石三字 鼓石之傍 更上數步 則石峯
臨虛 構一間鍾閣 信師引搥撞鍾 響震羣巒 在下聽之 則如雷鳴天上 所謂樓居雲
雨上 鍾動斗牛間者也 由鍾閣北轉山脊 步步益高 斲巖爲階 倚松爲棧 階盡巖窮
有一小殿 寄在半空者 曰玉皇殿 乃百佛閣 仰見 後巖所戴之閣也 到此 千峯萬
壑 情態盡露 仰見蒼蒼 俯臨濛濛 魂飛神慄 不可留也 殿內塑玉皇天妃像 左右
亦塑六七佛軀 皆精巧雪白 室中朗然 如白玉宮 玉皇之名 雖知其誕 而凜然不可
褻也 玉皇殿後 更高一層 松林掩映 有殿曰觀音 我等探討忘勞 日已向夕 今日
必抵龍泉寺 然後 明日可及海州衛 故將欲下山 信師又引至一處 更上數十步 可
看羅漢窟 遂如其言 緣崖而北 穿一石竇 中藏佛軀 睢盱嗔怪 列置左右 號爲羅
漢者也 窟中石壁 刻中朝名宦 而可記者 龔用卿 華察 吳希孟也 石竇盡處 乃出
崗上 我等不敢更進 仰望最高頂上 千仞奇巖 特立爲峯 峯頭又見 翠閣半露雲際
巖腹又刻振衣崗三大字 盖取振衣千仞之義 而字畫尤明於百佛後所見者 傍刻
萬曆六年浙人向書八字 向亦都察院云 兩巖刻字之處 上下百丈 四無攀躋之路
其經營鐫刻之時 必費許多功力 而要傳神異之迹 人之好事 至於此哉 我等磨巖
飛下祖越 與僧作別 將向龍泉寺 僧輩以梨栗煎餅來饋 信師隨行 自祖越望見南
山一支走來 遇澗而止 舉頭爲峯 正與百佛殿相對 峯頭有丹楹碧檻 隱映松樹間
如障子掛前 甚奇之 信師曰 在彼望此則尤奇 遂與信師 登南亭而北望 則層巖疊
嶂之中 金碧隱見 或在頂上 或在巖罅 或出林間 或駕半空 而西北諸峯 巖壑尤
美 皆祖越之未見者也 盖山中水小 故洞壑泉石之勝 不及我國之名山 而巖石之
奇怪 制作之精巧 我國寺刹 無與其匹 宛然造物 逞盡機巧 似非人力所能爲者
自南亭 徘徊眷戀 有不忍捨去之情 而明朝行色有難 任意遂決然下來 信師引至
龍泉寺 兩寺相去纔四里已 令申溰韓諼先來治飯而迷失道 因僧指示乃返云 龍
泉寺峯巒殿閣之清新巧麗 不及於祖越 而巖石之奇壯 不相上下焉 庭中 有石竇
涌泉 故名之云 而今因水涸 但有數尺石井焉 觀碑文所記 則唐代宗時 所建云
老僧會文 引至方丈 饋以梨栗 小來禽 嚼仙果 啜茗茶 已覺心骨俱爽 恨不與副
使共此奇觀也 噫 昨日遼陽城中 困被鬧挨 有若籠中鳥 今日千山寺裏 逍遙快豁
便作物外人 是何 數日之內 地位之高卑 心神之清濁 若是其懸絕歟 人之所處

不可不擇 有若是哉

二十七日 辛亥 晴

發鞍山 路遇布政司謝存仁 自廣寧回遼東 夕抵海州衛 宿城西劉姓人家【是日
宿于千山 而副使宿于鞍山 此記不言宿千山者 國禁遊觀故也】○ [附] 早朝老師
會文 又具梨栗茶椀 茶罷 具食共卓對喫 畧不爲嫌 此亦山中氣味 物我相忘處也
又引至西臺 巖上觀音閣 所見絶勝 恨不宿于此也 殿前 數株盤松 托根巖上 鐵
幹回屈 翠影婆娑 月夜則尤絶云 殿傍有石 特起空中 高可數十丈 號爲淨瓶石
矮松老倒 緣石叢生 尤一奇玩也 由觀音閣 更上一層 有殿 迥出巖頭 石臺整然
如削 與祖越之玉皇殿相兄弟 號爲西法華室 前所見淨瓶石 正在前面 似可手撫
然 峰巒巖豎 到此可數 南峯之秀出者 曰畢駕峯 五香峯 東有凉臺 乃龍泉之左
股也 西有金剛峯 龍泉之右翼也 我等愛玩不忍去 乃題名壁上而下 觀音閣前 因
石築臺 僧云歲後將構鼓樓于此 凉臺之上 亦築石臺 將構鍾閣 此樓若成 東鍾西
鼓 一時並奏 則祖越鍾閣 反在下矣云 躊躇之間 紅日轉空 僧曰 山中日出最遲
若見日光 則山外已過巳時矣 遂別會師 與上使 跨驪踰嶺 西北行二十五里 抵鞍
山縱良善家 中火後 西南行六十里 抵海州衛 夜向二更 宿西門外劉繼魁店【如
我國之酒幕 接客受價】是日西南行八十里

二十八日 壬子 晴

發海州衛 衛巨鎭也 城郭樓櫓之壯 亞於遼東【參將佟鶴年 領兵馬三千 而實
一千云 兵備副使 閻鳴泰】風俗强悍 善偸竊 漸近胡地 五里置兩烟臺 雖非路傍
有村則皆爲烟臺 脫有虜警 則村民盡入以守 行路之人 亦必走避 甚善策也 沿路
處處 日以春米埋穀爲事 民家雜物 收入烟臺以備胡患 又見北方 烟熖漫空 問其
故 以草樹茂密 賊因出沒 故秋冬之交 焚其野草 使賊不便蒭牧 而我軍易以瞭望
云 夕抵東昌堡【一名牛家庄 備禦李維德 領軍五百 而實三百云】聖節使千秋使
先來理馬金道立洪應龍過去 臣等宿城中樊姓人家 ○ [附] 自遼東以西 唯東南
有山 海州衛以西 則並無東南之山 平原曠野 不見畔岸 俗傳 句麗時蓋蘇文據有
此城 唐太宗攻拔之 退保開州城 山川明秀 民居稠密 喬木城陰數十里 城南有沙
流 沙河源出金州衛 繞出東昌之南 西入三叉河

二十九日 癸丑 陰 午後雨

發東昌堡 上使軍官李達文得疝症危重 留置主家而去 抵三叉河 風雨俱作 人

馬由浮橋以渡 車輛則以小船一隻 終日載渡而未畢 白河以西 築土爲長墻 墻外
浚溝 名曰路河 自遼河達廣寧 連亘二百里 人馬車輛 皆由墻上行 墻高數丈 廣
二丈 溝深二丈 廣四五丈 城堡烟臺 皆置墻之南 始築於嘉靖間 復修於乙巳 李
成樑趙楫主其事 所役步軍一萬七千餘名 犒賞費銀 一萬一千餘兩云 長墻之設
所以防胡之衝突 而遼野沮洳 行路者亦賴焉 然積潦之餘水 自胡地泛溢 南潰平
原 渾作一洋 墻輒壞缺 車馬難通 只以小商船 載卜物 曳于路河 累日遲滯 遼界
行路之難 不可具述 是日冒雨抵沙嶺【一名西平堡 備禦蘇民牧領軍七百云】宿
于姓家 備禦送饌物 夜大雨達曉 車輛未及到 經宿路上

○ [附] 澄州西七十五里 舊有遼河 古渡三河 迤邐自東北而來 其中巨者曰遼
河 發源於開原衛東北境外長嶺山 西繞開原 經鐵嶺南二百里 其西傍出一支曰
珠子河 南流至澄州界 又遼河之東一水曰袋子下【疑卽太子河】源出幹羅山 北
流至武良 經楊家灣 三河至此合而爲一 總名遼河 南流至梁房口 而入于海 三
又去海百有五十里 潮水漲溢 波浪洶湧 居民行旅 多被其害 舊俗作水神廟以禱
之 河東曰天妃廟 或云娘娘廟 殿宇新構 塑天妃二娘娘 又有左右廂 右曰水神
東曰龍王 皆像泥塑以祀之 凡有祈請 齊心虔禱 焚香頂禮于天妃廟 抽卓上竹籤
以卜吉凶焉 河西曰三官廟 或云爺爺廟 殿宇塑像 亦如東岸之廟 而所謂三官 塑
形則男子也 問其命名之義於守廟僧 則三官三元也 天神地神水神也云 唉 古人
於岳瀆 莫不有祀 水神之廟於河干 亦或宜矣 天神也 地祇也 巍蕩磅礴 不可以
形言 非土塊木石之所可肖像而神之也 非行人邑民之所可頂祝而格之也 況天
妃娘子之名 尤極褻慢 彼蠢愚之人 誕妄之僧 不足道也 觀其碑文 則名公碩士亦
皆記名而頌功 豈非誣天之甚者乎 中原人 凡遇如此祀廟及關王廟等處 雖位高
之官 亦皆焚香四拜而過之 我國之人 但一歷觀 而不禮焉 中朝人反笑以無禮 噫
孔子曰 非其鬼而祭之諂也 今非其神而禮之 是亦褻也 若關王者 節義雖高 令人
起敬 而至於塑像淫祀 不過佛法之流耳 故不拜天神 乃所以敬上天也 不禮關廟
亦所以禮關王也 三叉河東有馬圈子舖 在天妃廟側 又有福陽店 高太監新設抽
稅之所 河西有西寧舖 守堡官領軍數百 中火三官廟 冒雨北行三十五里 抵沙嶺
驛【一名西平堡 備禦蘇民牧領軍七百 而其實 騎兵三百 步卒二百云】南門外有
三官廟 馬神廟 火神廟 李成樑所創 備禦亦成樑之外孫 關外將官 皆是成樑之族
云 備禦送饌物 宿城中于姓人家 是日行六十里 車輛未及到 夜大雨達曉

三十日 甲寅 雨止 繼以雪

車輛太半不來 雨雪不止 前路難通 仍留沙嶺 以土産回謝備禦送饌之禮 車夫
竊取載物 捕得之 送于備禦 棍打二十度 落後車輛 夜半始到

　　以上 訒齋先生續集卷之一

十月初一日 乙卯 陰 大風

發沙嶺 雇商船四隻 載方物卜駄 臣等由築道而行 墻多破缺 或步或騎 或由墻下 泥水沒驢 間關之狀 不可形言 北行三十里 墻南有平陽堡 墻北有富家庄堡相距七里 皆有城無兵 有虜變則令居民入避以守云 遼東以西無山 至沙嶺之北極目西望 隱隱雲霧中 黛色橫亘百餘里 乃醫無閭山 到高平 山色始分明矣 夕抵高平堡【一名鎮武堡 遊擊李如梧領軍千名】如梧乃城樑倅子也 親自領軍修築破墻 兩使之行落後 黃昏始到 幾落長墻 遊擊以犯過役所 捉致驛子主 棍打十度是日北行六十里 宿徐姓人家

初二日 丙辰 陰霾

載卜船隻 晚朝始到 因此晚發 夕抵盤山驛 驛有守堡官 無軍兵【凡驛皆然】盤山北三十五里 有孤山曰大黑山 有堡曰鎮夷堡 守堡官領軍五百以鎮之 大黑山北二里 乃韃子地云 臣等宿毛姓人家 ○ [附] 自高平西北行四十里 抵盤山驛 北距二十里 有小山特起 曰小黑山 三十五里又有小山 曰大黑山 醫巫閭之北支 或斷或續 小山點點如螺髻 而盡于兩山 自此以北 無山可見 是日西北行四十里 宿毛姓人家

初三日 丁巳 晴

朝因閱視方物 晚發 西北行三十里 至制勝堡 只有烟臺 有石碑 鐫而未堅 夕抵廣寧 朝鮮館則韃子已滿 不得入 宿館西王姓人家 ○ [附] 奉奏使李必榮已入王家 遂與相見 詔旨尙未準下 故陳奏使時未發京云 ○ 新修路河記畧曰 廣寧有路河 所從來遠矣 初自制勝堡 將二百里而遙 當海運時 南從布花堡 浮路河 達制勝 而修廣寧軍民便之 比因河水漲溢 或梗軍馬 正統間 巫都督凱奏築廣厚河

堤 河與路交利焉 海運既罷 河道旋淤 嘉靖間 張巡撫連葛 邵司馬縉 王巡撫之
誥 先後奏 準挑復 最浚者深一丈濶倍之 而亦旋通旋淤 說者謂爲沙嶺地高 而河
多所致 勢或然也 且欲修復巫公堤 以存兩利 其論誠韙 然而不果行矣 今巡撫邵
司馬 趙公楫 亟欲及時疏築 以謀于摠制謇公達 寧遠伯李公成樑 司餉謝公存仁
等 遂肇功于乙巳孟冬 次年仲夏功成 閱十越月 役諸步軍一萬七千四百有奇 犒
賞邊夫萬有一千二百兩有奇 河自制勝堡 通三堊河二百里 其深廣 視嘉靖年加
倍焉 堤基厚三丈 頂半之 高踰一丈 凡諸疏築方畧及懸條格以鼓舞之者 一惟趙
公所使 蓋其中有六利焉 河深廣若池 堤高厚若城 虜卽思逞 不能不畏金湯而先
却 利一 縱北來水漲而河足以畜 堤足以捍 南土可耕 不虞淹沒 利二 兩河倘遇
策應 官軍往來 隔絶近虜 不虞中斷 利三 耕夫行旅 裏糧挾佽 惟意所適 無虞剽
竊 利四 可舟可車 不膠不窘 負戴無煩 力省致遠 利五 歲一濬葺 高深如故 萬年
之利 成于一勞 利六 此六利者 過者皆能見之 不待有識者而後知也 偉哉斯擧
豈非遼左之一大保障哉 丙年秋七月 刑科都給事中奉使朝鮮前翰林庶吉士南海
梁有年撰

○ 廣寧城 在醫巫閭東十里 山川雄壯 地勢平衍 城西五里高阜上有北鎭廟
卽祀北岳之神 城東二里 有望城崗 崗上有東岳廟 爲虜賊所焚 醫閭山中有呂公
巖 呂洞賓過去處 又有桃花洞盛水盆 俗傳丁令威入此山 學仙化鶴 又有邪律楚
材之墓云 ○ 城郭之壯 民物之盛 右於遼東 有兵備按察使【未差】巡撫都御史
【趙楫被參後 仍留 張悌辭免 李炳新除授 未來】管糧戶部郎中【河如申 ○ 遼東
錢粮並七十萬二千七百石】管糧通判【謝繼科】馬政通判【張時顯】理刑推官【王
甲印】鎭守總兵【杜松 領兵馬三千 到任 纔十日 李成樑遞罷 仍在其家】撫下中
軍【趙紳 領兵馬一千】總兵標下中軍【崔吉領兵馬一千】城中常有兵馬五千 援遼
副總兵 領兵馬五千 駐遼東 西路副總兵 領兵馬五千 駐前屯衛 寧遠衛參將 領
兵馬三千 海州衛參將 領兵馬三千 義州衛參將 領兵馬三千【在廣寧西北】錦州
衛遊擊 領兵馬三千【在小凌河北二十里 去義州衛百里】右屯衛遊擊 領兵馬三
千【在十三山南三十里】此特記其道路所見 遼東各鎭 二十五衛 兵馬摠號十萬
而其實四五萬 據通報所奏 則號爲八萬 而其實八千云

○ 大監高淮 惡積怨盈 遼民欲食其肉 其管家宋三者 爲高淮瓜牙 縱恣益甚
六月間前屯衛軍士 馬軍三千五百 步軍一千五百 合民丁萬有七千餘人 歃血同
盟 擊殺宋三 磔其肉 又殺高大監族屬家丁三百餘人 軍民恐大監奏于皇上 以叛

民罪之 一時齊訴都察院曰 若察院直奏高淮之罪 明我等之無罪則可 不然而若
反以我等爲叛亂 則吾等與其無罪而就死 寧北走胡地 不願爲民也 察院具奏朝
廷 拿囚高淮 軍民遂安 又有張大監者 將代高淮 出關收稅 前屯衛之軍 又謀攻
張大監 總兵李芳春 曉諭軍士 山海關主事 又諭張大監 使避之 其禍遂止 ○ 虜
酋宰賽 陸梁開原間 今年二月 李成樑謀誘擒宰賽 不果 今八月 宰賽悉衆入寇
慶雲等十三屯堡 殺掠殆盡 擄人口頭畜 以千百計 成樑等不能敵【詳在通報】○
李成樑畏虜强盛 專以賄賂要結 務止其怒 又剋減軍士月銀五錢 以爲贈虜之
費 新總兵杜松爲政淸嚴 威制撻子 畧不贈賂 軍民愛戴 而諸將不服 盖撻虜之橫
恣 爲日已久 成樑老將 揣之已熟 金帛皮幣有不暇惜者 其意有在一朝 絶其贈賂
之利 而挑其猖噬之怒 則計之得失 未可知也

初四日 戊午 晴

留廣寧 奉奏使出去遼東 回咨及狀啓 付送其行 遣上通事權得中于總兵及御
史衙門 行見官禮 皆免見 請出夜不收 催車輛 黃昏有鼓吹百樂之聲 問之則中
軍崔吉妻喪 將葬 焚香誦經于諸佛寺道觀而還也 近城十里之內 屍柩積置路傍
而不葬 或亂葬溪邊 而沙土覆之 或沙崩棺露 或水噬而流入溪中 問其由 貧不能
買地以葬故也云 若如我國 則雖鄕鄰共助之 豈有棄置路傍沙岸之理哉

初五日 己未 晴

留廣寧 軍官李達文追到 遣別通事李民省 送皇華集于李成樑家 成樑不見 使
家丁傳語曰 我爲見遞之官 何敢受國王所送 民省曰 老爺雖已遞 而寡嗣君 已送
到此 此非貨也 送與受 於禮何妨 望老爺領納 成樑固辭不受 民省還持來 封置
于主人家 ○ [附] 方物慮有濕透之患 開見乾正 以此留不發

初六日 庚申 陰 夜雨

留廣寧 進貢撻子一千餘名 彌滿館內外 車輛未得調發

初七日 辛酉 晴

留廣寧 總兵始出護送牌文 差夜不收 催車輛 猶未齊到 ○ [附] 夜間 唐人偸
南應奎大練而去 冬衣銀兩盡失之 雇騾載方物十三馱 廚房四馱 兩使寢籠四馱
書狀寢籠一馱 並二十二馱 給銀三十九兩六錢

初八日 壬戌 大風

節日漸迫 未得前進 不得已雇騾十三馱 載方物 臣等亦以盤費雇騾 並載寢具
廚供 棄車輛先行 騾主刁蹬其價 終日相持 不發 初不科廣寧如是久滯 不勝憤悶
上通事權得中 決杖二十

初九日 癸亥 晴

發廣寧 中火于閭陽驛 冒夜抵十三山 宿張姓人家 醫巫閭之山 盡于閭陽 平
原杳茫 十三山岌然聳空 列如畫戟 峯有十三 故名焉 ○ [附] 不待兩使之行 晨
發 南行二十里 至壯鎮堡 有城無軍 醫巫閭之山 盡于閭陽 而萬疊奇峯 在道歷
歷可見 是日南行九十里

初十日 甲子 大風

晨發 至大凌河【河源出自胡地 最爲深險】以一隻船渡行 日已向晏 河西五里
卽大凌河所【備禦馬時楠 領兵馬五百】自此漸近胡地 行者有戒心 夕抵小凌河
驛 宿主姓人家 小凌河北二十里 卽錦州衛 在道望見 ○ [附] 發十三山 西行歷
新平屯三十里 至大凌河 河水北出胡地 南流入海 深一丈 廣數十丈 夏則乘船
冬則造橋 而時未成橋 以一隻船渡行 日已向晏 中火大凌河所 西行歷紫荆山舖
【北山是紫荆山】俗傳 唐皇駐兵處 三十里抵小凌河驛 河水小於大凌河 北出胡
地 經錦州衛 南流入海 錦州衛在小凌河上流二十里 有遊擊【于守忠】一員 領兵
一千以拒胡虜出入之衝 在道望見 白塔突起者是也 河西邊數里 是小凌河驛 是
日西行六十里 欲抵杏山而日沒未及

十一日 乙丑 晴

發小凌河 抵杏山堡 宿元姓人家【備禦劉嗣堯 領軍五百而實三百云】備禦最
得軍民心 皆曰 軍錢民錢一箇不取云 廣寧總兵杜松家屬過去 ○ [附] 尹海平記
小凌河之北 有木葉山 山有遼祖廟 又引劉靜修 木葉山頭幾風雨之句 問諸譯官
不知木葉山名 訪于主人翁 南指三十里許 丘陵之邐迤者 是木葉山 而又有所謂
遼祖廟者云 然則海平所記者 非也 抑居人無識 不知山與廟耶 城西門外 有峯隆
然 而山腹有閣 是望海寺也 自閭陽以往 北畔是山 南畔是廣野 廣野之外 知有
海水不遠 而風埃蒙昧 不得望見 至此始見之 是日西行四十里

然 而山腹有閣 是望海寺也 自閭陽以往 北畔是山 南畔是廣野 廣野之外 知
有海水不遠 而風埃蒙昧 不得望見 至此始見之 是日西行四十里

十二日 丙寅 晴

晨發杏山 進貢猠子 攔路攘奪 遼東都司高寬 還自北京 臣等下馬路左 令通事李民省 權得中等 跪告 陪臣押解福建漂海人四十七名 到遼東 以賀至期迫 雇騾先行 使漂人等隨後起到 而至今未來 必是車輛未易打發之故也 伏望 大人行還之日 趁卽催發 都司曰 當依所言云 過塔山所【遊擊高貞 領兵馬三千】中火于連山驛五里堡 自此至關 距賊尤近 有時突出 則人不及走避 兵不及爲援 故路北設拒馬柵 以木橫貫上下 如牛馬之欄 柵外浚溝以防賊之猝至也 然拒馬之制 亦甚齟齬 賊若衝突 則無異於奔鯨之觸羅 居民絶少 田野多荒 行人狼顧 促鞭而過 夕抵寧遠衛 昏霧四塞 不辨咫尺 其後聞賊胡數十萬 屯于關外 未幾薊鎭失事 恐此其驗也【新兵參將楊暉 領兵馬三千 一千往備胡界 二千留城 而其實一千云】城內有祖總兵承訓家 承訓曾往我國 有功於平壤之戰 最爲猠賊所憚 而閑住其家云 臣等宿祖總兵店 ○ [附] 過弘螺山 山在杏山西北數十里 元主避兵處 自此望見海洋 近者或十餘里 過高橋舖 塔山所 連山驛 雙樹舖 抵寧遠衛 雉堞壯固 里閭殷盛 有備禦僉事馬基 參將楊暉 是日西行八十里

十三日 丁卯 大風 夜大雨

發寧遠衛 陰霧驀野 尺地不見 中火于沙河所【遊擊佟鳴鳳 領兵馬一千五百】路逢巡撫御史熊廷弼 新除赴遼東 一路軍馬將官騎士 具甲胄來迎 彌滿道路 夕抵東關驛 宿梁姓人家 ○ [附] 晨發寧遠衛 城西有沙川【有楊公生祠】西行十二里 有曹藏驛 千摠領一百殘卒云 二十五里 至沙河所 中火 城西五里許有沙河 故名焉 去海最近纔四五里 三十里抵東關驛 有城無軍 城北有塔 唐宗征遼時所建云 是日西行七十里

十四日 戊辰 達夜大雨 繼以雪

天氣極寒 待晴晚發 渡六州河 過中後所【遊擊郞名忠 領兵馬一千】中火于沙河驛 又渡狗兒河 西卽狗兒堡 東有葉家墳 距胡地僅十五里 最爲可畏之處 日暮則行旅斷絶 到此 日已西沈 騾主相戒而過 冒夜抵前屯衛 宿梁姓人家【西路副摠兵 李芳春 領馬兵三千 步軍二千】城內有楊氏世帥坊 忠壯公楊照之世家也 照以進士出身 爲廣寧總兵 威振東藩 入胡地多殺賊 中暗箭而死 朝廷襃贈異數 命立廟于其家 墓在城西門外 ○ [附] 西行二十里 渡六州河 大於小凌河 入中後所 沽酒禦寒 城底居民甚盛 北去數十里 有山高聳曰 四耳山 遊擊郞名忠 乃北猠子人 向化有功 爲此職云 自中後所二十里 至沙河驛 去沙河十五里 有狗兒河

自狗兒堡十五里 抵前屯衛 有楊氏世帥坊 雙廟並峙 西照廟也 東照叔父維藩廟
也 城北有三峯聳拔 衆峀嶙峋 號爲三山 城西有石子河 小於狗兒河 西望七十里
許 有山穹隆橫跨南北 正是秦長城所築處也 是日西行六十八里

十五日 己巳 晴

　發前屯衛 中火于中前所【備禦楊紹美 領軍千名 而其實六百云】夕抵邏城 宿
呂姓人家 ○ [附] 發前屯衛 過楊照墓 在西門外 有皇朝襃贈賜葬祭碑文 墓東
又有遊擊楊維大之墓 卽照之父也 而維藩之兄也 有文武全才 博學能文 雖老師
宿儒 無出其右 號印山 維大之大父曰鎭 曾爲遼薊大總兵 顯有勳績 楊照之子協
爲保定總兵 協之子紹祖 曾爲廣寧總兵 紹美見爲中前所備禦 紹先紹芳紹勳 皆
爲將帥 紹勳之子松蔭 卽前屯衛中軍也 所謂楊氏世帥者 信不誣矣 又西去八里
許 路傍有雙石碑並立 西曰皇明勅賜光祿大夫都督楊公神道 東曰皇祖榮祿大
夫都督同知三山楊公神道 碑文不書 名與事蹟不可詳也 西南行十八里 過高嶺
驛 自高嶺西南行十八里 至中前所 自此以西 不設拒馬柵 西行二十餘里 卽八里
舖 八里舖東南三里許 高阜上有貞女祠 卽望夫臺也 有丙申年所立 張時顯碑記
貞女孟姜 陝西人 姓許氏 居長安 故曰孟姜 其夫范郎 赴秦長城之役 久而不返
孟姜萬里尋夫 至遼東則夫已物故 孟姜哭而死 土人遴高阜處 瘞而祀之 一云 孟
姜之夫 卽杞梁 杞梁事載檀弓 其不爲秦時人明矣 望夫化石之事 碑文不載 而至
今海中有望夫石 蓋非眞化石也 指此石以表孟姜望夫之心 堅貞不移也 貞女祠
正據高阜石堆盤陀 而石工雕琢之 夷其凸補其凹 削其高而成壁 斲其傾而爲砌
整整方方 宛然天成 白玉臺也 北望長城 南眺大海 仍爲遊觀勝地 貞女祠後有觀
音閣 左右有僧寮 老僧朱卽空先導獻茶 以一刀柄贈之 自姜女祠西行十里 抵邏
城 卽關之外城 是日西南行七十里

十六日 庚午 晴

　臣等隨早牌入山海關 兵部主事李如檜 辭連高淮 在家不出 經歷王文敎代司
將 臣等免見過送 驛官以下逐名點入 宿關內趙姓人家 回還聖節使尹暉 書狀官
李稢 千秋使金尙寓 書狀官蘇光震等 已來關上 留待車輛 金尙寓得病甚重 ○
山海關 背負角山 前臨大海 重關複鎖 有百二之險【參將李茂奉 領兵馬二千 而
其實一千五百云】自關以西 軍兵皆在長城一帶 邊上有左右屯衛營鎭 或三千 或
五千 而沿路一帶 則無烟臺軍營 各州縣驛 只有護送軍 至通州 始有六千兵馬
常川操練以衛京師云

○ [附] 早食 入關門 門上扁天下第一雄關六字穿石 城門七重 人馬駢闐 肩磨轂擊 一一譏察 系貫年歲 容貌疤痕數齒 捧招後放過 晚牌亦如之 一日不過再次 中國如此等事 詳細審覈 不似我國之徒擁文具 委諸吏胥也 寓于關內趙福泉家 見聖節使尹靜春領公 書狀李而實 千秋使金仲秀令公 書狀蘇子實 時晦令公兄弟 相會萬里外 其喜可知 千秋使得病頗重 寸寸出來云 午後與上使 蘇書狀 尹就之 共觀山海亭 適日氣清明 夕風不起 雲中粉堞 天際蒼溟 軒豁呈露 觸目無非奇狀也 高嶺所見穹隆高峙者 是角山也 有粉堞跨頂越堅 與山俱馳 蜿蜒如白龍 自天而下者 是萬里長城也 山頭盡處 關扼其喉一條 高陵止于海岸 因陵築城 去關十里有亭 正據城盡頭 卽山海亭也 北壁扁海天一碧字 筆畫奇壯 吳缺書也 南楣扁天風海濤字 朱之蕃書也 自亭築壁爲城 截海數十丈

又構一閣 雙石碑並立 一扁天開海岳 一山海亭記也 到此已無地矣 恍若乘桴然 壁間題詠甚多 不暇遍覽 黃洪憲詩云 長城古壘瞰滄瀛 百二河山擁上京 銀海仙槎來漢使 玉關衰草戍秦兵 星臨尾部雙龍合 月照關河萬馬明 聞道遼陽飛羽急 書生直欲請長纓【右山海關 是日傳聞 遼陽有警】關城風急颭征袍 潮落天門萬籟號 槎泛銀河浮蜃氣 山啣紫塞捲秋濤 月明午夜鮫珠泣 沙白晴空鶻影高 司馬風流偏愛客 梅花羌笛醉葡萄【右觀海亭】茫茫沙磧古幽州 日落烏啼滿戍樓 萬雉倒垂青海月 雙龍高映白楡秋 虎符千里無傳箭 魚鑰重關有扞揫 自古外寧多內治 衣袽應軫廟堂憂【右長城晚眺貺 萬曆壬子九月 差朝鮮正使翰林院編修 黃洪憲作】又華人詩云 倚劒長歌海上秋 啣盃懷古一登樓 野雲出沒秦皇島 孤塚嶙峋姜女洲 塞馬似嘶當日恨 風濤猶捲舊時愁 更憐羌笛關山月 共入烟波萬頃流

○ 觀海亭東望五里餘 有石屹立海中 號爲望夫石 卽所謂姜女化石者也 西望數十里許 沙堆走入海中 曰秦皇島 秦皇東巡時所遊處 自觀海亭第二閣 復截海築城數十丈 又構一閣 由城上築道而可到 自築道穿一竇而下平步 城腰如複道之制 上下皆壁 傍穿城腹爲窓戶 數步一窓 竇中朗然 開窓遠眺 海天無際 亦可以俯察城下賊船 行三四十步 復由一竇而登于築道上第三閣 到此潮聲洶湧 震撼城上 凜不可俯視 自第三閣 又鑄水鐵 沉水截海爲城 入數十丈 城盡于此 四顧茫茫 不見涯岸 非捨命者不可入 上使與蘇書狀 攀援女墻 曲跼而行 笑我不往以爲怯 觀海亭西角 復築一臺 高於觀海亭數丈 臺上構一小閣 扁曰觀海樓 如登百尺竿頭 不可久坐 金汝恭煮盡所佩酒 共飲二盃而還 是日留山海關 伴送董捷武 任意落後 到此追及 關內有中山王廟 中山王卽魏國公徐達也 達佐高皇 平定

四海 開邊拓疆 久鎭北平 增築長城 建此關 卒丁京師 世以爲墳在此地者 非也
自遼東至通州一帶 海濱無一隻船 塩夫皆載行以販 漁夫則釣魚以饗 無片艇寸
柁 造船者論以死律 盖遼薊近賊 恐賊由海路 乘船入寇 故船禁至嚴云【有山海
亭咏懷二律 載原集】

十七日 辛未 晴

　留山海關 入關狀啓 付送聖節使之行 臣等所寓主人趙福泉 族屬甚多 皆是秀才
而其父死已經年 尸柩尙在門側 白衣在身 而宴飲如常 曾見遼俗如是 意謂胡習所
移 關內亦然 中原喪紀之紊舛 可知也 ○ [附] 千秋使金尙寓 得痁病四十餘日
是日轉劇 氣上衝胸不下 用小陷胸湯畧效 聖節千秋兩行 以此不得出關 甚憂之

十八日 壬申 朝晴暮陰

　騾子主等 託以騾價未準 屢催不發 日夕 臣等馳馬先行 宿于鳳凰店趙姓人家
騾主下人等 二更追到

　○ [附] 尹靜春令公 沽酒餞別 三盃大醉 擬於是日早發 宿于沈河驛 騾子主等
託以騾價未準 千催不起 夕間始發 而廚房衣籠方物等 猶未得打發 靜春令公 蘇
子實 李仲實追別于龍王廟 獨與上使先行 西行二十里 有廢烟臺 南望十五里 有
一線丘陵 走入海中爲小島 島上樹林中 有小屋 所謂秦皇島也 二十五里爲范家
店 欲宿于此店 聞前頭有鳳凰店 僅十五里許 馳及之 歷湯河 河源出自角山後角
山之間 上流有溫湯 故名 後角山在大路北十里許 橫亘西馳 峯巒奇麗 海洋城在
前角山南 今廢不見 是日西行四十五里 抵鳳凰店 買飯以食 廚房寢具二更始到
副使未及 宿于紅花店 去關十里

十九日 癸酉 晴

　晨發鳳凰店 至深河驛 遞馬 道上遇巡撫御史李炳 新除赴廣寧 夕抵撫寧縣
宿盧姓人家

　○ [附] 晨發西行十五里 至沈河驛 朝飯 待得遞馬之際 副使乃到 沈河舊名楡
關 改今名 僅十餘年 自沈河西行二十里 過楡關 涉沙川 東西二村夾河甚盛 有
山川之勝 里中有鄉約所 知是士夫所居也 河有二流 一在東村之東 一在兩村之
中 西望 蒼巒秀聳如畫者 撫寧之兎耳山 五峯山也 楡關在漢爲絶塞 旌旗獵獵楡

關道者 是也 西行二十里 過東寧橋 抵撫寧縣 避猳子 宿城東盧三顧家 是日西
行四十里

城池壯固 里閭殷盛 與海州衛 相甲乙 山川環拱奇秀 蓋關內角山 雄猛秀拔
西馳爲撫寧縣 角山西北有山 自胡地而來 至城西蘆峯 驛後屹然特秀 羣峯攢戟
者 爲兎耳兩峯 如兎耳故名云 自兎耳峯奔騰 南走二十餘里 尖巧欲飛者 爲仙人
頂 一名五峯山 仙人頂 黃崖頂 黑羽頂 白羽頂 娘娘頂爲五峯也 南有昌黎縣 舍
主盧頗識字 言仙人頂上有韓湘廟 東二十五里 有韓文公遺宅 又有遺仙塔 高七
十丈 塔下有龍泉二派 環繞城東 俗傳 聯登甲科之兆 嘉靖間 大司馬翟鵬奏封五
峯山題飛仙道人 山之兩峽 皆有五峯相連 東有石洞 西有名菴 退之詩云 五峯如
指翠相連 山中產黃金

城西有楊河 河水出胡地 後角山之西 回抱縣城 西南入海 城南五里有紫荊山
小峯之頭有文峯塔 縣有知縣李尚恒 主簿全尚惠 唐時邑號驪城 胡元改名赤城
高皇帝置撫寧衛 南至昌黎縣 四十里東南際海 北至台頭營 又至界領口關 七十
里 緊臨胡地 今共置縣衛 東至楡關爲縣 西至雙望堡爲衛 有掌印指揮云 唐書云
退之南陽鄧縣人 或云昌黎人 蓋自鄧縣而移寓昌黎耶 其文云 思自放於伊潁之
上 伊潁在南陽 退之必家在南陽 其先後不可詳也

二十日 甲戌 晴
驛馬未易遞發 因此差晚 中火盧龍界 夕抵永平府 避猳子 宿城南宋姓人店
永平在漢爲右北平 一名盧龍府 閭閻櫛比 市貨如陵 山秀川明 文士輩出 家家有
牌樓金榜 城西有小灤河大灤河 二水合流 去城二十里 灤河之側 有孤竹城夷齊
廟首陽山【史記 首陽山卽河中府雷首山也 蓋後因孤竹城 而指此爲首陽 未必二
子采薇之西山也】

○ [附] 發撫寧 見東岳廟 祀泰山之神 此地屬山東 故祀焉 出城西門 渡楊河
歷蘆峯驛背陰舖 中火雙望堡乃盧龍地界 盧龍永平之別號也 歷腰站十八里舖
高河玉射虎石 石在道中 所謂李廣出右北平時 所射者也 邑人亦知非眞 而後人
雕作虎形 尤可笑也 又有石槽 諺傳 仙人張果喂驢處 又有萬柳庄 故光祿李浣別
墅 春夏之時 萬柳成行 翠幕陰濃 禽鳥和鳴 遊騎聯翩 今則葉落蕭疎 白雪滿園
光祿亦別世已久矣 抵永平府 宿城南外宋姓人店 是日西行七十里

關內雄鎭 永平爲最 城高五六丈 池廣十餘丈 間或種蓮 家家有牌樓 中原之
俗 及第則成牌樓 北望長城 三十餘里 長城之外 胡山萬疊橫峙可見 東望昌黎山
六七十里隱若蒼雲 列若螺鬟 有小山 蜿蜒橫繞東南 北走爲平原 邑城據原臨河
四顧曠遠 小灤河北自胡山 流繞城西 大灤河亦自胡山 南流縈廻孤竹城北東 折
南注合于小灤河 清淺緩流 旱則徒涉 潦則漲野 白沙映林 島嶼分流 人言永平形
勢 與平壤彷彿 府有兵備參政王褊 知府高邦佐 同知楊秉澤 管馬通判 管粮通判
曲階推官費逵 守備趙宗德 盧龍知縣趙緩 城中有盧龍縣 自關以西 烟臺皆在北
畔長城近處 而大路則不設 只有廢烟墩 十里一墩 其制如烟臺之狀 而無外城 空
其中 四面有門 措火其中 則烟氣上通于頂 十里相望 俗傳 唐皇征遼時所設云

二十一日 乙亥 晴

發永平 渡灤河 抵沙河驛 宿劉姓人家 自撫寧以西 多樹棗栗于田野 樹下種
粟 兩收其利 蘇秦說燕王 所謂北有棗栗之利者 謂此也

○ [附] 早發永平 西渡小灤河大灤河二土橋 河水岐流爲二派 去城西二十里
有一小峯 獨秀原野中 峯下建廟堂 所謂首陽山也 史記首陽卽雷首山 在河中府
夷齊讓國而逃 居於河濟之間 聞西伯之作興 將歸岐周 遇武王於商郊 扣馬之後
豈必還歸故國 首陽正在紂都之西 則所謂登彼西山 採其薇矣者 豈非河中之首
陽乎

夷齊廟在小山北二里許 平原阧起 石壁枕河 自作城形 因而築之 是謂孤竹古
城也 城門上有樓 城門內有廟門 門西建石碑 刻 到今稱聖字 廟門上有閣 閣內
有碑 記有成湯十有八 祀封禹後及有功德者 孤竹等國之語 自此皆鋪以石磚 整
整不頗 廟門內庭 尤極淨楚 建牌樓 金榜扁曰 勅賜淸節祠 樓北又建門樓 扁曰
淸聖祠

門北有庭 庭左右杉栢成陰 東西皆有碑記事 庭北建一大閣 閣中有翠碑成行
北碑刻孔子稱伯夷叔齊語 東西碑刻孟子曾子語 閣內有正門 入門 是夷齊正殿
也 我等於神門外階上 行再拜禮 初以白衣爲嫌 我謂曰 行者以行衣拜之無妨 況
二子殷人也 殷人尙白 拜以白衣 不亦可乎 殿內塑二子像 具冕旒之服 公侯服也
東曰昭義淸惠公 西曰崇讓仁惠公 盖以東爲上也 兩塑像容貌相似 此必後人想
像而爲之也 雖非其眞 儼然起敬 自不覺毛骨竦然

東西有廊　各七間　東西殿廊之間　各有甓門　甓門內又有門　門北又有齋閣　東
房西室　朗然明潔　齋閣前東西有門　由門而入　各有齋廚房室　墻垣庭砌　極其精巧
齋閣之北　有小門　門內有小碑閣　八角制也　碑閣之北　築臺巍然　臺上有樓翬飛
扁曰淸風臺　臺之東西兩階　築甃成層　緣墻涉階　步步益高　墻內是階　階內又築小
墻　故雖高百仞　人不危也　其制極巧

登臺四顧　茫然百里　千山環拱　北臨河水　縈紆屈曲　至于臺底　停泓紺碧　百尋
蒼壁　浸于波中　石島盤陀　崛起波心　廣可百餘步　正與孤竹城相對　島上平廣　新
創孤竹君廟　朱甍碧檻　影蘸鮫窟　望之如蜃樓焉　從臺開北門　緣石磴而下　河在履
底　鑿巖成砌　達于潭上　俯視懍然　而行步無疑　以甓墻護之也　潭上有磯　可以盥
嗽　可以濯纓　有徘徊感慨　不忍去之意　而王事靡鹽　夕陽已西　遂與兩使還

登城上　周匝三面　面面翠壁　臨河　愈見愈奇　北角近臺有石碁局　傍有三石床
好事者爲之也　至於楯有題　壁有詠　碑有記　門墻樓臺　皆有扁額　而詳在延陵所記
不暇盡錄焉

離孤竹城　過野鷄屯　安河舖　沙窩舖　出大路　此夷齊廟岐路之分也　涉沙河　宿
于驛　驛城爲水衝決　未圮者數尺　是日西行六十里　宿城中劉九思家　甚是侈富　去
年宋書狀仁及　弄花之所　一日不戒　萬事瓦裂　宋豈不戒者乎　驛舊在七家嶺　今移
于此　故或因稱七家嶺

○ 俗傳　舊有北平太守張公　居官淸白　一日夢有老翁　遺墨二笏曰　君有淸惠
之德　敢以此相贈　張公驚悟　尋思累日　莫究其由　問諸邑人曰　境內有耆老識事者
乎　皆曰　此去某寺　有一老衲　識道通神　事有疑難　莫不燭照而龜卜　張公親往　請
與偕來　師不肯曰　物各有所　城市非山人可往之處　張公再三強請曰　有一請敎之
事　願暫屈仙蹤　遂與俱來　信宿郡亭

語以夢中事　師尋思良久曰　數也數也　此去灤河上　有孤竹君遺墟　孤竹君姓墨
胎其二子　卽伯夷叔齊也　世不尙德　埋沒荒蔓　誠可慨嘆　今神人之以二墨遺君者
豈非孤竹之精靈　以二子屬君　發輝之耶　殆君淸德　格于神明　而來感于夢寐　君其
修廟　以闡幽光　以扶世敎　不亦可乎　張公驚歎不已　似醉方醒　卽日馳往灤河　訪
其遺墟　徘徊感慨　剪棘除地以祭之　奏請皇朝　營建祠宇　厥後累代增光　香火益虔

云 ○ 過首陽山有感【一律在元集】拜夷齊廟【一律在年譜】

二十二日 丙子 晴

發沙河 中火于榛子鎭 抵豊潤縣 避㺚子 宿城西方姓人店 ○ [附] 早發沙河 歷七家嶺 新店舖 汪家店 東有石橋 蝄龍橋 中火榛子鎭 閭閻極盛 有韓御史應奎家甚富 其弟億箕亦富 城西有南玄池館 是韓御史別墅 有池園花卉之勝 狼窩舖 鐵城 坎橋 卽永平府西界 以西屬順天府 夕抵豊潤縣 避㺚子 宿城西方姓人家 上使宿史洪家 閭里市肆 右於撫寧 有知縣劉性忠 主簿朱光輝 自榛子鎭以西南畔無山 北畔皆是高山 長城數十里遠 是日西行百里

二十三日 丁丑 晴

催馬之際 驛人與下輩相鬨 上通事以下 俱被毆打 欲訴于知縣 而日晩行急 置之而行 中火于沙流河舖 抵玉田縣 宿廉姓人家 ○ [附] 催馬將發之際 下輩與驛人相鬨 上通事以下 皆被打傷 中原待我國人極厚 如有簿待者 抵罪打下者 論以重罪 而古規漸解 縣人獰惡 以至成羣亂打 將欲嗾㺚子作亂 因此晩發

過還鄕河 在城西數里 北源胡山 下連海口 舊掘河通漕路 以沙水易淤 故廢 歷高麗舖 閻家舖 中火沙流河舖 梁家舖 八里舖 遇兵備於道 抵玉田縣 宿城中廉靜家 是日西行八十里 縣卽興州左屯衛 有掌印指揮司黃章 知縣楊如皐 縣丞劉荐 城北數十里有大泉山 小泉山 皆有靈泉臣刹 東北十三里有麻山 山下有種玉田

俗傳 漢陽雍伯作義漿 飮行者三年 有人出石子一升 遺之云 種此 生好玉 兼得好婦 後北平徐氏有美女 雍伯求之 徐氏云 得白璧一雙方可 雍伯視所種田 得白璧五雙 遂妻之 其後 陽千寶 於種玉處 作石柱 識之 玉田西北有雍伯居址 縣之得名 以此也

二十四日 戊寅 晴

發玉田 中火于別山店 抵薊州 宿城西師姓人家 ○ 薊州山川雄峻 城郭壯固 烟樹微茫 百里相接 卽祿山起兵之處 有崆峒山【俗傳 黃帝問道處】軒轅陵【按史記 黃帝西至崆峒 又云 黃帝崩葬于喬山 崆峒在隴右 喬山在上郡 皆非此地也】漁陽橋【在城南十里 跨河作石橋】看花臺 四方臺【皆金章宗遊賞之處】

○ [附] 晨發玉田縣 歷采亭橋 金學士楊繪舊居 采亭繪之別號也 藍水出玉田西北徐撫山 流采亭橋下 其色如藍 冬夏不變 歷枯樹舖 眞武廟 樂山店 中火別山店 過豊家橋 雲禪寺 路傍有姚爺山

俗傳 古有姚姓人 其子不孝 不遵父言 其父臨死 欲葬己於野 而恐子之不從 詭言當葬於山 子又逆知其意 遂葬於山云 有謊粮墩 相傳 古將住軍于此 粮盡築土爲墩 蓋以苫蒿爲積粮之形 以誆賊 神仙嶺在城南十里許 路傍有雙石佛 北有小峯特起 峯上有天帝廟 漁陽橋 跨漁陽河 築石爲三虹橋 高三丈 廣五丈 長五十餘丈 下通船 西岸有村極盛 五里橋 城東五里 跨粮河 唐時從此河運粮 故名曰粮河 夕抵薊州 宿城西門外師天相家 曾往我國者也 是日西行八十里

○ 看花臺 在城南五里 逆壇河之西 金章宗 看花於此 遺址尙在 軒轅陵 俗傳在東北十里魚子山下 漢將馬成墓在縣東五里 有碑 崆峒山北五里許 小山特秀 峯上有寺 卽黃帝問道處云

○ 四方臺在城西八里 高六丈 周二里 鵝毛臺在城西五里 金章宗觀鵝於此 故名焉 北平城 括地志 漁陽郡東南七十里 有北平城 卽漢右北平也 龍池河橋城南門外百餘步 跨龍池河爲橋 遼統和間所建 永濟橋金太定間所建 在城南五里 跨渚河 河流潰決不常 屢淤增築 有記在焉 薊丘 在舊燕城西北隅 卽古薊州也 薊門關 在東南六十里 唐置薊州 燕昭王墓 九州記云 古漁陽 北有無終山 上有昭王塚 薊門石鼓在燕山 縣崖之側有石鼓 去地百餘丈 其大若數百石之囷 傍有石梁貫之 有石人援枹若擊狀 俗傳 石鼓鳴則有兵 昭王塚石鼓 今在北京昌平縣 去此一百八十里云 與薊州差遠 按洪武元年 滅元 改燕京爲北平府 置燕山等六衛 則所謂舊燕城 北平燕山云者 乃今之北京 非薊州也 竇氏庄在城東五里 五代時周諫議大夫竇禹鈞之故居也 州有兵備僉事 管粮戶部郎中 知府【楊忠裕】同知【周被】判官【范尙志】守備

二十五日 己卯 晴
發薊州 中火于邦均店 抵三河縣 宿城南郭姓人店 ○ [附] 朝入薊城西門 見獨樂寺 巨利也 有觀音立像 高布尺三十 貫出二層樓 第一層十五級 第二層十一級 第二樓上又有臥佛像 登樓俯臨 城中千百家 樓西有淨寮 有一學長 教童子七十餘人 晚發薊州 歷盤山 在州西十里 山有百七十二菴 見人騎驢 什伍爲羣 連絡

於道 頂上 皆貼金片紙于巾上 書進香頂馬四字云 是燒香于景忠山佛寺者也 景忠山在薊州東北六十里遵化縣 愚民皆以靈山稱 山下又有湯泉沸熱 療病云 至邦均店 村閣極盛 歷白澗店 公樂店 段家嶺 草河橋 河源北出南流 小於灤河 夏則乘船 河西五里 抵三河縣 宿城南郭姓人店 是日西行七十里 ○ 知縣【劉錫玄】注簿【楊時節】

二十六日 庚辰 晴

發三河 中火于馬尾坡 渡潞河 乃南京山東諸郡漕船所會之處 又有龍舟各司樓船 舳艫相接 帆檣簇立塔起 浮橋若履平地 河之西岸 卽通州也 宿城南戴姓人店

○ [附] 晨發三河縣 歷新店 去三河二里 白浮圖 泥窩舖 三十里 夏店去三河三十八里 馬尾坡 去三河十里 雁郊舖 柳河屯 鄧家庄 渡潞河 河水 北經密雲鎭南流通州城東入于海 深不及三汊 而廣逾於灤河 大明都燕後 鑿潞河 四十五里達于皇城之玉河 置龍舟 大小各衛門 皆有其船 船數九千九百九十九隻 乃大陽之數云 宿城南戴家店 是日西行八十里 通州城池之壯 民物之盛 右於廣寧 忘軒李肯曾經此州 有詩云 通州天下勝 樓觀出雲霄 市積金陵貨 江通楊子潮 寒雲秋落渚 獨鳥暮歸遼 鞍馬身千里 登臨故國遙

○ 兵備僉事 戶部郎中三員【主事武文達 張宗元】分管粮儲河道 子粒商稅 乞運大運三倉 參將 知州【陳隨】同知【馬可敎】判官【李方隆】後聞薊州馳報 是日獯子三十餘萬 聚于關外 還爲散去云

二十七日 辛巳 晴

留通州 ○ [附] 與兩使步出 觀舟 有各司官船 及黃龍舟 預待不虞 歲久則改造 其外商船不記其數

二十八日 壬午 晴 有風

留通州

二十九日 癸未 晴

發通州 渡大通橋 至東岳廟 臣等具冠帶 入朝陽門 抵玉河館 門已閉矣 久留門外 夜將半 會同館副使施承義 稟于提督主事 持鑰開門 然後乃入 陳奏使一行

已寓東照 臣等寓于西照 鑓子九百餘名已寓北照 未來者亦多云

○ [附] 發通州 由城南門出 西門五里許 渡大通橋 跨河五六十丈 廣十丈 石橋之壯 此爲第一 河水卽玉河下流 入於潞河 橋下通船 自通州至皇城 閭里相連 纍纍羣塚 皆在路北 築墙造門 樹以松楊者 多是公卿墓也 墙內屋第成行 門楣扁以某官姓先塋 或云某號諡佳城

歷九馬舖 觀音寺 東嶽廟 卽祀泰山神處 在朝陽門東二里許 高門十餘重 石碑七八十 殿閣森嚴 庭廡宏豁 塑泰嶽之神 又建道士舘 有養魚盆 靑杉翠檜 整然成行 不知是朝市中境界 金榜扁門曰 泰山之神 或曰勅建東嶽廟 或曰泰虛洞天 海會寺 在東嶽廟前 與兩使入寺 改服具冠帶

入朝陽門 過大市街玉河橋 抵玉河舘 夜已將半 南舘副使施承義 卽主舘之官稟提督主事【卽禮部分司郎中 舘中諸事專主之】持鑰開門 然後乃入 寓于西照 陳奏使一行 在東照而夜深門閉 不得見 是日西行四十里

卷之三
訥齋先生續集
朝天日錄三

十一月 初一日 甲申 晴

留玉河舘 與陳奏使李德馨 副使黃愼 書狀官姜弘立等相見 冊封及兩起詔使差遣事 禮部五上催本 而聖旨未下云 初因告訃使 呈文禮部 請冊封弔祭二禮 兼差一員 而勿遣太監 故見忤於內官 從中沮閣 不得已 更爲呈文禮部 請遣內官詞臣兩員奉聖旨 未下 緣此久未蒙準云 是日琉球國使者 亦寓西照 臣等寓上堂 琉球人寓中堂 遣上通事權得中 呈見朝報單及解送漂流人奏本于鴻臚寺 正卿不受 其阻當之由 具在前往狀啓中

○ [附] 陳奏副使黃同知愼 書狀官姜護軍弘立 來見 食後與兩使 往東館 見陳奏使漢陰相公 遣上通事 呈見朝報單及解送咨文于鴻臚寺 則正卿不受曰 漂流人物係干凶事 不可以吉朝受其文書并與報單 初三日來呈 通事跪請曰 此是天朝人物 小邦敬事上國 卽爲解送 在小邦爲忠順 在天朝爲慶事 萬不涉於凶事 願速呈納 左卿曰 爾說正是 將欲受之 而正卿阻之

通事出門後 叫入問曰 漂流人中有傷損者否 通事曰 一無傷損的人 全船生活左卿終欲受之 而正卿牢拒不從 訪得其由 則告訃陳奏等行 多費人情 開奏時 至費五六斤人參 正卿以下官親自受之 遂成規例 如是阻當云 陳奏一行 急於圖事費銀甚多 前頭必爲無窮之弊矣

初二日 乙酉 晴

留玉河舘 臣等與琉球使者相見 其一鄭子孝 其副吳儀子 土官通事鄭璽也 令土官傳語曰 我中山王有送貴國文書禮物 從當送呈 臣等答曰 上國至嚴 下邦使价不敢私受文書禮物 足下先稟提督主事 然後以禮授受 不亦可乎 琉球使者曰

此言甚是 謹當如敎 是日辰時 冊封聖旨準下

○ [附] 陳奏使治行將發 與兩使往見于東舘云云【前日陳奏使入遼時 咸鏡道
送路費 不及其行 平安監司貿作輕物 以銀子三十九兩 綿紬十二疋 及書簡 欲追
寄北京 適逢此行 上使受之而去 其意盖陳奏之行回程則欲用於此行人情之費
也 及至玉河舘 通事崔屹先告陳奏使推之 上使以車輛未到不送】冊封聖旨 奉
聖旨是 該國舍長立少 元非綱常正理 難以準從 但臨海君 旣已久廢 光海君臣民
共推 通國合辭 情有可亮 且事在夷藩 姑從其便 旣查勘明白 準與冊封 其差官
還查照 隆慶元年例行

初三日 丙戌 晴

留玉河舘 遣上通事 呈見朝報單及奏本于鴻臚寺 ○ [附] 將往東舘 與陳奏使
會話 聞提督洪世俊 序班高詡諸官 以錢別陳奏一行事來會 車馬雜沓 舘中煩擾
不敢往 遣上通事權得中 呈見朝報單及解送漂海人奏本于鴻臚寺 給銀子八錢
花硯一面 歎其少 屢次阻却 僅而得呈云

初四日 丁亥 晴

四更臣等詣闕 進午門外 行見朝禮 陳奏使亦於是日辭朝 琉球使亦一時見朝
行禮訖 序班引至闕左門內 光祿寺設欽賜酒飯 御史二員 申禁雜人拏攫 親閱酒
飯饌卓 臣等未及坐卓 光棍雜徒爭先攫去 御史莫能禁 臣等復進午門外 叩頭謝
恩而退 又進禮部見堂 陳奏使亦辭堂 臣等令上通事呈免宴文 還舘 見提督主事
洪世俊

陳奏使治任將行 所知內宦從者 及各部下吏舘夫牌子之徒 坌集喧聒 爭言有
力於封事一番 傳語者亦自陳其功 陳奏使皆以好意答之 來者愈多 要索無厭 臨
別散費 人參五十斤 銀五六百兩 追往通州者 亦多云

○ [附] 四更詣闕庭 行見朝禮 大明門常閉不開 故由東長安門 渡禁川橋 入承
天門 乃大明門內第二門 門外有擎天白玉柱一雙 非玉而石也 高可六七丈 門內
亦有一雙 承天門內有端門 端門之內 卽午門 門上有五鳳樓 五樓列峙 而樓上通
行

凡朝見皆行於午門之外 小候于東廡 平明放象 天門始闢 羣鴉蔽空 自後苑散

飛 五鳳樓外 日日如是 象六頭分左右出 馴擾解語 高可二丈 被以紅氈 逐日三
更入 平明出 宿衛勇士喚班 序班引使臣以下 立御路左 立定 升御路列立 行五
拜三叩頭禮 與陳奏使及琉球使臣 一時行禮後 入左闕門內 酒飯訖 復進御路上
謝恩而出

端門之外庭有東西墻 樹木陰映 西墻內杜稷 東墻內宗廟也 還舘 朝食後往禮
部 行見堂禮 禮部在承天門之東 陳奏使一行 亦偕往 久候門內 陳奏使所知內官
送酒饌 盖陳奏使久候內旨 要結寵宦 至是 聞其將去 送使絡繹 或親自餞送 使
臣等先見主客司郞中馮㻏 列立階下 以次升階 行再拜作揖禮 郞中答揖 須臾左
侍郞楊道貧坐堂 免見 只捧方物咨文 令上通事 呈免宴文 乃下馬宴 又往儀制司
亦免見 遂還舘 進提督衛門 行見堂儀 提督主司在舘中 禮如上儀 諸司禮訖 畧
備酒盒 餞別陳奏使之行 見陳奏先來狀啓 則備陳各人終始宣力之事

嗟呼 我嗣君承先王付托 順一國推戴 由儲繼統皎然 如靑天白日 雖因中朝禮
官 爲春宮地 欲固皇上立長之心 暫示守經留難之意 而我國疑惑太過 蕩一國之
力 竭生民之血 輸入宦寺之手 僅得數行之旨 於十月之後 而若有扶顛持危之爲
者 寧不爲志士之羞耶

內宦從者及各部下卒 舘夫牌子之徒 坌集呼號 爭言有力於封事 五六百人蔽
道盈路 陳奏使皆以好意答之 來者愈多 不勝其煩 臨別散費 人參五十斤 銀五百
兩 吳宗道之弟吳貴道 以傳語之功 給銀三百兩 牌子王八等 以出入之力 給銀數
千兩矣 陳奏使亦云 前者圖事 皆用皮膚 所以大事之難成 實情之難聞 當初未知
其要枉費心力 及得其內人之力 然後宮禁之事 無不洞知 重賂之下 無難事矣云
云 此亦媚奧不如媚竈之意也

初五日 戊子 晴
四更頭臣等進朝天宮 參初度演儀 是日陳奏使李德馨 副使黃愼 書狀官姜弘
立等出去 留譯官申繼壽 張世宏 使探聽天使消息 然後出來 臣等到京師 狀啓付
送陳奏使之行

○ [附] 朝天宮 在宮城西北 去玉河舘十五里 四更一行自玉河舘 過大明門 下
馬 又過西長安門 外路邊鍊石錯置 乃皇極殿礎石也 皇極殿灾於天火 今方新建

云 是日陳奏使一行離發 相公豊仲榮 沈某等皆錢別于朝陽門外 我等自西照移
寓東照 ○ 陳奏使一行臨發 推咸鏡道路費甚急 上使曰 旣在車輛 勢不可及 陳
奏使一行 上下人皆不平而去 上使追送銀兩綿紬等物

初六日 己丑 晴

四更頭又進朝天宮 參再度演儀 副使臣尹晹以病未參 主客司郎中 出票帖 使
於明日驗納方物 是日發還漂海人奏本 下禮部

○ [附] 四更頭一行進朝天宮 參再度演儀 千官拱立 百樂迭奏 鴻臚官讀表祝
在庭諸臣及四夷 皆嵩呼八拜 道流僧徒 亦參賀班 禮罷後 暫次環視殿內 榜曰三
淸寶殿 內安聖淸上淸玉淸等九座 皆妥以玉皇天帝之塑像 前以皇帝配之 設殿
座于中央 噫 天一已而 豈有諸天幽默無形 安用像爲掃地爲壇 明水以酌郊焉 而
格廟焉而享 帝王之所 以事天事神者 恐不當如是褻也

殿門外數百步 有白塔妙應寺 元時爲慶壽寺 而今通謂之 朝天宮東邊一里許
路傍 又有歷代帝王廟 請於舘夫入見之 門曰景德門 殿曰景德崇聖之殿 我等於
門外階上四拜 守者開門 令入見內 安聖帝明王十五位 八帝三王 及漢高光武 唐
太宗 宋太祖也 以板作龕 龕內置位版 朱質金字以黃絹障之

伏羲氏正中 左爲神農氏 右爲軒轅氏 神農氏之東 金天氏居中 而高陽氏在左
高辛氏在右 陶唐氏又在高陽之左 有虞氏 又在高辛之右 軒轅之西 夏禹氏居中
而商湯王在左 周武王在右 陶唐之東漢高祖居左 而光武居右 周武王之西 唐太
宗居左 而宋太祖居右 蓋以中爲尊 而左爲次尊位也

殿階之下 有東西兩廡 各有歷代將相十有六人 東廡則風后居首在北 其次則
皐陶 龍伯 益 傅說 召公奭 召穆公虎 張良 曺參 而越二丈 虛其位 又以周勃爲
首 而繼以馮異 房玄齡 李靖 李晟 潘美 岳飛也 西廡則力牧居首在北 而其次則
夔 伯夷伊尹 周公旦 太公望 方叔 蕭何 陳平 而又越二丈 虛其位 又以鄧禹爲首
而繼以諸葛亮 杜如晦 郭子儀 曹彬 韓世忠 張浚也 各位龕內置位版 朱質墨字
以黃絹障之 中原好作塑像 雜以佛法 而唯此爲近正可觀焉 帝王廟之後 又有三
忠廟 卽所謂諸葛亮 岳飛 文天祥之廟 而舘人厭其日晚 諱之不言 後乃聞之 而
無緣得至 而敬弔三臣 可慨也已

初七日 庚寅 晴

留玉河舘 遣通事權得中等 進禮部 納方物貢馬 呈表箋方物狀 貢馬則旣驗之後 還送舘中 是日光祿寺送下程 提督不送票文 所送下程 亦多中間偸減 後皆如是 ○ [附] 舘夫王八等 追陳奏使往通州 而無人來見者 貨賂之能使人奔走如是前者 使行入舘之後 副使舘夫等 爭持牛酒 逐日來饋 凡所應求 無不聽從 而今行已飫於告訃陳奏之行 些少面皮視若塵芥 而又揣知我行資粮凉薄 故畧不顧見 所謂季子金多 嫂乃下機者也 是日遣上通事權得中等 納方物貢馬 呈表箋及方物狀于禮部 主客司郎中馮珽 驗納方物 儀制司郎中 捧表箋 所費銀兩 公禮八兩 驗方物二兩 進方物二兩 催賞二兩 催宴二兩 驗參二兩 並十八兩 儀制司呈表箋時五錢

初八日 辛卯 晴

留玉河舘 遣別通事李民省 上通事權得中等 呈發還漂海人咨文于兵部 前例使臣親呈咨文 而尙書蕭大亨 被譴不坐 故本部令通事來呈云

初九日 壬辰 曉來小雪仍陰

留玉河舘 ○ [附] 中原人皆以糖蒿爲薪 到舘之後 薪價甚貴 一月薪價 所費銀二十兩

初十日 癸巳 晴

留玉河舘 臣等連日得見通報 又聞物議 諸科臣攻擊閣老 朱賡 李廷機 王錫爵等 累牘連章 極其醜詆 盖中朝亦有南北之黨 北人攻南甚急 然朱李王三人 皆是碩德元老 而不容於朝 相繼見擯

十一日 甲午 雪

留玉河舘

十二日 乙未晴

臣等進禮部呈文 請於賀節 依大明集禮 部臣皆具朝服 隨班行禮 又依安南琉球例 正使二員乘轎出入 又依歷年恩旨 勿設門禁 使得觀瞻無間 三件事陳奏使李德馨 臨行具草 使臣等呈之 故依本草書呈 侍郎未及坐堂 令通事李民省等 呈于郎中 郎中覽訖曰 此乃儀制司所管 我當卽送矣 說儞陪臣 可卽還舘 是日光祿

寺送下程 例爲五日一送 故後皆不錄

十三日 丙申 陰

留玉河舘 御馬監收貢馬以去 〇 [附] 貢馬牽來時 別爲護養 不至瘦瘠 及至禮
部看驗之後 還置舘中 無人管養 牌子等 間數日以七八束芻 投之羣馬 塞責而去
飢餒十餘日 相齕 鬃鬣殆盡 牽去之後 又徵銀兩于養理馬 乃鬃鬣之價云 從前貢
獻之馬 如是飢斃 而或充豻子饋餉之肉云

十四日 丁酉 晴

留玉河舘 是日禮部進方物于大內 近日各道科臣 攻擊相臣尤急 彈章無虛日
至比李廷機於晁錯開釁七國之罪 盖前日夷人入貢時 沿路各驛 發車遞送之際
驛卒居民 參半出車 建夷驕橫 一車所發之處 徵銀六七兩 驛民不堪侵暴 相繼流
散 廷機差官曉諭 定其約束 減其車價 建夷忿怒 執以爲辭 絶不入貢者數年

今冬始爲來貢 而數至一千五百人 侵徵車價 倍至二十餘兩 居民驛卒賣家不
給 繼以逃躱 且遼東開原衛以北 土地沃饒 居民殷富 建夷以爲開原以北 皆我地
也 若不撤還居民 則宜以地稅輸我 不然則盡殺無遺 李成樑屢次題奏 歲給地稅
八千兩 廣寧錢粮不足 成樑常以家財 厚遺建夷 務止其怒 而又剋減軍卒月銀 補
其不足 故軍卒怨之 科臣參論 以削減車價 捐地受侮 爲廷機成樑之罪案 然中國
已不能制此桀虜橫恣之勢 而瞋目一怒 朝廷震恐 被他奪地收稅而不敢討 貽害
一路而不敢問 成樑之棄地給稅 固有罪矣 至於廷機之削減車價 亦出於不容已
而等論以開釁之罪 不亦冤乎

〇 [附] 福建道御史鄧澄 彈前閣老王錫爵 密揭諫官 黨於李廷機之罪 山西道
御史彭端吾 彈李廷機削減車價 開釁建夷之罪 又攻戶部尙書趙世卿 兵部尙書
蕭大亨 不治兵餉之罪 蕭趙二人皆廷機一邊人 故並攻之

十五日 戊戌 晴

留玉河舘 是日乃冬至 行郊天大禮 故賀禮退行於翌日【皇帝不親郊禮二十年
云矣】盖祭天必於冬至者 天開於子之意耶 臣得見通報 刑科給事中杜士全奏本
云 天心正當來復 天位不可久曠 懇復朝常以澮庶績 以抑羣陰 其曰恭己南面 接
賢士大夫爲陽之屬 深宮宴處 親宦官宮妾爲陰之屬 明主當扶陽抑陰 嚮晦而入

嚮明而出 庶政必親 講幄必親等語 非士全之語 乃古人之言也

且人君之親庶政接賢士 非必冬至然也 苟能屏黜陰邪 進于昌明 則無非陽復
之日也 蓋皇上靜攝多年 罕接臣寮 內侍因之 或爲障天點日之陰翳 故士全之奏
及之 人臣非不知憂君之疾 而欲其處閑調攝也 憂時憂國之忱 有深於憂疾 故其
言若有不近於常情者 不可不察也 右本具在通報 而臣特嘉其因時納忠 並錄于此

十六日 己亥 晴

四更頭 臣等詣闕 隨參賀禮 皇帝不親賀 故千官序立午門外 只行五拜三叩頭禮
僧徒道流亦立東班大夫之列 外夷隨參者 惟琉球使者 建州衛海西衛及三衛㺚子
而已【朶顏富谷大寧三衛】行禮訖 序班引入闕左門 內設酒飯處 雜人攫去如前
臣等還進午門外 謝恩而出 ○ [附] 自闕庭還舘 副使施承義送饌盒酒壺 凡有相贈
以土產回謝例也 車輛未到 無以爲禮 我等只送謝帖 答以待車輛到 再謝云

十七日 庚子 陰

留玉河舘 ○ [附] 是日 光祿寺送下程

十八日 辛丑 晴

留玉河舘 令別通事李民省 上通事權得中等 以弓角焰硝, 依年例貿易及開市
事 呈通狀于通政司 又往禮部 稟封王天使上本事 則郎中游漢龍曰 近當上本云
又問前日呈文事 則郎曰 所呈何事 通事等對曰 朝服隨班 使臣乘轎 勿設門禁
三事也 郎中曰 此非我所管 卽送儀制司矣

○ [附] 賀至事旣已完了 而解送漂流人回咨降勅事 若待唐人俱到 納招覆奏
然後查勘本籍 則數月之內 竣事難期 通事等納于禮部下吏 若費百兩銀子 則捧
招查勘 而一月之內 可以降勅云 此雖涉於曲逕 而中朝之習 非賄不成 收合一行
譯官軍官醫官寫字官養理馬廚子奴子三十人 銀子各三兩 合九十兩 通事等以
此圖之.

十九日 壬寅 晴

留玉河舘. 是日乃皇太后萬壽聖節 中朝千官, 皆詣闕陳賀.

二十日 癸卯 陰

留玉河舘. 令通事李民省等 往通政司 呈事完通狀 仍往禮部 禀天使上本事 則游郎中云 今日上本云 又往儀制司 問前日呈文事 則郎中曰 侍郎以東國大事 纔完 屢煩題奏 似爲未安 留而不題云. ○ [附] 事完通狀, 乃回還時, 一路車輛打發事也.

二十一日 甲辰 大風

留玉河舘

二十二日 乙巳 晴

留玉河舘 伏見連日通報 皆言邊餉告竭 事勢危迫 請亟發內帑 以安人心 盖 薊鎭於邊防最急 頼莽二酋 聲言西犯來 洪太等 聲言東犯 軍士擐甲而守 自秋至 冬 乏餉四月 至有沿街攫食 將不能禁 人情洶洶 京倉亦皆蕩竭 戶部束手無策 惟內帑之金 各省礦稅之外 餘無出處 又聞河南南京江西等處 水災異常 民皆流 移 而有司莫能賑救 朝廷分朋植黨 相攻擊如仇讎 元老屛退 奸瑠握柄 稅監不止 內帑不發 道路市衢之間 多有怨詈憤惋之語

○ [附] 是日光祿寺送下程 ○ 見十九日通報 兵科都給事宋一翰一本 狡虜入 犯 有因將領處分未盡 謹按 實科駁以備勘處事 宰賽席伯煖之强橫陸梁開原間 久矣 近又與奴兒哈赤爲婚 聲勢相依 故遼左奉之如嬌子 畏之如豹虎 自挾賞未 遂 執備禦熊㷴而殺之 亡何而酋還熊㷴之屍 叩關請罪 撫鎭有覆賞之議 覆賞之 後 宰賽遂亦要挾無已 猙獰尤甚

三十六年 李成樑自念八十三老夫 欲得子如樟大將軍印 趙楫亦欲得氣味相 同之 郝大猷付以鎖鑰之寄 因謀誘宰賽殺之 而使二人居其功 二月間 撫鎭督發 軍馬五千餘騎 令尤吉【官名】任國忠 李克太 余寬 龔念遂等分領 而李如樟自帶 一千餘騎 并諸將屬焉 而以郝大猷監之 盖先年之勦郭迎二奴 亦以誘馬市殺之 今日之謀 亦猶前日之故智也 于是慶雲堡備禦于守志 誘宰賽 詣闕領賞 宰賽率 部夷三千餘騎 列陣城外 守志議賞旣定 置酒夜飮 自以爲机上之肉 待如樟至而 成擒不意 如樟二鼓始從鐵嶺來 比至則天明矣 宰賽見塵起 心驚 從夷擁護 上馬 遁去 守志知事不諧 亦不敢遮留 郝大猷行至牛庄 李成樑行至沙嶺前 發兵馬 至 瀋陽 聞賊遁 俱回 時値氷泮 又春雨泥淖 人馬陷死甚多

自是宰賽銜恨轉深 不可解矣 今八月二十八日 李如梅未去 宰賽已來 一舉而
克來能屯 平壤屯 大郎家屯 小郎家屯 再舉而克火中塞屯 遞運所屯 幾無噍類
擄掠慶雲堡 古城堡 寧河堡 陳牢屯 熊威屯 張谷堡屯之人口頭畜 不可以千百計
若按齒誅負而取諸寄也亦慘矣

且諱其連槍深入也 而詭言五日三犯 殘廢舊屯 以掩其失事重大之罪 諱其惴
劫不戰也 而詭言賊衆兵寡 勢不能敵 以掩其袖手坐觀之罪 諱其來去自如也 而
詭言恐中誘計 不敢窮追 以掩其一矢不遺之恥 諱其稱兵報怨也 而詭言要挾秋
賞 貽害地方 以掩其貪功挑釁之情 噫 欲誰欺哉 夷衆明說 今春宰賽 帶部夷討
賞 裏邊 要殺我們 不想天雨 宰賽命大走出 石副使【石九奏也】亦云 宰賽借言
挾賞 實似報恨 必殺掠窮盡而後已

且請大營兵馬有名驍將以助追討 此可以得其情實 而李如楠失機之罪彰矣
遼事眞難言矣 自張居正以邊功晋大師 而遼人貪功之徑啓 俄而勦王杲 勦王兀
堂 勦速把亥 勦逞迎二奴 兩府交受上賞酬報 往往過當 然而朝廷蒙其虛名 邊境
被其實禍 故餘黨皆入建州之部落 土地入建州之版籍 奴酋實始强大 誰實作俑
至于宰賽小醜 逆我顔行 竟不能一報熊鑰抽腸之恥 臣觀于今日 不能不痛恨趙
楫李成樑也

伏乞 勅下部 轉行巡按御史查核 如果八月失事 原係二月啓釁 將趙楫 李成
樑 郝大猷 李如樟 通行勘處 李如楠 于守志 嚴行提究 折損馬數千匹 耗費馬價
數萬兩與否 明白開報 如果私動馬價 朦朧買補 仍將經管各官 治以通同欺罔之
罪 將來僥倖生事者 有所懲 而蒙蔽作奸者 無所匿 遼事其可振也已 奉聖旨 ○
禮部下吏以漂海人題本事 來索人情 通事等以銀三十兩先給

二十三日 丙午 晴
留玉河舘

二十四日 丁未 晴
留玉河舘 通事李民省 申繼燾等 往禮部 稟天使上本事 則游郎中曰 二十日
有故 二十二日已爲上本云 ○ [附] 與上使 話于中堂

二十五日 戊申 朝陰晚晴

留玉河舘 車輛始到 漂流唐人戴朝用等留通州 押領譯官金光得 在遼東時 先唐人入來云 而無去處 殊爲可恠 ○ [附] 譯官尹秀寬 南應奎 趙安義 軍官申桴 副使奴范伊等來謁 陳奏使以銀十兩五錢帛五匹 付送趙安義 且致書于上使曰 欲全數送之 而一行盤纏乏絶 只以生之所占者送之云 而所謂銀子帛匹不來

二十六日 己酉 晴

留玉河舘 是日 禮部以發還漂人事 上題本 請照例賜勑給賞 ○ [附] 延綏撫臣題本黃河結凍事

二十七日 庚戌 晴

留玉河舘 ○ [附] 光祿寺送下程

二十八日 辛亥 大風

留玉河舘 送禮于提督 到舘之後 例卽送禮 而車輛不來 故遷延日久 至此始送 ○ [附] 提督處例送茶蔘二斤 而路費無人參 不得已 以東宮補蔘二斤送呈 又送四張付油芚一 白扇五柄 油扇十柄 白紙四束 花席二張 花硯一面 黃筆十枚 油煤墨十笏

二十九日 壬子 晴

留玉河舘 冊封天使上本 是日下 令通事玄嗣白 出票帖跟同牌子 往通州尋問金光得去處 傳聞犍子六萬犯喜逢口 結陣于遵化縣等地 遵化縣在長城內 永平北七十里 距都城二百里 又兵部一本 虜情事詳在通報 是日 首閣老朱賡卒 ○ [附] 禮部一本 承襲事題 冊封朝鮮國王 差內官一員 行人一員 前去行禮 奉聖旨是 兵部一本 夷情事 伏王象乾本 奉聖旨是 夷情重大緊急 着督撫各官 嚴行備禦 隣近各鎭 俱着移兵 就近相機策應 毋致疎虞 缺少兵粮 戶部還作速計處給發

三十日 癸丑 晴

留玉河舘 通事玄嗣白 回自通州言 漂流唐人已入城中 金光得事無處可問

卷之四
訒齋先生續集
朝天錄四

十二月 初一日 甲寅 晴

留玉河舘 光祿寺送欽賜下程票文 ○ [附] 光祿寺 只送票文 而下程及折銀則不來 票文云 朝鮮國陪臣申某等二十八員 每五人 各羊一頭 鵝一首 鷄一首 白米五斗 酒十瓶 胡桃一盤 果子三色 花椒一兩 茶食幾盤 菜幾斤 塩幾斤 醬幾斤 又一票云 朝鮮陪臣 正使三人 每五日一次 鵝一首 鷄二首 米三斗 香油三斤 茶葉一包

初二日 乙卯 晴

留玉河舘

初三日 丙辰 晴 夜大風

留玉河舘

初四日 丁巳 晴 夕大風

留玉河舘

初五日 戊午 晴 夜大風

留玉河舘 兵部送票文 卽令解到漂海人戴朝用等四十七名 於初六日 赴司查審 禮部又送票文 令陪臣赴司投遞職名 仍候領曆日 禮部下吏 又索人情 ○ [附] 兵部票文來舘云 職方司票仰本役 卽傳朝鮮國解到漂海人口 戴朝用等四十七名 於初六日 赴司 查審明實 題議遞解原籍 毋門勿遲

初六日 己未 大風

留玉河舘 ○ [附] 遣上通事權得中 僉知李民省等 往禮部兵部等衙門 受曆書聞見回咨等事 而以停朝市 皆不坐堂 兵部則必取招於漂流人 覆題 奉聖旨然後回咨云 皇上深居九重 聽政日少 封印之前 勢不可及云云【例於歲前三日封印各司皆不坐衙】

太學士葉向高一本 首輔淪逝 閣務繁離 懇乞聖明 俯從遺疏 廣賜登延以淸政本事 今首臣沒矣 臣廷機一味乞歸 不問朝政 臣錫爵又堅臥里中 其來無期 臣一身如摧翼之鳥 飛而不前 獨輪之車 行往恐覆 固已不勝其狼狽矣 兼之中外多事 宮府久暌 倉庫盡虛 封疆屢驚 昔人所謂三空四虛之病 畢見于今日 朱賡臨歿 惓惓以再補閣臣爲請 老成憂國之苦心 臣深望皇上之俯念也 今一年之內 連喪二輔 龍蛇方厄 帷幄無光 若不及今 旁求名哲 共寘樞機 而復使碌碌如臣者 羈維充數 不敢乞身 進退旣窮 顚危立至 臣身不足惜 其如壞天下國家之事何也 伏望聖明 深惟天下大計 垂念臣賡遺言 勑下九卿 從公推擧 亟賜簡用 其舊臣之忠貞夙著 身繫安危者 特賜召用 而又渙發溫綸 促錫爵之來 諭廷機之出 則衆正畢登而太平之業 端有望矣云云

○ 初一日通報內 李廷機一本 奏太學士朱賡 于十一月二十九日 病故 奉聖旨 覽卿奏 首輔朱賡 學行兼隆 輔政分猷茂著 講幄啓沃弘多 時事多艱 正方倚賴 屢以病辭 未遂去志 竟以殞軀 深可哀惻悼惜 應得恤典 該部從優查例 來看遺疏留覽 該部知道

○ 初二日通報 戶部福建司主事應捷上李廷機書曰 方今四海困窮 民不樂生而主上不加軫恤 剝吸殆盡 此宰相之故也 皇上待閣下 恩禮極隆 情理至篤 閣下高志 已決倦飛思還 則何不將止稅 發帑一事 抗章赴闕 以去爭之 以死爭之 以卜皇上之意 如允其請 是恩意眞隆眞篤也 成皇上不貪之名 終閣下淸直之譽 若不允則 皇上之去閣下也久矣 死閣下也久矣 釋位而去 稍有顏色云云

觀此書 以廷機求去不得 進退狼狽 若抗論止稅發帑二事 則皇上必聽其去 且有直言之名 此雖爲廷機善謀 而不知人臣事君之義也 大臣不能匡救於當國盡言之時 而顧乃抗章於得謗求退之日 上以要君 下以沽直 寧有是理哉

竊聞 朱賡亦以憂憤而死云 夫臣之事君 子之事父 分雖一而義則殊 子之於父
終無可去之理 臣之於君 不合則去 乃其道也 安有大臣 被滿朝刺射 身無完膚
而眷戀主恩 營營不去之義乎 今一時 臺科詆斥朱李 不遺餘力 聽其言則公論也
原其心則忌疾 皇上既不能卞其是非 屛逐偏黨之徒 又不能察其情理 許其退
去之請 一則曰含容臺諫 一則曰眷遇舊臣 欲以虛禮羈縻而兩存之 正如畜九女
於一家者 衆妾妬害正妻 陰排顯斥 陷以不測之罪 蒙以醜穢之惡 爲夫者不卞其
眞僞 不問其曲直 槩以好言留之 則其妻欲訴不聽 欲去不得 奈何 不至於憂憤而
死乎 朱賡之死也 擧朝以爲幸 而小民則莫不嗟悼焉 此係上國之事 非所敢論 而
所聞如是 抑傷其人所係 望之元老進退 無歸茹恨而死 故並記焉

初七日 庚申 晴 夜雪

留玉河舘 光祿寺送欽賜下程 又送使臣書狀官別下程 又送例給下程 臣等送
公禮于舘副使處

初八日 辛酉 雪 夜大風

留玉河舘 冊封天使雖已蒙差 而服色尙未奉旨 內官亦未蒙點 歲前似未及完
畢 臣等不勝憫鬱 構呈文草 將進禮部 而使通事等聞見 則題本已具云 ○ [附]
使通事告于提督 請尋覓漂流唐人下落處 提督出票 使通事一名 及舍人一名 牌
子一名 跟同尋覓 牌子舍人潛去還來 託以四求不得云

初九日 壬戌 晴

留玉河舘 連日極寒 一行人多病 前日舘副使送餅盒于臣等 久未回禮 至是始
以土産回謝 製粑時 內閣翰林院中書科等處 已有送禮之規 若不給則終無受粑
之時 所送之物 又有定式 而今則倍加徵索 行槖已盡 人參等物他無出處 不得已
以三所補參五斤 及土産等物 分送翰林中書二員 又以土産等物 分送誥粑房 制
勅房 典籍廳 下人掌房 書帕長班 管家貼房 書儀等人 翰林院 中書科 下人長班
管家 內閣門 上辦官等人 共費人情 不可具錄

初十日 癸亥 晴

留玉河舘

十一日 甲子 晴

留玉河舘 漂流南人翁樂 以扇筆香果鞋子等物 具貼來見 臣等辭不得 欲以土産回謝 而忙急作別以去

十二日 乙丑 陰

留玉河舘 翁樂又來 臣等未及接話 以將往兵部 忙急出去 令上通事偕往兵部 同聽查覆 則漂流人等 無一人往者 盖漂流人 自通州 多有散去者 恐兵部詰問其不曾查勘 徑先逃散 故渠等旁圖于相知處 如是遷延云

十三日 丙寅 晴

留玉河舘 禮部下人 來示題稿 弔祭天使行人熊化 請給一品服色事也 琉球國土通事鄭璽 以中山王所送禮物 持來 請以相付 臣等出前堂 照數傳受 雜色絹布百疋 扇子二百把 咨文一封 使兩國通事 先禀提督 提督許之 然後乃受 兵部奏本虜賊入犯事 覆王象乾本及聖旨 具在通報

○ [附] 禮部題稿云云 行人熊化 差往朝鮮國 弔祭乞要照例 請給服色事 照隆慶元年 本司行人歐希稷 差往彼國 有一品服色 人臣將命出使殊方 品秩雖卑 寔係欽粉 往時差往朝鮮國者 例得錫予章服 無非隆重朝命之意 今據熊化具呈前來 寔與例合相應題請 但恩典出自朝廷 臣等未敢緣係請給服色事理 謹題請 ○ 琉球國中山王 回謝我國禮物 傳受照數 青絹二十四 玉藍絹二十四 紫色絲布四疋 黃色絲布四疋 藍色絲布四疋 紅色絲布四疋 綠色絲布四疋 夏布【葛絲芭蕉葉絲葉交織者】四十四 扇二百把 咨文一封

十四日 丁卯 陰

留玉河舘 翁樂具饌盒酒壺 來見臣等 臣等亦以土産回謝 前日送禮 ○ [附] 令通事權得中趙安義等 告憫于禮兵部 請速查覈漂流人回咨等事 禮部則馮郎中言 我已知爾情實 當爲催促各司 而兵部則不坐下人等云 十六日郎中徐鸞升任 查勘漂流人的否 覆題 奉聖旨 然後回咨云云

十五日 戊辰 陰

留玉河舘 兵部奏本夷情事 覆劉四科塘報 聖旨具在通報 ○ [附] 初八日通報 兵部題本 劇盜劫財殺人事 覆黃克纘 問過犯人柳廷讚等 奉聖旨是 各犯着便會

審處決 該梟示的照例梟示 ○ 初七日通報 卒太學士朱賡遺疏云云 臣以潦倒殘
生 山林棄物 蒙皇上召 至密勿誤 參政機 荏苒七年 無稗毫末 行且遺棄人世 旋
返冥漠 報答無緣 罪眚何言 憶自入國以來 不獲一覲天日 每以片詞隻牘 用代面
陳 是固言無當 而一念獻贊之誠 反以煩天聽 第于皇上所聽納 而行之未竟者 願
推廣以盡其餘 使火燃泉達之機充之 以保其四海 所未蒙聽納 而尙未待者 願設
誠而力行之 使厝火積薪之憂釐之 以防其決裂

盖智者急先務 則補大僚 開言路 賑灾荒 釋罪臣 起廢佚 疏淹滯 聖政非不能
施行 而充斥得 乃爲日新而【有誤字】當有爲政去其太甚 則章奏未通 疑惑未破
居積未施 稅監未撤 邊情未飭 國計未完 聖情非不開悟 而厘革得方 何易聽而改
觀 漢臣有云 勉强學問 則德日起而大有功 是終始典學 事在强勉 緝保其存 是
戒于未雨 防于履霜 慮患不可不遠也 喜怒哀樂 善養天和 是法宮之珍攝 不可不
調也 東宮進學益懋睿質 義方之儲敎 不可不預也 而其喫緊關頭 則政本重地 用
賢急也 同官賢才忠誠 不難輔佐 而揆路不可不早卜 柰正不可不廣延 如此 在朝
啓沃之英 在野老成之彥 原不乏人 皆可爰立 在皇上 詢之興論 斷之宸衷 惟賢
是擧 與衆共之 而天下之庶績凝矣 已上數陳 無甚高論 聊以見垂絶之臣 不忘君
父之前耳 臣言畢矣 伏惟皇上 行臣之言 則雖死之日 猶生之年 而犬馬微忱 永
效啣結于世世矣 奉聖旨

十六日 己巳 雪

留玉河舘 翰林院下人 持皇勑草藁來示 ○ [附] 勑曰 皇帝勑諭 朝鮮國權署國
事光海君姓諱 該禮部題 稱據該國奏 慶尙道觀察使李尙信等 哨獲天朝遭風敗
船人民 俱係浙福等處 原任把摠戴朝用等共四十七名 差陪臣禮曹參判申渫等
順便轉解來京 具見爾忠勤恭愼 朕甚嘉尙 玆特賜勑奬勵 仍賜白金文錦綵段 以
示優奬 就令陪臣申渫等賷回至可收領 其書狀通事等官崔睍等 從人崔隆全等
巡海監役趙瀹等 各效勤勞 賞賚有差 幷諭知之 爾其體朕至意 故諭頒賜 朝鮮國
權署國事光海君姓諱 銀一百兩 錦四段 紵絲十二表裏

○ 當初兩使相議 使庶伴費人參銀兩于翰院內閣 欲其勑辭襃奬我國 而今見草
藁 別無奬襃之辭 而權署國事之下 光海君三字 似不當下 至可收領之下 又脫押解
陪臣給賞之語 殊失所望 使通事請庶伴以來 與兩使對坐中堂 詰問中間欺罔之由
庶伴多有怒色 上使答問之際 語多反覆 庶伴置杯床上 拂衣而起 簷前乘馬而去

十七日 庚午 陰

留玉河舘 是日 皇勅下內閣 通事權得中趙安義等 與漂流人等 俱赴兵部行查 新補郎中徐鷺 乃翁樂之所知 故漂流人太半散去 而畧不提問 翁樂之所以遷延 畧日者爲此也 ○ [附] 翁樂來舘 與兩使語 我則病不出見

十八日 辛未 陰

留玉河舘 翁樂又來 臣等相見 沽酒以飮之 詳問金光得去處 樂言在遼東 使 臣發程之後 不見金光得面目 意必與使臣先行 而至今不來 殊怪殊怪云 ○ 順天 巡撫劉四科奏本 邊餉告急 薊鎭危迫事 兵部覆本 聖旨 俱在通報

十九日 壬申 晴

平明一行詣闕 領冬至賞賜 ○ [附] 我等詣闕 受冬至頒賞 衣一表裏 靑絹二段 紅絹二段 黃紗二段 繡紗二段 與通事軍官等同科 兩使則加 從人則減 入休于左 闕門內宦者柴姓人家 宦者出待饋酒 頗有慇懃之意 上使以皇勅內 旣少襃奬本 國之語 又脫使臣給賞之言 比前勅似未完備 臣子之情甚爲缺然 受勅之後 當呈 文禮部云 我言於臣子奉勅復命之義 此甚欠事 但中朝非如鄰國之比 皇勅又非 書契吝文之類 以文字間脫誤 請改於旣受之後 非唯禮部不聽 我等似不敢發言 矣 上使云 皇言一出 萬國之所觀瞻 稍有苟簡 在中朝亦爲失體 雖十易之無妨 若以此意呈文 則萬無生事之慮 而雖或不聽 猶勝於賚回未完之勅也 我言中朝 閣老諸官 若以此意請改則可也 外國陪臣 旣受恩勅 不可以些少文字之誤 指其 未盡處 敢發請改之語於極嚴之地也 上使已具呈文草 而我等反復相難 竟不呈 文 黃昏回舘 兩使來語

二十日 癸酉 晴

四更一行詣闕 謝昨日賞賜 及前日欽賜下程之恩 還舘 光祿寺送免宴上馬宴 折銀 是日開市 ○ [附] 四更頭 詣闕謝恩 行五拜三叩頭禮 令通事以土産等物 回謝昨日柴宦饋酒之禮 還舘 前日免宴銀一兩四錢五分來 兩使則加 通事軍官則 減 從人則又減 是日 開市于舘中 昏往上使房 以不當呈文改勅事論卞 上使不聽

二十一日 甲戌 晴

留玉河舘 ○ [附] 是日亦開市

二十二日　乙亥　晴

留玉河舘　臣等以土産　送禮于琉球使者　兵部回咨來　禮部題本下　發還漂海人口　請欽賜　朝鮮國王　幷巡海員役　銀四百八十兩　聖旨　見今內庫缺乏　這銀兩　着太僕寺給與　該部知道　○ [附] 我等以土産　送禮于琉球使臣　琉球使臣鄭子孝　吳儀子　鄭璽等　卽送回謝帖　兵部回咨來　是日亦開市畢

二十三日　丙子　晴

留玉河舘　禮部題本下　承襲事差內官　前往朝鮮國王冊封　奉聖旨是　着內官監右少監劉用寫勑　與他禮部奏　從祀名臣　陳獻章　胡居仁　王守仁　請謚　奉聖旨　陳獻章等　旣經從祀　準與補謚　○ [附] 上使旣構草　語以會議一處　遂會于副使房我云　呈文草已看了　但吾意　些少文字　雖有脫漏　非如國家緊重之事　不可以此請改皇上已降之勑　再三已言　言不見信　奈何　上使怫然怒曰　若以此　生事我國則我自當之　不須累及他人　書狀旣兼臺銜　則乃臺諫也　或其由彈劾　或列罪於聞見事件　任意爲之　我當受罪而已　意思旣異　何可同也　我曰　前言已盡　不須强卞旣而令副使看呈文草　副使使我同看　上使作色曰　意思旣異　不須看也　我曰　上使獨呈可也　遂起出

提督序班　促令二十五日受勑　因辭朝　過此日則正月二十日後當辭朝　上使以勑書未完　使權得中只呈受勑報單　勿呈辭朝報單　權得中將往鴻臚寺　序班曰　爾等旣完國事　緣何不爲辭朝　久留舘中乎　曳來訴于提督　提督招致上通事　責以事已完了　爲何淹滯　受勑之日　辭朝例也　豈可爲爾而破其前例也　呵責甚峻

二十四日　丁丑　晴

留玉河舘　令通事李民省　中繼燾等　出提督票文　見天使熊化　則以聖旨未下【請給服色題本未下】不見　又入闕內　請見冊封天使劉用　則以無票帖入闕　不可相見　明日改出票文　入來則相見云【以所出票文　只見行人司票也】提督序班等促令明日辭朝領勑　臣等以辭朝宜早　領勑差晚　請明日領勑　而後日辭朝　提督以爲　過此則歲時　各司放衙　辭朝辭堂不易　必於明日行之云　○ [附] 上通事權得中往鴻臚寺　呈受勑辭朝報單

二十五日　戊寅　晴

四更　臣等詣闕辭朝　以受勑事　因留午門外　辰時末　翰林趙用光　入闕內　須臾

序班引臣等由午門之右 轉入會極門 候于內官虛堂 有紅錦玉帶寵宦出見 對立
與語 問東方道里遠近 及素服之由【中朝以無文黑團領爲素服】且謂同立諸宦曰
東國之人衣冠禮貌 與中國無異 屢屢指顧相語 饋臣等茶湯 臣等亦令通事 問天
使劉少監年歲幾何 發行早晚 答以年五十餘歲 發行時未定期 似在二月間云 俄
而序班 又引臣等 至文華殿階下 御路之東西向立 內官奉勑 立東階上 翰林立西
階上 令臣等三人升路上 北向跪 內官以勑授翰林 翰林受勑 趨下階 以授上使
上使進前跪受 三叩頭 捧勑以出 光祿寺設酒飯訖 臣等 進午門前 謝恩而出

○ 中朝大小官員 皆下轎于東西長安門內 步入承天門午門 而唯內官 自西華
東華等門 乘馬入會極歸極等門 官高者 前導後擁數十人 闕庭之內 錦袍玉帶 爛
然眩目 皆內璫也 高皇帝及成祖時 待宦者甚嚴 只供灑掃 傳旨而已 到今如是
率由成憲 亦不易矣 臣等 又令通事 探闕內凡奇 則皇上十月十日間 猝發痰塞症
幾危 宮中遑遑 翌日 向蘇云 太監高淮 傾資巨萬 納于宮禁 名爲監囚宮中 而其
實不囚 任行闕庭云

○ [附] 四更 詣闕辭朝 琉球使臣 猊子等同日辭朝 猊子前此已往 而未歸留舘者
今日辭朝 我等以受勑事 因留午門外 受勑之時 闕內之官例索人情 不與則多僇辱
遂以銀三兩 扇子等物給之 辰末翰林趙用光入內 須臾 序班引我等 由午門之東
午門內有禁川橫流 築以粉石甃 繞以石欄干 東有會極門 西有歸極門 歸極門之西
有西華門 會極門之東有東華門 禁川之內有城 城內又有川 萬歲山及鳳闕不遠
重樓複閣 並起穹崇 皆盖以黃瓦 如千峯矗立 而紅旭光射 到此始覩宮闕之壯

二十六日 己卯 雪

留玉河舘 舘副使來請相見 臣等出見前堂 副使言焇價畧少 賣者多有怨訴 故
來與相議耳 臣等答 當以照例定價 使彼此俱便 副使回堂 臣等卽往回禮 副使請
入其堂 極謙恭饋以茶湯 禮部請行人司服色題本下 聖旨準給與 ○ [附] 禮部人
來 促辭堂 又送官馬 促之甚急 正朝已迫 過此日則久不坐堂故也 上使怒其不從
呈文之議 托以明日大忌而不行 多送未安之語 我等亦難於獨行 反復相詰 日晚
罷堂 牌子等牽馬還去

二十七日 庚辰 晴

留玉河舘 令別通事李民省 陳奏使所留譯官申繼燾等 往熊天使家 呈文 兼探

起程之期 熊天使親見饋茶 擧止端雅 言辭雍容 乃丙子生 辛丑進士 江西淸江人 問答之語 具在前啓 吳宗道之弟 貴道 適來熊天使家 見民省等 自云 我隨劉太 監出去 且以劉太監所求之物錄示民省等 又曰 儞國有待嚴萬前例 此行比前加 待事 通于儞國云云 有張世爵者 曾往我國 與譯官相知 譯官曰 我欲隨太監以往 而太監所率二百人 各捧銀二百兩 然後帶去 不知儞國能副二百人所欲否 譯官 等言 我國蕩敗之餘 又遭國君之喪 公私蕩竭 雖詔使亦恐不能稱情 況二百下人 乎 世爵曰 我亦知儞國殘破 恐所得不補所費 故不往耳云

○ [附] 陳奏使歸時 草天使前呈文 以付中繼壽 至是繼壽與民省 往熊天使家 探問起程之期 熊化親見 與語 繼壽等呈文 請簡率頭目而轎夫吹手 勿率遼陽光 棍以除小邦之弊 則天使問 儞國有鼓吹手及轎夫乎 答以預先措備 等候江上 曰 然則何必率去 我意 凡事以勿擾儞邦爲主 家丁所率 不滿二十人 此外一切不率 爾 民省等起拜稱謝 又問何時起程 曰正月晦二月初間當發 但我與太監 雖是一 差行 必有先後 此意通于儞國 其意 盖不欲與内官同行也 通事等出 求其所製詩 文于管家 則答以不知老爺之意 何敢私自出給云

二十八日 辛巳 晴

陳奏使譯官申繼壽張世宏等 曉頭出去狀啓及謄書禮部題本 劉天使求請小錄 付送 早朝臣等往禮部辭堂 大堂及儀制司則免見 令上通事權得中 請沿路各衙門 查訪金光得給牌事呈狀 又令權得中 往欽天監 受皇曆一百本而來 是日 被選駙 馬冉興讓 上堂行禮 興讓保定府蠡縣人 農家子 年十五歲 以四月擇吉云 中朝駙 馬升選之人 着在禮部居住 坐堂之日 見官行禮 肄習容儀 尙婚禮畢後歸家 且大 明之法 帝王婚嫁 必擇寒賤無官者子女 此意甚善 盖驕奢淫佚 生於富貴 謙恭孝 順 生於貧賤 初雖貧賤 旣爲帝王之婦壻 則富貴固自有也 抑其立法之意 將以杜 戚里扳聯預政之弊也 今東宮郭妃 亦賣油民家女也 旣爲妃 授其父錦衣衛指揮云

二十九日 壬午 晴

留玉河舘 琉球使臣請受交付文書 以憑回報 臣等依其言 着署書送 提督洪世 俊 送扇三柄 請寫古詩 臣等令寫字官金就英 寫李杜古詩以送 提督稱善書云

三十日 癸未 晴

留玉河舘

己酉正月

初一日 甲申 晴 曉頭有風

留玉河舘

初二日 乙酉 晴

留玉河舘

初三日 丙戌 晴

留玉河舘

初四日 丁亥 晴

留玉河舘

初五日 戊子 晴

留玉河舘

初六日 己丑 晴

留玉河舘 副使序班始來坐舘 自遼以往 水土與我國有異 玉河舘之水 尤穢惡味鹹 日久 人無不病 嘔泄霍亂 喘嗽頭痛 自前如是 出關病愈云

初七日 庚寅 晴

留玉河舘 車輛先到通州 臣等只以未得領賞 留舘

初八日 辛卯 晴

留玉河舘

初九日 壬辰 晴

留玉河舘 傳聞三衛㺚子踰古北門 犯昌平府【距都城二百里】京城戒嚴 閉北門德勝安定等門

初十日 癸巳 晴

留玉河舘 令通事等 詳問賊奇 則昨日所傳 非眞胡也 西道總兵 聞有賊報 率

軍馬冒夜馳過 居民驚惶奔避 虛聲傳播 以至都城閉門戒嚴 今日知爲虛報 乃開
門云

○ 提督又送前日寫詩 扇子請於外面 以正字書送【其下人云 提督甚愛其書法
復求之云】臣等又令金就英 寫我國人李肯題通州舘 盧守愼送人赴京 高敬命題
遼陽關 三詩以送之 李詩曰 通州天下勝 樓觀出雲霄 市積金陵貨 江通楊子湖
寒雲秋落渚 獨鳥暮歸遼 鞍馬身千里 登臨故國遙 盧詩曰 朱陸曾聞異 羅王更見
差 論心皆衛道 爲學各殊科 宇宙公言在 遼燕隱士多 銘心力搜覓 吾道竟如何
高詩曰 行到遼陽舘 偏多異味嘗 酒傾秋露白 柑劈洞庭黃 荔子紅紗嫩 氷丁白雪
香 他年評食品 持此詑吾鄕

十一日 甲午 晴

留玉河舘 ○ [附] 上副使俱病臥 皆以爲水惡之故

十二日 乙未 晴

留玉河舘 令通事李民省權得中 往禮部受表裏綾絹 又受禮部回咨 及査訪金
光得牌文而來 ○ [附] 金光得査訪沿路各馹之牌文 禮部主客淸吏司 爲査訪人
物事 奉本部送 據朝鮮國通事權得中 告稱 跟隨進賀冬至陪臣赴京 並押解漂流
人口戴朝用等四十七名 行到遼東交割之後 因賀節迫近 陪臣雇騾先行 只留通
事金光得 使之領率漂人 隨後趕到 十一月二十八日漂人皆已入城 而光得獨不
來 待之一月 尙無形影 一介孤單 千里跋涉 疾病死生 有難懸知 而中路意外之
患 亦難保其必無 委屬可念 回還之日 雖欲尋訪 而若無部文 査問無路 伏乞軫
念遠邦人命之重 行會關上 廣寧遼東及一路各站等處 着令多方訪問 期得本人
不勝感戴等情 到部送司 擬合就行 如此給牌 通事權得中等 齎執前去 如遇關津
驛遞等處 卽使照牌 事理備査 該國通事金光得 果否進關有無 到驛安歇 及有病
故等情 俱許逐一訪問明白 以慰遠人之念 毋得隱匿未便 須至牌者 右牌 仰經過
驛遞等衙門 准此 通事等又以回還時 中江收稅委官等 勿許剖割箱包 阻撓貢道
事 受遼陽分守道了箚付而來

十三日 丙申 晴

留玉河舘 辭朝之後 旣收下程 上下絶糧 舘夫鎖門 不入見 薪水路絶 軍官從
人等乏食

十四日 丁酉 朝晴暮陰

留玉河舘 中原之俗 以正月十五日爲上元觀燈 自十四日至十六日 家家燈火
星列 又於通衢街市之中 別懸大燈 士女奔波 大小官員皆給暇三日 牌子來言賞
銀事 兵部已掛號 十八日當發給云

十五日 戊戌 晴

留玉河舘 步出北舘後園 蜻蜓亂飛 莎菁抽綠 以都城暖景先入故也 ○ [附] 與
兩使出遊提督廳 廳在東照之北 戊申孟秋重修 有題名石碑 亦戊申秋所刻 前門
扁曰春官行省 堂後扁曰順治威嚴 後寢之後又有堂 扁曰茂實軒 軒北有花砌 側
栢楡柳數行 又出遊北園 莎菁已綠矣 黃昏又與兩使出前堂 譯官等放牧丹火于
庭中

十六日 己亥 晴

留玉河舘 舘人來言 十八日受賞無疑云

十七日 庚子 晴

留玉河舘

十八日 辛丑 晴

遣上通事權得中 受賞于禮部 遣李民省 往辭于熊天使家 權得中進禮部 則以
監察御史戴章甫稱病不來 故太僕寺不得發給 李民省往熊天使家 則天使以勅
書會議事出往 不得見云

○ [附] 臣等出票文 往國子監 自舘渡玉河橋 過東長安門外 繞出宮城之東 又
過東華門 外乃文華殿之東北 距十里許 乃太學舘也 守門者索價阻搪 不卽開門
我等久候于西門內 碑閣內有四石碑 一則文廟圖形 三則自洪武永樂及歷年學
規勅諭也 學錄忙不及盡錄 只錄洪武十六年三十年及永樂申明學規之最關者
俄頃開門 有數三書生 前導就庭中 行四拜禮 入聖殿 謹閱位次 五聖十哲位俱同
我國 東西廡又有七十子先儒位版 亦如我國 啓聖廟在聖殿之東 明倫堂在聖殿
之後 諸學堂 講堂 監生殿 列在左右者 不記其數 而日暮未暇遍覽 聖殿東西廡
諸室 皆盖以靑瓦 殿前有三重門 第二門內左右 有周宣王時石鼓八箇 大如一石
甕 字畫剝落殆盡 猶有八九分之一二 皆篆籀也 傍立一石碑 新刻車攻詩 解其未

曉處

中朝之俗 致美於道觀僧舍 而國學文廟 則塵埃埋沒 人跡罕到焉 在我國時聞
自國子監來時 有文丞相廟 問于舘中諸人 皆不知有文丞相 我以爲此等庸夫不
可識 若問太學書生 則可以知矣 問于數三書生 皆不知文山之有廟於此 但云 此
去路傍 有文昌廟者 必是此也云 又問黃金臺昭王塚之古迹 及謝枋得立廟與否
則亦不知 太學生之貿貿如是

洪武學規

○ 正官嚴立學規 六堂講誦課業 定生員三等高下 定六堂師範高下

○ 以司業分爲左右 各提調三堂

○ 博士五員 雖分五經 共於彝倫 西設坐敎訓 六堂依本經考課

○ 各堂講官 所以表儀諸生 必當躬修禮節 正其衣冠 率先勸謹 使其有所觀
瞻 庶幾模範後學 今後敢有故粧闒茸怠惰 有失威儀者 許監丞糾擧 以憑區處 若
監丞故不擧覺 及懷私糾擧不當者 從監官奏聞區處

○ 朔望行釋菜禮 各班生員 務要一名之赴廟 隨班行禮 敢有怠惰失儀者 及
點閱不到者 痛決

○ 凡坐堂生員 務要禮貌端嚴 恭謹誦讀 隆師親友 講明道義 互相勸勉爲善
不許燕安怠惰 脫巾解衣 喧譁嬉笑 往來別般談論是非

○ 生員每夜要在號宿歇 不許酣歌夜飮 因以乘醉 高聲喧鬧 違者及點閱不在
者 各加決責

○ 生員 凡遇師長出入 必當端拱立俟其過 有問卽答 毋得倨然 有乖禮貌 違
者痛決

○ 每班給與出恭入靜牌一面 責令各班 缺 下生員 掌管 凡遇出入 務要有牌

若無牌擅離本班 及 缺 有莊匿牌面者 痛決

○ 凡生員 日講務要置講誦簿 每日須於本名下 書寫所講所習 以憑稽考

○ 凡生員 通四書 未通經者 居正義崇志廣業堂 一年半之上 文理條暢者 許升修道誠心堂 一年半之上 經史兼通 文理俱優者 升率性堂

○ 諸生衣巾 務要遵依朝廷制度 不許穿帶常人衣服 與衆混淆 違者痛決

○ 每月作課六道 本經義二道 四書二道 詔誥章表策論判語內科二道 不許不及道數 仍將逐日作完送改 以憑類進 違者痛決

○ 每日寫倣一幅 每幅務要十六行 行十六字 不拘家格 或義獻顏柳點畫 必須端楷 本日寫完 就於本班先生處呈 改以圈 改字少爲最

○ 生員 果有患病 無家少者 許於養病房安養 不許號房內四散宿歇 有家少者 只就本家 若無病而稱病 出外遊蕩者 驗聞得實 痛決 卽令到班

○ 凡會食 務要禮義整肅 敬恭飲食 不許喧譁起坐 仍不許私自逼令膳夫 打飯出外 冒費廩饍 違者痛決

○ 朔望暇日 毋得在外醉飲 倒街臥巷 及因而生事 及互相鬪毆 有傷風化 違者痛決

○ 內外號房 務要常加潔淨 如是點閘 各生號房前 但有作穢者 痛決

○ 凡選人除授及差使辦事等項 敢有畏避躱閃 不行赴堂聽選者 奏聞區處

○ 內外號房各生 毋得將引家人 在內宿歇 因而生事 引惹是非

○ 生員 但有違犯前項 學決畢卽送繩愆廳紀過 累犯不悛者 奏聞區處

○ 學校之所 禮儀爲先 各堂生員 每日該授書史 並在師前立聽 講解其有疑問 必須跪聽 毋得傲慢不恭有乖禮法

○ 在學生員 當以孝悌忠信 禮義廉恥爲先 隆師親友 養成忠厚之心 爲他日之用 敢有毀辱師長 及生事告訐者 卽係干名犯義 有傷風化 定爲犯人 杖一百發雲南地面充軍

○ 開設太學 教育諸生 所以講學性理 務在明體適用 今後諸生 只許本堂講明肄業 專於爲己日就月將 毋得到於別堂往來 相引論議他人長短 因以結交爲非 違者 從繩愆廳糾察 嚴加治罪

○ 師生廩膳 旣設掌饌以專其職 廚役人等以任其役 升堂會饌 已有成規 今後不許再立監餅生員 每日諸生會食 務要赴會饌堂 公同飲食 毋得擅入廚房 論議飲食美惡 及鞭撻膳夫 違者笞五十散原籍親身當差

○ 各堂教官 每班選厚重勤敏生員一名 以充齋長 表率諸生 每日各齋 通輪齋長四名於彝倫堂 直日整點禮儀 序立班次

○ 堂宇宿舍 俱各整飭 應用什物 皆已備具 務在常加潔淨 閑雜人等 不許輒入 其在學人員 敢有毀污作踐者 從繩愆廳 糾舉懲治

○ 本監官員及官民生 並不許將帶家人僮僕 輒入學 紛擾污雜 違者從繩愆廳糾治

○ 掌饌職 專供給飲食 務在恪恭 凡事毋得簡慢 師生及有病患不能行履者 許令膳夫供送 若無病不行隨衆會食者 不與當日飲食

○ 師生所用飲食物料 一一備具 在學若無缺少 掌管之官踚前官典簿 張禮之弊不將官 有見在物料放支 却令差到市夫廚役人等 日逐補辦 油塩醬醋等物 今後新官典簿 若有此弊 許生員面奏

○ 在學生員 或千數之廣 或七八百人以爲中 或百人以爲下 體知有等 無志

之徒 往往不行求師問道 務結黨恃頑 放言飮食汚惡 切詳 此等之徒 果係何人之子 所造飮食 千百所用 皆善 獨爾以爲不善 果君子歟小人歟 是後如有此等生事者 具實奏聞 令法司枷鐐 禁錮終身 在學役使以供生徒

○ 洪武十五年 學規

○ 米 官吏師生 十一月初一日 至二月終 每各日該米八合五勺

○ 飯分例 官吏師生 十一月初一日起 至二月終 每飯一桶該人九名 三月初一日半起 至十月終 早午飯 每桶該人十一名半 晚飯該人十三名

○ 夜誦燈油 正月至四月 九月至十二月 每人日支油五戔 五月與八月 每人支油二戔五分 六月與七月 天氣炎熱不支

○ 我等回指文丞相廟 路左有一坊 題其門曰育賢坊 坊有太學文廟 廟東乃文丞相廟 廟門扁曰成仁就義 有文山塑像 我等於廟門前再拜 塑像前卓有位版 書曰宋丞相信國文公 坐卓之東有石碑 刻畵遺像 題其東曰義膽忠肝收有宋 三百年養士之報 題其西曰血誠正氣佑我明 億萬載作人之功

噫 渺然東韓一書生 每讀正氣之歌 目擊之詩 未嘗不掩卷長吁 繼之以泣 不圖今日 跡及燕山 目覩其廟與像 炯然之眼 凜然之氣 宛若當年就義之氣像 徘徊悲嘆 不覺涕淚之盈眦也 人有喪其惻怛羞惡之本性 苟全瓦礫於板蕩之世者 拜先生之廟 其何以爲心哉 詩曰 千載長吟衣帶贊 拜瞻今日感慨多 英雄淚盡零丁歎 志士腸摧正氣歌 名分重時夷夏截 綱倫扶處■■■ 若能培得堂堂氣 萬里金湯未足誇

我等自此又指圜丘 出正陽門 南去七八里許 西有地壇 東有天壇 周以圓墙徑圓五里 圓墙之內 又周方垣 有守門官吏 索價然後啓鑰 我等少休于門外 舘夫持酒盒先來 飮訖乃入見 方垣之內 平郊如掌 樹以側栢 行列整然 蒼翠四圍 穿栢林中步入 築臺漸高 層砌如削

從西門入 唯莎草平鋪 無一點雜樹 當中壘九層圓臺 四面以白石爲九層螭階

而正南爲皇帝御路 我等四拜階下 乃升階 臺上皆鋪以鍊石 匝以石欄干 臺中又
築九層圓臺 建玉皇殿於其上 其制皆圓 三層殿宇 第一層 盖以靑瓦 第二層 盖
以黃瓦 第三層 盖以玄瓦【色如鴉靑】最上以黃金覆之 狀如金鼓 殿宇四面

周以靑琉璃箔 殿內鋪以靑琉璃壁 殿柱之數十六箇 而其大二把有半 高可數
十丈 殿內有九層榻 亦皆以琉璃爲之 上設虛位 以屛屍障之 盖上帝位也 榻下東
壁又設五層榻 障以屛屍 稍低於上帝位 盖是高皇帝配位也 殿宇之北 九層階下
數十步遠 又有一殿 其制方正如常 殿之內又設二榻位 一如前像 牓曰皇乾殿 殿
宇前門外 東西各有翼室 乃是日月星辰之位云 而廟門不開 日日向夕 不得遍覽
東西翼室之南墻外 又有齊室數行 乃皇帝郊祀時齊宿之殿 有石甃浴井 而亦不
得入見 從殿宇南望二里許 又有如玉皇殿者 而其制二層 第一層 盖以黃瓦 第二
層 盖以玄瓦 上覆以黃金

我等以日暮困病 將欲回還 上使强之 欲盡觀南壇而後回 盖我等以前所觀者
爲天壇 而此外特其不打緊之地 不知南壇乃皇帝親祠之地 而第一可觀處也 乃
自墻外騎馬南行 至所謂南壇者 從西門步入 翠栢之成行 平郊之敞豁 勝於前所
觀者 乃穿栢林 由石門入 周以圓墻 而四面皆有三石門 雕以升降之龍 儼然屹立
總十二門 石門之內 又鋪以莎草 當中爲方臺 周以方垣 亦九層也 方臺之中 又
築九層圓臺 鋪以白壁 周以白石欄檻 光瑩如玉 陞臺當中 又築九層圓臺 鋪以靑
琉璃壁 周以靑琉璃欄檻 光彩炯炯 目不能視 足不能履也

上使笑曰 公等不從我言而回去則何如 我等乃堅降幡曰 若不見此地而歸 詑
天壇之遊賞 則無異於滓泡白丁也 昔有白丁者 欲造泡於僧舍 病僧人之竊泡也
終始不離 方漉泡於袱中也 泡注釜內而滓留袱中 彼白丁者水視泡而滓疑眞也
瞰僧之出而負袱回家 詑其家人曰 吾今日誑僧矣 僧其不得取吾泡一點矣 其家
人開袱而視之 非泡也滓也 此乃見其粗而遺其眞也 我等今日幾不免此也 相與
大笑 壇上嚴肅 不敢久留 乃下階而少休 壇北東角 有二層殿 乃前所望見之殿
而高皇帝配天之壇也

壇之東又有齋宮 自壇前南望 曠遠無涯 乃魯兗之界也 西望則大山橫峙 不遠
僅數十里 與此山相連 而此山則遠六七十里 隱隱蒼蒼 如雲如霧 欲問山名 而人
無知者 但云西山北山 或云煤山 乃石炭之所出也 天壽山在此百里許 而不得見

云 日沒乃還舘

一月十九日 壬寅 晴

留玉河舘 令上通事權得中往禮部 呈稟帖于提督 時主客司郎中馮㻛 升儀制司提督 洪世俊以分司郎中 兼察主客司之任 覽帖 大怒詰責通事曰 我爲你等欲其速歸 故使之辭朝 今乃反咨我也 通事曰 非爲歸咨老爺 辭朝日久 不得受賞 上下絕粮 情出悶迫 不告於老爺而誰告耶 提督曰 我昨日旣以催給賞銀事 稟帖于戴給事 而有病不來 非我之不爲致力也 你欲使我打開太僕寺門而發銀給之耶 倆等咨我閉門 然則欲其開門而橫行於街巷耶 通事曰 法禁至嚴 雖得開門 何由得至街巷 但舘裏井水不好 人皆生病 只願開閉以時 通其薪水之路耳 提督呼當該書吏低語曰 關門須及時開閉 以通薪水 通事又請出票文 明日欲告閔于大堂 則提督聽若不聞 不給票文 提督下人來言 提督聞 倆一行絕糧 以大米一石今夕當送舘中云

二十日 癸卯 晴

禮部促令受賞 臣等旣已辭堂 不得到部 遣上通事權得中受來

○ [附] 建州衛猵子三百六十餘人 入舘寓于北照 前此猵子等皆出去 而未來者尚多 此三百餘人中 多有海西猵子 而奴酋盛强 盡搶掠海西 作爲麾下 又奪其勅書以來云【猵子入貢者 皆受勅書 無勅者不得入 故建夷奪海西衛勅書而來】昨日呈文之後 提督與兵部員外翼述會北舘 言朝鮮國賞銀 久不發給 上下絕粮 至於歸咎於我甚 是不便 員外亦言 我亦當受太僕銀 持往邊防 而遷延不給 戴給事何敢如是 會以發給邊餉事出銀 並與我國賞銀 直送禮部 通事受銀之際 提督亦多喜色 以別般纏銀子 貿進上冊大學衍義 昭代典則 衍義則衣內押欽文廣運寶 乃皇上御覽之書也

○ 初四日通報 太學士李廷機一本 請垂憐亟放事 奉聖旨 元輔旣沒 卿又苦稱病困朕 豈不軫念 但政本乏人已極 一時誰共贊襄委難 遽允 還遵旨卽出 毋孤朕意 吏部知道
○ 初五日通報 刑科給事中杜士全一本 請亟勅皇太子 及時講學 以彰儲副以重國本
○ 初六日 孟春 享太廟 遣公張惟賢恭代 又遣公朱應槐 候綏 文緯 各分獻自初四日致齋三日

○ 初十日通報 戶科給事中顧士琦 題爲邊疆多警 時事可虞 懇乞聖明 亟圖修攘以保治安事 職聞自古內寧必有外憂 又曰君子以思患而預防之 夫內寧之召憂 非以怠忽之故乎 防患之當預 非以患至爲無及乎 頃年天鳴留都 水溢京城 至于財賦之地 在在大浸 稽天識者 危之爲亂徵 未幾而薊邊告警矣 近日河流之役 倘虜欲難厭 不幾踵庚戌之故事乎 歲首訛傳 城門盡閉 是可爲太平之先兆乎 欲攘外 先修內 急務惟在用人理財 兩者當爲兢兢 迺政府之地 實關天下安危 而殫射無餘者 當牽纏不決 擔誤機務 其妨政豈細故哉

　　伏望大奮乾斷 當去者速令出國門 不當來者速收回成命 揆路一清 枚卜更便 而枚卜一事 最爲吃緊 人惟論賢否 用必兼南北 不待言矣 若詞林儲養者 固多調鼎許謨 而局外練習者 豈無匡時碩畫 則常格所當破也 宿抱壯猷丹心者 原難拘以年齒 而陰圖營謀賄起者 須嚴杜其徑竇 則公論所當持也 爰立得人和衷恊贊 朝政彌新 而若大僚之當補也 廢棄之當起也 言者已詳矣

　　大約夙負堪掌兵機者 宜專付托樞務 重望堪持憲法者 宜蚤簡任臺綱 有久抱沈冤而衆爲申雪者 卽望明 (缺) 豈患大僚之乏人 有新遭奸陷而無辜遷謫者 統乞賜環 將爲直士之生色 至如刑名錢穀之一一得人 一切負 (缺) 抱奇之士 盡行超錄 卿式師濟 英賢彙征 自此陞遷 行取皆不後時 則仁賢布列 國不空虛 公侯干城 隱然虎豹 卽帑空兵弱 已有可恃矣 而今日欲理財 亦惟是亟易農卿 第一義也 欲清錢穀之出入 則當以該部 錢糧悉聽 巡視者查刷 則耗蠹可盡釐剔 雖欲於額外上供 且恐執奏(缺)不便 而況其他弊端 安有不絶也 倘勑下九邊 各處之督撫按臣 汰影射之虛兵 核靡定之客兵 務以實數報 則歲省金錢 不知當若干也 盖理其出勝於理其入 而節之非卽所以生之乎

　　若各省直之拖欠 則因其豐凶而緩急催督之 亦無不可耳 若帑藏如洗 別無神運鬼輸之術 則惟有募民墾荒之政 因地行錢之法 當講耳 又其要則惟有撤吮膏之稅璫 以裕貢賦之民力 爲最急耳 迺目前虜謀未寢 邊臣思創之以戰 夫能戰而後能守 弄【從竹下】豈迂乎 而枵腹 可望以敵愾乎 職乞皇上亟發內帑金數十萬餉之 倂餉應援諸邊 則三軍勇氣自倍 先聲伐謀 虜或相戒 不敢窺邊 視庚戌之虜 薄城下 而推金博首 不猶爲得策也 況扯酋殞後 虜婦自揣衰老 傳聞有恐負中國之言 則宣大二邊 尤孔棘矣

非先補其缺餉 預養其精力 何以禦此强虜耶 至詰戎兵講戰守 執樞在司馬部
而協理兼攝 單匱極矣 尙可不亟點尙書與左右侍郞乎 而預咨訪將材以需緩急
又可爲緩圖乎 若就諸邊中 移東補西 恐不可爲長計也 馭邊將之道 則細過或可
寬 而失事必不可輕縱 債帥必不可姑容也 將良食足而又何慮 兵之不强虜之不
靖乎之數者 皆切今日修攘之事 皇上何憚一批發擧行 而不以收有備無患之效
也 且近日訛傳 幸而訛耳 倘果有不虞都城 震驚倉忙束手 皇上試思此時成何等
景象 作何等計處 天下聖明 居安思危 無貽後事之悔 語云 臨事躊躇 坐失千里
此時 豈復可以躊躇之時乎

二十一日 甲辰 晴 夕土雨曚昧

臣等辭提督 拜辭後因謝曰 昨者不勝悶迫之情 冒瀆呈帖 聞老爺見責 不勝惶恐
今則旣已受賞 無非老爺之恩 提督曰 我前日强令使臣辭朝者 欲其速歸也 聞一行
糧絶 薪水不通 我亦未安 欲送米斛以救乏絶 而今已受賞 我心亦喜 須好去好去
又遣譯官李民省 往辭于熊天使 問答之語 具詳前啓中 夕抵通州 宿戴姓人店

二十二日 乙巳 大風

留通州 皇城以東 絡繹載路者 皆焚香禮佛于景忠山【在薊州遵化縣之間】額
上付金貼曰 東頂進香 十百爲羣 馬上擊鼓張旗 若行軍之狀
○ [附] 先來狀啓 兩使推調不決 別狀啓 書北京凡奇 上使草之

二十三日 丙午 晴

軍官申浮 養馬鄭春京 齎狀啓先來 臣等午後發通州 二更到三河縣 宿樓姓人家
中國制度寬大 不限貴賤 苟有其才 則雖馹卒傭僕 無不顯揚淸班 玉河舘牌子
劉姓者 有子兩人 皆爲書生 提督待牌子如奴隷 而兩書生至 則親自下庭 揖讓升
座 如賓主之禮 其重待儒士 而不係世類如是 故人皆自重 稚童賤隷 亦知閑習禮
容 步趨送迎拜揖酬酢 必中規矩 衣冠服餙 整然可觀 娼女之外 女子不得倚門倚
市 故衢路之間 罕見面目 凡炊汲烹餁事 皆男子主之 而女子無下堂之時 若中朝
人見我國村巷之人 拜揖無節 而衣冠不整 女人坐市販賣 服役田野 則必駭笑矣

堂室之制 必正東西 都城郡邑之間 鱗錯櫛比而整整如一 衢路門巷 平直如矢
雖窮村僻巷 莫不皆然 不如我國之或正或邪 參差不齊也 然內外不嚴 穢亂成風
行商僕隷 直到寢室 與婦人混處 畧不怪訝 士夫家雖或稍有閨禁 而亦不如我國

之斬斬然 文敎廢弛 酷尙異術 道觀僧堂 錯雜於閭閻朝市之中 士大夫皆酷尙神
佛 焚香頂禮而祀事焉 古禮寖亡 喪紀紊亂 搢紳之徒 親死未久 起復從宦 喪柩
出入時 多張衆樂雜戱 以爲娛神之狀 富者務極觀美 而少哀戚之容 貧者經年不
葬 或置山野道路之間 朝廷之上 廉恥掃如 賄利是營 衣冠之人 親行商賈之事
而逐什一之利 各部衙門 發一號施一令 則必先之以賄遺 若富商大賈 有數萬兩
之銀 則其勢交通內璫 把握朝權 生殺與奪 不出於公道 可爲寒心矣

　　○ [附] 以狀啓未書 日晚始送 先來崔屹 代軍官申浮 養馬鄭春京發送
　　○ 有薊州官員 向北京 調發驛馬六十餘匹 緣此未得發馬 驛人抑買商人柴炭
之驢以來 午後發通州 歷鴈郊舖夏店 暫入店舍療飢 二更初到三河 買飯以食 宿
樓家店

二十四日 丁未 土雨濛昧
　　發三河 抵薊州 宿師姓人家

二十五日 戊申 晴
　　發薊州 路逢陳奏使 序班自遼東回北京 謂通事曰 爾車輛在沙河驛 留滯七八
日 告憫于我 我數次拜帖于守譯官及撫寧知縣 使之催送 今日當出去矣 夕抵玉
田縣 宿陳姓人家

二十六日 己酉 大風
　　留玉田縣 以所餘別盤纏 貿弓角六百片

二十七日 庚戌 晴
　　序班高詡追至同行 發玉田 抵豊潤縣 宿郭姓人店

二十八日 辛亥 晴
　　發豊潤 歇馬榛子店 抵沙河驛 宿劉姓人家
　　○ [附] 至榛子店 買食療飢 臨發獨與上使還出城南 投韓應元園亭 亭前有蓮
塘 水涸景物蕭索 主人之子韓原性原德兄弟 引入中堂 極其款待 饋茶酒 又將造
飯 我等以忙急固辭 乃止 韓秀才兄弟容止端雅 眉目淸美 俱非磥磈人也 原性乃
第二 戊寅生 號召南 原德第四 丙戌生 號振南 第三原善 聯捷進士科 見任松江

府靑浦知縣 號鵬南 其父方在亭中云 應元之兄弟應庚 登第爲御史 應奎被薦爲
守令 俱居永平府城內 萬柳庄主人李浣 乃應庚之姊夫 皆名家右族也 東西房書
冊滿壁 有柳西坰根 李五峯好閔題詠 我國使臣 從前多有歷訪留宿者 鄭政丞澈
亦來宿其亭云 其本家則在榛子店城內矣 臨別以古文大全 皇明典故 東坡書畫
屛帖 墨笏 銅鏡等物爲贈 初更到沙河驛 宿劉九思家

二十九日 壬子 晴風

　發沙河抵永平府 宿孟姓人家 ○ [附] 午後風起 朝上使以昨所受於韓秀才古
文大全 墨二笏 銅鏡一片送之 我辭以主人贈送之意甚懇懃 後日不可無回禮 我
乃外方之人 通書回禮 似未可必 虛人之惠心所未安 不敢受 上使再送固辭 上使
乃以墨一笏送之 發沙河過孤竹廟 南渡灤河 抵永平城南孟姓人家

　○ 永平城西 號爲小灤河者 非灤河也 乃添河也 源出榧林口 河流口 二水合
流而爲添河 灤河之源 出潘家口 乃胡人伐木水口也 與添河合于城西 入海 海邊
人又號爲强河 城西河橋外有敎場 扁其轅門曰飛將軍營 南有周王城釣魚臺 乃
韓御史所創 非古跡云 南臺寺在城南五里 崆峒山偏涼汀俱是灤州地方云 灤州
乃在永平之南矣 永平山水 號爲北關名區 而然不如昌黎縣之眇絶云

二月 初一日 癸丑 陰

今日乃大行大王初忌 臣等去國千里 不得隨陪祭之列 迺借主人小堂 設位焚
香 南望而哭 發永平 抵撫寧縣 宿王姓人家

○ [附] 發永平 暫憩于萬柳庄 庄主李浣已故 節婦韓氏尙存云

初二日 甲寅 風

發撫寧抵深河驛 宿崔姓人家 中夜有官員鳴鑼入舘 問之則順天管粮通判詹
廷 領銀五萬兩 往遼東 頒給邊餉 家在山海關 故率家屬以行

○ [附] 中原喪紀紊舛 而主人崔徵俊 居內憂小祥已過 猶不食肉飮酒 其門戶
所書 皆思親悲慕之語 至有喪盡禮祭盡誠等語 不覺感嘆 以所佩刀解贈

初三日 乙卯 大風 天寒如嚴冬

發深河抵山海關 宿金姓人家 車輛先到數日矣

○ [附] 發深河 過海洋城 乃廢城 距關三十七里 在路邊 稍北 村落盛居 村後
有高山 號爲黃牛頂白牛頂 層疊蜿蜒 橫鎭東北 連于角山 前有湯河 出自兩山之
間 繞于村東 流入于海 南有秦皇島 距海洋八里 鎭海口眞是可居之地 歇馬范家
店 距關三十里 夕抵關上 宿金姓家 車輛留此 兵部主司李如檜遞邵可立代之 參
將李茂春 領兵一千五六百云

初四日 丙辰 晴

上使臣申渫得霍亂 留山海關

○ [附] 是日 將欲搜檢一行濫卜 而上使以國事旣已完畢 莫如令渠等 無滯車
輛 計程前進而已

初五日 丁巳 大風

今日早牌當發 而車輛出關外未回 因此差晩 隨晩牌出關 主事郜可立坐堂免見 上通事權得中呈禮部牌文 尋問金光得 則主事手閱入關置簿曰 光得元不入關云 宿關外呂姓人家

初六日 戊午 大風極寒

發邏城抵高嶺驛 宿宮姓人家 自關上聞 去十二月二十四日 廣寧總兵杜松 領一萬軍馬 托以畋獵 出塔山所 之長嶺山 入胡地數百里 胡皆遁去 只獲老弱一百四十六級 牛馬二十頭而來 由是㺚子忿恨 思欲報讐 在在結屯 聲言犯界 自關外至廣寧 嚴兵以待云 杜松在陝西時 威振羌胡 旣到廣寧 令于軍中曰 㺚子自李成樑時 啗以重利 苟冀無事 釀成桀驁之習 若不一遭撕殺 振我威風 則其禍無窮 今爾士卒 若從我力戰 則當以贈虜之物 贈爾士卒 於是軍士等 皆曰 惟將軍令 募得敢死 士六千餘人 是役也 巡撫李炳以爲只得老弱 挑怒生釁 有何奇功也 不肯驗功 亦不給戰士之賞 杜松心甚不平曰 初旣許賞于軍中 而今若欺之 則士不致力矣 乃私貸軍門月餉銀以給戰士 杜松妾亦勇力絶倫 馬上能使三百斤鋼刀 嘗於轎上見進貢㺚子 褰箔視之曰 此奴才有何畏焉云

初七日 己未 晴

上使臣申濼病不差 仍留高嶺 今月初四 賊酋扁子首入寇錦州衛 殺掠七百餘人 遊擊于守志 迎戰傷創 中軍姓盧 千摠姓孫者 俱中箭幾死 把摠一人戰死 遊擊家丁五六人 廣寧大營軍士十名 俱被殺 官軍被掠者 亦三十餘人云

初八日 庚申 晴

高嶺車夫只有四戶 送通事往前屯衛 告于副總兵 請出夜不收催車輛 乃本衛車輛四戶加送 而日暮未到 因留高嶺 序班得傷寒 病勢甚重 送人求藥 臣等令醫官金生麗送淸心元一丸 且使診病 序班送人謝之 又送名香三百枝于臣等

初九日 辛酉 大風

發高嶺 歇馬前屯衛 抵沙河驛 宿周姓人家 車輛落後

初十日 壬戌 大風極寒

發沙河 抵東關驛 宿梁姓人家 路見寬奠堡軍馬一百五十名 往戍前屯衛 問之

則寬奠堡在鴨江之上 時無急報 此處方有警急 故分屯于此云 黃昏又有一枝軍
馬向東馳去 問之則杜總兵徵兵于前屯衛 故副總兵李芳春 領一千軍馬 達夜馳
進云 蓋杜總兵聞錦州之急 領軍馬 初六日馳到錦州 則賊已撤歸 總兵仍住錦州
云 自關以外 羽書交馳 軍馬絡繹 各處居民夜不得安枕矣 ○ [附] 發沙河驛 過
中後所 渡六州河 抵東關驛 雖有城保 無一軍兵 我則以虜方發動之時 不可宿此
虛城 此去沙河所三十里 今日當前進 宿沙河所 上使不聽 且驛馬顛仆不行 宿城
外梁姓人家

十二日 甲子 晴

發曹莊 過寧遠衛 中軍聚軍馬 組練于教場 抵連山驛 宿劉姓人家

○ [附] 聞廣寧總兵杜松 初六日來錦州待變 今已七日云

十三日 乙丑 晴

發連山 抵杏山 宿徐姓人家

十四日 丙寅 晴

發杏山 抵小凌河 宿王姓人家 今月十一日 杜總兵率兵馬六千 自錦州衛入胡
地二百里 賊皆撤家遠徙 獲賊五級牛馬七頭而還 軍至大凌河上流 多溺死 結陣
錦州 明日將回廣寧云

十五日 丁卯 晴

發小凌河 抵十三山驛 宿王姓人家 杜總兵行軍時 使遊擊李惟喬 領軍馬二千
留此待變 是日總兵傳令 遊擊先回廣寧 路上見副總兵李芳春 自錦州回軍 其後
聞芳春在錦州時 賊胡乘虛突出前屯衛 守城之卒追擊生擒十三名 未幾賊還掠
十七名以去云 賊之出前屯衛也 臣等過去纔數日矣

○ [附] 發小凌河 涉河 欲休大凌河 所聞總兵大軍將回 恐舟不得通 乃渡河
暫住河東小村 夕抵十三山驛 宿王子高家

十六日 戊辰 晴

發十三山 抵閭陽驛 宿完姓人家

○ [附] 與上使登十三山 山中有望海寺 中山寺 茨榆寺 朝陽寺 三官廟 欲歷
覽望海諸寺 而騾子主不肯牽駕騾 向後寺 我則獨與李民省 陳大得等 向前寺 石

峯削立如拄天 大者八九峯 小者五六峯 上使則自後寺登後峯絶頂 我則使奴子
牽衣以上登中峯 東北是遼東廣寧之地 曠遠無涯 爲烟塵所蔽 只見百餘里 西南
則際海 雲霧中 如一帶白沙者 是海洋 相去百里 日候晴明則分明望見云【有短
律載原集】

十七日 己巳 晴

發閭陽 抵廣寧 宿鐵姓人家

○ [附] 發閭陽驛 以寢具卜馬無緣減去事 駐馬路邊 人家打陳 大得不告之罪
欲治上通事廚房通事 責而不杖 中火于壯鎭堡 與上使入醫巫閭山淸安寺 寺在
廣寧西十里 韓瑗先導而迷路 亂度阡陌溪壑之間 旣入洞口 漸覺奇勝 峯巒競秀
巖石呈巧 如削圭 如飛鳥 如人立 如馳馬 石逕縈紆百曲 皆鍊石爲之 仰見千丈
奇巖 頭戴珠宮 人影依依 若天上羣仙散步五雲中 我等舍馬洞前 步入巖下 則石
竇呀然成谷 瀑溜瀉出 竇中刻巖 書巖面曰水石奇觀 又曰醫閭佳勝 字畫大如股
竇中有石碑 自竇邊繞出南磴 更上一層 有數間堂宇極淨 題曰仙凡分境 又刻大
字巖面曰遊目天表 筆力老健 蒲坂張邦土書也 自堂後轉北 更上數十層 巖面刻
字刻佛甚多 雙巖幷峙 又以人力鑿爲石門 凡人皆由是以入 他無可通之路 有龔
用卿題名書畫 自石門轉而北下數層 乃佛殿之前 石竇之後也 截然如砌 不可攀
緣直上 故轉曲開逕也

庭中有方石甆 所謂呂仙盛水盆也 北望兩峽 割然成洞者疑是桃花洞也 庭之
西 緣巖直上 三十餘步 有三官廟 自庭北上一層 淸安寺也 自寺又上二層 乃佛
殿也 自庭東直上一層 巖頭鍊石爲門 刻曰白雲關門 傍巖面書曰壁立萬仞 由門
而入 又上一層樓 乃前所仰見之中層殿也 所謂觀音閣也 自樓直北 更上一層 又
有佛殿 題曰天下奇觀 刻巖面曰代屛巖 乃前所仰見之第二層殿也 俯視洞中 杳
然如洪濛之下界

緣巖回曲 更上一層 小閣玲瓏 正據巖頭 若仙人掌之承露然 題曰上方重閣
乃前所仰見之最高頂也 到此 如遺世獨立羽化登仙然 巖間有中湜題名 我等亦
題名其尾 有僧二三前導饋茶 日已西沉 不暇探勝 悤悤還下 依依然 一步三顧
促鞭過北鎭廟之北 黃昏入西門 到前所住王姓家 房舍只有上副使所宿 我則移
寓路南對門家鐵宗義店

○ 清安寺南有玉泉 朝陽等寺 北有小觀音閣 皆相去六七里 自廣寧南十里舖外 有沙川 出自峽中 沿流西入 則兩峽中洞天開豁 峯巒環抱 乃是醫閭之大洞也 多有寺刹 我等欲往尋之而去來皆忙 不果焉

十八日 庚午 大風

留廣寧

○ [附] 騾子主王姓者 與李達文相詰 曳破上使轎子 黃昏上使怒 招責之 使軍官廚房等 曳髮拳打 因此騾子主 不從命令 欲觀北鎮廟而不得往 與副使由主家後門 步上城門 拱極樓 俯臨廣寧城 城圍十餘里 萬家櫛比 巍然獨高者 東南之前寺 東北之後寺 一名雙塔寺 有雙塔突起 前寺之東 有文廟云 昏兩使來見

十九日 辛未 晴

廣寧人云 杜總兵聞賊屯聚紅羅山等處 自錦州衛 又出板城追擊之 賊皆遁去 只獲四級 今日回軍本鎮云 發廣寧 抵盤山驛 宿鄧姓人家

○ [附] 晚發廣寧 見城外李如松祠廟 宏麗無比 塑像逼眞 凡名公題扁 不記其數 廟後又有李如松妻塑像 而以如松配之 廟東又有別廟 乃李成樑生祠也 盖成樑鎮廣寧 爲其子立祠 故其廟宇壯麗如是 而成樑之祠 則非其自建 故制度稍減於如松祠矣 城東二里有望城崗 乃大路踰越之少陵 與兩使稅駕暫憩 崗後有東岳廟 崗南有玉皇廟 東岳廟則前日猹子圍廣寧 十餘日焚其廟 時未重建 玉皇廟則焚毀之後 祇建殿閣 時方重修殿廊 僧人持卷子住道願施 過制勝堡 抵盤山驛 宿鄧雲鴻家

二十日 壬申 大風

發盤山 中火于腰站 城東有雙石碑 盛道前總兵董一元大捷之功 問于土人則云 甲午冬胡虜大舉入寇高平等地 遊擊曹駢獨守孤城 累日拒戰 及其賊退 遊擊身先士卒 殲盡强胡 追至月牙川 斬首四百餘級 一元時以總兵 自陳其功 而按臣亦未免瞞報朝廷 過蒙襃陞 建碑勒勳 而不及遊擊 人皆指罵云 大槪與賊交鋒之際 三軍之勝敗 係於一人之勇㥘 故勇敢不可不倡 而賞罰不可不公也 爲將者旣無設奇制勝之策 擁兵傍觀 因人成事而課功 則例爲自當 論罪則歸於士卒 至使襃賞不公而將士解體也 豈獨一元而已哉 夕抵高平 宿桂姓人家 海州衛參將佟鶴年 以杜總兵分付 領軍馬一千 來住于此矣

○ [附] 石碑記云 甲午冬虜大擧入寇高平等地 總兵董一元整軍馬 截其歸路
數日虜欲宵遁 一元傳令佯撤兵以縱之 虜果大奔 遂縱兵擊之 斬四百五十餘級
追至月牙川 虜人馬多溺死 水爲之不流 虜酋帶傷 還其巢穴而死云 未幾虜圍右
屯衛 屢日城幾陷 一元募死士百餘騎 降倭四五人發鳥銃 殪其名王之子 虜解圍
遁去 城賴以全 一元又率軍 出瀋陽衛四百餘里 俘斬一百六十餘級 朝廷陞一元
爲左都督 東碑大書大虜就殲 碑無記董也以此襃陞 丁酉征倭朝鮮 敗績于泗川

二十一日 癸酉 晴

發高平 中火于平陽堡 抵沙嶺 宿王三重家 三重云 老兒哈赤使其中軍張海
馳告于杜總兵曰 忽刺溫將犯朝鮮 我說以朝鮮 乃天朝屬國 不可侵犯 再三開諭
而終不聽命 恐中國疑我同心 故先告于老爺耳 總兵答曰 朝鮮敬事天朝 義同一
家 汝之所知也 忽賊是汝婚姻之家 汝之所言 無不服從 汝須善辭開諭 終若不聽
則先擊忽賊 斬首以來 我當轉奏朝廷 大加賞賜 中軍聽命而去云

二十二日 甲戌 晴 大風 塵氣蔽天

發沙嶺 中火于遼河岸 抵牛家庄 宿樊姓人家

二十三日 乙亥

發牛家庄 中火于街上村 抵海州衛 宿劉姓人家
○ [附] 夕到海州衛 與上使步入城中 登西樓 題曰迎恩樓 西北曠遠 東南羣峯明
媚 沙川環繞城中 人家不及廣寧多殘毀 自城上步往南門曲城 俯臨沙川 頗爽豁

二十四日 丙子 晴

發海州衛 中火于甘泉堡 抵鞍山驛 宿緱姓人家
○ [附] 發海州衛 過土河堡 中火于甘泉堡 兩使先行 我獨落後 與李民省登鞍
山安福寺 山在驛西北三四里 石峯並峙 形如鞍子 有小庵 正據兩峯間 如跨鞍然
名曰天妃聖母祠 東下數十步 卽安福寺也 松林晻映 眼界甚豁 南望千山 西望海
州衛 庭中有二層盤松 靑盖蔽空 殊可翫也 佛閣塑像曰上帝 廟閣東有高樓曰百
佛樓 壁間有金陵朱之蕃絶句 上使自大路騎騾直上 共登百佛樓 寺僧西慧碧潭
及七十九歲老僧引入 方丈饋茶餳 而無物可贈 宋應瑄解所佩銀一錢贈之

義州軍馬十五匹到鞍山驛 小通事騎馬色丘從等五六人 到安福寺 義州定州

兩令公書札亦來 得見朝報 柳永慶 金大來 李弘老等 在配所賜死 十二月十七日
文武別試 丁好恕爲壯元 又擧文武重試 選七人 李爾瞻爲壯元云 夕抵鞍山驛 宿
緱良善家

二十五日 丁丑 晴 夜大風

發鞍山 中火于沙河堡 團鍊使金應壽 率軍馬來迎于首山嶺 抵懷遠舘

○ [附] 發鞍山 過長店堡 中火沙河堡 至首山嶺 軍馬來迎 團練使金應壽來現
始見我國人 又嘗我國味 到此人情便覺欣喜 抵懷遠舘 天使陪牌通事李希天 奇
益獻等尙在 探聽通事文應樞 玄得禮 正月入來 別定探聽通事南允誠 今日入來
課官金光得自遼東不告 而回走其家矣

二十六日 戊寅 晴 夜大風

以車輛未到 留懷遠舘

二十七日 己卯 朝晴暮陰

留懷遠舘 巡按熊廷弼巡視開原地方 追論棄地之罪 李成樑婿韓某爲其時參
將 副總兵吳希漢 皆以其時將官被參 韓囚在獄中 吳總兵罷歸其家

二十八日 庚辰 晴

留懷遠舘 遣上通事權得中于都司衛門 行見官禮 落後車輛冒夜畢到 譯官等
言 自小凌河至十三山 則驛人云 昨日廣寧焰硝 載車六輛爲賊所掠 儞等若早一
日 則當被其禍云

二十九日 辛巳 晴

發遼東 中火于冷井 抵三流河 宿王姓人家 有我國人韓銀玉者 年十一歲 逢
壬辰之亂 隨唐兵入遼東 傭食人家 是日隨臣等借來 ○ [附] 與上使入城 見華表
柱 在西城內 後倉觀中題曰化鶴仙踪 卓上有位版 書曰丁仙之位 庭有八尺石柱
乃華表柱也 似非古跡 乃重建 想不遠矣 又與上使 出內北城 過自在州東寧衛
登東北城上 俯臨太子河 河水小於我國之猪川 夏則乘船 出東門 會副使 渡三河
宿三流河上小村王得師家【有詩在元集】

三月_{初一日 壬午 晴}

發三流河 中火于靑石洞 抵鼻巖 宿楊姓人家

○ [附] 至靑石洞 點閱軍馬 踰靑石嶺 宿鼻巖楊戎功家 只有一家 三行同入宿

初二日 癸未 晴

發鼻巖 中火于連山 宿稠林子董姓人家

○ [附] 發鼻巖 踰高嶺 過甓洞 中火于連山關 踰分水嶺 宿羅將稠林子董姓人家 關內比北京倍寒 及至遼東 春已晚矣 風氣稜稜 氷雪未解 遼左之寒 倍於他地

初三日 甲申 陰

夕抵甕北河 宿高姓人家

初四日 乙酉 有氣如雲

今日乃淸明 中原之俗 例於是日 祭墓加土 凡一年祭墓者三 淸明及七月十五 十月初吉也 發甕北河 中火于伯顔洞 譯官權執中朴龜慶等 齎咨文過去 夕抵孤山 宿皮姓人家

初五日 丙戌 小雨旋止

發孤山 中火于細川村 抵磨石村 宿崔姓人家 迎勅吉日三月十六日 推擇事有旨

○ [附] 義州人來獻家書 昏檢卜物給牌

初六日 丁亥 大風

軍馬不齊 未得早發 杖團練使金應壽 行到中江 抽稅委官陳叔諧 不許放過 責令依例納稅 適鎭江遊擊張昌印 回自長奠堡 住軍中江 通事等呈禮部劄付 及遼東布政司行文 請免稅 遊擊令減其前例之半 至鴨綠江 風亂不得渡 臣等只奉勅書表裏先渡 本道都事辛義立 搜檢卜物 一行無事還越江

○ [附] 晚發磨石村 過鎭江城 城甚低少 軍馬有一千四百云 而其實五六百 渡狄江 至中江 抽稅委官陳叔諧 不許放過折銀九十兩 通事等以帽段六十匹納之 上副使具冠帶 欲見遊擊 遊擊免見 納稅之後 又收入熖硝 欲徵其稅 通事等懇告得免 午後風亂 舟不得通 以二隻小船 艱難得渡中江 至鴨江 風浪不止 日已垂沒 不得已只陪勅書表裏先渡 卜駄隨後陸續以渡 天使遠接使柳根 從事官金尙

憲 趙希逸 兵使柳珩 義州府尹韓德遠 判官南以興 製述官車天輅 梁景遇 收稅
官鄭浹等 以迎勑事 待于江上 上使寓聚勝亭 副使寓清心堂 我寓于迎春堂 從事
官金尚憲 趙希逸 府尹令公 都事辛子方來見 邑人李希參 張志完來見 昏往二衙
東軒 見遠接使

以下私日記

初七日 戊子 晴
越江先來狀啓發送 通報粧績表裏書冊入櫃

初八日 己丑 晴
府尹來餞 晚發義州 初更到良策

初九日 庚寅 晴
發良策 中火于車輦舘 夕抵林畔舘 得見京報 郭再祐上疏請誅臨海以正大義
且力攻全恩之說 告訃使臣失對之罪

初十日 辛卯 晴
發林畔 中火于雲興 乃郭山地也 夕抵定州之新安舘 遠接使李尚毅 從事官許
筠 柳潚 牧使尹暄迎勑 與兩使及遠接使話于大廳 許從事 柳從事來見 上使以陪
皇勑 當寓于東上房 遠接使以既有制勑房 當安勑書于房內 而東西上房 則當以
爵秩高下爲次 上使不聽 奉勑置于東上房 遠接使不平 移寓上衙 上使又不能平
欲向嘉山 遠接使慰解之

十一日 壬辰 小雨大風
牧使乃副使之弟也 副使欲留 而以上使陪勑先往已 獨落後爲難 適因天雨 主
人令公懇請 上使留一日 使兄安心 敍兄弟闊別之懷 乃留定州

十二日 癸巳 晴
未明發向嘉山 中火于納淸亭 午時到嘉平舘 副使留定州

十三日 甲午 晴

　發嘉山 渡控江亭菁川江 入安州 御史尹守謙 牧使金德誠迎勑 御史寓百祥樓
我則寓安興舘之中東軒 與尹御史 金同年話 副使追到

十四日 乙未 晴

　副使以疾留安州 午後抵肅川之肅寧舘

十五日 丙申 晴大風

　發肅川 到順安之安定舘 縣令柳暎入見 夕抵平壤之大同舘 與大同察訪同年
金文吾同宿 有旨下來以二十日爲迎勑吉日 必晝夜馳進 庶可及期 而副使落後
勢甚狼狽 祗受有旨 狀啓書送

十六日 丁酉 晴大風

　發平壤 庶尹李弘冑昨以入齊檀君廟 不參迎勑 今朝來見 監司李時發來餞舟
中 午到中和之生陽舘 府使柳德新迎勑 夕抵黃州之擎天舘 監司李慶涵 牧使申
葆 判官李安民 麒麟察訪閔霽迎勑

十七日 戊戌 晴大風

　晚發黃州 中火于鳳山之鳳仙舘 夕到龍泉舘 日已黑矣 瑞興府伯黃致誠來見
初更發向蔥秀山 是日行一百七十里

十八日 己亥 晴

　朝譯官秦智男李彦華 以請宣諭老酋事 往廣寧 發蔥秀山 中火于平山 暫休于
興義站 前有淸江 石崖屹鎭 潭上名曰廻瀾石 有大石碑 天使許國所建 刻廻瀾石
三大字 亦許天使所書 取廻狂瀾於旣倒之意也 碑面又有許天使所製七言詩句
夕到金郊站 白川郡守李惕 江陰縣監卞忠元 出站迎勑 初更到開城府 留守韓孝
純 經歷奇恊 都事李惟侃迎勑 經歷則卽刻其家奴來傳重被院駁 不見而還 山輝
來待

十九日 庚子 晴

　曉有旨來到 迎勑退定於二十二日 有旨昨暮已到 而下人欲我等速去 阻而不
入 曉來始入 中火梧木站 豊德郡守許旻 長湍府使權成己迎勑 臨發相見 渡臨津

二十日 辛丑 晴

迎勑 隔數日前往 無留處 因留坡州 譯官軍官等先送京中

二十一日 壬寅 陰細雨霏霏

禮曺關到 以明日卯時行迎勑禮 發坡州抵碧蹄驛 高陽郡守安復善迎勑 是日
留碧蹄

二十二日 癸卯 陰 夜雷雨大作

鷄鳴發行 到迎詔門外 以候卯時 大駕親臨迎勑 使臣等先驅入闕庭幕次 以副使
未來 故吾兩人陪勑隨行 禮畢後 日晏復命肅拜 出承政院 使金就英 寫聞見事件

二十三日 甲辰 陰

招金就英 寫聞見事件及別段書啓

二十四日 乙巳 晴

聞見事件寫畢 使金汝恭呈于政院 下吏只納日記 不捧別單 例爲親呈云 我親
入承政院 使金汝恭傳語曰 啓辭所當親呈 而兼監察減下後 時未肅拜 不敢入政
院 故未得親呈矣 禮房書吏乃捧上呈之 以冊子弓角貿進事 使書狀命賜熟馬各
一匹

二十五日 丙午 晴

○ 二月間 孝陵有哭聲 逐日不絶 人多不信 直長李擢男 以祭官往陵所 親聞
之 果不虛矣云

二十六日 丁未 晴 夜狂風大作

二十七日 戊申 赤祲 陰晦如塵 草實交下如雨 大風

曉頭詣闕 以兼臺減下 謝恩肅拜

二十八日 己酉 赤祲 晩朝始淸 大風 申時 太白見於未地

憲府啓曰 冬至使臣等未受賞銀之前 遽先辭朝 已失事體 反以留舘厭苦之文
至於呈文提督 而辭意勃慢 多有激怒未安之語 以致提督之嗔責 一小邦陪臣不

察聖上事大之誠 處事之顚倒謬戾至此 物情莫不駭怪 請上使申渫 副使尹暘 書狀崔晛等 並命罷職 答曰 冬至使臣等推考

二十九日 庚戌 晴

憲府再啓 冬至使臣書狀請罷事 答曰使臣雖有所失 萬里纔還 罷職過重 推考可矣

三十日 辛亥 晴

未時日暈 申時太白見於未地 四更流星出 室星上入巽方 天際狀如鉢 長四五尺 色赤

四月_{初一日 壬子 晴大風}

憲府三啓 冬至使臣書狀請罷事 答曰已諭不允 太白見未地 卯時日暈 兩珥自左珥成 白氣匝逶而指北 長可二丈許 廣尺餘 良久乃滅 辰時日暈 申時太白見於未地

初二日 癸丑 晴

府啓 答曰 申湸等旣已推考 何必罷職 不允

初三日 甲寅 晴

府啓 答曰 推考當矣 勿爲煩執

初四日 乙卯 晴

府六啓 答曰依啓

初五日 丙辰 晴

方治行下鄕 聞刑曹參議崔有源 以冬至使不柝禮部咨文 至有權署國事一員之語 且琉球咨文内扇子四百把 只受二百把而來 使臣之罪大矣 臺諫只請罷職 將陳疏論之云 兩司有再啓之議 故留待物論

初六日 丁巳 陰 細雨如霧

兩司俱啓 冬至使臣賷來禮部回咨中 有朝鮮國權署國事一員云 一員之稱殊極無理 而不爲請改而曚然受來 其奉使無狀 貽辱朝廷之罪 不可不懲 請申湸等 並命拿鞫 答曰冬至使臣已爲罷職 何必拿鞫 一行俱進禁府待罪 因宿羅將白順家

初七日 戊午 晴

是日以國忌無啓

初八日 己未 晴

待罪于禁府門外

初九日 庚申 晴

待罪義禁府 上以夏享大祭 行幸宗廟

初十日 辛酉 晴

　待罪義禁府 仍宿白順家 大司諫朴彝叙 正言李溟 韓纘男等 啓曰 回還冬至使臣等 前日罷職者 呈文提督之罪也 臣等今日請爲拿鞫者 禮部咨文朦然受來之罪也 前後罪目 旣不可相掩 而一員之稱 非臣子所可忍見 則是何等罪狀 而以一罷塞之也 物情駭憤 公論益激 請勿留難 亟賜一兪 上使申湙 副使尹暘 書狀官崔晛等 並命拿鞫 掌令尹俒 持平朴汝樑等啓 回還冬至使臣等 賚來禮部咨文內 計開欽賞 朝鮮國權署國事一員云 一員之稱極爲無理 自前欽賞移咨 亦無此稱 爲使臣者 所當反覆申請 期於必改 而嘿無一言 朦然受來 物情莫不駭憤 其奉使無狀 貽辱朝廷之罪 不可以已罪而但已也 請上使申湙 副使尹暘 書狀官崔晛等 並命拿鞫 答府院曰 申湙等已爲罷職 何必拿鞫 不允

十一日 壬戌 雨

　待罪禁府 仍宿白順家 院啓 臣等 將回還冬至使臣等罪 請爲拿鞫 而自上以已罷爲敎 前日之罷職者 呈文提督之罪也 今日之請爲拿鞫者 以禮部咨文朦然受來之罪也 一員之稱 極有所未安 非臣子忍見之語 所當陳請於禮部 反復論卞 期於必改 而終無一言而受來 中朝之人 亦以爲何如哉 此而不治 將無以爲奉使無狀之戒 請勿留難 亟賜兪音 上使申湙 副使尹暘 書狀官崔晛 並命拿鞫 答曰 權署國事一員之言 禮部旣已書給 則使臣等未及請改者 實是無情之事也 拿鞫過重 勿爲煩執 府啓同前 答曰同前 院啓 答亦同前

十二日 癸亥 陰

　待罪禁府 仍宿白順家 院啓 臣等將申湙等拿鞫事 論列累日 而自上以無情之事 拿鞫過重爲敎 臣等竊惑焉 夫一員之語 非稱君父之辭 極有所未安 雖使尺童見之 必知其不可受來 而爲使臣者 獨未及請改 何也 禮部雖已書給 陳其不可之義 反覆論卞 期於必改 乃其職也 而終無一言 朦然受來 以貽一國臣民之駭憤 使臣之罪 至此而大矣 以此爲無情不治 則其奉使無狀之罪 將何以懲之 以爲日後之戒乎 臣等之請爲拿鞫 實非過重 而在法所不容已也 請勿留難 亟賜一兪 答曰 已諭勿煩 府啓同前 答府院並同

十三日 甲子 晴

　待罪禁府 府啓 答曰 無情之失 何可深治 休煩當矣 院啓 答曰 已諭不允

十四日 乙丑 晴

待罪禁府 院啓府啓 冬至使臣等 請命拿鞫事 答曰依啓 是日與上使申湜 副使尹暘 同被囚 是日以國忌齊日 禁府不坐 不得原情

十五日 丙寅 晴

在禁府獄中 是日以國忌 堂上不坐

十六日 丁卯 雨

在禁府獄中 是日以祈雨祭齊戒 堂上不坐

十七日 戊辰 晴

是日夕堂上始坐 判府事尹泂 知義禁黃愼 取供原情 夜深不得入啓 是夜得霍亂

十八日 己巳 晴

晩朝 禁府公事始入啓 夕間判付下 除刑推放送

○ [附] 禁府原情 禮部回咨上通事受出來告 矣徒等俱以初行之人 舊規之開見與否 曾所未聞 而譯官亦不以爲言 且其咨文封緘甚固 外面有朝鮮國權署國事開坼九字 矣身妄料凡人書札 傳致長者之際 尙不敢坼見 況是國書 旣稱以君父開坼 則爲臣子者 私自坼見 有所未安 若係別項奏請 有機關之事 則雖無舊規 可以權宜坼見 或可購看草本 而今此咨文 不過爲按例回答文書 略無可疑之情 而亦不料其中有計開欽賞之事 故並與兵部回咨 皆不坼見而來矣 及呈政院 開坼然後 始知有一員字 聞來不勝驚駭爲白齊 一員之稱 殊甚無謂 當初受來時 苟或坼見 則萬無泛然看過之理 若言于禮部 則不待論卞而可以立改 何事於反覆申請乎

矣身備員下介 每以辱命爲懼 如有涉於君父 一毫未安之語 則豈不與使臣商議 呈文請改 而曚然受來 以速罪戾乎 若以爲兩國往來文書 使臣當坼而不坼云爾 則雖並與兵部咨文不坼之罪 而置之重典 亦所甘心 今觀臺諫啓辭 略其不坼咨文一節 而徑論不卽請改之罪 至以爲雖使尺童見之 必知其不可受來 而爲使臣者獨未請改何也云 有若見而不卞 曚然受來者然 是豈使臣之實情乎 大槪有所可疑然後 方知坼見咨文 坼見咨文然後 方可論卞而請改也 今此按例回答文

書 一行上下人員 略不致疑 旣已不圻而來 則安知其中有未安之語 而陳請於禮
部乎 矣身罪在於不圻呑封 而不在於未卽請改 則有情無情輕重自別爲白去乙
畢竟加之以貽辱朝廷之罪 冤痛之極 欲死無地爲白昆 相考分揀施行

十九日 庚午 晴
治行下鄕

訒齋先生續集卷之五

찾아보기

역자 소개

● **조규익**曺圭益

문학박사. 해군사관학교와 경남대학교 교수를 거쳐 현재 숭실대학교 국어국
문학과 교수·아너 펠로우 교수(Honor SFP). 인문대 학장(2008-2010)을 역임
했고, LG 연암재단 해외연구교수(1998)와 Fulbright Scholar(2013) 등으로 선
발되어 미국에서 연구했으며, 현재 한국문학과예술연구소 소장을 겸하고 있
음.『동동: 궁중 융합무대예술, 그 본질과 아름다움』(2019) 외 다수의 저·편
·역서와「조천일록의 한 독법」(2019) 외 다수의 논문들을 발표했음. 홈페이
지(http://kicho.pe.kr) 및 블로그(http://kicho.tistory.com) 참조.

● **성영애**成英愛

문학박사. 안동대학교와 한국방송통신대학교 시간강사, 한국문학과예술연구
소 연구원을 거쳐, 현재 한국문학과예술연구소 학술연구교수.『動動: 궁중
융합무대예술, 그 본질과 아름다움』(2019) 외 저·역서와「최현의『조천일록』
에 나타난 의례관련 사실과 그 의미」(2020) 외 다수의 논문들을 발표했음.

● **윤세형**尹世衡

박사과정수료. 숭실대학교 시간강사를 거쳐 현재 한국문학과예술연구소 연
구원.『박순호본 한양가연구』(2013),「17세기 초 최현의 사행기록으로 본 요
동 정세」(2019) 외 다수의 저서와 논문들을 발표했음.

● **정영문**鄭英文

문학박사. 숭실대학교 시간강사·겸임교수·강의교수를 거쳐 현재 숭실대학
교 국어국문학과 연구교수. 한국문학과예술연구소 연구원을 겸하고 있음.
『조선시대 통신사문학 연구』(2011) 등의 저·편서와「최현의『조천일록』에
나타난 현실인식」(2018) 외 다수의 논문들을 발표했음.

- 양훈식梁勳植

  문학박사. 중앙대와 숭실대 강사를 거쳐 현재 선문대학교 국어국문학과 BK21+연구교수. 저역서로는 『(박순호본) 한양가 연구』, 『대한제국기 프랑스 공사 김만수의 세계 여행기』(공역), 「우계와 구봉의 도학적 성향의 시에 나타난 미학」(2019) 외 다수의 논문을 발표했음.

- 김지현金智鉉

  문학박사. 「조선시대 대명사행문학 연구」로 한국학대학원에서 박사학위를 받음. 현재 한국학중앙연구원과 광운대에서 고전문학과 한문을 가르치고 있음. 공저로 『조선의 명승』이 있으며, 『(역주)백천당집(百千堂集)』(2019) 역서와 「조선 북경사행의 한양 전별 장소 고찰」, 「최현의 『조천일록』 속 유산기 연구」 외 다수의 논문 등을 발표했음.

- 김성훈金成勳

  문학박사. 한국고전번역원(구 민족문화추진회) 수료. 선문대, 서경대, 남서울대 등의 시간강사를 거쳐 현재 숭실대학교 국어국문학과 강사. 『바늘(箴)로 마음을 치료하다!』(2012) 외 다수의 저서와 「최현 문학 연구의 현황과 전망」(2019) 외 다수의 논문을 발표했음.

숭실대학교 한국문학과예술연구소 번역총서 01

역주 조천일록

초판 인쇄   2020년 4월 22일
초판 발행   2020년 5월 1일

저   자ㅣ최현(崔晛)
공 역 자ㅣ조규익·성영애·윤세형·정영문·양훈식·김지현·김성훈
펴 낸 이ㅣ하운근
펴 낸 곳ㅣ**學古房**

주   소ㅣ경기도 고양시 덕양구 통일로 140 삼송테크노밸리 A동 B224
전   화ㅣ(02)353-9908 편집부(02)356-9903
팩   스ㅣ(02)6959-8234
홈페이지ㅣhttp://hakgobang.co.kr/
전자우편ㅣhakgobang@naver.com, hakgobang@chol.com
등록번호ㅣ제311-1994-000001호

ISBN   978-89-6071-953-8 94810
        978-89-6071-951-4 (세트)

값 : 31,000원

이 도서의 국립중앙도서관 출판예정도서목록(CIP)은 서지정보유통지원시스템 홈페이지
(http://seoji.nl.go.kr)와 국가자료공동목록시스템(http://www.nl.go.kr/kolisnet)에서 이용
하실 수 있습니다. (CIP제어번호 : CIP2020015622)